UTTA DANELLA
Tanz auf dem Regenbogen

Utta Danella ist Berlinerin, lebt aber seit vielen Jahren in München. Schon als Heranwachsende wollte sie Musik studieren, Schauspielerin werden oder Bücher schreiben. Sie probierte alles der Reihe nach und blieb schließlich beim Bücherschreiben – was sie nie bereut hat, wie sie sagt. Allein die deutschen Ausgaben ihrer Romane sind in mehr als 50 Millionen Exemplaren verbreitet, womit sie als die erfolgreichste deutschsprachige Autorin der Gegenwart gelten darf.

Außer dem vorliegenden Band sind von Utta Danella
als Goldmann-Taschenbücher erschienen:

Alle Sterne vom Himmel. Roman (9797)
Alles Töchter aus guter Familie. Roman (41065)
Die Frauen der Talliens. Roman (9617)
Gestern oder die Stunde nach Mitternacht. Roman (9789)
Jovana. Roman (9589)
Der Maulbeerbaum. Roman (41336)
Meine Freundin Elaine. Roman (41347)
Der Mond im See. Roman (42465)
Quartett im September. Roman (9892)
Die Reise nach Venedig. Roman (41223)
Der Schatten des Adlers. Roman (42386)
Der Sommer des glücklichen Narren. Roman (42180)
Stella Termogen oder die Versuchungen der Jahre.
Roman (41354)
Die Tränen vom vergangenen Jahr.
Roman (42207)
Unter dem Zauberdach. Roman (42464)
Vergiß, wenn du leben willst. Roman (9424)
Wo hohe Türme sind. Roman (42963)
Zwei Tage im April. Roman (43399)
Familiengeschichten (41484)

UTTA DANELLA
Tanz auf dem Regenbogen

Roman

GOLDMANN

Ungekürzter Nachdruck
der 1971 erschienenen Originalausgabe

Umwelthinweis:
Alle bedruckten Materialien dieses Taschenbuches
sind chlorfrei und umweltschonend.
Das Papier enthält Recycling-Anteile.

Der Goldmann Verlag
ist ein Unternehmen der Verlagsgruppe Bertelsmann

Genehmigte Taschenbuchausgabe 10/89
© 1989 Albrecht Knaus Verlag GmbH, München
Umschlagentwurf: Design Team München
Umschlagfoto: ZEFA-Masterfile, Düsseldorf
Druck: Elsnerdruck, Berlin
Verlagsnummer: 9437
MV · Herstellung: Sebastian Strohmaier/sc
Made in Germany
ISBN 3-442-09437-2

7 9 10 8

ARC-EN-CIEL

Der alte Mann steht reglos vor dem breiten Schaufenster, das seine strahlende Lichterflut verschwenderisch über ihn ergießt. Der kalte Winterwind zerrt an seinem schäbigen Mantel, nasse Schneeflocken, silbern aufglänzend im Licht, wirbeln um seine schmächtige Gestalt, der Asphalt zu seinen Füßen ist von Schneematsch bedeckt. An ihm vorbei hasten die Menschen; die Köpfe geneigt, die Kragen hochgeschlagen, eilen sie durch die abendliche Straße, die jetzt zu dieser Stunde gedrängt voll ist.

Es ist so kalt und ungemütlich, daß selbst die Frauen, die sonst an keinem Schaufenster vorbeigehen können, vor dem Modehaus Tavern nicht stehenbleiben. Die eleganten Damen, die hier kaufen, sind bei diesem Wetter sowieso nicht unterwegs. Sie sitzen beim Tee, beim Bridge oder fahren allenfalls in einem der lautlosen Wagen vorbei.

Auch die Mädchen, die aus den Büros der Umgebung kommen, verlangsamen ihre Schritte nicht. Höchstens werfen sie einen kurzen Blick in die Auslage. Sie kennen das Kleid. Es liegt schon seit fünf Tagen da. Zum Wochenende wird Tavern seine Auslage wechseln, dann kann man wieder einmal stehenbleiben, kann einen langen, sehnsüchtigen Blick auf unerfüllte Träume werfen. Bei einem Monatsgehalt von 400 oder bestenfalls 600 Mark kauft man nicht bei Tavern.

Nicht einer der Vorübergehenden nimmt das seltsame Bild wahr. Dieses ungleiche Paar: der alte Mann vor dem Fenster und hinter der Scheibe das glitzernde, schimmernde Märchenkleid. Zwei Welten. Es führt kein Weg von solch einem Kleid zu diesem Mann. Nicht einmal die Brücke der Phantasie kann diese zwei verbinden. Aber sie sehen sich dennoch an, der alte Mann und das Kleid. Das Kleid hochmütig, fern, uninteressiert. Es ist aus zartfarbenem Duchesse. Schwer zu bestimmen, was das für eine Farbe ist. Es ist nicht blau und nicht grau und nicht rosé, es ist eine Mischung aus allem, wie ein ganz blasser Frühlingsabendhimmel sieht es aus, von irgendwoher noch überflogen von einem letzten Sonnenschimmer. Auf dem gebauschten Rock und auf der linken Brustseite sind kleine Perlen in einem losen Bogen aufgestickt. Darum sprüht das Licht der Schaufensterbeleuchtung regenbogenfarbig von dem Kleid zurück. Neben dem Kleid liegt wie zufällig ein Ohrgehänge aus Opalen, schwermütige Tropfen, ein wenig seitlich steht ein Paar helle Seidenpumps mit schwindelnd hohen Absätzen. Und im Hintergrund des Schaufensters, so als hätte sie jemand dort aus Versehen liegengelassen, ganz flüchtig hingeworfen, findet sich noch eine breite, glänzende Wildnerzstola.

Alles natürlich ohne Preis.

Es ist ein typisches Tavern-Schaufenster. Ohne Preise und immer nur ein oder zwei kostbare Stücke. Die Frauen, die hier kaufen, fragen nicht nach dem Preis. Erst wenn sie das Scheckbuch aus der Tasche ziehen.

Der alte Mann betrachtet das Kleid fasziniert, mit großen andächtigen Augen. Mit geradezu liebevollen Augen sieht er es an. Nicht heute zum erstenmal. Er hat es gestern betrachtet und am Tag zuvor auch schon.

Dazwischen ist er noch vor anderen Geschäften stehengeblieben. Es glitzert auch in anderen Schaufenstern. Aber nicht so wie hier.

Woanders glitzert es billig. Hier ist eine Kostbarkeit zur Schau gestellt. Den Unterschied bemerkt der alte Mann sehr wohl. Er weiß auch, daß Tavern ein teurer Laden ist. Er hat zwar noch nie ein Damenmodengeschäft betreten, kein billiges und kein teures, aber er kennt den Unterschied dennoch.

So wie er die Stadt kennt. Er hat ja Zeit und geht viel spazieren. Früher hat er dabei nie die Auslagen solcher Geschäfte betrachtet. Aber nun, seit einigen Wochen, seit die fünf neuen, sauberen Hundertmarkscheine in seiner Brieftasche stecken, bleibt er vor den Schaufenstern stehen. Vor Schaufenstern, in denen solche Kleider liegen.

Heute ist er zum drittenmal hier. Vorgestern hat er flüchtig gedacht: Das ist es. So eines müßte es sein. Gestern hatte er das Kleid wie einen guten Bekannten begrüßt. Und heute hat er Angst gehabt, es könnte nicht mehr da sein. Jetzt, in der Woche vor Weihnachten, verschwinden schöne Kleider manchmal schnell aus den Schaufenstern. Als er es wiedersah, hat er erleichtert gelächelt, es eine Weile betrachtet, aber dann doch nicht den Mut gehabt, den Laden zu betreten.

Langsam, in tiefes Nachdenken versunken, ist er eine Viertelstunde lang durch die umliegenden Straßen gelaufen. Soll er oder soll er nicht? Es gibt so vieles, was wichtiger ist als solch ein Kleid. Genaugenommen ist es ein Wahnsinn. Nein. Kein Wahnsinn. Ein Märchen. Und Märchen müssen manchmal wahr werden. Man kann nicht immer nur mit der Wirklichkeit leben.

Er, ja, er kann es. In seinem Kopf und in seinem Herzen sind Märchen und Wirklichkeit längst eine glückliche Verbindung eingegangen. Er ist alt und in seinem Herzen ist Frieden eingekehrt. Seine Wirklichkeit ist seit langem mit vielen Märchen der Phantasie herausgeputzt. Es lebt sich gut damit. Aber sie – sie lebt nur mit der harten Wirklichkeit. Man sieht es ihren Augen an und dem müden Zug von Resignation um ihren Mund. Für sie hat es nie ein Märchen gegeben. Und wenn keiner ihr ein Märchen schenkt, dann will er es tun. Ihre Augen sollen strahlen, ihr Mund lächeln. Er glaubt ihr leises, verwundertes »Oh!« zu hören, er sieht vor sich ihr fassungsloses Staunen, mit dem sie das Kleid betrachten wird. »Für mich?« wird sie fragen. »Das kann doch nicht möglich sein.«

Ein zärtliches Lächeln tritt auf seine Lippen. Das Kleid im

Fenster gewinnt Leben, er sieht ihre Schultern darin, den schlanken Hals, das zarte, schmale Gesicht darüber. Dieses ernste, müdgewordene Gesicht.

Er geht zur Tür, faßt entschlossen nach der Klinke, und, immer noch das Lächeln um den Mund, betritt den Laden.

Eine schlanke, junge Dame lehnt gelangweilt an einem Chippendale-Tischchen und sieht einer zierlichen Blondine zu, die vor einem Spiegel steht und die gebauschte Locke über ihrer Stirn etwas tiefer zieht.

Im Hintergrund bei den Ankleidekabinen sind die Direktrice und eine dritte junge Dame um eine Kundin bemüht, die ein schwarzes Wollkleid probiert und sich prüfend von der Seite im Spiegel betrachtet.

»Um die Hüften ist es ein wenig eng, nicht?« sagt sie, gerade als Tobias Ohl seinen Fuß auf den dezent gemusterten, weichen Teppich des Verkaufsraumes der Firma Tavern setzt.

»Eine Kleinigkeit, gnädige Frau«, antwortet die Direktrice. »Wir richten Ihnen das sofort. Übermorgen haben Sie das Kleid.«

»Und das blaue auch, nicht wahr? Wir fahren am zweiten Feiertag nach Pontresina. Da brauche ich sie beide. Eigentlich müßte ich noch ein neues Cocktailkleid haben. Ich weiß nicht, mir werden jetzt alle Sachen zu eng. Es ist schrecklich, wenn man älter wird. Wo kommen bloß diese verflixten Polster her?«

»Aber gnädige Frau! Bei Ihrer Figur! Sie können sich doch nicht beklagen. Seit Sie bei uns kaufen, hat sich Ihre Figur nicht im geringsten geändert«, ruft die Direktrice beschwörend.

Die Dame lächelt dankbar. »Wirklich?«

Sie streift mit einem Seitenblick die Direktrice, die man gut und gerne als mollig bezeichnen kann. Da ist sie allerdings schlanker. Wenn sie aber Tilly, die Verkäuferin, ansieht – die Dame seufzt wieder. Keinen Kuchen, kein Konfekt in Zukunft. Und von der Weihnachtsgans auch nur ein paar Bissen.

Die Direktrice hat natürlich den Eintretenden wahrgenommen. Ein flüchtiger Blick hat ihr genügt. Nicht nötig, daß sie sich darum bemüht. Vermutlich irgend jemand, der sammeln kommt. Wenn man es nicht Betteln nennen will. Jetzt vor Weihnachten hat das wieder schrecklich überhandgenommen.

Die junge Dame mit dem kurz geschnittenen braunen Pagenkopf hat sich lässig von dem Chippendale-Tischchen gelöst und ist Tobias Ohl einen Schritt entgegengegangen. Auch sie hat mit einem Blick erkannt, daß es sich hier um keinen Kunden handelt.

»Bitte?« fragt sie kühl, ohne zu lächeln.

Tobias' Brille hat sich beschlagen, als er ins Warme kam. Und er ist auf einmal schrecklich verlegen. Er nimmt die Brille ab, putzt sie umständlich, wozu er ein großes, weißes Taschentuch aus der Hosentasche zieht, räuspert sich, blickt aus blauen, kurzsichtigen Augen auf das blasse Marmorgesicht vor sich, das er nur verschwommen sieht, und schließlich: »Ich komme – eh, wegen... ja, das Kleid.«

Nun ist die Brille klar. Er setzt sie umständlich wieder auf, lächelt die junge Schönheit schüchtern an und fügt eilig hinzu: »Das Kleid im Fenster.«

Der Pagenkopf zieht fragend die Brauen hoch. Die Blonde vor dem Spiegel dreht sich um und mustert den komischen Mann, der offenbar doch ein Kunde ist, erstaunt.

»Das Kleid im Fenster?« wiederholt der Pagenkopf und kommt einen Schritt näher.

»Ja«, sagt Tobias, nun etwas entschiedener. »Das Abendkleid. Ich möchte es kaufen.«

»Oh!« Ein Lächeln, etwas mühsam und gequält. »Bitte sehr. Sie meinen dieses hier?«

Das Mädchen schiebt den silbergrauen Vorhang beiseite, der die Auslage vom Verkaufsraum trennt.

Tobias nickt. »Ja. Dieses.«

»Ein sehr elegantes Kleid«, sagt die junge Dame gewohnheitsmäßig. »Aus unserer neuen Kollektion. Sie wollen es als ... als Weihnachtsgeschenk?«

Tobias lächelt. »Ja«, sagt er, seine Stimme klingt weich und warm, »für meine Tochter.«

Der Pagenkopf lächelt auf einmal auch. Es geht so etwas Warmherziges, Gütiges von dem alten Mann aus, erweckt eine ferne, vage Erinnerung. Er sieht fast aus wie Papa, denkt das Mädchen. Wenn Papa noch lebte, wäre er jetzt auch so alt. Ob er mir auch ein Kleid kaufen würde? Mein Gott, wovon? Es hat ja meist nicht einmal für neue Schuhe für uns gereicht.

Die junge Dame und der alte Mann lächeln sich eine Sekunde

lang an wie alte Freunde. Alle mondäne Tünche scheint von dem Mädchen abgefallen.

»Ein schönes Geschenk«, sagt sie. »Da wird sich Ihre Tochter freuen.«

Tobias nickt. »Das hoffe ich. Wissen Sie, sie hat noch nie ein so schönes Kleid gehabt. Selber würde sie es sich ja nie kaufen. Aber wenn ich es ihr schenke – dann muß sie es auch anziehen.«

»Natürlich«, sagt das Mädchen lächelnd. Und sie denkt: ob er eine Ahnung hat, was das Kleid kostet?

Die Direktrice, die die Unterhaltung nicht ganz verstanden hat, aber immerhin begreift, worum es geht, ist herangekommen. Sie beugt sich zu den beiden, die immer noch in das Fenster blicken, und sagt geschmeidig: »Der Herr interessiert sich für das Modell Arc-en-ciel?«

Tobias dreht sich leicht erschreckt um. Aber er ist nun nicht mehr schüchtern. Er ist im Laden, er hat fünf neue Hunderter in der Tasche, und die junge Dame ist sehr freundlich.

»Arc-en-ciel?« wiederholt er geläufig und mit tadelloser Aussprache. »Regenbogen? Was für ein schöner Name für das Kleid. Jetzt gefällt es mir noch besser als vorher.« Und vollends ungeniert fragt er nun: »Was kostet es denn?«

Die Direktrice denkt: er wird es sowieso nicht kaufen. Was der sich wohl vorstellt? Immerhin, man kann nie wissen. Vielleicht einer, der aus Snobismus so herumläuft. Heutzutage ist alles möglich. Die Gräfin Canigan trägt prinzipiell bei jedem Empfang ihr altes Samtkleid aus der Vorkriegszeit. Darüber allerdings einen Chinchilla. Die Leute sind manchmal komisch. Das Kleid liegt seit fünf Tagen im Fenster. Wir haben wenig Kunden für so ein Modell. Vielleicht mal eine Schauspielerin. Die Frauen, die sonst zu uns kommen, brauchen schmale, geschickte Kleider, die sie schlank machen. Die Ballsaison kommt zwar erst. Es war überhaupt zu früh, das Kleid ins Fenster zu legen. Aber Tavern wollte es. Er sagte, es gäbe ihm ein weihnachtliches Gefühl. Und es käme überhaupt nicht auf das Kleid an, sondern daß jemand die Nerzstola kauft, wir haben sie noch vom vorigen Winter. Aber wenn ich das Kleid jetzt draußen hatte, kann ich es im Januar nicht wieder legen. Wenn der Alte es nimmt, haben wir die Losung heute wesentlich verbessert. War ein schlechter Tag. Weihnachtsgeschäft war bei uns noch nie viel.

Während ihr das alles durch den Kopf fährt, lächelt sie verbindlich, zieht fünfzig Mark ab und sagt: »Vierhundertzwanzig.«

Der Pagenkopf blickt gespannt in das Gesicht des Mannes, der ihrem Vater ähnlich sieht. Jetzt wird er wohl einen Schreck bekommen, etwas Entschuldigendes murmeln und den Rückzug antreten.

Aber Tobias lächelt fröhlich und sagt: »Na, das geht ja. Dann packen Sie es mir mal ein.«

Der Pagenkopf läßt ein leises, glückliches Lachen hören. Sie ist in diesem Moment direkt glücklich darüber, daß die Tochter von dem netten alten Mann das Kleid kriegen soll.

»Aber wird es Ihrer Tochter auch passen?« fragt sie eifrig.

»Ach so«, meint Tobias. »Stimmt. Daran habe ich noch gar nicht gedacht.«

»Sie entschuldigen mich«, sagt die Direktrice. »Ich habe eine Kundin, die auf mich wartet. Fräulein Monika wird Sie weiter bedienen.«

»Aber bitte sehr«, erwidert Tobias höflich, »lassen Sie sich nicht aufhalten.« Ganz sicher nun, mit den Allüren eines Mannes von Welt, nickt er der Direktrice zu. »Vielen Dank.«

Unwillkürlich neigt die Direktrice ihren Kopf ein wenig tiefer als beabsichtigt. Dieser komische Alte scheint dennoch ein Herr zu sein. Französisch kann er auch. Nun ja, man weiß nie, wen man vor sich hat. Vielleicht ein alter Diplomat, der auf dem Lande lebt. So was gibt es. Mit einem Lächeln wendet sie sich wieder dem schwarzen Wollkleid zu, das nach Pontresina will.

Der Pagenkopf Monika ist inzwischen aus den Schuhen geschlüpft, steigt nun in die Auslage und löst den Regenbogen vorsichtig vom Boden.

»Ein entzückendes Kleid«, sagt sie und hält es in die Höhe, als sie wieder vor Tobias steht.

»Ja«, sagt er. »Ein sehr hübsches Kleid. Es wird Elisabeth sehr gut stehen.«

»Was hat Ihre Tochter für eine Figur?«

Tobias legt den Kopf ein wenig zur Seite und überlegt. »Eine sehr gute Figur. Sie ist schlank und ziemlich groß.« Er läßt seinen Blick über Monika gleiten und fügt hinzu: »Eigentlich so eine Figur wie Sie.«

Monika lächelt erfreut. »Dann wird es ihr passen.«

Und plötzlich, ganz von selbst, nur um dem alten Mann eine Freude zu machen, fragt sie: »Wollen Sie es mal angezogen sehen?«

»Aber ich bitte Sie«, sagt Tobias etwas verlegen, »ich will Ihnen keine Mühe machen.«

Die Blonde, die hinter Tobias' Rücken steht, tippt mit dem Finger an ihre Stirn. Diese Monika hat wohl einen Stich. Wozu denn das? Es ist zehn Minuten vor Ladenschluß. Der Alte nimmt das Kleid auch so.

Aber Monika läßt sich nicht beirren. Weil es kurz vor Weihnachten ist? Oder weil der Mann ihrem Vater ähnlich sieht? Sie mag ihn, sie weiß auch nicht, warum.

»Das ist keine Mühe«, sagt sie liebenswürdig. »Und es ist bei uns üblich, den Kunden die Kleider vorzuführen. Nehmen Sie einen Augenblick Platz. Ich bin gleich wieder da.«

Sie weist auf einen der zierlichen Stühle und verschwindet im Hintergrund, das Kleid über dem Arm.

Tobias setzt sich. Interessiert blickt er sich um. So sieht es also aus in so einem Geschäft. Hübsch. Hier kaufen sicher nur reiche Leute. Und jetzt kauft er hier. Ein Kleid für Elisabeth. Was sie wohl sagen wird? Sie wird sprachlos sein. Noch fünf Tage bis Weihnachten. Er kann es kaum erwarten.

Sein Blick streift das blonde Mädchen, das ein Stück entfernt von ihm steht und ihn neugierig betrachtet. Sie hat zu runde Lippen, und die Unterlippe läßt sie hängen.

Eine Gans, denkt Tobias. Das sieht man gleich. Aber diese Monika ist nett. Und sehr hübsch. So hübsch könnte Elisabeth auch aussehen, wenn sie sich etwas zurechtmachen würde. Und hübsche Kleider tragen würde. Aber sie hat nie Geld gehabt für hübsche Kleider. Sie malt sich die Lippen ein bißchen rot, das ist alles. Und sie ist immer so ernst. So ... so bedrückt. Es ist auch kein Wunder bei dem Leben, das sie führt.

Wie schon so oft überkommt ihn tiefe Traurigkeit bei dem Gedanken an Elisabeths unerfülltes Leben. Keinen Mann, keine Kinder, kein Glück. Sie ist jetzt vierunddreißig. Und sie hat resigniert. Sie sucht nicht mehr nach dem Glück. Sie wartet nicht mehr darauf. Sie hat verzichtet. Und daran war Anna schuld, sie hat Elisabeth immer unterdrückt, gequält, ihr jedes Selbstvertrauen genommen. Mir ja auch, denkt er. Mir auch, ein ganzes Leben lang. Und nun ist sie tot. Wir sind frei von ihr. Mein Leben ist vorbei. Ich beklage mich auch nicht. Aber für Elisabeth soll es nicht vorbei sein. Und darum schenke ich ihr das Kleid.

Es ist albern, von einem Kleid soviel zu erwarten. Er weiß es selbst. Kann das Kleid vielleicht Elisabeths Leben ändern, den täglichen eintönigen Trott, das stumpfsinnige Einerlei, kann es ihr die verlorene Jugend wiedergeben? Kann es Paul wieder lebendig machen, das Kind? Aber es durfte einfach nicht zu Ende sein für Elisabeth. Zu Ende, ehe es begonnen hat. Manchmal geschehen ganz unerwartete Dinge. Manchmal werden Märchen eben doch wahr.

Wann Elisabeth das Kleid tragen soll, daran denkt er nicht.

Jetzt tritt Monika im Hintergrund zwischen dem Vorhang heraus. Und wie sie kommt, gleicht sie einer unwirklichen Märchengöttin, die sich auf die Erde verirrt hat. Eine hübsche, moderne junge Frau war sie zuvor gewesen. Jetzt ist sie eine Prinzessin. Sie kommt langsam, mit dem schiebenden Schritt des Mannequins, auf Tobias zu. Ihre nackten Schultern schimmern seidig, sie trägt den Hals stolz und gerade, und die Perlen auf dem hellen Untergrund der Seide reflektieren vielfarbig das Licht der Lampen.

Kurz vor Tobias bleibt sie stehen, dreht sich dann in rascher Wendung, geht einige Male vor ihm auf und ab, wendet dann den schlanken Körper lässig aus der Hüfte und lächelt ihn an.

»Nun?« fragt sie, »zufrieden?«

»Wunderbar«, sagt Tobias hingerissen. »Wunderbar. Sie sehen großartig aus.«

»Nicht ich. Das Kleid.«

»Sie auch. Es steht Ihnen großartig.«

»Hoffen wir, daß es Ihrer Tochter auch so steht. Und falls irgend etwas nicht ganz paßt, soll sie bitte herkommen, wir ändern das.«

Tobias blickt ihr stumm nach, bis sie hinter dem Vorhang verschwindet. Auf einmal erfüllt tiefe Verzagtheit sein Herz. Das ist ja Wahnsinn, was ich tue. Was soll Elisabeth mit dem Kleid? Sie paßt nicht hinein. Sie wird niemals so gehen und stehen können. Und sie muß ja auch Schuhe dazu haben. Und die Frisur müßte anders sein. Sie müßte sich schminken. Und ... und ... überhaupt. Und endlich kommt ihm auch der naheliegende Gedanke: Und wann soll sie es eigentlich anziehen?

Als Tobias nach Hause kam, war Elisabeth schon da. Er hatte damit gerechnet. Schloß deshalb ganz leise die Tür auf, steckte horchend den Kopf vor und schlich dann rasch in sein Zimmer, wo er den umfangreichen Karton erst mal unter sein Bett schob.

Dann kehrte er in den Korridor zurück, schloß geräuschvoll die Haustür, hüstelte unternehmungslustig und zog den Mantel aus.

Elisabeth steckte den Kopf zur Küchentür heraus. »Aber Vater«, sagte sie vorwurfsvoll, »so spät? Bei dem Wetter und diesem schrecklichen Verkehr. Warum kommst du denn nicht früher heim?«

Tobias rieb sich vergnügt die Hände. »Scheußliches Wetter, ja. Und die Straßenbahn war wieder voll. Aber ich hatte noch zu tun. Jawohl. Ich hatte in der Stadt zu tun.«

»So?« sagte Elisabeth lächelnd, angesteckt von seiner Heiterkeit. »Und ich dachte, du würdest drüben bei Herrn Mackensen Schach spielen.«

»Keine Zeit«, meinte Tobias gewichtig, »jetzt vor Weihnachten kann man nicht den ganzen Nachmittag mit Schachspielen verplempern. Man muß sich umsehen draußen. Kann sein, daß einem das Christkind begegnet. Kann immerhin sein.«

Elisabeth lachte. »Ich glaube kaum, daß das Christkind bei diesem Wetter in der Stadt spazierengeht. Und wie es scheint, suchst du es schon mehrere Tage. Herr Mackensen sagte mir, daß du in dieser Woche jeden Tag in die Stadt gegangen wärst.«

Tobias folgte seiner Tochter in die Küche, schnupperte nach dem Herd hin, wo es in der Pfanne verheißungsvoll brutzelte.

»Mein lieber Freund Mackensen ist ein altes Tratschweib«, sagte er. »Du hast ihn also über mich ausgehorcht?«

Elisabeth wendete das Fleisch mit der Gabel und erwiderte: »Was bleibt mir anderes übrig? Von dir erfahre ich ja nicht, was du treibst. Ich war drüben, um dich zu holen. Und er sagte mir: ›Liebes Fräulein Elisabeth, Ihren Herrn Papa habe ich seit Tagen nicht gesehen. Jeden Nachmittag sehe ich ihn zur Straßenbahn traben, und dann kommt er erst nach Hause, kurz ehe Sie kommen. Und heute nicht mal das. Ich fürchte, er hat sich eine Freundin angelacht.‹«

Tobias gluckste vor Vergnügen. »Hat er das gesagt? Das sieht ihm ähnlich. Spioniert mir vom Fenster aus nach. Muß viel Zeit haben, der Gute.«

»Wenn keiner mit ihm Schach spielt...«, sagte Elisabeth. »Erkältet ist er auch. Er sagte, er hätte sich eine Flasche Rum gekauft und hätte vorgehabt, heute nachmittag mit dir einen Grog zu trinken.«

Tobias winkte großzügig ab. »Den Grog bekomme ich morgen auch noch. Er wird nicht die ganze Flasche heut' auspicheln. Und nun«, er legte den Kopf schief und hob bedeutungsvoll den Zeigefinger, »nun muß ich auch nicht mehr in die Stadt.«

»Nein?«

»Nein. Heute habe ich das Christkind nämlich getroffen. Justament heute lief es mir über den Weg.«

»Wirklich?« Elisabeth stellte die Teller auf den Tisch. »Wir können essen.«

»Moment, ich muß mir nur die Hände waschen.« Immer noch strahlend über das ganze Gesicht, verschwand Tobias aus der Küche.

Elisabeth blickte ihm lächelnd nach. Doch während sie die Bratkartoffeln und das Gemüse in die Schüsseln tat, glitt das Lächeln von ihrem Gesicht und machte einer leisen Melancholie Platz.

Wie sich der Vater auf Weihnachten freute! Wie ein Kind. Er lief in der Stadt herum, um etwas für sie einzukaufen. Wie immer hatte er sich wohl ein paar Mark zusammengespart und überraschte sie dann mit einem Geschenk. Irgendeine Kleinigkeit, ein neuer Schal, eine Schachtel Pralinen, ein Buch. Viel konnte er nicht kaufen. Und es war ganz überflüssig, daß er überhaupt etwas kaufte.

Weihnachten! Was bedeutete das schon. Weihnachten, das war ein Tag, den sie fürchtete. Ein Tag, an dem man mehr nachdachte, als gut war.

Wenn es nach ihr gegangen wäre, dann hätte man von Weihnachten gar keine Notiz genommen. Aber das duldete Tobias nicht. Er wollte einen kleinen Weihnachtsbaum haben, ein festliches Essen, dann las er die Weihnachtsgeschichte vor, und früher hatte er sogar verlangt, daß man Weihnachtslieder singen sollte.

Aber das hatte Anna sich verbeten. In den ersten Nachkriegsjahren, als sie noch zu dritt in einem Zimmer wohnten, zusammen mit vielen Menschen in einer alten häßlichen Wohnung, da war sowieso keine Weihnachtsstimmung aufgekommen. Das Leben war zu trist, zu schwierig.

Aber als sie dann vor vier Jahren die kleine bescheidene Wohnung hier erhalten hatten – zugewiesen vom Wohnungsamt und hauptsächlich deswegen, weil Anna krank war, gelähmt schon seit Jahren –, hatte Tobias in aller Naivität erklärt: »Dieses Jahr werden wir wieder einmal richtig Weihnachten feiern.«

Elisabeth erinnerte sich noch gut an den verächtlichen Blick, mit dem ihre Mutter ihn angesehen hatte.

»Feiern?« hatte sie mit ihrer harten, klanglosen Stimme gesagt, »ich wüßte nicht, wieso wir Grund zum Feiern hätten.«

Aber Tobias hatte sich nicht beirren lassen. Er brachte einen kleinen Christbaum mit, schmückte ihn liebevoll und hatte auch seine Geschichte vorgelesen. »Und es begab sich zu der Zeit . . .«

Als er geendet hatte, mit einem nachdrücklichen ». . . und den Menschen ein Wohlgefallen«, hatte er erst seine Frau angesehen und dann Elisabeth.

Elisabeth hatte ihm zugelächelt, dankbar, voller Liebe und ein wenig traurig.

Anna aber hatte starr vor sich hin geblickt. Weder Mann noch Tochter sah sie an, auch nicht den Christbaum. Ihre Lippen waren zusammengepreßt und ihre Augen dunkel vor Gram. Nur ein Mensch, der so harmlos war wie Tobias, konnte es fertigbringen, dann noch zu sagen: »Und nun wollen wir ›Stille Nacht, heilige Nacht‹ singen.«

Anna hatte sich böse aufgerichtet in ihrem Stuhl und ihn heftig angefahren: »Sei still! Hör auf mit dem Unsinn. Singen! Für uns gibt es kein Weihnachten mehr. Hast du vielleicht vergessen, daß Johannes fehlt?«

Tobias zog den Kopf zwischen die Schultern und schwieg bestürzt. Alle drei saßen noch eine Weile stumm vor dem leuchtenden Baum.

Elisabeth erinnerte sich an diesen Abend, als sei es gestern gewesen. Wie sie mit blicklosen Augen in die Kerzenflammen gestarrt hatte, Verzweiflung im Herzen, ungeweinte Tränen in der Kehle, und dabei gedacht hatte, immer wieder die gleiche bange Frage: Wird es immer so sein? Wird keiner von uns mehr glücklich sein können?

Über zehn Jahre war es her, daß Johannes tot war. Johannes, ihr Bruder. In Rußland gefallen. Johannes, der Liebling seiner Mutter, der einzige Inhalt ihres Lebens, der einzige Mensch, den sie je geliebt hatte. Und dessen Tod sie nicht vergessen konnte. Und nicht verzeihen. Nicht Gott, nicht den Menschen, nicht den beiden, die ihr geblieben waren.

Manchmal dachte Elisabeth: Wenn ich doch gestorben wäre! Wenn ich tot wäre und Johannes lebte, dann wäre alles gut.

Im vergangenen Jahr hatte sie allein mit ihrem Vater Weihnachten gefeiert. Anna war im November zuvor gestorben. Schwer und lange war sie gestorben. Trotz allem Haß und Widerwillen, den sie gegen das Leben empfand, hatte sie sich nur schwer davon gelöst.

Es war eine harte Zeit für Elisabeth gewesen. All die Jahre zuvor schon war sie die Krankenpflegerin ihrer Mutter gewesen, neben ihrer Arbeit im Büro und im Haushalt. Und zuletzt, als Anna im Bett lag, von Schmerzen gepeinigt, von Unruhe, von Schlaflosigkeit geplagt, hatte es auch für Elisabeth keine Ruhe, keine Entspannung, keinen Schlaf gegeben.

Und dazu Annas dunkle Augen, die ihr ständig folgten. Die bösen Worte, die Kränkungen – bis zuletzt.

»Schön bist du nie gewesen. Nur leichtsinnig. Leichtsinnig und dumm. Was aus dir werden soll, wenn ich tot bin, das wissen die Götter. Du und dein Vater, zwei Träumer, zwei Toren, beide nicht imstande, mit dem Leben fertig zu werden.« Es war nicht nur eine schwere Pflicht, es war auch demütigend, Anna zu dienen. Es stahl Elisabeth den letzten Rest ihrer Jugend, das letzte Lachen, es machte ihre Schultern müde, ihre Augen düster.

Es war eine Erleichterung, als Anna endlich tot war, eine Erleichterung für beide, für Vater und Tochter. Sie sprachen es nicht aus, aber jeder wußte vom anderen, was er dachte und fühlte. Und ihre Zuneigung, ihre zärtliche Bindung aneinander war noch enger, noch liebevoller geworden.

Das Weihnachtsfest war darum auch nicht erfreulicher geworden. Der kleine Christbaum, die Weihnachtsgeschichte, ein Glas Punsch. Vom Singen sprach Tobias nicht mehr. Später kam Herr Mackensen herüber, der Nachbar, und brachte sein Schachbrett mit.

Das war eine Neuerung. Solange Anna lebte, hatte er sich gehütet, die Wohnung seines Freundes Ohl zu betreten. Tobias stahl sich gelegentlich zu ihm hinüber. Er wußte, daß Anna diese Ausflüge mißbilligte.

Die beiden alten Herren spielten Schach, und Elisabeth saß allein vor dem Christbaum, starrte in die Flammen und dachte wie früher auch: Und nun? Das ist alles? Bleibt es immer so?

Anna hatte recht gehabt. Sie war nicht fähig gewesen, ihr Leben zu meistern. Sie lebte neben dem Leben her. Aber es war ganz unwichtig, wie sie lebte. Keiner fragte danach.

Doch, ihr Vater! Er war das einzige, was sie besaß auf der Welt. Wenn sie daran dachte, daß er nun auch schon 71 war und sie vielleicht eines Tages verlassen würde, wurde ihr kalt. Erst dann würde ihre Einsamkeit vollkommen sein.

Elisabeth erwartete auch von dem diesjährigen Weihnachtsfest nichts Besonderes. Es würde sein wie im vergangenen Jahr. Mit Punsch, Schach und Herrn Mackensen. Daß ihr Vater so geheimnisvoll tat und immer aufgeregter wurde, je näher der 24. Dezember kam, bereitete sie keineswegs auf die Überraschung vor, die ihr bevorstand.

Tobias war ein Mensch, der immer sehr intensiv lebte, ein Mensch, der sich über die winzigste Kleinigkeit freuen konnte. Nicht einmal die Ehe mit Anna hatte seinen Optimismus, seine Lebensfreude zerstören können.

Dann war der große Abend da. Er begann wie immer. Elisabeth kam schon am frühen Nachmittag aus dem Geschäft, die Arme voller Einkäufe. Am Nachmittag machte sie die Wohnung sauber, wobei sie erstaunt feststellte, daß ihr Vater den Kleiderschrank, der in seinem Zimmer stand, abgeschlossen hatte.

»Ich muß mich aber umziehen«, sagte sie.

»Sag mir, was du brauchst, ich gebe es dir heraus«, erwiderte Tobias eifrig.

»Was hast du denn für Schätze da drin?« fragte Elisabeth, nun doch ein wenig neugierig.

»Weiter nichts, weiter nichts. Nur eine Kleinigkeit«, rief er vergnügt. »Eine winzige Kleinigkeit. Aber du sollst es nicht sehen.«

Elisabeth lächelte. »Also gut, dann gib mir das blaue Kleid heraus.«

Das blaue Kleid war das beste Stück. Sie besaß es seit drei Jahren.

Sie mußte aus dem Zimmer hinausgehen, als Tobias den

Schrank aufschloß. Seine Augen glitzerten geradezu vor spitzbübischer Freude, als er ihr das Kleid durch den Türspalt reichte.

»Ein hübsches Kleid, dieses blaue«, sagte er dabei, »es steht dir gut.«

»Hm«, machte Elisabeth nicht sehr überzeugt. Sie war fest entschlossen, sich diesmal im Ausverkauf ein neues Kleid zu kaufen. Irgendwie würde sie es schon herauswirtschaften.

Als dann der Christbaum brannte, blickte sie neugierig nach dem runden Tisch, wo sie dem Vater seine Kiste Zigarren, die Flasche Kognak und ein Paar neue warme Hausschuhe aufgebaut hatte. Für sie lag nichts da.

Tobias konnte seine Ungeduld kaum bezähmen. Er las die Weihnachtsgeschichte wie immer. Aber wie es Elisabeth schien, hatte er es heute sehr eilig damit. Er las recht schnell.

Und kaum war er fertig, sprang er auf und rief: »So! Und nun...«

An der Tür blieb er stehen, wandte sich um und sagte bedeutungsvoll: »Jetzt wollen wir mal sehen, was mir das Christkind für dich gegeben hat. Wollen mal sehen, ob was da ist.« Elisabeth blieb regungslos sitzen. Was es wohl sein mochte, daß er gar so wichtig damit tat? Lieber Gott, hoffentlich konnte sie sich wirklich darüber freuen. Nun, sie würde sich freuen, auf jeden Fall, und wenn es das Unmöglichste war, was er erstanden hatte.

Aber als er dann zur Tür hereinkam, langsam und feierlich, und am ausgestreckten Arm das Kleid trug, das auf einem Bügel hing, war sie so sprachlos, so erstaunt, daß sie nichts sagte und sich nicht rührte.

Tobias trat vor sie hin und sagte mit vor Erregung zitternder Stimme: »Das ist für dich, Elisabeth!«

Elisabeth starrte stumm das Kleid an, dann ihn. Dann wieder das Kleid. Die helle Seide glänzte. In den Perlen spiegelten sich vielfarbig die Lichter des Weihnachtsbaums.

»Das ist für mich?« fragte sie schließlich tonlos.

»Ja«, bestätigte Tobias eifrig. »Ein Abendkleid. Oder ein Cocktailkleid, wie man heute sagt. Es ist ein Modell von Tavern. Du kennst doch Tavern, nicht?«

Elisabeth nickte stumm.

»Ein Modell«, wiederholte Tobias nachdrücklich. »Und es wird dir bestimmt passen. Und wenn nicht, sollst du hinkommen, sie ändern es. Du mußt zu Fräulein Monika gehen, die ist sehr nett. Sie hat mir das Kleid vorgeführt. Es sieht herrlich aus. Wirklich. So auf dem Bügel wirkt es natürlich nicht. Du mußt es anziehen, Elisabeth.«

»Ich?« fragte Elisabeth erstickt.

Sie streckte die Hand aus, um das Kleid zu berühren. Doch ihre Hand blieb in der Luft hängen. Sie sah, daß das Kleid teuer, daß es kostbar war. Sie wußte, daß Tavern einer der elegantesten Läden der Stadt war.

Und für sie ein Kleid von Tavern. Ein Abendkleid! Mein Gott, wozu? Warum? Wofür?

»Aber ...«, begann sie und blickte hilflos ihren Vater an.

»Du hast noch nie ein schönes Kleid gehabt«, erklärte Tobias eifrig. »Noch nie. Du bist eine junge Frau und mußt auch einmal etwas Besonderes haben. Wenn du ausgehst ...«

»Wenn ich ausgehe ...«

»Ja«, Tobias wurde unsicher, als er ihr starres Gesicht sah.

»Ins Theater oder so. Das blaue Kleid hast du lange genug getragen. Du kannst es jetzt ins Büro anziehen. Aber das hier, das wirst du anziehen, wenn du ausgehst.«

»Aber ich ...« Elisabeth spürte, wie ihr Tränen in die Augen stiegen, »ich gehe ja nicht aus. Wohin denn? Und mit wem? Und das muß doch furchtbar viel Geld gekostet haben?«

Tobias machte eine wegwerfende Bewegung mit der linken Hand. Das Kleid, das er immer noch in der rechten hielt, schwankte ein wenig mit.

»Hübsche Sachen kosten immer Geld. Es heißt ›Regenbogen‹, das Kleid. Modelle haben immer einen Namen. ›Arc-en-ciel‹ heißt es. Ist doch ein hübscher Name, ›Regenbogen‹, findest du nicht? Und er paßt gut zu dem Kleid. Siehst du, wie die Steine glitzern? In allen Farben.« Seine Stimme war leiser geworden, unsicher. Und plötzlich wußte er, daß er etwas ganz Törichtes getan hatte.

»Regenbogen«, wiederholte Elisabeth leise, und eine erste Träne glitt aus ihrem Augenwinkel.

»Aber woher ... woher hattest du das Geld?«

Tobias lachte. Es klang unfrei, ängstlich. »Das weißt du nicht. Das kannst du ja nicht wissen. Ich habe im Toto gewonnen. Vor vier Wochen. Und ich habe es dir nicht gesagt. Aber ich habe mir gleich vorgenommen, dir etwas Hübsches zu Weihnachten zu schenken. Etwas Besonderes, etwas, was du noch nie gehabt hast. Ein Abendkleid.«

»Ein Abendkleid«, flüsterte Elisabeth. »Ein Abendkleid für mich.« Ihr Kopf sank vornüber. Sie schlug die Hände vors Gesicht und schluchzte. Sie weinte so verzweifelt, wie sie noch nie in ihrem Leben geweint hatte. Viele Jahre Einsamkeit flossen in diesen Tränen mit. Alle Liebe, die sie nicht empfangen, alle Zärtlichkeit, die es für sie nie gegeben hatte, alle Freuden der Jugend, die sie nie zu spüren bekommen hatte, beweinte sie mit diesen Tränen.

Es war ein rapider Ausbruch jämmerlicher Verzweiflung, der ihr alle Besinnung raubte. Und den ein Kleid mit dem Namen Regenbogen verursacht hatte.

Tobias stand fassungslos. Er legte das Kleid vorsichtig auf einen Stuhl, trat zu Elisabeth und schlang beide Arme um sie.

»Aber Kind«, sagte er unglücklich, »aber Kind, was hast du denn?«

Doch Elisabeth konnte so schnell nicht aufhören zu weinen. Obwohl sie sich verzweifelt bemühte, sich zu beherrschen, obwohl sie wußte, wie bitter sie ihren Vater enttäuscht hatte, gelang es ihr nicht, die Fassung wiederzugewinnen.

Doch schließlich wurde sie ruhiger. Das Gesicht in seinem Arm verborgen, flüsterte sie: »Verzeih mir, Vater. Verzeih mir ...«

Tobias streichelte über ihr weiches, dunkelblondes Haar.

»Elisabeth«, sagte er, »mein kluges, braves Mädchen. Was hab' ich angerichtet! Mein Gott, Elisabeth, ich wußte ja nicht, daß du so unglücklich bist.«

Elisabeth befreite sich behutsam aus seinem Arm, stand auf, ging zum Fenster, starrte einen Augenblick auf die Gardine, putzte sich dann energisch die Nase und drehte sich um.

»Ich bin nicht unglücklich, Vater«, sagte sie mit noch bebender Stimme. »Nur ... nur albern.«

Sie zwang sich zurückzugehen, trat vor den Stuhl, auf dem das Kleid lag, sah es an, hob es dann am Bügel hoch und sagte: »Ein wunderschönes Kleid, Vater. Wirklich, ganz wunderschön. Nur für mich ... was soll ich damit?« Das wußte Tobias jetzt auch nicht mehr zu sagen. Aber er wußte, daß er alles falsch gemacht hatte. Das war es, was Anna immer gesagt hatte. Du bist ein Phantast, ein Träumer. Du hast überhaupt keinen Sinn für die Realitäten des Lebens.

Ja, Anna hatte recht gehabt. Das zeigte sich jetzt wieder. Er schenkte seiner Tochter ein Modellkleid für 420 Mark. Seiner Tochter, die mit ihm in dieser bescheidenen Wohnung lebte, weder einen Mann noch einen Freund besaß, für 500 Mark im Monat als zweite Buchhalterin in einem kleinen Betrieb arbeitete, womit sie ihn und sich ernährte. Und dazu ein Modellkleid von Tavern.

Arc-en-ciel.

Regenbogen.

Bis eine halbe Stunde später Herr Mackensen mit dem Schachbrett unter dem Arm aufzog, hatte Elisabeth sich beruhigt. Tobias war sehr still und sehr kleinlaut geworden. Der »Regenbogen« hing am Haken an der Tür. Die Kerzen am Christbaum waren gelöscht. Und die Hängelampe mit dem lachsfarbenen Schirm, ein altmodisches Ding, die über dem runden Tisch hing, konnte ihm kein Geglitzer entlocken. Seltsam tot und fad wirkte Herrn Taverns beschwingte Schöpfung in dieser Umgebung, in die sie nicht hineingehörte. Das Kleid spürte es wohl selbst. Es sah leblos aus, farblos, schon angepaßt der kleinbürgerlichen Umgebung. Ein Geschöpf, das seine Bestimmung verfehlt hatte.

Flüchtig hatte Elisabeth daran gedacht, daß sie es ihrem Vater zuliebe einmal anziehen müßte. Aber sie brachte es nicht über sich. Nicht heute.

Und Tobias, der diese erste Anprobe im Geist so oft erlebt hatte, dachte auch nicht mehr daran. Vielmehr überlegte er, ob man das Luxusding nicht zurückbringen konnte. Ein peinlicher Weg würde es sein. Fräulein Monika würde sich wundern. Und das hochnäsige blonde Ding ein spöttisches Gesicht machen. Und erst die Direktrice. Nein, dazu fehlte ihm der Mut.

Elisabeth konnte das vielleicht besser. Wenn sie hinging und sagte: »Wissen Sie, mein Vater ist ein bißchen vertrottelt. Ich brauche dieses Kleid nicht.«

Ob er ihr das vorschlug? Nicht heute. In den nächsten Tagen vielleicht.

Sie saßen beide verlegen herum, redeten ein bißchen hin und her. Tobias durchblätterte die Zeitung, die er schon gelesen hatte, und Elisabeth rauchte hintereinander mehrere Zigaretten, was sie sonst nie tat.

Herrn Mackensens Erscheinen wurde daher lebhaft von beiden begrüßt. Da Elisabeth sich inzwischen die Augen ausgewaschen und die Nase gepudert hatte, bemerkte er nichts von vergossenen Tränen. Aber natürlich sah er das Kleid. Schließlich hatte ihm Tobias genug davon erzählt.

»Oh!« sagte Herr Mackensen. »Ah! Donnerwetter. Was für ein Prachtstück, Fräulein Elisabeth. Da werden Sie wie eine Königin auftreten.«

Herr Mackensen, groß und breit und dick, mit seinem runden, roten Gesicht, den schütteren weißen Haaren und der Andeutung eines Kropfes, stand bewundernd vor dem »Regenbogen«, wagte aber nicht, daran zu rühren.

»Da haben Sie sich aber gefreut, was?«

»Ja«, sagte Elisabeth und konnte schon wieder lächeln.

»So einen Vater muß man haben. Da ist man fein heraus. Paßt es denn nun auch?«

»Ja, paßt großartig«, sagte Tobias eilig, um Herrn Mackensens Vorschlag, Elisabeth möge das Kleid anziehen, zuvorzukommen.

Aber Herr Mackensen fragte dennoch: »Kriege ich es auch mal vorgeführt?«

Elisabeth lächelte hilflos.

»Sicher«, sagte Tobias ruhig. »Aber nicht heute. Elisabeth muß sich erst die richtigen Schuhe dazu kaufen. Und was sonst eben noch dazu gehört.« Er machte eine vage Bewegung über den »Regenbogen« hin, um die Accessoires anzudeuten, die noch vonnöten waren.

Ja natürlich, dachte Elisabeth, Schuhe, eine Abendtasche und irgend etwas darunter. Ein Mieder oder so etwas. Zumindest ein trägerloser Büstenhalter, denn die Schultern würden ja nackt sein. Das alles müßte man dazukaufen.

Was für ein Unsinn! Jetzt zog sie das Kleid im Geiste schon an. Sie betrachtete es schon als Eigentum. Ihr Kleid. Und gerade eben, ehe Herr Mackensen kam, hatte sie darüber nachgedacht, ob sie es vielleicht umtauschen könnte. Wenn sie zu Tavern ging ...

Sie brauchte nötig einen neuen Wintermantel. Oder wenigstens ein einfaches Kleid. Vielleicht bekam man beides für das Geld.

Herr Mackensen faßte nun doch mit spitzen Fingern nach dem Rock des Kleides und hob ihn ein wenig hoch.

»Wunderbarer Stoff«, sagte er. »Wie geschaffen zum Tanzen. Wann werden Sie es denn zum erstenmal ausführen?«

Elisabeth seufzte leise und erwiderte geduldig: »Ich weiß noch nicht. – Darf ich Ihnen ein Glas Punsch einschenken, Herr Makkensen?«

»Natürlich, mein Kind, schönen Dank.« Herr Mackensen placierte liebevoll sein Schachbrett auf den Tisch und setzte sich schnaufend. Aber mit seinem Thema war er noch nicht fertig.

»Sie haben da doch immer ein Betriebsfest bei Ihrer Firma. Das wäre doch eine gute Gelegenheit, nicht?«

Tobias hob rasch den Kopf und schaute angeregt zu Elisabeth hinüber. Das Betriebsfest, natürlich. Daran hatte er noch gar nicht gedacht. Das war doch bald wieder fällig. Vielleicht konnte sie es wirklich bei dieser Gelegenheit anziehen. Da wurde auch getanzt. Und Elisabeth konnte ihren Kollegen einmal zeigen, wie ein Kleid von Tavern aussah.

Elisabeth blickte von Herrn Mackensen zu Tobias. Sie sah ihm an, was er dachte. Auch, daß er sich von seinem Schreck zu erholen begann und neue Hoffnung schöpfte.

»Das ist eine gute Idee«, sagte sie. »Zum Betriebsfest also.«

Keiner der beiden Männer hörte die Ironie in ihrer Stimme.

Das Betriebsfest fand alljährlich am 1. Februar statt. Denn an einem 1. Februar vor etlichen Jahren war die Firma gegründet worden. Der Seniorchef, der sich vor zwei Jahren zur Ruhe gesetzt hatte, kam aus diesem Anlaß immer von seinem Häuschen am Chiemsee in die Stadt hinein. Der Juniorchef, der auch schon ein reifer Mann war, tat alles, um den Abend zu einem gelungenen Fest zu machen. Jedenfalls was er sich so darunter vorstellte. Er war ein Spießer und durchaus nicht geneigt, mehr auszugeben, als unbedingt nötig war.

Seit Jahren schon mietete man das Nebenzimmer in einem bürgerlichen Gasthaus, ein paar Luftschlangen und drei oder vier Lampions bildeten die Dekoration, getanzt wurde nach dem Plattenspieler. Es gab ein kräftiges Essen und für jeden einen Liter Bier oder zwei Viertel Wein. Was darüber hinausging, mußte jeder selbst bezahlen.

Wenn Elisabeth sich vorstellte, daß sie bei dieser Gelegenheit in dem »Regenbogen« auftreten sollte, mußte sie lachen. Nicht mehr weinen. Lachen jetzt. Mit dem Weinen war sie fertig geworden. Schon am nächsten Tag war es ihr möglich, das Rührende und Gutgemeinte an des Vaters Geschenk zu sehen.

Herr Bossert, der Inhaber des mittleren Elektrogroßhandels, der ihr Chef war, würde vor fassungslosem Staunen vom Stuhl kippen, wenn sie in dem Modellkleid erscheinen würde. Seine Frau würde sie vermutlich den ganzen Abend schneiden. Die Kolleginnen würden tuscheln. Nackte Schultern, ein glänzendes, schimmerndes Gewebe, glitzernde Perlen. Bisher hatte es das blaue Kleid abwechselnd mit einem glatten schwarzen Jerseykleid, dem anderen Höhepunkt ihrer Garderobe, getan. Und nun dies. Es war unvorstellbar. Der alte Herr, der schon ein bißchen verkalkt war, aber immerhin Humor besaß, würde vielleicht seinen Spaß daran haben. Und natürlich Felix Lenz, der treue Felix, er würde sie bewundernd anstarren. Aber das tat er ja immer. Dazu war kein »Regenbogen« nötig.

Felix Lenz, erster Buchhalter bei Bossert und Sohn und damit ihr unmittelbarer Vorgesetzter, war der einzige Verehrer, den Elisabeth seit Jahren besaß. Sie arbeiteten zusammen in einem Zimmer, saßen sich täglich an den beiden Schreibtischen gegenüber, und es bestand wohl kein Zweifel daran, daß Herr Lenz sie liebte.

Er hatte es nie gesagt. Aber er fand alles wunderbar, was sie tat und sagte. Er kochte mehrmals am Tage Kaffee für sie beide – er tat das, und Elisabeth mußte sich von ihm bedienen lassen. Im Frühling fand sie manchmal ein Veilchensträußchen und im Sommer eine Rose auf ihrem Schreibtisch. Das war alles. Wenn man Herrn Lenz' bewundernde Blicke nicht zählen wollte, die Elisabeth folgten, wo sie ging und stand.

Die Mädchen und Frauen in der Firma hatten ihren Spaß daran. Und Lissy, die kecke Sekretärin von Herrn Bossert, hatte einmal zu Elisabeth gesagt: »Warum heiraten Sie den Felix eigentlich nicht?« Sicher, Herr Lenz war Witwer. Wenn Elisabeth ihm einen Heiratsantrag machen würde, konnte sie möglicherweise mit seinem Jawort rechnen. Herr Lenz seinerseits hatte sich nie erklärt. Und würde es wohl auch nicht tun. Er war 58, mehr als zwanzig Jahre älter als Elisabeth. Und zudem hatte er ein zages Herz und eine schüchterne Seele. Er fand Elisabeth schön. Er fand sie überwältigend. Er würde es nie wagen, das erste Wort zu sprechen. Beim Betriebsfest saß er immer neben ihr, das war Tradition. Und sie tanzten öfter zusammen. Besonders Walzer tanzte Herr Lenz hervorragend, rechtsherum, linksherum, wie man es haben wollte. Und manchmal verstieg er sich dazu, Elisabeth nach dem Tanz die Hand zu küssen. Es war zu komisch, sich vorzustellen, daß sie beim Betriebsfest in dem Modellkleid von Tavern auftreten würde. Aber Herr Mackensen sprach im Laufe des Januar öfter davon, und auch Tobias hatte sich mit dem Gedanken vertraut gemacht. Elisabeth hatte nicht das Herz, ihn zu enttäuschen. Sie hatte das Kleid inzwischen angezogen, es paßte wirklich.

Der Januar verging. Elisabeth hatte ihr Vorhaben, zu Tavern zu gehen und einen Umtausch zu versuchen, immer noch nicht ausgeführt. Sie verschob es von einem Tag auf den anderen. Dagegen kaufte sie sich wirklich eines Tages einen trägerlosen Büstenhalter und probierte das Kleid noch einmal in aller Heimlichkeit an, abends, als der Vater nebenan beim Schachspielen war.

Das Kleid paßte. Und es veränderte sie auf geheimnisvolle Weise. Sie drehte sich vor dem Spiegel im Korridor, in dem sie sich nur halb sehen konnte. Ihre Schultern waren gerade und gut geformt. Sie raffte das Haar, das sie halblang und glatt trug, über den Ohren ein wenig hoch, schob eine Welle in die Stirn. So. Dann beugte sie sich nahe zum Spiegel und betrachtete prüfend ihr Gesicht.

Es war schmal und ein wenig blaß. Die Nase gerade und schmalrückig, der Mund groß und weich gekurvt. Am schönsten waren vielleicht die Augen. Schmalgeschnittene Augen von einem samtenen Grau.

Sie hatte sich nie gefallen. Langweilig sah sie aus. Vielleicht glaubte sie das auch nur, weil ihre Mutter es immer gesagt hatte.

»Ich war ein schönes Mädchen. Und Johannes war schön. Schon als Kind. Du siehst langweilig und fad aus. Du gehst nach deinem Vater, schon als Kind warst du langweilig.«

So etwas haftet.

Und ihre Figur? Wenn ein Modellkleid von Tavern ihr wie angegossen paßte, konnte die Figur nicht schlecht sein. Woran lag es bloß, daß sie nicht so reizvoll war wie andere Frauen? Woran lag es, daß kein Mann sie ansah, daß keiner sie hatte haben wollen?

Nur Paul. Der hatte sie geliebt. Und er hatte sie schön gefunden. Aber damals war sie jung. Jung und glücklich. Das machte wohl den ganzen Unterschied aus.

Mitte Januar ging Elisabeth zum Friseur und ließ sich Dauerwellen machen und dabei die Haare ein wenig kürzer schneiden. Es machte sie jünger. Und schließlich, wenige Tage vor dem Betriebsfest, erstand sie im Ausverkauf ein Paar silberne Abendschuhe. – Sie nannte sich selbst verrückt, als sie die Schuhe anprobierte. Natürlich würde sie sie nicht kaufen. Bloß mal anprobieren. Aber dann, als sie ihren Fuß im Spiegel sah, graziös und schmal auf dem hohen Absatz, kaufte sie die Schuhe doch.

Für Tobias war es inzwischen eine feststehende Tatsache, daß sie das Kleid behalten und zum Betriebsfest zum erstenmal anziehen würde. Nachher konnte man vielleicht einmal ins Theater gehen. Gelegentlich leisteten sie sich das.

Das Betriebsfest fiel auf einen Samstag. An diesem Tag wurde nicht gearbeitet, und Elisabeth ging vormittags zum Friseur. Zu einem teuren Modefriseur in der Stadt. Der junge Mann, der sie bediente, fragte höflich: »Und wie wünschen Sie die Frisur, gnädige Frau?«

Elisabeth blickte ratlos in den Spiegel. »Oh, ich weiß nicht. Irgendwie ein bißchen ... ein bißchen besonders. Ich gehe heute abend aus.«

Als sie nach Hause kam, war ihr Vater entzückt.

»Warum läßt du dich nicht immer so frisieren? Du siehst reizend aus.«

Sie gefiel sich selber. Die Haare waren leicht gebauscht, fielen in weichen Wellen über das halbe Ohr, und zwei kurze Spitzen ragten in die Stirn.

In der Kunst des Make-up war sie nicht bewandert. Aber sie hielt sich dennoch heute länger als gewöhnlich vor dem Spiegel auf, puderte sich, zog die Lippen tiefrot nach und dunkelte auch die Augenbrauen.

Und dann, immer noch ungewiß, ob sie es wagen sollte oder nicht, zog sie den »Regenbogen« an und die neuen Schuhe.

»Siehst du«, sagte Tobias tief befriedigt, als sie sich ihm präsentierte, »ich habe es ja gewußt. Du machst zuwenig von dir her.

Ein richtiges Kleid und ein bißchen Drum und Dran und schon bist du eine ganz andere Frau. Siehst du jetzt, daß ich recht habe?«

Elisabeth lachte unsicher und ein wenig glücklich.

Tobias ließ es sich nicht nehmen, Herrn Mackensen herbeizuzitieren, und der brachte auch noch seine Frau Berger mit, die ihm den Haushalt führte und sowieso längst neugierig darauf war, das berühmte Kleid zu sehen.

Von den drei alten Leuten eskortiert und mit bewundernden Ausrufen bedacht, verließ Elisabeth die Wohnung, halb im Traum, halb von Angst gepeinigt. Ihr einfacher, dunkler Wintermantel nahm sich seltsam aus über dem Märchenkleid. Und erst die silbernen Schuhe dazu.

Als sie unten auf der Straße stand, empfangen von einem eiskalten Wind, war sie jäh ernüchtert. Lieber Himmel, dieses Kleid, die silbernen Schuhe. Und dazu das Nebenzimmer des Gasthauses. Herr Bossert. Die Kollegen. Frau Bossert. Es war unmöglich, in dieser Aufmachung dorthin zu gehen.

Langsam ging sie bis zur Straßenbahnhaltestelle, schaudernd vor Kälte. Das Kleid war ein Nichts. Und ihr Mantel nicht sehr warm. Über dieses Kleid gehörte ein Pelz.

Den Mantel bis zum Hals zugeknöpft, stieg sie in die Straßenbahn. Sie hatte das Gefühl, jedermann starrte auf ihre Schuhe. Sie hätte für den Weg ein Paar andere Schuhe anziehen sollen. Aber ihre Sorgen waren überflüssig. Es war Ballsaison, Fasching. Sie entdeckte ein junges Paar, das offensichtlich zu einem Kostümfest ging. Das Mädchen trug auch silberne Schuhe. Und unter ihrem Mantel sah man die glänzende rote Seide ihres Kostüms.

Am Stachus mußte Elisabeth umsteigen. Als die Straßenbahn kam, glaubte sie darin zwei ihrer Kolleginnen aus dem Büro zu erkennen. Sie wich zurück und ließ die Bahn fortfahren. Und auf einmal wußte sie ganz genau, daß sie in diesem Aufzug nicht zu dem Betriebsfest gehen konnte.

Morgen würde sie ihrem Vater und Herrn Mackensen erzählen, daß es sehr nett gewesen sei, daß sie sich sehr gut amüsiert und alle ihr Kleid sehr bewundert hätten.

Sie verließ die Insel der Straßenbahn, überquerte den Platz und ging die Neuhauser Straße entlang, mit schnellen Schritten, als hätte sie ein Ziel.

Aber sie hatte keins. Was sollte sie tun? Sie konnte nicht vor zwölf Uhr nach Hause kommen. Nein, das war auch zu früh. Sie war sonst nie vor ein Uhr nach Hause gekommen. Wo sollte sie so lange bleiben?

Schließlich rettete sie sich in ein Kino. Sie sah nicht viel von dem Film, ganz erfüllt wieder von schwermütigen Gedanken. Das zaghafte Glücksgefühl, das sie empfunden hatte, als sie sich anzog und schön machte, war vergangen.

Das teure Kleid. Die Schuhe, die hübsche Frisur. Wozu das alles? Für sie war es lächerlich. Für sie gab es das alles nicht. Sie mußte sich damit verstecken.

Schwierig wurde es, als das Kino zu Ende war. Nachdem die Leute sich verlaufen hatten, war die Straße ziemlich leer. Vorübergehende Männer sahen sich nach ihr um, lächelten ihr zu. Schließlich rettete sie sich in ein Espresso-Café, das noch geöffnet war. Sie bestellte Kaffee, saß bewegungslos, den Mantel fest um sich gezogen. Hier saßen meist junge Leute, Paare, die ungeniert miteinander flirteten. Man beachtete sie weiter nicht.

Zwischen halb zwölf und zwölf wurde es leer in dem Lokal. Sie blickte auf die Uhr. Konnte sie es wagen, nach Hause zu gehen? Es war zu früh. Der Vater ging nie zeitig schlafen, er würde noch auf sein. Was sollte sie sagen, was erzählen? Würde sie es fertigbringen, ihm ungeniert ins Gesicht zu lügen? Sie hatte keine Übung im Lügen.

Eine Weile lief sie wieder durch die Straßen. Es war inzwischen bitterkalt geworden, und es fing an zu schneien. Die Schneeflocken tanzten anmutig im Licht der Straßenlampen, setzten sich ihr ins Haar. Die neue Frisur würde verderben. Aber was lag daran. Es war alles egal.

Sie kam sich verlassen und ausgestoßen vor wie nie in ihrem Leben. Sie war allein.

Annas höhnische Stimme: Du bist nicht schön. Du bist langweilig. Immer gewesen. – Und der Vater schenkte ihr ein Märchenkleid. Ein Kleid für das arme Aschenbrödel. Aber sie war viel ärmer als Aschenbrödel. Es gab keinen Ball, auf den sie gehen konnte, und ein Prinz begegnete ihr auch nicht.

Arc-en-ciel!

Für sie gab es keinen Regenbogen, um darauf zu tanzen. Nur die graue, nüchterne Wirklichkeit. Ein Platz hinter dem Schreibtisch. Zahlenreihen. Das bescheidene Heim. Und natürlich der

Vater. Sie durfte nicht undankbar sein. Solange er lebte, war sie nicht allein. Nicht ungeliebt. Aber wenn er sie verlassen würde, dann würde die Einsamkeit vollkommen sein. Für immer würde sie dann allein bleiben.

»Nun, mein Fräulein, ganz allein?«

Erschreckt blickte sie auf. Dicht neben ihr, sich zu ihr neigend, ein gelbliches, grinsendes Männergesicht. Verhangene Augen unter öligem Haar.

Auch das noch. Natürlich, eine Frau, die um diese Zeit allein durch die Straßen lief, ohne Ziel, ohne Eile, ließ nur eine Deutung zu.

Sie machte hastig kehrt und lief in entgegengesetzter Richtung weiter.

Wie töricht! Sie hätte natürlich geradeaus weitergehen müssen. Durch ihr Kehrtmachen bewies sie ja, daß sie kein Ziel hatte. – Sie rutschte. Die Straßen waren glatt geworden, der dünn fallende Schnee gefror auf dem Pflaster, und in den silbernen Schuhen ließ es sich schlecht laufen.

Dann merkte sie, daß der Mann ihr nachkam. Sie beschleunigte ihren Schritt, rutschte wieder, wäre beinahe gestürzt.

Da war der Kerl wieder da.

»Warum denn so eilig? Es ist glatt, Sie werden hinfallen. Wollen wir nicht irgendwo einen Schnaps trinken? Das wärmt so schön. Falls uns nicht etwas Besseres einfällt, wie wir uns wärmen könnten, wie?«

Er lachte meckernd, griff nach ihrem Arm.

Elisabeth hatte ihn mit einem erschreckten Seitenblick gestreift. Vor seiner Hand wich sie zur Seite, und ohne sich umzusehen, lief sie auf die Fahrbahn, um auf die andere Seite der Straße zu gelangen.

Sie hörte das Quietschen der Bremsen, spürte den harten Stoß an ihrem Körper, der sie umwarf. Es war keine Zeit mehr, um zu schreien. Aber merkwürdigerweise dachte sie: Regenbogen!

Ihr Kopf schlug hart auf den Bordstein, dann ein dunkles Gewölk, ein jäher Schmerz, der ihren Körper wie ein Messer durchfuhr, und dann wirklich ein Regenbogen. Schimmernd und vielfarbig spannte er sich in den schwarzen Himmel hinein. Und sie glitt über ihn hinweg, tanzte auf ihm entlang und stürzte ins Dunkel.

GREGOR

Der große Wagen stand still. Zwei erschreckte Gesichter starrten durch die Windschutzscheibe. Von allen Seiten kamen auf einmal Leute herbei. Nicht viele, aber es sammelte sich doch eine kleine Gruppe, magnetisch angezogen von dem Unfall.

Der Kerl mit dem gelblichen Gesicht verdrückte sich eilig, hastete in eine Nebenstraße.

Der Mann, der am Steuer des Wagens saß, schreckerstarrt für einen kleinen Moment, stieg aus. Als er sich über die bewußtlose Frau am Straßenrand beugte, fiel ihm das dunkle Haar in die Stirn.

Die Leute, die herumstanden, betrachteten ihn neugierig. Und dann wurde er erkannt.

Eine Mädchenstimme rief erstaunt: »Der Gregor!«

Der Mann schien es nicht zu hören.

Die Frau, die noch im Wagen saß, öffnete jetzt die Tür und fragte ängstlich: »Was ist los? Ist ihr was passiert?«

Veit Gregor gab keine Antwort. Er kniete auf der Straße. Behutsam hob er den Kopf der bewußtlosen Frau etwas an. Schwer und leblos hing er in seiner Hand.

Die Leute redeten wirr durcheinander.

»Ein Arzt muß her!«

»Besser nicht anrühren!«

»Sie ist mit dem Kopf auf die Bordsteinkante geschlagen!«

Und eine gehässige Stimme: »Man muß eine Blutprobe machen.«

Alle starrten den Mann an. Die verunglückte Frau war nicht interessant. Aber Veit Gregor kniete im Straßenschmutz. Sein Mantel war auseinandergefallen, man sah den Smoking darunter.

Ist sie tot? dachte Gregor. Nein, das kann nicht sein. Ich habe sie bloß gestreift. Der Stoß hat sie umgeworfen. Bin ich zu schnell gefahren? Sie ist mir direkt in den Wagen gelaufen. Sie kam von seitwärts und war plötzlich da.

Er hob den Kopf und sah in neugierige Augen, die ihn anstarrten, begierig, erwartungsvoll.

»Veit Gregor!« flüsterte wieder die Mädchenstimme, andächtig und bewundernd.

Es fehlt noch, daß sie mich um ein Autogramm bitten, dachte Gregor. Sie tun es immer und überall, warum nicht jetzt auch. Der arrogante Zug erschien um seinen Mund, mit dem er sich vor den Menschen schützte. Seine Stimme klang herrisch, als er sagte: »Ein Arzt! Wohnt hier ein Arzt in der Nähe?«

»Die Funkstreife muß her«, das war wieder die gehässige Stimme.

»Natürlich«, erwiderte Gregor kalt. »Kann man hier irgendwo telefonieren?«

Man konnte. Wenige Schritte entfernt war ein kleines Weinlokal. Der Mann mit der gehässigen Stimme steuerte gewichtig darauf zu. Und gleich darauf strömten die Gäste des Lokals auch auf die Straße. Die Menschengruppe um die Verunglückte war nun recht ansehnlich.

Die Frau im Wagen schob einen Fuß heraus, einen schmalen Fuß in einer winzigen Brokatsandalette. Als sie die nasse Straße sah, zog sie ihn schnell wieder zurück. Vor den neugierigen Augen verbarg sie sich im Dunkel des Wagens. Aber man hatte sie bereits ebenfalls erkannt. Sonja Markov, die junge Nachwuchsschauspielerin, das Starlet. Gerade in dieser Woche war auf einer Illustrierten ein Titelfoto von ihr zu sehen. Schmale grüne Nixenaugen unter einem Hügel wilder, roter Haare. Wer die Zeitung las, wußte, daß sie seit einiger Zeit die ständige Begleiterin von Veit Gregor war. So jedenfalls nannten es die Zeitungen.

»Was ist denn?« rief sie jetzt verärgert aus dem Wagen. »Greg! Ist es etwas Ernsthaftes?«

Gregor wandte sich nicht zu ihr um. Er hielt immer noch den Kopf der Frau. Er hätte sich gern niedergebeugt, um an ihrer Brust zu lauschen, ob das Herz noch schlug. Aber es würde eine so pathetische Geste sein. All die neugierigen, die bösartigen, die feindlichen Augen um ihn hielten ihn davon ab. Schließlich faßte er nach dem Puls der Frau.

Er konnte nichts fühlen. Er war selbst zu aufgeregt. Sein Herz schlug rasend. In seinem Kopf wirbelten die Gedanken. Das muß mir passieren, ausgerechnet mir. Was für Schereien! Habe ich viel getrunken heute abend? Drei oder vier Whisky. Das ist für mich so gut wie gar nichts. Kommt darauf an, wie die Polizei es sieht. Für sie ist es immer ein gefundenes Fressen, jemanden wie mich in die Finger zu kriegen. Daß ich viel trinke, weiß jeder. Es steht oft genug in der Zeitung. Sie werden sagen, ich war betrunken.

Der Skandal mit Sonja war noch keine Woche her. Breit und ausführlich hatte die Presse über seine Auseinandersetzung mit ihr berichtet. Daß er sie geohrfeigt und sie ihm den Sekt aus ihrem Glas ins Gesicht geschüttet hatte. In aller Öffentlichkeit.

Es war nicht so wichtig, solche Szenen waren zwischen ihnen an der Tagesordnung. Nur eben, daß die Außenwelt davon erfuhr, sein Publikum, das war lästig. In einer Situation wie der heutigen schadete ihm das. Zum Teufel mit dieser Person! Sie war ihm direkt in den Wagen gelaufen.

Er kniete immer noch auf dem Boden und kam sich lächerlich vor. Eine komische Rolle, die er da spielte. In keinem Drehbuch würde die Szene so lange dauern. Die Überfahrene, blaß und ohnmächtig, und dann Großaufnahme, das Gesicht Veit Gregors, wie er sich über sie neigt, bestürzt, Schreck und Erbarmen im düsteren Gesicht. Aus. Abblenden! Hier war es anders. Hier mußte er bleiben, eine andauernde Großaufnahme, und in seinem Gesicht waren weder Schreck noch Erbarmen, nur Ärger und Verdruß. Und dieser verdammte Pöbel stand herum und starrte ihn an. Diese Gans, diese Sonja rief dazu nach ihm aus dem Wagen. Sie sollte endlich ihren dummen Mund halten. Er konnte jetzt nicht aufstehen und den Kopf der Frau wieder in den Schneematsch legen, das hätte schlecht ausgesehen.

Erstmals betrachtete er das Gesicht der Frau genauer. Ein schmales, sanftes Gesicht, nicht mehr jung, aber gut geformt. Ihr Haar war naß und verwirrt. Unter dem Mantel sah er helle, schimmernde Seide. Offensichtlich war die Frau auf dem Weg oder auch auf dem Heimweg von einer Gesellschaft. Warum lief sie da auf der Straße herum? Jeder vernünftige Mensch setzte sich in ein Taxi.

Endlich. Die Funkstreife. Erleichtert legte Gregor den Kopf der Frau wieder auf die Straße und stand auf. Aus den Augenwinkeln sah er, daß sich der Kreis der Neugierigen noch vergrößert hatte. Waren die Journalisten schon da? Sicher doch. Gleich würde der erste ihn anquatschen. Veit Gregor verursacht Unfall in der Innenstadt. Veit Gregor überfährt eine Frau. – Was für herrliche Überschriften.

Gut, daß er nicht mehr getrunken hatte. Sonja konnte das bezeugen. Ach was, Sonja. Sie war als Zeugin nicht zu gebrauchen. Und vermutlich hatte sie mehr getrunken als er. Sie würde die Sache nur noch schlimmer machen. Aber tot konnte die Frau nicht sein. Keinesfalls. Seine Räder hatten sie nicht berührt. Nur der Kotflügel hatte sie zur Seite geschleudert. Davon starb man nicht.

Dann nahm alles seinen sachlichen Verlauf. Die Fragen der Polizisten, seine Bremsspur, ein Arzt, schließlich ein Krankenwagen. Die Frau war noch immer bewußtlos.

Sie war ihm in den Wagen gelaufen. Zeugen? Nein, bedaure, Zeugen hatte er nicht. Die Leute waren erst später gekommen.

Ärgerlich blickte Gregor den fragenden Beamten an: »Sie müssen mir schon so glauben. Sie lief ganz plötzlich, ohne sich umzublicken, auf die Fahrbahn. Mir direkt vor den Kühler.«

Der Beamte war sehr höflich. Natürlich kannte auch er den berühmten Schauspieler. Er wandte sich an die umstehenden Leute. Zwar bekam er allerhand Meinungen zu hören, aber keine präzisen Angaben... Keiner hatte den Unfall aus der Nähe gesehen.

»Der Wagen fuhr sehr schnell. Ich würde sagen, schneller als 50«, das war wieder die gehässige Stimme.

Gregor schoß einen scharfen, bösen Blick zu dem Sprecher hin. Ein schmalbrüstiger, älterer Mann, typischer Miesmacher. Einer von denen, für die Schauspieler und vornehmlich Filmschauspieler zur Ausgeburt der Hölle gehörten.

Auch an Sonja wurden einige Fragen gerichtet. Aber sie benahm sich unpassend wie immer. »Es ging so schnell«, hauchte sie. »Ich habe gar nicht richtig gesehen, wie es passiert ist. Ich sprach gerade mit Herrn Gregor und achtete nicht auf die Straße.«

Sie sprach stockend, betonte bewußt den fremden Akzent ihrer Sprache. Natürlich, dachte Gregor wütend, auch das noch. In der Zeitung würde dann stehen, sie hätten wieder einmal Streit gehabt. Und deswegen hätte er nicht auf die Straße geachtet. Warum, zum Teufel, hatte er das Frauenzimmer nicht längst hinausgeworfen. Sie ruinierte seine Nerven; Liebe und Haß, Glut und Kälte in jähem Wechsel, und dabei so dumm, daß sie nicht einmal begriff, was sie jetzt sagen mußte.

Die dunkel ummalten Augen weit geöffnet, blickte sie den fragenden Polizisten mit der hilfeflehenden Unschuld eines Kindes an.

»Können wir jetzt fahren? Wir müssen zum Filmball. Es ist sowieso schon so spät. Um zwölf ist die Starparade, und wir müssen dabeisein. Wir kommen sicher zu spät.«

»Bedaure«, sagte der Beamte höflich. »Wenn ich Sie noch bitten dürfte, sich mit ins Polizeipräsidium zu bemühen. Nur einige Formalitäten.«

Die Blutprobe, dachte Gregor, natürlich.

»Oh«, flüsterte Sonja, »das ist ja schrecklich. Greg, was machen wir da bloß? Wir werden zu spät kommen. Classen wartet auf uns. Du solltest noch ein paar Worte sprechen zum Auftakt.«

»Halt den Mund«, sagte Gregor grob. »Das ist jetzt nicht wichtig.«

Er blickte den Beamten fragend an. »Soll ich mit Ihnen kommen, oder kann ich mit meinem Wagen fahren?«

»Sie können selbstverständlich mit Ihrem Wagen fahren. Es ist doch weiter nichts daran?«

»Nein, nein, sicher nicht«, antwortete Gregor. »Es war wirklich nur ein leichter Anprall. Meiner Meinung nach kann der Frau nicht viel passiert sein. Wann kann ich das übrigens erfahren?«

»Sie können nachher in der Klinik anrufen.«

»Gut«, sagte Gregor ungeduldig, »fahren wir.«

Die neugierigen Augen waren nicht mehr zu ertragen. Stärker

noch als sonst empfand er Haß gegen die Menschen. Er haßte sie immer. Er haßte sein Publikum. Je mehr es ihn liebte, um so mehr haßte er es. Er konnte es nur ertragen, wenn er es nicht sah. Sie sollten ihn bewundern, ihn lieben, sie sollten an ihn denken, von ihm träumen, meinetwegen an ihn schreiben, er brauchte es ja nicht zu lesen. Lydia besorgte die Verehrerpost.

Er stieg rasch in seinen Wagen. Einen letzten Blick noch warf er auf das Pflaster. Kein Blut. Keine Spur mehr von ihr. Schon deckte der Schnee den dunklen Fleck zu, wo sie gelegen hatte.

Die Formalitäten auf der Polizei waren rasch erledigt. Sonja zierte sich ein wenig, als sie ihr Alter angeben sollte. Sie gab sich allgemein für 23 aus. Daß sie 26 war, flüsterte sie dem vernehmenden Beamten schamhaft ins Ohr und fügte eine Bitte um Diskretion hinzu.

Der Beamte grinste. Sorgen hatten diese Leute.

»Selbstverständlich, Fräulein«, sagte er gutmütig. »Von uns erfährt niemand etwas.«

Sonja wandte sich pikiert ab. Fräulein! Sie war bereits zweimal verheiratet gewesen. Es war immer sehr schwierig gewesen, die Geschichte aufrechtzuerhalten, daß sie das erstemal mit sechzehn Jahren geheiratet hatte. Aber schließlich hatte sie sich so in ihr eigenes Märchen eingelebt, daß sie in diesem Augenblick selbst überrascht war, schon 26 zu sein.

Sie warf einen raschen Blick auf Gregor. Hatte er die 26 gehört?

Natürlich hatte Gregor es gehört. Aber er gab kein Zeichen, kein Grinsen, keine spöttische Bemerkung. Es war ihm gleichgültig. Die ganze Sonja war ihm gleichgültig, das entdeckte er in diesem Moment. Außerdem hatte er ihr die 23 nie geglaubt. Die 26 waren auch kaum zu glauben. Wenn sie getrunken hatte, wenn sie wütend war und ihm eine Szene machte, sah sie aus wie 36. Nur ihr Körper war jung.

»Können wir jetzt endlich gehen?« fragte Sonja ungeduldig.

»Bitte sehr«, erwiderte der Beamte höflich. »Das wäre im Moment alles.« Und zu Gregor gewandt: »Ich kann Sie ja jederzeit erreichen. Oder verreisen Sie in nächster Zeit?«

»Nein. Nicht vor März. Außerdem möchte ich jetzt noch nicht

gehen. Ich möchte wissen, was aus der ... aus dieser Frau geworden ist.«

»Aber Greg!« rief Sonja klagend. »Das erfährst du morgen noch früh genug. Wir sind sowieso schon so spät dran. Die Parade hat bestimmt schon angefangen.«

Gregor sah sie nicht an. Sein Mund war schmal und hochmütig, seine Augen hatten diesen abwesenden Ausdruck von Verachtung, den sie gut kannte.

Zu dem Beamten sagte er: »Könnten Sie bitte für Frau Markov ein Taxi bestellen?«

»Aber Greg!« rief Sonja wieder, beschwörend, noch um Haltung bemüht, während schon die Wut in ihr hochstieg. »Du kannst mich doch nicht allein gehen lassen.«

Das sah ihm ähnlich, dachte sie zornig. Er spielt den Helden, den besorgten Samariter. Er spielte ja immer, alles, was er tat, alles, was mit ihm geschah, war Gelegenheit, eine Rolle zu spielen. Den großen Künstler, den vollendeten Liebhaber, den hochmütigen Weltverächter, den kaltblütigen Geschäftsmann, nichts als Rollen, Masken, die er sich aufsetzte, wie es die Stunde, die Minute verlangte. Und nun also der Mann, der eine Frau angefahren hatte. Verantwortung, nicht wahr? Pflichtbewußtsein, Mitleid. Wer denkt an einen Ball in dieser Situation?

»Kommst du nach?« fragte Sonja mit wutbebender Stimme. Ihre grünen Augen waren zu einem schmalen Spalt geworden, der Mund hart.

23 Jahre, zum Lachen! dachte Gregor. Und eine gute Schauspielerin wird nie aus ihr werden. Nicht einmal eine einfache Rolle wie die, die sie jetzt spielen müßte, kann sie hinstellen.

»Nein«, sagte er kalt. »Entschuldige mich bitte bei Classen und den anderen. Mir steht jetzt nicht der Sinn nach einem Ball.«

Er sagte es überzeugend, mit einem leicht tragischen Unterton, düster das edle Gesicht, Schwermut in den dunklen Augen. Die Beamten sahen ihn bewundernd an.

»Elender Komödiant«, zischte Sonja wütend und rauschte hinaus. Zurück blieb ein Duft von Narcisse noire und vor den Augen der Männer noch für eine kleine Weile der metallische Glanz ihres roten Haares.

Gregor hob den linken Mundwinkel zu einem kleinen, melancholischen Lächeln. »Die Frauen«, sagte er entschuldigend.

»Frau Markov hat sehr viel Temperament«, sagte plötzlich ein junger Polizist aus dem Hintergrund, der bis jetzt noch kein Wort gesprochen hatte. »Das weiß man ja.«

Gregor wandte langsam den Kopf zu ihm hin, in seiner berühmten, oft geübten Gregorwendung, das Kinn ein wenig hoch, der Blick unter den Lidern hervor. »So, weiß man das?« fragte er gedehnt.

Der junge Polizist bekam einen roten Kopf.

»Wollen Sie also in der Klinik anrufen?« fragte der Beamte, der ihn vernommen hatte.

Aber wenn Veit Gregor eine Rolle spielte, dann spielte er sie ganz.

»Nein«, sagte er, »ich werde selbst hinfahren. Ich möchte mit dem Arzt sprechen. Und ich möchte mich darum kümmern, daß die ... Dame gut untergebracht ist. Einzelzimmer und so weiter.«

Der Beamte meinte trocken: »Das müssen Sie dann aber auch bezahlen.«

»Selbstverständlich. Das werde ich tun. Auch wenn ich an dem Unfall nicht schuldig bin.« Veit Gregor blickte ruhig im Kreis herum, erfaßte die Gesichter um sich, jedes einzelne bekam er in den Blick seiner dunklen zwingenden Augen. »Vielen Dank, meine Herren. Die Umstände, unter denen wir uns begegnet sind, waren sehr betrüblich. Aber Sie waren sehr liebenswürdig. Falls Sie mich benötigen, Sie wissen, wo ich wohne. Gute Nacht.«

Er neigte leicht den Kopf und ging.

Eine Weile blieb es still nach seinem vollendeten Abgang.

»Ein Pfundskerl«, sagte der junge Polizist aus dem Hintergrund. Der Alte hinter dem Schreibtisch lächelte. »Ein Schauspieler«, sagte er. »Und kein schlechter, das muß man zugeben.«

Der Schwester Pförtnerin war Veit Gregor kein Begriff. Als sie ermittelt hatte, daß er kein Verwandter der Verunglückten war, verweigerte sie ihm glatt den Eintritt in die Klinik. Der große Gregor stand draußen in der kühlen Halle unter dem Fenster, in dem majestätisch die weiße Flügelhaube schwebte, und hatte all seine Überlegenheit verloren.

»Aber so hören Sie doch«, sagte er ungeduldig, »ich saß am Steuer des Wagens, in den die Dame hineingelaufen ist. Ich möchte mich nach ihrem Befinden erkundigen. Möchte verdammt noch mal wissen, was ihr eigentlich passiert ist.«

»Das habe ich schon verstanden«, antwortete die Schwester ungerührt. »Kommen Sie morgen zur Sprechstunde.«

All die wirren Gefühle der vergangenen Stunden ballten sich jetzt in Gregor zu einer wilden Wut zusammen. Sein Gesicht wurde weiß, sein Mund schmal, die Augen schwarz. Er war es nicht mehr gewohnt, daß jemand nein zu ihm sagte. Wäre alles nicht geschehen, was geschehen war, dann hätte er es vielleicht mit seinem weltberühmten Charme versucht. Kein Mensch konnte seinem Charme widerstehen. Sicher auch die alte Schwester nicht. Aber er war fertig. Seine Nerven gaben nach. »Zum Donnerwetter«, rief er unbeherrscht, »ich komme extra mitten in der Nacht hierher, um zu erfahren ... und Sie ... Sie ...«

Die Schwester hob abwehrend die Hand. »San's stad«, sagte sie einfach. »Das ist ein Krankenhaus.«

Eine kleine Weile starrten sie sich schweigend an. Wutfunkelnd Gregors dunkle Augen, ruhig und voll strenger Kälte die blauen der Schwester.

In diesem Augenblick kamen zwei Männer den Gang entlang, der hinter der Glastür lag. Ein Arzt im weißen Kittel und ein junger Polizist. Als die Tür aufging, trat Gregor entschlossen auf die beiden zu.

»Herr Doktor«, begann er, »ich komme ...«

»Ach, Herr Gregor«, sagte der Arzt. »Bitte, kommen Sie einen Augenblick herein.«

Gregor warf einen triumphierenden Blick hinauf zu der Schwester. Aber deren Gesicht blieb unbewegt.

Gregor trat in den Gang hinein.

»Dr. Wild«, sagte der Arzt mit einer kleinen Verbeugung.

Und nun fand sich auch Gregor wieder in seine Rolle. Schmerzlich umflorter Charme, ein ganz mattes, ganz ernstes Lächeln. »Ich wollte mich erkundigen, wie es der Verunglückten geht«, sagte er. »Ist es schlimm? Ist ihr viel passiert?«

Der Arzt hob ein wenig die Schultern. »Wie man's nimmt. Ein Beinbruch, zwei Rippen gebrochen, und was uns am meisten Sorge macht, eine anscheinend schwere Gehirnerschütterung.«

Die rege Phantasie des Schauspielers übersetzte alles sofort in konkrete Bilder.

»Gehirnerschütterung, Bein- und Rippenbruch?« wiederholte er mit unsicherer Stimme. »Mein Gott, das klingt ja entsetzlich. Ich verstehe gar nicht, wie das möglich ist. Ich habe sie doch nur gestreift.«

»Der Wagen muß direkt an sie geprallt sein. Sie sind sicher ziemlich schnell gefahren, nicht? Und dann ist sie unglücklich gestürzt. Mit dem Kopf aufs Pflaster geschlagen.«

»Das ist furchtbar«, sagte Gregor erschüttert. Er blickte zu Boden, sein Gesicht sah alt und zerfurcht aus. Sein eigener Körper schien die Wellen des Schmerzes von dem Körper der verletzten Frau zu übernehmen.

Der Arzt betrachtete ihn mit kühlem Interesse. Der Polizist mit offener Neugier.

»Sie waren bereits auf der Polizei?« fragte Dr. Wild.

»Ja.« Gregor blickte wieder auf. »Ich war nicht betrunken, falls Sie das meinen. Und ich bin auch nicht zu schnell gefahren. Mit Höchstgeschwindigkeit, sicher. Die Straßen waren leer. Aber schneller nicht, es war ja glatt.«

»Ist der Wagen gerutscht?«

»Keine Rede davon. Sie lief mir direkt hinein. Seitwärts vom Trottoir kommend, ganz plötzlich. Sehen Sie, so.« Er führte mit wenigen, jedoch äußerst realistischen Bewegungen den Unfall vor. Wie sein Wagen gekommen war, wie die Frau sich bewegte, wie sie gestürzt war.

Dr. Wild lächelte unwillkürlich. »Man merkt, daß Sie Schauspieler sind«, sagte er. »Ich kann mir nun ganz genau vorstellen, wie die Sache ablief. Sie auch?« Mit dieser Frage wandte er sich an den Polizisten.

Der nickte. »Doch, ja.« Pedantisch fügte er hinzu: »Es war allerdings kein Zeuge vorhanden. Nur die Dame, die im Wagen saß.«

»Waren Sie im Funkstreifenwagen?« fragte Gregor rasch.

»Nein. Ich bin beauftragt, die Personalien festzustellen. Wegen der Angehörigen.«

»Ach so. Natürlich. Und? Wissen Sie, wer sie ist?«

Der Arzt ergriff wieder das Wort. »Beinahe hätten wir es nicht herausgekriegt. Die Dame hatte in ihrer Abendtasche keinen Ausweis. Überhaupt nichts, woraus ihre Identität hervorgeht. Frauen haben ja so etwas meist nicht im Abendtäschchen. Leider. Es wäre besser, sie würden wenigstens einen kleinen Zettel mit Namen und Adresse hineinstecken. Tja, aber dann kam die Schwester auf die Idee, in der Manteltasche nachzusehen. Und da steckte die Wochenkarte von der Trambahn.«

»Aha«, sagte Gregor. »Und was geschieht nun?«

»Jetzt rufe ich das zuständige Revier an«, verständigte ihn der Polizeibeamte, »und frage, ob sie einen Mann oder Verwandte hat.«

»Und falls ja, werden Sie die von dem Unfall unterrichten?« Der Polizist nickte.

Auch in diesen Vorgang versetzte sich Gregor sogleich mit lebhafter Phantasie. Ein Anruf mitten in der Nacht. Ihre Frau liegt im Krankenhaus. Schwerer Verkehrsunfall. Sie ist bewußtlos. Kommen Sie sofort her.

Schrecklich. Was empfindet man in diesem Augenblick? Unversehens war er dieser Mann. Er lag im Bett und schlief. Oder hatte noch gelesen, weil er auf die Frau wartete. Und plötzlich diese Nachricht. Wie würde er das spielen?

»Besteht ... besteht Lebensgefahr?« fragte er den Arzt.

»Ich glaube nicht«, sagte der. »Das Gefährlichste, wie gesagt, ist die Gehirnerschütterung. Aber lebensgefährlich ... nein, das wohl nicht.«

»Und die Brüche? Sind die schwierig?«

»Das heilt schon wieder, falls keine Komplikationen dazukommen. Die Frau ist ja noch jung. Dauert halt einige Wochen.«

»Wie lange?«

»Vier bis sechs Wochen. Vorausgesetzt, daß die Gehirnerschütterung nicht schlimmer ist, als es im Moment aussieht.«

»Schrecklich!« Sofort begann ihm sein ganzer Körper weh zu tun. Er legte die Hand über die Augen. »Das ist entsetzlich.«

Der Arzt betrachtete ihn eine Weile besorgt. Schlohweiß war das Gesicht des Schauspielers. Fehlt nicht viel, dann kippt er mir hier um, dachte Dr. Wild. Wie sensibel diese Leute sind. Und dieser Gregor überhaupt. Er ist ja immer etwas exaltiert, auch in seinen Rollen. Ich mag ihn eigentlich nicht besonders. Inge ist immer ganz begeistert von ihm. Jeden Film mit ihm sieht sie sich an. Was sie wohl sagen wird, wenn ich ihr erzähle, daß ich ihr Idol persönlich kennengelernt habe?

Inge war seine Frau.

»Ja dann«, sagte der Polizist, »ich muß gehen.« Sein Blick hing ebenfalls am Gesicht Veit Gregors. Offenbar trennte er sich nur schwer von dieser einmaligen Begegnung. Er hatte zwar keine Frau, aber eine Braut, eine Mutter und zwei Schwestern, die allesamt Veit Gregor heiß liebten. »Ich komme mit«, sagte Gregor impulsiv. »Ich muß wissen, wer auf sie wartet. Ein Mann kann es eigentlich nicht sein. Sie war allein. Und offensichtlich kam sie von einem Fest oder ging hin. Das Kleid, das sie anhatte, nicht wahr? Sie haben es sicher gesehen.«

Dr. Wild schüttelte den Kopf. Er hatte das Kleid nicht beachtet.

In Gregors Kopf entstand flugs ein Drehbuch. »Oder sie hat doch einen Mann. Angenommen, sie waren auf einem Ball und haben sich gestritten. Vielleicht war sie eifersüchtig und lief zornig weg. Deswegen achtete sie auch nicht darauf, wohin sie lief.« Er blickte die beiden Männer triumphierend an. »Ja, so kann es gewesen sein.«

»Das wird sich ja herausstellen«, meinte der Arzt trocken. Dann zu dem Polizisten: »Werden die Angehörigen, falls welche da sind, noch in der Nacht verständigt?«

»Falls Sie es für nötig halten«, sagte der Polizist zögernd. »Nun ja, nicht unbedingt«, antwortete Dr. Wild. »Sie ist sowieso nicht bei Bewußtsein. Es kann natürlich sein, daß jemand auf sie wartet und sich unnötig Sorgen macht.«

Dem Polizisten genügte es jetzt an Vermutungen. »Das werden wir ja sehen. Ich geh' jedenfalls jetzt.«

»Ich komme mit«, sagte Gregor noch einmal. Er streckte dem Arzt die Hand hin. »Vielen Dank, Herr Doktor. Ich werde Sie morgen anrufen, wenn Sie erlauben. Vielmehr heute.« Plötzlich wandte er sich noch mal um. »Ach so, ja, die Hauptsache hätte ich bald vergessen. Bitte machen Sie ihr alles so bequem wie möglich, Einzelzimmer und Pflegerin und was alles dazugehört. Ich komme selbstverständlich dafür auf.«

»Gut«, sagte Dr. Wild. »Ich werde mich darum kümmern.«

Gregor war nun wieder Herr seiner selbst. Er versäumte es nicht, zu der weißen Haube hinter der Pforte hinaufzugrüßen. »Gute Nacht, Schwester«, sagte er höflich. »Vielen Dank für Ihre liebenswürdige Hilfe.«

Die Schwester verzog keine Miene. »Gute Nacht«, sagte sie.

Dr. Wild blickte den beiden Männern nach, bis sie den Vorraum der Klinik durchschritten hatten und durch das hohe Tor verschwanden.

Die große Gestalt Gregors ging nachlässig, ein wenig gebeugt, die linke Schulter schob er etwas vor. Er ging weich und lautlos, wie ein Raubtier, geschmeidig, voll gespannter Kraft.

Vor ein paar Minuten sah er aus, als ob er ohnmächtig würde, dachte der Arzt. Seltsamer Mensch. Auf jeden Fall bemüht er sich um gute Figur. Einzelzimmer. Er will bezahlen. Wenn er wirklich unschuldig ist, dann ist es eine großzügige Geste. Er blickte zu der Schwester auf.

»Haben Sie den gekannt, Schwester Vincentia«, fragte er.

Die Schwester schüttelte den Kopf. »Nein, Herr Doktor.«

Ein sehr berühmter Filmschauspieler. Eigentlich der berühmteste, den wir haben. Veit Gregor. Haben Sie den Namen nie gehört?«

Eigensinnig schüttelte die Schwester wieder den Kopf. »Nie.«

Dr. Wild betrachtete sie eine Weile sinnend. »Manchmal könnte man euch beneiden. Was euch alles so erspart bleibt. Brigitte Bardot kennen Sie auch nicht?«

»Nein, Herr Doktor.«

»Sehr schön. Haben Sie eigentlich mal von Hitler gehört?«

»Doch«, sagte die Schwester, »hin und wieder habe ich von ihm gehört.«

»Aber nicht allzuviel, was? In meinem nächsten Leben würde ich sehr gern Ordensschwester werden. Ich stelle mir das sehr nervenschonend vor.«

Die Schwester betrachtete ihn mit ihrem ruhigen, strengen, unbewegten Blick.

Dr. Wild seufzte. Blickte dann wieder zur Tür, die inzwischen geschlossen war.

»Veit Gregor«, sagte er leise. »Wenn er nicht besoffen war, hat er Schwein gehabt. Die Zeitungen werden sich sowieso ein Fest daraus machen. Er sagt, daß er unschuldig ist.«

»Das sagen sie alle«, meinte die Schwester. »Aber wenn er unschuldig wäre, würde er nicht bezahlen.«

»Sie haben einen merkantilen Sinn, Schwester«, sagte Dr. Wild tadelnd. »Schuldig oder unschuldig, es ist eine großzügige Geste und steht ihm gut zu Gesicht. Sicher wird die Presse das auch erwähnen. Und außerdem tut es ihm nicht weh. Wissen Sie, was er für einen Film bekommt?«

»Nein, Herr Doktor.«

»Na, genau weiß ich es auch nicht. Aber hunderttausend Mark mindestens. Wenn nicht mehr.«

»Hunderttausend Mark?« sagte die Schwester fassungslos. Endlich zeigte sich in ihrem Gesicht Leben und Bewegung.

»Mindestens habe ich gesagt. Für seinen Hollywoodfilm hat er, glaub' ich, hunderttausend Dollar gekriegt. Das ist bei uns immerhin eine halbe Million. Tja, diese Leute, die Sie belieben gar nicht zur Kenntnis zu nehmen, fahren auf anderen Gleisen durchs Leben als wir mit unserer popeligen Klinik. Wir müssen um jedes neue Operationsbesteck einen Kampf führen. Und von meinem Gehalt will ich gar nicht reden. Und Sie, na ja, Sie werden eines Tages vom lieben Gott bezahlt. Oder auch nicht. Das kann man schlecht in Dollar umrechnen. Na dann, gute Nacht, Schwester Vincentia.«

»Gute Nacht, Herr Doktor«, sagte die Schwester mechanisch. Auch ihre Augen hingen jetzt an der Tür, die in die Welt da draußen führte. Hunderttausend Mark. Eine halbe Million. Dieser Mensch, der es gewagt hatte, sie anzuschreien. Und eine Frau hatte er auch noch überfahren.

Nun, es war nicht ihre Aufgabe, sich darüber Gedanken zu machen. Sie fingerte nach dem Rosenkranz in ihrem Rock, ließ die Perlen durch die Finger gleiten, und ihre Lippen bewegten sich lautlos. Bezahlt vom lieben Gott. Oder auch nicht, hatte der Doktor gesagt.

O ja. Wenn etwas gewiß war, dann dies. Ihr Weg führte geradeaus ins Paradies. Und sie brauchte keine halbe Million dazu.

Tobias Ohl hatte einen sehr angenehmen Abend verbracht. Er war so glücklich, wie er glaubte, Elisabeth müsse es sein. Nun hatte sie das Kleid doch angezogen, und sie sah wunderschön darin aus. Sicher würde sie sich gut amüsieren. Im Geist erlebte er das bescheidene, bürgerliche Betriebsfest als einen großen, glänzenden Ball mit. Und Elisabeth würde der Mittelpunkt sein. Die Schönste von allen. Länger als sonst blieb er heute bei Herrn Mackensen. Das Schachspiel kam erst spät zu seinem Recht. Zunächst sprachen die beiden Herren von Elisabeth.

»Hübsch hat sie ausgesehen«, meinte Herr Mackensen, »richtig hübsch. Ist mir noch nie aufgefallen. Sie ist sonst immer so still, so zurückhaltend. Macht gar nichts von sich her. Die Mädel heutzutage treten für gewöhnlich ganz anders auf.«

»Ja«, sagte Tobias, »das ist es eben. Sie hat das nie verstanden. Etwas aus sich zu machen, meine ich. War ja auch schwer. So wie wir gelebt haben. Wie wir damals nach dem Krieg hierherkamen. Mit gar nichts. Keine Wohnung, nichts anzuziehen. Und dann meine Frau immer krank. Na, Sie wissen es ja selbst. Elisabeth konnte nie an sich denken. Ich bekomme ja in den letzten Jahren die kleine Rente. Viel ist es nicht, sie hat immer für alles sorgen müssen. Da ist es halt langsam gegangen.«

»Ja ja«, sagte Herr Mackensen, »ihre ganze Jugend ist darüber hingegangen. Eigentlich schade, daß sie nicht geheiratet hat. Wäre eine gute Frau. Eine gute Frau für einen anständigen Mann.«

»Das denke ich auch immer«, sagte Tobias betrübt.

»Vielleicht verliebt sich heute abend ihr Chef in sie«, schlug Herr Mackensen hoffnungsvoll vor.

»Aber der ist ja verheiratet.«

»Ach so. Na ja, dann. Die Männer, die im Alter zu ihr passen, sind meist verheiratet. Das ist eben diese Generation. Die Frauengeneration mit dem Männermangel. Man hat ja genug darüber gelesen.«

»Das ist es«, gab Tobias zu. »Übrigens war sie verlobt. Im Krieg, wissen Sie. Mit einem sehr netten, jungen Mann. Wirklich ein feiner Kerl. Er ist gefallen.«

»So. Aha.«

»Da ist sie lange nicht darüber hinweggekommen. Sie hat ihn sehr lieb gehabt, glaub' ich. Und dann...« Nein, das genügte. Mehr brauchte man Herrn Mackensen nicht zu erzählen.

»Die Männer sind ja manchmal dumm«, stellte Herr Mackensen fest, »reichlich dumm. Nach so einem Mädel wie der Elisabeth müßten sie sich alle zehn Finger abschlecken. Aber nein, was wollen sie haben? So eine geschminkte Larve. So ein Flittchen, das nur sein Vergnügen im Kopf hat. Darauf fallen sie herein. Ich..., also ich, wenn ich jünger wär', ich tät die Elisabeth sofort heiraten.«

»Na ja, Sie«, sagte Tobias, und es klang nicht gerade schmeichelhaft.

»Wirklich«, eiferte sich Herr Mackensen, »ich tät's. So eine Frau hab' ich eigentlich immer gesucht.«

»Ach, seien Sie doch still«, meinte Tobias. »Sie haben doch überhaupt nicht geheiratet.«

»Nö«, Herr Mackensen kicherte befriedigt vor sich hin, »hab' ich nicht. Ist so eine Sache mit einer Frau, nicht? Wenn man sie hat, hat man sie. Und man weiß nie, was daraus wird. Mancher hat viel Ärger damit. Oder nicht?«

»Doch«, bestätigte Tobias, »das kommt vor.«

Herr Mackensen hätte am liebsten hinzugefügt: »Sie müssen es wissen. Wenn es einer weiß, dann Sie.« Aber er verkniff sich diese Bemerkung. Über Tote sollte man nichts Schlechtes sagen.

Später spielten sie dann Schach und tranken mehrere Gläser Grog dazu.

Als Tobias in seine Wohnung zurückkam, war es halb zwölf. Er setzte sich eine Weile in seinen Sessel und dachte an Elisabeth. Jetzt tanzte sie sicher gerade. Und der Regenbogen würde um sie schwingen wie eine schimmernde Wolke. Sie würde lachen und glücklich sein. Die Schönste von allen. Eigentlich schade, daß Herr Bossert verheiratet war. Obwohl, nach allem, was er von Elisabeth über ihn gehört hatte, war er auch nicht gerade ein Sonnenschein. Na und dann dieser Buchhalter, dieser Lenz. Der war wohl ganz nett. Aber zu alt für Elisabeth. Was gab's denn sonst noch für Männer in der Firma?

Eine Weile dachte er angestrengt darüber nach. Aber da war wohl nicht mehr viel. Seine Gedanken verließen die Firma Bossert und beschäftigten sich mit einem imaginären Wundermann, einem, der für Elisabeth geschaffen war und auf sie gewartet hatte.

Als er mit seinen Träumereien längst über die Hochzeit hinaus war und sich gerade mit dem ersten Enkelkind beschäftigte, schreckte er auf. Schon halb eins. Ob sie bald kam? Ob er gleich auf sie wartete?

Es war inzwischen kalt geworden im Zimmer. Der Ofen war aus. Vielleicht war es besser, jetzt ins Bett zu gehen, er konnte ja noch ein bißchen lesen, dann hörte er gleich, wenn sie kam.

Gegen zwei nickte er dann doch ein. Sein letzter Gedanke war: Muß ein gelungenes Fest sein, wenn sie so lange ausbleibt. Ja, der Regenbogen.

Das anhaltende Schrillen der Klingel weckte ihn aus dem ersten Schlaf. Verstört fuhr er auf, tastete nach der Nachttischlampe, dann, als sie brannte, nach seiner Brille. Das mußte Elisabeth sein. Ob sie den Schlüssel vergessen hatte? Die Klingel setzte einen Moment aus, um dann erneut, noch schriller, noch dringlicher zu lärmen.

»Ja, ja,« murmelte er und tappte nach seinen Hausschuhen. »Ich komm' ja schon. Du weckst ja das ganze Haus auf.«

Aber vor der Tür stand nicht Elisabeth. Vor der Tür stand ein fremder Mann. Ein großer, breitschultriger Fremder, sein Mantel war offen, eine Hand hatte er in der Hosentasche, die andere auf dem Klingelknopf. Er hatte einen Smoking an, und er hatte ein seltsam bekanntes Gesicht.

Tobias blinzelte erschreckt zu ihm auf. Wer war denn das? Den kannte er doch. Das war doch ...

»Herr Ohl?« fragte eine sonore Stimme, die er ebenfalls kannte.

»Ja?« murmelte Tobias unsicher.

Der Mann neigte leicht den Kopf und sagte: »Gregor. Kann ich Sie wohl einen Augenblick sprechen, Herr Ohl? Ich habe Ihnen von ... Ihrer Tochter etwas auszurichten.«

»Von Elisabeth?« Tobias starrte den Besucher mit großen Augen an. Gregor. Natürlich, das war Veit Gregor. Der Filmschauspieler. Wieso stand der nachts vor seiner Tür? Und was hatte er mit Elisabeth zu schaffen?

»Wieso?« stammelte er. »Wieso? Was ist denn?«

»Darf ich hereinkommen, Herr Ohl?« fragte Gregor ruhig. Aber die Ruhe war Maske. Jetzt, in dieser Minute, als er vor dem alten Mann stand, vor diesem armseligen alten Mann in seinem verblichenen Schlafrock, mit seinen geröteten, blinzelnden Augen hinter der Brille, verwünschte Gregor seinen Einfall, hierherzukommen.

Auf der Polizei hatten sie ihn sowieso angesehen, als sei er nicht ganz normal. Aber irgendwie war er in dieser seltsamen Nacht gefangen in dem Geschehen, das da über ihn hereingebrochen war. Es lag seinem sonstigen Leben so fern. Er hätte nach Hause gehen und sich ins Bett legen können.

Aber er spielte eine Rolle. Die Rolle eines Mannes, der eine Frau überfahren hat. Das Drehbuch konnte nicht plötzlich damit abbrechen, daß er heimging und sich ins Bett legte. Es hatte dramatisch angefangen, und es mußte dramatisch weitergehen. Die Rolle verlangte von dieser Nacht noch einen besonders dramatischen Höhepunkt.

Jetzt hatte er ihn. Jetzt, als er dem alten Mann gegenüberstand.

Dem Vater. Jetzt kam noch eine große Szene für ihn. Und dann mußte der Alte vernichtet zusammenbrechen. Dann abblenden. Aus.

Aber plötzlich war es gar nicht mehr dramatisch. Es war nur ein bißchen albern und vollkommen überflüssig, daß er hier mitten in der Nacht in dem muffigen Treppenhaus stand. Und der Alte sah nicht aus wie ein Heldenvater. Nicht wie der alte Galotti. Er war klein und schmächtig, sein faltiges kleines Gesicht war ganz und gar unheldisch. Es war müde und irgendwie ... ja, was gleich? – mitleiderregend, das war es.

Gregor legte die dramatische Maske ab.

»Ich möchte mit Ihnen sprechen«, sagte er ganz einfach.

»Bitte«, sagte Tobias, und seine Stimme zitterte ein wenig. »Bitte, kommen Sie herein.«

Er trat zurück und öffnete die Tür weit.

Und Veit Gregor, der große Star, trat langsam über die Schwelle in diese kleine, nächtlich kalte, verlassene Wohnung. Er trat nicht auf eine Bühne. Er trat in eine andere Welt.

Keine dramatisch zugespitzte Szene also. Kein besonders gutes Drehbuch. Nur eine lebenswahre Geschichte. So was kam niemals gut an, das wußte jeder beim Film.

Ganz kurz, ganz trocken und möglichst in gemilderter Form teilte Veit Gregor dem alten Mann mit, was mit seiner Tochter geschehen war.

Die Wirkung war trotzdem gewaltig. Es zeigte sich, daß nicht Veit Gregor, sondern der Alte diesmal die Hauptrolle spielte.

Er fiel ganz zusammen, wurde noch kleiner, das Gesicht spitz und weiß. Die Stimme gehorchte ihm nicht. Er mußte mehrmals zum Sprechen ansetzen.

»Ist sie ... ist sie ...?«

»Bitte beruhigen Sie sich, ich ...«

»Ist sie ... tot?« Das war ein erstickter Schrei.

Gregor faßte den alten Mann erschrocken am Arm. Das fehlte noch, daß der hier umfiel und einen Herzschlag bekam.

»Aber ich sage Ihnen doch: keine Lebensgefahr. Ich bin extra selbst gekommen, weil ich dachte, ich könnte es Ihnen so mitteilen, daß Sie nicht einen gar zu großen Schreck bekommen. Ich dachte mir, ich kann das besser als ein Polizist. Und nun erschrecken Sie doch so. Glauben Sie mir, Herr Ohl, sie ist verletzt, aber nicht schwer und ganz gewiß nicht lebensgefährlich. Ich habe selbst mit dem Arzt gesprochen.«

Tobias stand reglos vor dem Schauspieler. Seine Lippen zitterten, dann füllten sich seine Augen langsam mit Tränen. »Sie sagen mir die Wahrheit? Sie lebt? Bestimmt?«

Veit Gregor mußte sich räuspern. Seine Stimme war belegt. »Ganz bestimmt.« Er fühlte einen Druck in der Kehle, fühlte, wie auch ihm die Tränen aufsteigen wollten.

Gab es denn so was? Einen Augenblick geriet Gregor aus der Fassung. Er weinte? Er konnte weinen? Wie lange hatte er nicht mehr geweint. Seine Rollen verlangten es nicht von ihm. Männer weinten nicht. Die Schauspielerinnen, ja, die mußten sich immer um möglichst echte Tränen bemühen. Manche konnten es gut, manche quälten sich furchtbar damit ab, da half nur Glyzerin oder eine Zwiebel. Die Norkus war eine große Weinerin. Sie weinte dicke, bittere, echte Tränen, wenn die Rolle es verlangte. Er hatte sie immer bewundert.

Er brauchte nie zu weinen. Aber früher, das fiel ihm plötzlich ein, als junger Schauspieler, da konnte er auch weinen. Als Mortimer einmal, da hatte er echt geweint. Und als Romeo. Das war lange her.

Gregor war so verblüfft über sich selbst, daß er fast vergaß, wo er sich befand. Was steckte alles in ihm drin! Keiner wußte das, nicht seine Regisseure, nicht seine Kollegen, die schon gar nicht, nicht einmal er selbst, wie es schien. Wie würde er spielen, wenn er die richtigen Rollen bekäme. Wie keiner, keiner sonst. Er war der beste von allen, er hatte es immer gewußt.

Ein nervöses Zittern überlief ihn. Seine Hand fuhr in die Tasche, faßte nach den Zigaretten. Und einen Whisky brauchte er jetzt dringend.

Dann sah er wieder den alten Mann. Er zog die Hand zurück. Tobias liefen große Tränen über die Wangen, unter der Brille kamen sie hervor, rannen langsam die welke Haut entlang und tropften auf seinen Schlafrock.

»Bitte, Herr Ohl«, sagte Gregor, »regen Sie sich nicht so auf. Sie dürfen sich nicht aufregen. Es schadet Ihnen nur. Denken Sie an Ihre Tochter. Sie können sich jetzt keinen Nervenzusammenbruch leisten.«

Das waren die richtigen Worte. Tobias wischte die Tränen

unwirsch weg. »Ja, ja, natürlich. Entschuldigen Sie. Es ist nur ... das arme Kind. Meine arme Elisabeth. Ist es ... ist es sehr schlimm?«

»Ich werde Ihnen alles erzählen. Können wir uns irgendwo hinsetzen?« Für den Alten war es sicher gut, wenn er sich setzte. Außerdem hatte er selbst auch ganz weiche Knie. Wenn er einen Whisky kriegen könnte, würde es gleich besser werden.

»Ja, natürlich, entschuldigen Sie ... Bitte, kommen Sie herein.« Tobias wandte sich fahrig um, ging auf die Wohnzimmertür zu, öffnete sie, knipste das Licht an. »Bitte.« Aber als sie über die Schwelle waren, blieb Tobias noch einmal stehen.

»Müssen wir denn nicht ... ich meine, muß ich denn nicht erst in die Klinik?«

»Ich fahre Sie natürlich hin, wenn Sie wollen«, erwiderte Gregor. »Aber es hat keinen Sinn. Wahrscheinlich würde man Sie gar nicht hineinlassen. Ihre Tochter ist noch bewußtlos. Sie hat eine Gehirnerschütterung. Eine leichte Gehirnerschütterung, Sie verstehen? Es dauert sicher noch ein paar Stunden, bis Sie mit ihr sprechen können. Man würde Sie sicher nicht zu ihr lassen. Und mit dem Arzt habe ich bereits gesprochen.«

Dabei hatte er das Zimmer gemustert. Sehr bescheiden, sehr einfach, aber irgendwie heimelig, gemütlich. Es erinnerte ihn an etwas, das er kannte. Eine Bühnendekoration vielleicht? Ibsen oder Hauptmann, ja natürlich: die Naturalisten, kleinbürgerliches Wohnzimmer mit Sofa, rundem Tisch und Hängelampe. Das muß in ... Nein, das Stück fiel ihm nicht mehr ein. Es war zu lange her.

»Wenn Sie meinen«, sagte Tobias leise. »Es ist ja auch mitten in der Nacht. Und wenn ich wirklich nichts tun kann ...«

»Sie können nichts tun. Im Moment nicht. Hauptsache, Sie sind da, wenn Ihre Tochter wieder bei Besinnung ist. Und dann dürfen Sie nicht ...«

»Ja, ja, ich weiß. Dann darf ich nicht aufgeregt sein. Dann muß ich ...«, ein armseliges, zitterndes Lächeln quälte sich auf seine Lippen, die blauen Augen blickten kindlich zu Gregor auf, »dann muß ich lächeln, nicht wahr, und ihr Mut machen. Sie darf nicht denken, daß es schlimm ist mit ihr. Man muß ihr Mut machen, damit sie bald wieder gesund wird.«

»Ja.«

Was für einen Schauspieler dieser Alte abgeben würde. Dies Mienenspiel eben. Einfach großartig. Man durfte das nicht vergessen.

»Wird sie ... wieder gesund werden?«

»Aber natürlich. Der Arzt sagt, die Brüche heilen bestimmt. Es dauert vier, vielleicht auch sechs Wochen. So lange wird sie natürlich liegen müssen. Schon der Gehirnerschütterung wegen. Es ist eine unangenehme Zeit, natürlich. Aber wir werden alles tun, um ihr die Zeit zu vertreiben. Sie bekommt ein schönes Einzelzimmer und einen Fernsehapparat und ein Radio und auch Bücher. Liest sie gern?«

»Ja, sehr gern.«

Tobias blickte zu Gregor auf wie ein Kind zu dem Weihnachtsmann.

»Also Bücher. Wir werden alles gut überlegen, was wir tun können, damit es leichter für sie wird, nicht wahr?«

»Ja. Ja. Sie sind sehr freundlich, Herr Gregor.«

»Ich bin unschuldig an dem Unfall, Herr Ohl.« Es war besser, das noch einmal zu betonen. Er hatte es zwar gleich zu Anfang schon erwähnt. »Sie ist mir direkt in den Wagen gelaufen. Aber ich fühle mich natürlich voll und ganz für Ihre Tochter verantwortlich. Das ist selbstverständlich. Sie können in jeder Beziehung auf mich rechnen.«

»Danke. Vielen Dank«, sagte Tobias.

Gregor zog nun doch die Zigaretten aus der Tasche. Er konnte sich nicht länger beherrschen. »Stört es Sie, wenn ich rauche?«

»Aber nein. Natürlich nicht. Bitte setzen Sie sich doch.«

Gregor setzte sich in einen alten Sessel, der ein wenig quietschte, aber sehr bequem war. Er merkte auf einmal, daß er müde war. Oder nein, eigentlich nicht müde. Es war ein seltsamer unwirklicher Schwebezustand, so als träume er, als wäre das alles nicht Wirklichkeit. Er sah sich selbst da sitzen, die ersten hastigen Züge aus der Zigarette tun, und merkte verwundert, daß ihm fast ein wenig schwindlig wurde von dem tief eingeatmeten Rauch.

Wenn er nur einen Whisky haben könnte! Ob er den Alten danach fragte? Unsinn. Der hatte bestimmt keinen Whisky im Haus.

Tobias hatte sich ihm gegenübergesetzt auf das Sofa und blickte ihn erwartungsvoll an. Er hatte sich inzwischen die Augen ausgewischt und die Brille geputzt und sah nicht mehr ganz so fahl aus.

Gregor hielt ihm die Zigarettenpackung hin.

»Entschuldigen Sie, ich habe ganz vergessen ... rauchen Sie?«

»Nein, nein, danke. Keine Zigaretten. Nur Zigarren.«

»Ah so. Ja – also wie gesagt ...« Gregor stockte. Die ganze Geschichte noch einmal erzählen. Zum wievielten Male eigentlich nun? Und nichts zu trinken. Er hätte, ehe er hierher kam, schnell in eine Bar gehen sollen, um einen Schluck zu trinken. Oder am besten eine Flasche mitnehmen. Blödsinn. Er hätte keine Flasche hierher mitbringen können.

»Wo, sagten Sie, ist es passiert? In der Theatinerstraße?« Nachdem der erste Schreck verebbt war, einer tauben Leere Platz gemacht hatte, begann sich in Tobias die Neugier zu regen. »Wie um alles in der Welt ist sie dahingekommen?«

»Soweit ich gesehen habe, der Garderobe nach, wollte Ihre Tochter zu einer Party oder zu einem Ball. Oder kam sie aus dem Theater?«

»Aber nein«, Tobias richtete sich auf, er wurde ganz eifrig, runde rote Flecken erschienen auf seinen Wangen, »sie war ja bei dem Betriebsfest. Und ich verstehe nicht ... das konnte ja noch gar nicht aus sein. Wann, sagen Sie, ist es passiert?«

»So etwa gegen halb zwölf. Nein, etwas später. Dreiviertel zwölf würde ich sagen. Ich bin kurz vor halb zu Hause weggegangen.«

»Ich verstehe nicht, wie sie in die Stadt kam. Das Betriebsfest ist doch draußen in Sendling. In einem Lokal in der Nähe vom Harras. Und wenn sie auf dem Heimweg war, wäre sie doch nie durch die Innenstadt gekommen. Ich verstehe das nicht.«

Tobias blickte vor sich hin, die Stirn grübelnd gefurcht, und schüttelte den Kopf. Was hatte Elisabeth um diese Zeit mitten in der Stadt getan? Er konnte es sich beim besten Willen nicht erklären. War sie mit irgend jemand von dem Betriebsfest noch woanders hingegangen? Aber dann wäre sie doch nicht allein gewesen.

Gregor wollte seine Geschichte loswerden, dann nach Hause fahren und endlich etwas trinken.

»Also, es war so«, sagte er. »Ich fuhr, von Schwabing kommend, über den Odeonsplatz, dann in die Theatinerstraße hinein, nicht schnell, es schneite ja, und es war auch glatt, und plötzlich ...«

Er kannte es schon auswendig, wie eine gutgelernte Rolle. Er stand auch wieder auf und führte die entscheidende Phase vor. Die Frau, die seitlich auf die Straße lief, wie sie stürzte.

Tobias blickte interessiert zu. Er bekam ein genaues Bild von dem Hergang des Unfalls.

»Verstehe ich gar nicht, Elisabeth ist sonst so vorsichtig. Und sie sagt immer zu mir, ich soll aufpassen auf der Straße. Und dann paßt sie selber nicht auf.«

Keine Minute argwöhnte er, daß die Erzählung des Schauspielers nicht stimmen könnte. Gregors Bericht wirkte überzeugend. Außerdem war Veit Gregor ein berühmter Mann, ein großer Schauspieler. Tobias bewunderte ihn sehr. Er sah sich gern die Filme an, in denen er spielte. Elisabeth übrigens auch. Sie gingen nicht sehr oft ins Kino. Aber die Filme von Veit Gregor hatten sie eigentlich alle gesehen.

Irgendwann würde es Tobias zum Bewußtsein kommen, daß der große Veit Gregor bei ihm im Zimmer saß, daß er mit ihm redete, als wenn er ein ganz gewöhnlicher Mensch wäre. Noch war es nicht soweit, noch verdrängten Schreck, Überraschung und die Sorge um Elisabeth alle anderen Gedanken des aus dem Schlaf geschreckten alten Mannes.

Aber er kam nicht einen Moment auf den Gedanken, irgend etwas an der Erzählung von Gregor könnte nicht stimmen. Es war etwas für ihn Unklares bei dem Zustandekommen des Unfalls dabei. Aber das mußte an Elisabeth liegen. Denn wie kam sie zu dieser Stunde allein mitten in die Stadt? Das war die Frage, um die seine Gedanken kreisten.

Als Gregor zu der Begegnung mit Dr. Wild kam, unterbrach er sich plötzlich: »Sie haben nicht zufällig etwas zu trinken? Einen Schluck Wasser vielleicht, meine ich?«

»Oh!« Tobias blickte verstört auf. »Wasser? Ja, natürlich. Ich kann uns auch einen Kaffee kochen. Oder Tee.«

»Nein, nein, das ist nicht nötig.« Gregor stockte. Er wollte es nicht sagen, er wollte es bestimmt nicht sagen, aber dann sagte er es doch: »Einen Schnaps vielleicht?«

»O ja, natürlich.« Tobias sprang auf. »In der Kognakflasche von Weihnachten, da ist noch was drin.«

Er holte die Flasche aus dem Büfett, dazu zwei Gläser. »Daß ich da nicht von selber drauf gekommen bin«, brabbelte er dabei.

»Sie müssen vielmals entschuldigen. Aber ich bin ganz verdreht. So mitten in der Nacht, nicht? Und wer ist denn auf so was vorbereitet.«

Immerzu redend, schenkte er die Gläser voll bis an den Rand. Gregor griff eilig nach seinem Glas. Seine Hand zitterte, als er es hob. Er war so gierig nach dem Schnaps, so gierig, wie er in seinem ganzen Leben noch nie auf etwas gewesen war.

Als er getrunken hatte, lächelte er erleichtert und seufzte ein wenig. Das hatte gut getan. Er blickte auf die Flasche. Viel war nicht mehr drin. Noch etwa zwei Glas für jeden vielleicht. Nun, er würde dem Alten morgen eine neue Flasche schicken. Drei, fünf, wenn er wollte. Aber er sollte ihm jetzt noch mal einschenken.

Tobias hatte höflich gesagt: »Auf Ihr Wohl!« und sein Glas halb geleert. Aber dann besann er sich darauf, daß dies eine ganz ungewöhnliche, eine ganz schreckliche Nacht war, und er kippte den Rest auch noch hinunter. Schenkte wieder ein.

Gregor entspannte sich, seine Schultern sanken ein wenig nach vorn. Um nicht gleich wieder nach dem Glas zu greifen, zündete er eine neue Zigarette an. Und das veranlaßte Tobias, nochmals aufzustehen, sich wieder dem Büfett zu nähern und sorglich sein Zigarrenkistchen zum Tisch zu bringen.

»Ich sollte vielleicht nicht rauchen«, bemerkte er dabei bekümmert, offensichtlich von schlechtem Gewissen geplagt, »die arme Elisabeth ... und ich sitze hier und rauche gemütlich eine Zigarre ...« Er blickte Gregor hilflos an. Gregor lächelte ihm beruhigend zu. »Stecken Sie sich ruhig eine an, Herr Ohl«, sagte er. »Wir beide können Elisabeth im Augenblick nicht helfen.« Jetzt sagte er auch schon Elisabeth.

Ein schöner Name übrigens. Er paßte gut zu dem sanften klaren Gesicht, das er in Erinnerung hatte.

»Wir werden ihr helfen, wenn sie uns braucht. Dann werden wir für sie dasein.«

Vorhin hatten sie vom Fernsehen und von Büchern gesprochen. Doch jetzt fiel ihm etwas anderes ein. »Wenn sie aus der Klinik kommt, schicken wir sie in ein gutes Sanatorium, dort kann sie sich dann richtig auskurieren. Oder sie fährt an den Tegernsee. Ich habe dort ein Haus.«

»Ja, ich weiß«, sagte Tobias eifrig, »ich habe schon Bilder davon gesehen. Ein sehr schönes Haus.«

Er suchte nach seinem Taschenmesser, aber das steckte natürlich nicht im Schlafrock. Also biß er die Spitze von der Zigarre ab. Gregor gab ihm Feuer. Dann griff er nach dem Glas und trank den zweiten Kognak. Die Flasche war jetzt beinahe leer.

»Und wissen Sie was, Herr Ohl, Sie fahren mit.«

»Ich?«

»Ja, natürlich. Sie kann ja nicht allein bleiben. Sie fahren beide in mein Haus und erholen sich da.«

»Sie sind sehr freundlich, Herr Gregor!«

Tobias blickte den Schauspieler wieder an, als sei er vom Himmel herabgestiegen. Seine Augen waren voll kindlichem Vertrauen. Die Angst war aus ihnen gewichen. So ein großer Mann, so ein berühmter Mann. Und er sprach mit ihm, als kennten sie sich seit Jahren. Warum schrieben die Zeitungen eigentlich immer, er sei hochmütig und arrogant? Keine Spur davon.

»Ich habe alle Ihre Filme gesehen. Elisabeth auch. Wir ... wir bewundern Sie sehr.«

Gregor lächelte gewohnheitsmäßig. »Vielen Dank, Herr Ohl.«

Da war wieder das unwirkliche Gefühl. Er stand daneben und sah die ganze Szene. Mitten in der Nacht, dieses dumme, kleine Zimmer, der alte Mann im Schlafrock, der jetzt mit Genuß seine Zigarre paffte. Die Frau lag bewußtlos im Krankenhaus. Er hatte sie überfahren, angefahren. Es war eine seltsame Nacht. Erst die Szene mit Sonja, die ihn überreden wollte, daß sie bei der Starparade neben ihm gehen müsse. Er hatte versucht, ihr klarzumachen, daß das unmöglich sei. Er würde zusammen mit Edith Norkus über die große Treppe gehen. Die Norkus war die Partnerin seines letzten Films gewesen, sie war die Partnerin vieler seiner Filme. Eine große Schauspielerin. Ein Star. Fast so berühmt wie er. Sonja war eine Anfängerin, zwei, drei kleine Rollen bisher, bekannt geworden durch Skandälchen und hauptsächlich dadurch, daß sie seine Freundin war.

»Du hast es mir versprochen.«

»Ich denke nicht daran. Wie käme ich dazu?«

»Und doch hast du es mir versprochen. Gestern nacht.«

»Kind, sei vernünftig. Es geht einfach nicht.«

»Wenn du willst, geht es. Alles geht, was du willst. Schließlich werde ich in deinem nächsten Film die Hauptrolle spielen.«

Darauf hatte er geschwiegen. Das war noch keineswegs entschieden. Obwohl er es vermutlich durchsetzen konnte, wenn er wollte. Sie hatte dank ihm genug Publicity in letzter Zeit gehabt. Aber er hielt nicht viel von ihren schauspielerischen Fähigkeiten.

Ihre Stimme war scharf geworden. »Das wirst du doch hoffentlich nicht abstreiten, daß du mir die Rolle versprochen hast.«

»Ich habe gesagt, ich werde mit Classen darüber sprechen.«

»Classen macht, was du willst. Und die Probeaufnahmen waren gut, das haben alle gesagt. Du auch.«

»Schön. Wir werden sehen.«

»Und heute abend . . .?«

»Hör jetzt auf mit heute abend«, er hatte sie unvermutet angeschrien. »Heute gehe ich mit Edith über die Treppe. Und jetzt halte den Mund.«

Sie hatte den Mund keineswegs gehalten. Es gab eine kurze heftige Szene. Darum waren sie auch so spät dran gewesen. Erst halb zwölf verließen sie seine Wohnung. Ohne den Streit wären sie eine halbe Stunde früher gefahren, die Frau wäre ihm nicht in den Wagen gelaufen, er säße jetzt nicht hier. Er wäre beim Filmball, die Starparade wäre vorüber, und er könnte Whisky trinken, soviel er wollte.

Gregor griff nach der Flasche und füllte den Rest des Kognaks in die beiden Gläser.

»Sie wollten erzählen, was der Arzt gesagt hat«, erinnerte ihn Tobias schüchtern.

»Ach ja. Als ich in die Klinik kam, wollte mich die Schwester nicht hereinlassen. Mitten in der Nacht. Da sind die sehr streng. Und ich . . .«

Edith Norkus schrieb zum hundertsten Male ihren Namen auf eine Postkarte mit ihrem Bild. Oder war es zum tausendsten Male. Sie wußte es nicht. Diese Karten hatten auf allen Tischen gelegen. Eine blödsinnige Idee von Classen. Andererseits, wenn es nicht die Bilder wären, dann würden die Leute die Einladungen und Eintrittskarten bringen oder sonst jeden Fetzen Papier, den sie erwischen konnten.

Sie blickte auf und reichte der jungen Frau, die vor ihr stand, mit strahlendem Lächeln die Karte zurück. Dann hob sie lachend die Hände zu einer bittenden Gebärde.

»Eine kleine Pause, ja?«

Classen, der neben ihr saß, winkte den Herumstehenden mit breitem Lachen zu. Der Tisch, an dem Classen, der Chef vom Iris-Verleih, mit seinen Stars saß, war dauernd umdrängt.

»Kinder, seid vernünftig. Edith kommt nicht zum Essen und nicht zum Trinken und hat schon einen steifen Arm. Geht jetzt mal ein bißchen tanzen.. Nachher schreiben wir weiter.« Edith lächelte ihm dankend zu und hob dann ihr Sektglas. »Prost, Fritz. Wenn ich dich nicht hätte ...«

Ihr Blick streifte über den Tisch hin und blieb an Sonja haften, die ihr schräg gegenüber saß. Der Stuhl neben ihr war leer. Eine Weile hatte ein bekannter junger Schlagersänger dort gesessen und mit Sonja geflirtet. Aber nun war er mit Loni Merten, dem Teenagerstar der Iris, zum Tanzen gegangen. Die Kleine war verliebt in den hübschen Jungen, das wußte jeder. Aber es bedeutete nicht viel. Loni war immer verliebt und zeigte es bereitwillig.

Sonja machte ein finsteres Gesicht. Acht Autogramme hatte sie gegeben heute abend, das war alles. Natürlich hatten von ihr keine Bilder auf den Tischen gelegen. Dafür durfte sie der Norkus beim Schreiben zusehen.

Edith schenkte ihr ein süßes Lächeln. »Mir scheint, Gregor kommt nicht mehr.«

Sonja schob die Unterlippe vor und gab keine Antwort.

»Na ja«, meinte Classen, »kann ich ja irgendwie verstehen. War eben ein Schock für ihn. Greg ist sehr sensibel.«

»Und er kommt überhaupt nicht gern zu so einem Schlachtfest, das weißt du ja«, sagte die Norkus.

»Wem sagst du das. Es kostet mich jedesmal tagelange Überredungskünste, bis er sich herabläßt. Aber diesmal hatte er es mir fest versprochen. Ich hatte ja auch eine starke Verbündete.«

Er blickte zu Sonja hinüber. Was machte die Gans für einen Flunsch! Davon wurde sie auch nicht schöner. »Pech, daß ausgerechnet so was passieren mußte.«

»Es ist einfach rücksichtslos von ihm«, sagte Sonja giftig.

»Nein«, widersprach die Norkus. »Er hat recht. Es würde einen schlechten Eindruck machen, wenn er nach dem Unfall zum Ball gegangen wäre.«

»Aber er konnte ja nichts dafür.«

»Trotzdem. Habt ihr bei ihm angerufen?«

»Ja«, sagte Classen. »Aber Tim sagt, er sei nicht nach Hause gekommen.«

Edith hob die Schultern. »Vielleicht wollte er nicht an den Apparat gehen. Er wird es satt haben, über die Geschichte zu reden.« Sie blickte über die Schulter. »Da kommt Fred mit Sanders. Vielleicht weiß der was?«

Fred Kolling, ein junger, hoffnungsvoller Regisseur und hauptberuflich der Ehemann der Norkus, kam mit Sanders, dem Journalisten, eilig heran.

»Alles halb so schlimm«, rief er. »Tote hat's nicht gegeben.«

Auch die Norkus war sensibel. »Rede nicht so leichtfertig, Fred. Erzählen Sie, Sanders.«

Sanders setzte sich auf den leeren Stuhl neben Sonja, griff sich ein Sektglas, trank es aus und berichtete dann.

»War gar nicht so einfach, ein paar Facts zu kriegen. In so 'ner Klinik sind sie vielleicht stur. Aber wenigstens war die Polizei etwas kooperativ. Also die Frau heißt Elisabeth Ohl, 34 Jahre alt, Buchhalterin, durchschnittliche Angelegenheit, wie es scheint. Sie hat Bein- und Rippenbrüche und schwere Gehirnerschütterung.«

Edith blickte ihren Mann vorwurfsvoll an. »Von wegen nicht so schlimm. Du hast Nerven. Das hört sich ja entsetzlich an. Ist es lebensgefährlich?«

»Offenbar nicht. Bis jetzt ist sie noch nicht bei Bewußtsein.«

»Hast du sie gesehen?« fragte einer neugierig.

»Mensch, bei dir piept's wohl. Ich war froh, daß so ein Onkel Doktor sich herabließ, mir ein paar Auskünfte zu geben.«

»Und Gregor?«

»Tja, Zeugen waren ja wohl nicht da, außer unserem Goldkind hier«, er grinste Sonja von der Seite an. »Wie es scheint, ist die Frau ihm wirklich in den Wagen gelaufen. So war's doch wohl, nicht, Goldkind?«

»Hab' ich euch ja schon erzählt«, sagte Sonja. »Greg konnte wirklich nichts dafür.«

»Und wie steht es mit den Promillchen?« wollte Classen wissen.

»'n paar waren wohl da, aber nicht so viel, daß es gefährlich sein könnte.«

»Womit habt ihr euch eigentlich beschäftigt den ganzen Abend, Goldkind? Habt ihr 'ne Abendandacht gehalten?«

»Ach, laß mich doch in Ruhe«, Sonja schüttelte die Hand des

Journalisten ab, die auf ihrem Arm gelandet war. »Sag mir lieber, wo Greg ist.«

»Zerplatzt, wie es scheint. In seiner Wohnung ist er nicht. Tim ließ mich sogar ins Schlafzimmer gucken, weil ich ihm nicht glaubte. Keiner drin, kein Gregor, keine Sonja, auch sonst keine andere Dame. Bei der Polizei wußten sie auch nichts. Verhaftet hätten sie ihn nicht.«

»Na, dann kann ich's mir schon denken. Er wird in irgendeiner Kneipe sitzen und nachholen, was er vor dem Unfall versäumt hat«, meinte Classen.

Sanders grinste. »Oder er ist zu Milena geflüchtet und weint sich in ihren Armen aus.«

»Klar«, rief Classen. »Kinder, daß wir da nicht drauf gekommen sind. Natürlich. Das macht er ja immer, wenn er Kummer hat.«

Sie lächelten alle. Und dann blickten sie ein wenig boshaft zu Sonja hinüber.

Sonja machte ein hochmütiges Gesicht und ließ die Blicke an sich abgleiten. Sie hatte auch schon daran gedacht, daß er bei Milena sein könnte. Und immer, wenn sie an diese Frau dachte, die sie nicht kannte, fühlte sie wilden Haß in sich hochsteigen. Lächerlich, diese alte Frau. Die brauchte sie wirklich nicht zu fürchten. Aber sie haßte sie.

Milena war Gregors erste Frau gewesen. Sie war zehn Jahre älter als er. Und er war seit acht Jahren von ihr geschieden. Aber es war genau eine Woche her, da war er mitten in der Nacht plötzlich aufgestanden und hatte angefangen, sich anzuziehen.

Eine wilde Szene war vorangegangen. Sonja, das verheulte Gesicht in die Kissen gewühlt, hatte sich nicht gerührt. Aber dann, als er zur Türe ging, hob sie doch den Kopf und fragte: »Wo gehst du hin?«

»Fort.«

»Jetzt?«

»Ja.«

»Wohin?« Schrill, wütend.

»Ich habe das Bedürfnis, mit einem vernünftigen Menschen zusammen zu sein.«

»Du gehst zu Milena?«

»Genau.«

Sie war aufgesprungen, bebend vor Wut. »Wenn du das tust,

wenn du jetzt gehst, dann hast du mich heute zum letzten Male gesehen.«

»Ich habe nichts dagegen.«

Und dann war er gegangen.

Sie war nicht gegangen. Sie war geblieben. Sie schämte sich vor Tim, vor Lydia, vor allen.

Sie wollte sich vergiften. Im Schränkchen, im Badezimmer suchte sie alle Schlaftabletten zusammen, die sie fand. Es waren immerhin acht Stück. Aber sie nahm dann doch nur drei, die anderen verstreute sie dramatisch vor dem Bett.

Am Nachmittag, als sie aufwachte, war er wieder da. Vor dem Bett lag ein Teppich von roten Rosen. Neben dem Bett stand eine Flasche Champagner im Kühler, auf einem Tischchen waren herrliche Delikatessen angerichtet. Und auf der Bettdecke lag ein Brillantarmband.

Und vor allem war er da. Er stand am Fußende des Bettes und sah sie an. »Sag, daß du mich liebst. Sonst nehme ich alles wieder weg, und du mußt die anderen fünf Tabletten ebenfalls noch schlucken.«

Sonja lächelte. Sollten sie sie doch alle anglotzen.. Was wußten sie? Er liebte sie. Und sie ihn. Es war eben keine Alltagsliebe. Mochte er doch zu Milena gehen. Die war 53 Jahre alt. Und sie war 23. Dreißig Jahre. Dreißig Jahre. Das war soviel wie dreihundert. Das war überhaupt alles. Sie war schön. Er sagte es ihr immer wieder, mit seinem Mund, mit seinen Augen, mit seinen Händen. Und daß er auch andere Dinge sagte – dafür war er eben Veit Gregor. Der große Gregor. Der einmalige Gregor. Und sie würde an seiner Seite genauso berühmt werden wie er. Und er würde sie immer lieben. Sie würden heiraten. Noch dieses Jahr. Und sie würde die Hauptrolle in seinem nächsten Film spielen. Und die Norkus würde gegen sie ein altes Wrack sein. Die war ja schließlich auch schon 37.

Sonja schlug die Augen langsam auf und blickte Sanders mit strahlendem Lächeln an.

»Tanzen wir?« fragte sie.

Sanders sprang bereitwillig auf. »Ich wüßte nicht, was ich lieber täte.«

Edith Norkus blickte den beiden nach. »Das kleine Aas«, sagte sie herzlich.

Classen nickte. »So kann man das nennen. Hat Paprika, das kleine Luder. Irgendwie kann ich Greg schon verstehen.«

Edith neigte den Kopf zur Seite und gab Classen einen schiefen Blick. »Paprika vielleicht. Aber kein Talent. Und wenn du sie in Gregors neuem Film spielen läßt, wirst du ja sehen, was dabei herauskommt.«

Classen winkte ab. »Ach, wenn wir nur spielen ließen, was Talent hat, dann könnten wir im Jahr zwei Filme drehen.« Und galant fügte er hinzu: »Die beiden mit dir.«

Edith lachte. »Vielen Dank. Du hast dich wieder glänzend aus der Affäre gezogen.«

»Gehört zu meinem Job. Außerdem hast du bindend erklärt, die Rolle wäre nichts für dich, was ja auch stimmt, und du willst den nächsten Film bei deinem Mann drehen. Und zwar was Hochkünstlerisches. Darunter tut's der gute Junge nicht. Wollen erst mal abwarten, was dabei herauskommt.«

Fred richtete sich kampflustig auf. Er hatte es schwer als Mann der berühmten Frau und als selbst noch unbekannter Regisseur.

Edith legte zärtlich die Hand auf seine.

»Eben. Warten wir's ab. Und nun würde ich auch gern mal tanzen.«

Ganz plötzlich war Tobias eingefallen, daß er noch eine Flasche Rotwein hatte. Und als er aufstand, um sie zu holen, merkte er, wie kalt es im Zimmer war.

»Ich glaube, ich mache Feuer«, sagte er.

»Sie werden sich doch nicht die Mühe machen«, meinte Gregor. »Ich werde jetzt gehen, und Sie legen sich schlafen.«

»Ich kann sowieso nicht schlafen«, sagte Tobias.

Und Gregor ging auch nicht. Er saß, immer noch im Mantel, wie festgenagelt in dem Sessel, und es schien unmöglich, sich daraus zu erheben. Er fühlte sich wohl hier bei dem alten Mann in dem komischen kleinen Zimmer. Schlimm war nur, daß sie nichts mehr zu trinken hatten. Aber wenn es noch Rotwein gab – er hatte seit Jahren keinen Rotwein getrunken, aber zu dieser Nacht paßte er vielleicht ganz gut.

Als Tobias wiederkam, in einer Hand die Flasche, in der anderen den Eimer mit Briketts, obenauf das Holz, sprang Gregor auf.

»Ich werde Feuer machen.«

»Nein. Auf keinen Fall.«

»Doch. Ich möchte sehen, ob ich es noch kann. Früher hatte ich mal eine Jagdhütte in den Bergen. Ich bin nicht zur Jagd gegangen, habe mich dort immer nur ausgeruht. Da konnte ich gut Feuer machen.«

Die Jagdhütte hatte Milena gehört. Sie lag ziemlich hoch. Damals war er ein junger Schauspieler. Das erste Engagement in Linz. Das zweite schon in Wien. Aber was für Rollen! Ein Satz, zwei Sätze. Manchmal nur ein stummer Auftritt. Und Milena, die große Schauspielerin. Schön, klug, über alle Maßen herrlich. Iphigenie, Lady Macbeth, Hedda Gabler, Maria Stuart. Ihr hatte er es zu verdanken, daß er den Mortimer spielen durfte. Endlich, endlich eine richtige Rolle. Sie liebte ihn. Es war ein Wunder, es konnte nicht wahr sein. Sie nahm ihn mit hinauf in die kleine Hütte, sie beide ganz allein.

»Ich will dich heiraten.«

»Du dummer Bub.«

»Ich will es, und du willst es auch.«

»O nein, da sind so ein paar überflüssige Jahre, die mich stören.«

»Aber mich nicht. Ich will keine blöde Gans, ich will dich.«

Sie hatte mit ihm gearbeitet. Und er hatte erstmals begriffen, was das überhaupt war: Theater spielen.

Als sie ihm dann den Romeo gaben, war aber nicht sie seine Julia. Das war keine Rolle mehr für sie. Dabei hatte er nur ihre Stimme im Ohr. Mit ihr hatte er den Romeo geprobt. Nun war eine junge Schauspielerin seine Partnerin, so jung wie er, Nachwuchs wie er. Er fand sie unmöglich. Fad, seelenlos, ohne Poesie. Er hörte nur Milenas Stimme, die er von ihren Proben oben in der Hütte im Ohr hatte: »O schwöre nicht beim Mond, dem Wandelbaren, damit nicht wandelbar dein Lieben sei...« Das war Musik, darin erfüllte sich des Dichters schönster Traum. Das kleine Mädchen neben ihm war gar nicht vorhanden. Milena war seine Julia. Sie lächelte ihm vom Balkon herab zu, ihre Augen, ihr zärtlicher schöner Mund. Damit nicht wandelbar dein Lieben sei... Ein Kritiker hatte geschrieben: Man merkt dem jungen Veit Gregor die große Lehrmeisterin an.

Das konnte er ruhig schreiben, denn da waren sie schon verheiratet. Und er war so glücklich.

Gregor schichtete sorgfältig das Holz auf das Papier, dann die Briketts und zündete das Papier an. Er hätte Milena anrufen sollen, um ihr zu erzählen, was heute nacht passiert war. Gleich früh würde er zu ihr hinfahren. Und sie würde sich um die verletzte Frau kümmern. Das war die beste Idee, die er bis jetzt gehabt hatte.

Das Holz begann zu knistern. Er drehte sich um.

»Nun?« fragte er stolz.

Tobias hatte inzwischen den Kork aus der Flasche gezogen. »Sehr gut«, lobte er.

Er füllte bedächtig die Gläser und blickte dann zu dem Schauspieler herab, der im Smoking vor dem Ofen kniete und aufmerksam das aufflackernde Feuer beobachtete. Auch Tobias kam die ganze Szenerie jetzt unwirklich vor. Es war irgendwann in der Nacht vom 1. zum 2. Februar. Vielleicht drei Uhr oder vier Uhr. Draußen schneite es. Elisabeth war vor unsagbar vielen Stunden fortgegangen, so seltsam schön mit dem kurzen lockigen Haar, gekleidet in den schimmernden Regenbogen. Und jetzt lag sie bewußtlos in einem fremden Bett mit ihrem zerbrochenen Körper. Kein Glück für das Kind. Keine Freude.

Und hier vor dem Ofen kniete der große Veit Gregor, der reiche, der berühmte, der arrogante und blasierte. Er hatte Feuer gemacht und trank mit ihm eine Flasche Rotwein. Ganz billiger Wein war es nur, ein einfacher Südtiroler. In Tobias' Kopf summte es. Er hatte nicht geschlafen. Ein paar Grog schon getrunken mit Herrn Mackensen. Und dann schnell hintereinander die drei Kognaks. Und der ganze Schreck mit dem Kind. Was würde Anna dazu sagen, wenn sie das alles wüßte? Vielleicht träumte er das alles nur. Phantastereien, wie sie immer sagte. Und vielleicht mußte Elisabeth doch sterben.

Gregor stand auf, klopfte sich mechanisch die Knie ab. Das hatte er damals auch immer getan. Er erinnerte sich gut an die Bewegung. Milena lag im Sessel, die Beine über der Lehne. Er ging zu ihr, beugte sich zu ihr herab.

»Wasch dir gefälligst erst die Hände«, sagte sie lachend. »Du bist schwarz wie Othello.«

»Ich würde dich mit Wonne erwürgen«, sagte er und legte die schwarzen Hände um ihren Hals.

Gregor blickte auf seine Hände. Sie waren wirklich schwarz.

Kohle war also immer noch schwarz. Er hatte gar nicht mehr gewußt, daß es noch Kohle gab.

Tobias stand vor ihm, klein, ängstlich, die Rotweinflasche in der Hand. »Wir sitzen hier . . .«, sagte er. »Muß sie auch bestimmt nicht sterben?«

Gregor wischte sich die Hände an seiner Smokinghose ab.

»Nein. Sie muß nicht sterben. Sie wird wieder ganz gesund.«

»Der Regenbogen hat ihr kein Glück gebracht«, sagte Tobias leise.

»Der Regenbogen?«

»Das Kleid, das sie anhatte. Haben Sie es gesehen?«

»Ja.«

»Es heißt ›Regenbogen‹. Arc-en-ciel. Ein Modellkleid von Tavern. Ich habe es ihr zu Weihnachten geschenkt, weil ich dachte . . .«

Gregor setzte sich wieder in seinen Sessel, nahm das Glas, sagte: »Auf Elisabeths Wohl.«

Sie tranken. Und plötzlich war noch viel mehr Vergangenheit da. Es ging noch viel weiter zurück als bis zur Jagdhütte. Gregor wußte auf einmal, woran ihn das Zimmer erinnerte. Keine Bühnendekoration. Was für ein Unsinn. Das Zimmer zu Hause. Seine Kindheit. Sein Vater hatte in genauso einem Sessel gesessen wie der, in dem er jetzt saß. Und er hatte auch Rotwein getrunken, genauso einen billigen, bescheidenen Rotwein. Manchmal durfte er am Glas nippen. Das schmeckte gut. Und er hatte Zigarren geraucht, genau wie der alte Mann hier. Und im Ofen hatte das Feuer geknistert.

»Was heißt das? Regenbogen?« fragte Gregor.

Und Tobias Ohl erzählte dem Mann aus der Märchenwelt sein kleines, bescheidenes Märchen. Das Märchen von Elisabeth und dem Regenbogen, das keine Wirklichkeit geworden war.

Veit Gregor hörte schweigend zu. Er erfuhr noch viel mehr. Er erfuhr alles. Das ganze Leben von Elisabeth. Die schön und gut und klug war in den Augen ihres Vaters und nicht glücklich werden durfte. Und warum Tobias den Regenbogen eingefangen hatte. Weil er dachte, damit einen Zipfel vom Glück für Elisabeth, nur für Elisabeth zu erhaschen.

Als Tobias fertig war mit seiner Geschichte, blickte ihn Gregor lange an. Er hatte alles vergessen, was sein tägliches Leben war.

Er spielte keine Rolle, das war kein Drehbuch, das war Wirklichkeit. Und Wirklichkeit war es, daß er diesen kleinen alten Mann auf dem Sofa vor ihm liebte.

Ja, er liebte ihn, wie er einmal seinen Vater geliebt hatte. »Wir werden Elisabeth ein neues Kleid kaufen«, sagte er, »viel schöner als der Regenbogen. Wir werden ihr alles kaufen, was sie sich wünscht.«

»Alles kann man nicht kaufen«, sagte Tobias. »Alles kann man nur wünschen.«

Wenige Stunden später tauchte Gregor wirklich bei Milena auf. Es war zwar ein Sonntag, und für gewöhnlich vermied er es, sie am Sonntag zu besuchen, denn da war sie nicht allein. Ihr Mann war da und die Kinder meist auch. Aber heute kümmerte ihn das nicht. Er mußte ihr erzählen, was passiert war, brauchte ihren Rat und Trost, und dann wollte er ihr den alten Mann ans Herz legen. Wenn ein Mensch sich seiner annehmen konnte, dann war es Milena.

Und es war dringend nötig, daß sich jemand um Tobias kümmerte. Der Besuch in der Klinik hatte ihn völlig verstört. Als der Morgen dämmerte, ein dunkler, kalter Februarmorgen, mit grauem Schnee auf den Straßen und trister Hoffnungslosigkeit zwischen den Häusern, waren sie zur Klinik gefahren. Der Arzt, der Nachtdienst gehabt hatte, war nicht mehr da. Aber der Stationsarzt war sehr entgegenkommend. Aha, der Vater. Herr Gregor, ja, natürlich, er wisse Bescheid. Es sei alles nach Wunsch geregelt worden. Das Einzelzimmer, die Pflegerin. Die Patientin sei noch nicht bei Bewußtsein. Allem Anschein nach werde das noch eine Weile dauern. Die Polizei habe auch schon danach gefragt. Nein, keine Lebensgefahr, man könne ganz beruhigt sein.

Und dann hatte Tobias seine Elisabeth gesehen. Ganz flüchtig nur von der Tür her. Totenblaß lag sie in den Kissen, ganz spitz und zusammengesunken das sanfte Gesicht, das ihm gestern so schön vorgekommen war. Sie regte sich nicht, sie sah aus wie tot.

Tobias taumelte, ein gepeinigter, trockener Ton quälte sich aus seiner Kehle. Sie war tot. Sie hatten es ihm nur nicht gesagt.

Der Arzt und Gregor bemühten sich um ihn. Er saß auf einem Stuhl im Schwesternzimmer, der Doktor gab ihm eine Spritze.

Und es dauerte eine Weile, bis er ihnen glaubte, daß sie lebte und auch am Leben bleiben würde.

Als Gregor mit Tobias wieder auf der Straße stand, war er ratlos. Was sollte er jetzt tun? Er konnte ihn doch nicht einfach nach Hause fahren und allein lassen. Und er konnte sich auch nicht wieder zu ihm setzen.

Flüchtig erwog er, ihn mit zu sich zu nehmen. Tim konnte ihnen Frühstück machen, und dann würde man vielleicht etwas trinken und dann . . . ja, was dann?

Ihm fiel ein, daß Sonja vermutlich da sein würde. Nein, nicht nach Hause. Da blieb nur Milena. Sie würde helfen. Sie hatte immer geholfen, wenn man sie brauchte.

Kurz entschlossen fuhr er los, nachdem er den blassen Tobias ins Auto verfrachtet hatte.

Tobias saß reglos mit starren Augen neben ihm. Er fragte nicht, wohin sie fuhren. Er schien es gar nicht zu bemerken, daß sie fuhren. Ab und zu murmelte er ein paar unverständliche Worte vor sich hin.

Gregor fragte nicht, was sie bedeuteten. Er saß ein wenig vorgebeugt, ganz konzentriert, mit gerunzelter Stirn. Er war müde, fühlte sich selbst schwach und elend. Die schlaflose Nacht, all die Aufregung, er war noch nie ein sehr widerstandsfähiger Mensch gewesen. Außerdem war es unangenehm zu fahren. Als sie aus der Stadt heraus waren, wurde die Straße sehr glatt. Nebelfetzen kamen seitlich von den Wiesen her. Oder waren es seine Augen? Er strich heftig über sie hin. Er hatte das manchmal in letzter Zeit, nach anstrengender Arbeit oder durchwachten Nächten.

Er haßte es, jetzt am Steuer zu sitzen, haßte die graue, eisige Straße, den schweren Wagen, der ihm nicht gehorchen wollte, den alten Mann neben sich, diese ganze vermaledeite Affäre. Er wollte nichts mehr sehen und hören davon. Milena mußte sich darum kümmern, sie würde alles in die Hand nehmen und zum Besten wenden.

Und wie immer in Stunden der Depression fragte er sich, warum sie ihn verlassen hatte. Sie ihn, so sah er es immer in solchen Augenblicken, immer machte er ihr Vorwürfe. Sie hätte ihn besser kennen müssen. Daß er sie betrogen hatte, daß er zeitweise von ihr fortgegangen war, als der Ruhm kam, der große Erfolg, mein Gott, was bedeutete das schon? Er brauchte sie doch. Er hatte sie immer gebraucht. Und sie war schließlich klug genug, um das zu wissen. Viel besser, als er selbst es damals gewußt hatte.

Milena war übrigens nicht überrascht, als sie ankamen. Sie hatte ihn bereits erwartet. Und sich Sorgen gemacht, nachdem sie bei Tim angerufen und erfahren hatte, daß er immer noch nicht nach Hause gekommen war.

Tim, Gregors Diener, der sich voll und ganz und in jeder Situation für Gregor verantwortlich fühlte, hatte bekümmert gesagt: »Wir können uns alle nicht erklären, wo er abgeblieben ist. Frau von Wengen meinte, er würde bei Ihnen sein. Wir wollten gerade anrufen.«

Lydia von Wengen kam dann an den Apparat, und eine Weile ergingen sich die Frauen in Mutmaßungen, wo er sein könnte.

»Ich fürchte, er ist in irgendeiner Kneipe gelandet und hat sich restlos besoffen«, sagte Lydia, die sich stets ohne diplomatische Umwege ausdrückte. Nicht umsonst war sie gefürchtet bei Produzenten, Verleihern und bei der Presse. Gregors Höllenhund nannte man sie.

»Hoffentlich fährt er dann nicht mit dem Wagen, und es passiert noch was. Übrigens haben wir die Klingel abgestellt. Und das Telefon würden wir am liebsten auch stillegen. Aber es könnte ja ein Anruf von ihm kommen.«

»Aha. Die Herren von der Presse«, sagte Milena verständnisvoll.

»Die und sonst noch alles, was kreucht und fleugt. Komisch, daß die Leute so einen Spaß daran haben, wenn ein Unglück geschehen ist.«

»Ja, das habe ich auch schon festgestellt«, erwiderte Milena. »Bei mir hat mindestens schon ein Dutzend Leute angerufen. Aber was machen wir nun?«

»Ach, darum wissen Sie von der ganzen Angelegenheit? Na ja, machen können wir im Moment gar nichts. Wir könnten ihn eventuell von der Polizei suchen lassen, dann wird der Skandal noch größer. Ich weiß ja nicht, warum er sich so aufführt. Anscheinend ist er wirklich unschuldig an der Geschichte. Die Rote behauptet es jedenfalls.«

Die Rote, das war Lydias Ausdruck für Sonja Markov, das wußte Milena von früheren Telefongesprächen her.

»Haben Sie sie gesprochen?«

»Natürlich. Sie ist hier. Momentan schläft sie.«

Ziemlich beunruhigt hatte Milena den Hörer hingelegt. Immer Unruhe, immer Aufregung mit Gregor. Daran hatte sich jedenfalls nichts geändert. Das war so gewesen, seit sie ihn kannte. Als sie sich umwandte, stand ihr Mann im Bademantel unter der Tür.

»Na«, fragte er spöttisch. »Was ist mit deinem Sorgenkind?«

»Er ist verschwunden.«

»Wunderbar. Vielleicht hat er sich aufgehängt oder ist endlich mal selber mit dem Wagen gegen eine Mauer gefahren. Wäre zu schön, um wahr zu sein.«

»Karl, ich bitte dich ...«, sagte Milena nervös. »Das ist wirklich nicht die Stunde für schlechte Scherze.«

»Ich habe nicht gescherzt. Es war mein Ernst. Übrigens, könnten wir vielleicht frühstücken, ehe du dich an der Suchaktion beteiligst?«

»Der Kaffee ist fertig. Geh bitte 'rauf, ich komme gleich.«

Sonntags frühstückten sie immer oben in ihrem Zimmer. Sie legte sich noch mal ins Bett, ihr Mann saß bei ihr auf dem Bettrand, und sie frühstückten ausgiebig. Manchmal spielten sie auch einige von ihren Lieblingsplatten. Ein Mozart-Klavierkonzert oder die Waldsteinsonate. Irgend so etwas, das friedlich und glücklich stimmte. Sie beide, Milena und Karl Vogel, mit dem sie seit nunmehr vier Jahren, seit sie von der Bühne Abschied genommen hatte, glücklich verheiratet war.

Wirklich glücklich verheiratet. Ganz ohne Problematik, ohne all die Aufregung und Unruhe, die sie in ihrem Leben überreichlich genossen hatte. Ein Mann, mit dem sie sich verstand, der klug und liebevoll war und außerdem ihre musischen Interessen teilte. Die einzige Belastung in ihrer Ehe war Veit Gregor. Es hatte eine Weile gedauert, bis ihr Mann sich damit abgefunden hatte, daß er diesen früheren Mann seiner Frau, diesen überspannten Filmstar, mitgeheiratet hatte.

Er nahm es mit Humor, nachdem er erkannt hatte, daß er keinerlei Grund zur Eifersucht hatte. Jedenfalls nicht zu männlicher Eifersucht. Aber er ärgerte sich darüber, mit welcher Selbstverständlichkeit dieser Gregor seine Frau mit Beschlag belegte. Mit jedem Kummer, mit jedem Zorn, mit seinen häufigen Depressionen kam er zu ihr. Außerdem mußte sie seine Drehbücher lesen und möglichst noch seine Rollen mit ihm studieren.

Milena ging zur Tür, die in den Garten führte, und ließ die Hunde herein. Sie kamen atemlos, das schwarze Fell feucht, noch mit Schnee bedeckt. Mit nassen Pfoten sprangen sie an ihr hoch.

»Ja, ja, ich weiß«, murmelte sie und tätschelte ihre Köpfe. »Schnee ist was Herrliches.«

Sie blieb einen Moment stehen und atmete tief. Es war kalt, aber die Luft war wunderbar. Und hier draußen im Isartal war der Schnee wirklich leuchtend und weiß. Sie blickte hinüber zu der großen Blautanne. Die Meisen hockten in den Zweigen, die Spatzen tschilpten ärgerlich. Das Futterhäuschen würde leer sein. Sobald sie angezogen war, mußte sie hinausgehen und ein gutes Sonntagsmenü servieren.

Milena lächelte, ohne es zu wissen. Sie lächelte, weil ihr Leben erfüllt und glücklich war. Das Haus, der Garten, die Vögel darin. Und im Haus der Mann, die Kinder und die Hunde. Sie war immer dankbar, daß sie alles dies besitzen durfte. Das Schicksal hatte es gut mit ihr gemeint. Eine glückliche Jugend, dann allerdings eine übereilt geschlossene Ehe, die ein Fiasko wurde. Aber dann der künstlerische Erfolg, die große, die ganz große Karriere. Die süße, törichte Liebe, die unvergessene Leidenschaft, die Zeit mit Veit Gregor.

Und nun dies hier, ehe sie alt wurde: eine richtige Familie, die sie brauchte und die sie liebte.

Auch die beiden Kinder ihres Mannes hatte sie ins Herz geschlossen. Am Anfang war es ein bißchen schwierig gewesen. Der Junge war sechzehn und das Mädchen vierzehn, als sie Karl heiratete. Es schien, als widerstanden sie der neuen Mutter, die plötzlich ins Haus kam. Aber das war für Milena kein Problem. Sie war klug, sie war gewandt, und sie hatte sehr viel Herz. Erst war es die Kleine, die ohnehin fürs Theater schwärmte, die ihr das Herz öffnete, und dann auch Gerd, der seine Rauhbauzigkeit verlor und sich zu einem vollendeten Kavalier entwickelte, sobald Milena in seine Nähe kam.

Hoffentlich hatten wenigstens die beiden nichts angestellt. Sie mochte es gar nicht, wenn sie über Nacht nicht im Hause waren. Aber Gerd war mit seinen zwanzig Jahren schon recht vernünftig. Er hatte bestimmt auf seine Schwester aufgepaßt.

Milena fröstelte, zog den Gürtel ihres Morgenrocks fester und trat ins Haus zurück.

»Ich komm' gleich«, rief sie zu den Vögeln hinüber, ehe sie die Tür schloß.

Die Hunde erwarteten sie schweifwedelnd an der Treppe, die hinauf in den ersten Stock führte. Wo sie gelaufen waren, zeigten sich feuchte Tappen auf dem Parkett.

»Na wartet«, sagte Milena, »wenn das die Theres sieht. Los, lauft 'rauf, ich bringe den Kaffee.«

Theres hatte das Tablett schon fertiggemacht. Zwei Gläser Orangensaft, eine große Kanne Kaffee, Toast, Butter, Schinken, zwei gekochte Eier und das Glas mit dem dunklen Honig.

»Ob die Kinder bald nach Haus kommen?« fragte sie besorgt.

»Jetzt doch nicht«, meinte Milena. »Wer weiß, wann sie ins Bett gekommen sind. Vor Mittag werden sie wohl nicht aufkreuzen.«

Theres schob die Lippen vorwurfsvoll vor. »Ich halt's nicht für richtig, daß sie allein in der Stadt herinnenbleiben. Mindestens Fräulein Ursel noch nicht. Die ist noch zu jung für so was.«

»Sie ist achtzehn«, erwiderte Milena friedlich, denn das Thema war mindestens ein dutzendmal in den letzten Tagen erörtert worden. »Junge Mädchen sind heutzutage mit achtzehn schon ziemlich selbständig. Und Gerd ist ja auch dabei.«

»Der ist ja selber noch ein Lausbub«, beharrte Theres. »Ich halt's nicht für richtig.« Sie hob das Tablett.

»Geben Sie nur her, ich trag's selber 'rauf«, sagte Milena und wollte ihr das Tablett aus der Hand nehmen.

»Nein«, widersprach Theres, »das mach' ich. Ihr Morgenrock ist zu lang. Sie stolpern wieder auf der Treppe.«

Ohne sich auf weitere Erörterungen einzulassen, steuerte Theres zur Küche hinaus und auf die Treppe zu. Milena folgte ihr, gab Theres auf der Treppe recht, denn sie mußte den Morgenrock hochraffen. Und da sie es noch nicht gelernt hatte, mit einer Hand ein vollbeladenes Tablett zu tragen, wäre das wohl etwas schwierig geworden.

Hätte sie es wirklich nicht erlauben sollen, daß Ursel mit zu dem Faschingsball ging? Lieber Himmel, die jungen Mädchen gingen heute mit achtzehn alle zum Fasching. Und was hieß überhaupt heute. Sie hatte mit achtzehn ihr erstes Engagement angetreten. In Brünn. Als jugendliche Naive. Und was ihr da alles so begegnet war, war mindestens so gefährlich gewesen wie ein Studentenfasching. Sie war schließlich auch damit fertig geworden.

Abgesehen davon, daß sie mit neunzehn geheiratet hatte, was natürlich ein Blödsinn gewesen war, wie sich bald herausgestellt hatte.

Aber Ursula war viel nüchterner als sie. Und Gerd war immer sehr besorgt um seine Schwester. Es war natürlich alles ein bißchen schwieriger, weil es nicht ihre eigenen Kinder waren. Man mußte doppelt auf sie aufpassen, zumal Karl ihr hundertprozentig vertraute in allem, was die Kinder anging.

Nicht nur darin übrigens, sondern auch in allem, was ihr gemeinsames Leben betraf.

Als sie in ihr Zimmer kam, saß er, wie erwartet, auf dem Bettrand, die Füße in den Pantoffeln gemütlich von sich gestreckt, und blätterte in der Sonntagszeitung. Er fing auch gleich von den Kindern an.

»Ob sie sich gut amüsiert haben?«

Milena reichte ihm das Glas mit dem Orangensaft, nahm selber einen Schluck aus ihrem Glas und trat dann noch einmal rasch vor den Spiegel, nahm den Kamm und fuhr sich mit zwei geübten Strichen durch das volle, dunkelbraune Haar. Sie färbte es noch immer nicht, und trotzdem war kein einziges graues Haar darin zu finden. Und obwohl sie nicht geschminkt war, wirkte ihr Gesicht frisch und rosig, straff und jung. Für dreiundfünfzig Jahre, na immerhin – sie lächelte ihrem Spiegelbild zufrieden zu. Ein bißchen voller war sie geworden, aber das war in ihrem Alter ganz günstig.

»Sicher doch«, sagte sie, ließ den Morgenrock von den Schultern gleiten und schlüpfte mit Behagen wieder in ihr breites, noch warmes Bett.

»Warum sollen sie sich nicht amüsiert haben? Ursel hat mindestens drei Kavaliere gehabt. Ihren Bruder natürlich, diesen ulkigen Dickie mit dem Mephistobart und dann diesen jungen Architekturstudenten, wie heißt er denn gleich? Du weißt schon. Er ist im Sommer immer mit Gerd ausgeritten, so ein Rothaariger mit Sommersprossen.«

Karl lachte. »Ja, ja, ich weiß schon. Der Sohn von dem großen Immobilienfritzen, diesem Klemm. Der Kerl stinkt vor Geld. Wäre eine gute Partie für Ursel.«

»Du bist verrückt«, sagte Milena. »Ich werde nicht dulden, daß sie zu jung heiratet. Nicht vor mindestens fünfundzwanzig, und das ist auch noch zu früh, wenn du mich fragst. Ich werde sie schon entsprechend aufklären.«

Karl grinste. »Du kannst es ja mal versuchen. Meiner Erfahrung nach lassen sich junge Leute nichts dreinreden. Sie machen immer die gleichen Fehler wie die alten. Hab' ich auch gemacht.«

»Das werden wir ja sehen. Ich wette, daß es mir gelingt, ein Mädchen, das gewissermaßen meine Tochter ist, davor zu bewahren. Sie soll erst mal etwas werden und auf eigenen Füßen stehen. Auch nicht auf deinen. Und sie soll die Männer kennenlernen und sich dann mit Verstand einen aussuchen.«

»So so, hast du das etwa getan?«

»Nicht gleich«, gab Milena zu, »und gerade das war ja der Fehler.«

»Und später wohl auch nicht. Wenn ich an deinen verrückten Superstar denke, der neuerdings die Leute über den Haufen fährt, also den hast du auch geheiratet, und da warst du ja immerhin schon . . .«

»Karl!« fiel ihm Milena empört ins Wort.

»Schon gut. Ich nenne keine Zahlen. Aber jedenfalls auch kein Teenager mehr, nicht wahr? Das kann man doch sagen.«

Milena schwieg und goß Kaffee ein, begann dann die Toast zu streichen. Nein, gewiß kein Teenager mehr. Eine Frau Mitte der Dreißig. Erfahren genug, um zu wissen, was sie tat. Er war zehn Jahre jünger als sie.

Es war Wahnsinn, einen Mann zu heiraten, der zehn Jahre jünger war. Noch dazu solch einen Mann. Sie hätte für so etwas vorher nie Verständnis gehabt. Sie hatte es nicht gehabt, als sie es tat, und sie lehnte es heute genauso ab. In allen, allen Fällen, die denkbar waren. Nur bei ihm, bei Veit, war es eben etwas anderes gewesen. Sie hatte gewußt, daß es verrückt war, und sie würde es trotzdem heute wieder tun. Aus. Basta.

Aber es war sinnlos, das irgend jemand zu erklären. Auch Karl würde es nicht verstehen. Es genügte, daß sie jene verrückteste Zeit ihres Lebens nicht bereute. Nie bereut hatte, nicht eine Stunde lang.

»Ich möchte bloß wissen, wo er steckt?« sagte sie aus ihren Gedanken heraus.

»Sicher bei einer seiner Freundinnen«, meinte Karl und biß ungerührt in seinen Toast. »Der findet schon jemanden, bei dem er sich ausweinen kann. Mich wundert nur, daß du es diesmal nicht bist.«

Das wunderte sie auch, nicht einmal angerufen hatte er. Das ließ nur eine Erklärung zu: Er mußte sehr verstört sein. Denn sonst geschah nichts Bedeutendes in seinem Leben, nichts Gutes und nichts Schlechtes, das sie nicht sofort erfuhr.

Dolly, die Pudeldame, fühlte sich vernachlässigt. Sie war herangekommen, hatte beide Pfoten auf dem Bettrand und sah Milena erwartungsvoll an. Ferry, ihr Bruder, von etwas zurückhaltenderer Natur, saß neben ihr. Sein Blick war nicht minder erwartungsvoll. Milena brach den Rest ihres Toastes in zwei Teile und reichte sie den beiden.

Ich habe alles doppelt, dachte sie ein wenig amüsiert. Ich habe zwei Hunde, zwei Kinder und auch zwei Männer. Doch gleich verbesserte sie sich. Besser war es, zu sagen, drei Kinder. Denn was war Veit schließlich anderes als das dritte und schwierigste Kind. Und so war es schließlich immer gewesen. Er war ihr wundervoller junger Geliebter gewesen und gleichzeitig ihr Kind und ihr Schüler. Daß er zwischenhinein ihr Ehemann gewesen war, mußte wohl ein Irrtum gewesen sein. Eine Rolle, die damals gar nicht zu ihm paßte. Eines Tages war diese Rolle zu Ende gespielt. Er war nicht mehr ihr Mann und nicht mehr ihr Geliebter. Auch nicht mehr ihr Schüler, denn er hatte ausgelernt, war selbst ein Meister geworden. Aber ihr Kind war er geblieben. Er selbst war es, der darauf bestand.

Als sie gerade die zweite Tasse Kaffee trank, klingelte es Sturm. Das war er. Sie wußte sofort, daß er das war.

Auch Karl schien darüber nicht im Zweifel zu sein. »Na also«, brummte er. »Der verlorene Sohn. Unser schöner Sonntagmorgen. Schmeiß ihn bitte bald wieder hinaus.«

Als Milena die Treppe hinunterkam, stand Veit Gregor in der Diele. Sie erschrak, als sie ihn sah. Er war totenbleich, hatte tiefe Ringe unter den Augen, sein Gesicht war faltig, alt und müde, das schwarze Haar hing ihm in die Stirn. Außerdem trug er einen verdrückten Smoking.

Dann erst sah sie den anderen Mann, der ein Stück hinter ihm stand, ein kleiner alter Mann, kümmerlich anzusehen, auch er blaß und verstört, die Augen blinzelnd hinter der Brille. Wer um alles in der Welt war denn das?

Theres warf einen vorwurfsvollen Blick die Treppe empor, brummte »Besuch« und verschwand in der Küche. Ihr imponierte Veit Gregor in keiner Weise. Sie schwärmte immer noch für Hans Albers. Das war ein anderer Kerl als dieser hysterische närrische Gregor mit dem weichen Mund.

»Da bist du ja!« sagte Milena und stieg die Treppe vollends hinab. »Wo treibst du dich bloß herum? Alle sind ganz aufgeregt.«

»Ich bin fertig«, sagte Gregor mit tragischem Ton.

»So siehst du auch aus«, erwiderte Milena und blickte dann fragend auf den alten Mann.

»Das ist Herr Ohl«, sagte Gregor und machte eine elegante Geste mit seiner schmalen Hand. »Der Vater.«

»So. Der Vater«, wiederholte Milena. Doch dann begriff sie.

»Ach so. Der Vater von dem Mädchen, das . . .«

Gregor nickte tragisch. »Sehr richtig. Wir kommen eben aus der Klinik. Elisabeth ist noch nicht bei Bewußtsein. Es hat uns beide sehr erschüttert, sie zu sehen. Nicht wahr, Herr Ohl?« Tobias nickte stumm und eingeschüchtert. Er hatte keine Ahnung, wo er sich befand und warum er hier war.

»Und wie geht es ihr?« fragte Milena.

Gregors Miene wurde noch düsterer. Jetzt, da er Milena als Publikum hatte, begann er seine Rolle weiterzuspielen, die er für einige Stunden vergessen hatte. Der tragische Held, der unschuldig in tiefe Schuld verstrickt war.

Milena blickte von einem zum anderen. Gregor posierte, das sah sie. Aber die Lippen des alten Mannes zitterten, und seine Augen hinter der Brille waren gerötet. Um Gottes willen, die Frau würde doch nicht tot sein?

»Also los, kommt herein«, sie ging auf das Wohnzimmer zu, schob dabei Gregor vor sich her und nickte dem Alten zu, daß er folgen sollte. Als sie die beiden im Zimmer hatte, wies sie auf zwei Sessel, sagte energisch: »Setzt euch! Und nun möchte ich einen genauen Bericht.«

Sie hörte schweigend zu, als Gregor erzählte. Als er die zweite Zigarette anzündete und sie fragte: »Hast du was zu trinken? Einen Whisky?« schüttelte sie energisch den Kopf. »Whisky? Früh um zehn? Bist du verrückt? Hast du gefrühstückt?«

Gregor sah sie entrüstet an. »Gefrühstückt? Denkst du, mir steht der Sinn nach Frühstück? Ich sage dir doch, wir kommen gerade aus der Klinik.«

»Und Sie, Herr Ohl? Haben Sie auch noch nichts gegessen heute?«

Tobias schüttelte schweigend den Kopf.

»Moment.« Milena stand auf und ging hinaus in die Küche. »Theres, zweimal Frühstück. Sehr kräftig. Starken Kaffee, Spiegeleier mit Schinken.«

Theres zog wieder ihren bewährten Flunsch. »Ich bin gerade dabei, den Hasen zu spicken.«

»Dann spicken Sie eben nachher weiter«, sagte Milena ungeduldig. »Es ist was passiert. Es hat einen Unfall gegeben.«

Das interessierte Theres. »Mit dem Herrn Gregor? Mit dem Auto?«

»Ja. Er hat eine Frau überfahren.« – Es war besser, das Theres mitzuteilen. Erstens erfuhr sie es doch, und zweitens würde sie so leichter zu bewegen sein, ein ordentliches Frühstück zu bereiten.

Sie bekam auch gleich angeregte rote Wangen. »Ui jegerl, des is fei arg. Ist sie tot?«

»Nein. Aber schwer verletzt.«

»Ui jegerl. Ja, das kommt davon.«

Wovon das kam, ließ sich Milena nicht mehr erklären. Sie sah nur noch, daß Theres Wasser auf die Herdplatte setzte. Sie kehrte ins Wohnzimmer zurück.

Bis das Frühstück kam, hörte sie Gregors Erzählung zu Ende. Nun wußte sie auch, wo er die Nacht verbracht hatte. Es rührte sie. Natürlich, darauf waren sie alle nicht gekommen, und dabei sah es ihm ähnlich. Er mußte der Sache auf den Grund gehen. Er drückte sich nicht. Das hatte er nie getan. Und ... er mußte seine Rolle zu Ende spielen. Auch das paßte zu ihm.

»Und jetzt sind wir hier«, schloß Gregor. Er wies auf Tobias.

»Ich konnte ihn doch nicht allein lassen. Es war schrecklich, Elisabeth zu sehen. Und ich ... ich dachte, du wirst dich um sie kümmern.«

»Natürlich«, sagte Milena. »Wir werden alles tun, daß sie bald gesund wird.« Sie lächelte Tobias tröstend zu, der auf der Kante seines Stuhles saß und sie mit ängstlichen Augen ansah.

Übrigens wußte er inzwischen, wer diese liebenswürdige Dame war. Milena Gulda, die große Burgschauspielerin. Und Veit Gregor war früher mit ihr verheiratet gewesen, das hatte er in den Zeitungen gelesen. Auch daß sie immer noch befreundet seien, obwohl die Gulda inzwischen einen bekannten Münchner Verleger geheiratet hatte.

»Sie müssen entschuldigen, daß ich einfach hier eingedrungen bin«, sagte Tobias schüchtern. »Herr Gregor hat mich mitgenommen. Und er hat gar nicht gesagt, wo er hinfährt. Und ich war so... so... ich habe gar nicht darüber nachgedacht, was er eigentlich vorhat.«

»Das ist schon in Ordnung, Herr Ohl«, sagte Milena.

»Herrn Gregors Sorgen waren auch immer meine Sorgen. Und außerdem hat er vollkommen recht, daß er Sie nicht allein gelassen hat. Jetzt frühstücken Sie erst alle beide, und dann legen Sie sich hin. Und um Ihre Tochter werde ich mich kümmern. Wenn der Arzt sagt, es ist nicht lebensgefährlich, und sie wird wieder ganz gesund, dann wird es schon stimmen. Und daß sie jetzt nicht gut aussieht, so kurz nach dem Unfall, das ist ja klar. Das darf Sie nicht erschrecken. Aber sie ist jung und wird es bestimmt schaffen.«

Tobias blickte sie vertrauensvoll an. Wie nett auf einmal alle Leute zu ihm waren! Seine arme Elisabeth, wenn sie wüßte, mit was für berühmten Leuten er immerzu beisammen war. Alles nur, weil sie in das Auto hineingelaufen war.

Gregor blickte nicht weniger vertrauensvoll zu Milena hinüber. »Du wirst das schon machen«, sagte er dankbar. »Und ich glaube, ein bißchen zu frühstücken wäre jetzt nicht schlecht. Was, Herr Ohl?«

Wie auf ein Stichwort erschien Theres mit ihrem Tablett. Sie deckte hurtig den Tisch und ließ dabei die Blicke neugierig zwischen Gregor und dem fremden Mann hin und her wandern.

Höchst interessant war das alles. Aber das kam, weil der Gregor immer soviel trank. Man konnte es ja oft genug in der Zeitung lesen, daß er das tat. Neulich hatte er seine Freundin in einer Bar geohrfeigt. Oder sie ihn? Das wußte Theres nicht mehr genau. Auf jeden Fall war so was eine Schweinerei. Hans Albers hätte das nie getan.

Als ihre Besucher frühstückten, entschuldigte sich Milena für einen Moment und ging hinauf in ihr Schlafzimmer. Karl lag inzwischen in ihrem Bett, die Hunde auf dem Teppich davor.

»Na?« fragte Karl, als sie hereinkam. »Hast du seine kläglichen Reste zusammengekehrt?«

Sie berichtete ihm kurz, auch von dem zweiten Besucher. Karl schüttelte den Kopf. »Das sieht ihm ähnlich. Bringt uns einen fremden Menschen hierher. Wenn der nicht spinnt – sag mal, ob er sich schon mal darüber klargeworden ist, daß du verheiratet bist? Daß in diesem Hause immerhin außer dir noch dein Mann und deine Kinder wohnen?«

»Komm, sei friedlich«, sagte Milena und zog sich das Telefon heran. »Ich muß jetzt vor allem Tim und Lydia verständigen, daß er hier ist.«

»Und was hast du dann vor mit deinen unerwarteten Gästen?«

»Ich werde sie schlafen legen«, sagte Milena und drehte die Nummernscheibe.

»Schlafen legen?«

»Ja. Genau das. Veit kann in Gerds Bett schlafen und dieser Herr Ohl im Fremdenzimmer. Wenn du sehen würdest, wie die beiden aussehen, dann würde dir auch nichts Besseres einfallen. Hallo, Tim?«

Karl Vogel legte sich in das Kissen zurück, preßte grimmig die Lippen zusammen und begann die Seite mit den Buchbesprechungen noch mal zu lesen. Da war ein glänzender Verriß über das Buch eines jungen Autors zu lesen, den er dieses Jahr gestartet hatte. Das war gerade die richtige Lektüre für diesen mißratenen Sonntag.

Das erste Aufdämmern glitt unbemerkt in Traum und Bewußtlosigkeit zurück. Oder war es schon Schlaf? Es war ein tiefes Ausgelöschtsein, das sie so endgültig von der Welt entfernte, als habe sie nie darin gelebt.

Wenn Elisabeth später versuchte, sich daran zu erinnern, wann sie wieder an das Leben angeknüpft, wann sie erstmals wieder das Gefühl gehabt hatte, vorhanden zu sein, so kam ihr nur der Moment ins Gedächtnis, in dem sie ihren Vater erkannt hatte, der sich über sie beugte und mit angstvoller Stimme fragte: »Wie geht es dir, Kind?«

Da war sie wieder sie selbst. Sie spürte sich, ihren Körper, den Schmerz, der an ihm nagte, ihr Herz, das klopfte, ihre Augen, die sahen.

Aber das war schon fast eine Woche nach dem Unfall. Man hatte ihr gesagt, daß sie bereits vorher bei Bewußtsein gewesen sei, auch gesprochen hätte, ganz normale Antworten gegeben hätte. Aber ihres Vaters ängstliche Augen, seine zitternde Frage erst, brachten sie wieder zurück aus dem fernen Traumland. Ein mattes Lächeln gelang, und sie konnte antworten: »Ganz gut.«

Seine Sorge um sie brachte ihre ständige Sorge um ihn zurück und damit ihre Anteilnahme am Leben.

Was geschehen war, mußte man ihr erzählen. Sie konnte sich nicht daran erinnern. Und es dauerte eine ganze Weile, bis es ihr einfiel, warum sie mitten in der Nacht in die Stadt gekommen war. Das wußte sie dann. Wie sie aus dem Kino kam, wie sie in dem Café gesessen hatte, ja, das war da. Aber was hatte sie dann getan? Warum war sie so töricht über die Straße gelaufen? Der Mann, der sie angesprochen, die Hand, die nach ihr gegriffen hatte, war im Dunkel versunken. Sie erinnerte sich niemals daran. Auch nicht, daß ein Auto sie gestreift und daß sie gestürzt war.

Sie mußte glauben, was man ihr erzählte. Die anderen wußten es besser als sie. Ein Mann von der Polizei, der kam, um ihr viele Fragen zu stellen, wollte wissen, ob sie getrunken habe.

»Getrunken?«

Ja. Sie müsse doch irgendwo gewesen sein zwischen sieben und halb zwölf. Elisabeth blickte den Fragenden hilflos an. Sie konnte die Stunden zusammenzählen. Es waren fast fünf Stunden. Was hatte sie getan? Bis ihr das Kino einfiel. Ja, sie hatte getrunken. Eine Tasse Kaffee nach dem Kino. Warum sie nicht bei dem Betriebsfest gewesen sei? Mit der Absicht, dorthin zu gehen, war sie von zu Hause weggegangen, nicht wahr?

Ja, natürlich.

Warum also war sie nicht dort gewesen?

Sie mußte die Antwort auf diese Frage schuldig bleiben. Sie wußte es nicht mehr.

Ob sie jemanden getroffen habe? Nein. Warum also war sie nicht zum Betriebsfest gegangen? Sie sei doch jedes Jahr hingegangen. Aber dieses Jahr eben nicht, und sie konnte nicht erklären, warum.

Erst später, viele Tage danach, als Tobias von dem Regenbogen sprach, von dem Kleid, das leider nun zerrissen und beschmutzt war, fiel ihr auch das wieder ein. Aber es war nicht mehr nötig, die Polizei davon zu unterrichten. Die Ermittlungen waren bereits abgeschlossen. Sicher wäre es auch schwer gewesen, das alles zu erklären.

Tobias übrigens fand die Erklärung selbst.

Einmal – Elisabeth ging es schon besser, die fürchterlichen Kopfschmerzen vergingen manchmal für eine kurze Weile, auch der Brustkorb tat nicht mehr so weh – saß Tobias an ihrem Bett. Er hatte ihr aus der Zeitung vorgelesen, dann das Radio angedreht, und eine Weile hatten sie schweigend der Musik gelauscht.

Und plötzlich sagte Tobias: »Ich bin schuld an allem. Weil ich das Kleid gekauft habe. Ich bin so töricht, Elisabeth. Kannst du mir verzeihen?«

»Aber Vater –«

»Nein, nein, ich weiß es, ich bin schuld. Dieses kostbare Kleid. Du hast dich geschämt, damit zu dem Betriebsfest zu gehen. Dahin paßte es gar nicht. Das ist ja ganz klar, und ich hätte es mir selbst denken können. Und weil du mir das nicht sagen wolltest, bist du in der Stadt herumgelaufen. Bei dem schrecklichen Wetter, ganz allein. Ach Elisabeth, ich bin ein dummer, alter Mann. Ein Phantast. Genau wie deine Mutter immer gesagt hat.«

»Bitte, Vater.« Ihre Hand, die auf der Bettdecke lag, öffnete sich bittend zu ihm hin. »Laß uns nicht mehr davon sprechen.«

»Nein, Kind. Wir wollen nicht mehr davon sprechen.«

Seine Hand legte sich behutsam auf die ihre. »Aber man kann daraus lernen. Man soll niemals fremde Dinge in sein Leben bringen, die nicht hineingehören. Das bringt Unheil. Das Kleid war für eine andere Frau bestimmt, für ein anderes Leben. Für ein Luxusdasein. Und es hat sich gerächt dafür, daß man es nicht dahin ließ, wohin es gehörte. Ich verstehe das heute ganz genau. Nur im Märchen verbindet sich das Fremde mit dem Eigenen. In der Wirklichkeit wird die Feindschaft nicht aufgehoben.«

Elisabeth lächelte ein wenig. »Du philosophierst, Vater.« Tobias lächelte auch.

»Ja, das ist noch so ein alter Fehler von mir. Eine miserable Eigenschaft. Auch etwas, was deine Mutter nicht ausstehen konnte.«

Elisabeth dachte darüber nach, was ihr Vater gesagt hatte. Das Kleid war für eine andere Frau bestimmt, für ein anderes Leben. Das hatte sie gleich empfunden, als sie es zum erstenmal sah. Und sie war entschlossen gewesen, es nicht anzuziehen. Warum hatte sie es dann wirklich angezogen? Nur um Tobias eine Freude zu machen, um ihn nicht zu enttäuschen?

Doch wenn sie ganz ehrlich war, dann mußte sie sich selbst zugeben, daß es auch ihr Freude gemacht hatte. Sie konnte sich wieder an den Abend entsinnen, wie sie vom Friseur kam, wie sie sich ein wenig mehr zurechtgemacht hatte als sonst, wie sie das Kleid anzog. Sie hatte sich gefallen. Die bewundernden Blicke ihres Vaters, Herr Mackensen kam, seine Wirtschafterin. – Sie hatte einmal im Leben etwas von dem Hochgefühl verspürt, das eine Frau fühlt, die schön ist und die sich bewundern läßt.

Nur bis sie auf die Straße kam. Da war alles vorbei. Keiner hatte von da an mehr das Kleid zu sehen bekommen. Im Kino hatte sie natürlich den Mantel anbehalten, und es fiel ihr ein, daß sie gedacht hatte: Wie schade, es wird zerdrückt werden. Und dann im Café saß sie auch im Mantel da. Und dann auf der Straße – Hier setzte ihr Erinnerungsvermögen aus.

Aber ihre Phantasie schuf ein Bild. Wie sie auf der Erde lag, nachdem das Auto sie zu Fall gebracht hatte, sicher war da der Mantel auseinandergefallen, und alle, die da standen und vorbeikamen, hatten sie gesehen. Sie und das schimmernde Kleid, das im Straßenschmutz lag. Es war gar nicht weit von Tavern gewesen, nach allem, was Tobias ihr erzählt hatte. Wenige Meter entfernt nur. Und das Kleid hatte sich also dafür gerächt, daß man es aus dem leuchtenden Schaufenster genommen hatte, um es unter dem Mantel zu verstecken, als sei es eine Schande, darin gesehen zu werden.

»Gestern abend war Herr Lenz bei mir«, erzählte Tobias eines Tages. »Er wollte sich erkundigen, wie es dir geht und wann er dich besuchen darf.«

Einen Moment lang mußte Elisabeth überlegen, wer Herr Lenz war. Ach ja, natürlich. Die Firma Bossert, ihr Arbeitsplatz, Herr Lenz, ihr treuer Verehrer. Er würde sie vermißt haben beim Betriebsfest. Sicher war ihm der ganze Abend verdorben gewesen, weil sie nicht gekommen war.

»Ich möchte keinen Besuch«, sagte Elisabeth leise.

»Ja, das habe ich ihm schon gesagt. Das heißt, ich hab' gesagt, der Arzt erlaubt es nicht. Er ist sehr besorgt um dich, der Herr Lenz.«

Eine Weile blieb es still. Dann fragte Elisabeth: »Was hast du denn gesagt?«

Tobias verstand sie sofort. Er lächelte listig und antwortete: »Nun, ich hab' gesagt, ich weiß auch nicht, was du in der Stadt gemacht hast. Vielleicht hast du ein Rendezvous gehabt, hab' ich gesagt. Und dabei ist es spät geworden, und du hast dich dann beeilt, und dabei ist es passiert.«

Elisabeth blickte ihren Vater schweigend an. Dann lächelte sie auch ein wenig. »Das war sehr gescheit, Vater. Bloß es wird niemand glauben.«

»Warum denn nicht? Und ganz egal, ob sie es nun glauben oder nicht, auf jeden Fall finden sie es rätselhaft. Wie mir Herr Lenz erzählte, gab es in der Firma ein großes Geschwätz und Gefrage darüber, wo du eigentlich gewesen seist. Herr Lenz war bitter enttäuscht, daß ich es ihm nicht erklären konnte. Mir scheint, er hält dich nun für eine kleine Abenteurerin!«

Fast hätte Elisabeth gelacht. Sie und eine Abenteurerin! Und Herr Lenz dazu. Der wußte vermutlich gar nicht, was eine Abenteurerin war.

Glücklicherweise hatte über sie so gut wie nichts in der Zeitung gestanden. Sie war nicht interessant. Veit Gregor war der Held der Story. Sie war nur eine Elisabeth O., die ihm in den Wagen gelaufen war. Irgendeine fremde Frau, die nachts allein auf der Straße herumlief. Die Leute konnten sich viel dabei denken.

Reporter hatte man bisher nicht zu ihr gelassen. Und der Arzt hatte ihr versprochen, daß man auch keinen hereinlassen würde. Und wenn einer käme – das hatte Elisabeth sich vorgenommen –, würde sie kein Wort sprechen. Nicht eins.

Aber es kam keiner. Nach wenigen Tagen interessierte sich kein Mensch mehr für den Unfall, da war inzwischen genügend anderes passiert.

Veit Gregor war verhältnismäßig unbeschädigt aus der Affäre herausgekommen. Keine Trunkenheit am Steuer, tot war die Überfahrene auch nicht. Es war kein besonders ergiebiger Fall für die Presse gewesen. Eine kurze Meldung am ersten Tag, eine Spalte am folgenden, mit einem kurzen Gespräch mit Veit Gregor.

Die Verunglückte sei nicht in Lebensgefahr, hieß es. Und damit hatten die Zeitungen den Fall abgeschlossen, noch ehe Elisabeth das Bewußtsein wiedererlangt hatte.

Nach acht Tagen dachte kein Mensch mehr an den Unfall. Vermutlich nicht einmal Veit Gregor. Eine Sensation war es einzig und allein für Tobias Ohl. Für ihn wurde die Sensation mit jedem Tag, der verging, nur noch größer. Und bot ihm endlosen Gesprächsstoff.

Elisabeth mußte sich das immer wieder anhören. Wie also Tobias ahnungslos im Bett gelegen hätte, gerade erst eingeschlafen, und wie es dann geklingelt hätte und dann ... Von Anfang bis Ende.

Vom Eintritt Veit Gregors in seine Wohnung bis zum nächsten Nachmittag in der Villa im Isartal bei Milena Gulda. Wie sie da mit der Gulda und ihrem Mann, dem Verleger, Kaffee getrunken hätten, und dann war noch eine andere Frau gekommen, Lydia von Wengen – »du hast schon oft in der Zeitung von ihr gelesen, erinnerst du dich, sie ist seine Sekretärin. Die hat Haare auf den Zähnen und hat's ihm gegeben. Und mich hat sie angesehen mit so ganz kalten hellen Augen, als wenn ich was verbrochen hätte, weißt du.

Ich hab' mich gar nicht mehr getraut, was zu sagen. Aber die Frau Gulda, die war sehr nett. Das heißt, jetzt heißt sie ja eigentlich Frau Vogel, nicht? Und zwei Kinder hat sie auch. Eigentlich sind es ja nicht ihre Kinder, sondern seine Kinder. Aber sie sind sehr nett. Und die waren beim Fasching in der Nacht vorher und hatten in München bei Bekannten übernachtet. Und sie wollten immerzu von dem Fasching erzählen. Alle haben sie durcheinander geredet.

Die Frau Gulda, also die Frau Vogel meine ich, die wußte gar nicht, wo sie zuerst hinhören sollte. Aber sie ist wirklich nett. Und dann ...«

Unerschöpfliches Gesprächsthema für Tobias. Elisabeth kannte den Verlauf der Nacht und des folgenden Tages so genau, als sei sie dabeigewesen. Immer wieder fiel Tobias etwas Neues ein, und dann erzählte er das Ganze noch einmal. Übrigens nicht nur ihr. Herr Mackensen bekam es auch öfter zu hören. Und Herr Lenz, für den die Geschichte neu war, war das dankbarste Publikum bis jetzt gewesen.

Milena Gulda lernte Elisabeth übrigens bald kennen. Sie kam eines Nachmittags, um sie zu besuchen. Sie brachte Blumen, eine Bonbonniere und eine Flasche Wein. Sie war sehr freundlich und bat Elisabeth, ihr alle etwaigen Wünsche anzuvertrauen. Herr Gregor habe sie damit beauftragt, alles zu tun, was Elisabeth wolle.

Aber Elisabeth hatte keine Wünsche. Ihr war immer noch ein wenig schwindlig, der Kopf schmerzte, der Brustkorb schmerzte und das gebrochene Bein lag wie ein schwerer Fremdkörper unter der Decke, als gehöre es nicht zu ihr.

Milena unterhielt sich ein bißchen mit Tobias, der natürlich auch da war, und ging bald wieder. Eine blasse, unscheinbare Frau, das war ihr Eindruck, den sie von Elisabeth mitnahm. Tobias, der Kavalier, brachte Milena bis zum Portal der Klinik. Dann kam er zurück.

»Na?« fragte er, »ist sie nicht nett?«

Elisabeth zwang sich ein Lächeln ab. »Doch. Sehr nett. Aber ich möchte lieber keine Besuche mehr.«

»Hat es dich angestrengt?« fragte Tobias besorgt. Sie nickte. Aber das war es nicht. Sie hatte immer Scheu vor Menschen gehabt. Und jetzt erst recht. Sie lag hier so hilflos, und keiner sollte kommen und sie ansehen.

Darum durfte auch Herr Lenz nicht zu Besuch kommen und keiner aus der Firma. Nur Tobias.

Sie freute sich, wenn er kam, und er kam jeden Nachmittag. Auf seine Besuche wartete sie. Sie ließ ihn reden, und es störte sie nicht, wenn sie manches noch einmal hören mußte.

Im Zimmer waren immer Blumen, die schickte Veit Gregor. Große kostbare Gebinde, Nelken, Rosen, weißer Flieder. Es kam ein ganzes Sortiment Bücher und eines Tages auch wirklich der Fernsehapparat.

Das lenkte Tobias endlich ein wenig von seiner Erzählung ab. Er blieb sitzen, bis die Schwester das Abendbrot brachte, und konnte sich auch dann kaum trennen. Zu schade, daß er das Abendprogramm nicht sehen konnte.

Am liebsten hätte Elisabeth ihm gesagt, er solle sich den Apparat in seine Wohnung bringen lassen. Er war ihr zu laut, und beim Zusehen bekam sie Kopfschmerzen.

Dr. Wild war auch nicht dafür, daß sie abends auf den Bildschirm blickte.

»Das ist noch zu anstrengend für Sie«, sagte er. »Sie müssen Ruhe haben.«

So wurde der Apparat jetzt immer abgeschaltet, sobald Tobias das Zimmer verließ.

»Eigentlich schade«, sagte er bedauernd. »Kein Mensch sieht das Abendprogramm.«

So hatte Elisabeth also doch einen Wunsch, als Milena das nächstemal kam.

»Der Fernsehapparat«, sagte Elisabeth, »gehört Herrn Gregor, nicht wahr?«

»Aber nein«, erwiderte Milena, »er gehört Ihnen. Herr Gregor hat ihn für Sie gekauft.«

»Könnte denn ...« Elisabeth stockte. Es war unhöflich, ein Geschenk zurückzuweisen. Das fiel ihr schwer.

»Ja?« fragte Milena.

»Könnte denn ... ich meine, ich möchte nicht undankbar erscheinen, aber der Arzt hat mir das Fernsehen sowieso noch verboten. Ich bekomme so leicht Kopfschmerzen davon. Wenn er wirklich mir gehört ... Sie haben es eben gesagt ...«

»Aber ja. Er gehört Ihnen. Aber wenn er stört, nehmen wir ihn wieder heraus.«

»Mein Vater hat soviel Spaß daran.«

»Aber Kind«, protestierte Tobias, »auf mich kommt es doch nicht an.«

Milena begriff. Sie lächelte. »Das ist doch ganz einfach. Dann lassen wir den Apparat einfach zu Ihrem Vater in die Wohnung schicken. Wenn Sie dann wieder zu Hause und gesund sind, haben Sie auch sicher keine Kopfschmerzen mehr.« Tobias widersprach zwar noch ein bißchen, aber am Ende landete der Fernsehapparat bei ihm.

Er hatte einen kindlichen Spaß daran. Und noch mehr zu erzählen, wenn er jetzt Elisabeth besuchen kam. Jeden Nachmittag berichtete er haargenau über das Programm des vergangenen Abends. Das brachte einige Abwechslung in ihre Unterhaltung.

Manchmal durfte auch Herr Mackensen zusehen. Nicht zu oft. »Man darf das gar nicht erst anfangen«, meinte Tobias. »Sonst kriegen wir ihn nicht mehr los. Und wenn du dann wieder da bist, willst du sicher deine Ruhe haben. Überhaupt schimpft er sowieso immer auf das Programm. Er sagt, Schachspielen wäre ihm lieber.«

So kam es, daß Tobias' Leben wirklich sehr ausgefüllt war. Vormittags mußte er einkaufen und ein bißchen aufräumen, mittags kochte er sich manchmal selbst etwas, obwohl er eine Dauereinladung zu Herrn Mackensen besaß, für den seine Wirtschafterin kochte. Aber Tobias liebte seine Freiheit. Er machte nur gelegentlich von dem nachbarlichen Mittagstisch Gebrauch. Hauptsächlich dann, wenn Frau Berger morgens bei ihm klingelte und ihm zuflüsterte: »Heute, Herr Ohl, heute hab' ich einen Schweinsbraten mit Knödeln.« Oder was ihr gerade als Höhepunkt des wöchentlichen Küchenzettels erschien.

Dann kam der tägliche Besuch in der Klinik, und pünktlich, wenn das Abendprogramm begann, saß Tobias vor dem Fernsehapparat.

Mit der Zeit allerdings wuchs eine kleine Enttäuschung in Tobias. Sie betraf Veit Gregor. Nicht daß er sich eingebildet hatte, der Schauspieler zähle nun zu seinen intimsten Freunden und täglichen Besuchern. Aber die Intensität ihrer ersten Begegnung war für ihn noch so unverblaßt, im Gegenteil, gewann im Laufe der Zeit noch an Farbe, daß er gar nicht begreifen konnte, von Veit Gregor nichts mehr zu hören.

Er hatte zwar in der Zeitung gelesen, daß Veit Gregor zu Filmverhandlungen nach Hollywood geflogen sei und daß die Dreharbeiten seines nächsten Filmes Ende März in Wien beginnen würden. Dann eines Tages erfuhr man, daß er der Premiere seines letzten Filmes in London beigewohnt habe und sogar der Königin vorgestellt worden sei. Auch von diesem Ereignis erschienen Bilder in der Presse. Tobias schnitt sie sorgfältig aus und zeigte sie Elisabeth. Denn Veit Gregor war nicht mehr der große Filmstar, den man aus der Ferne bewunderte, er war nun ein persönlicher Bekannter von ihm, mit dem er vertraute Gespräche geführt hatte. Es war Tobias unmöglich, sich damit abzufinden, daß die erste Begegnung mit dem Star gleichzeitig die letzte gewesen sein sollte.

Eines Tages kam er ganz aufgeregt in die Klinik. »Er ist wieder da«, rief er gleich beim Eintritt. Elisabeth wußte sofort, wen er meinte. »Gestern habe ich auf dem Bildschirm gesehen, wie er in Hamburg angekommen ist«, berichtete Tobias weiter. »Direkt von London. Eine Menge Reporter waren da. Und diese Sonja Markov auch, weißt du, die bei dem Unfall dabei war. Sie wird seine Partnerin in dem nächsten Film sein.«

Elisabeth hatte an diesem Tage zum erstenmal aufstehen dürfen. Sie saß in einem Sessel am Fenster und blickte Tobias lächelnd an. Sie sah blaß aus, ein wenig schmaler war sie geworden. Aber sie hatte keine Schmerzen mehr und fühlte sich ganz wohl. »Ob er mich besuchen wird, wenn er wieder nach München kommt?« fragte Tobias hoffnungsvoll.

»Aber Vati! Warum sollte er?«

»Na ja, ich meine ja auch nur«, sagte Tobias. »Vielleicht möchte er wissen, wie es dir geht. Oder er besucht dich mal?«

»Nein, nein«, sagte Elisabeth, »warum denn? Er hat keinen Grund dazu.«

Aber Veit Gregor würde kommen. Das Schicksal hatte sie mit ihm zusammengeführt. Und es wollte noch seinen Spaß an dieser Begegnung haben.

Sonja hatte Gregor in Hamburg erwartet, als er aus Amerika und England zurückkehrte. Sie hatte gehofft, sie würde ihn auf der großen Reise begleiten können. Für sie wäre es noch eine große Reise gewesen, was für ihn schon alltäglich war. Aber er hatte es entschieden abgelehnt, sie mitzunehmen. Natürlich hatte sie sich darüber geärgert. Doch es wäre töricht gewesen, ihren Zorn zu konservieren. Wenigstens mußte sie das nächstgelegene Ziel erreichen, in dem kommenden Film seine Partnerin zu sein. In einem Gregor-Film die weibliche Hauptrolle zu spielen würde für sie den endgültigen Durchbruch bedeuten, und das allein war wichtig.

Also erwartete Gregor in Hamburg eine sehr zärtliche und liebevolle Sonja. Auch er schien sich zu freuen, sie wiederzusehen, er war bester Laune, noch angewärmt von seinem Londoner Erfolg.

Für einige Tage boten sie das Bild eines glücklichen Paares. Das genügte, um Sonja den Vertrag für »Die verlorene Stunde« zu verschaffen. Abgesehen davon, daß sie für die Rolle wirklich geeignet erschien. Die Geschichte spielte zwar vor dem ernsten Hintergrund des Krieges, behandelte aber in aufgelockerter Form die Abenteuer eines Offiziers auf dem Balkan, der in eine Spionageaffäre verwickelt wird und im Verlauf der Ereignisse mit einer sehr jungen, sehr temperamentvollen Ungarin zusammentrifft. Wenn je, dann war hier eine Rolle, die für Sonja paßte. Man konnte ihr also guten Gewissens die Chance geben.

Sonja strahlte vor Glück und bezauberte alle mit ihrem Charme. In bestem Einvernehmen trafen sie wieder in München ein. Auf dem Flugplatz Riem hatten sich genügend Reporter und Fotografen eingefunden, um Sonja in dem Hochgefühl ihres kommenden Ruhmes zu bestärken. Endlich blitzte man sie nicht nur als Freundin Gregors, sondern als Hauptdarstellerin eines zukünftigen Filmes.

Gregor, der manchmal von einer unausstehlichen Arroganz der Presse gegenüber sein konnte, posierte diesmal bereitwillig und stand Rede und Antwort, um Sonja einen Gefallen zu tun.

Lydia, die mit ihnen geflogen war, verhielt sich beobachtend im Hintergrund und konstatierte bei sich, daß das rote Biest zwar gut aussähe, daß dies aber vermutlich alles sei, was sie zu bieten habe. Was ihr Spiel betraf, so würde man erst einmal abwarten müssen. Sie wußte, wie ekelhaft Gregor bei der Arbeit sein konnte. So launenhaft er sonst war, so präzise und diszipliniert war er während der Dreharbeiten. Eine ungeschickte Partnerin würde seine Stimmung vermutlich sehr beeinträchtigen.

Jetzt stand er mit zärtlichem Lächeln neben Sonja, die Hand unter ihren Arm geschoben, und über einen großen Blumenstrauß hinweg grinsten sie beide in die Kameras. So nannte es jedenfalls Lydia. Sie kannte den Dreh, und sie wußte, daß es nicht viel zu bedeuten hatte.

Die nächsten Tage waren turbulent. Am Wochenende fuhren sie hinaus in das Haus am Tegernsee, und als Lydia Samstag abend zurück in die Stadt fuhr, war das Haus voller Gäste, und allem Anschein nach würde es eine lange und alkoholreiche Nacht werden.

Sie liebte das nicht sonderlich. Sie tranken alle zuviel, sie schliefen zuwenig, sie lebten zu verrückt. Bei den anderen konnte es ihr gleichgültig sein, aber es ärgerte sie immer, wenn es ihr nicht gelang, Gregor bei diesen Festen zu bremsen. Er war nicht mehr so jung, und er war auch nicht so stabil, sie wußte es sehr gut. Es schadete ihm.

»Warum bleiben Sie nicht hier, Lydia?« hatte er sie gefragt, als sie ihm sagte, daß sie gehen würde. »Es ist doch nett heute.«

»Für mich nicht«, erwiderte sie ungeniert. »In längstens zwei Stunden wird alles hier besoffen sein. Ich habe noch genug von der letzten Party, als Ihre liebenswerten Gäste sämtliche Gläser zum

Fenster hinausfeuerten und dann die Flaschen hinterher. Harro hat sich am nächsten Tag einen Splitter in den Fuß getreten. Außerdem mag ich es überhaupt nicht, wenn die Leute sich besaufen, und schon gar nicht, wenn Sie es tun.«

»Wer redet denn von besaufen«, sagte Gregor ungeduldig und zog die Brauen hoch. »Eine kleine Party, weiter nichts. Sonja ist so glücklich, wir müssen sie doch ein bißchen feiern.«

»Denn man zu. Wenn Sie ausgefeiert haben, rufen Sie mich an. Ich komme dann, und wir können vielleicht etwas arbeiten.«

»Na schön, wie Sie wollen«, meinte Gregor kurz. »Ich weiß ja, daß man Sie zu nichts überreden kann.«

»Sehr richtig«, gab Lydia zurück. Nickte ihm zu, verließ das Haus ohne Bedauern und kletterte draußen in ihren Volkswagen. Ehe sie abfuhr, warf sie noch einen Blick zurück auf das Haus. Schade darum. Wirklich schade.

Das Haus am Tegernsee hatte Gregor Anfang der fünfziger Jahre nach seinen ersten beiden großen Filmerfolgen gekauft. Verhältnismäßig billig damals. Es war ein nicht sehr großer, aber schön gelegener Besitz zwischen Rottach-Egern und Bad Wiessee, leider ziemlich verwahrlost. Der ehemalige Besitzer, ein hoher Nazi aus dem Rheinland, hatte das Kriegsende nicht überlebt, und die Erben hatten sich um das Haus nicht gekümmert. Eine Zeitlang war es von Amerikanern beschlagnahmt gewesen, was auch nicht dazu beigetragen hatte, das Anwesen zu verschönern. Dann sollte es verkauft werden, und ein tüchtiger Makler hatte es Gregor angedreht, ohne daß der es überhaupt gesehen hatte.

Die erste Herrin im Haus war Jacqueline Laurent, eine junge französische Malerin, die Gregor bei Außenaufnahmen an der Côte d'Azur kennengelernt hatte. Es war eine stürmische Liebesaffäre, die schon einige Monate dauerte, als Lydia von Wengen ihre Stellung als Sekretärin bei Veit Gregor antrat. Er war noch nicht das, was er heute war. Kein großer Star, keine Weltberühmtheit, sondern ein junger Schauspieler, dem der erste große Erfolg und die dazugehörigen hohen Einnahmen ein wenig zu Kopf gestiegen waren. Geld war niemals im Haus. Lydia konnte oft nicht einmal die notwendigsten Rechnungen bezahlen.

Als Lydia das erstemal in das Haus kam, es war gegen Ende des Sommers, konnte sie ihre Empörung kaum unterdrücken. Nachdem Jacqueline und Gregor den ganzen Sommer über nur getan hatten, was ihnen Spaß machte, sah alles auch entsprechend aus. Eine Frau aus dem Ort räumte gerade das Notwendigste auf, überall lag Jacquelines Kram herum, einschließlich Farbtuben, Kohlestiften, Paletten, denn gelegentlich bildete sie sich ein, arbeiten zu müssen, woran sie allerdings rasch immer wieder die Lust verlor. Der Garten war eine Wildnis, der schmale Steg, der in den See führte, hing halb im Wasser.

Lydia hatte zeit ihres Lebens großen Respekt vor Besitz an Grund und Boden gehabt. Und sie war es gewohnt, daß man das einem Anvertraute hegte und pflegte. Sie war auf einem Gut in Pommern aufgewachsen, in guten, traditionsgebundenen Verhältnissen. Sie blieb im gleichen Milieu, als sie heiratete. Ihr Mann war der Sohn und Erbe eines Gutes nördlich von Lauenburg. Lydia war eine tüchtige und umsichtige Gutsfrau gewesen, bis sie schließlich das eigene Land verlassen mußte, als die Russen kamen.

Ihr Mann war gefallen, heute waren in ihrer Heimat die Polen. Sie hatte einige schwere Jahre nach dem Kriege erlebt. Einen Beruf hatte sie nicht gelernt, sie war nichts als ein mittelloser Flüchtling in einer fremden Welt. Sie hatte jede Arbeit angenommen, die sich ihr bot, denn sie mußte für ihre Tochter sorgen. Als ihr Bekannte die Stellung bei Veit Gregor vermittelt hatten, bedeutete das für sie einen echten Fortschritt.

Trotzdem war sie nicht sehr glücklich darüber. Am Tage bevor sie die Stellung antrat, hatte sie noch gedacht, ob es nicht besser gewesen wäre, das Kriegsende nicht zu erleben.

Sekretärin bei einem Filmschauspieler. Sie hielt es für unmöglich, daß sie sich mit diesem Leben abfinden würde. Auch noch während der ersten Tage ihrer Tätigkeit empfand sie so. Daß sie hier eine Lebensaufgabe und einen sie restlos ausfüllenden Beruf gefunden hatte, der ihre ganze Intelligenz und alle ihre Kräfte beanspruchte, das merkte sie erst viel später, als sie mit diesem Leben schon verwachsen war.

Seltsamerweise aber war es das Haus am Tegernsee, das ihr erstmals nach vielen schweren Jahren Mut und Selbstvertrauen gab und so etwas Ähnliches wie Lebensfreude verschaffte. Sie fand diesen Gregor schrecklich und seine schwarzhaarige, überspannte Freundin, die nur in Hosen oder im Hemd und gelegentlich auch mal ganz nackt herumlief, vollends unerträglich, und sie war fest entschlossen, diese idiotische Stellung wieder zu verlassen.

Doch das Haus ließ es nicht zu. Lydia konnte es einfach nicht mit ansehen, wie dort alles drunter und drüber ging. Dabei war es doch ganz anders als früher daheim. Gerade nur ein einstöckiges Haus mit sechs Zimmern, im bayrischen Stil gebaut, ein nicht zu großer Garten, ein Stück Seeufer. Keine Felder, keine Wälder, keine Tiere, nur ein kleiner schwarzer Hund, der der Französin gehörte, vollkommen unerzogen und noch dazu voller Flöhe war. Ringsum kein weites, flaches, grünes Land, fruchtbar und schon vom hellen Himmel des nahen Meeres überwölbt.

Aber der Himmel über dem Tegernseer Tal war immer noch weit genug, um ihr vertraut zu werden, an die Berge gewöhnte sie sich schnell.

Zuerst befreite sie den Hund von den Flöhen, jätete das schlimmste Unkraut im Garten und brachte das Haus einigermaßen in Ordnung. Damit vertrieb sie zunächst einmal die Frau, die bisher zum Aufräumen ins Haus gekommen war. Mit preußischen Kommandos und preußischer Gründlichkeit war die nicht geneigt zusammenzuleben.

Das störte Lydia wenig. Sie stürzte sich allein in die Aufräumungsarbeiten. Gregor war es peinlich.

»Meine liebe Frau von Wengen«, sagte er, »Sie sind schließlich nicht als Haushälterin und Gartenarbeiterin zu mir gekommen.« Lydias hellblaue Augen blickten sehr kühl, als sie erwiderte: »Kein Mensch kann in so einem Saustall leben, Herr Gregor. Außerdem ist es eine Schande, einen so schönen Besitz auf diese Art verkommen zu lassen.«

Gregor schwieg beeindruckt. Lydia imponierte ihm. Wie sie es binnen weniger Wochen verstanden hatte, die Zügel in die Hand zu nehmen und alles nach ihrem Willen zu ordnen – und daß es auf diese Weise gut geordnet war, erkannte er immerhin –, war bewundernswert. Man wußte gar nicht, wie es kam, aber auf einmal lief alles wie am Schnürchen und ausschließlich nach ihren Wünschen. Das Büro klappte, die Korrespondenz wurde pünktlich erledigt. Anwälte, Verleiher, Produzenten und Journalisten gewöhnten sich schnell daran, mit ihr zu verhandeln und Abmachungen zu treffen. Nebenbei organisierte sie seinen kleinen Haushalt in München und brachte das Tegernseer Haus auf Hochglanz.

Sogar Jacqueline, die keinerlei Autorität in ihrem Leben anerkannte und heftig Widerstand leistete, war Lydias Aktivität nicht gewachsen. »Quelle boche!« sagte sie erbost. »Was für ein schreckliche deutsche Weib. Horrible!«

Aber nicht Lydia wurde von Jacqueline vertrieben, sondern die Französin ergriff die Flucht. Ohnedies hatte sie sich den ganzen Sommer über beklagt, daß ihr das Wasser im Tegernsee zu kalt, die Berge zu hoch, die Luft zu frisch und die Leute zu rauh seien. Im September gelang es ihr, Gregor nach Frankreich zu entführen. Als einen Monat später die Aufnahmen zu seinem neuen Film begannen, kehrte er allein zurück. Diese Affäre war zu Ende.

Es sollten andere folgen. Aber das störte Lydia nicht mehr. Sie saß fest im Sattel, und es dauerte nicht lange, da war sie Gregor unentbehrlich. Lydia für alle geschäftlichen Angelegenheiten, für den geordneten Ablauf seines täglichen Lebens, und Milena für seine seelischen Kümmernisse und die künstlerischen Belange. Er brauchte einfach vernünftige, erwachsene und kluge Frauen um sich, die ihn dirigierten und für ihn sorgten. Ihnen vertraute er, ihnen blieb er treu. Seine wechselnden Freundinnen waren nicht viel mehr als Spielzeug, das er nahm oder fallen ließ, wie es ihm gefiel. Er dekorierte sich mit ihnen, empfand vielleicht auch eine flüchtige Lust, eine vorübergehende Freude, und war dann immer wieder froh, wenn er wieder eine los war. Er vergaß sie so schnell, wie er ein neues Spiel begann. Milena Gulda und Lydia von Wengen hatten einmal ein Gespräch darüber geführt.

Lydia hatte damit angefangen. Sie sagte: »Es ist ein Jammer, daß Sie nicht bei ihm geblieben sind. Sie wären die richtige Frau für ihn gewesen. Übrigens sagt er das selber auch.«

Milena lächelte ein wenig wehmütig. »Ich war zu alt für ihn.«

»Unsinn. Er braucht Sie ja, das sehen Sie doch. Bei allem, was kommt, sei es eine neue Rolle oder ein Streit mit einem Regisseur oder Ärger mit Partnern ist sein erstes Wort: Das muß ich Milena erzählen. Und er trifft keine Entscheidung, ohne mit Ihnen gesprochen zu haben. Das wissen Sie doch.«

»Ja, ich weiß. Ich bin so eine Art künstlerischer Berater und seelischer Müllkasten für ihn geworden. Meinen Sie etwa, daß das genug wäre für eine glückliche Ehe?«

»Aber ja. Ich meine, daß das für ihn überhaupt die einzige Form von Ehe ist, die ich mir vorstellen kann. Das ist es doch, was er braucht. Diese kleinen Pipimädchen, mit denen er da ins Bett geht? Lieber Himmel, ich kann eine nicht von der anderen unterscheiden.«

Milena lachte. »Vielleicht haben Sie recht. Aber jedenfalls war es mir nicht genug. Damals nicht. Und offen gestanden ist mir die Ehe, die ich jetzt führe, lieber. Ich will mal sagen: Es bekommt mir besser. Von einem gewissen Alter an muß eine Frau auch mal an sich denken. Oder finden Sie nicht?«

»Durchaus. Wenn sich die Gelegenheit bietet, soll man sie ergreifen. Von Ihrem Standpunkt aus gesehen, haben Sie auch vollkommen recht. Was ihn betrifft, so sieht es eben anders aus. Denn genaugenommen ist er ein armer, einsamer Hund. Sein ganzer Ruhm verhilft ihm nicht dazu, glücklich zu sein. Und verhilft ihm nicht einmal zu einer netten Frau.«

»Ich habe immer Angst«, gestand Milena, »daß er eines Tages mal wieder irgend so eine Schneegans heiraten wird. Was er brauchte, wäre eine gute und vernünftige Frau, die mit dieser ganzen verrückten Welt, in der er da lebt, nichts zu tun hat. Er sucht in einer Frau nämlich immer die Beraterin, die Helferin, das Mütterliche. Es klingt albern, ich weiß, aber es ist so.«

»Es ist wirklich so«, sagte Lydia. »Aber er wird sie nicht finden. Und wenn, täte sie mir heute schon leid.«

Was beide Frauen zur Zeit im stillen fürchteten, war die Möglichkeit einer Heirat zwischen ihm und Sonja. Lydia wußte, daß Sonja auf dieses Ziel zuging. Und je länger sie zusammenblieben, um so größer wurde die Gefahr. Oder gerade nicht? Schwer zu sagen.

Lydia dachte auch an dem Abend, als sie in die Stadt zurückfuhr, über dieses Problem nach. Sonja war verteufelt hübsch, das mußte man zugeben. Und sie besaß ein großes Geschick im Umgang mit Männern. Lydia sah sie noch vor sich, während sie die Autobahn in gleichmäßigem Tempo entlangrollte. Heute abend hatte Sonja einen enganliegenden schwarzen Hausanzug getragen, mit Goldfäden durchwirkt, der ihre wirklich tadellose Figur herausfordernd zur Geltung brachte. Dazu das dichte rote Haar, wie immer in einer kunstvoll hergestellten Unordnung, die großen grünen Augen und der volle sinnliche Mund. Alle Männer bemühten sich um sie. Sie genoß es, forderte sie heraus, flirtete, aber mit Maßen, denn wenn sie Gregor wirklich zur Eifersucht reizte, und das geschah leicht, wenn er getrunken hatte, gab es stets unliebsame Szenen.

Lydia seufzte. Nun, man würde sehen, wie alles weiterging.

Und wie sie das Haus morgen oder übermorgen vorfinden würde. Ein Glück, daß Frau Bach da war. Und Herr Bach natürlich auch. Sie waren Kummer gewohnt und sorgten wenigstens einigermaßen für Ordnung.

Die »Bäche«, wie Lydia immer sagte, waren auch ihre Entdeckung. Sie waren nun schon einige Jahre lang im Haus. Damals, als Lydia einigermaßen klar Schiff gemacht hatte, wie sie es nannte, suchte sie eine zuverlässige Frau für das Haus. Sie fand schließlich die Familie Bach, ein Flüchtlingsehepaar in mittleren Jahren, aus Lydias Heimat stammend, was sie natürlich ansprach. Sie stammten vom Lande, verstanden etwas von der Pflege eines Landsitzes und hatten sich im Laufe der Jahre glänzend bewährt.

Außerdem war Harro im Haus, der Schäferhund. Er war seit drei Jahren da, und Lydia hing an ihm. Sie hatte damals erklärt, in ein Haus gehöre ein Hund. Und da Gregor immer tat, was sie für richtig fand, kam der Hund ins Haus. Er lebte gut betreut mit der Familie Bach zusammen, kannte Gregor kaum, mochte beispielsweise Sonja gar nicht und akzeptierte allenfalls Lydia als Respektsperson. Sie hatte wenig Zeit, um sich um ihn zu kümmern. Aber er war scharf und aufmerksam und bewachte das Haus vortrefflich. Partys waren auch ihm ein Greuel.

Manchmal hatte Lydia ihn schon mit in die Stadt genommen, aber dort fühlte sich Harro sehr unbehaglich. Er war nun mal an das Landleben gewöhnt.

Seit einiger Zeit war die Rede davon gewesen, das Haus am Tegernsee zu verkaufen. Das Tessin war Mode geworden, und Gregor wollte ein Haus im Tessin. Lydia war dagegen.

»Man muß nicht tun, was alle tun«, erklärte sie kriegerisch und hob die Nase. Eine Haltung, die Gregor gut kannte und die ihn immer veranlaßte, vorsichtig zu sein. »Wenn Sie Ferien im Süden machen wollen, können Sie immer ein Haus mieten.« Es erschien Lydia undenkbar, das Haus verkaufen zu müssen. So, wie es heute dastand, gepflegt und geordnet, war es ihr Werk. Ein schrecklicher Gedanke, es fremden Menschen zu überlassen.

Auch diesmal, als sie Montag wieder draußen war, kam das Thema des Verkaufs zur Sprache. Gregor schwärmte von Kalifornien. Wie warm es da gewesen sei, blauer Himmel, Palmen und immer Sonne.

Lydia war davon nicht beeindruckt.

»Immer Sonne ist gräßlich«, sagte sie. »Es geht nichts über einen klaren Wintertag. Oder eine Zeit wie jetzt. Wenn alles feucht und frisch ist, die ganze Erde tut sich auf, und der erste Geruch von Frühling ist in der Luft. Einen ganzen Wald von Palmen würde ich dafür nicht eintauschen.«

In der Tat, feucht und frisch war es. Es hatte tagelang geregnet, und jetzt blies ein ungemütlicher Wind von den Bergen und kräuselte den See.

Lydia hatte am Nachmittag einen weiten Spaziergang gemacht. Feste Schuhe an den Füßen, ein Tuch um den Kopf gebunden, lief sie quer über die Wiesen, durch den Wald, ein Stück den Berg hinauf. Sie fand dieses Wetter herrlich. Harro hatte sie begleitet und schien auch seine Freude an dem Spaziergang gehabt zu haben.

Sonja war nicht zu bewegen gewesen, das Haus zu verlassen. Auch Gregor blieb im Warmen. Sie waren beide verkatert und müde von den beiden lebhaften Nächten, die vorausgegangen waren. Lydia konnte feststellen, daß Sonja nicht mehr ganz so hübsch aussah wie am Samstag.

Am frühen Abend waren sie alle drei in dem großen Wohnraum zusammen, der die ganze Seeseite des Hauses einnahm. Sie hatten Tee getrunken, aber jetzt saß Gregor oder besser gesagt, er lag in einem Sessel und hatte schon wieder ein Whiskyglas in der Hand. Er starrte mißmutig in die Flammen des Kaminfeuers.

Er hatte zuvor ein bißchen am Fernsehapparat gedreht und, da ihm das Programm nicht gefiel, wieder ausgeschaltet. Sonja kauerte vor dem Feuer, da sie wußte, daß der Reflex der Flammen in ihrem roten Haar sehr dekorativ wirkte.

Lydia saß am Tisch, eine Mappe mit Schriftsachen vor sich, die sie mit Gregor besprechen mußte.

»Ich weiß nicht«, meinte Gregor, »warum man immer sagt, die Leute würden nicht mehr ins Kino gehen wegen dieser Fernseherei. Das ist doch stocklangweilig, was die machen.«

»Nicht immer«, widersprach Lydia. »Und vor allem ist es bequem. Die Leute sitzen in ihrer Hausjacke in ihrem eigenen bequemen Sessel, können trinken und essen und rauchen und brauchen außerdem nicht hinaus auf die Straße. Das ist alles sehr angenehm.«

»Stimmt auch wieder«, gab er zu.

Lydia fiel etwas ein. »Apropos Fernsehen. Sie erinnern sich noch an Elisabeth Ohl?«

»Nein«, antwortete Gregor gleichgültig. »Keine Ahnung. Wer ist denn das?«

»Die Frau, die Sie überfahren haben.«

»Ach so. Wie geht es ihr eigentlich? Mein Gott, Lydia«, er richtete sich auf. »Warum haben Sie mir nicht davon berichtet?«

»Ich dachte, Sie würden danach fragen.«

»Hab' ich total vergessen. Also, wie geht es ihr?«

»Den Umständen entsprechend ganz gut. Sie kann schon aufstehen und im Sessel sitzen. Natürlich ist das Bein noch in Gips. Aber sonst scheint sie einigermaßen wieder in Ordnung zu sein.«

»Na, Gott sei Dank! Sie können sich nicht vorstellen, was mir das für Sorgen gemacht hat.« Das klang aufrichtig und überzeugend.

Allerdings nicht für Lydia. So siehst du aus, dachte sie. Du wußtest nicht einmal mehr ihren Namen.

»Haben Sie sie besucht?« fragte er.

»Ja. Ich habe sie einmal besucht. Nur einmal. Sie ist befangen und hat es nicht gern, wenn fremde Menschen kommen. Auch Frau Gulda war einige Male da. Sie erzählte mir neulich die Sache mit dem Fernsehapparat.«

»Was ist das für eine Sache?«

Lydia erzählte, daß weniger Elisabeth, aber ihr Vater von dem Apparat entzückt gewesen sei, und daß also jetzt Herr Ohl den Fernsehapparat bei sich habe.

»Sie erinnern sich doch noch an Herrn Ohl?«

»Natürlich. Ein netter Mann.« Als er davon sprach, war alles wieder da. Die seltsame Nacht, die Stunden bei dem alten Mann in seiner Wohnung. Wie er Feuer gemacht hatte und wie sie zusammen den Rotwein getrunken hatten. Gregor verspürte ein wärmendes Gefühl im Herzen. Daß er den Alten so vergessen hatte!

»Ich müßte sie eigentlich auch mal besuchen. Was meinen Sie, Lydia?« fragte er nach einer Pause. Es klang nicht sehr begeistert.

Sonja, die bisher geschwiegen hatte, hob den Kopf.

»Ich glaube, du spinnst. Du hast einen richtigen Tick mit diesen komischen Leuten. Lieber Himmel, du hast sie ein bißchen angefahren. War doch wirklich nicht so schlimm. Und dazu ist sie dir noch genau in den Wagen gelaufen. Sie war selber schuld. Und dann bezahlst du alles, Krankenhaus und Fernsehapparat, und was weiß ich noch. Setzt dich die ganze Nacht zu dem Alten in die Wohnung. Und nun willst du sie auch noch besuchen. Das ist doch Blödsinn.«

Gregor musterte sie sehr kühl. Sein schönes, gleichmäßiges Gesicht zeigte die überlegene Miene, die sein Publikum so sehr an ihm liebte.

»Mein liebes Kind, ich habe eben Verantwortungsgefühl. Hineingelaufen oder nicht, es war schließlich mein Wagen. Sie hätte tot sein können. Und es ist auf keinen Fall ein angenehmes Gefühl, wenn du gegen einen Menschen fährst.« Er schloß die Augen, und sein Gesicht verzog sich schmerzlich. Leise und eindringlich sprach er weiter. »Ich habe das Gefühl noch immer in mir. Jetzt gerade, wenn ich davon spreche, spüre ich es. Der große, schwere Wagen, wie er gegen den leichten, schmalen Körper einer Frau stößt. Ich spüre es hier«, er legte seine Hand auf die Brust, »hier ganz tief drinnen. Es ist ein ekelhaftes Gefühl.«

Sonja meinte kühl: »Gib nur nicht so an.«

»Was ist sie denn für eine Frau?« fragte er nach einer Weile.

»Schwer zu sagen«, antwortete Lydia. »Als ich sie sah, lag sie im Bett, mitgenommen natürlich nach allem, was passiert ist. Man kann in solch einem Zustand schwer jemand beurteilen.«

»Ist sie hübsch?«

»Was spielt denn das für eine Rolle?« fuhr Sonja gereizt dazwischen.

»Hübsch?« wiederholte Lydia. »Nun ja, das ist Ansichtssache. Mir gefiel ihr Gesicht. So klar gezeichnet, so ... so in sich geschlossen, wenn Sie verstehen, was ich meine.«

»Natürlich verstehe ich. Und weiter?«

»Ja, was noch? Hübsch im Sinne Ihrer Filmleute ist sie sicher nicht. Aber sie hat ein Gesicht. Und sie hat wunderschöne Augen. Samtgrau, ganz ruhig und tief.«

Gregor nahm gedankenvoll einen Schluck aus seinem Glas. Samtgraue Augen, ruhig und tief. Ihre Augen hatte er damals nicht gesehen. Aber an ihr Gesicht erinnerte er sich wieder. Und ihr Haar war blond gewesen, dunkelblond und weich und seidig.

»Was meinen Sie, Lydia, ob ich sie mal besuchen muß?«

»Sie müssen gar nichts. Sie haben alles getan, was Sie in Ihrer

Situation tun konnten. Mehr als das. Wahrscheinlich würde es sie bloß verlegen machen, wenn Sie kämen.«

Gregor hatte eine bessere Idee. »Ich werde den Alten besuchen. Er hat mir gut gefallen.«

Lydia lachte. »Sie ihm auch. Er schwärmt in den höchsten Tönen von Ihnen, wie mir Frau Gulda erzählte.«

»Als wenn du weiter nichts zu tun hättest«, sagte Sonja giftig. »Mit solchen Leuten soll man sich gar nicht erst einlassen. Die wollen immer was. Wer weiß, was sie noch für Forderungen stellen. Die ganze Sache hat dich schon Geld genug gekostet.«

»Es kann dir gleich sein, wofür ich mein Geld ausgebe«, sagte Gregor. »Natürlich werde ich den Alten besuchen. Und das Mädchen auch. Wann kommt sie denn aus dem Krankenhaus?«

»Das kann ich nicht sagen«, entgegnete Lydia, »da müßte man den Arzt fragen.«

»Jedenfalls kommen sie dann beide zur Erholung hierher, sie und ihr Vater. Das habe ich ihm damals versprochen.« Jetzt, da er davon sprach, fiel ihm alles wieder ein.

»Hierher?« fragte Sonja empört.

»Warum denn nicht? Wir sind sowieso lange nicht da. Erst sind wir in Wien und dann zu den Außenaufnahmen in Jugoslawien. Was halten Sie davon, Lydia?«

»Ich finde, es ist eine gute Idee. Das Haus steht sowieso meist leer, und auf diese Weise erfüllt es doch mal einen guten Zweck. Dr. Andorf kann die weitere Behandlung übernehmen.«

»Großartig«, rief Gregor, »Sie haben doch immer die besten Ideen, Lydia. Andorf soll die Behandlung übernehmen. Und die beiden sollen hier schöne Ferien machen. Kein Mensch soll sagen, daß ich mich nicht um ein Unheil kümmere, das ich angerichtet habe. Ob nun verschuldet oder unverschuldet.«

»Du Held, du Edelmensch«, sagte Sonja spöttisch. »Vergiß nur ja nicht, dem armen Wurm einen Kuß zu geben, wenn du sie siehst. Sie wird sich bestimmt dann mit Wonne noch mal überfahren lassen.«

Gregor beachtete sie nicht. Er erhob sich schwungvoll und sagte, allein zu Lydia gerichtet: »Ich muß Milena anrufen. Mal hören, was sie dazu meint.«

Er ging aus dem Zimmer.

Sonja blickte ihm wütend nach.

»So ein albernes Theater«, murmelte sie. Dann sah sie Lydia an. »Und Sie bestärken ihn noch in diesem Unsinn.«

Lydia gab keine Antwort. Sie lächelte Sonja freundlich an. Freundlich und sehr überlegen.

Schon am nächsten Tag erhielt Tobias zu seiner größten Überraschung den so lange heimlich erwarteten Besuch, auf dessen Eintreffen er bald nicht mehr gehofft hätte.

Als es abends bei ihm klingelte, öffnete er und strahlte erfreut, als er Gregor erblickte.

Er begrüßte den Schauspieler mit der größten Selbstverständlichkeit. Er hatte gewußt, daß er kommen würde. Auch den Fernsehapparat schaltete er sofort aus. Das Programm war heute sowieso nicht weit her, und der Besuch war immer noch interessanter als das beste Programm.

»Es ist Ihr Apparat«, erklärte Tobias sofort. »Elisabeth durfte nicht viel schauen, sie bekommt noch leicht Kopfschmerzen.«

»Es ist Ihr Apparat«, sagte Gregor. »Und es freut mich, daß Sie Spaß daran haben.«

»Das habe ich«, bestätigte Tobias. »Gestern zum Beispiel, also da war eine ausgezeichnete Sendung. Nämlich da . . .«

Gregor ließ ihn reden und sah sich befriedigt im Ohlschen Wohnzimmer um. Es gefiel ihm auch diesmal wieder. Genau wie damals fühlte er sich heimisch darin. Es ist der bürgerliche Untergrund in mir, dachte er. Kein Mensch glaubt mir, daß ich ihn habe. Ich bin gar kein Bohemien, bin nie einer gewesen. Sie wollen bloß immer einen aus mir machen. Lächerlich. Ein Künstler von meinem Rang hat das gar nicht nötig. So etwas brauchen nur die Kleinen, die Möchtegerne.

»Ich habe Sie in der Tagesschau gesehen«, erzählte Tobias, »als Sie von London kamen. War ein großer Empfang.«

»Ja«, sagte Gregor. »Ich weiß. Ich war dabei.«

»Wann werden Sie einmal in einem Fernsehspiel mitwirken?« wollte Tobias dann wissen.

»Die können mich nicht bezahlen«, sagte Gregor schlicht.

Tobias nickte verständig. Natürlich, das leuchtete ihm ein.

»Was darf ich Ihnen anbieten?« fragte er dann. »Einen Kognak? Oder ein Glas Rotwein?«

Er hatte seine Vorräte wieder aufgefüllt und sorgfältig für diesen großen Tag aufgespart.

Gregor entschied sich für ein Glas Rotwein. Und ärgerte sich, daß er nicht daran gedacht hatte, ein paar Flaschen mitzubringen. Aber sicher hätte er einen zu teuren Wein gekauft. Worauf er Lust und Appetit hatte, war der billige Südtiroler, den er damals hier getrunken hatte. Just nach dem gelüstete es ihn.

Während Tobias die Flasche holte, lehnte sich Gregor behaglich in den Sessel zurück, zündete sich eine Zigarette an und war zufrieden mit sich selbst. Es war vollkommen richtig, daß er hierher gekommen war. Dabei wußte keiner, daß er den gestern geäußerten Plan verwirklicht hatte. Sicher dachten sie, er hätte ihn längst vergessen. Mittags waren sie in die Stadt hineingefahren, nachmittags hatten sie eine lange Besprechung mit dem Produzenten, dem Regisseur und den beiden Drehbuchautoren gehabt. Und anschließend wollte Sonja zu dem Modeschöpfer, der die Kleider für ihren Film anfertigte. Sie wünschte, daß Gregor sie begleite. Aber er hatte abgelehnt. Er sei müde und wolle nach Hause. Wie immer, wenn er ihr etwas abschlug, war Sonja verärgert. Als er sie vor dem Hause des Couturiers absetzte, fragte sie zornig: »Und wie komme ich nach Hause?«

»Ganz einfach. Du bestellst dir ein Taxi.«

»Ich werde mir selbst einen Wagen kaufen.«

»Bitte sehr. Du verdienst ja jetzt genug mit dem Film.«

Sie gab keine Antwort, knallte die Tür hinter sich zu und verschwand.

Sie ist wie ein Kind, dachte Gregor nachsichtig. Alles sollte immer nach ihrem Kopf gehen, und alles sollte sich um sie drehen. Sie würde sich noch wundern. Bei den Aufnahmen beispielsweise ging es nach seinem Kopf, und alles drehte sich um ihn. Und wenn sie nachher nach Hause kam, womit sie selbstverständlich seine Wohnung meinte, würde sie staunen, daß er nicht da war. Sie betrachtete es als ganz selbstverständlich, daß sie ständig bei ihm war. Zwar hatte sie ein Appartement in einem Hotel bezogen, das er bezahlte, aber sie benutzte es so gut wie nie. Auch etwas, was man ihr abgewöhnen mußte, diesem eitlen Kind.

Heute jedenfalls würde er nicht da sein. Er hatte die Absicht, einen gemütlichen Abend mit diesem netten Herrn Ohl zu verbringen. Eine Erholung für seine Nerven, ein Vergnügen, das er sich gönnte, von dem keiner etwas wußte und von dem er auch niemandem erzählen würde. Nun gerade nicht. Ein Künstler wie er brauchte die Berührung mit dem wirklichen Leben. Davon hatten sie eben alle keine Ahnung. »Wie geht es Elisabeth?« fragte er, als Tobias mit dem Wein kam.

»Ganz gut. Sie darf aufstehen, und sie ist nur noch manchmal ein bißchen schwindlig. Am liebsten würde sie ja nach Hause kommen, sagte sie mir.«

»Sie soll nur noch in der Klinik bleiben, da hat sie bessere Pflege«, sagte Gregor sachverständig.

»Das Bein ist ja auch noch in Gips, und das wird wohl noch zwei bis drei Wochen so bleiben. Aber deswegen kann sie dann ruhig nach Hause, meinte der Arzt.«

»Ich würde sie gern mal besuchen«, meinte Gregor. »Oder will sie mich nicht sehen?«

»Aber warum denn nicht?« rief Tobias eifrig. »Das würde sie bestimmt sehr freuen. Wenn Sie Zeit dazu haben . . .«

»Die nehme ich mir eben«, sagte Gregor und lächelte. Wie menschlich ich bin, wie einfach und natürlich. Er würde in das Krankenzimmer kommen, und das arme verschüchterte Mädchen würde ihn mit seinen samtgrauen Augen ungläubig anstaunen wie eine Märchengestalt. Für sie würde es ein Wunder sein.

Und er würde mit ihr reden, freundlich und gütig, ein leises Schuldgefühl im Herzen, obwohl er ja schuldlos war, und sie würde diesen Besuch nie vergessen.

»Vielleicht gleich morgen? Besuchen Sie sie morgen?«

»Ich besuche sie jeden Tag, sie wartet ja darauf, nicht wahr? Und ich habe Zeit. Und Sie wollen morgen mitkommen?«

»Morgen hätte ich gerade Zeit. Sonst bin ich sehr besetzt, wir sind bei den Vorbereitungen für den neuen Film und ich . . .«

»Ja, ich habe davon gelesen. Sie drehen in Wien, nicht?«

Tobias sprach schon wie ein Fachmann. »Ein guter Stoff scheint es zu sein.«

»Es geht. Eine harmlose Sache. Aber ganz spritzige Dialoge.«

»Trinken wir darauf, daß es ein Erfolg wird.« Tobias hob sein Glas. Sie prosteten sich zu, und Gregor stellte wieder fest, daß dieser Wein ihm ausgezeichnet schmeckte. Warum trank er bloß immer Whisky? Er würde sich auch ein paar Flaschen von diesem Wein besorgen.

Er nahm die Flasche in die Hand und studierte das Etikett. »Sehr gut«, sagte er, »sehr ordentlich. Ein vernünftiges Getränk. Schmeckt mir ausgezeichnet.«

Tobias errötete vor Freude. »Ein ganz billiger Wein. Aber er ist sauber. Unverdorben. Ich hole ihn immer an der gleichen Stelle, es ist ein ganz kleiner Laden, wissen Sie? Aber dort verkauft man wenigstens nicht dieses schlechte, verpanschte Zeug, das man meist in den Massengeschäften bekommt und das nur solche Menschen sich andrehen lassen, die nichts vom Wein verstehen.«

Gregor erkundigte sich, wo der Laden sei, und Tobias beschrieb es ihm ausführlich und genau. Und fügte hinzu, daß Herr Meyer, der Besitzer, sich vermutlich hochgeehrt fühlen würde, wenn Veit Gregor bei ihm kaufte.

Gregor nickte. Das war klar. Und er würde wirklich bei Herrn Meyer einkaufen. Erstaunlich, was auf einmal alles für neue Aspekte in sein Leben kamen. Ein gemütliches Wohnzimmer am Abend, wo er mit einem netten alten Mann saß und Rotwein trank, ein Herr Meyer, bei dem er einkaufte, ein blasses, krankes Mädchen, das von ihm träumte. Und über allem schwebte er wie ein lichter Erzengel, segnend, helfend und bestaunt. Und schließlich wurde auch er selbst von ihnen befruchtet. Er begann das Leben mit ganz anderen Augen zu sehen. Nein, das war kein Zufall gewesen mit diesem Unfall. Irgendeine dunkle Bestimmung waltete dahinter und zeigte ihm einen neuen Weg. Vielleicht sollte man mal einen Film machen, der in solch einem Milieu spielte. In einem Zimmer wie diesem, mit Menschen, wie er sie jetzt kennenlernte. Mit einer großen Rolle für ihn, ganz etwas Neues, noch nicht Dagewesenes, einer Rolle, in der er zum Beispiel ... nun, das wußte er noch nicht. Irgend etwas Schlichtes, Tiefes und Ergreifendes.

»Vielleicht«, sagte er versonnen und nahm noch einen Schluck aus seinem Glas, »vielleicht werde ich mir mein nächstes Drehbuch selber schreiben.«

»Oh!« staunte Tobias. »Das können Sie auch?«

»Das muß man können, wenn man die richtigen Rollen haben will.«

»Wovon soll es denn handeln?«

»Ja, wissen Sie«, Gregor machte eine weite Geste über das Zimmer und über Tobias hin, »das ist schwer zu erklären. Das

Leben, verstehen Sie? Das wirkliche Leben. Der Alltag. Die Mühe und Plage des Menschen.«

Tobias nickte verständnisvoll. Das waren ihm alles vertraute Begriffe. Er sagte: »Aber ich denke, das will das Publikum nicht sehen. Steht jedenfalls immer in der Zeitung. Die Leute wollen eine Märchenwelt im Kino sehen, schöner und besser als ihr Alltag.«

Nun hatte Gregor ein Thema. »Das Publikum kann man erziehen. Wenn etwas gut ist und echt, dann gefällt es ihm auch. Sehen Sie, das ist so ...«

Darauf begann ein längeres Gespräch über Filme, Stoffwahl und Drehbücher. Und über Veit Gregor. Das heißt, hauptsächlich sprach Gregor. Tobias war nur der Stichwortbringer. Aber er hatte die gute Eigenschaft, die richtigen Stichworte zu bringen, so daß Gregor sich mehr und mehr an seinem Thema erwärmte und es in immer weiterem Bogen umrundete.

Das unterhielt sie eine gute Stunde lang. Dann war die Flasche leer, und Tobias holte eine neue. Gregor machte keine Anstalten zu gehen. Auch als Tobias vorschlug, man könne ja jetzt einmal den Fernsehapparat einschalten, denn da würde ein kurzes Kriminalspiel gesendet, und Kriminalstücke sehe er für sein Leben gern, hatte Gregor nichts einzuwenden.

Sie betrachteten also gemeinsam das Kriminalspiel. Tobias mit großer Anteilnahme und von vornherein der richtigen Mutmaßung über den Täter. Gregor mit gönnerhafter Herablassung und einer anderen Meinung über den Täter, die er jedoch nicht äußerte. Woran er klug getan hatte, denn Tobias behielt recht. Und dann stellten sie fest, daß sie Hunger hatten, und Tobias brachte Brot und Butter und Leberwurst und Käse. Dazu öffneten sie die dritte Flasche Wein. Die letzte, wie Tobias mit einiger Besorgnis feststellte.

»Aber«, sagte er, »mehr dürfen Sie sowieso nicht trinken. Sie müssen ja noch Auto fahren.«

»Erstens kann ich mir ein Taxi nehmen«, erwiderte Gregor, »und zweitens macht mir das gar nichts.« Das stimmte. Obwohl er den Löwenanteil getrunken hatte, zeigte er nicht die geringste Wirkung. Woraus Tobias ganz richtig schloß, daß er stärkere Getränke gewöhnt war.

»Morgen fahre ich gleich zu Ihrem Herrn Meyer und kaufe ein.

Für Sie und für mich. Schmeckt mir wirklich, der Wein. Prost!«
Tobias meinte, es sei nicht nötig, daß sein Gast für ihn einkaufe, aber er freue sich sehr, daß ihm der Wein schmecke. Prost!

Dann kamen sie wieder zum Thema Gregor zurück. Jetzige Rollen, frühere Rollen, zukünftige Rollen. Das Theater, der Film. Das komplizierte, schwere und doch großartige Leben des Veit Gregor. Als sie sich kurz nach Mitternacht voneinander verabschiedeten, waren sie beide hochbefriedigt vom Verlauf des Abends. Tobias hatte rote Wangen, etwas schwimmende Augen und war ein wenig unsicher auf den Beinen. Aber glücklich! Veit Gregor war sein Freund. Das hatte er selbst gesagt.

Gregor stieg leise pfeifend die Treppe hinab. Er hatte sich lange nicht mehr so gut unterhalten. Ein großer Schauspieler wie er, gehörte eben unter Menschen, nicht unter Marionetten. Wie hatte er das nur vergessen können!

Eine große Enttäuschung für Tobias war dann am nächsten Tag Elisabeths Reaktion, als er ihr den Besuch ankündigte. Gleich zu Beginn der Besuchsstunde platzte er ins Krankenzimmer, erfüllt bis obenhin von der großen Neuigkeit.

»Gestern war er da.«

Elisabeth wußte sofort, wen er meinte. Sie war überrascht, denn sie hatte nicht gedacht, daß sich Tobias' Erwartungen in dieser Hinsicht erfüllen würden.

»Und nachher kommt er hierher.«

Elisabeth, die in einem Sessel am Fenster saß, wurde steif vor Abwehr.

»Hierher?«

»Ja. Er will dich besuchen, was sagst du dazu?«

Und nun wurde Elisabeth so ärgerlich, wie Tobias sie selten, eigentlich noch nie gesehen hatte.

»Was für ein Unsinn! Mich besuchen? Wozu denn das? Was hast du denn da wieder angerührt?«

Tobias duckte sich erschrocken. So hatte sie noch nie mit ihm gesprochen. Fast erinnerte es ihn ein wenig an die Tonart von Anna.

»Ja aber«, stammelte er verwirrt, »ich dachte, es freut dich.«

»Mich?« Elisabeth richtete sich auf, ihre grauen Augen waren gar nicht sanft, sie blitzten vor Ärger. »Warum soll mich das freuen? Erst überfährt mich dieser Mensch, dann bringst du dich bald um mit ihm, und schließlich redest du ihm noch ein, er müsse mich besuchen. Kannst du mir sagen, was das soll? Denkst du, es ist angenehm für mich, in diesem Zustand Besucher zu empfangen? Und dazu noch Veit Gregor, dem wir so gleichgültig sind wie der letzte Dreck auf der Straße.«

Trotz aller Verblüffung reckte nun auch Tobias kampfbereit den Kopf vor. Das durfte er nicht auf seinem neuen Freund sitzen lassen.

»Es ist sehr unrecht von dir, Elisabeth, so etwas zu sagen. Wir sind ihm gar nicht gleichgültig. Du schon gar nicht. Er hat doch wirklich alles für dich getan, was er konnte, nachdem das Unglück nun mal passiert war. Und er wäre schon längst wieder zu mir gekommen, wenn er nicht verreist gewesen wäre. Und wie er damals in der Nacht zu mir kam, also da mußt du schon jemand suchen, der so was tut. Er kam und...«

»Ja ja«, unterbrach ihn Elisabeth ungeduldig, »ich kenne die Geschichte. Aber damit konnte er uns doch in Ruhe lassen. Alles andere hast du ihm natürlich eingeredet.«

»Ich?« Tobias war nun wirklich beleidigt. »Ich habe ihm gar nichts eingeredet. Er kam schließlich ganz von selbst gestern zu mir und fragte gleich, wie es dir geht, und dann sagte er, daß er dich besuchen will. Und heute paßt es ihm gerade. Und ich dachte, es wird dich freuen. Schließlich ist er ja nicht irgendwer. Und daß du ihm ins Auto gelaufen bist, dafür konnte er doch nichts. Ich verstehe dich nicht, Elisabeth. Er ist ein guter Mensch. Wirklich.«

Elisabeth schwieg. Das bißchen Zorn war schon verraucht. Sie fühlte sich hilflos und ausgeliefert. Es tat ihr leid, daß sie Tobias angefahren hatte. Er meinte es gut. Und vielleicht meinte es Gregor auch gut. Er hatte alles für sie getan, natürlich. Sie war ihm ins Auto gelaufen, und dafür konnte er nichts. »Elisabeth!« sagte Tobias nach einer Weile und sah sie unglücklich an. »Was ist bloß mit dir? Warum bist du so menschenscheu? Alle meinen es gut mit dir. Wirklich, alle.«

Das ist es ja gerade, hätte sie am liebsten gesagt. Ich will gar nicht, daß es einer gut mit mir meint. Ich will allein sein und nichts sehen und hören und keine fremden Menschen sehen.

Aber das konnte sie Tobias nicht sagen. Sie hätte ihm ja auch nicht zu erklären gewußt, warum das so war. Vielleicht war von jenem Unglücksabend noch ein anderer Schaden zurückgeblieben, nicht nur die gebrochenen Knochen und das verwirrte Gehirn. Eine Verletzung ihrer Seele, die schon entstanden war, ehe der Unfall passierte. Während der Stunden, als sie sich vor der Welt in diesem fremden, schimmernden Kleid, das nicht zu ihr gehörte, verstecken mußte. Was für elende, demütigende Stunden waren es gewesen! Die Verlorenheit, die Verzweiflung, die sie verspürt hatte, schienen sich tief in sie eingefressen zu haben. Kein Märchen war für sie zur Wahrheit geworden, wie es Tobias für sie geträumt hatte, sondern die graue Wirklichkeit ihres Lebens war ihr so deutlich zu Bewußtsein gekommen wie nie zuvor. Jetzt, so viele Wochen danach, kam es Elisabeth vor, als habe das Regenbogen-Kleid wie Feuer auf ihrer Haut gebrannt. Durch diese dünne, empfindsame Haut hindurch, bis in ihr wehrloses, einsames Herz.

Auf einmal erschien es ihr ganz logisch, daß der Unfall passiert war. Zu der inneren Wunde kamen die äußeren. Ihr Körper war von dem Zusammenbruch nachgezogen worden, den ihre Seele erlitten hatte. Es war fast unheimlich, wenn man darüber nachdachte. Es konnte einem Angst werden.

»Elisabeth!« sagte Tobias unglücklich. »Was machst du für ein Gesicht? Kind, was ist bloß mit dir? Wenn du eben absolut nicht willst, daß er kommt, muß ich unten auf ihn warten und sagen, daß du dich nicht wohl fühlst.«

Elisabeth blickte ihn an wie erwachend. Dann lächelte sie. »Es ist schon gut. Du mußt nicht böse sein mit mir, Vater. Es ist ... ich weiß nicht ... ich werde schon wieder vernünftig werden.«

»Es ist der Schock«, sagte er sachverständig. »Der Doktor hat es mir neulich erklärt. Der ist noch nicht ganz abgeklungen, und man muß sehr geduldig sein mit dir.« Jetzt nahm er sogar ihre Hand und küßte sie. »Das will ich ja auch, mein kleines Mädchen. Ich denke bloß immer nicht gleich daran, was ich tun müßte. Ich hätte dich natürlich vorher fragen sollen, ob du den Besuch von Herrn Gregor haben willst.«

Elisabeth war errötet bei dem Handkuß. Sie schämte sich, daß sie so häßlich zu Tobias gewesen war. »Ich werd's überleben. So lange wird er ja nicht bleiben. Und ich brauche ja nicht viel mit ihm zu reden, du bist ja dabei.«

»Du machst dir ganz falsche Vorstellungen von ihm. Er ist ganz natürlich, ganz einfach. Du kannst mit ihm reden wie mit einem normalen Menschen. Gestern abend zum Beispiel haben wir uns großartig unterhalten. Und er war stundenlang da. Drei Flaschen Wein haben wir getrunken. Stell dir bloß mal vor, drei Flaschen, wir beide ganz allein.«

»Das ist wirklich allerhand«, mußte Elisabeth zugeben. »Hoffentlich entwickelst du dich nicht zum Säufer mit deinem neuen Freund. Was habt ihr denn da die ganze Zeit geredet, und was hast du ihm bloß alles erzählt?«

Sie hätte Tobias nichts Lieberes tun können, als danach zu fragen. Er vergaß endgültig seine Enttäuschung über Elisabeths merkwürdiges Verhalten und gab einen genauen Bericht vom gestrigen Abend. Sein gutes Gedächtnis machte es ihm möglich, Teile aus seinem Gespräch mit Gregor fast wörtlich wiederzugeben. Darüber vergaß er aber nicht die Stunde, zu der Gregor eintreffen würde. Er blickte des öfteren auf die Uhr und meinte dann auf einmal: »Weißt du, ich habe gedacht, ich gehe hinunter an die Pforte. Da muß er nicht erst lange nach deinem Zimmer suchen. Und dann komme ich mit ihm hierher.«

Elisabeth nickte nur noch stumm. Es kam ihr vor, als würde sie den Besuch eines regierenden Monarchen an ihrem Krankenbett empfangen. Das heißt, glücklicherweise lag sie nicht mehr im Bett.

»Und was muß ich machen, wenn er kommt?« fragte sie mit einem Anflug von Ironie. »Einen Hofknicks? Oder ein Gedicht aufsagen?«

Tobias lächelte bereitwillig. »Sei nicht albern, Elisabeth. Du machst gar nichts. Vielleicht...«, er legte den Kopf schief und betrachtete sie prüfend, »... vielleicht könntest du dir die Lippen ein bißchen anmalen?«

»Nein«, antwortete Elisabeth schroff. »Ich denke nicht daran. Schließlich will ich ja deinen geliebten Gregor nicht um eine Rolle bitten. Oder dachtest du, daß ich auf Grund deiner neuen Beziehungen versuchen sollte, zum Film zu kommen?«

Tobias lachte und bestand nicht weiter darauf. Immerhin hatte er schon mit Befriedigung festgestellt, daß Elisabeths Haare heute besonders schön waren und daß der blaue Morgenrock ihr gut stand. Sie war zwar blaß, aber sie sah sehr hübsch aus, wie sie da so saß. Das fand jedenfalls Tobias.

»Deine Haare sind heute so schön«, sagte er. »Was hast du denn damit gemacht?«

»Die Resl hat sie mir heut vormittag gewaschen. Es ging nicht mehr, sie waren ja fast schon steif vor Schmutz und Schweiß.«

»Ach, die Resl. Das ist die kleine nette Hilfsschwester, nicht? Durftest du denn den Kopf schon waschen?«

»Wir haben den Doktor nicht gefragt. Aber ich habe es einfach nicht mehr ausgehalten.«

»Sehr schön sind sie geworden. Wirklich sehr schön.«

»Ja?« fragte Elisabeth, und eine kleine Befriedigung schwang in ihrer Stimme. Ihr Haar war immer schön gewesen. Das hatte sogar Anna einmal halb widerstrebend zugegeben. Und das wollte einiges heißen.

Sie erhob sich, nahm den Stock, der an ihrem Sessel lehnte, und hinkte vor den Spiegel, der über dem Waschbecken war. »Schrecklich sehe ich aus«, sagte sie vor ihrem Spiegelbild. »So blaß, so hager.« Sie strich mit den Fingerspitzen über ihre Wange. Die Haut war weich und zart, aber es schien, als fließe kein Blut in ihr. Dann nahm sie den Kamm und begann ihr Haar mit raschen Strichen durchzukämmen. Es war nur gewaschen, eine Frisur hatte ihr die Resl nicht machen können. Das heißt, sie hatte es nicht zugelassen, daß Resl die angekündigten Lockenwickel mitbrachte. »Das ist unnötig, Hauptsache, die Haare sind wieder einmal sauber.«

Jetzt kämmte sie das Haar mit festen Strichen eng an den Kopf. Es bauschte sich, knisterte unter dem Kamm. Sie mußte es ein wenig befeuchten, aber dann lag es glatt und locker um ihren Kopf. Es machte sie streng und ernst und vielleicht auch ein bißchen älter.

War ja egal. Sie hatte keineswegs die Absicht, Veit Gregor zu beeindrucken. Sie hoffte im stillen, er würde gar nicht kommen. Sicher hatte er Wichtigeres zu tun, als ihr einen Krankenbesuch zu machen.

Sie setzte sich wieder in den Sessel, Tobias stopfte ihr die Decke fest um die Beine und betrachtete sie liebevoll. »Ich finde nicht, daß du schlecht aussiehst. Blaß schon, das stimmt. Aber das ist ja kein Wunder. Also dann gehe ich jetzt mal hinunter.«

Als er draußen war, stand Elisabeth noch einmal auf, ging zum Schrank und suchte darin die kleine Abendtasche, mit der sie hier eingeliefert worden war. Darin war ein Lippenstift, das wußte sie genau.

Und dann stand sie mit dem Lippenstift in der Hand vor dem Spiegel. Zweimal hob sie ihn an, zweimal ließ sie die Hand wieder sinken. Zu albern. Tobias hatte sie angesteckt mit seinem Gregor-Tick. Schließlich legte sie ganz vorsichtig eine winzige Spur von Rot auf, so wenig, daß man es kaum bemerkte. Aber es machte doch einen kleinen Unterschied, belebte ihr Gesicht ein wenig. Und dann nahm sie noch den Augenbrauenstift und dunkelte behutsam die Brauen nach.

Das kleine Lachen, das sie zuletzt mit ihrem Spiegelbild tauschte, war gemischt aus Spott und Traurigkeit. Dieser Tobias! Was würde er bloß noch alles anrichten. Erst schenkte er ihr ein Modellkleid, und nun schleppte er doch wirklich Veit Gregor hier an.

Veit Gregor war seelisch bestens vorbereitet auf den Besuch. Am Vormittag hatte er mal flüchtig daran gedacht, Lydia einzuweihen und vielleicht mitzunehmen. Aber das hatte er dann bleiben lassen. Es würde viel wirkungsvoller sein, wenn er hinterher so ganz en passant erwähnte, daß er das Mädchen besucht hatte.

Als er vor dem Portal der Klinik vorfuhr, trug sein Gesicht eine ernste, würdige Miene. Leider war kein Publikum da. Er war doch pünktlich? Tobias hatte gesagt, er würde seinen Besuch ankündigen.

Aber da war Tobias schon. Er kam eilig heraus, riß den Wagenschlag auf und wies seitwärts auf den Parkplatz.

»Guten Tag, Herr Gregor. Dort ist eine Lücke, sehen Sie, da können Sie parken.«

Also mußte Gregor den dekorativen Platz vor dem Portal wieder verlassen und seinen Straßenkreuzer zwischen den anderen Wagen parken. Genau wie alle anderen Leute, die zahlreich um diese Stunde dem Klinikportal zustrebten, mußte er zu Fuß neben dem aufgeregten Tobias das Krankenhaus betreten. Niemand schien ihn zu erkennen. Das war ihm auf einmal sehr angenehm. Hatte er erwartet, die ganze Ärzteschaft würde sich zu seinem Empfang einfinden? Immerhin –

»Haben Sie dem behandelnden Arzt gesagt, daß ich komme? Ich möchte ihn gern sprechen.«

»Ach so«, meinte Tobias überrascht. »Das wußte ich nicht. Aber wir können es der Schwester sagen. Der Stationsarzt ist bestimmt da.«

Gregor nickte. Er warf einen Blick in die Loge der Schwester Pförtnerin. Aber es war eine andere als damals nachts. Diese hier beachtete ihn überhaupt nicht.

»Aber Ihrer Tochter haben Sie gesagt, daß ich komme?«
»Natürlich. Sie freut sich.«

Ob sie sich freute, war ihr nicht anzusehen. Sie saß still in ihrem Sessel, legte ihre Hand in seine, beantwortete ruhig seine Fragen nach ihrem Befinden, bedankte sich für die Blumen, die er mitgebracht hatte. Und dann schwieg sie.

Um so mehr sprach Tobias. Auch Gregor brauchte nicht viel zu sagen. Er saß auf einem Stuhl und fühlte sich ein bißchen unbehaglich. Keine Rede davon, daß dieses Mädchen ihn anstaunte wie ein Wunderwesen. Sie war sehr ernst, nur einige Male lächelte sie ein wenig zu dem aufgeregten Geschwätz ihres Vaters. Vielleicht war sie befangen. Nun, kein Wunder.

Fast mit Neugier betrachtete Gregor das Mädchen. Er hatte keine bestimmte Vorstellung von ihr gehabt, obwohl Lydia von ihr erzählt hatte. Er erinnerte sich gut an Lydias Worte. »Sie hat ein Gesicht. Und sie hat wunderschöne Augen, samtgrau, ganz ruhig und tief.«

Das fand er bestätigt. Wunderschöne Augen, obwohl er kaum Gelegenheit hatte, hineinzublicken. Und ihr Gesicht fand er schön in seinem stillen Ernst. Sehr mädchenhaft wirkte sie.

»Ich denke mir, daß Elisabeth bald nach Hause kommen sollte«, schwatzte Tobias. »Auf die Dauer ist es langweilig hier. Nicht, Elisabeth? Und ich kann schon für sie sorgen. Sie können ja nachher den Arzt mal fragen, Herr Gregor, wenn Sie mit ihm sprechen.«

Elisabeth wandte ihm ihr Gesicht zu. »Sie wollen mit dem Arzt sprechen? Das ist wirklich nicht nötig.«

Gregor nickte nachdrücklich. »O doch. Ich möchte hören, was er zu Ihrem Befinden zu sagen hat. Ich fühle mich immer noch verantwortlich für Sie, Fräulein Ohl. Ich hoffe, Ihr Vater hat Ihnen das gesagt.«

Jetzt stand deutlich Abwehr in den grauen Augen. »Ich wüßte nicht warum, Herr Gregor. Wie ich gehört habe, war alles meine Schuld. Ich müßte mich bei Ihnen entschuldigen, daß ich Ihnen solche Ungelegenheiten gemacht habe. Und Sie haben schon soviel für mich getan. Dafür möchte ich mich bedanken.«

Es klang ein wenig gezwungen. Sie senkte die Lider und sah ihn nicht mehr an.

Das gab Gregor Sicherheit. »Das war doch selbstverständlich«, sagte er. »Sie können mir glauben, es war für mich ein großer Schock. Das Gefühl, gegen einen Menschen zu fahren, ist furchtbar.« Er verzog schmerzlich das Gesicht und fuhr leiser fort: »Noch jetzt manchmal spüre ich es. Ich wache nachts auf und habe es geträumt. Der Moment, als der Wagen Ihren Körper berührte. Es ist wirklich furchtbar.«

Elisabeth blickte ihn wieder an. Zwischen seinen Brauen stand eine Falte, sein Mund hatte einen gequälten Zug. Er schien wirklich unter der Erinnerung des Geschehenen zu leiden.

»Es tut mir leid«, sagte sie leise, »daß ich ... daß ich der Anlaß einer so schrecklichen Erinnerung bin.«

Gregor blickte sie voll an, ernst, verständnisvolles Erbarmen im Blick. »Für Sie ist die Erinnerung an das Geschehene sicher noch weitaus furchtbarer als für mich.« Seine Stimme war sonor, warm und mit einem leichten untergründigen Beben. Seine Burgtheaterstimme.

Elisabeth schüttelte leicht den Kopf. »Nein. An den Moment, wie es geschah, erinnere ich mich überhaupt nicht. Das ist einfach nicht mehr da.«

»Ach! Wie seltsam. Und doch wie gut für Sie. Wie gütig von der Natur, solch einen Augenblick des Entsetzens auszulöschen.«

Es war ein drehbuchreifer Dialog, und Gregor genoß ihn sehr. Er war sich jeder Schwingung seiner Stimme bewußt, jedes winzigen Zuckens seines Gesichts. Und er sah, daß er die Aufmerksamkeit des Mädchens nun gefesselt hatte und daß Tobias sie beide entzückt beobachtete.

»Es ist die Folge der Gehirnerschütterung, sagt der Arzt. In einem solchen Fall vergißt man immer, was unmittelbar vor dem Unfall geschah.« Ein wenig lebhafter fuhr sie fort: »Ich wünschte, es wäre nicht so. Dann wüßte ich, warum ich eigentlich so dumm über die Straße gelaufen bin. Es war glatt an dem Abend. Vielleicht bin ich ausgerutscht.« Hoffnungsvoll blickte sie ihn an.

»Ich weiß es auch nicht. Ich sah Sie erst, als es schon zu spät war. Ja, vielleicht sind Sie gerutscht und auf diese Weise vor den

Wagen gekommen. Es ist möglich. Auf jeden Fall«, seine Stimme wurde ein wenig heller, bekam einen kleinen optimistischen Unterton, »auf jeden Fall wollen wir froh sein, daß nichts Schlimmeres passiert ist. Ich bin dem Schicksal wirklich dankbar dafür.« Und nun ein Lächeln. Kein Sieger-, kein Verführerlächeln, nur ein kleines, dankbares, um Vertrauen bittendes Lächeln.

Es war unwiderstehlich. Elisabeth lächelte zurück. »Ja. Ich auch.«

Gregor ließ die grauen Augen nicht, so schnell los. Dunkel, zwingend haftete sein Blick darin, das Lächeln um seinen Mund verblaßte, verlor sich, nur sein Blick, eindringlich, festhaltend und noch dringlicher werdend, zwang das Mädchen nahe zu sich heran.

Auch auf Elisabeths Lippen erlosch das kleine höfliche Lächeln. Etwas wie Staunen kam in ihre Augen, etwas wie Angst und Erschrecken. Dann senkte sie die Lider und blickte hilflos zur Seite.

Gregor war zufrieden. Eine gute Szene. Und nun war er sicher, daß das Mädchen ihn nie vergessen würde.

Tobias hatte zugesehen und zugehört. Er fand alles sehr aufregend und spannend. Wie klug und gewandt Elisabeth geantwortet hatte. Und wie hübsch sie aussah. Sie hatte sich doch ein bißchen die Lippen geschminkt. Stand ihr gut. Und offensichtlich hatte auch Tobias das richtige Gefühl dafür, wann eine Szene zu Ende war und die nächste begann. Er griff wieder in den Dialog ein.

»Wir können etwas trinken«, schlug er vor. »Wermut ist da, und Wein. Das hat uns alles Frau Gulda mitgebracht.«

»Sehr schön, trinken wir etwas. Damit wir nicht aus der Übung kommen.« Gregor schaltete um auf leichte Konversation.

»Hat Ihnen Ihr Herr Papa erzählt, Fräulein Elisabeth, daß wir beide uns gestern einen hinter die Binde gegossen haben?« Tobias gluckste vor Vergnügen, und Elisabeth nickte. »Ja, ich habe es schon gehört. Sie haben meinem Vater eine große Freude gemacht mit Ihrem Besuch.«

»Die Freude war ganz auf meiner Seite. Ihr Herr Papa ist ein sehr charmanter Gastgeber. Man kann sich wunderbar mit ihm unterhalten.«

Tobias war im siebenten Himmel. Er verschüttete etwas von dem Wermut, den er gerade eingoß, und rief Elisabeth eifrig zu: »Habe ich es dir nicht gesagt? Habe ich es dir nicht gesagt, daß er nett ist? Ganz einfach und natürlich, habe ich gesagt. Gar nicht eingebildet oder hochnäsig.«

Gregor stand auf, nahm zwei Gläser vom Tisch, reichte eins davon Elisabeth. »Warum sollte ich eingebildet und hochnäsig sein?« fragte er mit schmeichelnder, leicht amüsierter Stimme, einer Stimme sanft wie Samt. Ein König, der sich willig unter sein Volk mischt.

»So ein berühmter Mann wie Sie«, meinte Tobias. »Wenn man mir vorher gesagt hätte, daß ich mit Ihnen sprechen soll, dann hätte ich nicht gewußt, was ich sagen soll.«

»Man muß ein bisserl dumm sein, wenn man eingebildet und hochnäsig ist«, sprach die Samtstimme, mit leicht österreichischer Klangfarbe jetzt. »Und ich hoff' doch, Sie haben mich nicht für dumm gehalten, Herr Ohl? Auf Ihr Wohl, Fräulein Elisabeth! Und daß Sie bald wieder ganz g'sund sind.«

»Danke«, erwiderte Elisabeth leise und trank. Ein wenig begann sie, ihren Vater zu verstehen. Es ging etwas aus von diesem Mann, das unwiderstehlich war. Man wußte nicht, war es eigentlich ganz echt oder war es große Kunst, aber es war da.

Tobias verschluckte sich beinahe. »Dumm!« rief er dann. »Als wenn ich Sie je hätte für dumm halten können. Wer so ein großer Schauspieler ist wie Sie. Wir haben Sie in allen Ihren Rollen gesehen, nicht wahr, Elisabeth? Und Elisabeth hat immer gesagt, Sie sind ihr der liebste von allen Schauspielern. Nicht wahr, Elisabeth?«

Elisabeth errötete ein wenig. Doch sie nickte. »Ja, es stimmt. Das habe ich gesagt.«

»Sie machen mich glücklich.« Gregor verneigte sich ein wenig, und jetzt bekam Elisabeth sein bewährtes Charmeur-Lächeln zugesandt. Das kannte sie. Das hatte sie oft genug gesehen. Aber es war doch irgendwie verwirrend, daß es jetzt ihr galt.

Gregors Hand war inzwischen in seiner Rocktasche verschwunden, hatte die Zigarettenschachtel hervorgebracht, aber gleich wieder zurückgesteckt.

»Sie können ruhig rauchen«, sagte Elisabeth. »Wenn ich schon so ein komfortables Einzelzimmer habe, ist das erlaubt.« Und mutig fügte sie hinzu: »Sie können mir auch eine geben.«

»Aber bitte.« Gregor bot ihr die Schachtel, sie nahm mit spitzen Fingern eine Zigarette heraus.

»Aber Elisabeth!« staunte ihr Vater.

Sie lachte. Und Gregor sah überrascht, wie hell und jung ihr Gesicht bei diesem Lachen wurde. »Ich hab' Appetit drauf. Ich hab' seit Wochen nicht geraucht.«

Gregor beugte sich zu ihr und gab ihr Feuer. Nicht ohne ihr dabei nahe in die Augen zu sehen.

»Ein gutes Zeichen. Wenn einem die Zigarette wieder schmeckt, dann geht es schon ganz ordentlich. Sie glauben nicht, Fräulein Elisabeth, wie froh es mich macht, zu sehen, daß Sie auf dem Wege der Besserung sind. Das ganze Leben macht mir auf einmal wieder Spaß.«

Elisabeth sah ihn verlegen an. Und sie wurde noch verlegener, als er fortfuhr: »Sie haben doch nichts dagegen, daß ich Elisabeth zu Ihnen sage. Wenn ich mit Ihrem Vater von Ihnen spreche, nennen wir Sie immer so. Ich habe mich schon daran gewöhnt. Und wir haben viel von Ihnen gesprochen.«

Das einzige, was Elisabeth einfiel, war, ihren Vater anzusehen und den Kopf zu schütteln. »Aber Vati«, sagte sie. »Warum denn?«

»Na, das ist doch klar«, meinte Tobias. »Wir haben uns Sorgen um dich gemacht.«

Gregor nickte ernsthaft. »Das haben wir, weiß Gott.«

Elisabeth war sehr merkwürdig zumute. Der große Veit Gregor hatte sich Sorgen um sie gemacht! Es war kaum zu glauben. Sie glaubte es auch nicht. Aber irgendwie tat es gut, das zu hören. Verwirrt nahm sie einen tiefen Zug aus ihrer Zigarette und mußte ein wenig husten. Sie war das Rauchen nicht mehr gewohnt. Sie hatte auch früher selten geraucht.

»Na, na«, sagte Tobias besorgt. »Gib mir lieber die Zigarette.«

»Nein, laß nur. Ich muß mich erst wieder daran gewöhnen. Aber es schmeckt mir.«

»Fein«, freute sich Gregor. »Übrigens wissen Sie schon, Elisabeth, was wir mit Ihnen vorhaben, wenn Sie hier herauskommen?«

»Nein«, sagte Elisabeth und blickte von einem zum anderen. »Keine Ahnung.«

Auch Tobias blickte den Schauspieler neugierig an. Gestern war von nichts die Rede gewesen, worauf er hinzielen konnte. Gregor lehnte sich zurück, ließ die Spannung ein wenig steigen und begann dann breit: »Ich habe ein Haus am Tegernsee. Ein hübsches, kleines Haus mit einem großen Garten, einem Stück Seeufer. Man sieht zum Wallberg hinauf, vom Garten aus, und vom Fenster aus über den See. Wir haben uns gedacht, Ihr Vater und ich, daß Sie dort ein paar Wochen bleiben werden, um sich zu erholen. Was halten Sie davon?«

»Oh!« Elisabeth war verwirrt. Davon hatte sie nichts gewußt. Aber Tobias war es nun wieder eingefallen. »Ist das nicht eine großartige Idee?« fragte er aufgeregt. »Denk doch mal, Kind, die schöne Luft. Und es wird ja nun auch bald Frühling. Das wird herrlich für dich sein.«

»Und für Sie auch, Herr Ohl, denn Sie fahren natürlich mit.«

»Aber – aber das geht doch nicht«, sagte Elisabeth.

»Und warum nicht?«

»Ich muß doch wieder ins Geschäft.«

»Nicht ehe Sie ganz erholt und frisch und munter sind. Das lassen Sie nur meine Sorge sein. Das wird man bei Ihnen im Geschäft schon einsehen.«

»Natürlich«, echote Tobias, »das werden sie einsehen. Kein Mensch kann gleich wieder arbeiten nach so einem Unfall. Und bis du wieder richtig laufen kannst, das wird noch eine Weile dauern, das sagt der Doktor auch. Erholen mußt du dich auf jeden Fall.«

Was für ein Plan! Tobias war begeistert. Elisabeth sah es wohl und bezwang ihren Unwillen. Sie wollte das nicht. Nein, sie wollte es wirklich nicht. Sie beteiligte sich nicht an dem nun folgenden Gespräch zwischen Gregor und Tobias, das sich bereits mit den Einzelheiten des geplanten Ferienaufenthalts beschäftigte.

Sie hörte, daß Frau von Wengen sie hinausfahren würde, denn er, Gregor, würde ja leider dann nicht da sein. Und draußen seien zwei Leute, Herr und Frau Bach, die großartig für sie sorgen würden. Und ein Hund sei auch da. Sie hätte weiter nichts zu tun, als auf der Terrasse in der Sonne zu liegen, tüchtig zu essen und viel zu schlafen.

»Und dann ist ein sehr guter Arzt draußen. Dr. Andorf. Ich bin mit ihm befreundet. Er leitet das See-Sanatorium. Er wird Ihre weitere Behandlung übernehmen. Sicher brauchen Sie Bestrahlungen und Massagen und ähnliches. Na, was halten Sie davon, Elisabeth?«

»Ist das nicht wunderbar, Elisabeth?«

Sie blickte von einem zum anderen und hob hilflos die Schultern. »Oh, ich weiß nicht.« Elisabeth! Wie er ihren Namen ausgesprochen hatte. So weich und melodisch. Wie eine Liebkosung hatte es geklungen. Er nannte sie einfach Elisabeth.

Sie hatte den Klang noch im Ohr, als sie allein war. Und sie sah ihn vor sich, sein schönes, regelmäßiges Gesicht, die dunklen Augen, die sie so seltsam angesehen hatten. Veit Gregor. Sie hob ihre Hand und sah sie an. Als er ging, hatte er diese Hand geküßt. Ganz leicht und behutsam, aber sie hatte seine Lippen darauf gespürt.

Sie legte die linke Hand fest um den Rücken der rechten. Es war eine unbewußte Geste. So, als müsse sie den Kuß darauf festhalten. Dann griff sie hastig nach der Packung Zigaretten, die er auf dem Tisch hatte liegen lassen. »Falls Sie noch einmal Appetit darauf bekommen.«

Sie nahm eine Zigarette heraus und steckte sie zwischen die Lippen. Ihr Kopf schmerzte ein wenig, fast war sie schwindlig. Vielleicht sollte sie lieber nicht mehr rauchen. Aber dann zündete sie die Zigarette doch an.

Nach einer Weile kam Tobias zurück. Strahlend vor Glück.

»Na, was sagst du? Habe ich zuviel erzählt? Ist er nicht nett?« Elisabeth nickte stumm.

»Jetzt haben wir mit dem Arzt gesprochen. In vierzehn Tagen fahren wir zum Tegernsee. Und dann wirst du mal sehen, wie bald du wieder ganz gesund bist.«

»Aber das können wir doch gar nicht annehmen?«

»Warum denn nicht? Das Haus steht leer. Er ist ja nicht da. Er dreht in Wien und ist nachher zu den Außenaufnahmen in Jugoslawien. Er wird gar nicht dasein, viele Wochen nicht.«

Er würde also nicht dasein. Es war eine Erleichterung, das zu wissen.

Es war genauso, wie Lydia es sich vorgestellt hatte. Die gemeinsame Arbeit verband Sonja und Gregor nicht fester, sondern durchlöcherte ihr ohnehin sprunghaftes Verhältnis noch mehr.

Es wurde allzu offenkundig, daß Sonja außer ihrem guten Aussehen nicht viel zu bieten hatte. Sie hatte weder ein echtes, vitales Talent, noch konnte sie durch Intelligenz ersetzen, was ihr an ursprünglicher Begabung fehlte. Es gelang ihr nicht, das Mädchen darzustellen, das ihre Rolle vorschrieb. Sie war immer und ständig nur Sonja Markov.

Jeder ehrliche Beobachter allerdings mußte ihr zugute halten, daß sie es nicht leicht hatte. Es war ihre erste große Rolle. Und gleich eine Hauptrolle. Auf der Bühne hatte sie noch nie gestanden, die paar kleinen Filmrollen, die sie gespielt hatte, waren Randfiguren gewesen, die nichts anderes verlangten, als schön zu sein, sich verführerisch zu bewegen. Eben sie selbst zu sein. Nichts anderes zu sein, zu sprechen und zu lächeln, wie sie es täglich in ihrem Alltagsleben auch tat. Und keiner hatte ihr bisher gesagt, daß zu diesem Beruf viel Arbeit gehörte, um ein Können zu erreichen, das sich vom reichlich gebotenen Durchschnitt abhob.

Wäre es ein anderer Film gewesen, irgendein harmloser Unterhaltungsfilm, sie hätte sich möglicherweise mit Anstand aus der Affäre gezogen. Aber ein Film mit Gregor? Damit war sie einfach überfordert.

Gewiß, auch dies war nichts als ein Unterhaltungsfilm. Aber man versuchte, etwas daraus zu machen. Schon der Autor hatte sich Mühe gegeben. Der Dialog war geistvoll und spritzig, manchmal mit kleinen lyrischen Anklängen. Und welche Tonart auch immer verlangt wurde, Gregor beherrschte sie meisterhaft. Er war immer ganz da, fand die richtige Geste, den richtigen Ton, sein Gesicht, das er in allen Regungen beherrschte, traf alle Nuancen: Übermut, Kühnheit, eine leichte Melancholie und schließlich die lächelnde, ein ganz klein wenig über sich selbst amüsierte Verliebtheit, in die dann plötzlich der Ernst hineinblitzt.

Es war wie immer ein reiner Genuß, ihn spielen zu sehen. Norman, der Regisseur, und er verständigten sich mit wenigen Worten, manchmal nur mit Blicken. Sie hatten die Rolle durchgesprochen, sie waren sich über die Auffassung einig, und alles klappte wie am Schnürchen.

Es war nicht der erste Film, den sie zusammen drehten, und sie hatten sich immer bei der Arbeit gut verstanden, was man durchaus nicht von allen Regisseuren sagen konnte, mit denen Gregor gearbeitet hatte. Da er stets eine sehr genaue Vorstellung von seiner Rolle, ja von Art und Stil des ganzen Filmes hatte und sich nicht ohne weiteres einem fremden Willen unterordnete, den er nicht voll anerkannte, war es oft zu Reibereien und ernsten

Schwierigkeiten gekommen. Nicht mit Norman. Beide hatten Spaß an dieser Arbeit, und beide konnten sich aufeinander verlassen. Gregor kam pünktlich, er kannte seine Rolle bis zu jedem Atemzug, und er arbeitete so präzise wie ein Uhrwerk.

Um so schwerer war es für Sonja, sich zu behaupten. An Gregor hatte sie keine Hilfe. Er zog unwillig die Brauen zusammen, wenn eine Szene ihretwegen allzu oft wiederholt werden mußte. Er tadelte sie vor den anderen, wenn sie ihren Text nicht konnte. Und vollends wurde er ungeduldig, wenn sie seiner Meinung nach den richtigen Ton nicht traf.

Die leichte Gereiztheit, die mit der Zeit zwischen ihnen entstand und die sich gelegentlich auch am Abend zu einem Streit verdichtete, half nicht dazu, Sonjas Leistungen zu verbessern. Bisher hatte sie sich immer vor den anderen zurückgehalten, hatte versucht, sich ihren Ärger nicht anmerken zu lassen. Das war bei ihrem Temperament immerhin anerkennenswert. Aber sie schien sich klar darüber zu sein, daß sie allein stand, daß man sie kritisch beobachtete und sich ihr gegenüber abwartend verhielt. Es bedeutete hier nicht sehr viel, daß sie schön war. Das waren viele andere auch. Es kam auf andere Dinge an.

Der hoffnungsvolle Schwung, mit dem sie die Arbeit begonnen hatte, verlor sich immer mehr. Sie verspürte nur noch eins: Unsicherheit, fast Angst. Gregor hätte ihr helfen können, aber der dachte nicht daran.

Lydia beobachtete die sich ständig steigernde Spannung im Atelier mit Besorgnis. Obwohl sie es Sonja anfangs gegönnt hatte, daß ihre Selbstsicherheit einige Dämpfer bekam, tat ihr mit der Zeit das Mädchen fast leid. Jeder mußte einmal anfangen. Und es war schwer für einen Anfänger, neben arrivierten Könnern zu bestehen. Ob Gregor nicht mehr daran dachte, daß er einst neben Milena Gulda bestehen mußte und daß sie ihm geholfen hatte, selbstlos mit all ihrem klaren Verstand und aus ihrem liebenden Herzen heraus?

Eines Abends stellte ihm Lydia diese Frage. Sie waren ins Hotel zurückgefahren, schweigend, ohne ein Wort zu sprechen. Lydia am Steuer von Gregors großem Wagen, er neben ihr, mit zusammengezogenen Brauen, müde und erschöpft vor sich hin starrend. Sonja im Fond, auch sie schweigsam und deprimiert. Ihre Mutlosigkeit und Verzagtheit war fast körperlich spürbar. Einige Male streifte

Lydias Blick das Gesicht der jungen Schauspielerin im Rückspiegel. Als sie im Hotel ankamen, murmelte Sonja: »Ich bin müde. Ich gehe gleich schlafen.«

Gregor warf ihr einen kurzen Blick zu, sagte aber nichts.

»Aber Sie werden doch etwas essen?« fragte Lydia.

»Ich habe keinen Hunger.«

»Sie sollten Ihre Nerven besser behandeln. Jetzt ist nicht die Zeit, Diät zu halten. Essen Sie etwas Ordentliches, und trinken Sie ein Glas Rotwein. Dann schlafen Sie um so besser.« Ihre Stimme hatte mütterlich geklungen. Sonja blickte sie dankbar an und lächelte.

»Ja«, sagte sie, »Sie haben recht. Das werde ich tun.«

Von Gregor bekam sie kein freundliches Wort.

Kurze Zeit danach, als Lydia in Gregors Appartement kam, fand sie ihn mit einem Whiskyglas in der Hand in einem Sessel, die Beine über der Lehne.

Lydia, nach einem vorsichtigen Blick auf sein mürrisches Gesicht, nahm sich auch einen Whisky, zündete sich eine Zigarette an und bemerkte dann in harmlosem Ton: »Heute ging's ganz gut, fand ich.«

»So? Fanden Sie?« fragte er sarkastisch. »Sie sind recht bescheiden geworden, meine Gnädigste.«

Lydia blieb vor ihm stehen und betrachtete ihn ungerührt von oben herab.

»Sie sind ungerecht, Herr Gregor. Der Dialog zwischen Ihnen und Habermann war eine Kostbarkeit.«

»Davon rede ich nicht. Habermann ist ein Schauspieler. Ich meine sie ...« Er machte eine vage Bewegung mit dem Kopf nach der Richtung hin, wo sich in etwa Sonjas Zimmer befand. »Ich habe nicht erwartet, daß sie ein großes Talent ist. Wird ja in der Rolle nicht verlangt. Aber wenn sie das nicht mal fertigbringt – können Sie mir sagen, wo die Person die Frechheit hernimmt, sich Schauspielerin zu nennen?«

Lydia zog belustigt die Brauen hoch. »Sie sprechen in einem reichlich unliebenswürdigen Ton von der Dame Ihres Herzens.«

»Seien Sie nicht geschmacklos, Lydia. Dame meines Herzens! Was hat das damit zu tun?«

»Oh, eine ganze Menge würde ich sagen. Schließlich hat sie die Rolle auf Grund dieser Stellung bekommen und ...«

»Sie brauchen mich nicht daran zu erinnern. Ich ärgere mich genug darüber. Sie wissen, daß ich gegen die Protektionswirtschaft bin. Und dann lasse ich mich von dem kleinen Biest beschwatzen, und was dabei herauskommt, erleben wir jetzt.«

»Und außerdem finde ich, wäre es nicht mehr als recht und billig, daß Sie sich ein bißchen Mühe mit ihr geben.«

»Ich?«

»Ja. Sie. Ich finde, das ist das mindeste, worauf sie Anspruch hätte.«

»Auf gar nichts hat sie Anspruch.«

»O doch, Verehrtester. Sie lieben sie doch, nicht wahr? Also können Sie ihr auch helfen.«

»Erstens liebe ich sie nicht, wie kommen Sie darauf? Und zweitens wird die größte Liebe aus ihr keine Schauspielerin machen. Das müssen sogar Sie doch jetzt erkannt haben.«

Nun stellte Lydia also die Frage, die ihr am Vormittag durch den Kopf geschossen war. Ob er sich nicht mehr an seine Anfängerzeit erinnere, an die Hilfe, die er von Milena Gulda empfangen habe.

»Wovon reden Sie eigentlich?« fragte er und nahm die Beine von der Sessellehne. »Milena und ich? Wie können Sie das mit Sonja und mir vergleichen. Was wissen Sie überhaupt davon? Zu der Zeit haben Sie noch Ihre Kartoffeln in Pommern geerntet und hatten wahrscheinlich keine Ahnung, daß es so was wie Theater gibt.«

»Ich hatte gelegentlich davon gehört«, erwiderte Lydia ungekränkt. »Immerhin weiß ich allerhand über Ihre Anfangsjahre. Und ich bin dabei nicht mal auf die mehr oder minder verschnulzten Biographien angewiesen, die gelegentlich in den Illustrierten erscheinen. Sie haben mir selbst oft genug davon erzählt.«

»Sie können das überhaupt nicht vergleichen«, wiederholte er. »Ich war schließlich eine Begabung. Bei mir mußte Milena nur ein bißchen nachhelfen, um 'rauszuholen, was drinsteckte und –«

»Vielleicht müßte man es aus Sonja auch herausholen.«

»Und ich wäre auch ohne Milena geworden, was ich bin. Darauf können Sie sich verlassen. Aus Sonja etwas herausholen? Das glauben Sie doch selbst nicht. Sie ist unbegabt wie eine Kuh. Außerdem ist sie dumm.«

Es war nichts zu machen. Es sah schlimm aus für Sonja. Nicht nur was die Schauspielerei betraf, auch ihre Verbindung zu Gregor würde diesen Film kaum überleben.

Am nächsten Tag kam es dann zu einem offenen Streit im Atelier. Sie drehten an diesem Tag eine Liebesszene.

Der Offizier trifft das Mädchen, dem er schon einige Male in den sonderbarsten Situationen begegnet ist, in dem Schloß, wo er mit seinen Kameraden einquartiert ist. Er überrascht sie, wie sie vor einem Schrank kniet und offensichtlich darin etwas sucht. Als sie ihn erblickt, läuft sie davon, er ihr nach, eine hübsche Fluchtszene. Es geht durch einige hohe Zimmer, durch einen Saal und schließlich einen Gang entlang, bis in entfernte Regionen des Gebäudes, die der Mann noch nie betreten hat. Einmal ist sie ihm schon fast entwischt, durch eine verborgene Tür, aber dann hat ein Geräusch ihm wieder verraten, wo sie steckt. Schließlich hat er sie eingeholt. Sie sind beide atemlos, erregt, sie wehrt sich verbissen gegen seinen Griff, sprudelt ihm wütende Worte ins Gesicht. Und er, um sie festzuhalten, hat sie eng an sich gezogen, stellt ihr hastige Fragen, die sie nun mit verbocktem Schweigen beantwortet.

Er vermutet Geheimnis, Spionage, ein paar unklare Unfälle sind in den letzten Tagen um das Schloß herum passiert, und ohne daß er noch weiß warum, hat er Angst um dieses halbe Kind, das in irgendwelche dunkle Geschichten verstrickt scheint. Seine Fragen werden ruhiger, eindringlich, sie starrt mit bösem Gesicht an ihm vorbei. Und plötzlich beugt er sich vor, zieht ihren Kopf heran und küßt sie.

Es ist ein langer Kuß. Und als er sie losläßt, ist aller Trotz, alle aufsässige Wut aus ihrem Gesicht verschwunden. Wie ein erschrockenes Kind sieht sie ihn an. Und zugleich wie eine fassungslose junge Frau, der etwas ganz Neues begegnet.

So etwa war die Szene. Man hat sie durchgesprochen, geprobt, den anfänglichen Lauf durch die weiten Räume würde man später drehen, jetzt war nur der Schluß der Szene dran. Aber Sonja traf den Ton nicht. Nicht den Ton der Stimme, nicht den Ausdruck des Gesichts, nicht die Angst und die seltsame Verwandlung am Schluß.

Nach der siebenten Probe ließ Gregor sie abrupt los. »Du sollst mich nicht anglotzen wie eine Sexbombe!« rief er wütend. »Von Koketterie ist in der Szene nichts drin. Dieses Mächen ist unberührt, verstehst du? Falls du dir so was vorstellen kannst. Sie hat auch noch nie einen Mann geküßt. Sie hat bisher nur mit dem alten Mann gelebt, fern von anderen Menschen. Es ist das erstemal, daß ein Mann sie im Arm hält, und es ist etwas Unerhörtes für sie, und gleichzeitig hat sie Angst. Das ist doch ganz einfach. Das muß doch für eine Frau ein Kinderspiel sein, so etwas darzustellen. Du brauchst dir ja nur vorzustellen...«

Seine Stimme war immer lauter geworden, und Sonja unterbrach ihn jetzt wütend: »Schrei mich nicht so an.«

Norman erhob sich von seinem Stuhl. »Regie führe ich hier, Gregor«, sagte er leise und höflich.

Gregor beherrschte sich sofort. »Entschuldige«, sagte er, ebenso leise und höflich, »es tut mir leid.«

Norman trat zu Sonja, legte den Arm um ihre Schulter. »Komm, mein Kind, wir gehen ein bißchen beiseite und sprechen das Ganze noch mal durch.«

Sein freundlicher Ton gab Sonja den Rest. »Ich... ich kann nicht«, stammelte sie, und dann begann sie zu weinen. Laut und verzweifelt und nahe einem hysterischen Zusammenbruch. Norman führte sie hinaus. Gregor hob mit einem resignierten Seufzer die Schultern.

»Sorry«, sagte er vage in die Runde, an niemand und an alle gerichtet. »Das dürfte eine längere Pause geben.«

Er ging aus der Dekoration, an Lydia vorbei, die in der Nähe von Norman gestanden hatte und ihm nun mit süffisantem Lächeln entgegenblickte. Er verließ die Halle, trat vor die Tür und zündete sich eine Zigarette an. Es war windig draußen, ein heftiger, ungebärdiger Frühlingswind. Der Himmel war von hellem Blau, von jagenden Wolken überzogen. Gregor fröstelte. Kalt war es. Er wünschte sich warme Sonne. Und Ruhe. Und Dunkelheit. Er wollte irgendwo liegen, wo es warm und dunkel war. Vor seinen Augen flimmerte es. Manchmal haßte er die grellen Scheinwerfer. Er vergaß sie, wenn er arbeitete. Aber dieses Gezerre! Proben, wieder Proben, ein Dutzend Einstellungen und mehr, und dann war es immer noch nicht gut, das verbrauchte seine Nerven. Das konnte er einfach nicht mehr ertragen. Vielleicht sollte man einen Whisky trinken.

Als er sich umwandte, erblickte er Lydia, die ihm nachgekommen war.

»Nun? Sie könnten mit der Predigt von gestern fortfahren.« Sein Ton war aggressiv.

»Nicht nötig«, erwiderte sie ruhig. »Sie erinnern sich bestimmt noch gut an das, was ich gesagt habe. Und vielleicht sind Sie inzwischen schon selbst darauf gekommen, daß ich nicht ganz unrecht hatte.«

»Hören Sie, Lydia, machen Sie mich nicht auch noch wahnsinnig. Diese Szene eben – das einfachste von der Welt für eine Frau. Dazu braucht sie keine Schauspielerin zu sein. Herrgott, mir kann es ja egal sein. Wenn sie schlecht ist, ist sie eben schlecht. Es ist ihre Karriere und nicht meine. Und den Film retten wir trotzdem. Wir können ihre Rolle kürzen und mir ein paar Szenen dazuschreiben, dann geht es immer noch.«

»So schlecht, wie Sie tun, ist sie ja nun wieder auch nicht«, sagte Lydia begütigend.

Sie wußte, man durfte ihn jetzt nicht allzu sehr reizen. »Sie müssen ihr ein bißchen Mut machen.«

»Hab ich ja eben versucht.«

»Da müssen Sie selber lachen. Es war nicht sehr nett, wie Sie sie angeschrien haben. Vor allen anderen noch dazu.«

»So eine Mimose ist Sonja bestimmt nicht.«

»Vielleicht nicht in ihrem Privatleben. Aber für sie ist doch jetzt alles entscheidend, und sie weiß, was davon abhängt. Außerhalb des Ateliers reden Sie kaum noch ein Wort mit ihr. Und hier lassen Sie es sie merken, daß Ihnen nichts, aber auch gar nichts paßt, was sie macht. Ich dachte –« Lydia machte eine Pause – »ich dachte, Sie lieben sie.«

»Wenn ich mich recht erinnere, haben Sie das gestern auch schon vermutet.«

»Nun, bisher mußte ich es jedenfalls glauben, nicht?«

Gregor machte seine arrogante Miene. Das verstand er großartig. Er sah Lydia stumm an, die Zigarette im Mundwinkel, die eine Braue hochgezogen. Er sagte nichts.

»Zumindest«, fuhr Lydia fort, »mußte sie es glauben. Und sicher liegt ihr viel daran, daß die anderen es glauben.«

»Welche anderen?«

»Nun, alle hier. Alles, was hier so herumschwirrt.«

»Oh, ist das so?« Dieser arrogante Ton. Lydia hätte ihm eine heruntergehauen mögen.

»Das ist so. Und sie wissen es ganz genau. Jetzt gehen Sie zu ihr und sagen ihr ein paar nette Worte.«

Gregor drehte sich herum. »Ich bin in meiner Garderobe, falls man nach mir fragt«, sagte er über die Schulter weg und ging.

Lydia blickte ihm nach. Du Aas, dachte sie. Eine Frau, die sich mit dir einläßt, muß auch nicht für fünf Pfennig Verstand haben. Und dann hätte sie beinahe laut herausgelacht. Was würde er erst sagen, wenn er erfuhr, was sie heute morgen zufällig gehört hatte.

Sonja hatte anscheinend in einem Interview mit einem Filmreporter behauptet, sie und Gregor würden nach Beendigung der Dreharbeiten heiraten. Zumindest hatte sie es durchblicken lassen. Man sprach davon im Atelier. Und in wenigen Tagen würde man es in der Zeitung lesen, in irgendeiner dieser Klatschspalten. Es war nicht auszudenken, wie Gregor darauf reagieren würde.

ELISABETH

Von den Bergen herunter rast der Föhn. Mit ungebärdiger Wildheit stürzt er sich ins Tal, mit übermütigen Fingern fährt er durch den See, daß der laut gegen die Ufer schlägt mit kurzen, harten Wellen. Er schüttelt die Tannen vor dem Haus und verfängt sich in den noch kahlen Ästen der Linde, die im Garten steht. Wenn der Mond aus den streifigen Wolken hervorblickt, malen die Zweige des Baumes ein bizarres, ständig wechselndes Muster an die Decke.

Elisabeth kann nicht schlafen. Sie liegt reglos auf dem Rücken, starrt in die wilden Linien über sich, die sich biegen, sich verschlingen und plötzlich ausgelöscht sind, wenn eine Wolke über den Mond zieht. Sie lauscht auf den Sturm, auf das Rauschen und Brausen, fühlt den warmen Hauch, der durch das offene Fenster über ihre Stirn gleitet. Sie hat Kopfschmerzen. Auch das Bein tut weh. Das ist der Föhn. Man hat ihr schon prophezeit, daß sie es noch lange spüren wird, wenn er kommt.

Und nicht nur ihr Körper, auch ihr Herz hat Wunden, an denen der Föhn mit Vergnügen zerrt. In ihrem Kopf kreisen die Gedanken, machen sie rastlos, ungeduldig, unglücklich. Sie ist nicht gern hier, in Veit Gregors hübschem Haus am Tegernsee.

Drei Wochen sind sie jetzt hier, und lieber heute als morgen würde sie zurückfahren nach München. Was tut sie hier? Ein fremdes Haus, in dem sie nichts verloren hat. Ein gnädig gewährtes Geschenk, dieser Urlaub. Aber sie will von niemandem etwas geschenkt haben. Nie hat ihr jemand etwas geschenkt, und jetzt will sie es nicht mehr. Alles, was Gregor für sie getan hat, bedrückt sie. Sie müßte ihm dankbar sein, aber sie ist es nicht.

Seitdem sie hier ist, hat sie sich noch nicht entspannt. Sie schläft schlecht, ißt wenig, fühlt sich fremd und unbehaglich in diesem Haus, und selbst wenn sie auf der Terrasse liegt, von Tobias sorgfältig in Decken gepackt, kann nichts sie aus ihrer Verstörtheit lösen. Nicht der Blick auf die Berge oder den See, auf das sanfte Ufer ihr gegenüber, auf die Schiffe, die vorübergleiten, nicht die erste zaghafte Frühlingssonne in ihrem Gesicht.

Sie möchte fort, und sie weiß nicht, wohin. Manchmal denkt sie, daß es gut wäre, wieder ins Büro zu gehen, in das Gleis des altgewohnten Tageslaufs zurückzukehren, die Arbeit, ein paar harmlose Gespräche mit Herrn Lenz. Doch dann wieder empfindet sie geradezu panischen Schrecken, wenn sie daran denkt. Sie weiß selbst nicht, was mit ihr ist.

Die Firma Bossert ist ihr ferngerückt. Die Vorstellung, daß wieder alles so sein wird, wie es vorher war, erfüllt sie mit Entsetzen. Wie es immer war und immer sein wird. Und nichts geschieht. Nichts.

Doch. Viel ist geschehen. Tobias hat ihr ein Kleid geschenkt, und sie ist in ein Auto hineingelaufen. Sie hat sich im Spiegel gesehen und hat sich gefallen. Und dann kam die Demütigung. Manchmal denkt sie jetzt: Lieber Himmel, was wäre schon gewesen, wenn sie eben doch in dem Regenbogen zu dem Betriebsfest gegangen wäre?

Ein neues Kleid, Fräulein Ohl?

Ja. Mein Vater hat es mir geschenkt.

Sehr schön. Sieht aus, als ob es teuer wäre.

Ach wo, er hat es bei einem Totalausverkauf bekommen, ganz billig. Bißchen auffallend vielleicht. Aber es ist ja Fasching.

Und dann Herr Lenz: Darf ich Sie um diesen Walzer bitten, Fräulein Elisabeth? Darf ich Sie zu einem Glas Wein einladen? Und die anderen lächeln und tuscheln ein wenig. Wer weiß, vielleicht wird doch noch ein Paar aus den beiden. Wenn der Felix nur nicht so schüchtern wäre... Vielleicht sollte einer mal ein bißchen nachhelfen...

So reden sie. Elisabeth weiß es genau.

Aber sie ist nicht hingegangen. Keiner hat den Regenbogen gesehen, keiner sie in der neuen Frisur und mit zaghafter Farbe im Gesicht. Nur leere Straßen in der nächtlichen Stadt, das feuchte, gleitende Pflaster, tanzende Schneeflocken, die sich ihr ins Haar setzen, und dann der Wagen, der sie niederstößt.

Wie oft hat sie das schon gedacht! Immer wieder von vorn. Immer dieser eine Abend, jede Stunde, jede Minute. Und das, von dem sie nichts weiß, das stellt sie sich vor. Sie liegt auf der Straße, bewußtlos, die Fahrt im Krankenwagen, das Krankenhaus. Seltsam ist es, wenn plötzlich Stunden und Tage fehlen.

Das Leben ist weitergegangen, alles, was jeden Tag geschieht, ist geschehen. Bloß für sie nicht. Sie hat es übersprungen. Und diese tote, leere Zeit, von der sie nichts weiß, ist wie ein verlockender Traum. Sie wünscht es sich oft, auch jetzt in dieser Nacht, wie sie da liegt und dem tanzenden Baum an der Zimmerdecke zusieht, daß sie dahin zurückkehren könnte. In das Niemandsland, in das Nichts. In eine Welt jenseits von Zeit und Raum, in der man nicht da ist. Nicht fühlen und nicht denken kann. Nicht fühlen und nicht denken muß.

Nichts, was um sie herum ist, der beginnende Frühling, die schöne Landschaft, die Liebe ihres Vaters, die wiederkehrende Gesundheit, nichts ist so wunderbar und wünschenswert wie das stumme Ausgelöschtsein.

Der Tod also. Ihre Augen sind weit geöffnet, der Fensterladen klappert vom Griff des Windes, sie hört es nicht. Wünscht sie sich also, tot zu sein? Ja. Sie wünscht es. Wenn das Auto sie ein wenig mehr erfaßt hätte, ein Zentimeter weiter, wenn sie schneller gegangen wäre, die Fahrt des Wagens ein wenig schneller gewesen wäre, dann wäre sie immer noch dort, wo es ihr so gut gefallen hat. Im stummen Nichts. Nein, es ist nicht schlimm zu sterben.

Kein Grund, sich davor zu fürchten. Und sie hat sich auch nie davor gefürchtet. Wenn sie also nicht mehr lebte... Der verlockende Gedanke tanzt immer wieder durch ihren Kopf. Keiner würde sie vermissen. Doch, einer, Tobias, ihr Vater. Der einzige Mensch, den sie auf der Welt hat. Und auch für ihn ist sie der einzige Mensch. Sie muß bleiben, solange Tobias da ist. Es gibt Sünden, die man nicht begehen kann, die einfach unverzeihlich sind, hier und in jener anderen Welt, falls es sie gibt. So eine Sünde wäre es, Tobias zu verlassen. Alle Sünden der Welt könnte sie begehen, sie würden leicht wiegen gegen die eine: Tobias zu verlassen. Ihm Schmerz zuzufügen, der als einziger sie liebte und ihr nur Gutes tat. Der einzige, der sie liebte? Nein. Nicht der einzige. Da ist noch Paul. Der sie geliebt und verlassen hat. Nicht weil er wollte, weil er mußte.

Jetzt sind ihre Gedanken wieder da angelangt, wo sie seit dem Vormittag ständig waren. Bei Paul. Bei der Zeit ihrer kurzen, glücklichen Liebe. Seit der Arzt am heutigen Morgen von ihm gesprochen hat.

Sie hat Dr. Michael Andorf, der auf Gregors Wunsch ihre weitere Behandlung übernommen hat, heute zum zweitenmal gesehen, seit sie hier ist.

Als Lydia von Wengen sie und ihren Vater vor drei Wochen hierher gebracht hatte, waren sie am Nachmittag in das See-Sanatorium nach Wiessee gefahren. Sie waren angemeldet und wurden erwartet. Lydia hatte mit Dr. Andorf gesprochen, sie selbst war kaum zu Wort gekommen, ein paar Fragen, ein paar Antworten. Der Arzt hatte ihren Krankheitsbericht studiert, sie dann untersucht. Der Gips war erst vor einigen Tagen von ihrem Bein entfernt worden, das Bein war dünn und kraftlos. Sie konnte nur sehr mühsam an zwei Stöcken laufen. »Bißchen voreilig, den Gips schon 'runterzunehmen«, hatte Dr. Andorf gesagt. »Ich hätte ihn noch zehn Tage drangelassen.« Er starrte mit zusammengezogenen Brauen auf die letzte Röntgenaufnahme, die man in der Klinik gemacht hatte.

»Na schön, wir wollen es versuchen.« Er legte den Behandlungsplan fest, Bäder, Massagen, Bestrahlungen. Elisabeth hörte kaum zu. Sie war ungern hier herausgekommen, und sie fühlte sich unbehaglich. Warum konnte man sie nicht endlich in Ruhe lassen?

Seitdem nun war sie jeden Tag in das See-Sanatorium gefahren. Herr Bach, dem Lydia ihren Wagen dagelassen hatte, fuhr sie hin. Manchmal kam Tobias mit und ging solange in Wiessee spazieren oder wartete im Wintergarten des überaus feudalen Sanatoriums auf ihr Wiedererscheinen.

Eine Schwester brachte sie immer in den Warteraum, wo sie dann von einer anderen Schwester in das jeweilige Behandlungszimmer weitergeleitet wurde. Dort erwartete sie jedesmal eine außerordentlich hübsche, gepflegte junge Dame. Die Heilgymnastikerin. Sie lachte immer, war fröhlich und guter Dinge, ließ sich alles über Veit Gregor erzählen, was Elisabeth zu erzählen wußte – viel war es nicht –, und behandelte dabei überaus geschickt das kranke Bein. Sie hatte Hände wie Samt und Seide; selbst wenn es manchmal weh tat, war es noch eine Wohltat.

Einmal sagte Elisabeth: »Sie haben einen schönen Beruf.«

»Ja, nicht wahr?« Das hübsche Mädchen lachte sie strahlend an. »Finde ich auch. Ich hab' mir nie einen anderen gewünscht. Und daß ich nun noch in dem piekfeinen Laden hier gelandet bin, ist ein besonderes Glück. Eine Zeitlang war ich in einem Kinderkrankenhaus, Abteilung für Polio, Kinderlähmung, wissen Sie. Das war manchmal ein bißchen deprimierend, wenn man nicht recht vorankam mit der Behandlung. Oft natürlich auch sehr erfreulich, wenn es gute Ergebnisse gab.«

»Ja, das kann ich mir denken. Aber es muß eine befriedigende Arbeit sein. Warum sind Sie da nicht geblieben?«

»Hier verdiene ich mehr. Und es ist interessanter. Die Patienten, wissen Sie.« Sie lachte wieder. »Man will doch auch ein bißchen Spaß vom Leben haben. Oft sind es ja nur so reiche Knülche, die ihren kostbaren Körper wieder etwas zusammenrichten wollen. Mit denen hat man nicht viel Arbeit. Aber sie laden einen mal ein. Zum Ausgehen oder zu einer Autofahrt oder so. Muß ja auch mal sein, nicht?«

Elisabeth nickte. Natürlich. Wahrscheinlich hatte diese gescheite junge Person recht. Sie war hübsch und jung.

»Man muß ja auch an später denken«, fügte Fräulein Eva hinzu. Und als Elisabeth sie nicht gleich zu verstehen schien: »Na, ich will doch mal heiraten, nicht? Letzten Sommer, da hatten wir einen hier, der war klotzig reich. Aus dem Rheinland, irgend so ein Industriefritze. Der war sogar mit mir im Spielkasino in Garmisch. Und dann hatte er noch allerhand Absichten. Sie verstehen schon. Aber da sehe ich mich vor. Wenn schon, denn schon. Und dann, stellen Sie sich vor...«, sie kicherte vergnügt, »hat er mir sogar einen Heiratsantrag gemacht.«

Elisabeth lächelte unwillkürlich. Man konnte diesem Mädchen nicht böse sein. Vielleicht war sie ein bißchen oberflächlich. Aber dabei war sie aufrichtig, wie sie das alles mit kindlicher Freude erzählte.

»Na also«, meinte Elisabeth.

Fräulein Eva hob die Schultern und zog eine Schnute, während ihre langen festen Finger an Elisabeths Bein auf und ab glitten. »Er war doch schon ein bißchen alt. Fünfundfünfzig. Ich bin fünfundzwanzig. Also ich weiß nicht. Finden Sie nicht auch?«

Elisabeth nickte. »Wenn er doch aber soviel Geld hatte...«

»Na ja, eben. Ich hab' mir hinterher auch gedacht, ob ich nicht einen großen Fehler gemacht habe. Aber dreißig Jahre! Wenn es zwanzig gewesen wären. – Am liebsten – stellen Sie mal das Bein auf, so, ja – am liebsten würde ich einen Arzt heiraten. Das wäre doch praktisch für meinen Beruf, nicht?«

»Doch, ja. Vielleicht einen mit einem Sanatorium.«

Fräulein Eva schüttelte den Kopf. »Die brauchen eine Frau mit Geld. Wenn einer ein Sanatorium aufmachen will, braucht er viel Geld. Und ich hab' ja keins.«

Auch das letzte sagte sie mit strahlender Miene, als sei es ein besonderes Verdienst. »Und hierbei werde ich auch nicht reich. Ja, vielleicht habe ich doch einen Fehler gemacht.«

»Dr. Andorf?« fragte Elisabeth, »hat der eine Frau mit Geld?«

Fräulein Eva lachte amüsiert. »Der? Der hat überhaupt keine. Der braucht auch keine. Für den sind Frauen einfach Luft. Was glauben Sie, wie dem die Frauen manchmal nachstellen, die Patienten, meine ich. Also manche sind ganz verrückt nach ihm. Er sieht doch auch gut aus, finden Sie nicht?«

Elisabeth hob die Schultern. »Ich weiß nicht mehr so genau. Ich hab' ihn nur einmal gesehen.«

»Na ja, vielleicht nicht gut. Aber interessant. Er ist ein prima Arzt. Aber er behandelt alle gleich. Ob Männer oder Frauen, ob arm oder reich, das ist ihm völlig wurscht. Eigentlich paßt er gar nicht in ein Sanatorium. Und manchmal habe ich so das Gefühl, er ist gar nicht glücklich hier. Für den würde so eine richtige strapaziöse Kassenpraxis gerade das richtige sein. Eine, wo er sich totarbeiten könnte. Er ist nämlich...« Fräulein Eva dämpfte die Stimme, als verkünde sie ein großes Geheimnis, »... er ist nämlich so was wie ein Idealist.«

»Oh!«

»Ja. Einerseits. Andrerseits auch wieder ein stocknüchterner Realist. Eine komische Mischung. Man wird ja auch nicht richtig warm mit ihm. Kann man tun, was man will.« Sie seufzte. »Ich hab's versucht, Sie können es mir glauben.«

Elisabeth machte dies Geständnis ein bißchen verlegen. Nicht so ihre gesprächige Masseuse.

»Ist nicht an ihn 'ranzukommen. So, nun strecken Sie mal den Fuß. Und heben ihn langsam an. Bißchen oben lassen. So. Und noch mal. Er gefällt mir nämlich.«

»Oh! Ja?«

»Ja. Wirklich. Aber wie gesagt. Der macht sich nichts aus Frauen. Wissen Sie, ich hab' gehört, er war verheiratet, und seine Frau ist ihm durchgegangen. Irgend so was. Genau weiß es keiner. Aber ich könnte es mir vorstellen. So. Fertig für heute. Morgen bestrahlen wir wieder.«

Mit der Zeit erfuhr Elisabeth noch manches über das Sanatorium, seine Patienten und seinen Chefarzt. Und sie kannte sich bald auch recht gut in Fräulein Evas Leben aus, das zeitweise recht bewegt gewesen war.

»Wenn man viel mit Ärzten zu tun hat, wissen Sie – da erlebt man allerhand.«

Heute vormittag hatte sie nun Dr. Andorf wiedergesehen. Er kam ins Behandlungszimmer, als Fräulein Eva gerade dabei war, nach dem Bad das Bein zu massieren.

»Wie steht es?« fragte er, nachdem er kurz guten Morgen gesagt hatte.

»Bestens, Herr Doktor«, antwortete Eva. »Wir nehmen jetzt nur noch einen Stock und kommen sogar die Treppen schon ganz gut hinauf und hinunter. Machen Sie mal Ihre Übung, Fräulein Ohl.«

Etwas geniert streckte Elisabeth ihr Bein in die Luft und ließ es kreisen.

Dann wollte Dr. Andorf sie laufen sehen. Als sie in die Schuhe schlüpfen wollte, wehrte er ab.

»Nein. Ohne Schuhe.«

Ohne Schuhe ging es schlecht. Als sei der Fuß zu kurz und die Ferse könnte den Boden nicht erreichen. Er ließ sie ein paarmal im Zimmer auf und ab marschieren.

»Hm. Geht ja.« Er wies mit der Hand auf das Massagebett. »Setzen Sie sich.« Er zog einen Stuhl heran und setzte sich ihr dicht gegenüber.

»Hat Dr. Merck die Vitaminspritzen gemacht?«

Elisabeth nickte. »Ja.«

»Bißchen besser sehen Sie schon aus. Aber immer noch zu blaß. Wie steht es mit dem Kopf?«

»Oh, ich habe manchmal noch Kopfschmerzen. Und Schwindel.«

»Manchmal? Oder oft?«

»Eigentlich oft.«

»Hm. So richtig gefallen Sie mir auch nicht. Schlafen sie viel?«

»Ich kann sehr schlecht schlafen.«

»Warum?«

Elisabeth hob hilflos die Schultern. »Ich weiß nicht. Aber ich habe immer schon schlecht geschlafen. Auch früher schon. Vor dem Unfall, meine ich.«

»Ja. Bißchen anämisch und Unterdruck. Wir werden noch mal ein Blutbild machen. Sagen Sie oben nachher Bescheid, Fräulein Eva.«

Elisabeth hatte diesmal Gelegenheit, ihn richtig anzusehen. Interessant sähe er aus, hatte Eva gefunden. Das stimmte wohl. Ein schwerer, kantiger Schädel. Das Gesicht hager, von Falten durchzogen. Das helle Haar über der Stirn gelichtet, und darunter ein paar sehr helle blaue Augen, große, zwingende Augen, die einem durch und durch zu schauen schienen. Plötzlich fragte er: »Wo kommen Sie eigentlich her, Fräulein Ohl?«

»Ich?« fragte Elisabeth erstaunt zurück. »Aus München.«

»Das weiß ich. Aber Sie sind doch keine geborene Münchnerin. Ich meinte, wo Sie geboren sind.«

»Ach so. In Danzig.«

»In Danzig.« Das klang befriedigt, und Dr. Michael Andorf nickte mehrmals mit dem Kopf, als müsse er etwas nachdrücklich bestätigen, was er sowieso schon gewußt hatte. »Flüchtling also.«

»Ja.«

Er betrachtete sie eine Weile stumm und sehr intensiv.

»Elisabeth Ohl aus Danzig«, sagte er dann. Es klang nachdenklich, versonnen und ein wenig traurig.

Fräulein Eva, die hinter ihm stand, blickte erstaunt auf ihn hinunter und hob dann mit einem fragenden Blick auf Elisabeth die Schultern.

Dr. Andorf lehnte sich zurück. Jetzt lächelte er ein wenig. Sein Blick löste sich von Elisabeths Gesicht und ging an ihr vorbei, auf das Fenster zu, als erblicke er dort etwas, was in weiter Ferne lag.

»Meine geliebte, meine schöne, meine wunderbare Elisabeth«, sagte er leise vor sich hin. »Und jetzt ist sie also in München und läßt sich von dem verrückten Gregor überfahren. Und dann kommt sie zu mir.«

Fräulein Eva war sprachlos und Elisabeth verwirrt. Eine leise Erinnerung wehte sie an. Ihre Augen wurden groß. Dr. Andorf blickte sie wieder an. »Wissen Sie, wer das gesagt hat, das von der geliebten, schönen und wunderbaren Elisabeth?«

»Das kann nur einer gesagt haben«, flüsterte sie.

»Ja. Der war es auch. Paul. Paul Molander. Denken Sie noch manchmal an ihn?«

»Natürlich. Wie könnte ich nicht an ihn denken?«

»Es ist immerhin eine ganze Weile her. Frauen vergessen im allgemeinen schnell.«

»Ich habe ihn nicht vergessen.« Und im stillen fügte sie hinzu: da war nichts, das ihn hätte vergessen machen können.

Fräulein Eva hatte jetzt ihren hübschen roten Mund aufgesperrt. Das wurde spannend.

»Und woher ... woher kennen Sie Paul?«

»Na, woher wohl. Aus dem Krieg natürlich. Wir waren eine ganze Weile zusammen in einem Lazarett im Osten. Und wir waren befreundet. Er sprach sehr viel von Ihnen. Und er zeigte mir Bilder von Ihnen. Im allgemeinen hat das nicht viel zu bedeuten, die Männer draußen sprachen immer von ihren Mädchen. Auf diese und auf jene Art. Aber Paul sprach davon auf eine ganz besondere Art. Er betete Sie an. Ja, so muß man das nennen. Ich kann mich noch gut daran erinnern. Wenn man ihn hörte, dann mußte man Sie für das vollendetste Frauenwesen unter der Sonne halten. Schön wie ein Engel und gut wie eine Madonna.«

Elisabeth hatte den Kopf gesenkt. Sie spürte plötzlich Tränen hinter ihren Lidern. Und sie sagte mit einem forcierten kleinen Lachen, um die Rührung zu verscheuchen: »Nun müssen Sie ja sehr enttäuscht sein, nachdem Sie mich kennen.«

»Sagen Sie nicht so etwas Dummes«, fuhr er sie an. »Sie sollten auf das, was ich eben gesagt habe, nicht mit echt weiblicher Koketterie antworten. Das paßt hier nicht.«

Erschrocken blickte Elisabeth auf.

Er sah ihre feuchten Augen, und sofort verschwand sein Zorn.

»Verzeihen Sie. Ich weiß, man rettet sich manchmal in dumme Phrasen. Gerade wenn es ernst ist. Ja, Paul hat Sie sehr geliebt. Und ich finde, alles, was er gesagt hat, paßt sehr gut auf Sie. Das sage ich jetzt, nachdem ich Sie kenne.«

Elisabeth schwieg. Auch er sagte nichts mehr. Eine Weile blieb es still im Raum, so still wie in ganz wichtigen Minuten des Lebens manchmal.

Dann hob Elisabeth den Kopf und stellte die Frage, die ihr am Herzen lag. »Waren Sie ... waren Sie dabei, als er starb? War es ... sehr schwer?«

Er sah sie eine Weile schweigend an. Dieses sanfte, zarte Gesicht mit den großen, grauen Augen. Pauls geliebte Elisabeth. Er würde sie belügen müssen, wie man immer log in solchen Fällen.

»Da war nicht viel dabeizusein. Paul begleitete einen Krankentransport zum Bahnhof, und sie gerieten in Beschuß. Der ganze Wagen flog in die Luft.«

»War er gleich tot?«

Er nickte.

»Gott sei Dank«, flüsterte sie. »Das hat mich immer bedrückt. Der Gedanke, daß er vielleicht so elend gestorben ist.«

Paul war nicht gleich tot gewesen. Sie brachten ihn noch zu ihm ins Lazarett, und er hatte dieses Sterben mit ansehen müssen, nachdem er festgestellt hatte, daß er ihm nicht helfen konnte. Er hätte ihr auch sagen können, daß Paul von ihr, nur von ihr gesprochen hatte in dieser letzten Stunde. Bis das Morphium ihn endlich verstummen ließ.

Die letzten Worte an Elisabeth, die Paul ihm aufgetragen hatte. Jetzt konnte er sie endlich anbringen, aber er würde es nicht tun. Es war viel besser zu sagen, was er gesagt hatte.

»Nein«, wiederholte Dr. Andorf. »Er war gleich tot. Übrigens, das fällt mir jetzt wieder ein..., wollten Sie nicht auch Medizin studieren?«

»Ja. Ich wollte. Aber davon war später keine Rede mehr. Wir hatten ja alles verloren. Und kein Geld mehr. Wie das eben damals so war.«

»Ja, natürlich. Wie das damals so war.«

Michael Andorf erwachte. Er sah auf seine Uhr, er hatte noch viel zu tun. Und das andere alles war viele Jahre her.

Er stand auf. »Also, Sie wissen Bescheid, Fräulein Eva. Morgen das Blutbild. Vielleicht machen wir noch einen Grundumsatz. Und dann konzentrieren Sie sich mal auf die Gehübungen.«

Er streckte Elisabeth die Hand hin. »Auf Wiedersehn, Fräulein Ohl. Wir sprechen über das alles noch einmal.«

»O ja, ja bitte«, sagte Elisabeth atemlos. Ihr Gesicht war weich und jung, als sie zu ihm aufblickte. Es rührte ihn.

»Natürlich. Sicher kann ich Ihnen noch manches erzählen, was Sie interessieren wird. Und Sie mir auch. Und vor allem müssen wir Sie richtig gesund machen.«

Schon an der Tür, wandte er sich wieder um. »Sagen Sie mal, kannten Sie eigentlich den Gregor schon vorher? Vor dem Unfall, meine ich?«

»Ach wo«, Elisabeth schüttelte geradezu empört den Kopf. »Wie sollte ich?«

»Und er war wirklich unschuldig an dem Unfall? Er war nicht besoffen?«

»Ich weiß eigentlich nichts. Nur was man mir nachher davon erzählt hat. Danach bin ich in den Wagen gelaufen.«

»Und warum haben Sie das getan?«

»Das weiß ich auch nicht.«

»Hm. Bisher habe ich ja gedacht, das Ganze ist so ein Theater von dem Gregor, und er hat da was zu vertuschen.«

»Aber Frau von Wengen hat Ihnen doch sicher erzählt...«

Dr. Andorf winkte ungeduldig ab. »Frau von Wengen! Die würde für ihn die Hölle so lange tapezieren, bis ein Kinderzimmer daraus wird und des Teufels Großmutter die Amme darin. Das würde sie dann der staunenden Umwelt präsentieren und für echt verkaufen. Na, wir reden mal darüber. Also, Wiedersehn.«

»Mein Gott«, rief Fräulein Eva, als sie allein waren, »das ist ja phänomenal. Das ist einfach eine Wucht. So viel habe ich den noch nie mit einer Patientin reden hören. Das müssen Sie mir alles ganz genau erzählen, Fräulein Ohl.«

Elisabeth starrte auf die Tür, auf den Fleck, wo eben noch der Arzt gestanden hatte.

»Ja«, sagte sie leise, »ja, natürlich.«

Das ist heute vormittag gewesen. Und jetzt liegt Elisabeth im Bett, lauscht auf den Föhn und kann nicht schlafen. Noch weniger als sonst. Und immer wieder geht das Gespräch vom Morgen durch ihren Kopf. Dr. Andorf. Michael Andorf. Jetzt besinnt sie sich auch, daß Paul in seinen Briefen manchmal von einem Michael schrieb. Michael, mein Freund. »Wir verstehen uns so gut. Mit ihm kann ich über alles reden. Einfach über alles.«

»Er ist sehr klug. Und ein großartiger Arzt. Von ihm kann ich viel lernen. Denn ich merke hier erst, was mir alles fehlt.«

»Michael hat gestern eine Operation gemacht. Alle haben gestaunt. Eigentlich war es ein hoffnungsloser Fall. Aber jetzt wird der Mann leben.«

Ob er lebte, dieser Mann? Oder war er auch mit dem Wagen in die Luft geflogen? Vielleicht war er auf dem Transport gewesen, den Paul zum Zug gebracht hatte. Und dies war also Michael, Pauls Freund.

Sie hatte die Briefe nicht mehr. Anna hatte sie ihr weggenommen. Noch ehe sie auf die Flucht gingen. Noch ehe das Kind geboren wurde. Sie hatte damals geweint, aber sich rasch getröstet. Sie würde neue Briefe von Paul bekommen. Lieber Gott, gib, daß Briefe von Paul kommen. Bis der Krieg zu Ende ist. Und daß er dann selber kommen wird. Zu uns ... Lieber Gott ...

Aber dann kamen keine Briefe mehr. Und er selbst ... er ist leicht gestorben. Ganz schnell. Und das Kind ist gestorben. Auch Anna.

Nur sie lebte. Warum eigentlich?

Elisabeth steht auf. Heftig und rasch, sie wirft die Decke zurück und stellt die Füße auf den Boden. Etwas zu fest, und der Schmerz fährt in ihr Bein.

Doch sie achtet nicht darauf, sie geht zum Fenster, beugt sich hinaus, sieht auf den gepeitschten Baum, fühlt den Wind in ihrem Haar.

Jetzt ist sie hier, und alles was geschehen mußte, war gut, daß es geschah. Sie hat einen Menschen getroffen, mit dem sie über Paul sprechen kann.

Paul Molander aus Innsbruck. Ein schmales, edles Gesicht, dunkle Augen und dunkles, weiches Haar, das ihm immer in die Stirn fiel. Schmale sensible Hände, die sie zärtlich berührten, ein geliebter, zärtlicher Mund. Sie hatte ihn bis auf den heutigen Tag nicht vergessen können, ihren Paul.

Und plötzlich denkt sie: Er hat fast so ausgesehen wie Veit Gregor. Da ist eine gewisse Ähnlichkeit. Nur weicher war er, jünger, gütiger. Hat sie darum immer so gern die Filme von Veit Gregor gesehen?

Ihre Mutter mochte Paul nicht. Als sie herausbekam, daß Elisabeth sich in einen jungen Arzt verliebt hatte, der damals einige Zeit in einem Danziger Lazarett Dienst tat, versuchte sie sofort energisch, dagegen einzuschreiten. Und erlebte es zum erstenmal, daß Elisabeth ihr Widerstand entgegensetzte. Stummen, sanften, aber beharrlichen Widerstand. Das war Anna nicht gewohnt. Bisher hatte alles und jeder sich ihrem Willen fügen müssen. Tobias hatte sich damit abgefunden. Und die Zeit, da er sich gewundert hatte, daß dies stolze, herrschsüchtige Mädchen ihn geliebt und geheiratet hatte, lag längst hinter ihm. Es war auch eine Kriegsliebe gewesen. Im ersten Weltkrieg hatten Anna und Tobias sich kennengelernt. Anna, die Danziger Patrizierstochter, eine geborene Uphagen. Und Tobias Ohl, von dem zunächst keiner wußte, wo er herkam und was er eigentlich vorstellte. Aber der Krieg, der große Gleichmacher, vertuschte die gesellschaftlichen Unterschiede. Tobias war Leutnant, die Uniform stand ihm gut. Und er konnte lachen. Und sich freuen! Er fand das Leben herrlich, Krieg oder nicht Krieg.

Anna Uphagen war so einem Mann noch nicht begegnet. Zunächst störte es sie nicht, daß er nicht »von Familie« war. Er erzählte ungeniert, daß er keinen Vater mehr hatte und daß seine Mutter Wäscherin war. Dafür gab es einen geheimnisvollen Onkel, der in Paris lebte, der reich war und bei dem Tobias herrliche Jahre vor dem Krieg verlebt hatte. Was er gearbeitet hatte? Oh, nichts. Ein bißchen gemalt, nichts Besonderes. Ins Theater gegangen, Ausstellungen besucht, in Frankreich herumgereist, französische Mädchen geküßt.

Anna Uphagen zog die Stirn kraus, ihre schwarzen Augen blickten feindlich. Aber sie war fasziniert. Was für eine Welt! Man konnte das nicht gutheißen, aber es war großartig. Ihre Familie war entsetzt und sie das erstemal in ihrem Leben verliebt. Alles, was sie tat, tat sie ganz, mit vollem Einsatz der Persönlichkeit. Als dieser lachende, fröhliche Tobias zurückkehrte an die Front, hatte sie sich heimlich mit ihm verlobt. Und dann wartete sie, daß er wiederkam.

Ihre Familie lachte sie aus. Aber sie sah keinen anderen Mann mehr an, und dann kam Tobias wirklich. Ein Jahr nach dem Krieg war es. Er lachte immer noch. Er war heil und ganz, war das nicht wunderbar? Er hatte keinen Beruf und keinen Pfennig in der Tasche. Aber auch das brachte Anna nicht zur Besinnung. Sie besann sich erst, als sie schon verheiratet war. Dann wurde Johannes geboren. Ihr schöner, geliebter Sohn. Zwei Jahre darauf Elisabeth.

Die Familie hatte verschiedene vergebliche Versuche hinter sich, diesen unmöglichen Mann standesgemäß in einem Beruf unterzubringen. Er interessierte sich weder für das Handelshaus Uphagen noch für das Bankhaus, das einer Seitenlinie gehörte. Am liebsten beschäftigte er sich mit Anna und den Kindern, fuhr mit ihnen zum Meer und wurde doch wirklich und wahrhaftig einigemal in den Spielsälen von Zoppot gesehen. Es war eine Schande. Irgendwann kam auch Anna zu dieser Einsicht. Aber da war es leider zu spät.

Schließlich fand sich so etwas Ähnliches wie ein Arbeitsplatz für ihn. Ein um drei Ecken verwandter Vetter betrieb ein Antiquitätengeschäft. Ein etwas verschrobener Verwandter, mit dem nicht viel Staat zu machen war, obwohl manchmal merkwürdige Leute von weit her kamen, um bei ihm einzukaufen. Mit dem verstand sich Tobias großartig, vom ersten Tage an. Er konnte Stunden in dem Laden, der sich in einer der alten Gassen der Stadt befand, verbringen. Der Vetter war gern bereit, ihn als Teilhaber aufzunehmen. Die Uphagens zahlten zähneknirschend ein kleines Kapital, das Tobias berechtigte, seinen wertlosen Namen mit an die Tür zu malen. Und dann überließ man die beiden komischen Käuze sich selbst.

Für Tobias war es ein herrliches Leben. Er hatte immer ein

Auge für schöne und wertvolle Dinge gehabt, es dauerte nicht lange, da war er ein Kenner. Er fuhr hinaus aufs Land, in die Küstenorte, aber auch ins Polnische hinein und kaufte ein. Das Geschäft ging einigermaßen. Man wurde nicht reich davon. Aber das war ein Ehrgeiz, den Tobias sowieso nicht besaß.

Anders Anna. Die Familie ließ sie fühlen, daß sie nicht mehr dazugehörte. Aus der Gesellschaft, in der sie aufgewachsen war, war sie ausgeschlossen. Sie war nur mehr eine arme Verwandte am Rande, die man gnädig manchmal einlud.

Das vergiftete ihr Leben, vergiftete ihre Ehe, vergiftete die Jugend ihrer Kinder. Von Liebe zu Tobias war bald keine Rede mehr. Sie übergoß ihn mit Spott und Hohn, wies ihn zurück, wenn er versuchte, zärtlich zu sein, wurde wütend, wenn sie ihn lachen hörte.

Und für die Kinder empfand sie nichts als Ehrgeiz, brennenden Ehrgeiz. Was an Liebesfähigkeit in ihr geblieben war, konzentrierte sich auf ihren Sohn. Er würde alles wiedergutmachen, er würde es allen zeigen. Etwas ganz Großes, Einmaliges sollte aus ihm werden. Eine unvorstellbare Karriere würde er machen.

Sie überwachte seine Schularbeiten, seinen Tageslauf, sein Essen und Schlafen und verstörte das sensible Kind, das sich insgeheim vor ihrer gewalttätigen, anspruchsvollen Liebe fürchtete.

Was ihre Tochter betraf, so hatte sie nur ein Interesse: wird sie hübsch? Denn Elisabeth war dazu bestimmt, wieder in die Reihen der maßgebenden Familien zurückzuheiraten. Hier immerhin konnte sie auf Unterstützung ihrer Familie rechnen, wenn es soweit sein würde. Sie hatte nichts dagegen, daß Elisabeth, die ein weit besserer Schüler war als ihr Bruder, das Abitur machte. Bildung schadete nichts. Aber von einem Studium wollte Anna nichts wissen. Elisabeth sollte heiraten. Früh und prächtig heiraten. Das wenigstens hatte sie von ihrem Vater, ehe er starb, erreicht: eine Mitgift für Elisabeth. Eines der Häuser in der Stadt, eines am Strand, ein jährliches Einkommen aus dem Familienvermögen.

Von frühester Jugend an wurde Elisabeth täglich und stündlich korrigiert. Ihre Haltung, ihr Aussehen, ihre Sprache, ihre Kleidung, ihre Frisur. Ewig hatte ihre Mutter an ihr etwas auszusetzen. Und Elisabeth, von Natur aus ein bescheidenes und heiteres Kind, wurde zunehmend unsicher und verängstigt. Sie betrachtete sich ängstlich im Spiegel. War sie wirklich so häßlich, wie die Mutter sagte? War ihre Haut unrein, ihr Haar stumpf, ihr Mund zu groß, die Hände zu breit, ihr Gang zu plump?

Ehe Elisabeth in das Alter kam, um Gefallen an sich zu finden, hatte Anna völlig jedes Selbstvertrauen, jede Unbefangenheit zerstört. Das Kind hätte einen ansehnlichen Minderwertigkeitskomplex entwickelt, wäre da nicht Tobias gewesen. Tobias und Johannes. Mit ihrem Bruder verstand Elisabeth sich gut. Sie hatten Geheimnisse vor der Mutter, trösteten sich gegenseitig, machten sich Mut. Und beide hingen in abgöttischer Liebe an Tobias, was sie allerdings vor der Mutter immer verbargen, was wiederum von Tobias gefördert wurde. Er hatte genaugenommen nicht weniger Angst vor Anna als die Kinder. Und wären die Kinder nicht gewesen, wäre er am liebsten aus seinem Laden nicht nach Hause gekommen. Aber die Kinder brauchten ihn, das wußte Tobias. Jeden Mittag, wenn sie von der Schule kamen, trafen sie sich im Laden, verlebten eine vergnügte halbe Stunde, besprachen die Schulereignisse des Vormittags und die Pläne des Nachmittags. Dann trennten sie sich wieder. Die Kinder gingen allein nach Hause, Tobias folgte eine Viertelstunde später, Anna erfuhr nie, daß sie sich schon getroffen hatten, ehe sie an der Mittagstafel Platz nahmen.

Elisabeth brachte auch Paul Molander zu Tobias in den Laden. Und sie waren alle drei schon gute Freunde, ehe Anna von der Liebesgeschichte ihrer Tochter erfuhr. Schwere Wochen folgten.

Tobias stellte sich diesmal sehr entschieden auf die Seite seiner Tochter, was ihm vollends den Haß seiner Frau einbrachte. Und dann wurde Paul versetzt und kam an die Front. Als er ein Jahr später Urlaub hatte, verschwieg Elisabeth seinen Besuch. Bis Anna von Bekannten, die sie gesehen hatten, davon erfuhr. Aber der Urlaub dauerte sowieso nicht lange. Und dann –

Dann wußte Elisabeth eines Tages, daß sie ein Kind bekommen würde. Sie vertraute sich sofort Tobias an, und sie waren beide ratlos. Es war nicht auszudenken, was nun passieren würde. Aber Elisabeth dachte dennoch nicht eine Minute daran, daß sie das Kind nicht haben wollte. Es war Pauls Kind. Sie würden heiraten, das war selbstverständlich. Paul hatte schon im Urlaub heiraten wollen. Aber Elisabeth, aus Angst vor Anna, meinte, man solle warten, bis der Krieg vorbei sei. Nun allerdings wäre es besser gewesen.

Als Anna alles erfuhr, begann für Elisabeth eine Hölle. Anna reagierte nicht mehr normal, sie war so verkrampft, so unnatürlich geworden in ihren Gefühlen und Reaktionen, daß es einem Engel nicht möglich gewesen wäre, mit ihr auszukommen. Und das war noch nicht das Ende. Die Zeit der Schrecken hatte erst begonnen.

Johannes fiel. Und bald darauf begann Anna zu kränkeln. Erstmals zeigten sich Lähmungserscheinungen an den Füßen. Zweifellos hatte das Leiden bei ihr einen psychischen Ursprung. Sie hatte sich die Krankheit selbst ›angehext‹, wie es Tobias einmal ganz treffend ausdrückte. Ein Leben, verbracht in Verbitterung, Haß und ohnmächtiger Hilflosigkeit, rächte sich nun auf diese Weise an ihrem Körper.

Später, nach dem Kriege, nach der Flucht, wurde es immer schlimmer, und am Ende war sie völlig gelähmt.

Doch Elisabeth stand noch Schlimmeres bevor. Noch ehe ihr Kind auf die Welt kam, wußte sie, daß Paul ihr verloren war. Aber dann das Kind! Alle Hoffnung, alle Liebe, würde ihm gehören, und alle Verzweiflung ihres Herzens würde es heilen.

Doch das Kind überlebte die Flucht nicht.

Und was geblieben war –

Was geblieben ist, bin ich, so wie ich heute bin.

Elisabeth steht am Fenster und starrt hinaus in die helle Sturmnacht. Ein gebrochenes Bein, ein Auto, das einen überfuhr? Was war das schon? Wenn sie ihm alles erzählen würde, diesem Doktor Michael, was er dann wohl sagen würde?

Das Leben ist so. Die ganze Welt ist voller Enttäuschung, voller Leid, keine Liebe für sie, keinen Mann, kein Kind, kein Studium, keinen Beruf. Sie hat gearbeitet, sie hat Anna gepflegt, stumm, geduldig, und wurde mit der Zeit abgestumpft gegen alle Quälereien.

Und auf der positiven Seite des Lebens, was stand da? Tobias. Immer und vor allem Tobias. Vielleicht noch die Freude, als sie damals nach langen, bedrückenden Jahren die Wohnung bekamen. Daß sie in der Firma Bossert arbeiten konnte? Ach nein, das konnte man nicht als Positivum rechnen. Es war eine uninteressante, alltägliche Arbeit, die ihr nie Freude machte.

Und nie wieder ein Mann. Doch einmal, vor sechs Jahren, ein kurzes Abenteuer, vor Anna ängstlich verborgen. Und von ihr nur mit halbem Herzen erlebt. Liebe? Nein, Liebe konnte man es nicht nennen. Und seitdem ein kleines, langweiliges Leben, in dem ein Tag dem anderen glich. Aber, seit Anna tot war, wenigstens ein friedvolles Leben. Gute Gespräche mit Tobias, ein wenig Lachen mit ihm, manchmal ein Theaterbesuch, ein Kino und Bücher vor allem. Sie las leidenschaftlich gern. Und dann war der »Regenbogen« gekommen.

Elisabeth lacht. Sie steht am Fenster und lacht. Sie streckt den Arm hinaus in den Sturm, öffnet ihre Hand dem Wind. Tobias hatte ihr ein Kleid gekauft, das Regenbogen hieß.

Ganz plötzlich denkt sie etwas Unsinniges, Törichtes, Unbegreifliches: Das Leben ist schön. Ich bin froh, daß ich lebe. Daß das Auto mich nicht getötet hat. Ich werde morgen wieder traurig sein, ich werde wünschen, daß ich tot wäre. Aber jetzt freue ich mich, daß ich lebe. Gerade jetzt in dieser Minute. Hörst du, Paul. Wo du auch bist, und ich weiß, du bist nahe bei mir: Ich liebe das Leben noch. Und vielleicht... Was vielleicht? Vielleicht ist irgendwo noch etwas, das kommen wird. Etwas Schönes. Etwas Wunderbares. Ich bin ja noch nicht alt. Sie nimmt ihre Hand herein und fährt sich damit über die Wange, die weich und glatt ist. Über ihr Haar, das weich und seidig ist. Sie legt die Finger auf ihren Mund. Meine schöne, meine geliebte, meine wunderbare Elisabeth. Einer hat das mal gesagt. Heute hat sie es gehört. Was ist nur mit ihr geschehen?

Es ist wie ein Zauber, der sie verwandelt. Wie eine Medizin, die eines Tages wirken wird. Die jetzt schon gewirkt hat, in dieser Minute, und sie denken läßt: Das Leben ist schön. Denn es ist nicht wahr, daß nichts geblieben ist. Etwas ist da, das gehört ihr, das bleibt, das wird sie nie verlassen: Sie hat geliebt. Und sie ist geliebt worden. Und es war eine große, eine tiefe, eine wunderbare Liebe.

Wie sie sich umwendet, hört sie leises Atmen vor der Tür, eine kaum merkbare Bewegung.

Sie lächelt. Sie bekommt wieder Besuch. Spät heute. Sie geht zur Tür und öffnet leise. Vor ihr steht Harro. Er wedelt mit dem Schweif und blickt schuldbewußt zu ihr auf.

»Komm«, sagt sie leise, und der Hund huscht lautlos ins Zimmer, zeigt dann seine Freude deutlicher, sein Schwanz tanzt und gebärdet sich wie toll.

Sie beugt sich nieder zu ihm, beide Arme um seinen Hals.

»Kannst du auch nicht schlafen? Das ist der Föhn. Stehst du schon lange draußen? Du mußt ein bißchen an der Tür kratzen, damit ich dich höre. Aber du bist so ein vornehmer Hund, du tust das nicht. Du willst mich nicht stören, ich weiß.«

Sie geht zurück zu ihrem Bett, legt sich hin, das Bein tut jetzt weh vom langen Stehen.

Und Harro läßt sich mit einem zufriedenen Seufzer vor ihrem Bett nieder.

Elisabeth legt sich auf die Seite und streichelt sanft und zärtlich des Hundes Kopf, eine ganze Weile lang.

Dann schlafen sie beide ein.

Nachdem Gregor seine letzte Einstellung abgedreht hatte, verschwand er am gleichen Tage aus Wien. Sonja würde noch einige Tage zu tun haben. Doch sie war inzwischen so verstört und verärgert, daß sie keinen Versuch machte, ihn zurückzuhalten. Seit das Heiratsprojekt in den Gazetten aufgetaucht war, hatte es zwischen ihr und Gregor kein persönliches Gespräch mehr gegeben.

Zuerst hatte eine Filmillustrierte darüber geschrieben, daß Veit Gregor und Sonja Markov, die große Neuentdeckung und derzeitige Partnerin Gregors in »Die verlorene Stunde«, nach Beendigung der Dreharbeiten heiraten würden. Anschließend hatten die meisten Tageszeitungen die Meldung übernommen.

Gregor wurde daraufhin angesprochen, er gab keine Antwort. Einige Reporter, die fragen wollten, wurden gar nicht vorgelassen. Die Presse stand bei ihm vor verschlossenen Türen. Das war nichts Neues. Er war nie sehr pressefreundlich gewesen, und er besaß keine Freunde unter den Journalisten.

Man hielt sich an Sonja und Frau von Wengen. Lydia machte sich die Sache leicht.

»Wir drehen einen Film, und wir haben keine Zeit für Privatangelegenheiten. Später, meine Herren.« Das war meist ihre Antwort.

Doch in schlimme Verlegenheit geriet Sonja. Schließlich war es mehr oder weniger ihre Schuld, daß die Meldung gestartet worden war. Inzwischen wußte sie, in welcher Krise sich ihre Beziehung zu Gregor befand. Obwohl sie noch nicht geneigt war, aufzugeben. Aber sie war sich klar darüber, daß diese Pressemeldung ihn noch wütender machte.

Einmal hatte sie versucht, mit ihm darüber zu sprechen. »Es ist nicht meine Schuld, Greg. Ich habe nichts Derartiges gesagt. Aber du weißt ja, wie diese Reporter sind. Sie drehen dir das Wort im Mund herum und schreiben meistens sowieso nur das, was sie wollen.«

Gregor hatte sie nur kalt betrachtet. »Dann würde ich dir raten, dich in Zukunft immer möglichst klar auszudrücken.« Er war sehr höflich zu ihr, sehr korrekt. Es kam zu keinen Szenen mehr im Atelier. Er probte geduldig mit ihr, und wenn sie nervös wurde, weil eine Aufnahme zu oft wiederholt werden mußte, sagte er kühl und freundlich: »Aber das macht doch nichts. Das letzte Mal war es schon sehr gut.«

Sonja war nicht so dumm, um nicht zu wissen, daß diese Haltung schlimmer war als Streit und Zornesausbrüche zu Beginn der Dreharbeiten. Sie hatte sich nie in ihrem Leben so unsicher gefühlt. Sie suchte Schutz und Trost bei Norman, der sie sehr liebenswürdig behandelte, schon im Interesse des Films. Mit einer Hauptdarstellerin zu arbeiten, die ständig am Rande eines Nervenzusammenbruchs schwebte, war schwierig.

Gegen sechs Uhr abends war die letzte Szene abgedreht, in der Gregor zu tun hatte. Er gab eine Runde für das Atelierpersonal und verschwand dann in seiner Garderobe, wo Lydia ihn bereits erwartete.

»Haben Sie alles gepackt?« fragte er, ließ sich vor dem Spiegel nieder und verschmierte die Abschminke im Gesicht.

»Ich habe gepackt, das Zimmer im Hotel aufgegeben und den Wagen aufgetankt«, sagte sie ruhig. »Aber ich kann es immer noch nicht glauben, daß Sie heute wirklich abfahren wollen. Das ist doch Blödsinn.«

»Haben Sie Tim angerufen?« fragte er im gleichen geschäftsmäßigen Ton wie zuvor, ohne auf ihre Einwände einzugehen. In Lydia stieg Ärger hoch. Wie abscheulich er sein konnte! »Nein«, sagte sie mit einer gewissen Schärfe. »Ich habe Tim nicht angerufen. Weil ich mir nicht vorstellen kann, daß Sie jetzt am Abend wegfahren wollen, nachdem Sie den ganzen Tag gearbeitet haben. Ich dachte, wir fahren übermorgen alle zusammen.«

Gregor blickte kühl zu ihr auf. »Wer wir?«

Lydia schloß die Augen ein wenig. »Nun, in der gleichen Besetzung, wie wir hergekommen sind. Sie, Sonja und ich.«

»Es steht nichts im Wege, daß Sie heute mit mir mitfahren.«

»Sie wissen genau, daß wir morgen früh die Presse erwarten, für ein Interview und ein paar Fotos.«

»Sie wissen ebenso genau, daß ich kein Interview mehr gebe. Wenn Sie es für nötig halten, die Herren zu empfangen, dann müssen Sie es eben tun. Sie wissen über alles genauso gut Bescheid wie ich. Wahrscheinlich besser. Nur müssen Sie eben dann mit dem Zug oder mit dem Flugzeug nach München kommen.«

»Und Sonja?«

»Sonja hat noch zwei Drehtage. Und es ist nicht einzusehen, was sie überhaupt in München verloren hat. Sie kann in Wien bleiben, bis wir zu den Außenaufnahmen starten.«

»Ich nehme an, Sie haben ihr das gesagt?«

»Wozu?« fragte Gregor ruhig.

Lydia hob die Schultern. »Na schön, wie Sie meinen. Eins kann ich Ihnen sagen, ich werde froh sein, wenn dieser verdammte Film abgedreht ist. Ich habe Sie schon oft unausstehlich erlebt, aber so unausstehlich wie diesmal noch nie.«

Er hatte sich inzwischen das Fett aus dem Gesicht gewischt, schob sich jetzt eine Zigarette zwischen die Lippen und betrachtete Lydia durch den Spiegel mit hochgezogenen Brauen. Doch plötzlich grinste er.

»Wenn Sie es sagen, Teuerste, wird es wohl stimmen. Aber falls noch niemand auf die Idee gekommen sein sollte: Ich habe auch so etwas Ähnliches wie Nerven.«

»Es dürfte kaum jemand in Ihrer Umgebung vorhanden sein, dem das noch nicht aufgefallen sein sollte.«

In diesem Moment kamen Sonja und Norman herein. Auch der Regisseur stellte die gleiche Frage: »Du willst wirklich heute noch fahren?«

Gregor stand ungeduldig auf. »Ich dachte, ich hätte dir das schon mitgeteilt.«

»Immerhin finde ich«, begann Norman, aber er kam nicht weiter. Sonja war einen Schritt vorgetreten, sie stand dicht vor Gregor,

Ihre Stimme war schrill. »Du hast es offenbar allen mitgeteilt. Nur mir nicht. Aber ich habe es natürlich ausführlich und rechtzeitig erfahren. Nun gut. Ich nehme an, du fährst vor allem deswegen noch heute abend, damit du endlich von meiner Gegenwart befreit bist. Glaube mir, ich werde auch froh sein, dich endlich nicht mehr zu sehen. Und ich hoffe«, ihre Stimme hob sich, »du wirst unterwegs an einen Baum fahren und dir deinen verfluchten Schädel einrennen.«

»Aber Kinder, Kinder«, rief Norman beschwichtigend. Doch Sonja hatte sich schon umgedreht und war aus der Garderobe verschwunden, nicht ohne die Tür heftig hinter sich zuzuknallen. Gregors Blick haftete einen Moment noch an der Tür, dann sah er mit einem kleinen Lächeln Norman an. »Nun, mein Lieber, du hast dir doch immer eine besonders temperamentvolle Darstellerin für deine Filme gewünscht. Also wenn sie sonst nichts kann und hat, Temperament hat sie.«

»Ich muß sagen, ich freue mich auf die Außenaufnahmen«, sagte Norman, »das kann heiter werden. Was meinen Sie, gnädige Frau?«

»Doch«, bestätigte Lydia, »ich verspreche mir auch allerhand davon. Ich denke mir, wir werden alle danach sanatoriumsreif sein.

Gregor lachte. »Sie nicht, Lydia. Ihr pommersches Nervenkostüm wird spielend mit uns allen fertig. Das ist das Großartige an Ihnen. Also wie ist es? Fahren Sie mit?«

»Nein. Ich halte morgen früh die Verabredung mit der Presse ein, denn so überwältigend wird euer Film nicht werden, daß wir es uns vorher schon leisten können, die Presse zu verärgern. Außerdem muß ich mich um Sonja kümmern. Soviel ich weiß, hat sie schon einmal Schlaftabletten genommen.«

Gregor winkte ab. »Theater! Ich wußte gar nicht, daß Sie Sonja so ins Herz geschlossen haben. Früher hatte ich eher den gegenteiligen Eindruck.«

»Mir tut es immer leid, wenn jemand ungerecht schlecht behandelt wird.«

»Ungerecht?«

»Allerdings. Sie wußten schließlich, was sie für ein Mädchen ist. Nicht besser und nicht schlechter als viele andere. Immerhin haben Sie sie glauben gemacht...«

»Genug«, schrie Gregor plötzlich unbeherrscht. »Fangen Sie mir um Gottes willen nicht wieder davon an. Ich habe Ihre Predigten satt.«

»Also nun mal Ruhe«, rief Norman, »wenn ihr euch auch noch streitet, dann lege ich die Regie nieder. Fahre in Gottes Namen nach München, aber fahre nicht an einen Baum. Und ich wäre dir sehr verbunden, wenn du dich bis zu Beginn der Außenaufnahmen einigermaßen wieder austemperiert hättest.«

»Ich wüßte nicht, daß du Grund hättest, dich über mich zu beklagen.«

»Der Himmel erhalte dir dein unschuldiges Gemüt. Ich bin an Starlaunen gewöhnt, aber irgendwo hört es auf.«

»Starlaunen? Du wirfst mir Starlaunen vor? Wann hätte ich je bei der Arbeit . . .«

Norman schnitt ihm mit einer ungeduldigen Handbewegung das Wort ab. »Die Arbeit hört nicht auf, wenn die Scheinwerfer ausgehen. Ein einigermaßen erträgliches Klima im Ensemble gehört dazu. Und wenn du mir meine Hauptdarstellerin vollkommen konfus machst, dann ist keine vernünftige Arbeit möglich. So viel sollte dir auch klar sein. Aber du bist und bleibst ein Egoist und denkst, alle anderen müssen das stillschweigend schlucken. Ich nicht, mein Lieber. Unter diesen Umständen ist es kein Vergnügen, mit dir zu arbeiten.«

Gregor blickte seinen Regisseur erstaunt an. Solche Töne hatte er von dem noch nie vernommen. »Es tut mir leid, wenn ich dich geärgert habe«, sagte er langsam. »Ich dachte, du ständest über diesen Dingen.«

»Quatsch. Ich stehe mitten drin, und du weißt das ganz genau. Also fahr schon los. Um Sonja werde ich mich kümmern.«

Er wandte sich zu Lydia. »Ich werde sie heute zum Essen einladen und werde ein bißchen nett zu ihr sein.«

»Von mir aus kannst du mit ihr schlafen gehen«, sagte Gregor, »ich habe nichts dagegen.«

»Vielen Dank. Aber ich würde dich sowieso nicht um Erlaubnis fragen. Und Sonja hätte bestimmt keinen Grund, zuvor noch an dich zu denken.«

»Ich denke doch, daß sie das tun wird.«

»Und ich denke, daß ihr das nicht im Traum einfallen wird.« Lydia lauschte amüsiert dem Dialog und betrachtete die beiden

Männer, die sich feindselig maßen. Es waren eben lauter Verrückte, sie wußte es ja, und damit mußte man sich abfinden.

Gregor, der sich immer seiner Zuschauer und Zuhörer bewußt war, blickte zu ihr hinüber. Er sah das spöttische Lächeln um ihre Mundwinkel. Und plötzlich lächelte er auch.

»Adieu, Lydia«, sagte er. »Es tut mir leid, wenn ich unfreundlich war. Würden Sie so nett sein und Tim anrufen, daß ich in vier Stunden in München bin?«

»Ich würde sagen, in fünf bis sechs Stunden. Es besteht kein Anlaß, wie ein Irrer zu rasen und dem freundlichen Wunsch Ihrer verflossenen Braut nachzukommen. Ich habe Ihnen ein paar Sandwiches in den Wagen getan und eine Flasche Tee. Sie wollen ja doch unterwegs nicht halten. Tim wird Sie mit einem Omelett und einer Flasche Rotwein erwarten.«

»Danke. Und er soll niemand davon Mitteilung machen, daß ich komme. Ich bin in München für niemand zu sprechen.«

»Schön, Boß. Dann gute Fahrt.«

Gregor wandte sich an Norman. »Wiedersehen, Norman. Und viel Spaß heute abend.«

Lydia und Norman schwiegen eine Weile. Dann ließ sich der Regisseur vor dem Schminktisch nieder und nahm sich eine Zigarette.

»Ist er nicht abscheulich?« fragte er.

»Das ist er«, gab Lydia zu. »Aber das ist ja nichts Neues.«

»Ich staune immer, wie Sie auf die Dauer mit ihm auskommen. Sie sind doch jetzt schon mehrere Jahre bei ihm.«

»Ich komme sehr gut mit ihm aus.«

»Ich wüßte auch nicht, was er ohne Sie täte. Können Sie mir sagen, wenn Sie ihn schon so gut verstehen, warum er partout heute noch fahren mußte?«

»Weil er es satt hatte und sich selber nicht mehr ausstehen kann. Deswegen wollte er weg. Morgen wird er sich bei Milena ausweinen, und dann wird alles wieder gut sein.«

»Wirklich? Geht er immer noch zu ihr?«

»Ja. Regelmäßig. Und sie versteht es großartig, ihn wieder ins Gleichgewicht zu bringen.«

»Zu schade, daß sie nicht zusammengeblieben sind.«

»Das ist wirklich schade, sie war die richtige Frau für ihn. Wenn es das überhaupt gibt in seinem Fall.«

»Na schön, wenn Sie meinen.« Norman stand auf. »Dann werde ich mich mal um Sonja kümmern.«

»Das ist eine gute Idee. Sie wird in ihrer Garderobe sein und weinen. Trösten Sie sie, und geben Sie ihr heute abend etwas besonders Gutes zu essen.«

»Ah ja, ich weiß ein hübsches Lokal mit Zigeunermusik und schummrigem Licht. Wollen Sie mitkommen?«

»Um Himmels willen, nein. Sie müssen schon mit ihr allein sein.«

»Und was meinen Sie? Wie weit soll ich mit meinem Tröstungsversuch gehen?«

Lydia lächelte. »So weit, wie es ihr Spaß macht. Das werden Sie ja merken.«

Norman kratzte sich hinterm Ohr. »Na ja, natürlich ... ich bin verheiratet, das wissen Sie ja.«

»In der Tat?« fragte Lydia höflich-erstaunt. »Ich wüßte nicht, daß das einen von euch schon jemals ernstlich gestört hätte.« Norman grinste. »Sie haben keine gute Meinung von der Branche, was?«

Lydia legte den Kopf in den Nacken und meinte träumerisch: »Ach, wissen Sie, ich hatte früher mal sehr guten Umgang. Bei mir auf dem Gut hatte ich sechzehn Pferde, zweihundert Rindviecher, einen ganzen Stall voll Schweine, eine große Anzahl Federvieh, Hunde und Katzen und was alles noch dazugehört. So etwas schafft natürlich strenge Maßstäbe. Man hat dann nicht mehr soviel Freude an den Menschen. Auch wenn sie vom Film sind.«

Norman nickte beeindruckt mit dem Kopf. »Leuchtet mir ein. Na denn, machen Sie's gut, meine Gnädigste. Küß die Hand. Ich gehe jetzt mal zu unserem Starlein.«

»Ich schließe mich den Wünschen von Herrn Gregor an«, sagte Lydia höflich. »Viel Spaß.«

Spät am Abend kam Gregor in München an, wo Tim ihn erwartete, mit einem dezenten Blumenstrauß im Wohnraum, die Eier griffbereit neben der Omelettpfanne.

Gregor war schweigsam, mißgestimmt, wie es schien. Und Tim, der es vorzüglich verstand, sich auf die Stimmung seines schwierigen Arbeitgebers einzustellen, blieb ebenso schweigsam, servierte das goldgelbe Omelett und den leichten Südtiroler Wein, den Gregor in letzter Zeit manchmal trank.

»Was Neues?« fragte Gregor, nachdem er gegessen hatte.

»Nichts.«

»Hat Frau Gulda angerufen?«

»Nein.«

»Außer für sie bin ich für niemanden da.«

»Ist recht.«

Tim war alles andere als ein hochherrschaftlicher Diener. Seine Ausdrucksweise war manchmal ein wenig unbeholfen, seine bäuerlich derbe Gestalt alles andere als elegant. Aber er war treu wie Gold, diskret, umsichtig und ein hervorragender Koch. Eigentlich hieß er Josef und stammte aus der Slowakei. Wie alles, was gut und nützlich war, hatte Milena ihn in Gregors Leben gebracht. Der konnte ihn schon bald nicht mehr missen.

In den ersten Nachkriegsjahren war der junge Mann in Wien von der Polizei erwischt worden, wie er gerade versuchte, den Wagen von Milena Gulda aufzubrechen. Es war sein erster Versuch auf diesem Gebiet, und da er im Grunde ein ehrlicher, ordentlicher Mensch war, dem es nur elend schlecht ging, stellte er sich entsprechend ungeschickt dabei an und wurde ertappt. Er bekam eine geringe Strafe, die auf Bewährung ausgesetzt wurde. Milena hörte durch ihren Anwalt davon.

»Und was macht dieser Mann nun?« fragte sie.

»Was wird er machen? Weiter abrutschen vermutlich. Arbeit hat er nicht, kriegt er auch nicht, eine Bleibe hat er nicht, also wird er wohl bald wieder versuchen, ein Auto zu knacken oder eine Schaufensterscheibe einzuschlagen. Mit der Zeit wird er es schon lernen, wie man so was anfängt.«

»Mein Lieber, Sie haben eine komische Ansicht vom Leben«, war Milenas schockierte Erwiderung.

»Eine realistische, meine Gnädigste. Das gehört doch heute zum täglichen Brot. Was soll der arme Hund schon tun? Von zu Hause haben ihn die Nazis verschleppt, zurück kann er nicht, jetzt ist er hier in der fremden großen Stadt und findet sich nicht zurecht. Von seiner Sorte haben wir viel in Wien.«

»Ich denke, man kümmert sich um die sogenannten Verschleppten?«

»Kümmert sich oder kümmert sich nicht. Wen interessiert's

schon. Jeder hat mit sich selbst zu tun. Außerdem kann er kaum Deutsch reden.«

»Was war er denn früher?«

»Bin nicht ganz schlau daraus geworden. Irgendwas von einem großen Gut hat er erzählt, wo er aufgewachsen ist und sicher auch gearbeitet hat. Wie gesagt, er spricht ein ulkiges Kauderwelsch.«

»Alsdann schicken wir ihm eine Freikarte, wenn ich das nächste Mal spiele. Vielleicht freut's den armen Teufel.«

Der Anwalt machte ein skeptisches Gesicht. »Was zu essen wär ihm wahrscheinlich lieber. Er wird Ihre Darstellungskunst kaum zu schätzen wissen.«

»Na, ich dacht' halt nur. Daß er sieht, ich bin ihm nicht bös'. Was zu essen können wir ja beilegen.«

»Und wohin, bitt schön, soll ich das schicken? Er hat keine Adresse.«

»Irgendwo muß der Mensch doch wohnen.«

»Vielleicht in einem Asyl, was weiß ich.«

»Also bitt schön, Herr Doktor, kümmern Sie sich darum. Ich möcht's gern.«

Übrigens wußte dieser Mensch, der arme Teufel aus der Slowakei, ihre Darstellungskunst doch zu schätzen. Und so schlecht Deutsch konnte er gar nicht, er hatte nur vor Gericht so getan. Milena fand ihn am Abend nach der Aufführung, zu der er die Karte bekommen hatte, mit einem Veilchensträußchen vor der Bühnentür. Sie wußte erst gar nicht, wer er war. Als er sich aber schließlich vorgestellt hatte, und er tat das recht manierlich, war sie sehr gerührt.

»Was machen S' denn jetzt?« fragte sie.

Er hob nur die Schultern.

»Finden Sie denn keine Arbeit?«

»Nix Gescheites«, meinte er.

Sie musterte ihn prüfend. Ihr gefiel das breite, gutmütige Gesicht.

»So was wie mit dem Auto, das dürfen S' nicht mehr tun. Kommt eh nichts dabei 'raus.«

»Ich tu's nie nimmer, gnädige Frau.«

Sie gab ihm zweihundert Schilling und sagte: »Kommen S' übermorgen abend her. Da spiel' ich wieder. Vielleicht fallt mir bis dahin was ein.«

Als ihr Auto abfuhr, sah sie ihn am Straßenrand stehen und wie ein glückliches, beschenktes Kind ihr nachschauen.

Er war pünktlich am übernächsten Abend wieder da. Eine Arbeit für ihn hatte sie nicht. Aber sie hätte nicht Milena sein müssen. Wenn sie helfen wollte, dann half sie auch.

Sie schickte ihn hinauf in ihre Hütte in der Steiermark.

»Ich bin lang nicht mehr dagewesen, und es wird bös' ausschaun. Vielleicht hat man auch geplündert. Ist zwar nichts Kostbares dort, aber heutzutage weiß man nicht. Machen S' dort Ordnung und schauen S', ob Sie ein bisserl Brennholz auftreiben. Ich möchte gern nächste Woche ein paar Tage ausspannen da oben.«

Es war ein großer Vertrauensbeweis. Obwohl da oben wirklich nicht viel zu stehlen war. Die Betten halt grad und ein paar Sachen zum Anziehen.

Doch es war für Josef die große Wendung seines Lebens. Er betete Milena an seit diesem Tag. Als sie mit Gregor in die Hütte kam, war dort peinlich sauber aufgeräumt, ein für damalige Begriffe ansehnlicher Stapel Brennholz sorgfältig klein gemacht und an der Hüttenwand aufgeschichtet. Sogar was zu essen hatte der tüchtige Josef bei den Bauern aufgetrieben, und als sie spät am Abend eintrafen, kochte er ihnen in kürzester Frist ein so schmackhaftes Gericht, wie sie es seit Jahren nicht mehr gehabt hatten.

Er hatte während des Krieges, wie sie nun erfuhren, in einem Offizierskasino in der Küche gearbeitet und offensichtlich einen guten Lehrmeister gehabt.

Seitdem gehörte er zur Familie. Milena taufte ihn Tim, denn damals lebte noch ihr Onkel, der Graf Görgen, den sie zeitlebens als ihren besten Freund und Vertrauten betrachtet hatte. Der Graf hieß ebenfalls Josef, und darum wurde aus dem neuen Josef ein Tim.

Als Milena und Gregor geschieden wurden, brach Tim bald das Herz. Er liebte sie beide, und er wußte nicht, wer ihn nötiger brauchte.

Milena entschied, daß dies Gregor sei. Als Gregor die Wohnung in München mietete, schickte ihm Milena ihren treuen Tim als eine Art Einzugsgeschenk.

»Schaust halt nach dem Herrn«, sagte sie. »Allein kommt er eh net zurecht.«

Und seitdem war Tim da, als Hausbesorger, Koch, Chauffeur,

Mädchen für alles, genauso zu gebrauchen zum Knöpfeannähen, zum Rollenabhören wie um lästige Besucher abzuwimmeln.

Die wechselnden Frauen in Gregors Leben ertrug er mit Nachsicht und leichter Verachtung. So wie die gnädige Frau war sowieso keine. Glücklicherweise akzeptierte er Lydia nach anfänglichem Mißtrauen. Die beiden kamen glänzend miteinander aus.

Am Morgen nach seiner Rückkehr von Wien brachte er Gregor das Frühstück ans Bett. Starken Kaffee, zwei Toaste und ein wenig Butter und Honig.

Gregor blickte verdrießlich in die Welt. Er hatte schlecht geschlafen, fühlte sich müde und unlustig. Er war allem überdrüssig, der Welt, dem Leben und am meisten der Filmerei. In dieser Stimmung war er manchmal, wenn ein Film abgedreht war. Aber dieser war noch nicht abgedreht, die Außenaufnahmen standen noch bevor, und er hatte nicht die geringste Lust.

»Wer angerufen?«

»Nix Wichtiges, Herr Sanders vom ›Abendblatt‹. Er hätt' gehört, daß der Herr hier wäre.«

»Na und? Was hast du gesagt?«

»Daß ich davon ja was wissen müßt'.«

»Gut.«

»Und dann wollt' er wissen, ob's wahr ist mit der Heirat.«

»Was für eine Heirat?« fragte Gregor scharf.

Tim war kein Diplomat. Die Frage beschäftigte ihn selbst. Seit er in der Zeitung gelesen hatte, daß sein Herr und die Rote heiraten wollten, war er ziemlich bedrückt. Das konnte nichts Gutes geben.

»Na, ob der Herr und die Fräulein Markov heiraten werden, wann der Film fertig ist.«

»So ein Quatsch. Den Teufel werde ich tun.«

Tim grinste befriedigt und goß Gregors Tasse wieder voll.

»Dann is recht«, sagte er. »Ich hab' schon fürcht', es könnt' wahr sein.«

»Jetzt halt die Luft an«, sagte Gregor. »Vielleicht muß ich dich um Erlaubnis fragen, wenn ich heirate.«

Heiraten! So ein Blödsinn. Er würde nie mehr heiraten. Ja, wenn er hätte Milena behalten können, dann wäre sein Leben anders verlaufen. Dann wäre es nicht so rastlos und unbefriedigend, er wüßte, wo er hingehörte, er könnte mit ihr reden, und sicher wäre er auch als Künstler in ganz andere Bahnen gekommen. Nicht nur diese alberne Filmerei. Vielleicht würde er dann noch Theater spielen, schöne, große Rollen.

Milena war schuld. Ohne sie war alles nur eine halbe Sache. Wie immer gab er ihr die Schuld. Sie hätte ihn verstehen müssen, hätte abwarten müssen, bis er die Dummheiten, die Unbesonnenheiten, die der erste große Ruhm mit sich gebracht hatten, hinter sich gelassen hätte. Aber nein! Sie war eifersüchtig. Sie wollte nicht haben, daß er sie betrog. Lieber verließ sie ihn. Hatte er nicht schnell genug entdeckt, daß ihm im Grunde an all den lächerlichen Abenteuern nichts lag? Er war nicht der Don Juan, den er so oft spielte, er war kein nimmersatter Abenteurer.

Ich bin im Grunde ein bürgerlicher Mensch, und ich brauche eine vernünftige Frau, die mich versteht. Das war der Satz, den er sich immer vorbetete und den er auch Milena schon oft genug gesagt hatte. Sie lachte dann. Er aber glaubte daran. Und warum schließlich hatte er Charlene geheiratet? Doch nicht etwa aus Liebe? Nur um Milena zu ärgern. Als würde er sie gerade damit, daß er eine besonders große Dummheit beging, zwingen, zu ihm zurückzukehren.

»Mein armer Bub! Was machst für an Unsinn. Aber ich bring das schon in Ordnung.«

Aber sie dachte nicht daran, zu kommen und so etwas zu sagen. Sie ging hin und heiratete diesen komischen Burschen, diesen Verleger. Und wie es schien, war sie sogar ganz glücklich mit ihm. Eigentlich konnte Gregor ihr das nie verzeihen. Aber er konnte auch nicht auf sie verzichten. Er ignorierte diesen überflüssigen Ehemann, so gut es ging, und hielt an Milena fest. Er brauchte sie nicht als Frau. Frauen, die er umarmen konnte, gab es genug. Er brauchte Milena als Mensch. Er wollte mit ihr reden, wollte sein Herz ausschütten, wollte bei ihr schimpfen und sich trösten lassen. Sie mußte ihn beraten, sie mußte helfen, sie mußte einfach für ihn dasein.

»Ich bin zum Essen nicht da. Ich fahre zu Frau Gulda hinaus.«

Tim nickte. »Is recht.«

»Und daß du keinem sagst, daß ich hier bin.«

Im Isartal erwartete ihn eine böse Überraschung. Milena war nicht da.

Die Pudel stürzten bellend an die Gartenpforte, und auf dem

Weg zum Haus kam ihm Ursula, die Tochter des Hauses, entgegen. Sie trug Shorts und ein weißes Blüschen und sah sehr reizend aus. Sie begrüßte den großen Star ohne Enthusiasmus. Dafür kannte sie ihn zu gut.

»Die alten Leute sind nicht da. Verreist«, sagte sie.

»Verreist?« fragte Gregor ungläubig. »Warum denn das?«

»Na, warum wohl? Sie wollten sich eben erholen, nicht? Vati hat jetzt gerade Zeit, ehe die Arbeit für die Herbstproduktion richtig losgeht.«

»Das ist ja allerhand«, sagte Gregor empört. Milena war verreist, wenn er sie brauchte. Und er wußte nicht einmal davon.

»Das hat sie mir gar nicht mitgeteilt«, murmelte er.

»Warum denn auch?« fragte Ursel kühl. Sie hatte die Hände auf dem Rücken und betrachtete den Gast abschätzend. So aus der Nähe und im hellen Sonnenlicht wirkte er gar nicht sehr berückend. Er hatte schon allerhand Falten. Na ja, er war auch nicht mehr der Jüngste.

»Wo ist sie denn?« fragte Gregor. Er sprach in der Einzahl. Milenas Mann nahm er, wie immer, nicht zur Kenntnis.

»Meine Eltern sind auf Teneriffa. Ziemlich weit.«

»Hm.«

Schweigen.

Dann machte Ursel eine vage Bewegung auf das Haus zu. »Wollen Sie hineinkommen?«

»Nein. Wozu?« gab Gregor unhöflich zurück.

Es konnte mit Milenas Kindern, genaugenommen waren es ja nicht ihre Kinder, diese angeheirateten Fratzen, sowieso nichts anfangen. Sie behandelten ihn ziemlich kühl und gleichgültig. Von Rechts wegen hätte wenigstens Ursel für ihn schwärmen müssen. Aber sie dachte nicht daran. Ihr imponierte Veit Gregor in keiner Weise, und sie ließ ihn das merken. Sie ging zwar gern ins Theater und hatte einige bevorzugte Lieblingsschauspieler. Und wenn Film, dann mußten es amerikanische oder französische Filme sein. Für deutsche Schnulzen hatte sie nichts übrig. Das hatte sie Gregor einmal unverfroren erklärt.

»Schönes Wetter heute, nicht?« sagte Ursel nach einer Weile, als er immer noch verbissen schwieg, finster vor sich hin starrte und an seiner Unterlippe nagte.

»So?«

»Ja. Der erste richtige Frühlingstag. Dabei ist es schon Mai. Aber das Wetter war dieses Jahr eklig. Ich nehme gerade ein Sonnenbad.«

Das erschien ihr genug der Gastgeber-Höflichkeit. Wenn er nicht hineinkommen wollte, ließ er es bleiben. Und sollte gefälligst wieder verduften.

»Hast du denn Zeit dazu?« fragte er nun doch.

»Heute gerade. An sich büffle ich fürs Abi.«

»Aha.« Wieder Pause. »Ja, dann fahr ich wieder«, sagte er.

»Gut. Wiedersehen.« Und dann fiel ihr noch etwas ein. Sie drehte sich um und fragte ein bißchen neugierig: »Wann heiraten Sie denn?«

»Zum Teufel, jetzt fängst du auch noch mit dem Unsinn an. Ich denke nicht daran, zu heiraten.«

»Ich dachte nur, weil es doch in der Zeitung stand.«

»In der Zeitung steht viel.«

»Allerdings. Also dann – Servus.« Sie ließ ihn stehen und ging zur Terrasse zurück.

Gregor blickte ihr nach, konstatierte, daß ihre Beine ein wenig zu stämmig waren, und wandte sich dann zur Gartenpforte. Die Hunde gaben ihm höflich das Geleit.

Eine Weile blieb er im Wagen sitzen. Was nun? Zurück nach München? Ob Lydia heute kommen würde? Nicht vor Abend. Und vermutlich erst morgen. In drei Tagen mußte er selbst wieder abreisen, Anfang der Woche sollten die Außenaufnahmen beginnen. Und wenn das Wetter so blieb ...

Es war wirklich ein herrlicher Tag. Die Büsche und Bäume zeigten junges helles Grün, der Himmel spannte sich weit und blau über dem Isartal, und im Süden sah man die Berge.

Er startete, ließ den Wagen hinabrollen auf die Hauptstraße und bog dann nicht links ein in Richtung München, sondern nach rechts auf die Berge zu.

Hinter Wolfratshausen waren die Berge schon nah. Oben auf der Benediktenwand lag noch ein wenig Schnee. Aber hier unten blühten die ersten Blumen und die Luft war mild und weich.

Milena war in Teneriffa. Ohne ihm etwas zu sagen, fuhr sie so weit weg. Sie war herzlos. Sie hätte wissen müssen, daß er kam, sobald er mit den Aufnahmen fertig war.

Ob sie auch gelesen hatte, was in der Zeitung stand? Das von seiner Heirat? So klug konnte sie sein, um zu wissen, daß er diese unbegabte Person nicht heiraten würde.

Einmal hatte er so einen Blödsinn gemacht. Die Ehe mit Charlene, die genau sieben Monate gedauert hatte. Und Charlene war weitaus hübscher gewesen als Sonja. Was für einen Körper sie gehabt hatte, einfach phantastisch. Kapriziös und temperamentvoll war sie. Aber dumm und selbstsüchtig und eitel. Wozu brauchte ein Mann so eine Frau? Wozu um alles in der Welt konnte ein Mann wie er solch eine Frau gebrauchen. Gerade er.

Als er um die Mittagszeit über den Marktplatz von Bad Tölz fuhr, wußte er immer noch nicht, wohin er eigentlich wollte. Er hätte Lust gehabt, hier zu halten und in eins von den alten Lokalen essen zu gehen.

Aber das waren alles Dinge, die ein Veit Gregor nicht tun konnte. In ein Lokal gehen, sich hinsetzen und mittagessen wie ein ganz normaler Mensch. Vermutlich würde der ganze Ort zusammenlaufen. Und die Kellnerin würde die erste sein, die ihn um ein Autogramm bat.

Wie lästig es war, berühmt zu sein. Einfach widerlich.

»Widerlich«, murmelte er zwischen den Zähnen.

Doch er betrog sich selbst. Er liebte seinen Ruhm, liebte das Aufsehen, das er erregte. Nur das Aufsehen, nicht die Menschen, die daran beteiligt waren. Wie ein König schritt er durch die Menge, und alle, alle beteten ihn an. Sanken vor ihm in den Staub. Und da sollten sie bleiben. Er wollte sie nicht ansehen. Er wollte nur wissen, daß sie da waren.

»Ein entsetzliches Leben«, sagte er mit Nachdruck laut vor sich hin und steckte sich eine Zigarette zwischen die Lippen.

»Ich ertrag' es einfach nicht länger.«

Er war schon wieder auf der Landstraße, als ihm sein Haus am Tegernsee einfiel. Er würde hinfahren und nach dem Rechten sehen. Vielleicht blieb er heute draußen. Das Wetter war ja wirklich schön.

Die Gäste, die in seinem Haus waren, hatte er vergessen. Das fiel ihm erst wieder ein, als er um das Haus herum in den Garten kam und dort im Liegestuhl eine fremde Frau fand. Sie trug einen grauen Rock und eine helle Bluse, der Rock war ein wenig verrutscht und zeigte sehr schöne, sehr schlanke lange Beine. Sie hatte die Augen geschlossen und das Gesicht der Sonne zugewandt.

Harro, der neben ihr im Gras gelegen hatte, war aufgestanden und ihm entgegengekommen. Er begrüßte den Hausherrn mit einem kurzen höflichen Schweifwedeln, ohne große Freude zu zeigen.

Elisabeth hatte die Schritte gehört. Ohne die Augen zu öffnen, fragte sie: »Hast du das Schiff verpaßt?«

»Nein«, erwiderte Gregor. »Ich bin auf dem Landweg gekommen.« Sie fuhr hoch und starrte ihn erstaunt an. Ihr Haar war verwirrt, ihr Gesicht zeigte ein wenig Farbe, sie sah jünger und hübscher aus, als er sie in Erinnerung hatte.

»Oh!« sagte sie. »Herr Gregor!«

Er lächelte auf sie herab. Seine schlechte Laune war verflogen. »Sie sehen gut aus, Elisabeth, geht es Ihnen besser?«

»Ja. Danke. Mir geht es schon wieder recht gut.«

»Ich dachte schon, es sei keiner da. Vorn ist abgeschlossen. Und alles sah so still aus.«

»Herr und Frau Bach sind bei ihrer Tochter in Schliersee. Sie hat heute Geburtstag.«

»Ich wußte gar nicht, daß sie eine Tochter haben.«

»Aber natürlich. Sie hat in eine Pension in Schliersee geheiratet. Wußten Sie das nicht?«

»Nicht im geringsten. Mir erzählt ja kein Mensch was.«

Elisabeth wollte aufstehen, aber er legte ihr die Hand auf die Schulter. »Bitte, bleiben Sie liegen. Lassen Sie sich durch mich nicht stören. Und wer ist es, der das Schiff verpaßt haben sollte?«

»Mein Vater natürlich. Er wollte hinüber nach Tegernsee. Und er fährt, wenn es geht, immer mit dem Schiff. Das macht ihm Spaß.«

»Ah so.« Gregor blickte zum See hinab. Drüben, nahe am Tegernseer Ufer, glitt wirklich eines der weißen Motorboote über das Wasser, das heute blau und spiegelglatt war.

»Was macht er denn in Tegernsee?«

»So genau weiß ich das auch nicht. Er geht einmal durch den Ort, kauft eine Zeitung, schaut sich die Schaufenster an, kehrt im Bräustübl ein und kommt wieder zurück. Er ist so glücklich hier. Sie glauben gar nicht, wie gut es ihm gefällt. Er ist nie mehr verreist gewesen seit dem Krieg. Nie mehr im Freien, meine ich.«

»Und Sie, Elisabeth? Gefällt es Ihnen auch?«

»Doch. Ich bin sehr gern hier.«

»Und wie steht es mit Ihrer Gesundheit?«

»Sehr gut. Ich kann schon wieder fast normal laufen. Wollen Sie sehen?«

Sie stand nun doch auf, schlüpfte in ihre Schuhe und ging einige Schritte vor ihm auf und ab.

»Ausgezeichnet. Da wird Dr. Andorf sehr zufrieden sein.«

»Ich hoffe es. Ich habe ihn in letzter Zeit nicht mehr gesehen.«

»Wieso?«

»Er ist in Amerika, wie ich hörte. Auf Einladung eines Kollegen, der ihm dort eine ganz moderne große Klinik zeigen will. Jetzt konnte er gerade noch fort, ehe die Saison richtig beginnt.«

Sie hatte Dr. Andorf seit dem Gespräch über Paul nur einige Male kurz gesehen. Von Fräulein Eva wußte sie über seine Reise.

»Aha«, sagte Gregor uninteressiert. Das Schiff hatte drüben angelegt, und vermutlich kletterte nun also Herr Ohl vergnügt an Land und begann seinen Nachmittagsbummel in Tegernsee.

»Waren Sie zufrieden mit der Behandlung?« fragte er.

»Ich? Oh, natürlich. Es ist wirklich alles getan worden. Und ich fürchte, es kostet sehr viel Geld. Ich weiß nicht, wieviel meine Kasse davon übernehmen wird. Das andere werde ich später bezahlen.«

Er wandte sich ihr zu und blickte sie an. Sie stand neben ihm. Auch ihre Augen hatten drüben das Schiff verfolgt.

»Sie wissen genau, daß Sie sich darüber keine Sorgen zu machen brauchen.«

Sie errötete ein wenig, blickte ihm aber fest in die Augen. »O doch, Herr Gregor. Ich möchte es wirklich gern selbst bezahlen. Sie haben so viel für mich getan. Erst die Klinik und jetzt der Aufenthalt hier. Ich weiß sowieso nicht, wie ich Ihnen danken soll, denn ich ...«

»Hören Sie, Elisabeth, Sie würden mir einen großen Gefallen tun, wenn Sie davon nicht mehr sprechen würden. Es ist so lästig, wenn einem jemand dankbar ist und davon redet.«

Sie sah ihn erschrocken an. »Oh, wirklich? Aber ich ...«

»Es ist mein Ernst. Was brauchen wir noch groß darüber zu reden? Das Unglück ist passiert, ich habe versucht, Ihnen die Folgen zu erleichtern, und damit aus. Jedes weitere Wort ist überflüssig. Wenn Sie wieder ganz gesund sind, bin ich bedankt genug. Wollen Sie sich nicht wieder hinlegen?«

»Nein. Ich war lange genug in der Sonne. Zuviel ist noch ein bißchen anstrengend. Aber es ist schön, daß wir während unserer letzten Tage hier so herrliches Wetter hatten.«

»Was heißt das, während der letzten Tage?«

»Wir müssen morgen nach München zurück. Ich habe eine Vorladung zum Vertrauensarzt, und ich nehme an, daß ich gesund geschrieben werde. Nächste Woche gehe ich wieder arbeiten. Es wird auch Zeit. Genaugenommen könnte ich schon seit vierzehn Tagen arbeiten.«

»Sie wollen schon wieder arbeiten? Aber das ist doch unvernünftig. Was sagt Dr. Andorf dazu?«

»Er ist ja nicht da. Aber er kann gar nichts dazu sagen. Wenn ich gesundgeschrieben bin, muß ich auch wieder ins Büro gehen.«

»Dann lassen Sie sich eben Urlaub geben.«

»Das geht nicht. Ich habe jetzt ein Vierteljahr gefehlt, meine Firma war sowieso schon sehr großzügig. Jetzt geht es beim besten Willen nicht länger. Es war wunderschön hier draußen. Ich soll Ihnen nicht danken, jedenfalls nicht mit Worten. Aber ich werde es nicht vergessen.«

Sie sah ihn an, mit ihren sanften Augen, sie lächelte ein wenig, sie war ganz gelöst und zutraulich. Es wunderte sie selbst.

»Alles hier war so schön. Der See und die Berge und das schöne Haus. Und Harro.« Sie legte ihre Hand auf den Kopf des Hundes, der sich an ihr Knie drängte. »Ich habe ihn sehr lieb gewonnen. Es fällt mir direkt schwer, mich von ihm zu trennen.«

Gregor blickte erstaunt auf den Hund hinab.

»So? Ich fand ihn immer sehr unnahbar. Kein Hund, der sich an einen Menschen anschließt.«

»O doch.« Sie lächelte. »Er hat jede Nacht neben meinem Bett geschlafen. Nicht, Harro?«

Harro blickte zu ihr auf, wedelte mit dem Schweif. In seinem Gesicht standen Vertrauen und Liebe.

Das war nun wieder mal eine Situation, die Gregor berührte. Dieses seltsame Mädchen hatte Freundschaft mit seinem Hund geschlossen. Dieser Hund, der ihn kaum beachtete, auch sonst eigentlich niemandem eine besondere Sympathie bezeigt hatte.

»Er ist ein stolzer Eigenbrötler«, hatte Lydia mal gesagt. »Man bekommt sehr schwer Kontakt zu ihm.«

Gregor empfand so etwas wie Eifersucht. Er wußte nicht genau, auf welchen von diesen beiden. Und nicht umsonst war Gregor ein Mensch, der in allem eine geheime Bedeutung sah. Er sei abergläubisch wie ein Zigeuner, hatte Milena immer gesagt. Aber es war nicht Aberglauben allein. Es war gleichzeitig eine Art naiver Kinderglaube, der in allen Dingen Zeichen und Symbole sucht.

»Sie haben also Freundschaft mit Harro geschlossen?« fragte er verwundert. Vor fünf Minuten hätte er gar nicht gewußt, wie der Hund hieß. »Mir ist es nie gelungen, sein Vertrauen zu erlangen.«

»Vielleicht haben Sie sich zuwenig um ihn gekümmert.«

»Das kann sein. Wissen Sie, Elisabeth, es ist mein Schicksal, daß ich mich immer um die falschen Leute bemühe. Auf diese Weise habe ich nie die richtigen Freunde. Immer nur zweitklassige.«

Er wußte selbst nicht, warum er das sagte. Im Moment glaubte er daran. Es war ein großes Versäumnis gewesen, Harros Zuneigung nicht zu gewinnen. Alles, was wertvoll war, blieb ihm fern oder verließ ihn. Sein Schicksal.

Den ganzen Tag hatte er sich schon leid getan und genoß jetzt diesen Zustand aufs neue.

»Wenn man so gehetzt lebt wie ich, geht man am wirklichen Leben vorbei. Man hat lauter Leute um sich, aber keine Menschen.« Jetzt hatte er wieder seinen düster-tragischen Blick, die gesenkten Mundwinkel. Elisabeth kannte diese Miene von seinen Filmen her.

»Wie können Sie so etwas sagen. Ein großer Künstler wie Sie. Wenn jemand ein erfülltes Leben hat, dann doch Sie.«

»Ich?« rief er geradezu empört. »Mein liebes Kind, Sie haben eine Ahnung. Ich bin kein Künstler mehr. Ich bin ein Kunsthandwerker. Bestenfalls. Ein Routinier. So leergeschöpft und ausgebrannt, daß nicht mal ein Hund näher mit mir verkehren will.«

Elisabeth mußte unwillkürlich lachen. Es klang heiter und echt amüsiert. Er blickte sie beleidigt an.

»Sie lachen?«

»Entschuldigen Sie. Aber ich kann Ihnen das nicht ganz glauben. Ich verstehe nicht sehr viel von Schauspielkunst. Aber ich kann immerhin unterscheiden, ob ein Schauspieler echt wirkt, ob er mich beeindruckt, ich meine, ob ich ihm glaube, was er spielt. Und bei Ihnen hatte ich nie das Gefühl, wie bei vielen anderen, das ist nur...« sie stockte, suchte nach Worten, ...«ja, eben nur leeres Theater, einstudierte Rollen. Bei Ihnen ist es anders als bei den meisten anderen Schauspielern. Es hat mich immer ergriffen und erregt, Sie spielen zu sehen.«

Gregor war tief bewegt. In diesem Augenblick liebte er Elisabeth. Was für ein wunderbarer Mensch dieses Mädchen war! Schlicht, offen, eine Frau mit Herz und Gefühl. Wann, in Gottes Namen, war ihm so etwas zum letztenmal begegnet? Wo auf der Welt gab es so etwas noch? Und hier stand sie vor ihm. In seinem Garten. Ein schönes zartes Gesicht mit diesen großen, grauen Augen. Wie hatte Lydia gesagt? Samtgraue Augen, ernst und tief. Es fiel ihm sofort wieder ein. Ja, es stimmt, Lydia war eine kluge Frau, sie hatte das beim ersten Kennenlernen richtig erkannt. Aber er natürlich, gewöhnt an seine Scheinwelt, ging am wirklichen Leben vorbei, er hatte es ja eben selbst gesagt. Er mußte diese Frau erst unter seinen Rädern haben, um ihr zu begegnen. Es war Schicksal gewesen. So konnte man es nennen. Ein Hokuspokus seiner Schicksalsgötter.

Er nahm Elisabeths Hand, hob sie stumm an seine Lippen und küßte sie. Dann sah er sie an. Es war der bewegte, umflorte Gregorblick. Der, mit dem er aufgewühltes Seelenleben darstellte.

»Ich danke Ihnen, Elisabeth«, sagte er feierlich. »Sie machen mich sehr glücklich.«

Elisabeth war rot geworden. Sie löste verwirrt den Blick aus seinen zwingenden, dunklen Augen. Aber ihre Hand hielt er noch fest. Er legte seine andere Hand darüber und sah dann mit kleidsamer Melancholie auf den See hinaus.

»Ja, ich war einmal ein Schauspieler. Ein Künstler. Und ich bin es noch. Natürlich. Man streift es nicht einfach ab. Aber oft habe ich das Gefühl, ich bin auf dem besten Weg, mich selbst zu verraten. Das ist ein bitteres Gefühl, Elisabeth.«

Sie sah ihn scheu an. Mit Künstlern hatte sie keine Erfahrung. Und daß Gregor immer Theater spielte, daß er vor allem immer sich selbst eine Rolle vorspielte, das wußte sie noch nicht.

»Dieser Film, den wir jetzt da drehen, eine entsetzliche Arbeit. Ein mittelmäßiges Buch, eine lahme Story. Man versucht, sein Bestes zu geben, natürlich. Aber man fühlt gleichzeitig, daß es vergebens ist. Man steht allein. Verstehen Sie das?«

Nun sah er sie wieder an, ganz aus der Nähe, sehr eindringlich. Elisabeth nickte befangen. Sie verstand es nicht ganz, und sie wußte auch nicht, was sie sagen sollte.

Schließlich fragte sie: »Ist der Film fertig?«

»Keine Spur. Nächste Woche beginnen die Außenaufnahmen, und mir graut schon davor. Das ist keine Einstellung, mit der man ersprießlich arbeiten kann.«

»Wir haben Bilder gesehen von dem Film, Vater und ich. Und auch verschiedenes darüber gelesen. Ihre ... Ihre Verlobte soll sehr gut sein.«

Gregor rutschte aus seiner Rolle. Er ließ ihre Hand los und runzelte die Stirn.

»Meine Verlobte? Dieser Unsinn ist anscheinend recht publik geworden. Ich bin nicht verlobt. Und ich habe nicht die Absicht zu heiraten.«

Elisabeth errötete wieder. »Oh! Ich dachte ... Es stand doch in der Zeitung ...«

»Es ist eine verlogene Welt, ich sagte es doch schon. Auch mit diesen Dingen wird gelogen, wenn es der Karriere einer unbegabten Schauspielerin nützen soll. Was sage ich? Schauspielerin! Eine ehrgeizige Dilettantin, das paßt besser!«

Elisabeth zog es vor, nichts mehr zu sagen. Wie es schien, war sie wohl zu dumm, sich in dieser fremden Welt zurechtzufinden. Eine Weile standen sie schweigend nebeneinander.

»Wollen Sie sich nicht wieder hinlegen?« fragte Gregor dann.

»Nein. Ich wollte Sie eigentlich fragen, ob ich irgend etwas für Sie tun kann. Vielleicht einen Kaffee oder Tee kochen?«

Mit allem bewährtem Charme lächelte er sie plötzlich an. »Das ist eine großartige Idee. Und vielleicht ist irgendwas zu essen da? Ich habe nämlich seit dem Frühstück nichts gehabt.«

»O wirklich?« rief Elisabeth erschrocken. »Dann muß ich gleich mal in die Küche schauen. Vom Mittagessen ist noch was da. Das könnte ich Ihnen wärmen. Wir hatten heute Kalbsgulasch mit Nudeln.«

»Mm!« machte er begeistert. »Wunderbar. Aber Sie sollen sich keine Arbeit machen.«

»Das ist doch keine Arbeit.« Sie lachte und ging schon aufs Haus zu. »Ich koche gern.«

Gregor begleitete sie in die Küche, sah ihr zu, wie sie den Gulasch wärmte, die breiten Nudeln kurz in Butter schwenkte und ihm in einer Schüssel frischen Salat anmachte. Wie rasch und geschickt sie das alles tat. Er setzte sich befriedigt auf dem Küchenstuhl zurecht. Es war wunderbar beruhigend, einer Frau in der Küche zuzusehen. Wie lange hatte er das nicht mehr getan? Milena, ja. Sie hatte auch gern gekocht. Und er hatte oft bei ihr in der Küche gesessen.

Als Elisabeth Teller und Schüsseln auf einem Tablett unterbringen wollte, wehrte er ab.

»Wozu denn? Ich esse gleich hier.«

Es schmeckte ihm großartig.

»Ich wußte gar nicht, daß Frau Bach so gut kochen kann.«

Elisabeth nahm eine Flasche Bier aus dem Kühlschrank und stellte sie ihm hin.

»Aber Sie wissen doch, der Geburtstag in Schliersee. Heute habe ich gekocht.«

»Nein? Wirklich?« Er blickte überrascht auf. »Ich bin sprachlos. Was sind Sie für ein begabtes Mädchen, Elisabeth.«

Sie lachte. »Das ist wirklich kein Kunststück. Darf ich Ihnen einschenken?«

»Bitte, ja.«

»Und ich bin froh, daß ich ein bißchen mehr gemacht habe. Ich dachte mir, daß Vater abends noch etwas hat.«

»Und das habe ich jetzt gegessen?«

»Er wird schon nicht verhungern. Er kriegt etwas anderes.«

»Ich bedaure ihn auch nicht. Wenn ich denke, daß er immer so gut von Ihnen zu essen bekommt, dann kann er mir ruhig mal eine Portion abgeben.«

Das Zwischenspiel in der Küche hinterließ bei beiden Teilnehmern tiefste Befriedigung. Anschließend kochte Elisabeth Kaffee, den sie auf der Veranda tranken.

»Ich fühle mich herrlich«, sagte Gregor. »Es war eine großartige Idee von mir, heute herauszukommen. Und ich wünschte, ich könnte hierbleiben.«

»Müssen Sie heute noch zurück?«

»Wenn ich es mir genau überlege, eigentlich nicht. Es genügt, wenn ich morgen wieder in der Stadt bin. Würde es Sie stören, wenn ich heute hierbleibe?«

»Was für eine Frage! Schließlich ist das Ihr Haus.«

»Das meine ich nicht.« Gregor wandte sich ihr zu, sah sie wieder mit seinem dunklen, eindringlichen Blick an. »Ich möchte wissen, ob es Sie stört, wenn ich hierbleibe.«

»Es stört mich nicht. Und mein Vater wird begeistert sein, wenn Sie heute abend da sind.«

»Und Sie, Elisabeth?«

»Ich freue mich natürlich auch.«

»Schön.« Gregor lehnte sich befriedigt zurück. Endlich war die gelassene Ruhe aus den grauen Augen verschwunden. »Dann rufe ich jetzt Tim an und sage ihm, daß ich nicht komme. Tim ist mein Diener.«

»Ich weiß.«

»Woher wissen Sie das?«

»Aber Herr Gregor! Was weiß man von Ihnen nicht? Das steht alles gelegentlich in der Zeitung.«

»Ah ja. Da steht eine Menge. Wahres und Unwahres. Was steht da über Tim?«

»Daß er eine treue Seele ist, seinem Herrn bis in alle Ewigkeit ergeben.«

»Spotten Sie nur. Aber in diesem Falle steht wirklich mal etwas Wahres in der Zeitung.«

Später, die Sonne lag nur noch mit schrägen Strahlen am gegenüberliegenden Ufer, der Garten war bereits in Schatten getaucht, gingen sie hinab zum Ufer. Eine Weile standen sie am Wasser und blickten über den See. Es war ein Bild tiefen Friedens. Drüben legte ein Schiff ab.

»Ich denke, daß mein Vater da mit an Bord ist«, meinte Elisabeth. »Um die Zeit kommt er immer zurück. Er wird sich freuen, wenn er Sie sieht.«

»Heute abend werde ich eine gute Flasche Wein mit ihm trinken. Und mir von seinen Erlebnissen hier erzählen lassen.«

»Er hat viel zu erzählen. Tobias erlebt immer eine Menge. Und er hat schon eine ganz stattliche Anzahl von Bekannten hier.« Elisabeth lachte amüsiert. »Unten in Wiessee, da ist eine ältere Witwe aus Bochum, die ist zur Kur hier, mit der promeniert er immer am Nachmittag auf der Seepromenade. Sie ist offensichtlich sehr angetan von ihm. Man könne sich herrlich mit ihm unterhalten, sagt sie.«

»Kann man auch. Aber wir beide haben uns eigentlich heute nachmittag auch gut unterhalten, nicht?«

»Doch.«

»Es hat mir gut getan, einmal wieder mit einem richtigen Menschen zu sprechen.«

Ein wenig kannte Elisabeth nun seine Redensarten schon, und nahm sie nicht mehr so ernst. Sie zog fröstelnd die Schultern zusammen.

»Ist Ihnen kalt?« fragte er besorgt. »Sie hätten sich eine Jacke anziehen sollen. Es ist schließlich erst Mai. Und wenn die Sonne fort ist, wird es kühl hier in den Bergen.«

»Ja. Ich werde ins Haus gehen und mir einen Pullover anziehen.«

»Wir können uns heut abend ein Kaminfeuer machen, wenn Sie wollen.«

Sie lächelte ihm unbefangen zu. »Das wäre fein. Ich wollte schon immer mal an einem Kamin sitzen.«

Dieses Gesicht! Diese Augen! Und einen schönen Mund hatte sie. Es war ein Gesicht, das sich einem erst langsam aufschloß, das man kennen mußte, um es zu sehen.

Das genaue Gegenteil der meisten Gesichter, mit denen ich zu tun habe, dachte er.

Er trat nahe an sie heran, legte seine Hand auf ihren Arm. »Ich hoffe, Elisabeth, Sie werden noch oft bei mir am Kamin sitzen.«

Sie wußte nicht, was sie darauf erwidern sollte. Koketterie lag ihr fern. Und sie hatte noch nie verstanden zu flirten. Außerdem wäre sie nicht auf die Idee gekommen, ausgerechnet mit Veit Gregor zu flirten.

»Sie sind schön, Elisabeth, wissen Sie das?« sagte er leise.

Mehr erschrocken als geschmeichelt sah sie ihn an.

»Nein. Das bin ich gewiß nicht.«

»Doch. Es ist eine Schönheit, die von innen kommt. So etwas sieht nicht jeder. Aber ich ...«, seine andere Hand legte sich sanft an ihre Wange und hob ihr Gesicht ein wenig empor, ». . . ich kann es sehen.«

Und dann beugte er sich vor und küßte sie. Er wußte selbst nicht, warum er es tat. Vielleicht weil der Nachmittag schön und harmonisch verlaufen war, weil er sich friedlich und gelöst fühlte. Vielleicht auch, weil er sehen wollte, wie dieses Mädchen, diese

Frau, gerade sie, darauf reagieren würde. Frauen hatten eigentlich wenig Variationen, wie sie einen überraschenden Kuß entgegennahmen.

Als er Charlene das erstemal geküßt hatte, schob sie ihn zurück und sagte: »O lala, mein Lieber. Du mußt noch viel lernen.«

Immerhin war er damals schon ein Star. Und doch so dumm, daß ihre Reaktion ihn gereizt hatte.

Elisabeths Lippen war kühl und ganz passiv. Er merkte, wie sie sich versteifte, wie sie erschrocken war, wie sie zurückweichen wollte. Und das veranlaßte ihn, sie fest an sich zu ziehen, beide Arme um sie zu legen – mein Gott, alle Möglichkeiten waren ihm ja so geläufig – und sie richtig zu küssen. Er ließ sie erst los, als ihr Körper sich gelockert hatte, als ihre Lippen weich und warm und willig geworden waren.

Er sah, daß sie die Augen geschlossen hatte. Aber nun machte sie sie auf, sie schienen viel dunkler geworden, Staunen, Schreck und Ungläubigkeit standen darin.

Er wartete gespannt, was sie sagen würde. Irgend etwas Dummes, Banales? Etwas Zärtliches, Leidenschaftliches? Eins würde so lästig sein wie das andere.

Doch sie sagte gar nichts. Sie trat von ihm zurück, ein, zwei Schritte, wandte sich dann und ging langsam auf das Haus zu.

Gregor blickte ihr nach. Er wollte irgend etwas Ironisches, Zurechtrückendes denken. Sich selbst seine Überlegenheit beweisen. Was bedeutete ihm schon ein Kuß? Er machte sich seit Jahren nichts mehr aus Küssen. Es gehörte zu sehr zum Beruf, man war sowieso nie unbefangen und ehrlich dabei. Aber jetzt fiel ihm nichts ein. Statt dessen hatte er ein warmes, frohes Gefühl im Herzen. Etwas, was er seit langem nicht mehr empfunden hatte.

Dieses Gefühl war noch vorhanden, als sie am nächsten Tag zu dritt nach München zurückfuhren. Elisabeth saß neben Gregor. Der vergnügte Tobias im Fond. Er unterhielt sie die ganze Fahrt über mit seinen Ferienerlebnissen.

»Ich hab' mir gedacht«, sagte er beispielsweise. »daß ich in Zukunft immer mal einen Tag zum Tegernsee hinausfahren werde. Ist ja nicht sehr teuer. Ich hab so nette Leute kennengelernt. Es wäre direkt schade, wenn ich die nicht mehr wiedersehen würde.«

»Ja, ja, ich weiß«, warf Gregor ein, »die Witwe aus Bochum.«
»Die fährt ja nächste Woche wieder nach Hause.«

»Dann hätten Sie lieber noch draußen bleiben sollen. Was meinen Sie, Elisabeth, vielleicht wäre das eine Frau für Ihren Vater?«

Tobias kicherte begeistert.

»Das fehlte mir noch. Ich bin froh, daß ich keine mehr hab'!« Er schlug sich erschrocken auf den Mund. »Also, so hab' ich's nicht gemeint. Ich wollte sagen, heiraten werde ich bestimmt nicht mehr. In meinem Alter. Außerdem ist sie ein bißchen dicklich, das ist nicht mein Geschmack. Mir haben immer schlanke, rassige Frauen gefallen.« Das kam sehr nachdrücklich und überzeugt heraus und ließ erkennen, daß Tobias an diesem seinem Geschmack festhalten würde.

Elisabeth und Gregor lächelten sich zu.

»Na ja, das sehe ich ein«, meinte Gregor ganz ernsthaft. »Eine gute Figur ist wichtig bei einer Frau.«

»Damit mache ich mir keine Sorgen mehr«, plapperte Tobias weiter. »Was soll ich wohl mit einer Frau? Ich habe ja meine Elisabeth.«

»Fragt sich nur, wie lange noch. Vielleicht heiratet Elisabeth eines Tages.«

»Das könnte natürlich sein«, gab Tobias zu. »Das wäre schlimm für mich. Aber wenn es der Richtige für Elisabeth wäre...«

Elisabeth wandte sich zu ihm um. »Da brauchst du keine Angst zu haben. Ich heirate bestimmt nicht.«

»Woher wissen Sie das?« fragte Gregor.

»Oh...,« sie hob die Schultern. »Ich weiß es eben. Dazu müßte ich erst einmal den passenden Mann haben, nicht?«

»Der kann plötzlich da sein. In jeder Minute können Sie ihn kennenlernen.«

»Das Leben ist nicht wie ein Film«, sagte Elisabeth.

»Na, schließlich würde der Herr Lenz dich sofort heiraten. Oder vielleicht nicht?« sagte Tobias, dem es angebracht schien, Elisabeths Chancen ein wenig hervorzuheben.

»Kann sein.«

»Wer ist das?« fragte Gregor und warf Elisabeth einen raschen Blick von der Seite zu.

Sie errötete unwillig. »Ach, weiter niemand. Ein Kollege im Büro.«

»Und der ist in Sie verliebt?«

»Aber schwer«, übernahm Tobias die Antwort.

»Und Sie, Elisabeth?«

»Ich nicht. Aber müssen wir darüber reden?«

»Warum nicht? Ich habe mir zum Beispiel gestern abend gedacht, daß ein Mann glücklich sein könnte, Sie zur Frau zu haben. Sie haben alle Eigenschaften, die eine Frau haben soll, mit der man harmonisch zusammenleben kann.«

Jetzt blickte Elisabeth ihn von der Seite an, und er fing ihren raschen, scheuen Blick auf.

Sie sagte nichts. Aber Tobias rief: »Ja, nicht wahr? Das habe ich auch schon immer gefunden. Männer sind eben manchmal dumm. Und bei Elisabeth ist es so, sie hat nie Gelegenheit, jemanden kennenzulernen. Die erste Zeit nach dem Krieg ging es uns viel zu schlecht. Und da wollte sie ja auch von keinem Mann etwas wissen. Da dachte sie nur an Paul. Und später da hat sie gearbeitet, und ihre Mutter war krank. Sie ist nirgends hingekommen, hat keine Reisen gemacht, gar nichts. Da ist es natürlich schwer...«

»Bitte!« unterbrach ihn Elisabeth. »Hast du kein anderes Thema?«

»Und Paul war also der Mann, den Sie geliebt haben?« fragte Gregor.

Nach einer kleinen Pause sagte Elisabeth widerwillig: »Ja.« Weiter nichts.

Gregor sah sie wieder an. Aber sie blickte starr geradeaus, und er konnte ihr ansehen, daß sie darüber nicht sprechen wollte.

»Ja, so ist das eben«, sagte Tobias. Er schien noch mehr sagen zu wollen, aber dann fiel ihm wohl ein, daß Elisabeth solch ein Gespräch nicht haben wollte.

Übrigens stimmte es, was Gregor gesagt hatte. Er hatte wirklich am Abend zuvor gedacht, daß eine Frau wie Elisabeth ein Gewinn für einen Mann bedeuten müßte.

Sie hatten einen hübschen friedlichen Abend zu dritt verlebt. Elisabeth hatte das Abendbrot bereitet, sie hatte alles nett hergerichtet, obwohl es gar nichts Besonderes zu essen gab. Und dann saßen sie am Kamin, dessen Feuer Gregor selbst entzündet hatte.

Eine ganze Weile beobachtete Gregor die junge Frau, während Tobias irgend etwas erzählte. Sie saß in ihren Sessel zurückgelehnt, das Weinglas in der Hand, und schaute gedankenverloren in das Feuer, dessen Widerschein ihr Gesicht rosig überstrahlte und ihr Haar glänzen ließ. Harro lag bei ihr, den Kopf auf ihren Füßen.

Und Gregor dachte: Der Hund liebt sie. Es ist ganz offensichtlich. Er hat sie sofort anerkannt. Er hat etwas entdeckt, was ich heute abend auch entdecke. Sie ist die erste Frau von allen, die hierhergekommen sind, die wirklich in dieses Haus paßt.

Wie sie das heute abend gemacht hat, das Abendbrot, den Tisch gedeckt, abgeräumt, alles so selbstverständlich, ohne Aufwand, ohne unnötiges Geschwätz. Und jetzt sitzt sie da und redet auch nur wenig. Aber sie ist dennoch ganz gegenwärtig. Es geht Ruhe und Harmonie von ihr aus. Etwas Beruhigendes, Wohltuendes. Habe ich Trottel einmal gedacht, eine Frau müsse aufregend sein? Wozu eigentlich? Aufregend ist das Leben. Ist mein Beruf.

An diesem Punkt fiel ihm Christoph Keller ein. Christoph Keller war zu jener Zeit, als er als junger Schauspieler seine ersten bescheidenen Röllchen in Wien spielte, der erste Held am Burgtheater. Er spielte alles, was gut und teuer war. Gelegentlich auch große Filmrollen, die ihn über Wien hinaus berühmt gemacht hatten. Er sah phantastisch aus, und die Frauen beteten ihn an.

Milena, oft seine Partnerin, war gut mit ihm befreundet. Und dadurch kam Gregor auch einige Male privat mit ihm zusammen. Er lernte Kellers Frau kennen und erinnerte sich gut daran, wie er sich über diese Ehe gewundert hatte.

Eine ruhige, bescheidene Frau war es gewesen, ganz still und einfach, ohne jede Aufmachung. Und wie er von Milena hörte, bestand diese Ehe seit über zwanzig Jahren.

»Erstaunlich!« hatte er gesagt. »Sicher betrügt er sie oft.«

»Mir ist kein einziger Fall bekannt«, erwiderte Milena. »Die beiden lieben sich und sind glücklich miteinander.«

Damals war ihm das höchst unwahrscheinlich vorgekommen. Er hatte selbst erlebt, wie galant und reizend Keller zu Frauen war, zu Kolleginnen, auch zu den Damen der Gesellschaft, die ihn einluden und mit Komplimenten verwöhnten. Aber es stimmte, es gab keine einzige Affäre, die man dem Schauspieler nachsagen konnte.

An diesem Abend, als der große Gregor an den großen Keller dachte, verstand er, was er damals nicht verstanden hatte. Daß dieser Mann genau das Richtige getan hatte. Er besaß eine Frau, die ihn liebte, die nur für ihn da war und bei der er den Ausgleich für sein bewegtes Leben fand. Wärme, Verstehen, Ausruhen. Und als Gregor Elisabeth betrachtete, die ihm erstmals einen ruhigen Abend in seinem eigenen Haus bereitete, die ihn erstmals dieses Haus als Heim empfinden ließ, da hatte er gedacht: So eine Frau müßte man haben.

Natürlich dachte er auch an den Kuß, den er ihr zuvor gegeben hatte. Es war kein Wort darüber gesprochen worden. Sie schien es vergessen zu haben. Jedenfalls tat sie so. Aber es war klar, daß sie es nicht vergessen hatte. Er hätte gar zu gern gewußt, was sie darüber dachte. Schließlich mußte es ein einmaliges Erlebnis für sie gewesen sein, von Veit Gregor geküßt zu werden. Daß sie es so gleichmütig hinnahm! Kein Wort, kein Blick, nichts, was darauf anspielte.

Als er ihr gute Nacht sagte, küßte er ihre Hand und suchte dann ihren Blick. Und da sah er, wie schon am Nachmittag, Verwirrung und Angst in den grauen Augen. Wie eine hilflose Bitte war es, die ihn anrührte.

Jetzt, als sie zur Stadt zurückfuhren, dachte er plötzlich, daß er diesen Blick noch einmal sehen wollte. Er wollte wissen, was sie empfand. Er wollte sie aus ihrem Schweigen und ihrer Abwehr herauslösen. So beherrscht konnte sie nicht sein, daß sie sich nicht verriet.

»Was werden Sie nun alles tun, Elisabeth?« fragte er, als sie die Autobahn verließen.

»Nicht viel. Morgen muß ich zum Arzt und nächste Woche wieder arbeiten.«

»Ich werde heute abend Herrn Mackensen besuchen«, verkündete Tobias ungefragt. »Und ihm einmal ein bißchen was erzählen.«

»Das habe ich mir gedacht«, sagte Elisabeth mit einem kleinen Lachen.

»Ich reise übermorgen wieder ab«, sagte Gregor. »Wollen Sie mir die Freude machen, Elisabeth, morgen abend mit mir zu essen?«

Es dauerte eine Weile, bis er Antwort bekam.

»Oh...«, sagte sie dann zögernd und mit leiser Stimme, »ich... weiß nicht.«

Er mußte an einer Ampel halten, wandte sich ihr zu und zwang sie, ihn anzusehen. Und wieder die Angst in ihrem Blick.

Gregor lächelte. »Warum nicht?« fragte er.

Tobias hinter ihnen hielt den Atem an. Er war drauf und dran gewesen, irgend etwas Ermunterndes zu sagen. Aber plötzlich spürte er, daß seine Meinung nicht gefragt war. Daß zwischen diesen beiden vor ihm etwas Ungesagtes schwang.

Gregor fuhr wieder an. Erst als sie angelangt waren und er sich von Elisabeth verabschiedete, sagte er in bestimmtem Ton: »Also, ich hole Sie dann morgen gegen halb neun Uhr ab.«

Elisabeth gab keine Antwort.

Sie schwieg auch noch, als sie mit Tobias in der Wohnung war.

»Nett von ihm, nicht?« fragte Tobias aufgeregt. »Du brauchst auch nicht stumm zu sein wie ein Fisch. Ein bißchen liebenswürdiger könntest du ruhig sein. Schließlich ist er wirklich reizend zu uns gewesen. Wirklich, das mußt du doch zugeben.«

»Ja. Natürlich.«

»Was wirst du denn da anziehen?« forschte Tobias angeregt.

Elisabeth hob die Schultern. »Ich weiß nicht.«

»Sicher geht ihr in ein sehr feines Restaurant. Siehst du, jetzt könntest du den Regenbogen gut gebrauchen.«

Elisabeth mußte lächeln. »Nein, Vater, für ein Abendessen wäre es nicht ganz das richtige Kleid. Glaube mir, auch wenn der Regenbogen nicht mehr existiert, es gäbe beim besten Willen keine Gelegenheit, wozu ich ihn anziehen könnte.«

»Mein liebes Kind«, sprach Tobias mit einer gewissen Feierlichkeit, »das kann man nicht wissen. Das kann man nie wissen.« Und im stillen dachte er: Es war alles sehr aufregend und natürlich auch sehr schlimm, aber wenn ich den Regenbogen nicht gekauft hätte, dann hätten wir Veit Gregor nicht kennengelernt. Und das ist immerhin –

Hier stockten Tobias' Gedanken. Er wußte auch nicht genau, was das nun alles werden sollte. Aber irgendwie kam es ihm ungeheuer bedeutungsvoll vor. In seiner Art war er genauso wundergläubig und naiv wie Veit Gregor.

Gregor kam am nächsten Abend pünktlich um halb neun. Und nun war es ihm endlich gelungen, Elisabeth nervös zu machen. Sie hatte den Tag in großer Unruhe verbracht. Vormittags war sie beim Arzt gewesen, sie hatte lange warten müssen und war dann, wie erwartet, gesund geschrieben worden.

Während der Stunden, die sie im Warteraum verbrachte, hatte sie Zeit genug gehabt, über alles nachzudenken. Sie hatte sich selbst sehr energisch zur Ordnung gerufen. Er hatte sie geküßt, er hatte sie ein paarmal sehr eindringlich und merkwürdig angesehen. Und heute abend wollte er mit ihr ausgehen. Schön. Was weiter? Eine höfliche Geste. Und der Kuß? Eine Laune. Sie war keine achtzehn Jahre, daß sie sich irgendwelche Torheiten einbildete.

Morgen reiste er ab zu seinen Außenaufnahmen, und dann würde sie ihn wohl nie mehr wiedersehen.

Als sie vom Arzt kam, rief sie bei der Firma Bossert an und ließ wissen, daß sie am Montag wieder zur Arbeit kommen würde. Lissy, die Sekretärin, begrüßte sie mit einem Wortschwall.

»Wir dachten schon, Sie kämen gar nicht mehr wieder. Alles wieder O. K.? Wie war's im Sanatorium?«

»Danke. Ich bin ganz in Ordnung.«

»Da wird sich Felixchen aber freuen. Der Arme ist ganz dünn geworden. Die Sehnsucht, wissen Sie.« Lissy kicherte vergnügt.

»Da machen wir Montag einen schicken Umtrunk, was? Sie müssen einen ausgeben, Fräulein Ohl.«

Wie fern ihr das alles gerückt war. Die Firma Bossert schien in ein früheres Leben zu gehören.

Und was war das jetzige Leben? Doch nicht dieser fremde und doch so vertraute Mann? Dieses Gesicht, das sie so oft gesehen hatte, ohne den Menschen zu kennen? Wenn man von dem kurzen Besuch in der Klinik absah, hatte sie ihn vor zwei Tagen kennengelernt. Wirklich erst vor zwei Tagen? Und er hatte sie geküßt. Warum hatte er das bloß getan?

Bis zum Abend wappnete sie sich mit Widerstand, versuchte eine Kraft vorzutäuschen, die sie nicht besaß.

Nachmittags sagte sie zu Tobias: »Ich glaube, ich gehe heute abend nicht mit.«

»Aber warum denn nicht? Wo du doch jetzt beim Friseur warst. Und so hübsch aussiehst.«

»Ich wäre sowieso heute zum Friseur gegangen«, sagte sie leicht gereizt. Aber sie war wieder bei dem Friseur in der Stadt gewesen, bei dem gleichen, der sie damals am Tage des Betriebsfestes frisiert hatte. Er hatte sie sogar wiedererkannt, was sie sehr erstaunt hatte.

»Sie waren lange nicht da, gnädige Frau. Waren Sie damals nicht zufrieden?«

»Doch. Ja. Sehr.«

»Machen wir wieder die gleiche Frisur?«

»Oh, wie Sie meinen.«

Die Rechnung machte über zehn Mark. Ein Wahnsinn bei ihren derzeitigen Verhältnissen. Schließlich bekam sie seit Wochen nur Krankengeld.

Aber frisiert war sie wieder vorzüglich. Und wie damals hantierte sie vorsichtig mit ein wenig Farbe vor dem Spiegel. Und zog das blaue Kleid an. Ein anderes kam nicht in Frage.

Tobias wiegte mißbilligend den Kopf hin und her.

»Na ja, das Kleid, also weißt du, der letzte Schrei ist es gerade nicht. Wir müssen jetzt wirklich mal ein neues kaufen, für abends zum Ausgehen.«

»Aber ich gehe ja nie aus.«

»Wer sagt denn das? Heute zum Beispiel gehst du aus ...«

Elisabeth unterbrach ihn nervös. »Das ist noch gar nicht sicher. Vielleicht kommt er gar nicht.«

Im stillen hoffte sie das sogar. Es würde ganz lehrreich sein, wenn sie hier sitzen und auf ihn warten würde. Dann würde wohl endlich Schluß sein mit diesen dummen Gedanken.

»Er kommt bestimmt«, sagte Tobias voll Vertrauen. »Und sonst siehst du prima aus. Wirklich prima.«

Auch Gregor machte ihr als erstes ein Kompliment. Er behielt ihre Hand in der seinen und sah sie lange an.

»Sie sehen bezaubernd aus, Elisabeth.«

Ich sehe nicht bezaubernd aus. Ich habe nie bezaubernd ausgesehen, hätte sie sagen mögen. Aber ihr Lippen waren steif, und ihr Herz klopfte. Auch sagte man so etwas nicht, wenn man ein Kompliment bekam. Man lächelte und freute sich darüber.

Gregor schob seinen Arm unter ihren und drehte sich mit ihr zu Tobias um.

»Sind wir ein hübsches Paar, wir beide?«

»Das schönste, das ich je gesehen habe«, rief Tobias voll Überzeugung.

»Das dachte ich mir«, erwiderte Gregor gutgelaunt. »Und nun wollen wir uns mal dem staunenden Volke zeigen. Ich habe einen Tisch bei ›Talbot‹ bestellt. Meinen speziellen Tisch, den ich immer hab', wenn ich dort bin. Oft geh' ich ja nicht aus. Nur wenn ich eine besonders hübsche Frau vorzuzeigen habe.«

»Sie schwindeln sehr geübt«, sagte Elisabeth mit einem matten Lächeln.

»Sie sollten mir und auch sich selbst nicht so sehr mißtrauen«, erwiderte Gregor und sah sie wieder mit seinem eindringlichen Blick an, vor dem es kein Ausweichen gab.

Das Lächeln auf Elisabeths Lippen erstarb. Sie erwiderte aber mutig seinen Blick. »Doch«, sagte sie leise und entschieden, »das tue ich.«

Er lächelte. »Ich weiß. Und Sie haben in beiden Fällen unrecht. Aber das macht nichts. Es gibt viele Arten, ein Spiel zu spielen.«

Darauf schwieg Elisabeth, hilflos wieder. Ein Spiel zu spielen. Was für ein Spiel, um Gottes willen? Aber ein Spiel auf jeden Fall und nichts anderes. Das würde sie nicht vergessen.

Tobias hatte mit wachen hellen Augen dem leichten Dialog gelauscht. Es war alles sehr spannend. Und es kam ihm ungeheuer wichtig vor.

Als sie fort waren, schaltete er den Fernsehapparat ein, aber er konnte sich nicht auf das Programm konzentrieren, immer wieder wanderten seine Gedanken hinter den beiden her.

Zu »Talbot« waren sie gegangen. Ein sehr elegantes Restaurant. Er war natürlich noch nie dort gewesen. Elisabeth auch nicht. Man las nur manchmal in der Zeitung, wer von der Prominenz der Stadt da gespeist hatte. Und heute war also seine Elisabeth dort. Schade, es war wirklich zu schade, daß sie kein schöneres Kleid anhatte.

Auch Elisabeth war sich dessen bewußt, als sie hinter Gregor, von dem Oberkellner geleitet, durch das Lokal ging. Sie blickte nicht rechts noch links. Aber sie bemerkte, daß man von allen Tischen zu ihnen hinblickte. Jeder kannte Gregor, und jeder sah sie an.

»Sie waren lange nicht mehr da, Herr Gregor«, sagte der Ober, nachdem er ihnen die Stühle zurechtgeschoben hatte. »Die Aufnahmen schon beendet?«

»Nicht ganz. Nächste Woche fangen wir erst mit den Außenaufnahmen an.« Gregor sprach lässig, in dem schleppenden Ton, den er immer der Außenwelt gegenüber gebrauchte.

»Herr Classen war gestern abend hier«, sagte der Ober, »er hat kein Wort davon gesagt, daß Sie in München sind, Herr Gregor.«

»Das weiß er auch nicht, Herr Neumann.«

»Ah so, das ist gut.« Herr Neumann erlaubte sich ein kleines Lachen und fragte dann: »Das Übliche, Herr Gregor?«

Gregor nickte.

Der Ober wandte seinen fragenden Blick zu Elisabeth. »Für die gnädige Frau auch?«

»Auch«, sagte Gregor.

Sie bekamen die Speisekarten diskret auf den Tisch gelegt, und Herr Neumann schickte einen zweiten Ober, der in einiger Entfernung gewartet hatte, mit der Order »Zwei Gregors« zur Bar.

»Sie mischen hier einen Spezialcocktail für mich, den sie ›Gregor‹ nennen«, erklärte Gregor. »Alles so ein Unsinn, für den ich nichts kann. Aber ich hoffe, er schmeckt Ihnen wenigstens.«

Elisabeth lächelte. »Sicher. Ich habe wenig Erfahrung mit Cocktails und kann nichts Fachmännisches dazu sagen.«

»Und jetzt werden wir beraten, was wir essen.« Gregor nahm die Speisekarte. »Worauf haben Sie Appetit, Elisabeth?«

Elisabeth hob die Schultern. Sie hatte auf gar nichts Appetit. Sie war in einem Zustand, in dem sie nichts zu essen brauchte.

»Gefällt Ihnen das Lokal?«

»Sehr gut.«

»Waren Sie schon einmal hier?«

»Nein. Noch nie. Ich gehe sehr selten aus, das wissen Sie ja.«

Es machte Gregor Spaß, mit Elisabeth hier zu sitzen. Es machte Spaß, ihr das alles zu zeigen. Und überdies machte es ihm den meisten Spaß, sie den anderen zu zeigen. Er hatte zwei, drei Bekannte im Lokal entdeckt, die er übersah. Er wußte, daß man darüber rätselte, wer die Frau an seiner Seite war. Daß Elisabeths Kleid nicht besonders elegant war, störte ihn nicht. Sie war mit ihm hier, und das zeichnete sie vor allen anderen Frauen aus, bedeutete mehr, als trüge sie das extravaganteste Modell. Und im übrigen sah sie wirklich gut aus. Das erfüllte ihn mit Befriedigung. Das Licht bei »Talbot« war sehr dezent, schmeichelte Frauengesichtern, überdies brannte auf dem Tisch eine Kerze.

Sie hatte sich ein wenig zurechtgemacht, nicht zuviel, kaum bemerkbar, das gefiel ihm. Und ihr Haar war wirklich sehr schön.

»Sie haben einen guten Friseur, Elisabeth«, sagte er, nachdem er sie eine Weile betrachtet hatte, während sie die Karte studierte.

Sie blickte rasch auf. »Ich bin heut erst zum zweitenmal dort gewesen«, sagte sie ganz wider Willen. Was ging ihn das schließlich an?

»Und wann das erstemal?«

»An jenem Abend.«

Er verstand sofort. »Als Sie das letztemal ausgegangen sind, nicht wahr?«

Sie nickte. »Damals hatte ich auch versucht, mich ein bißchen hübsch zu machen. Eigentlich mehr Tobias zuliebe.«

»Und heute mir zuliebe?«

Sie nickte.

Er nahm ihre Hand und hob sie an seine Lippen. »Heute wird dich niemand überfahren. Heute bin ich bei dir und passe auf.«

Alles hätte er sagen dürfen, nur dies nicht. Wann hatte jemals jemand zu ihr gesagt: Ich bin bei dir und passe auf? Und wenn es etwas gab, was eine Frau ersehnte, wenn es etwas gab, was ihr Herz treffen konnte, dann waren es Worte wie diese. Sie war nahe daran, die Fassung zu verlieren. Ihre Lippen hatten sich staunend ein wenig geöffnet, ihre Augen wurden dunkler.

Gregor sah alles. Jede Regung in ihrem Gesicht. Und er wußte auch genau, was er gesagt hatte, er wußte, wie man Frauen traf. Und er hatte sie geduzt.

Doch neben dem Interesse, mit dem er sie beobachtete, diese seltsame, scheue und doch selbstsichere Mädchenfrau, empfand er Zärtlichkeit. Ein warmes, herzliches Gefühl, das neu für ihn war. Vielleicht nicht neu, aber so lange nicht mehr empfunden, daß er es vergessen hatte.

Die Cocktails kamen.

Sie waren sehr stark und herb, und sie schmeckten Elisabeth sehr gut. In ihrer Verwirrung trank sie das Glas schnell und unbedacht aus. Dazu rauchte sie die Zigarette, die Gregor ihr angeboten hatte. Ihre Hand zitterte ein wenig.

Gregor winkte Herrn Neumann mit den Augen.

»Wir nehmen noch zwei. Und jetzt werden wir uns endlich aussuchen, was wir essen.«

Sie speisten ausgewählt, doch sie aßen beide nicht viel. Herrn Neumanns Helfer mußten die Platten halbgefüllt wieder wegtragen. Dafür tranken sie um so mehr. Elisabeth merkte noch während des Essens, daß ihr der Wein in den Kopf stieg. Oder waren es die ungewohnten Cocktails gewesen? Ihr war ein wenig wirr. Ihre Wangen hatten sich gerötet, ihre Augen glänzten. Und sie sprach auch mehr als sonst.

Gregor wollte viel von ihr wissen. Er fragte nach ihrer Arbeit.

»Darüber ist nicht viel zu erzählen«, sagte sie.

»Warum nicht?« beharrte er. »Was machst du dort den ganzen Tag?« Er war bei dem Du geblieben, ganz selbstverständlich.

Ja, was machte sie eigentlich? »Ich weiß es nicht mehr«, sagte sie und lachte ein wenig töricht. »Es ist so lange her.«

»Gehst du gern dorthin?«

»Gern? Wer tut so etwas gern. Es ist Alltag. Es ist oft langweilig.«

»Möchtest du lieber etwas anderes tun?«

»Früher wollte ich Medizin studieren.«

»Früher? Wann früher?«

»Das ist lange her. Als ich noch jung war.«

»Jung bist du jetzt noch, Elisabeth.«

Sie sah ihn an, und sie glaubte ihm.

»Und warum hast du nicht Medizin studiert?«

»Wir hatten kein Geld nach dem Kriege.«

»Das wäre auch nichts für dich gewesen. Du bist keine Frau für einen schweren Beruf. Du bist zu zart. Du solltest überhaupt nicht arbeiten.«

Sie lachte wieder. »Was soll ich denn tun? Jeder Mensch muß arbeiten.«

»Du solltest zu deinem Vergnügen leben. Das tun viele Frauen.«

»Das habe ich nie getan.«

»Auch nicht, als dieser Paul noch bei dir war?«

Sie schüttelte den Kopf.

»Wo ist Paul?«

»Er ist tot.«

»Und ihn hast du geliebt?«

Sie nickte.

»Und wen noch?«

Sie hob die Schultern.

»Sonst niemanden?«

»Nein.«

Was für Fragen, und sie gab Antwort. Sie war wie verhext. Sie hatte zuviel getrunken. Und er sah sie so seltsam an. Er ließ sie nicht aus den Augen. Es waren männliche Augen, und sie hielten sie fest. Das war noch schlimmer als der Wein.

Sie versuchte, sich aus diesem Bann zu befreien. »Ich weiß gar nicht, warum Sie das interessiert?«

Er lächelte. Auch er war jetzt ein wenig verhext. Eine Frau wie diese hatte er nie neben sich gehabt. Ein Gespräch wie dieses nie geführt. Eine neue Rolle, und er spielte sie ganz.

»Warum sagst du Sie zu mir?«

Sie sah ihn nur mit großen Augen an.

»Hast du schon gemerkt, daß ich du zu dir sage? Warum sagst du es nicht auch?«

»Das kann ich nicht.«

»Warum nicht?«

»Ich kann es nicht.«

Er lehnte sich zurück, zündete eine neue Zigarette an. »Du wirst es lernen.«

»Warum ... warum sprechen Sie so zu mir?«

»Weil ich dabei bin, Elisabeth zu entdecken. Die richtige Elisabeth, die keiner kennt. Die auch Paul nicht gekannt hat.«

Elisabeth schwieg. Sie blickte an ihm vorbei, ins Lokal, auf die Menschen, die da saßen. Sie sah alles merkwürdig scharf und doch wie weit entfernt. Sie spürte seine Hand, die sich um ihre legte, seine Finger, die sich fest um die ihren schlossen.

»Woran denkst du?«

»Ich weiß nicht. Ich kann jetzt gar nicht richtig denken.«

Er lächelte zufrieden. »Nein, du hast immer viel zuviel gedacht. Du bist sehr vorsichtig mit der Welt und mit dem Leben umgegangen, sehr mißtrauisch, nicht wahr? Daß es dir nur nicht zu nahe kam, daß es nur Elisabeth nicht anfaßte und durcheinanderschüttelte, nicht wahr? Elisabeth, das ist ein schöner Name. Ich liebe deinen Namen. Die heilige Elisabeth. Du bist aber keine Heilige. Du bist eine ganz lebendige Frau. Du weißt es nur nicht.«

»Bitte«, sagte sie angstvoll, »bitte ...«

Er hielt noch immer ihre Hand. Jetzt zog er sie zu sich heran, beugte sich vor, ihre Gesichter waren nahe aneinander. »Worum bittest du mich, Elisabeth?«

Worum? daß du ruhig bist, daß du aufhörst zu reden, daß du mich losläßt, daß du weggehst, daß du... Auch alle Geräusche waren scharf und klar. Jedes Klirren, jedes Frauenlachen, Gesprächsfetzen, das Bartrio aus dem Nebenraum.

»Wollen wir tanzen?«

Er zog sie an der Hand hoch und schob sie vor sich her. Sie ging, als seien ihre Beine aus Watte. Ich darf nichts mehr trinken. Warum starren alle Leute mich so an? Wie sehe ich aus?

Die Bar war klein, nur ein einziges Paar tanzte auf der winzigen Fläche. Er legte den Arm um sie, und sie tanzten. Mein Kleid, dachte Elisabeth. Und ich kann gar nicht gut tanzen. Aber er hielt sie fest, sie spürte seine Hand im Rücken und spürte seinen Blick, der unter gesenkten Lidern auf ihrem Gesicht lag.

Der Barmann riß erstaunt die Augen auf. Herr Neumann erschien unter der Tür und staunte auch. Man hatte Herrn Gregor noch nie tanzen gesehen. Man wußte, daß er nicht tanzen mochte. Selbst auf den wenigen Bällen, die er besuchte, tanzte er nie. Aber heute tanzte er. Mit einer Frau, die kein Mensch hier kannte.

Der Barmann blickte sehnsüchtig zur Tür. Ob der Sanders nicht bald kam? Er hatte vorhin mit der Redaktion telefoniert, gleich nachdem Herr Neumann ihm gesagt hatte, daß Gregor gekommen sei. Der Filmreporter Sanders machte zwar Abend für Abend seine Streifzüge durch die einschlägigen Lokale. Außerdem aber bestand ein Abkommen mit dem Barmann, daß er verständigt wurde, falls interessante Gäste kamen. Heute war mit einem guten Trinkgeld von Sanders zu rechnen.

»Du tanzt gut, Elisabeth.«

»Ich tanze so selten.«

»Es ist nicht gesagt, daß man Dinge schlecht tut, die man selten tut. Sieh mich an, Elisabeth.«

Sie hob den Blick und sah ihn an. Wieder dieser Blick, der ihn entzückte: Verwirrung, Angst, Staunen und nun noch etwas anderes.

»Du küßt auch nicht oft, Elisabeth, nicht wahr? Aber du hast mich gut geküßt.«

»Ich habe dich nicht geküßt«, sagte sie, wie in Trance.

»Doch. Und du wirst mich wieder küssen.«

»Bitte«, sagte sie wieder, »bitte...«

»Worum bittest du, Elisabeth? Daß ich dich wieder küssen soll?«

Die Musik schwieg. Seine Lippen glitten leicht über ihre Wange, bis zum Winkel des Mundes.

Der Barmann hatte es gesehen und spitzte die Lippen wie zu einem Pfiff. Wo der Sanders nur blieb? Er würde vielleicht wissen, wer die Fremde war.

Gregor legte die Hand unter ihren Arm und brachte sie zurück zu ihrem Tisch.

Herr Neumann hatte inzwischen Champagner serviert und füllte jetzt die Gläser.

»Ich möchte nichts mehr trinken«, sagte Elisabeth.

»Warum nicht?«

»Es ist zuviel. Ich... ich kann nicht soviel trinken.«

»Möchtest du woanders hingehen?«

»Nein.«

»Etwas anderes trinken?«

Sie schüttelte den Kopf. Gregor war berauscht von seinem Spiel. Sie sollte diesen Paul vergessen, sie sollte alles vergessen und so sein, wie sie wirklich war. Diese stille, sanfte Elisabeth, deren Augen doch so seltsam glänzen konnten.

»Warst du schon einmal an der Côte d'Azur?«

»Nein.«

»Ich miete dort ein Haus für den Sommer. Wenn ich zurück bin, fahre ich hin. Und du kommst mit.«

Der Reporter Sanders, lang und schlaksig, das dichte, blonde Haar kurz geschnitten über dem energischen Jungensgesicht, kam durch das Lokal geschlendert. Er grüßte verschiedene Leute, grüßte auch zu Gregors Tisch hin, machte Anstalten näherzukommen. Doch Gregor ignorierte ihn. Er hatte die ganze Zeit schon darauf gewartet, daß Sanders auftauchte. Er konnte sich nie in einem Lokal aufhalten, ohne daß Sanders kam. Nun war er also da. Gleich würde er zu fragen beginnen.

»Ich möchte nach Hause gehen«, sagte Elisabeth.

»Aber es ist noch nicht spät.«

Der Kopf tat ihr weh, und das Gefühl der Unwirklichkeit wuchs. Was geschah eigentlich an diesem Abend? Warum konnte sie nicht anders mit ihm sprechen? Leicht und heiter, das alles nicht ernst nehmen. Genausowenig wie er es ernst nahm.

Später tanzten sie noch einmal. Sanders saß auf dem Barhocker, den Rücken zur Bar, und sah ihnen aufmerksam zu.

»Hei, Mr. Gregor«, sagte er, als sie vorbeitanzten. »Wieder im Land?«

Gregor gab keine Antwort. Doch als der Tanz zu Ende war, dirigierte er Elisabeth zur Bar, half ihr auf einen Hocker und stellte sich dicht neben sie.

»Zwei Whisky«, sagte er.

Elisabeth wollte protestieren, doch sie schwieg.

Gregor geruhte jetzt, von dem Reporter Notiz zu nehmen.

»Hallo, Sanders, was für ein Zufall!«

»Kann man wohl sagen. Jeder behauptet, Sie seien in Wien. Und auf einmal sind Sie hier. Was verschafft uns die Ehre?«

»Geht Sie nichts an.«

»Wie waren die Aufnahmen?«

»Brillant. Wird ein Klassefilm.«

»Na, wunderbar. Und wie hat sich Sonja gehalten?«

»Erstklassig. Ihr werdet staunen.«

Gregors Gesicht war undurchdringlich. Er war ein wenig betrunken, sah auch alles klar und überdeutlich. Sanders' neugieriges Gesicht reizte ihn zum Lachen.

»Ist Sonja auch in München?« fragte der Reporter.

»Keine Ahnung.« Er hob sein Glas, das Eis klirrte, er beugte sich nahe zu Elisabeth: »Auf dein Wohl!«

Elisabeth nippte nur. Sie hatte noch nie Whisky getrunken, und sie wollte überhaupt nichts mehr trinken.

»Ist es wahr, daß Sie wieder heiraten?«

Gregor kniff die Augen zusammen und fixierte den Reporter scharf.

»Ja«, sagte er lässig. Er machte eine wirkungsvolle Pause, legte dann seine Hand auf Elisabeths Knie. »Diese Dame hier.« Dem abgebrühten Sanders verschlug es für einen Augenblick die Sprache.

»Donnerwetter«, sagte er dann. »Das sind news. Gratuliere. Würden Sie mich der Dame vorstellen?«

»Nein. Aber wenn Sie mich jetzt und bis auf weiteres in Ruhe lassen, verspreche ich Ihnen einen Exklusivbericht. Ist das ein Wort?«

»Das ist ein Wort. Obwohl ich ganz gern jetzt im Moment . . «

»Nichts zu machen. Kein Kommentar.« Er nahm Elisabeths Hand. »Komm«, sagte er. Und zu dem Barmann: »Schicken Sie uns die Drinks an den Tisch.«

»Was soll der Unsinn?« fragte Elisabeth, als sie wieder an ihrem Tisch waren.

»Ich kann die Burschen nicht leiden. Ewig schnüffeln sie einem nach. Jetzt hat er was, woran er knabbern kann.«

»Ich möchte nach Hause«, sagte sie leise.

»Bist du müde?«

»Ja.«

Als sie im Wagen saßen, fuhr Gregor zunächst in Richtung Schwabing. Er hatte daran gedacht, Elisabeth einfach mitzunehmen. Er war gespannt, was sie sagen würde. Es war schon so etwas wie Gewohnheit.

Sie schien gar nicht zu merken, wohin er fuhr. Sie saß ganz still und blickte geradeaus.

Aber unterwegs bog er ab. Nein. Sie nicht. Nicht so.

Als sie vor ihrem Haus hielten, wandte er sich zu ihr, legte beide Hände um ihr Gesicht und blickte sie eine lange Weile schweigend an.

»Mach die Augen zu!« sagte er leise.

Elisabeth schloß die Augen, und er küßte sie. Er küßte sie sehr sanft und zärtlich, ihren Mund, ihre Augen, die Stirn.

»Warum tust du das?« flüsterte sie, als er sie losließ.

»Ich weiß es noch nicht«, sagte Gregor.

Und damit verschwand Veit Gregor aus ihrem Leben. Für immer, wie sie hoffte. Oder wie sie sich einredete.

Das Leben war wie früher. Sie ging ins Büro, wo es nach dem Begrüßungstag wieder zuging wie immer. Man hatte ihr Blumen auf den Schreibtisch gestellt. Herr Bossert unterhielt sich eine Weile sehr freundlich mit ihr. Die Mädchen kamen und wollten alles über Veit Gregor wissen.

»Da gibt es nicht viel zu erzählen«, sagte Elisabeth mit leichter Ironie. »Das Vergnügen, von ihm überfahren zu werden, habe ich nicht richtig auskosten können. Und dann hat er mich einmal in der Klinik besucht. Ganz kurz nur.«

»Er ist toll, nicht?«

»Ihr wißt ja alle, wie er aussieht und wie er redet. Genauso war er da auch.«

»Und dann haben Sie nichts mehr von ihm gehört?«

»Nein.«

Ein Glück, daß keiner etwas von dem Haus am Tegernsee wußte. Jeder glaubte, sie sei in einem Sanatorium gewesen.

Das Betriebsfest und der Unfall waren einige Monate her. Aber noch immer beschäftigte die Kollegen und besonders die Kolleginnen eine ungelöste Frage. Fräulein Lissy fragte schließlich: »Was haben Sie eigentlich damals mitten in der Nacht in der Stadt gemacht?«

Elisabeth blickte sie ruhig an. »Darüber möchte ich nicht sprechen«, sagte sie ganz gelassen.

Die anderen waren beeindruckt. Irgendwie schien ihnen Elisabeth Ohl verändert zu sein. Sehr überlegen und ein wenig gleichgültig allem gegenüber, was vorging. Und nun hatte sie auch noch ein Geheimnis.

»Sie muß einen Liebhaber haben«, erklärte Lissy der kleinen Stenotypistin Gundula, die bei ihr im Vorzimmer saß. »Wer hätte das von ihr gedacht? Sie ist ein stilles Wasser. Das sind die schlimmsten.«

Auch Herrn Lenz interessierte die Frage natürlich ungeheuer, was Elisabeth an jenem 1. Februar um Mitternacht in der Stadt gemacht hatte, anstatt mit ihm Walzer zu tanzen. Aber er hatte ihre Antwort an Lissy gehört und stellte natürlich keine Frage. Das hätte er sich nie erlaubt.

Dafür verwöhnte er Elisabeth. Sie durfte nicht viel arbeiten in den ersten Tagen. Nur ganz leichte Sachen reichte er ihr zu. Er kochte Kaffee wie früher. Und immer wieder erkundigte er sich besorgt, wie sie sich fühle. Ob sie auch keine Kopfschmerzen habe?

Elisabeth hatte oft Kopfschmerzen. Es war wohl immer noch eine Folge der Gehirnerschütterung. Vielleicht kam es auch ein bißchen daher, daß so merkwürdige Gedanken jetzt in ihrem Kopf wohnten.

Gregor!

Immer wieder, von Anfang bis Ende, wiederholte sich in ihrem Denken der Abend bei »Talbot«, was er gesagt, was sie gesagt hatte. Wie er sie angesehen hatte. Seine Hand auf ihrer. Sein Arm um sie beim Tanzen. Der Kuß auf die Wange. Und was hatte er nur mit diesem Mann an der Bar geredet? Irgend etwas von Heiraten. Sie hatte es nur halb verstanden.

Und dann natürlich kam sie zum Ende des Abends. Sie saßen im Auto. Er hatte ihren Kopf in seinen Händen. »Mach die Augen zu!«

Er hatte sie geküßt. Waren es Minuten gewesen, Stunden? Er hatte sie richtig geküßt, wie noch nie jemand sie geküßt hatte. Paul vielleicht. Aber das war lange her, sie wußte es nicht mehr.

Sie wußte nur, daß sie ihn wiedergeküßt hatte. Daß sie sich an ihn drängte, ihn spürte, seinen Körper, seine Hände, es war ein ganz fremdes, wildes Gefühl.

War sie denn wahnsinnig gewesen? »Warum tust du das?« »Ich weiß es noch nicht«, hatte er geantwortet und sie fest, ganz fest an sich gezogen, daß sie kaum atmen konnte, sich nicht mehr rühren konnte in seiner Umarmung. Seine Lippen glitten an ihrem Hals herab, und dann hatte auch sie den Arm um ihn gelegt.

Was hatte sie bloß gemacht? Sie wußte nicht mehr, wie sie aus dem Auto gekommen, wie die Treppe hinaufgekommen war. Seine letzten Worte hatte sie nicht gehört.

Tobias wartete auf sie. Er wollte sie mit neugierigen Fragen überschütten, doch als er ihr ins Gesicht sah, erschrak er. »Was hast du? Ist dir nicht gut?«

»Nein. Ich gehe gleich zu Bett. Ich habe Kopfschmerzen.«

»Brauchst du etwas? Soll ich . . . ?«

Sie hatte keine Antwort gegeben. In ihrem Zimmer starrte sie in den Spiegel. Ihr Gesicht war totenblaß. Ihre Lippen bleich, das Haar verwirrt. Die Augen übergroß. Sie zitterte.

Irgend etwas war passiert. Etwas Schreckliches. Sie war nicht unter ein Auto gekommen. Aber irgend etwas anderes, genauso Schreckliches war passiert. Nur daß sie diesmal bei Bewußtsein war und es immer wieder erleben mußte, von Anfang bis Ende, in dieser Nacht, am folgenden Tag, und an allen folgenden Tagen und Nächten.

Äußerlich merkte man ihr nichts an. Schon am nächsten Morgen saß sie ihrem Vater gleichmütig am Frühstückstisch gegenüber. »Also nun erzähl mal. Ich glaube, gestern hast du einen kleinen Schwips gehabt.«

Sie konnte lächeln. »Ich glaube auch.«

»Wie war es?«

»Oh, sehr nett.«

Tobias wollte alles wissen. Wie das Lokal aussah, was für Leute dagewesen seien, was sie gegessen hatten.

Elisabeth berichtete. Sie kam doch nicht daran vorbei.

»Und er?«

»Oh, er war sehr nett.«

»Manchmal ist er auch ein bißchen merkwürdig, nicht?« stellte Tobias nachdenklich fest.

»Ja. Manchmal schon. Er ist eben ein ungewöhnlicher Mensch.«

»Ein Künstler«, sagte Tobias andächtig. »Sie sind immer anders als gewöhnliche Menschen. Ob wir noch einmal etwas von ihm hören?«

»Hoffentlich nicht«, antwortete Elisabeth, und das war ihr Ernst.

Darauf betrachtete Tobias sie eine Weile schweigend und nachdenklich. Ganz so harmlos, wie Elisabeth vielleicht dachte, war er nicht. Es war etwas vorgefallen, es war irgend etwas gesagt oder getan worden zwischen ihr und Gregor, das sie ängstigte. Das spürte er ganz genau. Möglicherweise hatte sich Elisabeth in ihn verliebt? Schließlich liebten ihn alle Frauen. Und die kannten ihn nicht einmal persönlich. Es war durchaus denkbar. Aber Tobias hütete sich, darüber ein Wort zu verlieren.

Sehr aufgeregt wurde er erst, als er im »Abendblatt« in der Filmspalte Sanders' Bericht las.

> Ein paar drehfreie Tage vor Beginn der Außenaufnahmen zu dem Iris-Film »Die verlorene Stunde« benützte Veit Gregor zu einem kurzen Besuch in München. Eigentlich sollte keiner davon wissen, aber ich entdeckte ihn Freitag abend bei »Talbot«, wo er in Gesellschaft einer sehr zurückhaltenden blonden Dame speiste. Sogar auf dem Tanzparkett war Greg diesmal zu finden. Ich gestehe, ein Anblick, der mich bald vom Stuhl riß, denn Greg ist als passionierter Nichttänzer bekannt.
>
> Wie immer war er nicht sehr kooperativ. Der Film wäre brillant, die Aufnahmen seien planmäßig verlaufen. Sehr warme Worte fand er für seine Partnerin Sonja Markov, die ja, wie bekannt, in »Die verlorene Stunde« ihre erste Hauptrolle spielt. Zuletzt stellte ich noch die Frage, ob die Heiratsgerüchte wahr seien. Überraschenderweise antwortete

Greg mit einem deutlichen »Ja«. Aber, halten Sie sich fest, meine Leser, nicht Sonja Markov ist die Auserwählte, sondern die Unbekannte, die ich an jenem Abend neben Greg sah. Er deutete es jedenfalls an. Es fällt mir schwer, das zuzugeben: Aber ich habe keine Ahnung, wer die Dame ist. Aus der Branche schien sie jedenfalls nicht zu sein.

Tobias las die Meldung ein zweites und ein drittes Mal. Dann legte er schweigend die Zeitung vor Elisabeth auf den Tisch und deutete mit dem Finger auf die Spalte.

Elisabeth las den Abschnitt, und zwischen ihren Brauen erschien eine Falte. Dann schob sie die Zeitung ärgerlich beiseite.

»Bist du damit gemeint?« fragte Tobias fassungslos.

»Höchstwahrscheinlich. Da ich ja Freitag abend mit ihm bei ›Talbot‹ war.«

»Er hat zu diesem Sanders gesagt, daß er dich heiraten will?«

»Unsinn«, sagte Elisabeth scharf. »Er hat nichts dergleichen gesagt. Er wollte den Reporter bloß loswerden und hat ihm irgend etwas erzählt, damit er den Mund hält. Und nun laß mich bloß damit zufrieden.«

»Aber . . . «

Elisabeth richtete sich auf und sah Tobias gerade an.

»Bitte, Vater, wenn du mich nicht total wahnsinnig machen willst, dann laß uns davon nicht mehr reden. Veit Gregor ist abgereist. Wir haben nichts mehr mit ihm zu schaffen. Wir waren vielleicht ein bißchen übermütig an dem Abend, und deswegen hat er so etwas Unsinniges gesagt. Aber sprich um Gottes willen zu niemand darüber, tu mir den Gefallen. Du machst mich unmöglich, das siehst du hoffentlich ein.«

Tobias überlegte rasch. Er hatte natürlich Herrn Mackensen von dem Abendessen bei »Talbot« erzählt. Glücklicherweise las Herr Mackensen nicht das »Abendblatt«. Es sei ein Revolverblatt, fand er, ganz im Gegensatz zu Tobias, der sich jeden Abend auf die Lektüre freute.

»Wem soll ich denn was sagen«, murmelte Tobias eingeschüchtert. »Ich wundere mich bloß. Das mußt du doch verstehen. Du mußt dich doch auch gewundert haben.«

»Ich hab's gar nicht gehört.«

Das war die falsche Antwort gewesen. Man konnte geradezu sehen, wie Tobias die Ohren spitzte. Und Elisabeth erriet die

Gedanken hinter seiner Stirn. Tobias spann an einem Märchen für Elisabeth. Die Fortsetzung zum »Regenbogen« gewissermaßen, der auch ein Teil seines Lebens war.

Elisabeth seufzte heimlich. Besser, man redete mit ihm nicht darüber. Und wenn er sah, daß Veit Gregor nie wiederkam, würde er es wohl mit der Zeit vergessen.

Nie wiederkam. Nie wiederkam.

Glaubte sie das wirklich? Wollte sie das, wünschte sie das? Ja, ja. Tausendmal ja. Sie wollte ihn nie wiedersehen. Sie hatte mit ihm nichts zu schaffen, nichts mit seiner Welt, sie konnte nicht mitspielen in seinem Spiel. Das verstand sie nicht.

Lauter vernünftige, kluge, besonnene Gedanken, wie sie zu ihr paßten. Sie dachte sie ständig, baute sie um sich auf, verschanzte sich dahinter und hielt sich für ganz ruhig und abgeklärt.

Aber sie konnte es nicht verhindern, daß irgendwo hinter diesem Wall aus Klugheit eine leise Stimme immer wieder flüsterte: Vielleicht kommt er doch.

Nein.

Vielleicht kommt er doch.

Nein. Wozu? Sei still. Hör auf.

Vielleicht kommt er doch.

Sie begann diese leise, beharrliche Stimme zu hassen. Und sie begann Veit Gregor zu hassen. Er hatte sie zum Narren gehalten. Ein närrisches Spiel, weiter nichts. Warum mußte er in ihr Leben kommen? Sie wollte von ihm nichts wissen.

Oder liebte sie ihn?

Lächerlich. Man konnte Veit Gregor nicht lieben. Er war gar nicht vorhanden. Er war ein Traum, eine Fiktion, eine Wunschvorstellung. Und das für Millionen von Frauen. Aber er war keine Wirklichkeit, kein lebendiger Mensch.

Aber er hatte sie im Arm gehalten und geküßt. Ganz lebendig und wirklich. So, als ob es ihn wirklich gäbe.

»Es gibt ihn nicht«, sagte Elisabeth laut in das dunkle Zimmer hinein.

Sie lag im Bett, starrte in das Dunkel hinein und schlief nicht.

Paul, hilf mir. Du bist tot. Aber du bist tausendmal wirklicher als er. Heute noch. Ihn gibt es nicht. Er ist ein Bild auf der Leinwand. Weiter nichts.

Aber − − − vielleicht kommt er doch.

Natürlich landete die Zeitung auch beim Aufnahmeteam. Irgendeiner hatte sie und zeigte sie herum. Man hielt sie Sonja unter die Nase.

»Willst du dir eigentlich einen Harem anlegen?« fragte Norman einmal beiläufig.

»Wieso?« fragte Gregor kühl.

»Zur Zeit betrachten sich offenbar zwei Damen als deine Bräute.«

»Nicht daß ich wüßte.«

Sonja beherrschte sich einen Tag lang vorbildlich. Mehr ging über ihre Kraft. Während der Außenaufnahmen hatte sich ihre Verfassung nicht gebessert. Gregor war zwar sehr höflich und freundlich zu ihr. Man hörte kein ungeduldiges Wort von ihm. Er probte mit ihr so lange, wie Norman wollte, ließ ohne Nervosität so viele Einstellungen über sich ergehen, wie notwendig waren. Er hatte die Rolle im kleinen Finger, und bei ihm stand die Aufnahme gleich. Sonja verpatzte immer noch viel. Aber sie kämpfte verbissen. Sie mußte es schaffen. Und nun dies.

Am Abend fragte sie ihn schließlich. Sie konnte es nicht länger aushalten.

»Mit wem warst du eigentlich bei ›Talbot‹?«

»Bei ›Talbot‹?«

»Du weißt genau, was ich meine. Und du hast auch gelesen, was Sanders sich da zusammenfaselt.«

»Ja, natürlich. Irgend jemand hat es mir an den Spiegel gesteckt. Du, mein Schatz?«

»Ich bin ja nicht kindisch. Also mit wem warst du dort?«

Gregor grinste sie freundlich an. »Das geht dich nichts an, mein Schatz. Muß ich dich um Erlaubnis fragen, mit wem ich zu Abend speise?«

»Die Gulda?«

Gregor betrachtete sie mitleidig. »Erstens kennt Sanders Milena, zweitens ist sie nicht blond.«

»Also wer war es?« Sonja beherrschte sich nur noch mühsam. Ihre Augen sprühten vor Wut.

»Ich weiß es nicht mehr«, erwiderte Gregor langsam. »Eine flüchtige Bekannte.«

»Sehr flüchtig. Wenn du sie sogar heiraten willst.«

»Mein liebes Kind, du gibst Heiratsmeldungen an die Presse,

ich gebe Heiratsmeldungen an die Presse, das ist doch ganz unbedeutend. Man muß seinem Publikum etwas bieten. Ich dachte mir, Sanders hat seinen Spaß dran.«

Sonja ließ mutlos die Schultern sinken. Es war gegen ihn nicht anzukommen. Es war aus, sie wußte es. Ob es nun stimmte mit dieser blonden Frau oder nicht, es war aus. Er rührte sie nicht mehr an. Vor den anderen höflich, ja galant, im übrigen gleichgültig und ihr so fern, als hätten sie sich gestern kennengelernt und sie sei ein altes, häßliches Weib. Was hatte sie nur falsch gemacht?

»Ich wünschte, wir hätten diesen verdammten Film nie gedreht«, murmelte sie mit Tränen in den Augen.

»Soweit ich mich erinnere, war es dein glühender Wunsch, in diesem Film zu spielen. Nun, du bist drin. Was willst du noch?«

»Das weißt du ganz genau.«

»Schau«, er sprach geradezu väterlich mit ihr, »du bist jung und schön. Die Männer liegen dir zu Füßen. In Zukunft werden es noch mehr sein. Du kannst unter den dicksten Bankkonten wählen. Muß ich es gerade sein?«

Sie sah ihn an, die Augen voller Tränen, das Gesicht auf einmal ganz kindlich.

»Ja«, flüsterte sie.

Gregor betrachtete sie interessiert. »Sehr hübsch, dieser Ausdruck, solltest du dir merken. Deine Mimik ist im Privatleben viel besser als vor der Kamera. Du mußt es lernen, deine Ausdrucksfähigkeit bei der Arbeit anzuwenden.«

»Du bist gemein.«

Er schüttelte bedauernd den Kopf. »Das solltest du nicht sagen.«

Sie schwieg und schluckte.

Nach einer kleinen Weile fragte sie leise: »Liebst du mich denn nicht mehr?«

Er zog peinlich berührt die Brauen hoch. »Also komm, wir drehen jetzt nicht. Wir sind privat. Bloß keine Drehbuchdialoge nach Arbeitsschluß.«

Nun liefen ihr die Tränen über die Wangen. Sie sprang auf und rannte fort.

Das Gespräch hatte in der Halle des Hotels stattgefunden, in dem sie wohnten. Es war ein altes, ein wenig heruntergekommenes

Hotel, das aber genügend Zimmer besaß, um sie alle aufzunehmen. In der Halle standen ächzende Korbsessel, ein paar alte, grüne Samtsofas, hübsche runde Stehlampen mit dicken Füßen.

An den anderen Tischen saßen ebenfalls Schauspieler. Norman saß allein mit dem Kameramann und dem Scriptgirl an einem Tisch, sie besprachen die Einstellungen für den nächsten Tag. Es war schlechtes Wetter angesagt, was ihnen Sorgen machte. Ein paar spielten Karten. Habermann studierte konzentriert im Götz, den er bei irgendwelchen Sommerfestspielen machen würde.

Alle sahen Sonjas dramatischen Abgang. Alle blickten zu Gregor hinüber, der sich ruhig eine Zigarette anzündete.

Nach einer Weile kam Norman zu ihm hinüber. Er brachte sein Whiskyglas mit.

Gregor winkte dem alten, weißhaarigen Ober, der sich abwartend im Hintergrund verhielt.

Er wies auf sein leeres Glas. »Mir auch noch einen. Einen doppelten.«

»Deine Affären interessieren mich nicht, das weißt du ja«, eröffnete Norman das Gespräch und blickte an Gregor vorbei auf eine kümmerliche, schiefe Palme, die neben ihm stand.

»Aber ich habe entschieden etwas dagegen, daß du mir meine Hauptdarstellerin vollends hysterisch machst. Sonja geht jetzt seit Wochen am Rande eines Nervenzusammenbruchs spazieren. Ich behandle sie schon wie ein rohes Ei. Wenn der Film abgedreht ist, kann sie von mir aus Schreikrämpfe kriegen oder in die Donau springen. Aber jetzt brauchen wir sie noch.«

»Was willst du eigentlich von mir? Ich bin außerordentlich höflich zu ihr. Ich probe mit ihr, als wenn sie ein taubstummes Kaninchen wäre. Sie hört kein unfreundliches Wort von mir. Kann ich mehr tun? Ich habe nie erlebt, daß eine blutige Anfängerin besser behandelt worden wäre.«

»Wie du sie behandelst, habe ich eben gesehen. Wie gesagt, es ist mir scheißegal, was ihr beiden miteinander habt oder nicht habt. Und wenn du eine Neue hast, ist es mir ebenso egal. Aber du hättest damit warten sollen, bis wir hier fertig sind.«

»Hast du mich in letzter Zeit in Gesellschaft einer Frau gesehen?«

»Spiel kein Theater mit mir. Ich wußte nicht, kein Mensch wußte, warum du unbedingt während dieser drei Tage nach

München fahren mußtest. Nicht mal Lydia hat es gewußt. Behauptet sie wenigstens. Aber die lügt ja wie ein alter Diplomat, wenn es darauf ankommt. Schön. Du hast dort eine neue Freundin. Mußtest du sie unbedingt Sanders vorführen? Und mußtest du dich für Sonjas Interview mit diesem Interview revanchieren? Für einen Mann wie dich kommt mir das reichlich albern vor. Wenn du mich fragst, ich finde es unter deinem Niveau. Jeder Mensch weiß auch so, daß du nicht heiraten willst.«

Der Whisky war gekommen. Gregor leerte langsam das halbe Glas, stellte es dann sorgfältig auf den Tisch zurück.

»Du hast vollkommen recht. Es ist unter meinem Niveau. Wenn es so wäre, wie du sagst. Außerdem täuschst du dich. Ich habe die Absicht, zu heiraten.«

Norman starrte ihn verblüfft an. »Sag das noch mal.«

»Ich werde die Frau heiraten, mit der Sanders mich bei ›Talbot‹ gesehen hat.«

»Ich werd' verrückt«, murmelte Norman. »Wer ist denn das nun wieder, um Himmels willen?«

»Du kennst sie nicht. Keiner kennt sie.« Gregor streckte den Kopf vor, seine Augen schlossen sich halb, seine Stimme klang triumphierend. »Sie hat mit euch allen hier nicht das geringste zu tun. Sie ist ein sauberer, klarer, einfacher Mensch. Sie hat ein Gesicht, verstehst du, ein Gesicht, keine Larve. Und sie hat Augen. Keine gemalten, schwarzumrandeten, glotzenden Knöpfe im Kopf. Und sie hat so etwas wie ein Herz und eine Seele, falls du dir vorstellen kannst, was das ist.«

Norman war ehrlich verblüfft, man sah es ihm an. Es dauerte eine Weile, bis er sich zu einer Antwort aufraffte.

»Kann sein, daß es so etwas gibt«, sagte er langsam. »Aber ich frage dich, um alles in der Welt, was willst du mit so einer Frau anfangen?«

»Das, was ich dir eben gesagt habe. Sie heiraten. Und mit ihr so leben, wie ich immer leben wollte. Ich bin im Grunde ein bürgerlicher Mensch.«

»Davon habe ich bis jetzt wenig gemerkt«, murmelte Norman.

»Das spricht nicht für deine Menschenkenntnis«, stellte Gregor kühl fest.

»Und du hast das alles, was du eben mir gesagt hast, auch Sonja gesagt?«

»Keineswegs. Mir liegt schließlich auch daran, daß wir den Film ohne Zwischenfälle zu Ende bringen.«

»Es kommt Regen«, meinte Norman bekümmert.

»Ich habe davon gehört. Hoffentlich regnet es nicht zu lange.«
»Hoffentlich.«

Sie saßen sich schweigend gegenüber. Auf einen Wink von Norman wechselte der Ober die leeren Gläser gegen volle aus.

»Sachen gibt's«, murmelte Norman gedankenvoll.

Gregor saß bequem zurückgelehnt, den Kopf im Nacken, und schaute ins Leere. Oder eigentlich nicht ins Leere. In die Zukunft.

Er dachte darüber nach, was er eben mit so großer Bestimmtheit verkündet hatte.

Elisabeth heiraten? Hatte er bis jetzt im Ernst daran gedacht? Daß er unlängst Sanders damit verblüfft hatte, war eine Laune gewesen.

Nein. Keine Laune. Und auch jetzt kein plötzlicher Einfall. Dahinter war mehr. Sein wirkliches Selbst, sein besseres Ich gab ihm diese Worte ein. Und die ferne, aber gewiß vorhandene Schicksalsmacht, die Veit Gregor immer Glück gebracht hatte, stand hinter ihm. Von ihr hatte er Elisabeth bekommen. Damals an jenem Abend im Februar. Als sie vor ihm auf dem Pflaster lag. Als er später zu Tobias kam. Er sah alles so deutlich vor sich, als sei es gestern gewesen.

Das war kein Zufall. Das hatte alles seine Bedeutung und seinen Sinn.

Gregors schönes Gesicht war angespannt. Er war ganz drin in seiner neuen Rolle. Lebte sie, füllte sie aus, glaubte an sie. Er, Veit Gregor, der ganz anders war, als sie alle dachten. Wer kannte ihn denn? Wer denn schon? Einer von diesen hier? Keiner.

Und schließlich dachte er auch an Elisabeth. Ihr Gesicht war schon wieder verblaßt. Aber dann kam ihm ein bestimmtes Bild in den Sinn.

Der Abend am Tegernsee draußen. Sie saß vor dem Kamin, vom Feuerschein angestrahlt, das Glas hielt sie in der Hand, um ihren Mund war ein leichtes Lächeln. Hatte sie gelächelt? Doch ja, Tobias erzählte irgend etwas Heiteres, und sie lächelte verträumt in die Flammen hinein.

Vor ihr lag der Hund, den Kopf auf ihren Füßen. Das war das entscheidende Bild gewesen. Die Großaufnahme, die ihm Eindruck gemacht hatte. Genaugenommen war der Hund daran schuld. Der Hund, der sich aus ihm nichts machte und der sie liebte. Den Kopf auf ihren Füßen.

Der Hund hatte die Wahl getroffen.

Einige Tage darauf kam Lydia zu einem kurzen Besuch. Sie kam direkt von der französischen Riviera.

»Es geht in Ordnung mit dem Haus«, berichtete sie. »Ich habe es wiederbekommen. Ein paar Kleinigkeiten sind noch zu richten. Die Warmwasserleitung funktioniert wieder nicht, aber es wird jetzt gemacht, und bis Sie hinkommen, ist alles tadellos.«

»Schön«, sagte Gregor. Er hatte schon im vergangenen Jahr das kleine Haus an der Küste zwischen St. Raphael und Cannes bewohnt und sich recht wohl gefühlt. Es lag direkt auf der Klippe, weit genug von der Straße entfernt, die hier einen Bogen machte, um ihm die Ruhe zu verschaffen, die er brauchte.

»Und Marie? Kommt die auch wieder?«

»Leider nicht. Marie arbeitet während der Saison in einem Hotel in Juan-les-Pins. Ihre Schwester Ginette kommt statt dessen. Ich habe sie nicht zu sehen bekommen, sie war gerade in Marseille, irgendwelche Verwandten besuchen. Aber sie soll genauso gut kochen wie Marie.«

»Hoffen wir's. Sobald wir hier fertig sind, reise ich hinunter. Ich mache einen schönen, langen Urlaub. Bin für niemand zu sprechen. Vor September sieht mich keiner wieder.«

»Das wird für alle Beteiligten gut sein«, bemerkte Lydia trocken. »Allein?«

»Was allein?«

»Ob Sie allein Urlaub machen?«

»Ich glaube nicht.«

»Mit ihr?« Lydia wies mit dem Kopf zu Sonja hinüber, die ein Stück entfernt von ihnen am Waldrand stand, wo Norman die nächste Einstellung besprach.

»Gewiß nicht.«

Er wartete auf die fällige nächste Frage »Mit wem denn?«, aber sie kam nicht. Lydia stellte solche Fragen nicht. Sie wußte, daß sie doch rechtzeitig genug erfuhr, was vor sich ging. Übrigens hatte auch sie bestimmt das »Abendblatt« gelesen. Und wenn jemand vermuten konnte, wer die Dame bei »Talbot« gewesen sein könnte, dann Lydia. Sie wußte schließlich, daß er am Tegernsee gewesen war und die beiden Ohls mit in die Stadt hineingebracht hatte. Er hatte nicht erzählt, daß er mit Elisabeth abends ausgegangen war. Möglicherweise aber hielt sie es für unwahrscheinlich.

»Ich soll Sie grüßen von Frau Gulda.«

»Ist sie zurück?«

»Ja. Sie rief mich gestern an.«

Gregor grinste. Er kniff die Augen hinter der Sonnenbrille leicht zusammen und blickte über das liebliche, grüne Tal, das vor ihnen lag. Das Gespräch hätte er hören mögen. Milena und Lydia, die gewohnt waren, alles von ihm zu wissen. Nun, diesmal wußten sie nichts. Diesmal würde er sie vor vollendete Tatsachen stellen. Milena, die ihn verraten hatte, und Lydia, die glaubte, er könne ohne sie keinen selbständigen Schritt tun.

Im Westen ballten sich bedrohlich ein paar Wolken zusammen.

»Verdammt«, sagte Gregor, »die sollen sich beeilen da oben. Sonst werden wir heut mit dem Waldrand nicht mehr fertig. Wir braten schon den dritten Tag hier oben. Sonja wird immer intelligenter. Es ist kaum auszuhalten. In zwei Stunden haben wir das schönste Gewitter. Es ist schon den ganzen Tag so schwül.«

Er fuhr sich mit dem Finger in seinen Uniformkragen, der ihn drückte.

Lydia, die ein leichtes, helles Sommerkleid trug, betrachtete ihn ohne jedes Mitleid. »Heiß in dem Ding, was? Schadet Ihnen gar nichts. Da schwitzen Sie wenigstens ein bißchen Bosheit aus.«

Er lachte. »Sie sind ein liebevolles Geschöpf. Haben Sie gebadet an der Riviera?«

»Dazu hatte ich keine Zeit. Bis ich dort alle auf den Trab gebracht habe, waren die paar Tage schon vorbei. Außerdem mache ich mir nicht viel aus dem Mittelmeer, das wissen Sie ja.«

»Ich weiß. Sie sind und bleiben eine Nordländerin. Ich nicht. Bis ich hinkomme, wird das Wasser hoffentlich schön warm sein.«

»Wie eine Brühe. Greulich.«

»Und haben Sie bereits Urlaubspläne, meine Teuerste? Werden Sie mich mal besuchen unten?«

»Kaum. Ich will Ihr junges Glück nicht stören.«

»Junges Glück mit wem?« fragte er unschuldig.

»Weiß ich es? Irgendeine wird es schon sein.«

»Nicht irgendeine«, sagte er geheimnisvoll.

»Ich werde mit Elke drei Wochen nach Norderney fahren, denke ich«, antwortete sie, ohne näher auf die mysteriöse Urlaubsbegleiterin einzugehen. »Sie macht zur Zeit gerade ihr Staatsexamen und wird Erholung nötig haben.«

»Sie wissen ja noch gar nicht, ob sie besteht.«

»Elke? Da können Sie sicher sein.« Bestimmtheit und Vertrauen klangen aus Lydias Worten. Ihre Tochter würde das Examen bestehen, sie hatte bisher noch jedes bestanden und immer mit Auszeichnung.

»Ich habe Elke lange nicht mehr gesehen. Ist sie immer noch so hübsch?«

»Noch hübscher.«

»Merkwürdig, daß sie nicht zum Film will. Wo sie doch durch ihre Mama so gute Verbindungen hat«, sagte er ein wenig spöttisch.

»Meine Tochter?« fragte Lydia empört. »Die hat doch Hirn im Kopf.«

»Vielen Dank.« Gregor lachte. »Aha, jetzt geht es anscheinend los. Sonja hat nur eine kurze Einstellung, dann komme ich dran. Dahinten über diese verdammten Steine muß ich klettern. Habe mir gestern schon die Hände aufgerissen.«

Er blickte wieder sorgenvoll zum Himmel.

»Sehen Sie sich das an. Das kommt schnell. Wir werden heute wieder nicht fertig.«

Lydia sah ihm nach, als er langsam auf den Waldrand zuging, um für seine Einstellung zur Stelle zu sein.

Natürlich plagte auch sie ein wenig die Neugier. Mit wem war er wohl bei »Talbot« gewesen? Sanders' Geschreibsel braucht man nicht so ernst zu nehmen, darin hatte sie mit Milena Gulda übereingestimmt. Sie hatten auch flüchtig die Frage erörtert, ob es Elisabeth Ohl gewesen sein könnte. Milena hielt es für ausgeschlossen.

Lydia hatte bei der Firma Bossert angerufen und mit Elisabeth gesprochen. Wie es ihr ginge, ob sie sich gut erholt habe. Ein paar höfliche Fragen. Elisabeth hatte ebenso höflich und nichtssagend geantwortet.

Offensichtlich konnte man diese Geschichte als erledigt betrachten. In dem Gespräch mit Fräulein Ohl hatte nichts darauf hingewiesen, daß irgend etwas Besonderes vorgefallen sei.

Als Sonja ihre Szene abgedreht hatte, kam sie zu Lydia, die auf einem gefällten Baumstamm saß und rauchte.

»Guten Tag, Frau von Wengen«, sagte Sonja überaus artig und nett, »das ist fein, daß Sie sich hier mal blicken lassen.«

Sieh an, mein Kind, dachte Lydia, wie hast du dich verändert. Komisch, daß es den meisten Leuten so gut bekommt, wenn sie mal ein paar auf den Kopf kriegen.

»Guten Tag«, nickte Lydia ihr freundlich zu. »Nun, wie geht es voran?«

»Sie sehen ja. Kommt schon wieder ein Gewitter. Vorgestern haben wir auch abbrechen müssen. Und gestern war es windig.«

Sie spähte hinüber zu den dicken Steinbrocken. »Jetzt muß er wieder da 'rumklettern«, sagte sie schadenfroh.

»Vertragt ihr euch wieder?« fragte Lydia scheinheilig.

»So kann man es nennen. Er sieht mich überhaupt nur noch an, wenn wir vor der Kamera sind. Sonst bin ich für ihn gar nicht vorhanden. Lydia«, sie wandte Lydia das schöne, schmale Gesicht zu, die großen, ummalten Augen mit den langen, angeklebten Wimpern waren voller Verzweiflung, »wer ist die Frau, mit der er bei ›Talbot‹ war?«

»Ich habe keine Ahnung. Er hat es mir nicht gesagt.«

»Aber Sie müssen es wissen. Sie waren doch zu der Zeit auch in München.«

»Ja, ich war in München. Aber ich kann ja nicht ständig hinter ihm herlaufen. Er ist abends weggegangen, und ich kann ihn nicht fragen, wo er hingeht.«

»Aber Sie haben doch auch gelesen, was Sanders geschrieben hat.«

»Das habe ich erst vorgestern gelesen, als ich von der Côte zurückkam. Ich habe doch die Sache mit dem Ferienhaus gemanagt.«

»Was für ein Ferienhaus?«

Lydia betrachtete die junge Schauspielerin mitleidig. »Er will den Sommer wieder an der Riviera verbringen. Und wollte dasselbe Haus mieten, das er letzten Sommer hatte. Sie kennen es ja.«

»Ich kenne es«, murmelte Sonja. »Da will er wieder hin. Er hat mir kein Wort davon gesagt.«

Jetzt starrte Sonja über das Tal. Zu ihrem Erstaunen bemerkte Lydia, daß sie Tränen in den Augen hatte.

»Ich werde also diesmal nicht dabeisein. Es ist aus zwischen uns. Aus. Er läßte es mich deutlich genug merken. Alle wissen es hier. Sie doch auch, Lydia?«

Lydia hob die Schultern. »Mein liebes Kind...«

»Natürlich wissen Sie es. Jeder weiß es.«

»Ich mische mich möglichst nie in seine Privataffären. Ich habe genug erlebt, das können Sie sich denken. Es fängt an, es hört auf. Was haben Sie gedacht? Daß das eine Liebe für die Ewigkeit ist? Ich hätte Sie nicht für so naiv gehalten, Sonja. Nicht mit Gregor.«

Sonja schluckte. »Ich dachte nicht, daß es so ... so wenig ist. Er war doch früher ganz anders. Was er alles gesagt hat und ...«

Lydia lachte kurz auf. »Wirklich, Sonja, Sie machen mich staunen. Ich hielt Sie für reichlich erfahren. Waren Sie nicht schon einmal verheiratet?«

»Zweimal.«

»Na also. Es fängt an, und es hört auf. Sie benehmen sich wie ein Mädchen, das seine erste Enttäuschung erlebt. Kennen Sie die Männer noch nicht besser? Diese Art Männer, meine ich, mit denen Sie es für gewöhnlich zu tun haben. Und vollends ein Mann wie er. Ich verstehe Ihren kindlichen Optimismus nicht.«

»Ich liebe ihn. Ich habe noch keinen Mann so geliebt. Und ich dachte, er liebt mich auch. Er hat es doch immer gesagt.«

Lydia ließ nur ein verächtliches »Tssss!« hören.

»Dieser Film ist schuld. Seit Wien ist er so verändert. Vielleicht bin ich unbegabt, vielleicht hat er recht.«

»Sie sind zweifellos noch keine große Schauspielerin. Aber Sie können immerhin versuchen, es zu werden. Wenn Sie bei diesem Film gelernt haben, daß doch ein bißchen mehr dazu gehört, als Sie bisher dachten, dann ist es nur Ihr Vorteil.«

Was für weise Reden, dachte Lydia spöttisch. Und sie hört sich das weiß Gott widerspruchslos an. Früher hat sie überhaupt nicht mit mir geredet. Sie muß vollkommen durcheinander sein und restlos fertig. Und am Ende liebt sie ihn wirklich. Kann man es wissen? Auch in solch einem Wesen gibt es möglicherweise so etwas Ähnliches wie ein Herz.

»Aber daß er mich so bloßstellt. Vor allen.« Sonjas Stimme bebte jetzt vor unterdrückter Wut. »Das verzeihe ich ihm nie. Nie.

Und wenn ich schlecht bin in dem Film, ist es nur seine Schuld. Er hat mich die ganze Zeit nervös gemacht. Vom ersten Tage an. Vom ersten Tage an«, wiederholte sie schrill.

»Pst!« sagte Lydia beruhigend und legte ihr die Hand auf das Knie. »Sie machen sich selber nervös. Hier, nehmen Sie eine Zigarette. Und tragen Sie's mit Fassung.«

»Kein Hund nimmt mehr ein Stück Brot von mir. Wenn er mich einfach stehenläßt, und der Film wird auch noch schlecht... Kein Hund. – Wer ist es?« Sie packte Lydias Arm und sah ihr gerade in die Augen. »Wer?«

»Wer ist was?«

»Diese Frau da. In München. Mit der er ausgegangen ist. Und die er heiraten will.«

»Zum Donnerwetter, jetzt hören Sie doch mit dieser verdammten Heiraterei auf. Kein Mensch heiratet. Sie haben damals dieses blödsinnige Interview in Wien gegeben, und das war seine Antwort drauf.«

»Ich habe nichts gesagt vom Heiraten.«

»Natürlich müssen Sie was gesagt haben.«

»Der Kerl hat mich gefragt, ob es stimmt, daß eine Heirat geplant sei. Na, und da hab' ich gelacht und hab' gesagt, jetzt könne ich darüber nichts sagen. Er solle halt abwarten, bis die Aufnahmen vorüber seien, dann könnte er mich noch mal fragen. So was hab' ich gesagt. Mehr nicht.«

»Zuviel, mein Kind. Sie kennen die Reporter. Von euch beiden hat schon viel zuviel in der Zeitung gestanden. Gregor mag das nicht. Er wird dann immer sauer.«

»Und was er jetzt dem Sanders gesagt hat? Was ist das?«

»Wir wissen beide nicht, was er Sanders gesagt hat. Wir wissen bloß, was Sanders geschrieben hat. Und Sanders ist auf Gregor nicht sehr gut zu sprechen, eben weil er nie Interviews gibt. Die Journalisten nennen ihn arrogant.«

»Das ist er auch.«

»Das kann er sein, zweifellos.«

»Wer ist die Frau?«

»Glauben Sie mir, Sonja, ich weiß es nicht.«

»Dann fragen Sie ihn.«

»Ich werde mich hüten. – Da, ich glaube, man braucht Sie.« Norman winkte vom Waldrand.

»Was kommt jetzt?« fragte Lydia.

»Einstellung 420. Gregor überrascht mich, wie ich mit dem Jungen da am Waldrand spreche und ihm den Brief gebe. Deswegen kommt er ja über die Steine geklettert.«

Lydia erinnerte sich an die Szene. »Lauf! Rasch!« ruft Sonja dem kleinen Jungen zu, der daraufhin den Hang hinunterhetzt und quer durch das Tal läuft. Gregor, im Film ein deutscher Offizier, will ihm nach. Sonja, das ungarische Mädchen, das sich so geheimnisvoll gebärdet, versucht ihn festzuhalten. Sie versucht es, da sie es mit Kraft nicht kann, mit ihren noch ungeübten Verführungskünsten. Als sie merkt, daß es nicht gelingt, zieht sie plötzlich einen Revolver aus der Tasche ihres bunten Röckchens und bedroht den Offizier damit. Der lacht nur, schlägt ihr die Waffe aus der Hand und sagt: »Das genügt, mein Kind, jetzt bist du verhaftet.« Den Jungen möchte er aber noch einholen. In seiner Tasche findet der Offizier nur ein kleines Stückchen Schnur. Er fesselt zwar das Mädchen notdürftig an einen Baum, aber noch ehe er den Hang hinunter ist, hat es sich befreit und verschwindet im Wald. Und den Jungen, der inzwischen das Tal durchquert hat, kriegt er auch nicht mehr.

Später, auf dem Weg zurück zu dem Schloß, wo er und seine Truppe Quartier bezogen haben, findet der Offizier das Mädchen im Wald. Sie ist beim eiligen Lauf über eine Wurzel gestolpert, hat sich den Fuß verstaucht und ist so unglücklich gefallen, daß sie bewußtlos ist.

Jetzt hat er sie also doch gefangen, er beugt sich zu ihr herab, sieht, wie schön, wie rührend jung und unschuldig sie ist. Was hat sie nur für ein dunkles Geheimnis? Ist sie eine Spionin? Eine Partisanin? Wenn er sie mitnimmt, wird man sie einsperren, sie vor ein Gericht stellen.

Während er noch unschlüssig bei ihr kniet, schlägt sie die Augen auf.

Und dann folgt eine sehr hübsche, sehr rührende und innige Szene, fast eine Liebesszene. Und dann bringt er sie natürlich nicht aufs Schloß, sondern in die Hütte, wo sie mit dem alten Mann, ihrem Großvater, wohnt. So nach und nach kommt der Offizier dem Geheimnis näher.

Aber so weit würden sie heute nicht mehr kommen. Dies war wohl die letzte Szene, wenn sie überhaupt damit fertig wurden.

Die Wolken hatten die Sonne schon fast erreicht, wie Lydia bei einem prüfenden Blick zum Himmel feststellte. Und dabei war es gerade erst Mittag.

Den Rest des Tages saßen sie dann alle wieder herum. Unlustig, gelangweilt. Sie würden trinken, manche spielen, und Sonja würde sich ihrem Gram hingeben.

Lydia lächelte milde. Vielleicht half der große Kummer ihr, eine bessere Schauspielerin zu werden. Vielleicht auch nicht. Die Wirkung seelischer Erschütterung auf einen Menschen ließ sich immer schlecht vorausberechnen. Wenn es überhaupt seelische Erschütterung war. Möglicherweise war es nur gekränkte Eitelkeit. Aber, dachte Lydia, auch dies konnte die Seele einer Frau sehr nachhaltig erschüttern. Eventuell mehr als echter Kummer.

An einem strahlenden Sommertag im Juni erschien Gregor vor der Ohlschen Wohnung. Er hatte den Wagen etwas entfernt vom Haus geparkt und mit Mißfallen zur Kenntnis genommen, daß sein Erscheinen Aufsehen erregte. Es war hell in dieser späten Nachmittagsstunde, die Straße belebt, Frauen standen und schwatzten, andere kamen vom Einkaufen, einige blickten aus den Fenstern.

Obwohl er eine Sonnenbrille trug und den hellen Strohhut ins Gesicht gezogen hatte, mußte er damit rechnen, erkannt zu werden. Das paßte ihm nicht.

Er ging eilig ins Haus und lief schnell die Treppe hinauf, klingelte an der ihm bekannten Tür. Es rührte sich nichts. Er klingelte wieder, mehrmals hintereinander.

Plötzlich öffnete sich die zweite Tür auf diesem Flur, und eine ältere Frau trat auf die Schwelle.

»Guten Abend, Herr Gregor«, rief Frau Berger, Herrn Mackensens Haushälterin mit überschwenglicher Wärme, als begrüße sie einen alten Bekannten. »Wollen Sie zu Ohls? Fräulein Elisabeth ist noch nicht aus dem Büro nach Hause gekommen. Sie kommt erst immer so gegen sechs. Und Herr Ohl wird spazieren sein. Wollen Sie hereinkommen und hier bei uns warten?«

Gregor betrachtete sie angewidert, als sei sie ein giftiges Reptil.

»Danke, nein«, erwiderte er kurz.

»Oder soll ich etwas ausrichten?«

»Nicht nötig. Danke sehr.« Er drehte sich um und stieg die Treppe rasch hinunter.

Das alles verdarb ihm die Laune. Offenbar hatte hier jeder mit seinem Wiedererscheinen gerechnet. Wie lästig! Was für ein Geschwätz mußte vorausgegangen sein. Das hatte man davon, wenn man sich mit solchen Leuten einließ.

Nur fort. Für immer. Und die Sache war erledigt. Gott sei Dank hatte er den großen Rosenstrauß nicht mitgenommen, den er im Wagen liegen hatte. Eine lächerliche Figur hätte er abgegeben.

In diesem Moment stand es wirklich auf des Messers Schneide, daß er für immer aus Elisabeths Leben verschwunden wäre. Abergläubisch wie er war, würde er in seinem vergeblichen Besuch die Hand des Schicksals sehen und damit die zwiespältigen Gefühle, in denen er sich befand, endgültig aus seinem Dasein vertreiben.

Jedoch unten, als er aus dem Hause trat, stieß er fast mit Tobias zusammen.

Das Strahlen, das über Tobias' Gesicht ging, die Begeisterung, mit der er begrüßt wurde, verbesserten seine Laune wieder. Etwas, nicht viel.

»Ich wollte nur einmal schauen, wie's geht«, sagte er lässig und spähte nervös um sich, ob auch keiner ihn zu intensiv betrachtete.

»Habe ich doch recht gehabt«, meinte Tobias triumphierend.

»Wieso?« fragte Gregor uninteressiert.

»Elisabeth war der Meinung, wir würden nie wieder von Ihnen etwas hören. Ich habe aber gesagt, das glaube ich nicht. Ich wußte, daß Sie wieder einmal vorbeikämen.«

Gregor lächelte flüchtig. »Hat sie das gedacht? Elisabeth ist mißtrauisch, nicht?«

»Furchtbar«, bestätigte Tobias sorgenvoll. »Sie nimmt immer das Schlechteste an.«

»Also halten Sie es nicht für das Schlechteste, wenn ich komme?«

»Das wissen Sie doch. Ich freue mich immer, wenn ich Sie treffe.«

Das klang so ehrlich und überzeugt, und der Blick aus den hellen, blauen Augen des alten Mannes war so warm und zutraulich, daß Gregor sich etwas entspannte.

»Kommen Sie mit hinauf?«

»Wo ist Elisabeth?«

»Sie kommt erst aus dem Büro.«

»Kann ich sie nicht abholen?«

»Dazu ist es zu spät. Sie ist jetzt schon unterwegs. Kommen Sie nur, es dauert nicht lange. In einer Viertelstunde ist sie bestimmt da.«

»Gut.« – Ich kann gehen oder kann bleiben, schoß es ihm durch den Kopf. Aber er wollte bleiben. Er wollte sie wiedersehen, gerade jetzt, weil er wußte, daß sie mit seinem Kommen nicht rechnete. Er mußte ihr Gesicht sehen, ihre Verwirrung, ihre Angst aufs neue.

Nein, er konnte nicht gehen. Viel zu sehr hatte er sich in den letzten Wochen mit ihr beschäftigt. Oder nicht eigentlich mit ihr, sondern mit der Funktion, die sie in seinem Leben einnehmen sollte. Mit Veit Gregor, der eine Frau wie diese mit seiner Liebe beglückte. Was für ein Ereignis!

»Moment«, sagte er. »Ich habe noch was im Wagen.«

Ungeniert jetzt um die Blicke, die ihm folgten, holte er die Rosen aus dem Auto und die Flasche Whisky, die er mitgebracht hatte.

»Haben Sie kalten Selter da?«

»Kalt wird er nicht sein«, meinte Tobias bekümmert. »Aber ich kann schnell ein paar Flaschen holen. Dort an der Ecke ist eine Wirtschaft.« Und da er spürte, daß Gregor hier nicht mehr stehen wollte: »Aber ich bringe Sie schnell hinauf. Oder nein, hier ist der Schlüssel. Sie können sich selbst aufsperren.«

Mit dem Schlüssel in der Hand, die Rosen unterm Arm, die Flasche in der anderen Hand, stieg Gregor zum zweitenmal die Treppe hinauf. Möglichst lautlos. Denn es lag ihm daran, der Nachbarin, die zweifellos auf die Heimkehr des Herrn Ohl wartete, nicht wieder zu begegnen.

Leise steckte er den Schlüssel ins Schloß, drehte ihn vorsichtig – aber nicht leise genug. Noch ehe er die Tür ganz offen hatte, hörte er, wie es nebenan lebendig wurde. Aber er blickte nicht seitwärts, schlüpfte rasch in die Wohnung, nicht ohne vor sich hin zu grinsen.

Auf einmal machte die Situation ihm Spaß. Das war alles etwas Neues. Und daß er hier nun selbst aufgeschlossen hatte, war zweifellos sehr bedeutungsvoll.

Er sah das Zimmer zum erstenmal bei Tageslicht. Das Fenster stand auf, Straßenlärm klang herein. Auf dem Tisch lag eine helle

Decke, auf der, von irgendwoher reflektiert, ein paar goldene Sonnenflecken tanzten. Ob am Tage oder am Abend, es war gemütlich in diesem Zimmer, daran änderte sich nichts. Diese alte Vitrine hatte er auch noch nie recht beachtet. Milena hatte so ein ähnliches Stück in ihrer Wohnung in Wien gehabt. Er mochte alte Möbel, hatte immer Freude an schönen Stücken. Eigentlich bestand die Absicht, das Haus am Tegernsee, das er damals mit vollem Inventar übernommen hatte, nach seinem Geschmack zu möblieren. Es war nie dazu gekommen. Jetzt fiel es ihm wieder ein.

Er wickelte die Blumen sorgfältig aus dem Papier, sah sich nach einer Vase um.

Er öffnete das altmodische Büfett, das die Breitseite des Zimmers einnahm. Erst oben, dann unten. Da war eine Vase. Und sie paßte genau für die Rosen. Er steckte sie hinein, placierte den Strauß dann mitten auf den Tisch.

Leuchtend rote Rosen, groß und voll erblüht. Er hatte sie mit Bedacht so gewählt. Nun traf sie der Sonnenstrahl von irgendwoher. Sie lebten, sie leuchteten.

Rosen für Elisabeth!

Rosen für meine Frau!

Er stand mitten im Zimmer und sagte es laut.

»Rosen für meine Frau!«

Dann lachte er wie ein übermütiger Junge. Wie würde sie staunen! Zunächst staunte Tobias, der gleich darauf mit den Wasserflaschen kam.

»Was für herrliche Rosen! Für uns?«

Gregor schüttelte den Kopf. »Für Elisabeth.«

Tobias nickte aufgeregt mit dem Kopf. »Natürlich. Sie wird gleich kommen. Na, sie wird Augen machen.«

Sie machte Augen. Sie kam ahnungslos herein, ein wenig erhitzt, in einem hellen Kostüm, die Haare verwirrt. Die beiden Männer hatten sich still verhalten, sie saßen erwartungsvoll da, der eine im Sofa, der andere in einem Sessel, und blickten ihr entgegen.

Elisabeth stand unter der Tür. Sie sah den glühenden Strauß, der wie ein wildes Fanal mitten im Zimmer brannte, sah Tobias' erregtes, gespanntes, glückliches Gesicht und dann sein Gesicht. Gebräunt, schön, so seltsam schön, sein dunkles Haar, die dunklen Augen, die auf ihr lagen, das leichte Lächeln in seinem Mundwinkel.

Ihre Hand, die ein paar Päckchen trug, sank herab. Röte stieg in ihre Stirn, und ihr Herz schlug auf einmal wild, klopfte oben in ihrer Kehle, machte es unmöglich, daß sie nur ein Wort herausbrachte.

Er war also doch gekommen.

Warum? Warum nur?

Ich darf nicht – ich darf nicht –

Was darfst du nicht?

Ihn lieben. Das ist ja Wahnsinn. Das ist kindische Torheit. Ich liebe ihn auch nicht.

Aber sie hatte sich zuviel mit ihm beschäftigt. Hatte an ihn gedacht. Immer und immer wieder.

Gregor sah, wie sie errötete, sah das fassungslose Staunen in ihrem Gesicht, das sie gleich zu verbergen suchte, was ihr jedoch nicht gelang.

Er stand langsam auf.

»Da staunst du, was?« rief Tobias, unfähig, länger still zu bleiben. »Das ist ein überraschender Besuch. Aber habe ich nicht immer gesagt, daß er kommt? Habe ich nicht gesagt, er wird uns wieder mal besuchen? Siehst du, mir glaubst du ja nicht. Und sieh nur die herrlichen Blumen. Solche Rosen hast du noch nie gesehen.«

Sie stand reglos. In der einen Hand ihre Handtasche, in der anderen die Einkäufe fürs Abendbrot. Nicht einmal lächeln konnte sie.

Gregor trat langsam zu ihr. Blieb vor ihr stehen.

Er hatte sich keinen Plan gemacht für dieses Wiedersehen. Hatte keine bestimmte Vorstellung gehabt, wie es sich abspielen würde. Nur so viel natürlich, daß er wie eine segenspendende Gottheit auftreten würde. Das sowieso. Und dann ein paar freundliche Worte, ein bißchen Geplauder, mal sehen, wie sich alles entwickeln würde.

Aber jetzt ging sein Sinn für dramatische Situationen mit ihm durch. Hier war eine große Szene zu spielen, und er spielte sie. Er hob langsam beide Hände, legte sie um Elisabeths Gesicht, beugte sich nahe zu ihr, sah ihr stumm in die Augen. Sah alles in diesen Augen, was er sehen wollte, ihre Angst, das hilflose Ausgeliefertsein, ihre Zweifel.

Ganz langsam näherte sich sein Mund ihrem Mund, ganz langsam, sorgfältig und behutsam küßte er sie. Und sah sie dann wieder an.

Was für eine Szene! Kein Dialog, kein Wort. Wer schrieb ihm so ein Drehbuch? Und welche Schauspielerin konnte das darstellen, was in Elisabeths Gesicht sich widerspiegelte.

Tobias saß auf seinem Stuhl wie angenagelt. Die Augen weit geöffnet, sogar den Mund hatte er aufgesperrt. Es war einfach zuviel für ihn. Es war nicht zu fassen.

»Und du hast nicht geglaubt, daß ich wiederkomme«, sagte Gregor schließlich mit der sonoren Samtstimme, die für solche Szenen vorgesehen war. »Du hast gedacht, ich habe alles vergessen? Hast du denn alles vergessen, Elisabeth?«

Wie er dieses Elisabeth aussprach! Norman hätte es nicht durchgehen lassen. Aber seine Zuschauerinnen im dunklen Kino wären erbebt vor Entzücken.

Auch Tobias erbebte. Hätte er zu denken vermocht, dann hätte er zweifellos gedacht: Das ist schöner als jemals im Kino. Aber natürlich konnte er nicht denken. Nur sehen, hören, staunen.

Elisabeth starrte immer noch gebannt in das schöne, dunkle Gesicht, das sie seit Wochen Tag und Nacht vor sich sah.

»Hast du alles vergessen?« wiederholte er. Und noch einmal, betörender Klang, wie eine Melodie kam es aus seinem Mund: »Elisabeth?«

Sie schüttelte stumm den Kopf. Vielleicht gab es Wunder auf dieser Erde. Vielleicht war dies eins. Vielleicht war es auch nur ein Traum. Es mußte ein Traum sein. Ein leiser Schwindel überkam sie. Es war heiß gewesen in der Straßenbahn, unerträglich voll. Im Geschäft viel Arbeit. Ihre Gedanken irrten ab, versuchten sich zu sammeln, versuchten, sich selbst wieder zu finden. Vergebens.

Da war sein Gesicht, seine Hände, sein Mund.

Gregor ließ sie los, nahm ihr bedächtig die Päckchen, die Tasche aus der Hand. Legte alles sorgfältig auf den Tisch, wandte sich ihr dann wieder zu.

»Küß mich«, sagte er leise und legte seine Hände um ihre Schultern und zog sie dicht an sich heran.

Tobias störte ihn nicht. Zuschauer bei seinen Liebesszenen war er gewöhnt. Und es wäre schade, wenn diese vollkommene Szene nicht wenigstens einen Zuschauer gehabt hätte.

Elisabeth küßte ihn. Sie schloß die Augen, versank in ein

dunkles, schwebendes Nichts. In diesem Augenblick war alles egal. Ob ein Traum oder ein Wunder oder erschreckende Wirklichkeit, sie konnte es so und so nicht begreifen. Sie spürte nur seinen Mund und seine Hände, und es war wie damals nachts in seinem Auto. Nein, viel schlimmer. Denn die Zeit, die seitdem vergangen war, die Spannung, in der sie gelebt hatte, gab allem ein furchtbares Gewicht.

Sie taumelte, als er sie losließ. Das Zimmer tanzte vor ihren Augen. Sie hatte den ersten Schritt auf den Regenbogen getan, ohne zu wissen, wohin er führte.

»Mein Gott!« stammelte Tobias außer sich. »Mein Gott! Aber ich wußte das ja gar nicht. Aber Elisabeth ...«

Das brachte sie wieder zu sich.

Das Zimmer war wieder da. Vor ihr stand Gregor und lächelte. Tobias war aufgestanden und starrte sie sprachlos an. Auf dem Tisch flammten rote Rosen. Es war wie ein schlechter Film, und es konnte auch nicht Wirklichkeit sein.

Gregor wandte sich ab, ging zum Tisch und nahm die Flasche. Seine Szene war beendet, nun konnte man wieder normal handeln.

»Einen Whisky, Elisabeth? Haben wir noch ein Glas, Herr Ohl?«

»Aber natürlich, sofort.« Tobias stürzte zum Schrank, holte ein Glas, seine Hand zitterte.

Gregor, ganz Herr der Situation, fühlte sich großartig. Er goß reichlich Whisky in das Glas, ein wenig Wasser dazu, füllte auch sein und Tobias' Glas wieder.

»Eigentlich müßten wir mit Sekt auf unser Wiedersehen anstoßen«, sagte er leichthin und reichte Elisabeth das Glas. »Aber den können wir später noch trinken. Hast du etwas Gutes zum Abendessen mitgebracht? Oder möchtest du lieber ausgehen?«

Elisabeth faßte sich langsam. Sie versuchte, seinen Ton aufzunehmen. Sie dachte: Ich darf mich nicht lächerlich machen. Ich darf das alles nicht ernst nehmen.

Sie nahm das Glas, sagte: »Wenn Sie hier mit uns essen wollen, kann ich noch etwas einholen. Die Geschäfte haben noch auf.«

Gregor lachte amüsiert. »Erstmal: Zum Wohl!« Und nachdem sie getrunken hatten: »Hast du vergessen, daß wir per du sind,

Elisabeth? Willst du nach dieser Begrüßung immer noch mit mir reden, als sei ich ein Wildfremder?«

Sie hob das Glas, aus dem sie eben getrunken hatte, noch einmal und trank es ganz aus. Das starke, ungewohnte Getränk stieg ihr sogleich in den Kopf, ermattet und abgekämpft wie sie war an diesem Tage.

»Ich verstehe überhaupt nichts«, stellte Tobias fest. »Elisabeth, ich weiß davon gar nichts, ich . . .«

»Da gibt es auch nichts zu wissen, Vater«, sagte Elisabeth und versuchte, ihrer Stimme einen gleichmütigen Ton zu geben. »Herr Gregor meint nicht alles so, wie er es sagt. Und daß wir damals an dem Abend, als wir aus waren . . .«

Gregor trat zu ihr, füllte das Glas wieder, das sie noch in der Hand hielt.

»Herr Gregor meint alles ganz genauso, wie er es sagt«, erklärte er dabei freundlich. »Und Fräulein Ohl wird geruhen müssen, das zur Kenntnis zu nehmen. Herr Gregor küßt für gewöhnlich keine Mädchen, aus denen er sich nichts macht. Und Fräulein Ohl hat Herrn Gregor bereits des öfteren geküßt, und es überrascht Herrn Gregor, daß es von ihr augenscheinlich als nebensächliche Bagatelle betrachtet wurde. Ich wundere mich über Ihre Tochter, Herr Ohl.«

Tobias versuchte ein Lachen. Es klang ein wenig beklommen. »Ich verstehe überhaupt nichts«, sagte er noch einmal. »Elisabeth hat mir kein Wort davon gesagt.«

»Nun, das ist wohl zu verstehen. Man muß seinem Vater nicht alles erzählen. Aber, mein lieber Tobias – ich darf doch so sagen?« Gregor trat neben den Alten und legte ihm freundschaftlich den Arm um die Schulter. »Was mich betrifft, so habe ich nicht die Absicht, irgendwelche Geheimnisse vor Ihnen zu haben. Ich bilde mir ein, daß wir beide uns gut verstehen. Wir haben uns gemeinsam um Elisabeth gesorgt. Haben gemeinsam danach geschaut, daß sie wieder gesund wird. Und wollen uns nun gemeinsam darum kümmern, was weiterhin aus ihr wird. Ist es so gut?«

»Ja, natürlich ja«, stammelte Tobias entzückt.

»Im Moment bereitet es uns etwas Sorge, daß unsere teure Elisabeth offensichtlich die Absicht hat, sich zu betrinken«, erläuterte Gregor weiter, jetzt in seinem spritzigsten Konversationston, knisternd vor Charme.

Elisabeth stellte erschrocken das Glas auf den Tisch, das sie im Durcheinander ihrer Gefühle gedankenlos wieder geleert hatte. Sie fuhr sich mit der Hand durchs Haar und kam erstmals dazu, zu denken: wie sehe ich eigentlich aus?

»Aber da Elisabeth morgen auf Urlaub fährt«, fuhr Gregor gemütlich fort, »ist es nicht so schlimm, sie wird sich dann schon erholen.«

»Auf Urlaub?« fragten Tobias und Elisabeth wie aus einem Mund.

»Auf Urlaub«, nickte Gregor. »Sie fährt mit mir an die Côte d'Azur. Ich habe dort ein kleines Haus für den Sommer gemietet, sehr hübsch am Meer gelegen. Eigener Strand natürlich, netter Garten mit Palmen und allem, was dazugehört.«

Tobias, der sich langsam in das unbegreifliche Ereignis einzuleben begann, nickte eifrig mit dem Kopf.

»Ich soll . . .?« fragte Elisabeth verstört.

»Ganz recht, du sollst mit mir verreisen.«

»Aber ich kann gar nicht verreisen«, sagte sie verwirrt. »Ich habe keinen Urlaub.«

Gregor lachte nur.

»Ich kann unmöglich schon wieder weg. Ich habe so lange gefehlt. Dieses Jahr kann ich überhaupt keinen Urlaub nehmen. Was würde Herr Bossert sagen!«

Gregor lachte noch lauter. Er nahm seinen Arm von Tobias' Schulter, trat zu Elisabeth und sagte spöttisch: »Was Herr Bossert dazu sagt, interessiert mich nicht im geringsten. Er muß sowieso in Zukunft auf deine Mitarbeit verzichten. Was mich viel mehr beschäftigt, ist die Frage, was wir mit Tobias anfangen. Es ist im allgemeinen nicht üblich, seinen Schwiegervater mit auf die Hochzeitsreise zu nehmen. Aber vielleicht begleitet er uns hinunter, schaut sich mal die Gegend ein bißchen an, und wenn wir geheiratet haben, fährt er schön brav wieder nach Hause. Vielleicht hat er Lust, am Tegernsee zu bleiben. Wie ist es, Tobias?«

»Wenn wir geheiratet haben?« flüsterte Elisabeth tonlos.

Tobias hatte es aufs neue die Sprache verschlagen.

»Ich habe mir gedacht, wir heiraten in Monte Carlo. Ganz schnell und unauffällig, keiner erfährt etwas davon. Dann rufen wir nur noch Sanders an, dem haben wir einen Exklusivbericht versprochen, außerdem war er der erste, der es erfuhr, und er soll seinen Spaß haben. Und dann verschwinden wir zunächst einmal von der Bildfläche.

»Nein«, flüsterte Elisabeth, »nein...«

»Was nein? Willst du mich nicht heiraten?«

»Nein... das... das geht doch nicht...«

Für Gregor war nun keine Dramatik mehr im Spiel. Er hatte auf Boulevardstück umgeschaltet. Er lachte wieder, legte den Arm leicht um Elisabeth, schob sie zu Tobias hin.

»Geht es wirklich nicht, Tobias? Haben Sie etwas dagegen?«

»Mein Gott, ich...« Tobias war fassungslos. »Was soll ich denn dazu sagen? Ich hatte doch keine Ahnung. Sie hat mir nie etwas gesagt. Wenn es aber so ist...«

»Es ist so, und es geht wunderbar so. Also, abgemacht? Wir heiraten in Monte Carlo, dann Flitterwochen am Meer. Tobias hütet inzwischen Harro und den Tegernsee. Hast du immer noch Einwände, Elisabeth?«

»Harro?«

»Ja. Darf ich ihn dir zur Verlobung schenken? Du hattest ihn doch so gern. Und ich glaube, er wird mit meinen Plänen sehr einverstanden sein.«

Immer noch ungläubig blickte Elisabeth ihn an. Das konnte doch alles nicht wahr sein!

»Aber ich hoffe, du wirst mich nicht bloß wegen Harro heiraten. Du kannst ihn auch so haben, ohne mich. Falls du mich absolut nicht willst.«

Er lächelte, ganz nahe vor ihr, warm und herzlich und vertraut lächelte er. Nichts Fremdes, nichts Bedrohliches war an ihm. Sein zärtliches, ein wenig spöttisches Lächeln, das sie so gut kannte. Woher eigentlich?

Und dann ließ sie sich endlich vornübersinken, gab dem Taumel, dem Schwindel, dem Wunsch nach dem Traum nach, spürte seine Arme um sich, seinen Mund in ihrem Haar, hörte sich selber mit einer fremden, heiseren Stimme flüstern: »Du! Du!« Immer wieder »Du«. Alles war ausgelöscht, was früher war: Paul, das Kind, Anna. Die Träume und Wünsche der Jugend, der jahrelange Alltag, aus dem immer mehr die Hoffnung schwand. Es war wie damals, als das Auto sie überfahren hatte, als sie in Bewußtlosigkeit sank, in das schwebende Nichts verlorenging.

Du!

Sie hatte den Tanz auf dem Regenbogen begonnen. Der Regenbogen einer Liebe, von dem sie nicht wußte, woher er kam und wohin er führte. Der sich plötzlich vor ihr spannte, aus dem Nichts gekommen und ins Nichts führen mußte.

Das unwirkliche Gefühl blieb. Auch nachdem alles schon Tatsache geworden war, als sie wirklich in Monte Carlo geheiratet hatten, als sie wirklich in dem Haus auf dem Felsen über dem Meer lebte. Bei ihm. Mit ihm. In seiner Nähe, in seinen Armen.

Für sie war das alles noch keine Tatsache. Ein wirrer, unglaubhafter Traum. Es war alles an ihr vorübergezogen, wirklich nicht anders als ein Film, den man sich ansah, schauend, staunend, wohl mitlebend, aber nicht daran beteiligt.

Es ging sie in Wahrheit nichts an. Der Vorhang würde zugehen, die Lichter im Raum wieder aufleuchten, man stand auf und ging nach Hause, wo alles so war wie zuvor.

»Du träumst, Elisabeth. Du bist gar nicht da«, sagte Gregor zu ihr, als er sie eines Abends oben auf der äußersten Kante des Felsens fand, ganz eng zusammengekauert, die Arme um die hochgezogenen Knie geschlungen, und reglos auf das abendblasse Meer hinaus starrend.

»Ja. Ich träume«, erwiderte sie.

»Ich stehe hier schon eine Weile und beobachte dich. Woran denkst du?«

»Ich denke gar nicht. Wenn ich denken würde...«, sie verstummte.

Er trat hinter sie, preßte seine Beine an ihren langen, schmalen Rücken. Da sie ein ausgeschnittenes Sommerkleid trug, waren ihr Rücken und die Schultern nackt. Auf sie herabblickend, registrierte er sachlich alles, was ihm in diesem Augenblick gefiel. Ihr Haar, das von der südlichen Sonne heller geworden war, einen goldenen Schimmer bekommen hatte, der schmale zarte Nacken, goldbraun getönt von der Sonne, genau wie die glatten Schultern.

Er hatte sich vorher gar nicht damit beschäftigt, wie sie aussehen würde. Frauenschönheit interessierte ihn wenig, sie gehörte viel zu sehr zu seinem Beruf. Es war eine Überraschung für ihn gewesen zu entdecken, daß sie einen schönen Körper besaß. Sehr schlank und gestreckt, mit langen Schenkeln, sanft geschwungenen

Hüften und einer festen kleinen Brust. Alles mädchenhaft unerschlossen, unverbraucht. Und die Scheu, ja geradezu Angst, mit der sie seine Geliebte wurde, das Erschrecken über ihre eigene Lust, als sie vertrauter wurden, entzückte ihn.

So etwas hatte er nie erlebt. Sie waren alle so erfahren, die Frauen, die er gekannt hatte, so sicher ihrer Mittel, so bewußt ihrer Reize und aller Reaktionen. Milena, die Mütterlich-zärtliche, Charlene, die Raffinierte, fast Perverse, zuletzt Sonja, verderbt und manchmal hemmungslos. Und die anderen, die dazwischen waren und an die er sich im einzelnen kaum mehr erinnerte. Große Künstlerinnen, kleine Starlets, ein paar verwöhnte Luxusfrauen, ein paar Außenseiterinnen, so sehr viele waren es gar nicht gewesen, weil er sich oft gar nicht dazu getrieben fühlte, sie zu lieben oder zu besitzen, weil er es nur tat, um das Spiel zu spielen, das nun einmal üblich war. Sie wollten es so. Der große Gregor, man mußte ihm etwas bieten. Sie zeigten ihre Künste, und es ödete ihn an.

Seit Milena hatten ihn eigentlich alle angeödet, wenn er es sich auch oft nicht eingestehen wollte. Aber er war niemals ein sehr leidenschaftlicher oder gar begehrlicher Liebhaber gewesen. War eine da, gut. Wenn nicht, noch besser. Er tat nichts dazu, eine Frau zu erobern. Sie eroberten bestenfalls ihn, und auch das war im Laufe der Zeit immer schwieriger geworden. Und wenn er Sonja so lange behielt, fast ein Jahr, und sie glauben machte, er liebe sie, auch die Umwelt das glauben ließ, warum denn sonst, wenn nicht deswegen, weil es so am bequemsten war. Denn sonst kam wieder irgendeine andere und gab keine Ruhe, bis sie ihn nicht besiegt hatte.

Aber diesmal war es etwas anderes. Etwas ganz anderes und absolut Neues.

Nachdem er Elisabeth zum erstenmal geliebt hatte, stellte er selbst ganz überrascht fest, daß es ihn beschäftigt und erfüllt hatte wie lange nicht mehr, Und er wurde nicht müde, sie zu betrachten. Alles zu beobachten, was vorging. Wie sie sich veränderte! Wie ihre Augen tief und leuchtend wurden, ihre Lippen weich und sehnsüchtig, wie ihr Körper sich entspannte, wuchs und sich dehnte und sich ihm immer mehr erschloß. Und er mußte lachen, wenn er merkte, daß sie sich manchmal schämte, daß sie bemüht war, sich selbst in der Hand zu behalten, beherrscht zu bleiben, und dann hatte er eine teuflische Lust daran, sie erst recht zu verzaubern, Dinge mit ihr zu tun, die er früher mit anderen Frauen nie getan hatte, weil es ihm stets gleichgültig gewesen war, ob man ihn als guten Liebhaber betrachtete oder nicht.

Alles war neu mit ihr. Nicht nur die Liebe. Das Baden im Meer, das Fahren im offenen Wagen, rasch und waghalsig durch die Kurven der Küstenstraße, das Schlendern in den engen Gassen von Vence oder St. Tropez oder auf der Croisette in Cannes. Sonja, als er im vorigen Sommer mit ihr hier gewesen war, hatte ihn in die teuren Läden geschleppt, bis es ihm zu langweilig wurde und er sie allein weiter sein Geld verschwenden ließ, während er im Garten des »Martinez« saß und Whisky trank.

Elisabeth kam natürlich nicht auf solche Ideen. Er war es, der sagte: »Heute fahren wir nach Cannes zum Einkaufen.«

Er suchte selbst aus, was sie tragen sollte. Und er traf überall mit sicherem Griff, was zu ihr paßte. Übrigens hatte auch Elisabeth einen guten Geschmack. Er entdeckte, daß sie sich niemals für Kleider interessierte, die ihren Stil nicht trafen, mochten sie auch noch so elegant oder extravagant sein.

»Jetzt gehe ich noch zum Friseur«, sagte sie schließlich, »wenn wir schon mal hier sind. Was tust du inzwischen?«

»Du findest mich im Hotel ›Martinez‹.«

»Gut.« Sie lächelte. »Kauf ein paar Zeitungen. Deutsche, ja?«

Er nickte.

Er mußte ziemlich lange auf sie warten. Im »Martinez« traf er Bekannte. Natürlich erst mal der Oberkellner, der auf der Terrasse die Aufsicht hatte und der ihn von den Filmfestspielen her kannte. Dann einen amerikanischen Kollegen mit seiner Frau. Dann den Regisseur Borgland, mit dem er schon zwei Filme gemachte hatte und der in Begleitung einer jungen Nachwuchsschauspielerin war, mit der auch er einige Male geschlafen hatte.

Nachdem er eine Viertelstunde mit den Amerikanern geplaudert hatte, die ihn einluden, sie im Eden Roc zu besuchen, setzte er sich zu Borgland und dem Mädchen. Es war das erstemal seit seiner Abreise aus München, daß er Kollegen traf. Einmal mußte es sein.

»Sagen Sie, Menschenskind, Gregor, ist das nun alles wahr, was von Ihnen in der Zeitung steht, oder sind das neue Reklametricks?«

Gregor lächelte. Wie immer in solchen Situationen war er sehr höflich und ein wenig distanziert.

»Ich habe seit vierzehn Tagen keine Zeitungen gelesen und weiß auch nicht, was über mich darin steht«, erwiderte er. »Eben habe ich mir ein paar Zeitungen gekauft, wie Sie sehen. Um mal wieder zu wissen, was in der Welt vor sich geht.«

»Also doch Flitterwochen? Ist das alles Tatsache?«

Das Mädchen, schwarzhaarig, tief gebräunt, die Augen dunkel ummalt, schlug die Beine in den engen silberblauen Hosen übereinander. Unter gesenkten Wimpern blickte sie zu Gregor hinüber. »Kann ich Feuer haben, Greg?«

Gregor lächelte ihr gewohnheitsmäßig zu, zündete ihr aufmerksam die Zigarette an und sagte: »Du siehst sehr gut aus, Marion. Neue Filmpläne?«

»Na ja, so einiges. Man wird sehen, was sich realisieren läßt.« Ihre Stimme war künstlich tief geschraubt, sie sprach gedehnt und lässig.

Und Gregor dachte: Ich möchte wissen, was Borgland an ihr findet. Wie schrecklich muß es sein, mit diesem Wesen zusammen zu leben, zusammen zu schlafen, zusammen aufzustehen. Wenn ich denke ...

»Wenn Sie meine Heirat meinen, Borgland, allerdings, die ist Tatsache. Ich habe vor zwei Wochen geheiratet. In Monte Carlo. Ich habe Sanders vom Münchner Abendblatt davon verständigt, weil ich es ihm versprochen hatte, und meine Sekretärin weiß auch Bescheid und war ermächtigt, der Presse einige Informationen zu geben. Nur das Nötigste. Sie wissen ja, ich bin der Ansicht, daß auch wir ein gewisses Anrecht auf Privatleben haben.«

»Ja, ich weiß. Das haben Sie immer eisern verteidigt und sich oft genug damit unbeliebt gemacht. Trotzdem hatte man stets ausreichend Stoff, das brachte Ihr Leben so mit sich, lieber Gregor. Aber diesmal sind Sie ganz gerissen zu Werke gegangen. Wie ich gelesen und auch gehört habe, hat kein Mensch, aber auch keiner, von dieser geplanten Heirat gewußt. Nur Sanders soll mal eine Andeutung gemacht haben. Der Bursche ist ja immer bemerkenswert gut informiert. Na ja, Sie leben wohl auch in München, und die ... eh, Ihre Frau auch, nicht?«

Gregor nickte. Und winkte Armand, der in der Nähe stand.

»Un autre whisky«, sagte er. »Für Sie auch, Borgland?«

»Ja, gern«, antwortete der Regisseur. Und zu dem Mädchen, das etwas sagen wollte: »Du nicht, mein Schatz. Wir treffen nachher die Pariser, und wenn du vorher schon säufst, redest du zuviel Unsinn. Iß doch mal ein Eis.«

Marion schob die volle Unterlippe vor. »Ich bin doch kein kleines Kind.«

»Beinahe. Beinahe noch, mein Schatz. Und sei froh drum. Das ändert sich. Ja, also, was ich sagen wollte, mein lieber Gregor ... also zunächst mal natürlich meinen herzlichsten Glückwunsch, ist ja klar. Gib ihm auch ein Patschhändchen, Baby, das gehört sich so, wenn jemand geheiratet hat. – Ja, was ich sagen wollte: richtig geheiratet, Gregor? Mit Standesamt und Papier und Siegel und so weiter?«

Gregor nickte. »Natürlich.«

»Erstaunlich. Was Sie für Nerven haben! Na, Sie sind noch jung. Und stimmt das, was ich gelesen habe, daß das die Frau ist, die Sie im letzten Winter überfahren haben?«

»Nicht gerade überfahren«, stellte Gregor richtig. »Sie lief mir in den Wagen, und ich habe sie gestreift.«

»Ist ja 'ne tolle Kiste. Und dabei haben Sie sich in sie verliebt? Soll ja ein ganz einfaches Kind des Volkes sein. Pardon, ich meine, niemand aus der Branche, wie ich hörte.«

»Nein. Selbstverständlich nicht. Daran hatte ich kein Interesse.«

Marion stieß hörbar die Luft durch die Nase. »Du gibst ganz schön an, Superstar. Wir sind dir also nicht gut genug zum Heiraten, wie?«

»Nein«, sagte Gregor ruhig.

»Soll 'ne Büroangestellte sein, hab' ich gelesen«, fuhr Borgland fort. »Sanders ist da in der Firma gewesen, wo sie früher gearbeitet hat, und hat Interviews mit der ganzen Belegschaft gemacht. 'ne große Kiste hat er aufgezogen, fast 'ne ganze Seite. Mensch, das ist'n Stoff. 'ne ausgewachsene Schnulze, hat Classen gesagt. Immer weigert sich der Gregor, in 'ner Schnulze zu spielen, und nu' führt er uns selber eine vor. Auf seine alten Tage wird der Mensch sentimental, spielt erst den Samariter und dann den Witwen-und-Waisen-Beglücker. Entschuldigen Sie, das sage ich nicht, das hat Classen gesagt. Sie kennen ja seine Schnauze.«

»Ich kenne sie.«

»Und die kleine Rote, mit der Sie zuletzt liiert waren, die Markov, hat Schlaftabletten genommen, das wissen Sie wohl?«

»Keine Ahnung. Das erste, was ich höre.«

Er wußte es wohl. Lydia hatte es geschrieben und gleich mitgeteilt, daß es nicht weiter schlimm sei, die Dosis war knapp genug gewesen, um Sonja keinen Schaden zu tun.

»Na, war nicht weiter gefährlich, das machen die Miezen ja immer ganz geschickt. Sie soll mit den Nerven vollkommen fertig gewesen sein, auch durch den Film. Sie soll ja sauschlecht sein, hab' ich gehört. Eine einzige Pleite.«

»Das würde ich nicht sagen«, widersprach Gregor höflich. »Sie ist eben noch eine Anfängerin, aber sie hat ihre Sache sehr nett gemacht.«

»Immerhin hat es sich gelohnt für sie«, stellte Marion sachlich fest, »sie hat eine Hauptrolle gekriegt. Und sie ist auch nicht besser als ich. Soviel wie Sonja kann ich schon lange.«

»Kannst du, mein Schatz, kannst du«, sagte Borgland und tätschelte das Knie des Mädchens, »und du kriegst auch noch dein Röllchen. Hab ich dir versprochen, und du kriegst es.«

»Röllchen, ja. Das kann ich auch ohne dich haben. Ich will eine Rolle.«

»Später. Du mußt nicht so ungeduldig sein. Ist Ihnen das auch schon aufgefallen, Gregor, wie ungeduldig die jungen Leute heute sind? Da ist der Fratz nun ganze neunzehn Jahre alt und möchte schon ein Star sein. Braucht doch alles seine Zeit! Was haben wir schuften müssen, bis wir soweit waren. Und ihr, ihr Kinder, denkt immer, das fällt euch alles in den Schoß.«

Marion kicherte plötzlich. »Fällt uns in den Schoß, ist gut. Da fällt leider was anderes rein.«

Gregor überhörte die peinliche Bemerkung, zündete sich eine Zigarette an und blickte mit schmalen Augen über die Tische hinweg. Wie er es haßte, wenn Mädchen oder Frauen undelikate Bemerkungen machten. Und wie leicht sie das alle lernten beim Film. Neunzehn Jahre alt und für die Menschheit verloren.

Borgland, der zunächst hatte lachen wollen, setzte eine würdige Miene auf, als er Gregors steinernes Gesicht sah. Es war bekannt, daß Gregor sich nie in den üblichen Branchetönen unterhielt. Er war nun mal verdammt hochmütig und arrogant, das wußte man. »Red' nicht so blödsinnig«, wies er das Mädchen zurecht.

»Ja, was ich sagen wollte, Gregor – – – wo stecken Sie denn eigentlich jetzt? Ich meine, wo ist Ihre Frau?«

»Wo ich bin, wird nicht verraten. Das weiß keiner. Irgendwo

hier an der Küste. Ganz geheim. Und wenn man uns aufstöbern würde, wären wir morgen fort. Und meine Frau?« Er lächelte den Dicken freundlich an. »Da kommt sie gerade.«

Elisabeth kam. Und Gregor hatte die Genugtuung zu erleben, daß der dicke Borgland eiligst seine Zigarre aus dem Mund nahm und sich erhob. In seinem Gesicht stand Staunen. Was immer er erwartet hatte, die Erscheinung Elisabeths war anders. Sie verblüffte ihn.

Sie sah gut aus. Keine Filmschönheit, aber auch kein einfaches Kind des Volkes, wie Borgland es genannt hatte. Eine Dame. Sie war eine vollendete, kühle, gutaussehende Dame. Sie war beim Friseur gewesen, und man hatte ihr ohnehin schönes Haar sehr geschickt und kleidsam frisiert. Ein wenig gekürzt, ziemlich glatt und eng am Kopf liegend, nur schräg über die Mitte des Kopfes in eine große Welle gelegt, die leicht über dem einen Ohr verlief. Außerdem hatte sie sich, wie Gregor später erfuhr, eine kosmetische Behandlung machen lassen. Das erstemal in ihrem Leben, wie sie gestand. Ihre Haut schimmerte wie Seide. Ihre großen ernsten Augen waren so, wie er sie liebte. Ruhig, tief, samtgrau. Die Brauen ein wenig nachgezogen, die Wimpern leicht getuscht und auch die Lippen nur leicht geschminkt. Und dann hatte sie sich eins von den Kleidern angezogen, die sie heute gekauft hatten. Es war weiß, ganz einfach gearbeitet, eng, gerade, ohne Ärmel, und ein sehr dezenter viereckiger Ausschnitt, der ihren schlanken gebräunten Hals wirkungsvoll zur Geltung brachte. Sie trug nur in den Ohren weiße Clips, sonst keinen Schmuck. Eine Dame. Eine gepflegte, wohltuend anziehende Dame.

Gregor war sehr zufrieden. Er dachte, daß dieser Borgland, wenn er nur fünf Gramm Hirn im Kopf hatte, in diesem Moment ganz genau begreifen würde, warum er diese Frau geheiratet hatte. Gerade diese und keine wie Sonja oder Marion oder eine jener Art. Und Marion müßte es eigentlich auch begreifen. Nein, sie nicht. Sie würde vermutlich denken: auch schon was! Was er an der findet, werde ich nie verstehen.

Aber Borgland kapierte zweifellos. Er war nicht dumm, das wußte Gregor. Und außerdem sah man ihm an, daß er begriffen hatte.

Er küßte Elisabeth die Hand, murmelte so etwas Ähnliches wie einen Glückwunsch und schob ihr einen Stuhl zurecht.

Gregor legte seinen Arm auf die Lehne ihres Sessels und lächelte ihr liebevoll zu.

»Nun? Alles erledigt?«

Sie nickte. »Ja. War ziemlich viel Betrieb. Und heiß ist es wieder.«

»Wir können gleich fahren, wenn du willst. Dann baden wir noch vor dem Essen.«

»Ich hätte gern ein Eis. Haben wir dazu noch Zeit?«

»Aber natürlich. Wir haben alle Zeit der Welt. – Armand?« Gregor drehte sich zu dem Ober um und gab die Bestellung auf.

Borgland hatte mit schiefgelegtem Kopf dem leisen, höflichen Dialog zwischen den beiden gelauscht. Hübsch. Dieser Gregor war eben doch anders als die anderen, obwohl er manchmal unausstehlich sein konnte. Aber er war irgendwie ein Besonderer. Sonst hätte er diese Frau nicht geheiratet. Richtiggehend geheiratet. Eine Frau wie diese.

Ihm gefiel sie. Sie gefiel ihm ausgezeichnet. Und was Sanders in der Zeitung geschrieben hatte, war barer Unsinn, da sah man es wieder mal. Kleine Angestellte aus bescheidenem bürgerlichem Milieu. Alles Quatsch. Eine Frau von Qualität, das sah jeder, der davon etwas verstand.

Unwillkürlich glitt sein Blick zu Marion, die inzwischen von seinem Whisky trank, schon wieder rauchte, dabei diesen widerlichen Schmollmund machte, den sie für sexy hielt. Was war sie neben dieser Frau? Überhaupt nichts. Gar nicht da. Und als seine Gedanken weiterglitten, landeten sie bei seiner eigenen Frau. Na ja, sie war nicht mehr die Jüngste. Und auch sonst war alles nicht mehr so wie früher. Aber sie machte keine schlechte Figur, durchaus nicht. Man tat manchmal vielleicht doch die verkehrten Dinge, was den Umgang mit Weibern betraf.

Er nuckelte eifrig an seiner Zigarre, deren Spitze schon ganz naß war.

Armand brachte das Eis und servierte es Elisabeth mit großer Aufmerksamkeit.

»So nachdenklich?« fragte Gregor mit leichtem Spott zu dem Regisseur hinüber.

»Meine Hochachtung, Gregor«, murmelte der. »Meine Hochachtung. Ich glaube, ich muß Ihnen noch mal gratulieren.«

»Sie können es nicht oft genug tun«, sagte Gregor mit Nachdruck und betrachtete Elisabeth, die ihr Eis löffelte. In diesem Augenblick liebte er sie wirklich. Ganz tief, ganz ernst, ganz zärtlich.

Es war alles neu und fremd; dieses Land, das Meer, die ganze Umwelt, und der Mann, mit dem sie lebte und dessen Frau sie nun war. Dieser seltsame, unbegreifliche, noch so unvertraute Mann. Und doch bewegte sich Elisabeth mit traumwandlerischer Sicherheit in dem neuen Leben. So, als hätte sie nie anders gelebt.

Manchmal wunderte sie sich selbst darüber. Vielleicht war es die Selbstverständlichkeit, die in allem war, was er tat, und die auf sie abfärbte. So dachte sie oft, wenn sie über die große Veränderung sinnierte, was sie viel tat. Sie hatte Zeit genug dazu. Ausflüge nach Cannes oder in einen der anderen belebten Orte waren selten. Sie blieben meist in ihrem Haus.

Morgens als erstes schwammen sie im Meer, was sie jeden Tag aufs neue beglückte. Dann frühstückten sie auf der Terrasse. Ginette servierte das Frühstück, immer von neuem den Kopf darüber schüttelnd, daß Monsieur und Madame nicht im Bett frühstückten und sich schon in aller Frühe in die kalte Flut stürzten. Sie war ein hübsches, schlankes Ding, braun wie eine Haselnuß, und bewunderte Gregor schrankenlos, was sie offen zeigte. Wenn sie ihn ansah oder mit ihm sprach, strahlten ihre dunklen Augen, sie wiegte sich kokett in den Hüften und lächelte ihn herausfordernd an. Gregor, der ein rapides Französisch sprach, neckte sie manchmal, schenkte ihr den samtenen Gregorblick, dem die Frauen nicht widerstehen konnten. Madame wurde von Ginette als lästige Zugabe betrachtet, was Elisabeth mit Fassung ertrug. Daran würde sie sich wohl gewöhnen müssen.

Den Vormittag verbrachten sie in dem kleinen Garten, der das Haus umgab, oder auf dem Felsen, von dem aus sie hinab zum Wasser steigen konnten. Es gab eine kleine wacklige Eisentreppe. Ein eigentlicher Strand war nicht vorhanden. Die Treppe mündete auf einige Steine, die lose herumlagen und bereits von Wasser umspült wurden.

Pünktlich um eins servierte Ginette das Essen, das sie selbst kochte, immer sehr schmackhaft und reichlich, dann ruhten sie im Haus, denn im Freien war es um diese Zeit zu heiß. Nachmittags badeten sie wieder. Am Spätnachmittag saßen sie auf der Terrasse bei einem Aperitif, bis Ginette ihnen das Abendbrot brachte und sich anschließend verabschiedete. Abends waren sie allein. Es gab Fernsehen und Rundfunk im Haus, aber sie benutzten beides selten. Sie saßen nur da, blickten aufs Meer hinaus, tranken Wein oder Whisky, unterhielten sich, manchmal auch nicht, denn es gab wenig Gemeinsames zwischen ihnen.

Sie waren sich fremd. Zunächst hatte Gregor alles von ihr wissen wollen. Also erzählte sie von früher, von ihrer Jugend, von Da zig, vom Krieg, auch von Paul, als er danach fragte, auch von dem Kind. Warum sollte er es nicht wissen? Er nahm es schweigend zur Kenntnis, und es schien ihm nichts auszumachen.

»Und in den vielen Jahren, die vergangen sind«, fragte er einmal, »hast du nie einen Mann geliebt?«

Sie schüttelte den Kopf. »Nein. Es gab einmal einen. Aber ich habe ihn nicht geliebt.«

Sie hatte ihn in der Firma Bossert kennengelernt. Es war ein Vertreter, der regelmäßig kam und sie einigemal schon eingeladen hatte, mit ihm abends auszugehen. Sie hatte immer abgelehnt. Aber einmal ging sie doch mit. Das lag alles schon sechs Jahre zurück, und es war eine Zeit, in der sie sich sehr unglücklich und verloren gefühlt hatte. Anna war damals schon vollständig gelähmt und quälte sie. Und sie war so allein. Sie sehnte sich nach Liebe, nach einem Menschen, der zu ihr gehörte. Auch nach einem Mann, natürlich. Jede Frau tat das. Und manchmal dachte sie: ich bin bald dreißig. Wird es immer so bleiben? Gibt es gar nichts mehr? Nichts?

Also ging sie mit dem Vertreter zum Essen. Ein zweites Mal zum Tanzen. Er küßte sie, was sie widerwillig ertrug, denn es freute sie nicht. Aber es gehörte wohl dazu. Als er sie einlud, ihn in seiner Wohnung zu besuchen, lehnte sie ab. Darauf war er beleidigt, brachte sie mit finstrer Miene nach Hause und tat, als habe man ihm sonst was angetan. Sie ärgerte sich, fand es albern. Was bildete der Kerl sich ein?

Hinterher dachte sie, daß sie töricht sei. Auf diese Weise würde sie immer allein bleiben. Das Leben war nun einmal so, und worauf wartete sie eigentlich?

Sie sagte sich das immer wieder. Als er sie bei seinem nächsten Besuch in der Firma ganz nebenbei fragte, ob er sie am Abend abholen dürfe, zu einem kleinen Abendessen zu zweit bei ihm – er sagte es durchaus im Ton: Entweder du willst oder du läßt es bleiben –, nickte sie.

Bis zum Abend bereute sie die Zusage. Aber sie hatte dann nicht den Mut, endgültig nein zu sagen, als er kam. Auch das wäre ihr albern vorgekommen. Und außerdem mußte sie einmal heraus aus ihrer Isolation.

Der Abend verlief programmgemäß. Ein kaltes Abendbrot, eine Flasche Sekt, eine zweite, Küsse, zudringliche Hände. Ich will nicht, dachte sie, ich kann nicht. Und dann ließ sie doch alles geschehen.

Es war natürlich furchtbar. Der Mann war ihr geradezu widerwärtig. Sie lag mit geschlossenen Augen neben ihm im Bett und dachte nur: Nie wieder. Nie wieder. So ist es nicht. So kann es nicht sein, so darf es nicht sein. Und natürlich war Paul in ihren Gedanken, das Glück, das sie mit ihm empfunden hatte. Es war so lange her, natürlich hatte sich auch in der Erinnerung alles verklärt, aber auf alle Fälle war es Liebe gewesen, was sie damals empfand. Was man in dieser jungen Zeit des Lebens eben als Liebe ansah. Etwas anderes hatte sie nicht kennengelernt.

Aber dies hier –? Nein. Nie wieder.

Aber sie war auch nicht die Frau, radikal eine verfehlte Affäre abzubrechen. Zumal der Mann sie wirklich gern zu haben schien.

Es dauerte alles in allem etwa ein halbes Jahr. Unterbrochen von der Zeit, wo er auf Reisen war. War er da, traf sie ihn. Einige Male gingen sie aus, meist waren sie in seiner Wohnung. Mit der Zeit gewöhnte sie sich ein wenig an seine Umarmungen, ohne jedoch jemals wirkliche Freude daran zu haben. Und dann natürlich Anna. Sie hatte etwas gemerkt, wenn auch Tobias sich alle Mühe gab, Elisabeth zu decken. Tobias, der immer von einem wunderbaren Glück für Elisabeth träumte. Annas Sticheleien, ihre gehässigen Reden machten alles noch schwieriger.

»Wann kriegst du das nächste Kind?« – »Heiraten wird dich sowieso keiner.« – »Warum bringst du denn deinen Kavalier nicht mal hierher, wenn du dich schon halbe Nächte mit ihm herumtreibst?«

Aber das tat sie nicht, denn sie wußte eines ziemlich gewiß: heiraten würde sie diesen Mann nicht. Das sagte sie auch Tobias klipp und klar, der sie immer wieder neugierig fragte.

»Nein?« fragte er enttäuscht.

»Nein.«

»Ist er nicht der Richtige?«

»Nein.«

»Aber dann – – –.« Tobias verstummte sorgenvoll. Was sollte er schließlich Überflüssiges dazu sagen. Er wußte genau, Elisabeth war klug genug, alles zu wissen, was er ihr sagen könnte. Von Heiraten sprach ihr Liebhaber übrigens nie. Vermutlich mußte eine Frau die Initiative ergreifen in diesen Dingen. Die Männer ließen so etwas wohl an sich herankommen und waren froh, wenn man nicht davon sprach.

Einige Male war er unfreundlich zu ihr. Auch ließ er es gelegentlich an gutem Benehmen vermissen, was sie immer sehr schockierte. Es war keine Steigerung in diesem Liebesverhältnis enthalten, und es war ihre Schuld, das erkannte sie wohl. Sie trennten sich in leidlich gutem Einvernehmen. Und einige Monate darauf erfuhr sie, daß er geheiratet hatte. Später, ein Jahr darauf etwa, als sie sich im Geschäft einmal kurz allein sprachen, sagte er: »Ich habe es verkehrt gemacht, Lisa. Ich hätte lieber dich heiraten sollen. Meine Ehe wird nicht gut gehen. Aber du bist schuld, bei dir hatte ich immer das Gefühl, daß ich dir im Grunde verdammt gleichgültig bin.«

Sie lächelte höflich und sagte nichts darauf. Er war ihr gleichgültig gewesen, und sie hatte sich geradezu befreit gefühlt, als es zu Ende war.

Heute, wenn sie darüber nachdachte, konstatierte sie zu ihrer eigenen Überraschung, daß auch eine gewisse Portion Hochmut in ihrem Verhalten lag. Wenn sie nicht bekommen konnte, was ihr zusagte, dann wollte sie lieber gar nichts haben. Keine Ehe um jeden Preis. Keinen Mann, den man nur mit halbem Herzen oder gar nicht lieben konnte.

In gewisser Weise war wohl Anna nicht ganz unschuldig daran. Anna, die Patrizierstochter aus altem Hause. Sie hatte dem Kind Elisabeth schon eingeredet, daß nur das Beste für sie gut genug sein würde.

Paul, das war die Liebe gewesen. Die große Erschütterung, das einmalige Ereignis ihrer Jugend. Und darauf eine kleinbürgerliche Ehe, nur um verheiratet zu sein? Nein. Dann verzichtete sie lieber ganz.

Und was hatte sie jetzt? Hatte sie nun den Mann, den man aus vollem Herzen lieben konnte? Liebte sie Veit Gregor? Sie wußte es selbst nicht. Er war noch immer kein wirklicher Mensch für sie, er war eine Traumgestalt. Ein Märchenprinz dieser Zeit. Sie träumte, erlebte ein Märchen, und sie würde eines Tages aufwachen.

Es war alles so schnell gekommen, sie war überrumpelt worden, und darin lag ein großer Reiz, dem sie verständlicherweise wie jede Frau erlegen war. Es war erregend, fremd, oft betörend, manchmal beglückend, aber nie hatte sie das Gefühl, in der sicheren Geborgenheit einer Liebe gelandet zu sein.

Sie konnte es nicht lassen, ihn verstohlen zu beobachten. Achtete auf seine Reaktionen, spürte sofort, wenn ihn etwas störte oder befremdete an ihr, gab sich alle Mühe, ihm zu gefallen, ohne jedoch ihr Selbst zu verändern. Sie war sich bewußt, wie fremd ihr die Welt war, in der er lebte und die in Zukunft auch ihre Welt sein würde. Und sie erkannte auch noch etwas anderes: daß er sie gerade darum geheiratet hatte, weil sie aus einer ganz anderen Welt kam.

Sie begriff lange nicht richtig, wieso es zu der Ehe gekommen war, noch ehe überhaupt von Liebe die Rede war. Eine Laune von ihm, ein Spiel – – – das dachte sie immer wieder. Und eines Tages würde er dessen überdrüssig sein. Und es war wichtig, daß sie sich nicht verlor. Sie durfte ihr Herz nicht hergeben, weil er doch auf die Dauer keine Verwendung dafür haben würde. Und wenn es eines Tages zu Ende war – und es mußte zu Ende sein, sie wußte schließlich, wie man in diesen Kreisen über Liebe und Ehe dachte –, dann durfte sie nicht zerstört zurückbleiben. Sie mußte unverletzt von ihm fortgehen können. Sie betete ihn nicht an, sie gab sich ihm nicht schrankenlos, sie sagte nie: Ich liebe dich. Sie wahrte immer eine kleine Reserve und Zurückhaltung, löste sich aus seinen Armen und begann sofort, Elisabeth wieder strikt zurechtzurücken, wie sie vorher gewesen war.

Das umgab sie mit ein wenig ferner Kühle, die ihn immer wieder verwunderte. Die Frauen verhielten sich im allgemeinen anders ihm gegenüber. Und ohne daß sie es wußte, tat sie damit gerade das Richtige, um ihn zu interessieren. Das war das passende Wort: Interessieren. Er beobachtete sie nicht weniger als sie ihn. Bemerkte immer wieder mit Erstaunen, wie sie gelassen und sicher alles hinnahm, was ihr begegnete, und wie sie stets aufs neue die kleine Distanz wieder herstellte, die zwischen ihnen von Anfang gewesen war.

Nur in manchen Liebesstunden war sie ganz hingegeben, und es reizte ihn, diesen Zustand herbeizuführen. Aber sie blieb nicht bei ihm. Sie rückte danach vorsichtig und ohne irgendeine kränkende oder überhaupt nur deutlich spürbare Weise wieder von ihm ab. Er mußte sie immer heranholen. Mit seinem Charme, mit Zärtlichkeit, mit Leidenschaft, und sie kam, mit der Zeit immer bereitwilliger und freudiger, aber sie blieb nicht.

Sie würde weder Schlaftabletten nehmen wie Sonja noch die Wohnungseinrichtung zertrümmern, wie es Charlene einmal getan hatte, sie würde ihn weder ohrfeigen noch ihm Sekt ins Gesicht schütten. Sie würde es vermutlich mit der gleichen Gelassenheit hinnehmen, wenn er sie einmal verließ oder betrog. Sie waren erst wenige Wochen verheiratet, da war sich Gregor darüber klar. Es verblüffte und amüsierte und ärgerte ihn gleichzeitig. Es gab allerhand zu entdecken an dieser Frau, was er nicht vermutet hatte. Die einzige, die ihn bisher mit dieser Ruhe gehandhabt hatte, obwohl von ganz anderer Art und anderem Temperament, war Milena gewesen. Aber sie war schließlich weitaus älter als er und zu jener Zeit eine berühmte Frau, während er noch ein Anfänger war. Das hatte ihr zweifellos Sicherheit und Überlegenheit gegeben. Woher aber nahm Elisabeth die Überlegenheit?

In ihren Gesprächen auf dem Felsen oder abends auf der Terrasse erzählte er ihr viel aus seinem Leben. Natürlich hatte er weit mehr erlebt als sie, viel interessantere Dinge. Er sprach auch nicht von Frauen, das hielt er nicht für erwähnenswert. Er sprach am liebsten von seiner Anfangszeit am Theater. Davon schwärmte er geradezu.

»Du wirst es vielleicht nicht glauben, aber ich war ein guter Schauspieler.«

»Das bist du doch auch heute.«

Er winkte ab. »Heute! Das kann man damit nicht vergleichen. Das ist Industrie. Routine, wenn du willst. Aber früher – aus mir hätte etwas werden können. Ich zeige dir mal meine Kritiken als Romeo, als Mortimer, als Ferdinand. Gute Kritiken. Der Ferdinand war eine Glanzrolle von mir, dabei ist er ekelhaft zu spielen. Und ich habe immer davon geträumt, einmal den Hamlet zu spielen. Jeder Schauspieler träumt davon. Und ich habe ihn nie gespielt.«

»Das kannst du doch noch tun.«

»Ich?« Er lachte. »Jetzt, nach allem, was geschehen ist? Unmöglich. Mich ließe keiner den Hamlet spielen. Außerdem bin ich zu alt.«

»Das ist Unsinn. Ich habe voriges Jahr den X.«, sie nannte den Namen eines bekannten Schauspielers, »als Hamlet gesehen, der ist bestimmt älter als du.«

»Trotzdem ist das für mich vorbei.«

Sie ereiferte sich. »Es gibt doch viele Schauspieler, die beides machen, Theater und Film.«

»Nicht so einer wie ich. Oder kannst du mir einen nennen? Einen sogenannten Star, der auch große Rollen am Theater spielt?«

Es fiel ihr keiner ein. Aber sie sagte, ganz schon sorgende Ehefrau in diesem Moment: »Dann wirst du es eben als erster tun.«

Gregor lächelte ihr zu, nahm ihre Hand und küßte sie. »Du bist ein Liebes. Vielleicht versuche ich es wirklich mal.«

Er legte sich zurück, starrte hinauf in den sternklaren Himmel.

»Weißt du, welche Rolle ich mir auch immer gewünscht habe? Den Jupiter. Den Jupiter in »Amphitryon«. Das würde mir liegen. Weiß ich genau, daß ich das großartig machen würde. Ich habe voriges Jahr sogar durch meinen Agenten wissen lassen, daß ich die Rolle gern spielen würde, als ich hörte, daß das Stück einstudiert wird. Man hat nicht darauf reagiert. Veit Gregor auf der Bühne. Lachhaft. Das traut mir keiner zu. Classen griff den Gedanken gleich auf. Er wollte einen neuen Amphitryon-Film machen. Aber an einem Film bin ich nicht interessiert. Außerdem war der damalige so gut, daß man einfach keinen neuen machen kann. Der kann nur schlechter werden bei unseren heutigen Verhältnissen. Ja, so ist das. – Haben wir noch was drin in der Flasche?«

Elisabeth nahm die Champagnerflasche aus dem Kühler und schenkte ihnen ein.

»Nicht mehr viel. Das ist der Rest.«

»Trinken wir noch eine?«

»Wenn du willst.« Sie stand auf. »Ich hole sie.«

Sie tranken viel. Der Wein schmeckte ihr. Nur an seinen Whisky konnte sie sich nicht gewöhnen. Am liebsten mochte sie einen herben, frischen Rosé, der ganz billig war, er kam aus der

Provence und schmeckte herrlich. Man wurde auch nicht betrunken davon, bekam im Gegenteil einen leichten, beschwingten Geist und führte ein lebhaftes Gespräch. Sie würde Tobias einige Flaschen davon mitnehmen, das hatte sie sich vorgenommen.

Sie verließen ihr Haus selten. Wenn er sie manchmal höflich fragte, ob sie fortzufahren wünsche, sagte sie stets, daß sie am liebsten zu Hause bleibe. Ihm war es recht. Er hatte sich nie viel aus Nachtleben gemacht, aus Bars und Restaurants. Im vergangenen Jahr, als er mit Sonja hier ein paar Wochen verbracht hatte, waren sie viel unterwegs gewesen. Sonja wollte immer dahin, wo etwas los war. Sie wollte gesehen werden. In ihrer Schönheit, ihren schicken Kleidern und vor allem in der Gesellschaft Veit Gregors. Damals hatten sie auch viel Besuch bekommen.

Diesmal kamen nur zweimal Gäste. Einmal der amerikanische Kollege, den Gregor in Cannes getroffen hatte. Er kam mit seiner Frau und zwei Freunden. Und einmal – das war zu erwarten gewesen – kam Classen.

Ihn trieb die Neugier. Er kam diskreterweise allein, angeblich, um wichtige geschäftliche Dinge zu besprechen.

Elisabeth verblüffte ihn, genau wie sie den Regisseur Borgland verblüfft hatte. Gregor bemerkte es mit geheimem Vergnügen. Was immer Classen erwartet hatte, es war auf jeden Fall anders, als er es sich vorgestellt hatte.

Elisabeth war liebenswürdig, sehr sicher, sie machte gute Figur als Gastgeberin. Übrigens auch bei der sich turbulent entwickelnden Party der Amerikaner, die sich bis spät in die Nacht hinzog.

Classen sagte, ehe er sich verabschiedete, was er erstaunlicherweise ziemlich bald tat: »Mein lieber Gregor, also ich muß sagen ... ich muß sagen ...« Was er sagen mußte, erfuhr Gregor nie. Aber es war im Tonfall und in der respektvollen Miene zu erkennen. Kein Zweifel, Elisabeth würde eine gute Presse haben, wenn sie heimkehrten. Classen würde das vorbereiten.

Ehe er in seinen Wagen stieg, meinte er noch: »Eigentlich ein doller Stoff, nicht? Erst der Autounfall und jetzt das hier. Wenn man so bedenkt ...«

»Bedenken Sie lieber nicht«, erwiderte Gregor, »daraus wird nichts. Kein Filmstoff, und erst recht keine Rolle für mich. Denkt euch lieber etwas Neues aus.«

»Haben wir. Dolle Sache, hab' ich Ihnen ja erzählt.«

»Schicken Sie mir gelegentlich das Buch. Dann werden wir weitersehen.«

Eines Nachmittags nach dem Baden sagte Elisabeth: »Eigentlich müßte es im Tegernsee jetzt auch schön zum Baden sein. Tobias schreibt, das Wasser sei recht warm.«

Tobias schrieb regelmäßig. Er war teils in der Stadt, teils am Tegernsee und genoß offensichtlich sein Leben. Natürlich hatten die Reporter auch ihn heimgesucht, doch wie man Tobias kannte, war er spielend mit ihnen fertig geworden.

»Möchtest du nach Hause?« fragte Gregor.

»Nach Hause?« wiederholte sie verträumt. »Wo ist das?«

Er stützte sich auf und betrachtete sie. Sie lag auf dem Rücken, die Augen weit geöffnet, und wieder, wie so oft, hatte er das Gefühl, sie sei weit von ihm fort.

»Weißt du es nicht?«

»Nein. Eigentlich nicht.«

»Wenn wir jetzt einen Film drehten, müßte ich sagen: deine Heimat ist da, wo ich bin.«

Sie lächelte, blickte immer noch an ihm vorbei. »Das hört sich hübsch an.«

»Aber du empfindest nicht so?«

Nun sah sie ihn an, ernst und leise sagte sie: »Noch nicht.«

Er beugte sich herab und küßte sie leicht auf die Wange.

»Das macht nichts. Ich weiß, daß du mir nicht recht traust. Noch nicht. Und vielleicht noch lange nicht. Das begreife ich. Und es ist auch richtig so.«

Sie schwieg, blickte ihn nur fragend an.

»Eben weil es kein Film ist, sondern Wirklichkeit. Zum Trauen, Vertrauen ist ein weiter Weg. Den legt man nicht in ein paar Wochen und Monaten zurück. Aber es ist ein lohnender Weg. An seinem Ende steht die Liebe.«

Er sagte es ganz einfach, ganz unpathetisch. Und es klang fast so, als meinte er, was er sagte.

»Ich wundere mich.«

»Worüber?«

»Daß du so etwas sagst. Daß du es weißt.«

»Hast du gedacht, daß ich dumm bin, Elisabeth?«

»Nein, natürlich nicht. Aber vielleicht oberflächlich. Oder überhaupt nicht imstande, so etwas zu denken.«

Er lachte. »Du hast keine besonders gute Meinung von mir. Ob mein Publikum mich allgemein so einschätzt?«

»Bin ich nichts weiter als dein Publikum? Veit Gregor in der Rolle des Ehemanns.«

Er war überrascht, daß sie das sagte. Es hatte ein wenig spöttisch geklungen. War sie schon so weit, daß sie ihn durchschaute? Erkannte sie, daß er immer Komödie spielte, daß er sich selbst in einer Rolle sah, wie es die Situation verlangte?

Einen Moment lang war er um eine Erwiderung verlegen. Solche Gespräche hatte er nie mit einer Frau geführt. Und es gab manchmal so kleine Dialoge zwischen ihnen, in denen sich Elisabeth erstaunlich behauptete. Einerseits machten ihm solche Gespräche Spaß, andererseits kränkten sie ihn ein wenig. Sie sollte ihn mehr bewundern, sollte ihn ernst nehmen. Immerhin machte er schon in den ersten Wochen die Entdeckung, die Frau, die er da geheiratet hatte, aus einer Laune heraus, wie er selbst sehr gut wußte, diese Frau war nicht dumm.

»Ich bin imstande, eine ganze Menge zu denken, wovon du nichts weißt«, sagte sie ein bißchen beleidigt. »Du wirst es schon noch sehen.«

Sie lächelte, hob die Hand und strich leise mit der Fingerspitze über seine Stirn, dann die Wange herab bis zu seinen Lippen.

Dann fragte sie ein wenig ängstlich: »Wie wird es sein, wenn wir nach Hause kommen? Werde ich viel . . .«

»Was?«

»Werde ich viel mit fremden Menschen zusammenkommen? Mit Menschen aus deinem Beruf?«

»Nicht, wenn du nicht willst. Ich lebe eigentlich sehr zurückgezogen, soweit mir das möglich ist. Ich liebe den Rummel nicht. Ganz kann man ihm natürlich nicht entgehen. Aber ich habe das Gefühl, du wirst sehr gut damit fertig.«

Sie seufzte. »Hoffentlich.«

»Und woran denkst du also, wenn du Zuhause sagst?«

»Ich weiß es noch nicht.«

»Würdest du gern am Tegernsee wohnen?«

»Sehr gern«, erwiderte sie lebhaft. »Dort am liebsten, glaube ich.«

»Bei Harro, nicht wahr?«

»Ja. Auch bei ihm. Du nicht?«

»Doch. Ich auch. Ich bin wenig draußen gewesen. Aber das kann sich ändern. Wenn du dort sein willst . . .«

Es hatte zärtlich geklungen. Elisabeth hob die Arme und legte sie sanft um seinen Hals. Sie zog seinen Kopf herab und küßte ihn.

Er ließ es überrascht und erfreut geschehen. Es war das erstemal, daß sie so etwas von selbst getan hatte. Es rührte ihn. Und es machte ihn glücklich.

Darüber mußte er eine Weile nachdenken. Ein seltsames Gefühl. Hatte er also doch das Richtige getan? Eine Frau gefunden, die er lieben würde?

Was für ein Wort: Liebe. Was für ein schändlich mißbrauchter Begriff. Aber vielleicht gab es sie doch?

In der Woche darauf kam Lydia. Sie holten sie am Flugplatz in Nizza ab.

Elisabeth hatte nicht mitkommen wollen.

»Warum nicht?«

»Ihr habt doch Geschäftliches zu besprechen.«

»Sicher. Das machen wir hier. Und du kommst natürlich mit.«

Vor dieser Begegnung bangte Elisabeth. Es war ein komisches Gefühl, dieser strengen, sehr kritischen Frau in der veränderten Situation gegenüberzutreten. Was sie wohl von dem allen hielt?

Nun, was immer Lydia davon hielt, es änderte nicht ihre sachliche, korrekte Haltung. Sie war ihrerseits sehr neugierig gewesen, Elisabeth als Gregors Frau wiederzutreffen. Die ganze Heirat war für sie nicht weniger überraschend gekommen als für alle anderen. Mit Milena hatte sie aufgeregte Gespräche darüber geführt. Und sonst hatte es natürlich viel Wirbel gegeben, den sie aber wie immer souverän gemeistert hatte. Nun also würde sie erstmals das junge Paar zusammen sehen in der neuen Rolle.

Ihr erster Gedanke beim Anblick Elisabeths war: Wie ist sie hübsch geworden!

Im Laufe des Nachmittags konnte sie die Feststellung machen, daß Gregor bemerkenswert gelockert und natürlich war. Er schien sich wohl zu fühlen.

Ein Wunder ist geschehen, dachte Lydia. Es gibt Dinge, die sind so unwahrscheinlich, daß sie nicht geschehen können. Und dann geschehen sie doch, und siehe, sie sind wohlgelungen. Klingt wie ein Bibelspruch, kommentierte sie sich selbst, und man sollte vorsichtshalber hinzufügen: bis jetzt. Weiteres bleibt abzuwarten.

»Wie lange wollen Sie bleiben, Lydia?« fragte Gregor am Abend.

»Ich kann morgen wieder verschwinden, wenn ich im Wege bin«, erwiderte Lydia trocken. »Wenn wir das Vertragsangebot durchgesprochen haben, gibt es für mich hier sowieso nichts weiter zu tun.«

Er lachte. »So habe ich es nicht gemeint. Ich wollte im Gegenteil sagen, Sie ruhen sich ein paar Tage aus, schwimmen tüchtig, obwohl Sie das Mittelmeer nicht leiden können, wie ich weiß, und dann fliegen wir alle drei zusammen zurück.«

»Sie wollen schon zurück?« staunte sie.

»Elisabeth hat Sehnsucht nach dem Tegernsee und nach Harro. Wir wollen unseren restlichen Urlaub dort verbringen. Viel ist es ja nicht mehr. Wann kommt Konyan nach München?«

»So um den 5. September herum. Anschließend werden Sie wohl mit hinüber nach Hollywood fliegen müssen, um alles perfekt zu machen. Und vorher haben wir noch die Uraufführung der ›Verlorenen Stunde‹.«

»Wo?«

»In Düsseldorf. Classen rechnet fest damit, daß Sie sich verbeugen.«

»Da wird er wohl kein Glück haben.«

»Na, das wird sich finden.« Sie wandte sich zu Elisabeth. »Und Sie haben wirklich schon genug vom sonnigen Süden, Frau Gregor?«

»So langsam ja.« Elisabeth lächelte ihr zu, nahm einen Anlauf und fügte dann hinzu: »Könnten Sie nicht einfach Elisabeth sagen? Wir werden uns doch sicher viel sehen und ich ... ich ...«, sie stockte, errötete ein wenig und fuhr fort: »ich würde mich freuen, wenn wir uns gut verstehen würden.«

Lydia neigte nicht zu Sentimentalität. Sie gab Elisabeth einen prüfenden Blick und meinte: »Ich auch. Und eigentlich denke ich, daß wir das schaffen werden, Elisabeth. So dunkel habe ich das Gefühl, daß Herr Gregor etwas ganz Gescheites getan hat.«

»Welch ein Eingeständnis aus Ihrem Munde, Teuerste«, sagte Gregor. »Darauf paßt nur noch Champagner. Ohne Ihren Segen würde mir die ganze Ehe nur halb soviel Spaß machen.«

Nach dem ersten Glas sagte er: »Jetzt bin ich nur noch gespannt, was Milena eigentlich sagt.«

»Was soll sie sagen«, antwortete Lydia. »Sie wundert sich natürlich.«

»Das ist nicht sehr originell. Alles wundert sich, landab, landauf. Und jetzt werde ich Ihnen etwas sagen, Teuerste: ich wundere mich auch. Aber worüber, das verrate ich nicht.«

»Irgendwann werde ich es erfahren«, sagte Lydia. »Eins steht jedenfalls fest, Elisabeth, Sie sind die Sensation des Jahres.«

»Es fällt mir schwer, mir das vorzustellen«, meinte Elisabeth heiter. »Aber wenn Sie sagen, daß es so ist, werde ich mich daran gewöhnen müssen.«

Mitte August flogen sie von Nizza aus nach Deutschland zurück. Als sich das Flugzeug vom Boden hob und eine Schleife über den Platz flog, blickte Elisabeth hinab. Auf das Meer, den Strand, den Boulevard des Anglais, die prächtigen Hotels. Sehr schön war das alles, sehr schön. Aber sie verließ es ohne Bedauern. Jetzt kam sie nach Hause.

Wo war das? Wie war das? Wie würde das sein?

Und plötzlich, erfüllt von Angst, dachte sie: Jetzt fängt es an. Ich habe keine Ahnung, was geschehen wird. Jetzt fängt es an, und ich weiß nicht, wie ich damit fertig werden soll.

Sie wandte den Kopf zur Seite, ihr Blick suchte Gregor. Er hatte sich den Gurt abgeschnallt, zündete sich eine Zigarette an und griff nach der Zeitung. Er sah sie nicht an. Und er war auf einmal wieder weit fort. Ein fremder Mann. Ein bekannter Fremder. Der Gregor. Was tat sie eigentlich hier neben ihm?

DER TANZ AUF DEM REGENBOGEN

Das leise Rascheln des Laubes unter ihren Tritten war der einzige Laut in der Stille. Auch vor ihr, wo Harro trabte, raschelte es. Von Zeit zu Zeit blieb er stehen, blickte sich nach ihr um, manchmal kam er auch zurück, umkreiste sie, wartete auf ein Wort und jagte dann wieder stürmisch den schmalen Waldweg entlang.

Sie liebten beide diese Spaziergänge und dehnten sie immer weiter aus. Auch wenn es bergauf ging oder der Weg steinig war, spürte sie nichts mehr von der Verletzung ihres Beines.

Der Unfall war vergessen. Könnte vergessen sein, wenn er nicht die große Veränderung in ihr Leben gebracht hätte. Ein ganz neues Leben. Ein schöneres Leben, wenn man es mit früher verglich. Sie lebte in dieser Landschaft, die sie liebte, in einem Haus, das sie wirklich langsam als Heim betrachtete. Sie hatte Zeit. Viel Zeit zu ihrer eigenen Verfügung, und sie genoß es.

Durch das goldene Laub der Bäume sickerte Sonnenlicht, eine müde und matte Sonne, die kaum mehr wärmte. Ende Oktober. Bald würde es Winter sein. Aber noch merkte man nichts davon. Die Bäume lockerten sich, blieben zurück. Sie kam hinaus auf die Wiese, über die sich ein tiefblauer Himmel spannte. Ein Himmel wie im Hochsommer. Es war ganz windstill. Sie ging über die Wiese bis zum Rand der Lichtung, wo Harro schon auf sie wartete. Er wußte, daß man an diesem Platz den Spaziergang meist unterbrach.

Als Elisabeth sich auf den Baumstamm gesetzt hatte, setzte er sich dicht neben sie, den Körper an ihr Bein gepreßt, und schaute genau wie sie aufmerksam ins Tal hinab.

Unwillkürlich lächelte Elisabeth auf ihn hinab. Ihre Hand strich leicht über sein dichtes Fell, blieb dann dort liegen. Wie verständig er war, was für ein angenehmer Gesellschafter. Manchmal wunderte sie sich selbst darüber, wie zärtlich sie den Hund liebte. Aber es war schön, etwas zu haben, das man lieben durfte, das zu einem gehörte.

Von hier aus konnte man das ganze Tegernseer Tal überblicken. Der See, in dem sich der Himmel spiegelte, sah strahlend blau aus. Und an den Hängen rundherum flammte es in leuchtenden Farben. Golden, rot und gelb und dazwischen das dunkle Grün der Nadelbäume. Die Welt war so schön hier. Nirgends konnte sie schöner sein.

Harro spitzte die Ohren, stand auf und blickte wachsam über die Wiese.

Elisabeth wandte sich um. Drüben, auf der anderen Seite der Lichtung, war ein Hund aus dem Wald getrabt. Und dann stand eine Gestalt unter den Bäumen. Noch konnte sie nicht erkennen, wer es war.

Auch der andere Hund war stehengeblieben und spähte herüber. Harro knurrte verhalten. Elisabeth schob die Hand unter sein Halsband. Er war kein Raufer, und er gehorchte ihr immer aufs Wort, aber besser, man war vorsichtig. Man wußte nicht, wie der fremde Hund geartet war.

Es war übrigens auch ein Schäferhund. Er sah Harro fast ähnlich, war genauso groß und rassig. Ein bißchen heller vielleicht das Fell, aber er hatte die gleiche tiefschwarze Decke und den edlen Kopf mit den hochgestellten Ohren.

Dann erkannte sie den Mann. Ein kleines freudiges Erschrecken, dann lächelte sie ihm entgegen.

Er hatte sie auch erkannt. »Was für eine Überraschung!« sagte er im Näherkommen. »Da sieht man, was einem alles entgeht, wenn man so selten spazierengeht wie ich.«

Er blieb stehen, hielt seinen Hund auch am Halsband. Beide Tiere betrachteten sich gespannt, beide knurrten ein wenig.

»Sei still, Otto«, sagte Dr. Andorf. »Das ist dein Bruder Harro. Es mag nicht immer angenehm sein, Verwandten zu begegnen, aber in eurem Fall sehe ich wirklich keine Schwierigkeiten.«

»Sein Bruder?« fragte Elisabeth überrascht.

»Ja. Wußten Sie das nicht? Ich hatte dem Haus Gregor damals den Hund besorgt. Harro vom Rottenberg. Und meiner ist Helm vom Rottenberg. Da ich nicht immer mit einem Helm spazierengehen kann, nenne ich ihn Otto. Nach Kaiser Otto dem Ersten. Denn ich bin der Meinung, er kann es an Würde, Schönheit und Verstand leicht mit jedem Kaiser aufnehmen. Na, nun begrüßt euch mal. Aber anständig, wenn ich bitten darf.«

Er ließ seinen Hund los, und Elisabeth löste daraufhin zögernd ihre Hand von Harros Halsband.

Beide Hunde gingen langsam aufeinander zu, blieben mit einem Schritt Abstand stehen und sahen sich ernsthaft an. Dann taten sie vorsichtig noch den letzten Schritt und beschnupperten sich zurückhaltend.

»Scheint ja gut zu gehen«, sagte Dr. Andorf. »Sind schließlich auch feine Leute. Aus guter alter Familie. So was prügelt sich nicht ohne Grund. Darf ich mich zu Ihnen setzen, gnädige Frau?«

»Bitte.« Elisabeth lächelte ein wenig befangen zu ihm auf. Sie hatte den Arzt nicht gesehen seit damals, als sie ins Sanatorium ging zur Behandlung. Sie hatte oft an ihn gedacht. Das Gespräch über Paul, das sie mit ihm geführt, die Art, wie er sie dabei angesehen hatte, waren nicht so leicht zu vergessen. Ob er überhaupt wußte, was inzwischen mit ihr geschehen war?

»Wie kommen Sie hier herauf?« fragte er, als er saß.

»Oh, ich bin oft hier. Es ist so ein schöner Platz. Der Blick ist doch wunderbar, nicht? Harro und ich, wir gehen viel spazieren.«

»Na, ich leider nicht. Keine Zeit. Gerade jetzt, wenn die Saison zu Ende ist, daß ich mir mal eine Stunde stehlen kann. Und diese Ecke hier mag ich auch.«

Mit seinen großen, blauen Augen, die fast die Farbe des Himmels hatten, überblickte er das Tal. Sie hatte das Gefühl, daß er alles sehr intensiv sah. Daß er es sah, aufnahm und behielt.

Und das gleiche Gefühl hatte sie, als er sich nach einer Weile ihr zuwandte und sie ansah.

»Die geliebte Elisabeth«, sagte er. »Per Zufall trifft man sie also einmal wieder. Warum haben Sie sich nie mehr bei mir blicken lassen?«

Sie hob hilflos die Schultern. Es war ihr merkwürdig zumute unter diesem Blick, sie war ein wenig verlegen, auf eine seltsame Art angerührt und wünschte doch gleichzeitig, er würde sie immer so anblicken.

»Ich wußte ja nicht ... Die Behandlung war doch abgeschlossen, nicht? Und wenn ich einfach gekommen wäre ...«

»Es hätte mich gefreut. Man hört doch gern einmal von Patienten, wie es ihnen geht. Sie sehen gut aus. Etwas voller, wie es mir scheint, und nicht mehr so blaß und durchsichtig.« Er betrachtete sie jetzt mit dem sachlichen Blick des Arztes. »Man sieht Ihnen an, daß Sie viel an der Luft sind. Das Bein ist wieder ganz in Ordnung, ja?«

»Ja. Ganz und gar.«

»Na ja, sonst würden Sie wohl kaum bis hier herauf spaziert sein. Alles in allem hat man den Eindruck, daß Ihnen die Ehe gut bekommt.«

Sie errötete. Er wußte es also doch.

»Ich dachte gar nicht, daß Sie es wissen«, murmelte sie.

»Was?«

»Daß ich ... geheiratet habe.«

»Mein liebes Kind, ich bezweifle, daß es in der Bundesrepublik einen Menschen gibt, der es nicht weiß. Und wenn ich mich auch zugegeben um diese Dinge gar nicht kümmere, so konnte mir das weltbewegende Ereignis Ihrer Heirat nicht verborgen bleiben, dafür hat schon Fräulein Eva gesorgt. Sie erinnern sich noch an Fräulein Eva?«

»Natürlich.«

»Es hat sie maßlos bewegt. Sie hat mir alles haarklein berichtet, was in den Zeitungen und Illustrierten stand. Besonders gelungene Artikel hat sie sogar ausgeschnitten und mir auf den Schreibtisch gelegt. An einen erinnere ich mich ganz genau, er wird mir immer unvergeßlich bleiben. Es war irgend so ein obskures Wochenblatt, und die dicke Überschrift lautete: Er fand das Glück unter seinen Rädern.«

Elisabeth mußte hellauf lachen. »Das ist wirklich herrlich. Das kenne ich gar nicht.«

»Da haben Sie was versäumt. Das sind Ergüsse von bleibendem Wert. Ein paar Bilder von Ihnen waren auch dabei. Keine sehr gut gelungenen, würde ich sagen, wenn ich Sie so betrachte.«

»Ja, sie waren entsetzlich, ich weiß. Ich hab' ja alles erst zu sehen bekommen, als ich von Frankreich zurückkam. Da war der schlimmste Rummel schon vorbei. Die meisten Bilder hatten die Reporter meinem Vater herausgelockt. Und da es von mir sehr wenige Bilder gibt, waren es halt nur so Schnappschüsse, teilweise schon Jahre alt. Einmal erwischten uns die Reporter in Cannes, das waren schon bessere Bilder. Aber wie man mir gesagt hat, mache ich ein sehr abweisendes Gesicht darauf.«

»Sie werden es schon noch lernen, mit allen Zähnen in die Kameras zu grinsen.«

»Ach nein, ich glaube, das lerne ich nie. Außerdem interessiert es sowieso keinen Menschen. Nach mir fragt jetzt keiner mehr. Gott sei Dank. Ich nehme an, sie warten erst mal die Scheidung ab.«

Andorf war ihr einen raschen Blick von der Seite zu. »Das sind merkwürdige Redensarten für eine junge Ehefrau.«

»Oh, ich versuche mich bloß dem Milieu anzupassen, in das ich eingeheiratet habe. Ich weiß bestimmt, daß jeder früher oder später damit rechnet.«

»Sie auch?«

Elisabeth schlang die Arme um ihre Knie und schaute verträumt ins Tal hinab. »Ich halte es jedenfalls für ganz nützlich, mich mit diesem Gedanken vertraut zu machen.«

»Ich bin nicht so taktlos, zu fragen: Besteht bereits Anlaß dazu? Es geht mich nichts an. Aber ich bin versucht, zu fragen: Warum in aller Welt haben Sie diesen Mann eigentlich geheiratet? Ich sagte schon, es geht mich nichts an. Außerdem weiß ich, daß man Frauen diese Frage überhaupt nicht stellen kann. Sie heiraten eben, und aus den eigenwilligsten und sonderbarsten Gründen heraus, die sowieso kein Mann begreifen kann.«

»Ach, ich weiß nicht«, sagte Elisabeth leise, »so schwer ist das gar nicht zu begreifen. Die meisten Frauen heiraten ganz einfach deswegen, weil sie eben einen Mann haben wollen und weil eine Ehe die gebräuchlichste und unkomplizierteste Form ist, mit einem Mann zusammenzuleben.«

»Es fällt mir auf, daß Sie von Liebe gar nicht reden.«

»Doch. Ich meine Liebe damit. Das ist es doch, wovon wir immer träumen. Ich kann bloß nicht gut darüber sprechen.«

Andorf betrachtete sie eine Weile von der Seite. Keiner sprach ein Wort. Sie hatte ein klares, sehr gesammeltes Profil. Ein intelligentes Profil, fand er. War es möglich, daß dieser Gregor das alles entdeckt und richtig bewertet hatte?

Er hatte keine besonders gute Meinung von dem Schauspieler. Oft war er nicht mit ihm zusammengetroffen. Er hatte ihn vor einigen Jahren kennengelernt, als ein bekannter Produzent in seinem Sanatorium eine Kur machte. Gregor kam damals zusammen mit einem Regisseur zu irgendwelchen Besprechungen. Und nicht lange danach hatte seine Sekretärin im Sanatorium angerufen, weil Veit Gregor angeblich krank in seinem Haus lag. Er hatte seinerzeit gesagt, daß er außerhalb des Sanatoriums keine Praxis ausübe. Aber Frau von Wengen bestand darauf, daß er kam. Veit Gregor wollte ihn und keinen anderen Arzt. Also war er hingegangen, zwei- oder dreimal. Die Krankheit erwies sich als harmlos. Nervöse Störungen, Kopfschmerzen, Schwindelanfälle. Der Schauspieler war überarbeitet oder, besser gesagt, überreizt.

Dr. Andorf fand ihn damals unausstehlich. Und die Frau, die er bei sich hatte, ein langbeiniges, hellblondes Wesen, ebenfalls. Es war ihm aufgefallen, daß Gregor dieses Mädchen ausgesprochen schlecht behandelte. Das machte ihn nicht sympathischer. Sonst wußte er nicht viel von Veit Gregor. Er ging nicht ins Kino, er las keine Filmmeldungen und Klatschspalten in den Zeitungen.

Alles, was er wußte, hatte er im letzten Sommer von Fräulein Eva erfahren, die an Veit Gregors neuer Ehe, eben weil sie Elisabeth kannte, regen Anteil nahm.

Normalerweise hätte er sich ihr Geschwätz nicht angehört. Aber da es Elisabeth betraf, Paul Molanders Elisabeth, hatte er doch einiges schweigend über sich ergehen lassen. Er erfuhr, daß es Gregors dritte Ehe sei und was sonst noch an Liebesgeschichten und Affären, wirklichen und erdichteten, vorgefallen war. Fräulein Eva war gut informiert. Sie war auch der Meinung, Gregor sei ein hinreißender Schauspieler, und der Herr Doktor müsse sich unbedingt einmal einen Film mit ihm ansehen.

Eins jedoch stand fest: In all das, was er gehört hatte, paßte diese Elisabeth keineswegs hinein. Jetzt hatte er sie hier getroffen, und überraschenderweise sprachen sie wie alte gute Freunde miteinander. Sie sprach in aller Gleichmut von Scheidung. Das sah nicht nach einer besonders glücklichen Ehe aus.

Hinter ihnen erklang fröhliches Gebell. Sie blickten sich beide um und sahen eine Weile den Brüdern zu, die sich übermütig über die Wiese jagten.

»Das ist fein, daß Harro mal Gesellschaft hat«, meinte Elisabeth. »Er kommt sonst kaum mit anderen Hunden zusammen.«

»Das ist ein triftiger Grund, daß wir beide vielleicht öfter mal zusammen spazierengehen sollten«, meinte er.

»Ich denke, Sie haben so wenig Zeit?«

»Na, in den nächsten Wochen wird es gehen. Im November schließen wir ganz, da wird renoviert. Eigentlich hatte ich für diese Zeit einen Urlaub geplant. Aber ich weiß nicht wohin, und ich habe auch keine rechte Lust.«

Elisabeth lachte. »Sehen Sie nur.«

Harro hatte sich vor lauter Eifer überkugelt, und Helm, genannt Otto, sprang in elegantem Bogen über ihn hinweg.

»So habe ich ihn noch nie erlebt. Er ist sonst immer so würdevoll.«

»Sie mögen den Hund gern?«

»Ja. Er gehört jetzt mir. Herr Gregor hat ihn mir geschenkt.«

Sie sagte: Herr Gregor. Nicht mein Mann. Sie hatte etwas gestockt, bevor sie ihn nannte, und hatte dann diese unverbindliche Form gewählt. Es rührte Andorf.

»Ich nehme an, es hätte sich gehört, daß ich Ihnen zur Hochzeit gratuliere. Zwei ehemalige Patienten, berühmter Mann, na und so weiter. Fällt mir jetzt erst ein.«

»An Glückwünschen hat es nicht gefehlt. Sie kamen meist von Leuten, die ich nicht kannte und vermutlich auch nie kennenlernen werde.«

»Abgesehen mal von allem, was in der Zeitung stand: Wie kam es wirklich zu dieser Heirat?«

Elisabeth sah den Arzt an, dann lächelte sie ein wenig. »Das dürfen Sie mich nicht fragen. Ich weiß es selbst nicht. Ich wundere mich noch immer darüber.«

Andorf lachte auch. »Ich sehe, Sie nehmen es mit einem gewissen Humor. Und Sie haben ihn wirklich erst bei diesem Unfall kennengelernt?«

»Indirekt, ja. Genaugenommen habe ich ihn erst kennengelernt, als ich in der Klinik lag. Er hat sich ja wirklich rührend um mich gekümmert. Und dann war ich hier zur Erholung. Das wissen Sie ja selbst. Und so kam das eben alles.«

»Und«, er stockte, fuhr nach einer Weile fort: »Verzeihen Sie die indiskrete Frage, ich würde sie nicht stellen, wenn ich nicht dabei an Paul Molander dächte: Sind Sie glücklich?«

Elisabeth überlegte gewissenhaft, ehe sie antwortete. Dann sagte sie: »Ich glaube, ja. Es war alles natürlich überwältigend für mich und sehr verwirrend. Das Leben, das ich vorher führte – ich meine, ich lebte in einer ganz anderen Welt. Ich fand es unwahrscheinlich und unbegreiflich, daß Veit Gregor mich – lieben sollte und sogar heiraten wollte. Manchmal hatte ich das Gefühl...« sie unterbrach sich, errötete und blickte ihn unsicher an. »Ich weiß nicht, warum ich das zu Ihnen sage. Es ist unrecht von mir.«

»Was wollten Sie sagen?« fragte er ernst und hielt ihren Blick fest. »Was für ein Gefühl hatten Sie?«

»Daß das alles nur eine Laune von ihm war. Daß er irgendwie... seine... seine Umwelt verblüffen wollte mit dem, was er tat. Er ist ein Mensch, der sich immer in Szene setzt. Ganz unbewußt. Es ist ihm angeboren. Und der sehr genau darauf achtet, wie die anderen auf ihn und auf das, was er tut, reagieren.«

»Mir scheint, Sie haben ihn bereits gut erkannt.«

»Ja, ich glaube, aber ich meine das nicht unfreundlich. Das dürfen Sie nicht denken. Ich habe keinen Grund, etwas Schlechtes von ihm zu sagen. Er war immer sehr gut zu mir.«

»Warum sagen Sie ›war‹, Elisabeth?«

»Habe ich ›war‹ gesagt? Ganz unbeabsichtigt. Vielleicht weil ich ihn jetzt schon mehrere Wochen nicht gesehen habe. Er filmt zur Zeit in Hamburg. Und anschließend geht er nach Hollywood. Dort dreht er auch einen Film.«

»Werden Sie ihn nicht begleiten?«

»Ich? Nein. Ich glaube nicht. Was soll ich da? Ich gehöre doch nicht dazu. Ich würde nur im Hotel herumsitzen und ihm vermutlich auf die Nerven gehen. Schon allein deswegen, weil ich von diesem ganzen Betrieb nichts verstehe. Es ist eine merkwürdige Welt, und es sind merkwürdige Leute. So jemand wie ich wird immer ein Außenseiter bleiben, fürchte ich. Und ich will mich auch nicht hineindrängen in Dinge, die mir fremd sind.«

»Hm«, machte er nachdenklich. »Das ist natürlich einerseits ein ganz vernünftiger Standpunkt. Andererseits könnte man auch sagen, es ist für eine Ehe keine hoffnungsvolle Basis, wenn einer in einer Welt lebt, zu der der andere keinen Zutritt hat.«

Es sah so aus, als ob sie noch etwas sagen wollte, aber sie schwieg.

Nicht viel später verabschiedeten sie sich. Der Doktor ging auf seiner Seite durch den Wald heimwärts, Elisabeth auf der ihren.

»Ich hoffe, wir werden uns bald einmal wiedersehen«, sagte er zum Abschied. »Kommen Sie doch im Sanatorium vorbei. Wie gesagt, es ist jetzt ruhige Zeit. Und Fräulein Eva wird sich freuen.«

Elisabeth nahm einen Anlauf, überwand eine kleine Scheu und sagte dann: »Und ich würde mich freuen, wenn Sie mich einmal besuchen.«

Er zog ein wenig überrascht die Brauen hoch.

Sie fuhr hastig fort: »Sie haben jetzt Zeit, Sie haben es selbst gesagt. Und Sie wollten mir von Paul erzählen.«

»Interessiert Sie das noch?«

Sie nickte ernst. »Das wird mich immer interessieren. Aber interessieren ist das falsche Wort. Es wird mir immer viel bedeuten.«

Während sie rasch bergab heimwärts ging, es war später geworden als sonst, die Sonne war schon untergegangen, war sie seltsam beschwingt. Es war das erstemal, daß sie sich einen Gast eingeladen hatte. Wenn bis jetzt Gäste in das Haus gekommen waren, so waren es stets Gregors Bekannte gewesen. Aber schließlich war sie dort nun die Hausfrau, warum sollte sie nicht auch einmal jemand einladen.

Sie hatte auf dem ganzen Heimweg viel nachzudenken. Es hatte ihr Freude gemacht, sich mit Dr. Andorf zu unterhalten. Und sie hatte sich ihm gegenüber gar nicht fremd gefühlt. So, als kenne sie ihn lange, als sei er ihr vertraut. Komisches Gefühl! Dabei kannte sie ihn kaum. Und bis auf das eine Mal hatte es nie ein persönliches Gespräch zwischen ihnen gegeben. Trotzdem war es töricht gewesen, das von der Scheidung zu sagen. Er mußte einen ganz falschen Begriff bekommen. Sie hatte bestimmt keinen Grund, an Gregor zu zweifeln. An seiner Liebe, an seiner ... Ja, an was eigentlich noch?

Was war Veit Gregor eigentlich für sie? Ein verwirrendes Erlebnis, ein Naturereignis. Er hatte sie geheiratet. Noch heute mußte sie es sich vorsagen, um selbst daran zu glauben. Dann kamen die Wochen in Frankreich. Da war er bei ihr, da war Liebe da, Zärtlichkeit, Leidenschaft, etwas Einmaliges, Wunderbares, was sie noch nie erlebt hatte. Und seitdem –

Seitdem war alles anders. Nun gab es wieder Veit Gregor, den großen Star, der allen gehörte, seinem Publikum, seiner Arbeit, der ganzen Welt, aber niemals einer einzigen Frau.

Eine Woche waren sie noch zusammen gewesen am Tegernsee, sie hatte ihn umsorgt, hatte für ihn gekocht, was ihr großen Spaß gemacht hatte und ihm auch, wie er immer wieder betonte. Aber dann fuhr er immer öfter in die Stadt hinein, blieb auch drin über Nacht. Einige Male war sie mitgefahren und kam sich jedesmal höchst überflüssig vor. Alle waren sehr höflich und nett zu ihr, aber keiner wußte etwas Rechtes mit ihr anzufangen. Tim betrachtete sie mit mißtrauischer Zurückhaltung, und sie hütete sich, in dem Münchner Haushalt irgendwelche Hausfrauenrechte zu beanspruchen. Das wurde offensichtlich nicht erwartet und war auch überflüssig. Hier herrschten Tim und Lydia.

Dann blieb Gregor noch ein paar Tage am Tegernsee, doch da ging es bereits lebhaft zu. Drehbuchautoren kamen, der Produzent, der Regisseur seines nächsten Films, es wurden lebhafte, zuweilen stürmische Debatten geführt, halbe Nächte lang, es wurde getrunken, geredet, gestritten, wohl auch gearbeitet. Das war eben ihre Art von Arbeit. Sie hatte keinen Anteil daran.

Schüchtern hatte sie sich nach seiner nächsten Rolle erkundigt.

»Du kannst das Buch ja mal lesen. Aber es ist noch nicht fertig. Die Rolle ist so, weißt du ...« und dann hatte er ihr erklärt, erzählt, einzelne Szenen sogar vorgespielt. Es würde ein großer Film werden, seine Partnerin war wieder Edith Norkus.

»Gott sei Dank!« sagte er. »Nichts ist schrecklicher, als sich mit Dilettanten herumzuärgern. Obwohl – mit der Norkus ist es auch nicht immer einfach. Die Frau ist von einem irrsinnigen Ehrgeiz besessen. Man muß sehr auf der Hut sein, daß sie einem nicht die besten Szenen wegschnappt. Da hat sie sich doch neulich ein furchtbares Theater geleistet, stell dir vor...« und dann folgte wieder die lange Beschreibung eines Streites, den er mit Edith Norkus gehabt hatte, anläßlich der Vorbesprechungen zu dem neuen Film.

»Schließlich ist es in erster Linie ein Gregor-Film und dann erst ein Norkus-Film. Die Leute wollen mich sehen, deswegen gehen sie ins Kino.« Er sagte das mit voller Überzeugung, er glaubte daran, er nahm das alles tödlich ernst.

Elisabeth betrachtete ihn mit einigen Vorbehalten. Aber vielleicht mußte das so sein.

»Edith hat es nötig. Sie kann einen Erfolg gebrauchen«, fuhr er fort. »Der Film, den sie mit Fred gedreht hat – das ist ihr Mann, ein vollkommen unbedeutender Regisseur, bildet sich ein, er muß in Kunst machen, als wenn man bloß auf ihn gewartet hätte –, also dieser Film ist eine Riesenpleite. Soll sauschlecht sein, sagt Classen. Damit untergräbt die Norkus ihren Kredit beim Publikum. Na, mir kann's nur recht sein.«

Dann kam Anfang September die Uraufführung der »Verlorenen Stunde« in Düsseldorf. Gregor hatte es zunächst abgelehnt, hinzufahren. Er haßte diese Verbeugungstouren. Zu später Stunde, nachdem sie genug getrunken hatten, war es Classen gelungen, ihm die Zusage abzuschwatzen.

Gregor war wütend darüber, und er ließ seine schlechte Laune jeden spüren. Erstmals auch Elisabeth. Es war keine Rede davon gewesen, daß sie ihn begleiten sollte. Plötzlich, zwei Tage vorher, sagte er zu ihr: »Du könntest eigentlich mitkommen.«

»Ich?«

»Ja. Vielleicht interessiert es dich mal, den Rummel anzusehen. Was hast du denn anzuziehen? Komm, wir fahren in die Stadt, du brauchst ein paar schicke Sachen.«

Sie war mehr erschrocken als erfreut. Diese vielen fremden Menschen. Und alle würden sie wieder ansehen, als sei sie vom Mond gekommen.

Auf der Fahrt in die Stadt sagte er: »Du mußt den Führerschein machen. Wenn du immer am Tegernsee bist, brauchst du unbedingt einen Wagen, damit du auch beweglich bist, wenn ich nicht da bin.«

Den Wagen hatte er inzwischen gekauft, und sie nahm zur Zeit

Fahrstunden. Auch dies tat sie ungern. Tobias war es, der sich darüber freute. Er hatte sich immer ein Auto gewünscht.

In Düsseldorf dann war es genauso, wie sie befürchtet hatte. Sie saß oder stand meist unbeachtet herum, keiner kümmerte sich um sie, auch Gregor kaum. Wenn die Leute erfuhren, daß sie die sagenumwobene Frau war, die Veit Gregor geheiratet hatte, erregte sie flüchtige Aufmerksamkeit. Sie spürte, wie man sie abschätzte, begutachtete, und wie man urteilte. Und instinktiv spürte sie, was die Leute dachten.

Gregor spinnt. Typisch er. Wieder einmal so eine verrückte Laune. Na, das kann nicht gutgehen.

Sie kannte diese Gedanken, als hätte man sie laut ausgesprochen. Es trug nicht dazu bei, ihre Sicherheit zu erhöhen, sie unbefangen zu machen. Sie kroch vielmehr in sich selbst zurück, hielt sich im Hintergrund, wäre am liebsten fortgelaufen bei den Empfängen und Partys, an denen sie teilnehmen mußte. Damals zum ersten Male war ihr der Gedanke gekommen: es kann nicht lange dauern. Wenn sie mich ansehen, denken sie alle schon an die Scheidung. Seine letzte Ehe hat sieben Monate gedauert. Charlene. Er hat mir Bilder gezeigt. Eine Frau von atemberaubender Schönheit. Und ein hinreißendes Temperament hat sie gehabt, sagt er. Was bin ich dagegen? Da gibt es überhaupt keine Vergleichsmöglichkeit.

Die lächelnde Ruhe, die Sicherheit, die sie während ihrer Flitterwochen am Meer empfunden hatte, verließen sie ganz. Damals gehörte er ihr. Damals war so etwas wie Liebe zwischen ihnen. Jetzt war sie alleingelassen, auch wenn er bei ihr war, auch wenn er vorbildlich höflich war. Doch, in dieser Beziehung konnte sie sich nicht über ihn beklagen. Zuvorkommend, höflich, er spielte die Rolle des glücklichen jungen Ehemannes. Er spielte sie für die anderen, nicht für sie. Zwischen ihnen gab es auf einmal keine Herzlichkeit mehr, das eben beginnende Vertrauen schien zerstört. Und sie wußte nicht warum. Es gab keinen wirklichen Grund dafür. Es war nichts vorgefallen, kein Streit, keine Szene. Es hatte noch nie Streit zwischen ihnen gegeben. Es gab auch nichts, was sie ihm hätte vorwerfen können. Er war einwandfrei in seinen Manieren, seiner Haltung ihr gegenüber. Er küßte ihre Hand, er küßte ihre Wange, wenn sie gemeinsam frühstückten, er gab ihr einen Gutenachtkuß. Er war von einer geschmeidig-kalten Glätte,

die einen frieren ließ und die Elisabeths sich eben aufschließendes
Herz mit Angst und Scheu erfüllte. Er war wieder ein ganz und
gar Fremder. Der große Star. Der Schauspieler. Eben – Veit Gregor.
Aber nicht ihr Mann.

In Düsseldorf war auch Sonja Markov gewesen. Bildschön anzusehen, in atemberaubenden Toiletten, mit viel neuem und echtem Schmuck und vor allen mit einem neuen Mann. Einem steinreichen Industriellen, der sie anbetete. Sie zog eine große Show ab, wie Gregor es nannte, strahlte und glänzte und stellte alles in den Schatten.

Von Elisabeth nahm sie nur am Rande Kenntnis, nannte sie gönnerhaft »meine Liebe« und ließ sie dann links liegen. In dem Film kam sie gar nicht so schlecht heraus, die Liebesszenen mit Gregor wirkten echt und anrührend, sie bekam recht annehmbare Kritiken. Gregor sagte allerdings zu Elisabeth: »Schauderhaft. Hast du gesehen, was für eine unbegabte Kuh sie ist? Kannst du jetzt begreifen, wie ich mich mit ihr plagen mußte?«

Elisabeth dachte im stillen, daß sie das keineswegs bemerkt hatte, aber sie nickte.

Sie wußte inzwischen bereits, daß man ihm am besten nicht widersprach, soweit es seine Filme und seine Rollen anging. Und schon gar nicht, wenn es um Kollegen ging. Er hatte da meist ein hartes Urteil.

Als sie einmal in einem früheren Gespräch einen Schauspieler verteidigte, der ihr in einer bestimmten Rolle gefallen hatte, und der in Gregors Augen ebenfalls ein rettungsloser Stümper war, hatte er kalt gesagt: »Mein Täubchen, das verstehst du nicht. Was du mir da eben offenbart hast, ist der typische Lieschen-Müller-Geschmack. So etwas ist mir ein Greuel. So beurteilt man keine Schauspieler.«

Das hatte sie gekränkt. Sie war immer gern ins Theater gegangen, auch viel ins Kino, hatte sich mit Tobias lange darüber unterhalten, und war immer der Meinung gewesen, daß sie ein durchaus brauchbares Urteil besaß. Und keineswegs einen Lieschen-Müller-Geschmack.

Aber gegen Gregors Überheblichkeit war nicht anzukommen. Wenn er sagte: es ist so, dann gab es keinen Widerspruch. Dann war es so und nicht anders. Und wirklich gute Schauspieler gab es nicht viele. Eigentlich nur einen – Veit Gregor. Davon war er felsenfest überzeugt, trotz der bewegten Klagen, die er manchmal darüber führte, wie weit er vom künstlerischen Weg abgekommen sei, daß er kein Schauspieler, nur noch ein Handwerker, ein Routinier sei. Im Grunde war er von seinem Genie überzeugt. Und keiner, der mit ihm auskommen wollte, durfte daran zweifeln.

Die einzige Kritik, die er je geduldet und über die er vielleicht sogar nachgedacht hatte, war Milenas, aber heute auch nicht mehr so wie früher.

Als Elisabeth von Düsseldorf zurückflog nach München, schwor sie sich: nie wieder. Sie hatte bei diesen Dingen nichts verloren. Sie würde in dieser Welt nie heimisch werden. Sie war glücklich, als sie wieder am Tegernsee war, als Harro sie stürmisch begrüßte, als die Familie Bach sich offensichtlich freute, daß sie wiederkam.

Gregor blieb noch einige Tage da, an denen sie ihn aber kaum sah, weil er meist in der Stadt war. Dann verbrachte er noch ein Wochenende ganz allein mit ihr, doch er war schon nervös, gereizt, unruhig wie ein Pferd am Start, nichts anderes im Kopf als den neuen Film. Er sprach von nichts anderem, dachte nichts anderes, und wenn er sie küßte, dachte Elisabeth mit ein wenig bitterem Spott: im Geiste küßt er bereits die Norkus. Sie war fast erleichtert, als er endlich nach Hamburg abgereist war.

»Du besuchst mich besser bei den Dreharbeiten nicht«, hatte er noch gesagt, »ich bin dann meist unausstehlich, weißt du. Und ich hätte sowieso keine Zeit für dich.«

Sie nickte, sie hatte nicht die Absicht gehabt, ihn zu besuchen. Und sie war froh, daß er es nicht von ihr verlangte.

Und dann hatte sie eine Weile viel nachzudenken. Zuerst immer wieder der gleiche Gedanke: warum hat er mich eigentlich geheiratet? – Darauf fand sie keine Antwort.

Und dann: welche Rolle spiele ich eigentlich hier? – Darauf gab es vielleicht eine Antwort. Sie sollte ihm hier, in seinem Tegernseer Haus, eine Art Heim bereiten. Das hatte er jedenfalls gesagt, und vielleicht meinte er es auch so. Er wollte bei ihr ausruhen, Frieden finden. Er hatte ihr gelegentlich eine lange, pathetische Rede darüber gehalten über das Refugium, das jeder Künstler brauche, die Ruhe am Herzen einer Frau. Er spielte ihr eine wundervolle Szene vor, mit tiefer bebender Stimme und umflortem Blick. Aber er hatte Elisabeth nicht so sehr damit beeindruckt, wie er vielleicht dachte.

Und dann ihr dritter Gedanke; seit Düsseldorf immer wiederkehrend: wie lange wird es dauern?

Einmal, sie saß am Nachmittag auf dem Steg über dem See, Harro neben sich, sie hatte gelesen, aber schon seit einer Weile das Buch neben sich gelegt und nachdenklich über den See gestarrt, sagte sie laut vor sich hin: »Nicht lange, bestimmt nicht lange.« Und dann hatte sie sich herabgebeugt, Harro fest in die Arme geschlossen und ihm ins Ohr geflüstert: »Aber dich nehme ich mit.«

»Hast du was gesagt?« fragte Tobias, der nicht weit von ihr entfernt in einem Sessel saß und ebenfalls las.

»Nein«, erwiderte sie. »Nur laut gedacht.«

»Hm«, Tobias warf ihr über seine Brille einen prüfenden Blick zu und las weiter.

Er hatte nichts auszusetzen. Seit Gregor in Hamburg filmte, war er hier draußen. Er war auch vorher einige Male dagewesen, aber nur wenn man ihn ausdrücklich dazu aufforderte. Von selbst kam er nie. Die Wohnung hatte er behalten und hatte es auch abgelehnt, eine andere zu beziehen. Nein, das war ihm alles recht, so wie es war. Dort fühlte er sich zu Hause, da war Herr Mackensen, da war Frau Berger, die immer mal bei ihm sauber machte, da kannten ihn die Kaufleute. Aber er kam gern zum Tegernsee heraus.

Ob Elisabeth glücklich sei, diese Frage hatte sich Tobias allerdings auch schon einige Male gestellt. Sie hatte ein schönes Leben, brauchte nicht zu arbeiten, konnte lesen, spazierengehen, gerade daß sie kochte oder ein paar Einkäufe machte. Nun lernte sie auch noch Auto fahren, und hübsche Kleider besaß sie nun jedenfalls.

Zweifellos ein schönes Leben, wie es wenige Frauen führten. Ob es sie ganz erfüllte, dieses Leben, war nicht ganz sicher. Aber vernünftig sagte sich Tobias: Das Leben, das sie zuvor geführt hatte, war ganz gewiß auch kein erfülltes.

Sie hatte nun mal keinen Durchschnittsmann geheiratet, mit dem sich eine vernünftige bürgerliche Ehe führen ließ. O ja, so klug war Tobias durchaus, daß er das begriff. Und er hoffte, daß auch Elisabeth es begriff. Sich düstere Gedanken über die Zukunft zu machen war nicht Tobias' Sache. Er war ein Mensch, der der Gegenwart lebte. Und außerdem ein Optimist. Vielleicht ging doch alles gut. Man würde sehen. Zunächst einmal war es wunderbar, hier zu sein. Im Garten zu sitzen in der Sonne und gelegentlich nach Wiessee zu spazieren oder mit dem Schiff nach Tegernsee zu fahren.

Ende November kehrte Gregor aus Hamburg zurück. Und er war noch im gleichen Zustand, wie er abgefahren war: nervös, gereizt und unlustig.

Von Edith Norkus sprach er in bitterbösem Ton, offensichtlich hatten sie sich während der Dreharbeiten manchen Kampf geliefert. Mit den Gedanken war er noch bei der Arbeit. Der Film war noch nicht ganz abgeschlossen, ein paar Außenaufnahmen waren nachzudrehen, die man der Witterung wegen in Spanien schießen würde.

Elisabeth hatte dem Wiedersehen mit einigem Bangen entgegengeblickt. Wie würde es sein?

Würde er sie genauso zerstreut ansehen, wie er es vor seiner Abreise getan hatte? So als wundere er sich über ihr Vorhandensein und frage sich, wer sie eigentlich sei und was sie hier verloren habe. Oder würde er sie in die Arme nehmen, irgend etwas sagen wie: Ich freue mich, wieder bei dir zu sein. Vielleicht auch: Ich hatte Sehnsucht nach dir.

Wenn er meine Gedanken kennen würde, dachte sie, würde er vermutlich dazu sagen, ich habe einen Lieschen-Müller-Geschmack. Typisch Schnulze. Heimkehrender Gatte drückt wartendes Weib ans Herz. So etwas gab es im Film. Möglicherweise auch in andrer Leute Ehe. In ihrer sicher nicht.

Sie hatte nicht genau gewußt, wann er kommen würde, man hatte es ihr nicht mitgeteilt, und darum war sie auch nicht am Flugplatz.

Lydia rief sie an. »Hallo, Elisabeth? Wir sind da. Eben gelandet. Wie gehts?«

»Danke, danke, sehr gut. Und wie war's bei euch?«

»Schauderhaft. Wie immer.«

»Soll ich hineinkommen?«

»Bloß nicht. Wir treffen nachher Classen und die Presse. Und mit der Norkus ist sowieso dicke Luft. Ich muß mit aller Diplomatie vorgehen, um einigermaßen das Gleichgewicht zu halten. Ich schicke ihn dann hinaus, wenn wir hier fertig sind. Er braucht unbedingt ein paar Tage Ruhe. Aber es kann spät werden, machen Sie sich keine Sorgen.«

»Schön«, erwiderte Elisabeth ruhig, »vielen Dank.«

Lydia würde ihn »hinausschicken«. Den Mann für ein paar Ruhetage bei seiner Frau abliefern, bis er wieder gebraucht wurde.

Elisabeth, die Hand noch auf dem Telefon, fühlte eine kleine Welle von Trotz und Empörung in sich aufsteigen. Wäre er von selbst nicht gekommen? Was für eine Rolle spielte sie eigentlich hier?

Die kleine Auflehnung ging jedoch sehr rasch vorüber, von der Vernunft besiegt. So war es nun einmal, und damit mußte sie sich abfinden.

Sie ging hinauf in ihr Schlafzimmer, betrachtete ihr Gesicht prüfend im Spiegel. Dann lächelte sie sich zu, ein etwas klägliches Lächeln.

»Vermutlich muß man froh und dankbar sein, solange er überhaupt noch kommt«, erklärte sie ihrem Spiegelbild.

Sie beschloß zum Friseur zu gehen und für ein delikates Abendessen zu sorgen. Mehr konnte sie nicht tun. Vielleicht noch ein besonders hübsches Kleid anziehen und ein bißchen Make-up auflegen.

Tobias sagte, als sie ihm berichtet hatte: »Dann werde ich in die Stadt fahren.«

»Unsinn. Warum denn?«

»Es ist besser.«

»Vater, sei nicht kindisch. Du weißt genau, daß er nichts dagegen hat, wenn du hier bist. Und du weißt auch, daß er dich gern hat.«

»Natürlich. Aber wenn er nach so langer Abwesenheit nach Hause kommt, dann soll er lieber mit dir allein sein. Sicher ist er müde und abgespannt. Und sicher habt ihr euch viel zu sagen. Laß man, ich komme dann nächster Tage mal heraus. Finden Sie nicht auch, Frau Bach, daß man junge Eheleute allein lassen soll, wenn sie sich lange nicht gesehen haben?«

Da das Gespräch in der Küche stattfand, wo Tobias sich gern aufhielt, um mit Frau Bach zu schwatzen, war sie Zeuge der Unterhaltung geworden.

Frau Bach nickte gewichtig mit dem Kopf. »Doch. Da hat Ihr Herr Vater schon recht, gnädige Frau. Ich hab' ja selber Kinder, und da weiß ich, daß es besser ist, wenn die Eltern und Schwiegereltern nicht immer dabei sind. Schon gar nicht, wenn man sich lange nicht gesehen hat. Und der Herr Gregor ist man immer 'n bißchen krötig, wenn er von der Filmerei kommt. Das kennen wir schon.«

Na, das kann ja heiter werden, dachte Elisabeth. Lydia bereitet mich schonend vor, Frau Bach auch, und Tobias sucht ganz und gar das Weite. Was für ein Theater mit dieser läppischen Filmerei.

Als sie das gedacht hatte, erschrak sie. Das waren geradezu rebellische Gedanken. Und dann mußte sie plötzlich lachen. Am besten war es wohl, das alles mit Humor zu nehmen. Schließlich hatte sie nichts mit Film zu tun, und es müßte ihr eigentlich möglich sein, einen klaren Kopf zu behalten.

Frau Bach und Tobias blickten sie erstaunt an, als sie lachte.

»Schön«, erklärte sie mit gelassener Heiterkeit. »Dann fährst du eben hinein. Herr Bach wird dich zum Bahnhof fahren. Sei so freundlich und rufe mich morgen an, ob bei dir alles in Ordnung ist. Hoffentlich kriegst du jetzt endlich bald das Telefon.«

Für Tobias hatte sie bereits vor zwei Monaten Telefonanschluß beantragt, damit sie wenigstens mit ihm sprechen konnte, wenn er in der Stadt war. Sie hatte immer alle möglichen Schreckensvorstellungen, was ihm zustoßen könnte, wenn er ganz allein war.

In einem schmalen, schicken Kleid aus schwarzer Seide, das sie sich erst kürzlich gekauft hatte, das Haar duftig und frisch, wartete Elisabeth auf ihren Mann. Es wurde Abend, es wurde acht und neun Uhr, und nichts rührte sich. Sie hatte erst gelesen, dann ein wenig ferngesehen, konnte sich aber auf nichts konzentrieren. Es war totenstill im Hause. Die Familie Bach hatte sich in ihre Wohnung im Basement zurückgezogen.

Je länger Elisabeth wartete, desto mehr stieg ihre Spannung. Was für eine blödsinnige Situation! Sie saß und wartete auf ihren Mann, als warte sie auf den Beginn einer Theaterpremiere. In Schwarz, geschminkt, frisiert und voller Ungewißheit, was ihr geboten wurde. Sie rauchte mehr als sonst, nervös und unruhig, und trank sogar, was sie sonst nie tat, einige Whiskys.

Um zehn stand sie auf von ihrem Platz am Kamin und machte einen Rundgang durchs Haus. Harro tappte ihr geduldig hinterdrein.

Zum x-ten Male schaute sie in Gregors Schlafzimmer. Alles war bestens gerichtet. Das Bett frisch bezogen, ein Schlafanzug lag bereit, ein Buch auf dem Nachttisch, ein paar Blumen vor der Couch.

Sie trat ans Bett, legte den Schlafanzug noch sorgfältiger zurecht, klopfte müßig auf das Kissen.

»Meinst du, daß er kommt?« fragte sie Harro, der ihr aufmerksam zusah. »Hast du das Gefühl, er erinnert sich überhaupt noch an unser Vorhandensein?«

In Harros Augen glaubte sie Skepsis zu lesen.

»Na ja, du hast schon recht. Er wird vergessen haben, daß wir da sind. Aber Lydia wird ihn schon daran erinnern. Er hat nicht einmal einen Brief geschrieben aus Hamburg, nicht? Ein paarmal telefoniert. Aber nicht sehr oft. Und wenn er jetzt wiederkommt...«

Sie verstummte. Verließ das Zimmer, schaute noch mal ins Bad, wo alles ebenfalls tadellos hergerichtet war, und ging dann in ihr eigenes Schlafzimmer.

»Und wenn er jetzt kommt, wird es sein, als wenn ein völlig Fremder kommt. Du mußt das verstehen, Harro. Es war ja nicht viel Zeit. Die paar Wochen in Frankreich, das war alles. All die Leute, mit denen er jetzt zusammen war. Und die, mit denen er heute abend zusammen ist, und Lydia und die Norkus und dieser Classen und sein Regisseur und die Leute von der Zeitung, die kennen ihn alle viel besser als ich. Und die wissen vor allem, wie sie mit ihm dran sind und was sie von ihm wollen und was er von ihnen will. Nur ich – ich weiß gar nichts. Ich wollte ihm eine gute Frau sein, und ich wollte alles richtig machen, aber man kann nicht mit jemand leben, der nicht da ist.«

Sie blickte hinunter zu dem Hund, der neben ihr stand, mitten im Zimmer wie sie, und zu ihr aufblickte. »So ist das, verstehst du? Und so wird es immer sein. Und einmal –«, sie stockte. Sie sprach nicht laut weiter, als dürfe der Hund und das Zimmer nicht hören, was nun kam. Aber sie dachte weiter.

Und einmal wird er überhaupt nicht mehr wissen, was er mit mir anfangen soll. Vielleicht ist es schon soweit. Damals, da hat ihn irgend etwas gereizt, ich weiß auch nicht was. Doch das ist vorbei. Und dann wird ihn wieder etwas anderes reizen. Vielleicht ist schon eine andere Frau da. Ich verstehe es, warum diese Ehen nicht länger dauern. Zwei fremde Menschen, die ein bißchen Liebe spielen, und dann wieder vergessen. Ich nicht. Aber er. Aber ich habe ja auch nichts anderes zu denken. Ich komme nirgends hin, sehe und höre nichts. Sitze nur hier und warte. Aber er...

Sie war plötzlich mutlos und verzagt. Es hatte keinen Zweck, sich etwas vorzumachen. Es hatte auch keinen Zweck, sich um das Zusammenleben zu bemühen. Es gab kein Zusammenleben zwischen Veit Gregor und ihr. Und eigentlich war das keine Überraschung für sie.

Sie betrachtete sich im Spiegel. Das schwarze Kleid stand ihr gut. Es saß eng auf ihrer Figur, hatte einen schrägen, spitzen Ausschnitt. Links daneben hatte sie die Brillantagraffe gesteckt, die er ihr einmal geschenkt hatte.

Es war das einzige Schmuckstück, das er ihr bisher geschenkt hatte, abgesehen von dem Ring zur Hochzeit. Selbst hatte sie sich nichts gekauft. Obwohl sie über Geld genug verfügte. Er hatte ihr ein Konto eingerichtet. Sie sollte sich kaufen, was ihr Spaß mache, hatte er gesagt.

Doch sie hob nur das Geld ab, das sie für den Haushalt brauchte, und für gelegentliche Kleinigkeiten für sich und Tobias. Dieses schwarze Kleid hier war erst das zweite, das sie sich gekauft hatte. Und wozu auch? Sie kam ja doch nirgends hin. Sie wandte sich zu ihrem Frisiertisch, prüfte noch einmal den Sitz ihrer Frisur, ihr Gesicht. Die freudige Erwartung, die in ihrem Gesicht gestanden hatte, als sie sich anzog, war verschwunden.

»Nicht so trist«, redete sie sich selbst gut zu, »nicht so trübsinnig.«

Damals, als sie von der Hochzeitsreise zurückkam und eine Menge Zeitungen zu sehen bekam, die sich angesammelt hatten, fand sie auch in einer ein Bild von ihr mit der Unterschrift: Die Frau, die von allen Frauen beneidet wird.

»Die Frau, die von allen Frauen beneidet wird«, erzählte sie ihrem Spiegelbild, »das bist du.«

Auf dem Frisiertisch lag noch die Karte, die heute mit der Morgenpost gekommen war. Eine Karte von Dr. Andorf aus Tanger. Die Suche nach Sonne und Wärme habe ihn bis nach Afrika verschlagen, schrieb er, aber übermäßig glücklich fühle er sich da auch nicht. Anschließend fahre er zu einem Kongreß nach Paris und dann freue er sich auf die Rückkehr. »Und auf einen Spaziergang mit ihnen und dem Brüderpaar, auch wenn schon Schnee liegen sollte.«

Das letzte hatte er noch ganz klein unten hingekritzelt, eigentlich war gar kein Platz mehr auf der Karte gewesen.

Er freute sich auf einen Spaziergang mit ihr.

Die Karte in der Hand, blickte Elisabeth vor sich hin. Das Kältegefühl, die frierende Einsamkeit, die sie eben noch verspürt hatte, waren verschwunden. Und als ihr Blick wieder auf ihr Gesicht im Spiegel traf, fand sie ein kleines Lächeln um ihren Mund.

Sie freute sich auch auf diesen Spaziergang. Seit sie sich damals oben auf halber Höhe getroffen hatten, waren sie im ganzen dreimal zusammen spazierengegangen.

Einmal hatten sie sich wieder durch Zufall an dem gleichen Platz getroffen, einen Zufall, dem sie beide nachgeholfen hatten. Elisabeth jedenfalls war jeden Tag, an dem das Wetter schön war, den gleichen Weg bergan zu jener Wiese gegangen.

Die beiden anderen Male hatten sie sich verabredet. An einem Tag brachte er sie auf ihrer Seite hinunter bis in die Nähe ihres Hauses. Es war bewölkt an diesem Tag, ein wenig windig, das Laub von den Bäumen ganz verschwunden. Und dann fing es noch leise an zu regnen. Aber sie merkten es kaum. Sie sprachen an diesem Tage zum zweitenmal von Paul.

Michael erzählte, und Elisabeth erzählte. Beide berichteten sie, was sie mit Paul erlebt hatten.

Sie wurden es nicht gewahr, wie eng die Erinnerung an Paul, den sie beide geliebt hatten, sie verband. Aber vielleicht spürten beide es unbewußt. Dr. Andorf hielt lange ihre Hand, als sie sich trennten. Und Elisabeth stand tagelang unter dem Einfluß dieses Gesprächs.

Aber es war nicht nur wegen Paul. Elisabeth blickte in die Augen der Elisabeth im Spiegel, und sie las darin, was sie eben dachte. Wenn Michael Andorf zurückkommen wird, dann wird es nicht so sein, als wenn ein Fremder kommt.

Unten schrillte das Telefon. Sie fuhr zusammen und lief eilig die Treppe hinunter. Jetzt würde Gregor anrufen, endlich, aber nur, um ihr zu sagen, daß er heute nicht mehr kam.

Doch es war Lydia.

»Sie sind jetzt unterwegs. Armes Kind, haben Sie lange gewartet?«

»Ich hab' mir so was schon gedacht«, erwiderte Elisabeth mit gespieltem Gleichmut.

»War ein entsetzlicher Betrieb wieder. Gregor ist ziemlich fertig, am besten, Sie stecken ihn bald ins Bett. Aber er wollte partout noch heute abend zu Ihnen hinaus. Tim fährt ihn, er wollte allein, aber ich hab's nicht geduldet. Er ist müde, und es ist doch wieder allerhand getrunken worden.«

»Bleibt Tim über Nacht hier?«

»Nein. Das tut er nicht. Er fährt wieder herein. Ihr habt ja noch einen Wagen draußen. Haben Sie eigentlich schon den Führerschein?«

»Nein, noch nicht. Anfang nächsten Monats wahrscheinlich.«

»Schön, also ich hau' mich auch hin. Ich bin restlos erledigt. Ein Mensch, der seine Brötchen beim Film verdient, muß Läuse im Hirn haben, das können Sie mir glauben, Elisabeth. Sie haben's gut, ich beneide Sie. Sie haben mit dem ganzen Zirkus nichts zu tun.«

»Nein«, sagte Elisabeth, »ich bin bloß mit einem von dem Zirkus verheiratet. Das beschäftigt einen nicht weiter.«

Auf der anderen Seite entstand eine kleine Pause. Dann lachte Lydia leise. »Das klang nach ein wenig bitterer Ironie. Irgendwelche Klagen, Madame?«

»Nicht, daß ich wüßte. Mir geht es wirklich gut hier draußen.«

»Eben. Drum sagte ich auch: Ich beneide Sie. Also, gute Nacht. Wir sehen uns nächster Tage mal.«

Er kam also noch. Verstört blickte Elisabeth sich um. Er kam, war müde, erschöpft, vielleicht ein bißchen betrunken. Es war mittlerweile halb elf geworden. Was war zu tun?

Nichts. Es war alles vorbereitet und wartete seit Stunden auf ihn. Sie ging nochmals nach oben, betrachtete sich nochmals im Spiegel, nahm dann die Karte von Dr. Andorf, hielt sie einen Augenblick zögernd in der Hand. Eigentlich hatte sie vorgehabt, sie Gregor zu zeigen. Aber wozu eigentlich?

Sie schob die Karte in die Schublade ihres Toilettentisches.

Er war müde und erschöpft und sah alt aus.

Er küßte ihr nur die Hand, musterte sie mit hochgezogener Braue von oben bis unten.

»So elegant? Willst du noch ausgehen?«

Das schwarze Kleid war fehl am Platze. Elisabeth merkte es selbst. Er hatte sich offenbar umgezogen, ehe er in München abgefahren war, trug dunkle Hosen und einen Pullover.

Essen wollte er nicht, hatte er schon gehabt. Trinken? Na ja, vielleicht noch einen kleinen Whisky.

»Und wie geht es dir? Hast du eine nette Zeit gehabt? Wie geht es Tobias? Ach, da ist ja auch —«, kleine überlegende Pause. »Wie heißt er gleich?«

»Harro.«

»Ach ja, Harro. Stimmt. Kennt mich kaum, was?«

Ein Fremder war ins Haus gekommen. Elisabeth brachte den Whisky, das Wasser, den Becher mit dem Eis, sie mischte die Getränke, machte sie nicht so stark.

Er lag mehr, als er saß, in der tiefen Ecke des Sofas, das vor dem Kamin stand, nahm ihr das Glas ab, trank, starrte eine Weile in die Flammen, strich dann mit der Hand über die Stirn und wandte dem Feuer den Rücken zu.

»Das macht mich wahnsinnig. Ich kann überhaupt kein Licht mehr sehen. Ich bin total fertig diesmal.«

Er legte die Hand über die Augen, beugte den Kopf über die Lehne und verharrte so regungslos.

»Hast du Kopfschmerzen?« fragte Elisabeth besorgt. »Willst du eine Tablette?«

»Hab' ich heut schon mehrere genommen. Nein, es sind meine Augen. Total überanstrengt, weißt du. Und die Nerven wahrscheinlich. Es war ein entsetzliches Arbeiten diesmal. Jeder fällt über jeden her. Nie kannst du dich heute auf das verlassen, was gestern besprochen worden ist. Wenn ich Lydia nicht hätte, ginge es überhaupt nicht. Sie kann sich wenigstens durchsetzen. Ich kann es leider nicht. Tut mir leid, aber ich kann es nicht. Ich werde froh sein, wenn wir in Amerika drehen. Dort ist die Atmosphäre sachlicher. Da gibt es nicht das ewige Hin und Her. Und Thyler ist ein großartiger Regisseur. Mit dem habe ich schon gearbeitet, ganz ruhig, ganz gelassen, ein großer Könner. Ich komme mit ihm prima aus. Das ist eine Wohltat im Vergleich zu unseren Leuten. – Zünd mir eine Zigarette an, ja, willst du?«

Das erste kleine Zeichen der Vertrautheit. Elisabeth nahm eine Zigarette aus der Dose, zündete sie an und reichte sie ihm hinüber.

»Komm, Tschapperl, setz dich neben mich«, er wies auf die andere Seite des Sofas, und Elisabeth setzte sich gehorsam dahin. Aber sie wußte nicht, was sie tun sollte. Erwartete er, daß sie ihn küßte? Daß sie ihn umarmte? Oder würde er es als lästig empfinden, als Zudringlichkeit?

Sie rettete sich in Fragen über den Film.

»Wer wird deine Partnerin sein in Amerika?«

»Patrice Stuart. Du hast sicher schon von ihr gelesen. Eine Neue, begabter Nachwuchs, wie man sagt. Sie haben sie in letzter Zeit ziemlich hochgeschossen. Na, wir werden sehen. Hoffentlich ist mit ihr auszukommen. In vierzehn Tagen werde ich mehr wissen.«

»In vierzehn Tagen?«

»Ja. Da fangen wir an.«

Elisabeth richtete sich auf in ihrer Ecke. »In vierzehn Tagen schon?«

»Natürlich. Wußtest du das nicht?«

»Ich denke, dieser Film hier ist noch nicht fertig?«

»Nur noch ein paar Einstellungen für mich. Edith hat das meiste zu tun. Ich fliege Anfang der Woche nach Spanien, drehe meine paar Meter und fliege ein paar Tage später nach Hollywood.«

»Aber du lieber Gott – – – Dann kannst du dich ja überhaupt nicht erholen. Das ist ja eine furchtbare Strapaze.«

»Ist es auch. Aber es klappt mit den Terminen nicht anders.«

Er wandte ihr den Kopf zu und betrachtete sie amüsiert.

»Das klang ganz nach besorgter Ehefrau.«

»Nun, ich habe den Eindruck, du bist ziemlich abgespannt«, sagte Elisabeth, ein wenig verärgert über seinen ironischen Ton. »Ich dachte, du kannst dich ausruhen, nachdem du in Spanien warst.«

»Eben nicht. Wir haben hin und her geschoben, aber es geht nicht anders. Bis man alle Beteiligten unter einen Hut bringt, ist das nicht so einfach. Thyler hat neue Verträge im nächsten Jahr, die Stuart auch. Ja, wenn ich vor einem Monat hätte hinüberfahren können, dann wäre es besser gegangen, aber wir wollten ja den Film hier noch vorher machen.«

Er drehte ihr den Rücken zu, ließ sich dann hinübersinken und legte den Kopf in ihren Schoß.

Elisabeth saß steif, fast erschrocken. Er machte einen Zug aus der Zigarette, gab sie ihr dann.

»Machst du dir Sorgen um mich?«

»Ja. Natürlich.«

»Kennst du mich überhaupt noch?«

Sie mußte unwillkürlich lachen. »Die Frage ist berechtigt. Ich würde sagen: kaum.«

»Hm. Verständlich. Aber wenn ich von Amerika zurück bin, habe ich ein paar Monate Zeit. Da werden wir ...« Er hatte die Augen geschlossen, sprach nicht weiter. Sicher wußte er selbst noch nicht, was sie dann tun würden.

Elisabeth blickte auf sein Gesicht hinab. Es war faltig, alt, gelb getönt. Die Haut spröde und welk zugleich.

Die Schminke, das Licht, der Alkohol, die ständige Anspannung! Elisabeth dachte es, und sie empfand auf einmal Mitleid mit ihm. War es ein schönes Leben? Ein Leben, um das diese Menschen immer beneidet wurden. Glanz und Ruhm, natürlich. Aber das wurde teuer bezahlt.

Er öffnete die Augen halb, griff nach ihrer Hand, die die Zigarette hielt, führte sie zum Munde und zog an der Zigarette. Dabei berührten seine Lippen ihre Fingerspitzen.

»Liebst du mich noch, Elisabeth?« fragte er dann.

»Oh!« sagte sie verwirrt, erschrocken über die direkte Frage.

»Ich weiß nicht – ich glaube.«

Er lachte leise. »Das geschieht mir recht.«

Eine ganze Weile sagte er gar nichts, und Elisabeth glaubte schon, er wäre eingeschlafen.

»Aber du hast mich geliebt, letzten Sommer, nicht? Denkst du manchmal an letzten Sommer?«

»Natürlich. Ich habe Zeit genug.«

»Hm.«

Wieder eine längere Pause.

Dann: »Ich habe nicht soviel Zeit wie du. Aber ich denke auch manchmal daran.«

Ein müder, ein verbrauchter Mann, der ein wenig von der Liebe des vergangenen Sommers sprach, der sie aber nicht in die Arme nahm, nicht küßte, nicht an sich drückte, nichts – – –

»Aber du bist gern hier draußen?«

»Ja. Sehr gern.«

»Oder möchtest du lieber eine Wohnung in der Stadt?«

»Nein. Wozu?«

»Na, vielleicht wenn es jetzt Winter wird, dann wird es dir hier zu einsam sein.«

»Nein. Mir ist nicht einsam. Tobias kommt mich oft besuchen, er bleibt dann auch draußen. Und die Bäche sind da. Und Harro. Und ich habe das Fernsehen und alles, was ich brauche. Wirst du lange fort sein?«

»Weiß noch nicht. Zwei bis drei Monate vielleicht. Möglicherweise auch länger. Du kannst ja jederzeit zu Tim hineinfahren, die Wohnung ist ja da.«

»Ach, ich weiß nicht. Ich glaube, Tim hat das nicht gern.«

»Tim hat gar nichts zu sagen. Du kannst dort wohnen, wann du willst.«

»Ich kann auch bei Tobias wohnen. Falls ich mal ins Theater gehen will oder ins Konzert.«

»Hm. Tust du das manchmal?«

»Ja.«

Wieder sagte er lange nichts. Dann machte er plötzlich die Augen auf und sah zu ihr auf.

»Hübsch ist das, wenn man nach Hause kommt, und eine Frau ist da. So eine wie du.«

Und dann schlief er wirklich ein.

Elisabeth weckte ihn nach einer Stunde. Sie war ganz verkrampft und steif.

Er fuhr auf, die Augen trüb und gerötet.

»Was ist?«

»Du solltest zu Bett gehen«, sagte sie sanft.

»Ach, Elisabeth. Ja, gehen wir schlafen.« Er setzte sich auf. »Entschuldige. Aber ich bin wirklich restlos fertig.«

Sie stand auf, streckte sich ein wenig. »Möchtest du noch etwas?«

»Nein, nichts. Ich will nur eins, mich gründlich ausschlafen. Ich bin für niemand zu sprechen. Telefon oder so kommt nicht in Frage.«

Sie gingen zusammen nach oben. Gregor verschwand im Bad, Elisabeth blickte noch einmal in sein Zimmer.

Er kam gleich wieder, halb verschlafen zog er sich aus, ließ die Sachen zu Boden fallen, wo er stand. Und kroch ins Bett, die Augen schon wieder geschlossen.

»Komm her«, murmelte er, »sag mir gute Nacht.«

Elisabeth ging zu seinem Bett, setzte sich auf den Rand und legte ihre Hand an seine Wange.

»Gute Nacht. Schlaf gut.«

»Du bist lieb«, murmelte er. »Und du verstehst, daß ich ... Gib mir einen Kuß.«

Sie beugte sich über ihn, küßte ihn, erst auf die Wange, dann, nach einem kleinen Zögern, auf den Mund ganz zart und leicht.

»Gut«, sagte er. »Ich bin froh, daß du da bist.«

Nach einer Weile war er eingeschlafen. Elisabeth saß noch immer auf dem Bettrand. Ich bin froh, daß du da bist ... War das nicht ein hübsches Wort? War es nicht mehr, als sie erwartet hatte?

Ja. Es war mehr, als sie erwarten durfte. Und es gab keinen Anlaß für sie, unzufrieden zu sein.

Sie stand leise auf, löschte das Licht und ging hinüber in ihr Zimmer. Nur das schwarze Kleid war natürlich Unsinn gewesen. Aber er war gekommen, wenn auch spät und wenn er auch in wenigen Tagen wieder fortfahren würde, für lange Zeit. Doch er war froh, daß sie da war.

Sie war nicht müde. Und das Haus war nicht mehr leer. Sie ging leise die Treppe hinunter, unten war noch alles hell, auch Harro war noch da und schien gewußt zu haben, daß sie wiederkam. Sie nahm sich noch einen Whisky, griff nach den Zigaretten. Nein, sie würde etwas essen. Sie hatte den ganzen Abend nichts gegessen.

»Komm«, flüsterte sie Harro zu, »wir gehen in die Küche. Wir haben so schöne Sachen eingekauft, wenigstens können wir davon etwas essen. Herrchen ist wieder da, hast du gesehen, und Herrchen ist müde. Aber er ist froh, daß er bei uns ist.«

Am nächsten Morgen schlief er lange. Lydia rief an und sagte: »Gut, gut, lassen Sie ihn schlafen. Er soll die paar Tage draußen bleiben. Ich brauche ihn hier nicht.«

Elisabeth ging einige Male leise zu ihm ins Zimmer und betrachtete den schlafenden Mann. Die Mundwinkel hatte er im Schlaf herabgezogen, sein Gesicht wirkte nicht entspannt, sondern gequält und beschwert.

Als sie das drittemal da war, schien sich nichts verändert zu haben. Sie wollte wieder aus dem Zimmer schleichen, da sagte er: »Elisabeth?«

»Ja? Habe ich dich gestört?«

»Nein. Ich bin schon eine ganze Weile wach. Dachte, es wird schon mal einer kommen und nach mir schauen. Komm her.«

Sie setzte sich auf den Bettrand, er blinzelte ein wenig, legte dann die Hand auf ihre Knie.

»Ich wünschte, ich könnte ein paar Wochen hier bleiben. Hier, bei dir.«

»Ja?«

»Ja. Ich würde mich von dir verwöhnen lassen und sonst an nichts denken. Würdest du mich verwöhnen?«

»Ja.«

»Schön. Wenn ich aus Amerika zurückkomme, dann machen wir es so.«

»Hast du gut geschlafen?«

»Es geht. Erst in den letzten Stunden richtig tief. Es ist so still hier. Das ist wunderbar.«

»Wie wär's mit Frühstück?«

»Eine gute Idee. Hast du schon gefrühstückt?«

»Es ist gleich elf.«

»Hm. Dann frühstücke noch mal mit mir. Freust du dich, daß ich da bin?«

»Natürlich.«

»Natürlich ist keine Antwort.« Er öffnete die Augen nicht, lächelte nur ein wenig. »Vielleicht doch. Vielleicht ist es eine sehr gute Antwort.«

Er hob die Arme, zog sie zu sich herab, bettete ihren Kopf neben sich auf das Kissen.

Eine Weile lagen sie schweigend, dann sagte er: »Du bist meine Frau. Komisch, daß ich eine Frau habe, nicht?«

»So komisch kann es doch für dich nicht sein. Schließlich ist es nicht das erstemal.«

»Eigentlich doch. Für mich, meine ich. Ich glaube, es war sehr gescheit von mir, dich zu heiraten.«

»Denkst du das wirklich?«

»Das denke ich wirklich. Und du wirst schon noch begreifen, was ich meine.«

Er drehte seinen Kopf, bis sein Mund an ihrer Wange lag. Und so, in dieser Stellung, sagte er: »Eine Frau wie du tut gut. Das verstehst du nicht, aber das ist so.«

Mit einemmal empfand sie Zärtlichkeit und Zuneigung. Sie

legte ihren Arm behutsam um seine Schulter und murmelte: »Vielleicht verstehe ich es doch.«

Seine Hand glitt leicht über ihren Arm. »Du fühlst dich gut an. Was hast du an?«

Sie lächelte. »Du brauchst bloß die Augen aufzumachen, dann siehst du es.«

»Ich will die Augen nicht aufmachen. Erzähl es mir.«

»Es ist eine blauseidene Bluse.«

»Was für ein Blau?«

»Dunkelblau.«

»Und was noch?«

»Eine hellgraue Hose.«

»Hübsch. Ich kann es mir vorstellen. Es ist der richtige Anzug für eine Landedelfrau von heute. Du bist doch so eine Art Landedelfrau, nicht?«

»So eine Art, ja.«

»Und du hast einen fahrenden Ritter zum Mann, der auf Raub ausgeht. Aber immer wiederkommt.«

»Tut er das?«

»Das siehst du doch. Er fährt über die Lande, würgt die Kunst ein bißchen ab und bringt dafür Geld nach Hause und güldene Ringlein.« Plötzlich machte er die Augen auf. »Apropos – ich habe dir was mitgebracht.«

»Nein?« fragte sie überrascht.

»Aber ja. Wofür hältst du mich?«

»Ich dachte, du hättest längst vergessen, daß ich da bin.«

»Das habe ich nicht. Schau mal in meiner Hosentasche nach.«

In seiner Hosentasche steckte ein kleines Kästchen, und in dem kleinen Kästchen war ein goldenes Armband.

Er sah ihr zu, wie sie das Schmuckstück herausnahm und betrachtete. In ihrem Gesicht spiegelten sich Überraschung und ungläubige Freude. Er hatte also wirklich daran gedacht, ihr etwas mitzubringen.

»Gefällt es dir?«

»Sehr.«

Sie wußte nicht, daß es auch ein Teil von Lydias Aufgaben war, ihn an kleine Aufmerksamkeiten zu erinnern. »Sie müssen Ihrer Frau etwas mitbringen, Herr Gregor.«

»Besorgen Sie etwas, Lydia.«

»Vielleicht einen Ring? Oder ein Armband?«

»Ist egal. Sie werden es schon richtig machen.«

»Komm her«, sagte er wieder, »ich mache es dir um.«

Er legte ihr das Armband ums Handgelenk, küßte dann zärtlich ihre Hand. »Freust du dich?«

»Ja. Und ich danke dir.«

»Bekomme ich keinen Kuß?«

Sie beugte sich herab, ein wenig befangen, und küßte ihn. Er hielt sie fest, nahm sie einen Augenblick in die Arme und küßte sie.

Dann blickte er ihr lächelnd in die Augen. Ein wenig glich er wieder dem Gregor vom letzten Sommer.

»Ich hole jetzt das Frühstück«, sagte sie verlegen.

»Gut. Und bring mir das Telefon mit. Ich muß Milena anrufen.«

Während Elisabeth ihm die Brötchen strich, nahm er den Hörer ab.

»Soll ich gehen?« fragte Elisabeth rasch.

Er sah sie erstaunt an. »Warum denn?«

Er telefonierte lange mit Milena. Erzählte über die Arbeit, beklagte sich ausführlich über Edith Norkus und andere Kollegen. Elisabeth konnte nicht hören, was Milena ihm erwiderte, aber wie es schien, sprach sie ihm Mut zu, erteilte Ratschläge, die er fast immer befolgte und die er sich heute mit der Miene eines beleidigten Jungen anhörte.

»Gut, gut«, sagte er endlich, »ich weiß ja, du gibst immer den anderen recht. Aber du bist zu lange weg von dem Geschäft, du weißt anscheinend nicht mehr, wie es dabei zugeht.« –

»Nein. Aber mit mir treiben sie Schindluder. Sie wissen genau, daß ich ein vornehmer Mensch bin und ihnen nicht gewachsen bin. Das war schon immer so. Und diese Norkus hat einfach kein Herz. Die Frau ist eine Maschine, besteht nur aus Berechnung und Ehrgeiz. Sie bildet sich ein ... was? – Nein, natürlich nicht. – Elisabeth? Die ist hier bei mir. Gibt mir gerade Frühstück. – Was sie sagt?«

Er wandte sich zu Elisabeth. »Was sagst du zu mir? Milena will wissen, ob du es noch ertragen kannst, mich um dich zu haben.«

Elisabeth lächelte. »Sag ihr, daß ich dich ja so wenig um mich habe und daher gar nicht dazu komme, darüber nachzudenken, ob ich es ertragen kann.«

Er wiederholte, was sie gesagt hatte, lauschte dann auf das, was Milena sagte.

Dann wandte er sich wieder zu Elisabeth. »Sie sagt, du sollst froh sein, daß es so ist. Nur in kleinen Dosen wäre ich überhaupt einigermaßen erträglich.«

»Sie muß es ja wissen«, bemerkte Elisabeth trocken.

»Paß auf, Milena, ich komme morgen nachmittag zu dir hinüber. Bist du da? Gut. Dann reden wir weiter. Servus solange.«

Er frühstückte reichlich und mit gutem Appetit. Elisabeth berichtete ihm, daß Lydia angerufen hatte und am Nachmittag herauskommen würde.

»Schön. Sie kann mir ja keine Ruhe lassen, das kenne ich schon. Aber ich stehe vorher keinesfalls auf. Zieh dich aus und komm zu mir ins Bett.«

Elisabeth blickte ihn erschrocken an.

»Ich?«

»Sicher. Wer sonst?«

»Aber ...« Sie errötete. Die Stunden der Liebe lagen so lange zurück, gehörten schon fast nicht mehr der Wirklichkeit an. Und nun diese knappe, direkte Aufforderung – so etwas war für Elisabeth neu.

»Warum schaust du mich so entsetzt an? Findest du es unerhört, mit deinem eigenen Mann im Bett zu liegen?«

Elisabeth sah ihn hilflos an. »Nein – ja, ich meine – jetzt – Was soll denn Frau Bach denken?«

»Die soll darüber nachdenken, daß sie uns was Anständiges zum Mittagessen kocht. Alles andere geht sie nichts an. Und wenn es dich beruhigt, kannst du ja die Tür abschließen. Nun komm schon.«

Etwas geniert knöpfte sie ihre Bluse auf. Und es irritierte sie noch mehr, daß er ihr dabei zusah, ein wenig amüsiert, wie es schien, ein kleines Lächeln im Mundwinkel.

Sie hatte sich viele Vorstellungen gemacht, wie das Wiedersehen verlaufen würde, und es waren teilweise sehr romantische Vorstellungen gewesen. Romantisch konnte man dies hier nicht gerade nennen. Oder vielleicht doch? War sie nur zu schwerfällig? Flüchtig mußte sie darüber nachdenken, wie wohl all die anderen

Frauen, die er geliebt hatte, auf solch eine Aufforderung reagiert hätten. Die rothaarige Sonja oder die verrückte Charlene? Sicher hätten sie es verstanden, mehr aus solch einer Szene zu machen als sie. Aber Milena? Wie hätte Milena sich verhalten?

Schließlich stand sie vor dem Bett, nur noch mit dem kurzen Hemdchen bekleidet, das sie immer unter der langen Hose trug. Er lächelte. »Zieh das auch aus.«

Sie streifte die Träger herab und ließ das Hemdchen zu Boden gleiten.

Er hob die Decke. Sie schlüpfte rasch ins Bett. Es war warm darin, sein Körper war nicht fremd, war vertraut und geliebt, ganz plötzlich war alles wieder da, was vergessen schien. Er zog sie eng an sich, streichelte sie.

»Du bist angenehm im Arm zu halten«, murmelte er. »Viel angenehmer als Edith.«

Sie wurde steif in seinem Arm, und er lachte leise. »Wir hatten eine Bettszene in dem Film, du brauchst gar nicht so ein entsetztes Gesicht zu machen. Wir haben zwei Tage im Bett verbracht, ununterbrochen. Es war gräßlich. Mit Edith könnte ich nicht schlafen, um keinen Preis der Welt.«

»Komisch. Und im Film sieht es dann wieder aus, als liebtest du sie leidenschaftlich.«

»Hoffentlich. Hat mich Mühe genug gekostet.«

Neben dem Bett klingelte das Telefon.

»Verflucht«, sagte Gregor. »Wer ist denn das schon wieder? Geh nicht hin.«

»Aber dann kommt Frau Bach herauf.«

»Also schön, aber ich bin nicht da.«

Es war Classen. »Entschuldigen Sie vielmals, gnädige Frau, aber ich müßte Gregor dringend sprechen, ich . . .«

Ehe Elisabeth eine Ausrede überlegen konnte, hatte Gregor ihr den Hörer aus der Hand genommen.

»O. K., O. K., schicken Sie's zu Lydia, sie kommt heut nachmittag heraus, und sie weiß Bescheid. – Nein, ich nicht. Ich bin heut unter gar keinen Umständen und für niemand zu sprechen. – Gut, dann morgen. Morgen gegen Abend. Wiedersehn.«

Er legte den Hörer auf die Gabel, blieb in der halbaufgerichteten Stellung, betrachtete Elisabeth, die auf dem Rücken lag.

»Gut siehst du aus. Viel besser als früher.«

»Ich hab' ja auch ein angenehmes Leben, nicht? Nichts zu tun. Und ich bin viel spazierengegangen.«

»Das ist es alles nicht. Es kommt daher, daß du einen Mann hast.«

»Ich war nicht so sicher, ob ich einen habe«, das erstemal, daß ein wenig Koketterie in ihrer Stimme klang.

»Nein?« Er fragte es leise, ließ sich sacht neben sie gleiten und legte seinen Mund auf ihren.

Es war ein langer Kuß. Elisabeth kam nicht dazu, darüber nachzudenken, ob es ein Kuß für sie allein war oder ob es einer von den Küssen war, die Edith Norkus und die anderen auch bekamen, wenn die Scheinwerfer glühten.

Nein, es war wohl doch ein anderer Kuß. Für Elisabeth jedenfalls. Er löschte alle Besorgnisse, alle zweifelnden Gedanken aus. Er gab ihr noch einmal die Illusion der Liebe. Jener Liebe, von der sie immer geträumt hatte.

Am nächsten Tag besuchte er Milena. Allein. Er hatte Elisabeth nicht aufgefordert, mitzukommen.

Milena fragte gleich nach ihr. »Wo ist Elisabeth?«

»Draußen am Tegernsee. Wo sie immer ist.«

»Warum hast du sie nicht mitgebracht?«

»Sollte ich das?« fragte er erstaunt.

»Ich hielt es für selbstverständlich.«

»Wozu denn? Ich muß mit dir reden. Du kannst dir nicht vorstellen, was ich wieder mitgemacht habe.«

Milena betrachtete ihn ironisch. Das kannte sie. So war es immer gewesen. Er kam und beklagte sich über alles und jeden, mit dem er zu arbeiten hatte. Offensichtlich war sie auch durch seine Heirat von diesem Ehrenamt nicht entbunden.

Er setzte sich, streckte die Beine von sich und begann. Klatsch, Intrigen im Atelier, der Regisseur, die Kollegen, der Kameramann, der ein Idiot war und noch immer nicht begriffen hatte, worauf es ankam, wenn man Veit Gregor vor der Linse hatte. Schließlich landete er wieder bei der Norkus.

»Sie ist ein unmögliches Weib. So was von Ichbezogenheit, von Egoismus hast du noch nicht gesehen. Stell dir vor . . .«

»Komm, hör auf«, unterbrach ihn Milena. »Das hast du mir

gestern am Telefon schon erzählt. Die Norkus ist, wie sie ist, und du bist der letzte, der sich über den Egoismus der anderen Leute beklagen kann.«

»Willst du etwa damit sagen, daß ich ein Egoist bin?«

»Genau das will ich sagen. Es ist noch gar nicht so lang her, da hast du mir erklärt, Edith sei die einzige, mit der du einigermaßen vernünftig arbeiten könntest. Sie können nun mal keinen Film drehen, in dem du allein alle Rollen spielst. Die Norkus ist ein Star genau wie du und stellt eben ihre Ansprüche. Und sie kann es sich leisten.«

»Lachhaft. Talent hat sie keine Spur.«

Milena betrachtete ihn nachdenklich. »Ich glaube, du änderst dich nie.«

»Warum sollte ich mich ändern?« fragte er naiv.

»Eben. Warum eigentlich. So wie du bist, bist du wunderbar. Damit haben wir uns abzufinden.«

»Wenn du mich verspotten willst, kann ich ja wieder gehen«, sagte er beleidigt.

Milena lachte. »Echauffier dich nicht. Du weißt, bei mir hast du damit keinen Erfolg. Erzähl mir lieber, wie es weitergeht. Stimmt es, daß du nächsten Monat schon in Amerika drehst?«

»Ja. Es ging nicht anders.«

»Dann bist du also mehrere Monate nicht da. Nimmst du Elisabeth mit?«

»Nach Amerika?«

»Ja.«

»Bist du verrückt? Was soll sie da?«

»Schließlich ist sie deine Frau.«

»Geh, Milena, sei nicht geschmacklos. Ich hab' sie nicht geheiratet, damit sie mir auf die Nerven geht. Kannst du mir sagen, was sie drüben soll? Den ganzen Tag im Hotel herumsitzen? Außerdem würde man ihr keinen Gefallen damit tun, sie mitzunehmen. Sie ist froh, wenn man sie in Ruhe läßt.«

»Sag mal, Veit, etwas würde mich interessieren. Warum hast du sie wirklich geheiratet?«

»Eine merkwürdige Frage! Warum heiratet man? Sie war mal ganz was anderes. Von Typen wie Sonja hatte ich genug. Und irgendwie war es doch ein Schlager, daß ich sie geheiratet habe. Oder?«

»Ein Schlager?« wiederholte Milena langsam. »Ja, vielleicht. Und wie soll es weitergehen?«

»Das weiß ich doch jetzt noch nicht. Das wirst du schon sehen.«

»Veit«, sagte sie energisch, »red nicht so leichtfertig daher. Elisabeth ist nun mal nicht so ein Typ wie Sonja, du hast es eben selbst gesagt. Sie nimmt das alles schwerer.«

»Sonja hat's auch schwer genommen. Sie wollt' sich sogar vergiften.«

»Na ja, das kennen wir. Elisabeth wird keine Tabletten nehmen. Aber sie wird es trotzdem schwer nehmen.«

»Was?«

»Wenn du sie verläßt.«

»Warum soll ich sie verlassen? Sie ist genau die Frau, die ich brauch'. Sie sitzt da draußen am Tegernsee, sie kann machen, was sie will. Ist das nicht ein herrliches Leben?«

»Nur – sie hat keinen Mann.«

»Den hat sie vorher auch nicht gehabt. Und ich bin ja immer mal da. Vorgestern bin ich noch spät in der Nacht hinausgefahren.«

»Ja, du bist immer mal da. Und eines Tages wird dich etwas Neues reizen, und dann wirst du gar nicht mehr da sein.«

»Also wirklich, Milena, zerbrich dir nicht den Kopf über meine Ehe. Du tust, als sei ich von Natur wankelmütig. Das bin ich nicht. Ich bin im Grunde ein bürgerlicher Mensch. Und daß ich einer Frau treu sein kann, habe ich wohl bewiesen. Wir waren schließlich an die zehn Jahr' verheiratet.«

»Sagtest du treu?« Milena zündete sich eine Zigarette an und betrachtete ihn mit schiefgelegtem Kopf durch den Rauch.

»Die paar Kleinigkeiten«, sagte er wegwerfend, »die zählen nicht. Im Grunde habe ich dich geliebt und wollte bei dir bleiben, das weißt du ganz genau. Daß du mir weggelaufen bist, dafür kann ich nichts.«

»Natürlich nicht.« Milena lachte. »Laß gut sein. Ich kenne dich. Und ich habe dich damals schon gekannt und war gewappnet. Schau, Veit, bei mir war es anders. Ich habe mich dir nie ausgeliefert. Ich hatte meinen Beruf. Ich war jemand. Ich stand fest auf meinem Platz, ich war immer mein eigener Mittelpunkt. Den konntest nicht einmal du erschüttern. Und ob du da warst oder weggingst, das änderte nichts an mir. Ich konnte mich von dir trennen, ohne daß mir das Herz gebrochen wäre. Aber Elisabeth?«

»Was ist mit Elisabeth?« fragte er, nun leicht gereizt. »Elisabeth geht nicht das geringste ab. Und wenn du denkst, daß ihr das Herz brechen würde meinetwegen, dann täuschst du dich. Sie liebt ihren Vater, und sie liebt den Hund, und mich betrachtet sie mit allerhand Reserve.«

»Dann bin ich beruhigt«, meinte Milena.

»Jetzt laß uns von Wichtigerem sprechen«, sagte er. »Classen hat mir vorgestern angedeutet, daß sie planen, den Faust zu verfilmen. Was hältst du davon?«

»Sag bloß noch, du sollst den Faust spielen?«

»Natürlich, warum denn nicht?«

»Geh, Veit, das ist doch lächerlich. Der Faust ist ein Theaterstück. Und so wie er ist, ist er gut. Warum muß man denn unbedingt einen Film daraus machen?«

»Nicht genau nach Goethe. Aufgelockert, verstehst du. Moderner.«

»Hör auf. Es ist ein Quatsch, und es kann nie was daraus werden. Wenn du meinen Rat willst, dann sag' ich dir: laß die Finger davon.«

Sie sah ihm an, daß sie ihn nicht überzeugt hatte. Es lockte ihn offenbar, die Rollen, die er auf der Bühne nie gespielt hatte und nie spielen würde, wenigstens im Film darzustellen. Nun, Classen würde es sich überlegen. Er war ein sehr genauer Rechner. Und das Faust-Projekt tauchte immer wieder mal auf. Das kannte sie schon. Es lag sowieso in weiter Ferne. Für nächstes Jahr war er ausgebucht. Und was später kommen würde, das blieb abzuwarten.

An diesem Abend kam Gregor nicht mehr hinaus zum Tegernsee. Elisabeth bekam einen Anruf, daß er in der Stadt übernachten würde. Und bis er abreiste, hatte sie keine ruhige Stunde mehr mit ihm allein.

Sie war am Flugplatz, wo Gregor sie mehrmals demonstrativ in die Arme schloß, was stets vom Aufflammen der Blitzlichter begleitet wurde.

Auch die Norkus war da, sie küßte Elisabeth auf beide Wangen, sagte: »Mein Gott, Schatz, wie sehen Sie bezaubernd aus!« Dann hängte sie sich bei Gregor ein, und beide lächelten strahlend in die Kameras. Anschließend wollten die Reporter unbedingt ein Bild von allen vier, von Elisabeth und Gregor, der Norkus und ihrem Mann.

Elisabeth fand die Bilder einige Tage später in den Illustrierten. Ein großes Bild von der Norkus und von Gregor, lächelnd, Wange an Wange, mit der Unterschrift: das ideale Liebespaar des deutschen Films. Edith Norkus sagte: Mit Veit Gregor filme ich am liebsten, er ist so charmant. Und Veit Gregor erklärte uns: Edith ist die wunderbarste Partnerin, die man sich vorstellen kann. Sie kannte das schon. Es waren Phrasen.

Auf der gegenüberliegenden Seite das Bild, auf dem sie alle vier vor der startbereiten Maschine standen. Die Unterschrift: Im Leben hat jeder seinen eigenen Partner. Edith Norkus und ihr Mann, der Regisseur Fred Kolling, mit dem sie eine sprichwörtlich gute Ehe führt. Veit Gregor mit seiner jungen Frau Elisabeth. Unsere Leser können sich noch an die überraschende Heirat im letzten Sommer erinnern. Veit Gregor sagte damals: Sie ist die Frau, die ich liebe und immer lieben werde.

Elisabeth betrachtete das Bild eine ganze Weile. Hatte er das wirklich gesagt? Und was hatte er sich dabei gedacht?

Alle lächelten auf dem Bild, strahlend die Norkus, verhalten ihr Mann, der Regisseur, Gregor sein berühmtes Charme-Lächeln, und sie selbst – nun, man konnte es gerade noch als Lächeln erkennen. Sehr zurückhaltend, ein wenig ängstlich fast.

»Sie machen ein Gesicht, als säßen Sie auf einem Zeitzünder«, fand Milena, die überraschenderweise einige Tage nach Gregors Abreise am Tegernsee auftauchte. »Sehr behaglich haben Sie sich nicht gerührt.«

»Nein, das ist wahr. Mir kommt das alles so albern vor.«

»Ist es auch. Aber Sie müssen sich daran gewöhnen, Elisabeth. Es gehört nun mal zu diesem Geschäft. Und allzuviel behelligt man Sie doch nicht, oder?«

»Nein. Jetzt gar nicht. Am Anfang kamen immer mal Reporter, aber das hat aufgehört.«

»Warum sind Sie nicht mitgeflogen nach Spanien?«

»Oh, warum – was soll ich da?«

»Kolling ist auch dabei.«

»Er ist schließlich Regisseur.«

»Nicht bei diesem Film. Er hat dabei nichts verloren. Aber die

Norkus schleppt ihn überall mit herum. Sie könnten genausogut dabeisein. Auch in Amerika.«

»Nein«, sagte Elisabeth langsam. »Das möchte ich nicht. Er hat auch nicht gesagt, daß ich mitkommen soll.«

»Und Sie hätten keine Lust?«

»Nein. Gar nicht.«

»Kann ich auch wieder verstehen. Ich hab' bloß Angst, Sie langweilen sich allein hier draußen.«

»O nein, ich langweile mich nie. Ich bin gern hier.«

»Aber Sie fahren auch manchmal in die Stadt?«

»Natürlich.«

»Na ja, die Wohnung ist eh' da.«

»Ich wohne bei meinem Vater.«

»Warum?«

»Ich glaube, Tim mag es nicht, wenn ich in Gregors Wohnung bin.«

»Das ist lächerlich. Sie haben ein Recht, dort zu sein. Die Wohnung steht praktisch die ganze Zeit leer. Sie kostet Miete genug. Und sie ist doch sehr komfortabel. Sie müssen dort wohnen, Elisabeth, in aller Selbstverständlichkeit, das geht nicht anders.«

Milena hatte es mit Nachdruck gesagt, und Elisabeth blickte sie etwas eingeschüchtert an.

Dann rückte Milena mit dem Zweck ihres Besuches heraus. In der nächsten Woche sei eine Premiere in den Kammerspielen, Milena und ihr Mann gingen zu jeder Premiere. Sie hätten noch eine dritte Karte und hatten sich gedacht, daß Elisabeth sie begleiten würde.

»Das ist sehr lieb von Ihnen«, sagte Elisabeth, »aber ich weiß nicht...«

»Kein Aber. Sie fahren hinein, und Sie wohnen in Gregors Wohnung. Wir gehen ins Theater und nachher nett irgendwohin zum Essen, zu Talbot oder in die Kanne. Und in Zukunft werden wir so etwas öfter machen. Ich sehe nicht ein, warum Sie sich hier draußen vergraben sollen. Sie sind jung und hübsch und müssen doch ein wenig Spaß am Leben haben.«

Elisabeth blickte sie zweifelnd an, aber sie widersprach nicht mehr.

Tim empfing Elisabeth sehr freundlich. Allerdings hatte Milena ihn zwei Tage zuvor angerufen.

»Tim, daß du mir ja nett bist zu Herrn Gregors Frau. Sie ist ein so lieber Mensch. Mach ihr alles schön bequem, solange sie da ist.«

Es war eine glanzvolle Premiere, Elisabeth konnte das neue schwarze Kleid ausführen und faßte den Entschluß, noch ein weiteres Kleid zu kaufen, nachdem Milena abermals ankündigte, man würde künftig öfter zusammen ausgehen.

Milena und ihr Mann, der Verleger Vogel, trafen in der Pause eine Menge Bekannte, und Elisabeth lernte einige sehr sympathische Leute kennen. Ein anderer Kreis als der, in dem Gregor verkehrte. Man nahm zur Kenntnis, daß sie Elisabeth Gregor sei, und machte weiter kein Aufhebens davon.

Nach dem Theater aßen sie bei »Talbot«, sie waren zu viert nun, ein Mann war noch dazugekommen, den Herr Vogel als seinen Autor Clemens Forst vorstellte.

Elisabeth wurde von Herrn Neumann, dem Oberkellner von »Talbot«, wiedererkannt und mit dem besonderen Lächeln begrüßt, das er für illustre Gäste hatte.

Alles in allem war es ein hübscher Abend. Sie unterhielten sich angeregt, auch Elisabeth war lebhafter als sonst. Sie lächelte viel, sah sehr hübsch und lebendig aus.

»Sie ist eigentlich eine reizende Frau«, sagte Herr Vogel zu Milena, als sie nach Hause fuhren. »Sehr patente Person. Ich hab' gedacht, sie wär' ein bissel langweilig.«

»Wieso hast du das gedacht?«

»Na ja, ich weiß nicht, mir ist so, als hättest du das mal durchblicken lassen.«

Milena gab nicht gleich eine Antwort. »Kann sein«, sagte sie dann ehrlich, »ich hab's mal gedacht. Ich hielt sie für so ein bescheidenes, kleines Mauerblümchen. Aber das ist sie wirklich nicht. Ich hab' sie damals nur in der Klinik gesehen, und da wirkte sie naturgemäß nicht grad' attraktiv. Und geredet hat sie auch kaum. Aber jetzt gefällt sie mir. Ich glaub', der dumme Bub hat da in all seiner Überheblichkeit ganz gut hingelangt.«

»Ja, und in all seiner Überheblichkeit hat dein dummer Bub erstens noch gar nicht gemerkt, wo er hingelangt hat, und zweitens wird er es nicht festhalten können.«

Milena lachte. »Daß du gar so eine schlechte Meinung von ihm hast. Schau, Karl, so übel ist er nicht. Er hat seine Fehler, gewiß. Aber er kann auch sehr lieb sein.«

»Er ist ein Verrückter«, knurrte der Verleger.

»Das ist er«, gab Milena zu. »Aber wenn er kein Verrückter wär', hätt' er keine Karriere gemacht. Wir sind beim Theater alle etwas verrückt. Mehr oder minder.«

»Du nicht.«

»O doch, ich war's auch, zu meiner Zeit. Und auf meine Weise halt. Heut hab' ich kein Recht mehr dazu. Ich bin keine Künstlerin mehr und muß mich darum einigermaßen vernünftig benehmen.«

»Fällt's sehr schwer?«

»Es geht. Man gewöhnt sich.«

»Herrgott, bin ich froh.«

Milena blickte lächelnd zur Seite. »Worüber?«

»Daß du keine Künstlerin mehr bist und dir die Bühne nur noch vom Parkett ansiehst und daß du ein einigermaßen vernünftiger Mensch geworden bist.« Seine Hand kam, legte sich auf ihr Knie. »Und bei mir bist.«

Milena legte ihre Hand auf seine und lächelte. Es war ein kleines wehmütiges Lächeln. Egoisten waren die Männer eben alle. Was ihr Herr Gemahl da eben freimütig bekundet hatte, beleuchtete die Angelegenheit Milena Gulda allein von seiner Seite aus. Daß ihre Gefühle oft recht zwiespältig waren, wenn sie, wie er es ausgedrückt hatte, die Bühne vom Parkett aus sah, auf die Idee schien er gar nicht zu kommen. Sie war noch nicht so alt, daß sie nicht mehr hätte spielen können. Es gab Kolleginnen, die in ihrem Alter und noch zehn oder zwanzig Jahre länger die herrlichsten Rollen spielten. Berühmte Namen waren darunter. Und es wäre gelogen, wenn sie nicht zugeben wollte, daß ihr rascher Entschluß damals vor fünf Jahren, die Bühne ganz aufzugeben, sie nicht schon oft gereut hätte. Oft und oft. Auch wenn sie zufrieden und glücklich war in dem Leben, das sie jetzt führte, sich wohl fühlte bei ihrem Mann, in ihrem hübschen Haus, mit den Kindern und den Tieren. Aber es kamen immer wieder Stunden, wo sie sich verloren vorkam, abgeschnitten und ausgestoßen aus der Welt, die ihre Welt gewesen war, solange sie denken konnte. Wie eine Verräterin kam sie sich vor. Feige war sie geflüchtet in eine bequeme bürgerliche Sicherheit, ohne auch das letzte Drittel zu vollenden, ohne noch die Rollen zu spielen, ohne die das Leben eines Schauspielers unvollkommen war. Eine gute Position Eitelkeit steckte darin. Man wurde zwar älter, aber nicht weiser. Es war ihr das erstemal schon schwergefallen, als sie von den Rollen der jugendlichen Liebhaberin Abschied nehmen mußte. All die Rollen, die sie so gern gespielt hatte. Das fiel gerade in die Zeit, als sie selbst zum letzten Male in ihrem eigenen Leben die stürmisch Liebende war. In ihre erste Zeit mit Gregor. Daß sie nicht seine Julia sein durfte, das hatte sie damals tiefer, als alle ahnen mochten, getroffen, wenn sie es sich auch nicht merken ließ.

Doch dann kamen andere schöne Rollen, große Rollen, wunderbare Aufgaben. Ihr Ruhm verlor sich nicht, weil sie älter wurde, er festigte sich nur noch mehr. Dann kam die zweite entscheidende Wende, sie näherte sich dem Ende der Vierziger, und wieder gab es Rollen, die sie nicht mehr spielen konnte, die sie nicht mehr spielen durfte, wenn sie sich nicht lächerlich machen wollte. Aber es hätte andere gegeben. Und sie, so rasch von Entschluß manchmal und Kompromissen abgeneigt, hatte entschieden: dann spiele ich gar nicht mehr. Man muß abtreten können zur rechten Zeit.

Karl Vogel kannte sie damals schon seit einigen Jahren. Sie hatte ihn kennengelernt, als man in Wien das Stück eines noch jungen Autors uraufgeführt hatte, dessen Stücke im kleinen Bühnenverlag, der dem großen Buchverlag Vogel angegliedert war, herauskamen. Der Verleger kam selbst zur Premiere. Es war nur ein mittelmäßiger Erfolg. Aber in dem Stück gab es eine wunderbare Rolle für Milena, die sie auch sehr gut spielte. Daß überhaupt so etwas wie ein Erfolg zustande kam, war ihr zu verdanken.

Man verbrachte einen netten Abend nach der Premiere, die Schauspieler zusammen mit dem jungen Autor und dem Verleger. Milena hatte sich damals gut mit Karl Vogel unterhalten, und künftig rief er sie immer an, wenn er nach Wien kam. Sie aßen gelegentlich zusammen zu Abend, er kam ins Theater, sie bekam Blumen von ihm. Das ging so einige Jahre. Dazwischen starb seine Frau. Die Ehe war, wie Milena aus sehr sparsamen Andeutungen entnommen hatte, nicht gerade glücklich gewesen.

Bis dahin waren sie gute Freunde gewesen. Doch mit der Zeit konnte Milena nicht übersehen, daß Karl Vogel weitergehende Absichten hatte, was sie betraf. Es rührte sie, und es schmeichelte ihr auch ein wenig. Mein Gott, sie war achtundvierzig. Die Männer, die es ernst meinten mit der Liebe, verliefen sich doch mit der Zeit. Und seit der Trennung von Gregor war sie sehr sparsam mit ihrem Herzen umgegangen. Bloß keine Affären mehr, die das Herz unnötig malträtierten. Man verstand alles zwar besser, wenn man älter war, aber es ertrug sich leichter in jüngeren Jahren.

Ja, so war das gekommen. Sie machte eine gute Partie, ein wohlhabender Verleger, ein ehrenwerter, angesehener und beachtenswerter Mann. Sie trat auf elegante Weise ab.

Und doch – So wie heute abend. Da war eine Rolle in dem Stück gewesen, eine Rolle, wie für sie geschrieben. Für sie, so wie sie heute war. Milena Gulda, unten im Parkett, hatte der Schauspielerin auf der Bühne, auch eine Frau mit bekanntem Namen, sehr aufmerksam zugesehen und zugehört. Und sie hatte gedacht: ich würde es anders machen. Ich würde es besser machen. Besser, viel besser. Es war wieder mal ein Abend, an dem sie dachte, wie schon so oft: ich hätte nicht aufhören sollen. Nicht so abrupt und nicht so endgültig.

Es lag nur an ihr, das zu ändern. Angebote waren viele gekommen, überhaupt in der ersten Zeit. Warum sollte eine Schauspielerin, nur weil sie geheiratet hatte, nicht mehr spielen? Aber sie hatte damals erklärt: ich nehme Abschied, ich höre auf. Und sie hatte es nun fast fünf Jahre durchgehalten.

Jetzt allerdings auf der Heimfahrt dachte sie: Wenn man mir die Rolle angeboten hätte, die Rolle heute abend in diesem Stück, ich glaube, ich hätte nicht nein gesagt.

Und plötzlich sprach sie aus, was sie den ganzen Abend gedacht hatte.

Wenn sie geglaubt hatte, ihren Mann damit zu überraschen oder gar aus der Fassung zu bringen, so hatte sie sich getäuscht. Karl Vogel nickte bedächtig mit dem Kopf und sagte: »Dasselbe hab' ich auch schon gedacht.«

»Du?« fragte Milena maßlos erstaunt. »Was hast du gedacht?«

»Daß das eine großartige Rolle für dich gewesen wäre. Und du hättest es besser gemacht als die ... die Dingsda heute abend.«

»Karl!« Milena schrie fast. »Halt an! Halt an, sofort.«

Karl Vogel nahm erschrocken den Fuß vom Gas und ließ den Wagen am Straßenrand auslaufen.

»Was ist denn los, um Himmels willen?«

»Ich muß dir unbedingt sofort einen Kuß geben, 'nen richtigen großen, dicken. Du bist so süß. Du bist der beste Mann der Welt, und ich liebe dich.«

Er lachte, nahm den Kuß entgegen, drückte sie an sich. »Aber

Kind, das ist doch klar, daß man das denken mußte. Ich bin sicher, jeder, der dich heute abend im Theater gesehen hat, ich meine die Leute vom Bau, hat das gleiche gedacht.«

»Und du fändest es nicht komisch, wenn ich spielen würde? Ich meine, falls sich mal eine großartige Rolle bietet?«

»Ich fänd's nicht komisch. Solange es hier in München ist, und du mir nicht auf und davon gehst. Denn hergeben möcht' ich dich nicht. Nicht mal für ein Gastspiel.«

»Du bist so lieb«, sie küßte ihn wieder. »Ich möchte natürlich nicht nach außerhalb. Es wär' ja bloß mal gelegentlich, irgendwie juckt's mich. Immer wieder. Ich weiß auch nicht, warum.«

»Aber das ist doch klar. Mich tät's auch jucken, das Büchermachen, meine ich. Da könnte mir einer morgen die schönste Fabrik anbieten. Todsichere Sache und tolle Umsätze und gar keine Finanzierungsschwierigkeiten, bloß ein hoher Gewinn, und keinen Ärger mit überdrehten Autoren, die ihre Bücher nicht rechtzeitig abliefern oder nicht schreiben können oder nicht schreiben wollen und immer bloß nach Vorschüssen schreien ... alles wunderbar, nichts gegen eine Fabrik, aber ich glaube, ich könnt' das Büchermachen nicht lassen.«

Er fuhr wieder an.

Milena hüllte sich fester in ihren Nerz. »Ja, machen wir, daß wir heimkommen. Es ist eh' so ungemütlich draußen. Ich glaub', es kommt Schnee, es riecht so, findest du nicht?«

»Hm, weiß ich nicht. Ich riech' nichts, nur dein Parfüm.«

»Es gibt Schnee, du wirst sehen. Übrigens Autore . Wenn du noch einmal mit diesem frechen schwarzen Biest, das diesen schrecklich unanständigen Roman geschrieben hat, allein soupieren gehst, dann kannst du was erleben. Das kleine Luder ist gefährlich.«

Karl Vogel lachte geschmeichelt. »Aber mir doch nicht. Außerdem bin ich nicht zu meinem Vergnügen mit ihr essen gegangen. Eine reine Geschäftsbesprechung. Sie soll ein neues Buch schreiben.«

»Wieder so unanständig?«

»Ich denke. Das kann sie nun mal. Und den Leuten gefällt's.«

»Wo die Zeitungen sich alle einmütig entrüstet haben?«

»Haben sie, und gerade darum ist das Buch gekauft worden. Mach was, aber so ist es nun mal.«

»Eine heuchlerische Welt ist das heutzutage.«

»Ach, ich weiß nicht, ich glaub', das war immer so. Obszöne Bücher haben sich zu allen Zeiten gut verkauft. Und ein Verlag lebt ja nicht nur von der Ehre, auch ein bisserl von den Einnahmen. So, da wären wir.«

Der Wagen bog von der Straße ab in die kleine Seitenstraße, die leicht bergauf führte, und da war auch schon die Vogelsche Villa am Hang, die Tore der Einfahrt einladend weit geöffnet. Das hatten die Kinder getan, ehe sie schlafen gingen. Als Karl Vogel das Garagentor abschloß, hörten sie drinnen im Haus die Hunde aufgeregt bellen.

Milena schob ihren Arm unter den ihres Mannes. »War ein hübscher Abend, nicht? Trinken wir noch ein kleines Glas?«

»Ein kleines, ja.«

»Und die Elisabeth nehmen wir wieder mal mit?«

»Die nehmen wir wieder mit. Mir gefällt sie. Viel zu schade ist sie für den eitlen Affen —«

»Geh! Red net immer so garstig von dem armen Buben. Vielleicht wird er auch älter und vernünftiger.«

»Der? Nie. Älter schon. Aber vernünftiger nie.«

Milena kam nicht dazu, ihren verflossenen Mann weiter zu verteidigen. Karl Vogel hatte aufgeschlossen, und wie zwei Geschosse kamen Dolly und Ferry auf sie zugeflogen, bellend und winselnd und jaulend vor Glück.

»Pst! Seid's stad!« sagte Milena. »Ihr weckt ja die ganze Nachbarschaft auf. Ja, ist ja gut, ist ja recht, ihr seid die liebsten und besten Hunde der Welt! Jetzt kommt, lauft noch mal schnell in den Garten. Ganz schnell.«

Aber Dolly und Ferry wollten nicht in den Garten, der dunkel und feucht und ungemütlich war. Sie wollten mit Frauchen und Herrchen ins Haus und sich ausgiebig darüber freuen, daß sie alle wieder zusammen waren.

Für Elisabeth ging das Leben weiter, wie es in den Wochen zuvor auch gewesen war. Nur daß es langsam Winter wurde. Es regnete, war kalt, dazwischen kam schon mal der erste noch zaghafte Schnee. Man war unter sich, Fremde waren kaum mehr da. Tobias kam wieder heraus, bezog das Fremdenzimmer, sie lebten zusammen, wie früher auch. Nur eben, daß die Lebensumstände ein wenig komfortabler waren, daß es kein Büro mehr gab, daß sie ausschlafen konnte und tun, was ihr Spaß machte.

Anfang Dezember bekam sie den Führerschein. Und einige Tage war sie ausreichend damit beschäftigt, allein in der Gegend herumzukutschieren, um sich ein wenig Fahrsicherheit anzueignen.

»Ich komme mit«, erklärte Tobias unternehmungslustig, als sie zu ihrer ersten Ausfahrt startete.

Aber Elisabeth lehnte das entschieden ab. Sie könne noch zuwenig, und wenn etwas passiere, sei Tobias als Beifahrer am meisten gefährdet.

Einige Male fuhr Herr Bach mit ihr, er saß ruhig, ohne ein Wort zu sagen, neben ihr, machte sie nicht nervös, gab höchstens mal einen kleinen Hinweis, und schließlich wagte es Elisabeth ganz allein.

Es ging nun schon ganz gut. An einem Samstagnachmittag fuhr sie hinüber nach Rottach-Egern, um Kuchen zum Nachmittagskaffee zu kaufen.

Als sie die Konditorei mit ihrem Kuchenpäckchen wieder verlassen wollte, traf sie an der Tür mit einer hübschen jungen Dame zusammen. Sie erkannten sich gegenseitig sofort.

»Fräulein Eva!« rief Elisabeth erfreut. »Das ist nett, daß ich Sie einmal treffe.«

»Hallo!« sagte die blondlockige Eva, die schick aussah. Elisabeth kannte sie nur im weißen Kittel. Heute trug sie ein beigefarbenes Tweedkostüm mit kleinem Pelzkragen und ein keckes grünes Hütchen. »Gerade vorhin erst habe ich von Ihnen gesprochen. Wir sind an Ihrem Hause vorbeigefahren, und ich hab' gesagt: hier wohnt die glücklichste Frau der Welt. Hab' ich gesagt, nicht, Klaus?« Sie wandte sich zu einem breitschultrigen jungen Mann, der in ihrer Begleitung war.

»Das ist ja eine kühne Behauptung«, meinte Elisabeth lachend.

»Vielleicht nicht?« rief Eva eifrig. »So was von einer Überraschung. Geht hin und heiratet den Gregor. Wenn ich denke, wie Sie damals immer zu uns kamen – wer hätte denn das gedacht!« Sie blickte wieder den jungen Mann an. »Das ist nämlich die Dame, die Veit Gregor geheiratet hat.«

Der junge Mann sagte lächelnd: »Das habe ich jetzt schon mitgekriegt.«

Elisabeth blickte sich etwas geniert um. Fräulein Eva sprach nicht gerade leise, und wie immer fürchtete Elisabeth jedes Aufsehen. Vermutlich wußte man hier, wer sie war, aber sie mochte es trotzdem nicht, daß es gar so laut verkündet wurde. Außerdem wollten Leute in das Café, und sie standen noch immer in der Tür.

»Ich glaube, wir versperren den Weg«, sagte Elisabeth. »Gehen wir lieber hinaus.«

Sie verließen den Laden und blieben vor dem Schaufenster stehen.

Der junge Mann hatte inzwischen eine Verbeugung gemacht und einen Namen gemurmelt, was aber nicht beachtet worden war. Doch jetzt übernahm es Fräulein Eva, ihn zu präsentieren. Sie ergriff ihn energisch am Arm und fragte: »Was glauben Sie, wer das ist?«

»Keine Ahnung«, antwortete Elisabeth.

»Mein Verlobter!« Das kam wie ein Fanfarenstoß.

»Oh! Sie haben sich verlobt? Das freut mich. Herzlichen Glückwunsch.«

»Ja. Wir haben uns verlobt. Erst vorige Woche. Und wissen Sie, was er ist?«

»Weiß ich nicht.«

»Arzt!« Das war nun vollends ein Trumpf. »Wissen Sie noch, wie ich damals gesagt habe, ich würde am liebsten einen Arzt heiraten? Das wäre für mich das Praktischste. Jetzt habe ich einen.«

Elisabeth mußte lachen. »Jetzt haben Sie einen. Ich hab's ja immer gewußt, daß Sie ein tüchtiges Mädchen sind.«

»Also, das war sehr ulkig, wie wir uns kennengelernt haben. Das muß ich Ihnen unbedingt erzählen. Stellen Sie sich vor . . .«

»Darf ich mich erst mal vorstellen?« unterbrach sie der frisch Verlobte. »Gestatten, gnädige Frau: Klaus Meinhardt.«

»Ach so, hab ich das noch nicht gesagt? Dr. Klaus Meinhardt«, wiederholte Fräulein Eva mit Betonung auf dem Doktor, und Elisabeth und der junge Mann schüttelten sich die Hände.

»Also das war so . . .« begann Eva abermals. Von oben begann es leise zu tröpfeln.

»Es fängt an zu regnen«, sagte Elisabeth. »Ich glaube, hier sollten wir nicht stehenbleiben. Was hatten Sie denn vor?«

»Wir wollten hier Kaffee trinken.«

»Kommen Sie doch mit, dann können Sie mir alles in Ruhe erzählen. Ich mache Ihnen den Vorschlag, Sie trinken bei mir Kaffee. Ich kaufe nur noch ein paar Stück Kuchen dazu.«

Fräulein Eva war begeistert. »Au ja, das ist prima. Mensch, Klaus, im Hause von Veit Gregor Kaffeetrinken. Das ist ein Ding. Ist er da?« fragte sie, plötzlich etwas eingeschüchtert.

Elisabeth schüttelte den Kopf. »Nein. Bedaure. Heute kann ich leider nicht mit ihm dienen. Er filmt gerade in Hollywood.«

»Klar. Habe ich ja gelesen. Mir ist es eigentlich lieber, wenn er nicht da ist. Wenn *er* da wäre, brächte ich bestimmt kein Wort heraus.«

»Das würde ich gern mal bei dir erleben«, bemerkte der junge Mann trocken. »Ich glaube, das wäre ein einmaliges Erlebnis, das mir über den Rest des gemeinsamen Lebens mit dir einigermaßen hinweghelfen würde.«

Eva gab ihm einen Puff. »Sei nicht so frech. Wie finden Sie das, Frau Gregor? Kommt mir ganz komisch vor, Frau Gregor zu sagen. Muß mich erst dran gewöhnen.« Sie beugte sich neugierig näher zu Elisabeth. »Wie ist es denn, ich meine, mit ihm verheiratet zu sein?«

Der Regen fiel zu Elisabeths Glück schon dichter. Das enthob sie einer Antwort. »Gehen wir lieber. Kommen Sie mit herein und sagen Sie mir, welchen Kuchen Sie mögen.«

Der junge Doktor hatte einen winzigen Kleinwagen, und mit dem kutschierte er hinter Elisabeth her. Sie fuhr ein wenig schneller als sonst. Die mußten da hinten nicht merken, was für ein unsicherer Anfänger sie noch war. Aber die Strecke war ja Gott sei Dank nicht lang.

Tobias war höchst erfreut, daß Besuch kam. Dank ihm und der munteren Eva wurde es ein sehr lebhafter Nachmittag. Elisabeth und Klaus Meinhardt brauchten gar nicht viel zu reden. Die beiden anderen sorgten für Unterhaltung. Auch die Geschichte, die Eva so sehr interessierte, wie das alles nun gekommen war, mit Veit Gregor, erzählte Tobias farbig und anschaulich. Von allem Anfang an. Veit Gregor kam sehr gut dabei weg, und Eva seufzte verzückt: »Himmlisch! Wie im Film.« Und zu Elisabeth sagte sie: »Sie müssen sich doch vorkommen wie im Himmel.«

Elisabeth lächelte ironisch und sagte: »So ungefähr.«

Auch ihre eigene Liebesgeschichte erzählte Eva ausführlich. Ihr

Verlobter versuchte einige Male, sie zu unterbrechen. »Aber Evi, das interessiert doch niemanden.«

Aber sie erzählte ungeniert weiter. Bis jetzt war der junge Doktor noch Assistenzarzt in einer Münchner Klinik. Aber später würde man eine eigene Praxis haben, sie beide zusammen, und das würde natürlich eine große Sache sein.

»Hier am Tegernsee?« fragte Elisabeth.

»Nein, in München. Und wir haben auch schon etwas in Aussicht. Der Vater von Klaus hat einen Freund, der ist auch Arzt, und der wird sich in einigen Jahren zur Ruhe setzen. Seine Praxis können wir vielleicht übernehmen.«

»Das wäre ja großartig«, sagte Elisabeth. »Sehen Sie, wie gut, daß Sie damals nicht den reichen Mann geheiratet haben.«

»Wieso? Wen?«

»Na, von dem Sie mir erzählt haben. Der aus dem Rheinland.«

»Ach der!« rief Eva, »der alte Knacker! Mein Gott, Klaus, das hab ich dir noch gar nicht erzählt. Nö, den wollte ich nicht haben.«

Elisabeth erfuhr, daß das Sanatorium in der nächsten Woche wieder eröffnet würde. Alles sei neu hergerichtet und noch schöner geworden als zuvor.

»Und Dr. Andorf?« fragte sie schließlich.

»Der ist auch wieder da. Er war nämlich eine ganze Weile verreist. Muß ja auch mal Urlaub machen, nicht? Sie sollten wirklich mal vorbeikommen und ihn besuchen, das würde ihn freuen. Wir haben damals viel von Ihnen gesprochen, als Sie geheiratet haben.«

Offensichtlich wußte Eva nichts davon, daß sie ihn einige Male getroffen hatte. Woher sollte sie es auch wissen, er hatte bestimmt nicht darüber geredet. Elisabeth beschloß, ihn anzurufen und einzuladen. Es würde schön sein, ihn wiederzusehen.

Schon am nächsten Vormittag, es war ein Sonntag, rief sie im Sanatorium an. Sie hatte eine Weile überlegt. Sollte sie oder sollte sie nicht? Doch sie wollte Dr. Andorf gern wiedersehen, sie wußte selbst nicht warum. Ihn zufällig auf einem Spaziergang zu treffen, darauf bestand wenig Aussicht. Es war kalt und ungemütlich, manchmal schneite es schon, und bald würde es richtig Winter sein. Und warum eigentlich sollte sie ihn nicht anrufen? Was war dabei?

Nachdem sie einige Male am Telefon vorbeigegangen war, tat sie es schließlich.

Sie wurde gleich mit ihm verbunden. »Ich habe gestern Fräulein Eva getroffen und von ihr gehört, daß Sie wieder da sind. Da wollte ich Ihnen Grüß Gott sagen.«

»Das ist nett von Ihnen, Elisabeth. Ja, ich bin froh, wieder hier zu sein. Hier gefällt es mir am besten.«

»Trotzdem könnten Sie mir etwas von Ihrer Reise erzählen.«

»Wenn Sie möchten... Gehen Sie wieder einmal spazieren?«

»Bei dem greulichen Wetter? Ich habe eine bessere Idee. Wie wäre es, wenn Sie heut nachmittag zu mir zum Kaffee kommen?«

Ein Zögern auf der anderen Seite. Dann kam es langsam: »Ach, ich weiß nicht...«

»Ich bin allein mit meinem Vater. Herr Gregor ist zur Zeit in Amerika. Sie würden mir eine Freude machen, wenn Sie kämen. Und sprechen Sie nicht von der Arbeit. Ich weiß, daß Sie noch nicht wieder eröffnet haben.«

Er lachte leise. »Sie scheinen mich ganz gut zu kennen. Ja, es stimmt, ich bin ein richtiger Eigenbrötler geworden, ich gehe eigentlich nirgends hin. Aber bei Ihnen ist es etwas anderes. Also gut, ich bedanke mich und komme gern.«

Dann fiel ihr noch etwas ein. »Bringen Sie Otto mit. Harro würde sich freuen.«

Sehr zufrieden mit sich selbst legte Elisabeth den Hörer auf. Sie summte vergnügt vor sich hin. Sehr geschickt und gewandt hatte sie das gemacht. Schließlich war sie die Herrin in diesem Haus. Warum sollte sie sich keinen Besuch einladen? Sie würden mir eine große Freude machen, wenn Sie kämen, hatte sie gesagt. Und das stimmte auch. Von allen Menschen, die sie in diesem aufregenden letzten Jahr ihres Lebens kennengelernt hatte, war ihr Dr. Andorf der liebste.

Außer Gregor natürlich, setzte sie eilig hinzu. Außer ihrem Mann.

Sie konnte sich noch immer schwer dazu entschließen, Gregor als »mein Mann« zu bezeichnen. Es paßte so gar nicht zu ihm. Es kam ihr selbst komisch vor. Vor Dritten sprach sie immer per Herr Gregor von ihm. Nur zu sich selbst sagte sie manchmal diese unglaubwürdige Formulierung: mein Mann.

Tobias kam die Treppe vom ersten Stock herab. Er wirkte etwas gelangweilt.

»Weißt du«, begann er, »ich wollte zu einem Frühschoppen nach Tegernsee hinüber, und ich dachte...«

»Das laß man lieber schön bleiben«, sagte Elisabeth. »Es ist ziemlich kalt und sehr windig. Deine Freunde können ihr Bier auch mal ohne dich trinken.«

»Ich dachte, du würdest mich hinüberfahren.«

»Ich habe keine Zeit«, erklärte Elisabeth mit wichtiger Miene.

»Wieso?« fragte Tobias verblüfft. »Was hast du denn zu tun?«

»Erstens muß ich kochen, und zweitens will ich einen Kuchen backen.«

»Kuchen backen?« Tobias schien interessiert. »Das hast du aber lange nicht mehr gemacht. Warum denn auf einmal?«

»Ach nur so. Und außerdem bekommen wir heut nachmittag Besuch.«

»Besuch?« Tobias hob elektrisiert den Kopf. Besuch war etwas Feines, das hatte er gestern gesehen. »Wer denn?«

»Rate mal.«

»Fräulein Eva nicht schon wieder, die war erst gestern da. Frau Gulda?«

»Nein.«

»Hm.« Tobias überlegte. »Ist Frau von Wengen vielleicht da?«

»Auch nicht. Überhaupt keine Frau. Es ist ein Mann.«

»Ein Mann?« Tobias wiegte nachdenklich den Kopf. »Ein Reporter? Oder dieser Filmfritze da, dieser Classen?«

»Es muß ja nicht unbedingt jemand von Gregor sein. Es kann doch auch jemand sein, den ich kenne.«

»Den du kennst?« Tobias gab es auf. »Ich weiß nicht, wer. Sag es.«

»Dr. Andorf.«

»Ach, der Arzt, der dich damals behandelt hat? Den wollte ich schon immer mal kennenlernen. Wie kommst du denn auf einmal auf den? Weil Fräulein Eva gestern von ihm gesprochen hat?«

»Mhm«, machte Elisabeth gedehnt. Warum eigentlich hatte sie auch Tobias gegenüber nie etwas von den Spaziergängen erwähnt? Es war doch wirklich nichts dabei. War es, weil ein besonderes Wissen sie mit Dr. Andorf verband? Das Wissen um Pauls Liebe und um seinen Tod? Weil sie darüber mit niemand sonst sprechen wollte als nur mit ihm, mit Michael Andorf? Nicht einmal mit ihrem Vater?

Nein, das war es gar nicht. Sie hatte eben, als sie mit Andorf gesprochen hatte, nicht an Paul gedacht, nicht mit dem winzigsten

Gedanken. Sie hatte an ihn, an Michael Andorf gedacht, und daß sie sich freuen würde, ihn wiederzusehen. Und darum wollte sie auch Kuchen backen, und darum ... Was für ein Unsinn!

»Du sagst ja gar nichts«, unterbrach Tobias ihre Gedanken. »Hast du ihn angerufen?«

»Ja.«

»Und er hat gleich gesagt, er kommt?«

»Ja.« Sie wandte sich um zu Harro, der vor der Terrassentür saß und mißmutig in den Schneeregen hinausstarrte. »Otto kommt auch mit, Harro, hörst du?«

Harro kam höflich herbei und blickte sie fragend an.

»Otto?« fragte Tobias erstaunt.

»Harros Bruder und Freund. Der Hund von Dr. Andorf.«

Tobias schien leicht befremdet. »Er hat einen Hund, und du kennst ihn?«

»Ja, ich traf ihn zufällig beim Spazierengehen mit Harro. Und da hörte ich, daß Otto sein Bruder ist.« Es war besser, das einmal zu erwähnen, man konnte nie wissen, wie das Gespräch darauf kam.

»Hast du mir gar nicht erzählt«, meinte Tobias beleidigt.

»Nein?« fragte Elisabeth harmlos, konnte aber nicht verhindern, daß ihr eine leichte Röte in die Stirn stieg. Sie wandte sich zum Gehen. »Jetzt wird gebacken.«

Tobias folgte ihr in die Küche. Desgleichen Harro.

»Was bäckst du denn für einen Kuchen?« wollte Tobias wissen.

»Weiß ich noch nicht. Mal sehen, was da ist. Vielleicht einen Apfelkuchen? Äpfel habe ich.«

»Mit Streuseln drauf?«

Sie lächelte. »Natürlich, mit Streuseln drauf.«

»Dann brauchen wir aber Schlagsahne.«

Elisabeth lachte. »Auch das. Da werden wir eben doch das Automobil anspannen und Schlagsahne holen. Vielleicht können wir Herrn Bach becircen, daß er dich fährt.«

»Dann«, rief Tobias triumphierend, »könnte ich eben mal schnell beim Bräustüberl vorbeifahren, damit ich sagen kann, daß ich nicht komme.«

Sie waren in der Küche angelangt. Elisabeth drehte sich zu Tobias um und schüttelte ein wenig den Kopf. »Hartnäckig wie ein kleiner Junge. Wenn du nur deinen Kopf durchsetzen kannst.«

Tobias grinste zufrieden und ließ sich auf einem Küchenstuhl nieder, um den Backvorbereitungen zuzusehen. Damit war die nächste halbe Stunde unterhaltend verbracht. Dann würde er mit Herrn Bach hinüberfahren nach Tegernsee, schnell mal ins Bräustüberl hineinschauen, vielleicht gerade auf eine Halbe Bock – Herrn Bach würde er natürlich einladen – aber kein Kartenspiel heute. Nein, nein, dazu war keine Zeit. Auf der Rückfahrt würden sie die Schlagsahne mitnehmen, dann zu Mittag essen, dann ein kleines Schläfchen halten, und dann kam Besuch. Abends gab es ein interessantes Fernsehspiel. Und auf diese Weise war der Sonntag großartig verbracht.

Tobias war überaus zufrieden mit seinem Leben. Der Kreis netter alter Herren, den er inzwischen kannte, trug ebenfalls zu seinem Wohlbefinden bei. Tobias war nicht gern einsam und allein. Die ersten Bekanntschaften hatte er schon während des vergangenen Frühjahrs geschlossen.

Da war ein alter pensionierter Oberst, der ein Häuschen in Tegernsee und einen Drachen von Frau besaß, der er gern für einige Stunden entfloh. Dann ein Landgerichtsdirektor im Ruhestand, aus Norddeutschland übrigens, der hier seinen Lebensabend verbrachte. Der hatte eine sehr nette Frau, eine gemütliche alte Dame, bei der Tobias gelegentlich zu Tee und selbstgebackenen Plätzchen eingeladen wurde. Ein Rechtsanwalt gehörte zu ihrer Runde, auch schon ein älterer Herr, der aber noch seine Praxis in Tegernsee versah. Und schließlich noch der Maler- und Tapeziermeister Josef Andlinger, der ein gutgehendes Geschäft besaß, von dem er sich aber weitgehend zurückgezogen hatte, weil seine beiden Söhne inzwischen alt und tüchtig genug waren, den Laden und die Werkstatt allein zu führen.

Das war der Kern dieser Runde. Gelegentlich vergrößerte sie sich um den einen oder anderen alten Herrn, den einer von ihnen mehr oder weniger gut kannte. In letzter Zeit stieß sogar ein recht brillanter Gast zu ihnen. Ein großer Industrieller aus dem Ruhrgebiet sollte es sein, steinreich, wie man sich erzählte. Er lebte noch nicht lange im Tal. Das Haus, das er in Rottach gebaut hatte, war groß und prächtig und mußte ein Vermögen gekostet haben. Tobias hatte es schon respektvoll aus der Ferne bewundert. Die Dame des Hauses trug einen Nerz und blitzte von Diamanten. Gelegentlich stand eine Reihe schwerer teurer Wagen vor dem Haus, illustrer Besuch war da.

Der reiche Mann hatte sich gewissermaßen auch zur Ruhe gesetzt. Aber wie es schien, war er nicht ganz glücklich dabei. Er hatte einen Herzinfarkt gehabt, wie die Herren des Stammtisches inzwischen wußten. Seine Kinder hatten ihm kurzerhand jede weitere Arbeit verboten. Jetzt fühlte er sich wieder ganz wohl. Die Arbeit fehlte ihm selbstverständlich, dafür langweilte er sich nun schrecklich.

Man hatte ihn einige Male aus der Ferne gesehen. Als die Fremden im Verlauf des Herbstes verschwanden, rückte man näher zusammen, war wieder unter sich und erkannte, wer blieb und dazu gehörte. Der reiche Mann fuhr einen großen Mercedes, das heißt, er fuhr nicht selbst, ein eleganter Chauffeur in Livree saß am Steuer und kutschierte ihn um den See. Manchmal setzte er ihn auch im Bräustüberl ab. Dann saß der Mann einsam vor seinem Bier und blickte ein wenig sehnsuchtsvoll zu Tobias und der vergnügten Runde alter Herren hinüber, die sich unterhielten, politisierten, Schwänke aus ihrem Leben erzählten oder Tarock oder Skat spielten. Die hatten's gut. Die hatten wenigstens Spaß an ihrem Leben. Wenn man reich war und alt dazu, konnte das Leben verdammt langweilig sein.

Tobias, dem nichts so leicht entging, war der Blick des Einsamen aufgefallen. Man wußte nun einiges über ihn, wußte, wer er war und wo er herkam. An einem trüben Nachmittag im November saß Tobias allein mit dem Landgerichtsdirektor in der Nische –, die anderen ließen sich einfach nicht blicken, war ihnen das Wetter zu schlecht, oder ließen die Frauen sie nicht weg, es fehlte der dritte Mann zum Skat.

Tobias sagte leise zu seinem einzigen Tischgenossen: »Vielleicht fragen wir den mal da drüben, ob er Skat spielen mag?«

Der Landgerichtsdirektor schüttelte abwehrend den Kopf. »Der? Das geht nicht. Der würde mit uns nicht s-pielen. Da ist der zu fein zu.«

»Glaub' ich nicht«, meinte Tobias.

»Nee, mein Lieber, das lassen Sie man lieber bleiben. Das s-timmt nicht zusammen. So ein reicher Mann mit seinem großen Auto und mit Chauffeur und so, und dann wir kleinen Leute, nöch? Wir mit unseren bescheidenen Pensionen, nöch? Nee, das lassen Sie man lieber sein.«

Tobias ließ es nicht sein. Nach weiteren zehn Minuten und einem tiefen Schluck aus seinem Glas drehte er unternehmungslustig den Kopf zur Seite, linste zu dem reichen Mann, der trübsinnig vor seinem Bierglas saß, hinüber, und als er dessen Blick gefangen hatte, fragte er ohne weitere Umschweife: »Spielen Sie vielleicht Skat?«

»Ich?« fragte der und schien ein wenig befangen. »O doch. Schon.«

»Wir sind heute bloß zwei, wissen Sie«, erläuterte Tobias. »Ich weiß auch nicht, wo die anderen sind. Wenn Sie Lust hätten, ich meine nur . . .«

Der Mann erhob sich rasch, mit großer Bereitwilligkeit.

»Aber gern, wenn ich Ihnen einen Gefallen damit tu . . .«

Als er an den Tisch kam, standen die beiden Herren auf, man stellte sich umständlich vor, setzte sich dann und begann ohne weiteren Umv. zu spielen.

Er spielte vorzüglich. Er freute sich wie ein Kind über jeden Viertelpfennig, den er gewann. Als später der Oberst kam, hatte der das Nachsehen. Er saß mit etwas pikierter Miene dabei und kiebitzte.

Und vollends der Andlinger, der als letzter auftauchte, war höchst erstaunt, um nicht zu sagen schockiert.

»Ja mei«, murmelte er vernehmlich. »Was wollt's denn mit dem nacha? Wie seid's denn bloß an den geraten? Sitzt der da und spuit, und dem Chauffeur drauß schlafen derweil d'Füß ei.«

Im Laufe der Zeit bürgerte es sich ein, daß der Chauffeur mit hinein durfte ins Lokal und eine alkoholarme Radlermaß vorgesetzt bekam. Und jedesmal eine besonders gute Zigarre.

Der reiche Mann war glücklich, er fand sich regelmäßig zum Stammtisch ein. Das war vor allem der Frühschoppen am Sonntagvormittag, wo es im Bräustübl, besonders nach der Kirche, gesteckt voll war. Und zwei- oder dreimal zum Dämmerschoppen in der Woche, und manchmal noch öfter. Irgendeiner oder zwei waren immer da, zumal wie gesagt dem Kreis auch lose einige weitere alte Herren angegliedert waren.

Tobias fand das herrlich, nur manchmal hatte er ein schlechtes Gewissen, wenn er an Herrn Mackensen dachte. Der saß nun allein in seiner Wohnung, und niemand spielte mit ihm Schach. War er manchmal drin in der Stadt für einige Tage, dann machte er dem armen Herrn Mackensen noch zusätzlich den Mund wäßrig und erzählte von seinen Tegernseer Freunden.

»Aber Schach spielen S' mit keinem von denen?« pflegte er dann zu fragen, worauf Tobias glaubwürdig versicherte, daß er Schach mit keinem spiele. Das stimmte zwar nicht ganz. Bei der nachmittäglichen Teestunde beim Landgerichtsdirektor spielte er manchmal eine Partie Schach. Aber da es Herrn Mackensen zu trösten schien, blieb Tobias bei seiner frommen Lüge.

Und jedesmal wenn er die hübsche kleine Wohnung des Landgerichtsdirektors verließ, die sich in einem großen alten Bauernhaus am Rande von Tegernsee befand, nachdem er Tee getrunken, Schach gespielt, der Dame des Hauses zum Abschied mit wohlgesetzten Worten die Hand geküßt hatte und mit ihrem Mann der Dämmerschoppenrunde im Bräustübl zustrebte, jedesmal da schwor sich Tobias mit ein wenig schlechtem Gewissen: jetzt fahr ich aber wieder mal für ein paar Tage nach München hinein zum Herrn Mackensen. Und um meine Wohnung muß ich mich auch mal kümmern. Schad' um die ganze Miete, die man zahlt. Aber irgendwann würde ja sein Schwiegersohn, der große Veit Gregor, wieder einmal für länger oder kürzer in sein Heim zurückkehren, und dann wollte sich Tobias diskret verdrücken. O ja, das hatte er sich fest vorgenommen. Aber wenn Elisabeth allein war, dann war es schon besser, er war bei ihr. Was sollte denn das arme Kind ganz allein machen?

Tobias' Leben war erfüllt und höchst abwechslungsreich. Es war vergnügt und unterhaltsam. Alles war großartig.

Jetzt in der Küche, während Elisabeth die Apfelscheiben auf den Mürbteig legte, sagte er: »Weißt du, was ich mir gerade überlegt habe?«

»Nein.«

»Den Herrn Mackensen könnten wir auch mal einladen.«

»Den Herrn Mackensen?« meinte Elisabeth erstaunt. »Aber weißt du, Vater...«

»Na, ich meine ja nur, er tät sich freuen.«

»Wenn du partout willst...«

»Er ist jetzt immer so einsam. Er vermißt mich schon sehr, weißt du.«

»Hm. Doch, kann ich mir vorstellen. Ja, da müssen wir ihn eben mal einladen. Wenn er überhaupt bis heraus kommen will. Vernünftiger fände ich es, wir fahren mal hinein und laden ihn bei uns ein. In deiner Wohnung, meine ich. Das wäre für ihn weitaus bequemer.«

»Hm. Da hast du auch recht. So können wir es machen. Aber ich weiß noch jemand, der gern mal kommen würde.«

Elisabeth lachte. »Wer denn noch, um Himmels willen?«

»Herr Lenz«, verkündete Tobias triumphierend.

»Herr Lenz?«

»Ja. Ich finde, den solltest du bestimmt mal einladen. Denk doch bloß mal, was du dem angetan hast mit deiner Heirat. Du mußt doch zugeben, daß er in dich verliebt war. Viele Jahre lang. Und jeden Tag hat er dich gesehen und konnte sich darüber freuen, daß du da warst. Und er war doch immer sehr nett zu dir, nicht? Und dann plötzlich warst du weg, warst einfach nicht mehr da. Stell dir bloß mal vor, wie traurig er sein muß.«

Tobias sprach mit echter Anteilnahme, sogar seine Stimme klang betrübt.

Elisabeth warf ihm einen amüsierten Blick zu. »Hör auf. Ich fange gleich an zu weinen.«

»Ist doch wahr, Elisabeth. Ich verstehe gar nicht, daß du so herzlos sein kannst. Man soll Liebe, die einem entgegengebracht wird, immer achten. Liebe ist wertvoll. Das Wertvollste, das es auf der Welt gibt. Und von wem sie auch kommt und auch wenn man keine Verwendung dafür hat, man soll dafür dankbar sein und nicht gleichgültig daran vorbeiblicken.«

Elisabeths Gesicht war ernst geworden, zärtlich ruhte ihr Blick auf Tobias. Jetzt beugte sie sich hinüber und gab ihm einen raschen Kuß auf die Wange.

»Du hast recht, Vater, wie immer. Wir werden Herrn Lenz einladen. Mal an einem Samstag. Da hat er ja frei. Er kann mit dem Vormittagszug herauskommen, dann holst du ihn am Bahnhof ab, er kann mit uns Mittag essen und Kaffee trinken, und mit dem frühen Abendzug fährt er wieder hinein. Nicht?«

»So machen wir es«, sagte Tobias befriedigt. »Da kommt Herr Bach. Wir fahren jetzt hinüber, aber nur auf eine Halbe. Ich bin um eins zum Essen zurück, und auf dem Rückweg nehme ich die Schlagsahne mit.«

Es war alles in allem ein friedliches, idyllisches Leben, das Elisabeth mit ihrem Vater und ihrem Hund in dem hübschen Haus führte. Daß sie einen Mann besaß, das konnte man leicht vergessen. Die wenigen Tage, ja man mußte fast sagen, die wenigen Stunden, die sie in den vergangenen Monaten mit ihm verbracht hatte, verblaßten immer mehr. Er war gut und zärtlich gewesen. Manchmal auch ungeduldig und nervös. Aber sie hatte keinen Grund, sich über ihn zu beklagen. Sie fragte sich nur manchmal, wie seine Gefühle ihr gegenüber beschaffen sein mußten, wenn sie sich ihm schon so ferngerückt fühlte, wenn es ihr vorkam, als habe sie nur geträumt und das alles wäre eine flüchtige Begegnung gewesen.

Sie war allein, sie hatte wenig Abwechslung, sie hatte Zeit, an ihn zu denken. Er dagegen stand mitten in einem lebhaften, turbulenten Leben. Um ihn war Betrieb, ein ewiges Auf und Ab, es gab Arbeit, Ärger, Freude, und es gab Menschen um ihn. Ungezählte Menschen, mit denen er täglich zusammenkam. Und Frauen, charmante, schöne, berühmte Frauen.

Wenn Elisabeth an diesem Punkt mit ihren Überlegungen angelangt war, überkam sie tiefe Mutlosigkeit. Sie war so hilflos. Sie war ausgeschaltet. Man konnte nicht einmal sagen, da sei eine Gefahr, gegen die sie kämpfen müsse. Da war gar nichts. Nicht soweit es sie betraf. Sie war seine Frau, und das war weiter nichts als ein leerer Begriff bei dem Leben, das er führte. Sie konnte ihm nichts sein, auch wenn sie es noch so sehr gewünscht hätte. Und wenn er sie betrog... mein Gott, man konnte es nicht einmal Betrug nennen. Er würde es jedenfalls kaum so empfinden. Und man durfte ihm auch keinen Vorwurf daraus machen. Was war denn groß gewesen? Ein paar glückliche Wochen im Sommer, ein paar flüchtige Stunden danach. Das war alles. An seinem wirklichen Leben hatte sie keinen Anteil.

Sie war die Laune eines großen Mannes. Weiter nichts. Und damit mußte sie sich zufriedengeben.

Sie spürte intensiv, daß auch Michael Andorf so dachte, als er am Nachmittag mit ihr und Tobias am Kamin saß.

Er hatte nach Gregor gefragt, und sie erzählte, daß er einen Film in Amerika drehe, wer seine Partner waren, wer der Regisseur. Viel mehr wußte sie auch nicht über ihn zu sagen. Es war nicht mehr, als was jeder Interessierte aus den Zeitungen erfahren konnte. Und eines Tages würde dort wohl auch zu lesen sein, daß er mit dieser oder jener Filmschauspielerin da und dort gesehen worden sei, daß eine Romanze sich anspinne, daß eine ›ständige Begleiterin‹ gefunden sei. So war der Lauf der Dinge.

»Nun ja«, meinte Dr. Andorf nach einer kleinen Pause, »das ist nun mal das Leben dieser Leute. Aber Sie haben ja hier ein angenehmes Leben, gnädige Frau. Seien Sie froh, daß Sie von dem ganzen Theater verschont bleiben.«

»Ja«, sagte Elisabeth. Sie straffte die Schultern und hob ein wenig hochmütig den Kopf. Sie glaubte Mitleid im Blick des Arztes zu lesen. Sie brauchte kein Mitleid, von niemandem. Sie war sich klar über alles. Auch über das, was kommen würde. Was kommen mußte.

Überhaupt war Dr. Andorf zunächst eine Enttäuschung an diesem Nachmittag. Er war zurückhaltend, fast steif. Er nannte sie feierlich gnädige Frau. Sonst, während ihrer Spaziergänge, hatte er Elisabeth zu ihr gesagt.

Sie redeten ein bißchen hin und her, er erzählte von seiner Reise, ein wenig lebhafter wurde er, als die Rede auf die Verschönerung des Sanatoriums kam. Die Wiedereröffnung stand kurz bevor, die Anmeldungen waren reichlich, man würde ein volles Haus haben.

»Erstaunlicherweise sogar über Weihnachten. Die Winterkur wird immer populärer«, sagte Andorf. »Gerade was das gute und teure Publikum betrifft. Ich habe einige recht prominente Leute unter den Patienten der nächsten Zeit. Anscheinend hat sich die Ansicht durchgesetzt, daß man im Winter ruhiger und ungestörter eine Kur machen kann, was ja auch stimmt. Die Ablenkungen, die im Sommer gegeben sind, fallen weg. Übrigens bekommen wir einen neuen Kurzweig. Die Verjüngungstherapie.«

»Oh!« meinte Tobias angeregt. »Das ist interessant. Darüber habe ich schon viel gelesen.«

»Ja, es wird allerhand publiziert auf diesem Gebiet, wenn auch gerade dieser Zweig der Medizin noch in den Kinderschuhen steckt.«

Er spricht wie ein Dozent in der Vorlesung, dachte Elisabeth ein wenig amüsiert. Er hat doch sonst ganz anders mit mir gesprochen. Ob Tobias ihn irritiert? Oder ganz einfach die Tatsache, daß er sich hier in Gregors Haus befindet? Ob er nicht vergessen kann, daß ich Frau Gregor bin?

Aber was wußte sie eigentlich von ihm? Im Sanatorium war er kühl und sachlich. Ein guter Arzt, der seinen Patienten nicht allzu viel Anteilnahme entgegenzubringen schien. Das hatte jedenfalls Fräulein Eva behauptet. Keine persönliche Anteilnahme, die über die rein ärztliche hinausging. Auf den Spaziergängen war er gelöst und unbefangen erschienen. Ein wenig nachdenklich betrachtete Elisabeth ihn durch den Rauch ihrer Zigarette. Viel wußte sie wirklich nicht von ihm. Nicht wie er lebte, was ihn erfüllte, wenn er den weißen Kittel auszog. Offenbar gab es keine Frau in seinem jetzigen Leben. Das war merkwürdig. Ein Mann wie er, ernst, verantwortungsbewußt, ruhig und sympathisch. So erschien er ihr jedenfalls. Er hätte eigentlich eine liebenswerte Frau verdient. Fräulein Eva hatte einmal eine Andeutung gemacht, daß es in seinem Leben eine große Enttäuschung gegeben habe, mußte aber selbst zugeben, daß sie nichts darüber wußte. Möglicherweise war diese Theorie nur ihrer lebhaften Phantasie entsprungen.

Elisabeth entdeckte Neugier in sich. Sie hätte es gern genauer gewußt.

»Und Sie haben schon Erfahrungen mit diesen Verjüngungsgeschichten gesammelt?« fragte Tobias interessiert.

»Nur ganz am Rande. Nächste Woche kommt ein jüngerer Kollege von mir, der längere Zeit bei Niehans in der Schweiz gearbeitet hat. Er wird diese Abteilung leiten.«

»Na, das wäre was für mich«, meinte Tobias unternehmungslustig. »Was meinst du, Elisabeth? Ob ich da mal eine Kur mache? Bißchen jünger würde ich gern werden.«

»Du bist mir jung genug. Deinen Optimismus und deine Freude am Leben, die kann man oft bei den jüngsten Menschen nicht finden. Nicht auszudenken, was passiert, wenn du auch noch Frischzellen kriegst. Dann müßte ich dich an die Leine nehmen.«

Tobias kicherte in der ihm eigentümlichen Art vergnügt vor sich hin.

»Nun hören Sie sich das an, Herr Doktor. Ich bin sage und schreibe zweiundsiebzig Jahre alt. Und dann redet meine Tochter so mit mir.«

Dr. Andorf lächelte. Es war das seltene, warmherzige Lächeln, das Elisabeth so gern an ihm sah. Es verjüngte und verschönte auf eigentümliche Weise das hagere, verschlossene Gesicht. Sie hatte es noch nicht oft gesehen. Manchmal, wenn er sie ansah. Oder wenn sie den Hunden zusahen, hatte sie es beobachtet. Und es war ihr immer ganz seltsam dabei zumute gewesen. Als müsse sie seine Hand ergreifen, ihm irgend etwas Liebes oder Nettes sagen, bloß daß dieses Lächeln bliebe. Komisches Gefühl. Jetzt ruhte sein Blick mit ausgesprochenem Wohlgefallen auf Tobias. Es war offensichtlich, daß Elisabeths Vater ihm sehr sympathisch war. Aber wer mochte Tobias nicht leiden? Eigentlich jeder, der ihn kannte oder kennenlernte.

»Ich finde, ein schöneres Kompliment könnte Ihnen Ihre Tochter nicht machen«, sagte er. »Und es kommt mir auch ganz so vor, als hätte sie recht. Und dann brauchen Sie auch keine Verjüngung, weil Sie nämlich die beste Verjüngung in sich tragen. Lebensfreude. Liebe zum Leben, zu den Menschen, zur Natur, zu allem, was um Sie ist. Wenn man so veranlagt ist oder wenn man durch die Erfahrung wohlgenutzter Jahre zu der Weisheit gelangt, daß es am besten ist, das Leben zu bejahen und zu lieben, dann wird man auch nicht alt. Dann ist jeder Tag ein neuer Beginn und Erfüllung zugleich. Dann ist man ... ein glücklicher Mensch.«

Tobias machte wieder einmal ein Gesicht wie ein Bub vor dem Weihnachtsbaum. Sein großäugiges, sein staunendes und glückliches Kindergesicht.

Elisabeth betrachtete ihn ein wenig gerührt. Guter alter Tobias. Geliebter Vater. Er war und blieb der beste und wertvollste Teil ihres Lebens.

Auch Dr. Andorf schien ähnliches zu denken. Sein Blick, in dem immer noch das leise Lächeln lag, ging von Tobias zu Elisabeth. Langsam verblaßte sein Lächeln, eine kurze Weile sah er Elisabeth an, sehr ernst, und wieder erschien die seltsame Schwermut, die oft sein Gesicht beschattete.

»Weise bin ich bestimmt nicht«, sagte Tobias wohlgelaunt. »Also wird's wohl die Veranlagung sein.«

»Das ist ein wunderbares Geschenk der Götter«, sagte Andorf, »für das Sie nicht dankbar genug sein können.«

Eine kleine Weile blieb es still, dann sagte Elisabeth leise: »Leider hast du mir nichts davon vererbt, Vater.«

Gleich, nachdem sie es gesagt hatte, ärgerte sie sich darüber. Was sollte denn das? Hatte sie Grund, sich über irgend etwas zu beklagen?

Ehe jemand darauf eingehen konnte, wechselte sie das Thema.

Mit einem kleinen, etwas forcierten Lachen wies sie auf die Hunde. »Seht bloß die beiden! Ist das nicht goldig? Dr. Andorf, ich glaube, Sie müssen uns öfter besuchen. Dann haben wir auch noch zwei glückliche Hunde hier im Hause.«

Härro und Otto, nachdem sie sich zuvor stürmisch begrüßt und eine Weile recht albern im Zimmer herumgetobt hatten, bis sie energisch zur Ordnung gerufen worden waren, lagen jetzt in einer Art rechtem Winkel voreinander, so daß ihre Köpfe fast zusammenstießen und ihre Pfoten sich berührten. Sie teilten ihre Aufmerksamkeit zwischen sich selbst und den Menschen, die im Zimmer waren. Und alles in allem machten sie recht zufriedene Gesichter. So, als wollten sie sagen: so ist es prima. So kann es bleiben.

Der Samstagbesuch von Herrn Lenz fand statt und verlief planmäßig. Er kam in seinem besten Anzug, mit einem großen Blumenstrauß, war zunächst etwas aufgeregt und schüchtern und verkündete immer wieder, wie sehr, wie unendlich er sich über diese Einladung freue. Er brachte Grüße vom ganzen Personal der Firma Bossert, auch von Herrn Bossert selbst.

Im Laufe des Tages verlor sich seine Scheu. Wie eh und je lag sein Blick anbetend auf Elisabeth, die sich, aus einer kleinen Eitelkeit heraus, für ihn besonders schön gemacht hatte. Sie trug ein sehr fesches und sehr teures Kleid, das sie sich bei ihrem letzten Besuch in München gekauft hatte, erstmals bei Tavern. Ja, sie ging nun selbst zu Tavern und kaufte dort ein. Es hatte ihr Spaß gemacht.

Und es machte Spaß, Herrn Lenz zu zeigen, daß die brave, bescheidene Elisabeth, die ihm so lange am Schreibtisch gegenüber gesessen, sich doch in mancher Beziehung gewandelt hatte. Herr Lenz registrierte es sehr wohl und machte ihr sogar einige schwungvolle Komplimente. Und nachdem er beim Mittagessen reichlich von dem guten Mosel getrunken hatte, verstieg er sich sogar zu der Behauptung, Elisabeth sei in seinen Augen die bezauberndste und aparteste Frau, die es überhaupt gab.

Tobias kniff ein Auge zu und grinste Elisabeth vergnügt an.

»Tja«, sagte er. »Ihr habt eben nie gewußt, was ihr in eurem timpligen Laden sitzen habt.«

»O nein«, verwahrte sich Herr Lenz energisch, »das dürfen Sie nicht sagen, Herr Ohl. *Ich* habe es immer gewußt. Und zu schätzen gewußt, vor allem. Für mich brachte jeder Arbeitstag eine neue Freude. Eben weil ich Fräulein Elisabeth sehen durfte.« Bei diesem Geständnis errötete er ein wenig, blickte aber Elisabeth tapfer in in die Augen, hob sein Glas und trank ihr zu.

»Danke«, lächelte Elisabeth. »Das haben Sie hübsch gesagt. Und ich kann's ja jetzt auch sagen: ohne Sie hätte ich es bei Bossert bestimmt nicht so lange ausgehalten. Sie haben mir das Arbeiten dort immer angenehm gemacht.«

Der Nachmittag verlief auf erfreuliche Art. Herr Bach fuhr den Besuch am Abend zum Bahnhof, nachdem sich Herr Lenz vielmals bedankt hatte und immer wieder versicherte, wie wunderbar der Tag für ihn gewesen sei.

»Der liebt dich immer noch«, meinte Tobias befriedigt, als sie allein waren. »Und Montag hat er was zu erzählen.«

Elisabeth lachte. »Es war eine gute Idee von dir, ihn einzuladen. Ich glaube, er hat wirklich viel Freude daran gehabt.«

Weihnachten war nun schon nahegerückt. Was Elisabeth beschäftigte, war die Frage, ob Gregor Weihnachten nach Hause kommen würde. Ehe er fortfuhr, war davon nicht die Rede gewesen. Zur Zeit hörte sie selten von ihm. Einmal waren ein paar kurze, sehr trockene Zeilen gekommen. Und einmal ein Telefongespräch. Das war alles. Nun ja, Amerika war weit. Er war weit fort. Und vermutlich nicht nur räumlich.

Eines Tages rief Milena an und lud Elisabeth wieder zu einer Premiere ein.

»Das ist sehr lieb von Ihnen«, sagte Elisabeth zögernd. »Nur ich weiß nicht ... Ihrem Mann wird es sicher nicht recht sein, wenn Sie mich immer mitschleppen. Wirklich, Sie brauchen nicht ...«

»Reden S' keinen Unsinn«, unterbrach Milena. »Meinem Mann gefallen Sie sehr gut, und er freut sich, wenn Sie mitkommen. Übrigens, diesmal ist er gar nicht da, er ist in Hamburg. Wir zwei gehen allein. Vielleicht wird uns mein Herr Sohn die Ehre antun und uns begleiten. Wir haben ein Premierenabonnement. Und eine Karte krieg' ich immer extra vom Intendanten persönlich. Aus alter Freundschaft, wissen S'? Also wie ist es? Es ist sogar eine Uraufführung, sicher recht interessant. Hoffen wir's jedenfalls, man kann bei Uraufführungen nie wissen, was einem bevorsteht.«

Elisabeth sagte zu. Sie blieb fast eine ganze Woche in der Stadt, erledigte ihre Weihnachtseinkäufe, die diesmal recht umfangreich waren. Tobias würde einen reich gedeckten Gabentisch vorfinden. Die Familie Bach mußte beschenkt werden, auch Tim. Er hatte sich offenbar mit ihrem Vorhandensein abgefunden, war überaus höflich und bediente sie aufmerksam während der Zeit, die sie in der Stadt verbrachte. Sie fühlte sich zwar in Gregors Wohnung immer noch wie ein Besuch.

Für Gregor besorgte sie einige Geschenke. Wenn er am Ende doch kam, mußte sie ja für ihn etwas haben. Es bereitete ihr Kopfzerbrechen, etwas Geeignetes für ihn zu finden. Sie verbrachte ganze Tage in den Geschäften, in eleganten und teuren Läden, die sie früher nie betreten hatte. Das Einkaufen machte ihr Spaß. Das hatte sie noch nie gekonnt, aus dem vollen einkaufen, es war ein neues Erlebnis. Mehrmals ging sie zur Bank, um Geld zu holen. Ein wenig schlug ihr das Gewissen dabei. Aber dann tröstete sie sich. Warum eigentlich? Sie gab im allgemeinen nicht viel Geld aus. Gregor hatte sie immer dazu ermutigt. Er selbst war großzügig, das wußte sie. Und er hatte stets gesagt: kaufe dir alles, was dir Spaß macht. Einmal angefangen mit dem Kaufen, konnte sie nicht so schnell aufhören. Immer neue Möglichkeiten fielen ihr ein, wer beschenkt werden mußte. Herr Mackensen würde etwas bekommen, ebenso Frau Berger. Sie hatte schließlich für Tobias gesorgt, während sie in der Klinik lag, und kümmerte sich auch heute noch um die Wohnung. Dann sollte jeder ihrer früheren Arbeitskollegen eine Kleinigkeit bekommen. Und falls Lydia kam? Auch für sie mußte natürlich etwas dasein. Fräulein Eva nicht zu vergessen. Bei ihr war es nicht schwer, sie brauchte bestimmt viel für den zukünftigen Hausstand.

So gelangte sie schließlich zu Dr. Andorf. Das bereitete ihr viel Kopfzerbrechen. War es überhaupt passend, ihm etwas zu schenken? Und wenn ja, womit konnte sie ihn erfreuen? Sie entschied sich für ein Buch.

Überhaupt verbrachte sie viel Zeit in Buchhandlungen. Sie hatte immer gern gelesen, doch früher hatte sie kaum Bücher kaufen können und war meist auf die Leihbücherei angewiesen gewesen. Nun kaufte sie erstmals für sich selbst. Bücher, die ihr Freude machten, die sie interessierten.

In Gregors Wohnung stapelten sich die Geschenkpäckchen und

Pakete. Es war eine anregende und sehr beschäftigte Woche, die Elisabeth in der Stadt verbrachte.

Schließlich waren es nur noch vier Tage bis Weihnachten. Es war sehr kalt geworden, und sie kam jeden Abend ziemlich durchgefroren und müde nach Hause.

»Eine Tasse Tee, gnädige Frau?« fragte Tim, nachdem er ihr die Päckchen abgenommen hatte.

»Ja, gern.«

»Frau von Wengen hat angerufen.«

»Frau von Wengen?« Ihr Herzschlag setzte eine Sekunde aus. Sie kamen. Sie würde nicht allein sein zu Weihnachten.

»Ja. Sie kommt morgen vormittag und möchte Sie gern sprechen.«

»Ist sie hier, in München?«

»Ja. Heute nachmittag angekommen.«

»Oh!« Mit großen Augen sah sie Tim an, und er, da er genau spürte, was sie dachte und hoffte, fügte rasch hinzu: »Frau von Wengen ist allein gekommen.«

»Ach so«, sagte Elisabeth. Sie senkte den Kopf und ging an Tim vorbei ins Zimmer.

Tim sah ihr einen kurzen Augenblick nach. Er wußte, was sie empfand. Und zum erstenmal, seit er bei Gregor war, fühlte er Zorn gegen seinen Herrn. Warum ließ er die gnädige Frau Weihnachten allein? Sicher arbeiteten sie auch in Hollywood nicht während der Feiertage.

Lydia rief im Laufe des Abends noch einmal an.

»Fein, daß Sie gerade in der Stadt sind, Elisabeth. Da sehen wir uns morgen. Ich habe Ihnen von Herrn Gregor einiges auszurichten. Ich habe auch Post für Sie mit.«

»So«, sagte Elisabeth freudlos.

»Ja. Sie sind sicher enttäuscht, daß er nicht kommt. Aber er ist natürlich wieder mal ziemlich mitgenommen, wie Sie sich denken können. Und der Hin- und Rückflug wegen der paar Tage lohnt sich doch wirklich nicht. Aber ich habe eine Überraschung für Sie, meine Liebe, Sie werden staunen.«

»So«, sagte Elisabeth wieder.

Lydia machte eine kleine Pause, es war, als wollte sie noch etwas sagen. Aber dann beschloß sie das Gespräch ziemlich rasch. »Also, wir sehen uns morgen. Wann stehen Sie auf? Darf ich schon so gegen neun kommen? Ich habe nämlich noch viel zu besorgen.«

»Natürlich«, antwortete Elisabeth. »Kommen Sie um neun, dann frühstücken wir zusammen.«

Später, als sie im Bett lag, in Gregors breitem Bett, überfiel sie abgrundtiefe Traurigkeit. Sie hatte uneingestanden immer noch gehofft, daß er käme. Es hätte viel bedeutet. Daß er nicht kam . . , nun, es bedeutete auch viel.

Auf dem Nachttisch lagen noch die letzten Illustrierten. Darin waren erstmals ausführliche Bilder von dem neuen Film zu finden. Besonders ein Bild betrachtete sie lange. Es war eine Aufnahme, die fast die ganze Seite einnahm. Sie zeigte Gregor und seine Partnerin Patrice Stuart in zärtlicher Umarmung. Die junge amerikanische Schauspielerin war ein bildschönes Mädchen. Kein Sexstar, ein schönes klares Gesicht mit wunderbaren Augen unter hohen gewölbten Brauen. Sie hatte glattes blondes Haar, wirkte innig und mädchenhaft. Die Unterschrift lautete: Die ideale Partnerin für den deutschen Star? Die amerikanische Filmmetropole ist jedenfalls dieser Meinung. Man spricht dort viel von Patrice Stuart und Veit Gregor, der ja in Hollywood kein Unbekannter mehr ist. Seinem ersten amerikanischen Film war zwar nur ein mäßiger Erfolg beschieden. Aber diesmal ist die Fachwelt sehr hoffnungsvoll. Patrice Stuart, eine etwas kühle Schöne, wenn auch sehr begabt, soll in diesem Film so hinreißend spielen wie noch nie, das ist die einstimmige Meinung. Ist Veit Gregor die Ursache? Patrice sagte jedenfalls einer Filmjournalistin: Veit Gregor ist ein großartiger Schauspieler. Mit ihm zu spielen ist wunderbar.

Elisabeth starrte lange auf das Bild. Er hielt das schöne Mädchen im Arm, sie hatte den Kopf zurückgebogen, und er sah in ihr Gesicht, mit diesem eindringlichen dunklen Blick, mit diesem weichen zärtlichen Mund, den sie kannte.

Es war Film, es war Theater, natürlich. Sie wußte schließlich, wie diese Bilder entstanden und daß es zu seinem Beruf gehörte, so zu blicken. Aber es war trotzdem schwer, es zu sehen. Hatte er sie nicht auch einmal so angesehen?

Wirklich? Oder täuschte sie sich? Auf jeden Fall war es lange her.

Sie warf die Zeitung in einer plötzlichen Aufwallung von Zorn auf den Boden, vergrub das Gesicht in das Kissen und weinte. Sie weinte einige Zeit hartnäckig und in hilflosem Gram vor sich hin. Dann richtete sie sich auf und versuchte, sich zu sammeln. Sie war albern. Albern und töricht. Nun fing sie also an, eifersüchtig zu sein. Auf ein Bild in der Zeitung. Nein. Auf alles, was unausgesprochen dahinterstand. Und wogegen sie wehrlos war. Er würde also Weihnachten mit dieser kühlen Schönen verbringen, die in seiner Gegenwart ein hinreißendes Temperament entwickelte. Daran konnte sie nichts ändern. Nächste Woche würde sie dann vielleicht in der Zeitung lesen, daß Veit Gregor und seine amerikanische Kollegin nicht nur Partner im Filmatelier waren. Möglicherweise waren sie es jetzt schon. Sie konnte nichts dagegen tun. Nichts. Vielleicht würde sie schon bald von Amerika eine kühle Mitteilung bekommen, daß er sich scheiden lassen wolle.

Vielleicht aber auch... sie richtete sich auf. Ein rascher Gedanke schoß ihr durch den Kopf. Vielleicht konnte sie das morgen schon von Lydia hören. Hatte sie nicht gesagt, sie hätte eine Überraschung? Vielleicht war es das?

Mit einem Ruck stand Elisabeth auf. Sie blickte sich gehetzt im Zimmer um. Wo war sie eigentlich? In Veit Gregors Appartement. Was hatte sie hier verloren? Wie viele Frauen mochten schon in diesem Bett geschlafen haben, in dem sie jetzt lag? Allein. In dem sie immer allein gelegen hatte und sich auch immer vorgekommen war, als gehöre sie nicht dahin. Sie hätte nie in die Wohnung kommen dürfen. Sie hatte es auch nicht gewollt. Milena hatte sie dazu veranlaßt.

Milena!! Sie kannte ihn. War nicht auch in ihrem Blick immer so etwas wie Mitleid, wenn sie sie ansah? Die wußte genau, was kommen würde. Jeder wußte es, Milena, Lydia, Tim, alle diese Leute um Gregor, die sie kaum dem Namen nach kannte.

Elisabeth Ohl? Ach ja, die Frau, die er damals überfahren hatte. Dann hatte er sie geheiratet. Eine verrückte Laune. Aber man kennt ja Veit Gregor. Er tut manchmal so närrische Dinge. Es würde nicht lange dauern. Es war schon vorbei.

Elisabeth streifte das Nachthemd über den Kopf und begann sich eilig anzuziehen. Sie würde hier nicht bleiben, nicht eine Nacht länger. Sie würde zu Tobias fahren, bei ihm bleiben in dieser Nacht und alle folgenden Tage und Nächte auch. Sie würde auch nicht an den Tegernsee zurückkehren. Auch dort hatte sie nichts verloren.

Wenn er mit dieser Amerikanerin hier ankam nach Beendigung des Films, wollte er ihr sicher sein Haus am See zeigen. Wie lästig für ihn, wenn sie dann noch dort sein würde. Bei Tobias war ihr Platz, in der alten kleinen Wohnung. Dort gehörte sie hin, und dort würde sie wieder leben. Und anstatt Geschenke an die Leute bei Bossert zu schicken, hätte sie klüger daran getan, bei Herrn Bossert anzufragen, ob sie wieder bei ihm arbeiten könne.

Nein. Sie warf den Kopf zurück. Das würde sie nicht tun. Nicht bei Bossert und überhaupt nicht in dieser Stadt. Sie würde fortgehen. Ganz woandershin, wo keiner sie kannte und niemand etwas von ihr wußte. Sie würde sich wieder Elisabeth Ohl nennen, und hoffentlich würde kein Mensch sich je daran erinnern, daß sie die Frau war, die Veit Gregor aus einer Laune heraus geheiratet hatte.

Ihr Blick fiel in den großen Spiegel, vor dem sie stand. Sie erschrak über den wilden Ausdruck ihres Gesichts. War sie das noch?

Sie verbarg ihr Gesicht in den Händen. Es war vorbei, ehe es begonnen hatte. Wenn sie ihn doch nie, nie gesehen hätte.

Eine Weile später zog sie sich langsam wieder aus. Sie konnte nicht mitten in der Nacht fortlaufen. Was sollte Tim denken? Und Lydia kam morgen früh. Sie mußte wenigstens abwarten, was sie ihr zu sagen hatte.

Dann tat sie, was sie noch nie getan hatte. Sie ging an den Barschrank im Wohnzimmer und holte sich den Whisky, ging in die Küche, holte sich Selter und Eis aus dem Kühlschrank und nahm alles mit ins Schlafzimmer.

Sie lag im Bett und trank und rauchte. Und war sterbensunglücklich. Wenn wenigstens Harro bei ihr gewesen wäre. Auf alle Fälle würde sie ihn mitnehmen. Er sollte nicht der fremden Frau gehören.

Aber vielleicht konnte sie das nicht einmal. Was sollte Harro in einer engen Wohnung, wenn sie doch arbeiten ging und den ganzen Tag nicht da war. Er war an den Garten gewöhnt und an weite Spaziergänge. Er war kein Stadthund. Nicht einmal ihn durfte sie behalten.

Es würde alles wieder sein wie vorher. Nichts blieb ihr, nichts. Es würde schlimmer sein, denn die Erinnerung blieb. Und das würde schwer zu ertragen sein.

Und Tobias natürlich. Solange er bei ihr war...

Es war schon gegen Morgen, als sie einschlief. Und Lydias erste Worte waren daher ganz logisch: »Nanu, Elisabeth? Was ist mit Ihnen? Sie sehen gar nicht gut aus. Fehlt Ihnen was?«

»Nein«, Elisabeth zwang sich zu einem Lächeln und bemühte sich um gleichmütige Haltung. »Ich habe schlecht geschlafen. Ich bin das Stadtleben nicht mehr gewohnt.«

Während sie frühstückten, von Tim umsichtig bedient, erzählte Lydia. Mit dem Film ging es gut voran. Es sah so aus, als würde etwas Anständiges zustande kommen. Natürlich gab es den üblichen Ärger, aber er hielt sich in erträglichem Rahmen.

»Ja«, sagte Elisabeth, »ich habe Bilder gesehen. Und einiges darüber gelesen. Diese Patrice Stuart ist ein schönes Mädchen.«

»Das ist sie«, gab Lydia zu. »Aber ein eiskaltes Biest. Ehrgeizig und verbissen. Sie arbeitet diszipliniert, dagegen läßt sich nichts sagen. Gregor kommt verhältnismäßig gut mit ihr aus. Mit seinen Partnerinnen ist es immer schwierig, das wissen Sie ja auch schon.«

Elisabeth lag es auf der Zunge, zu fragen: ist er in sie verliebt? Sie hätte es lächelnd fragen können, so ganz nebenbei. Aber sie brachte es nicht fertig. Nein. Sie konnte nicht darüber sprechen. Lydia mußte anfangen.

Lydia aber sagte nichts dergleichen. Sie lehnte sich behaglich in den Stuhl zurück, sagte: »Tim! Geben Sie mir noch eine Tasse Kaffee. Ihr Kaffee ist eben doch der beste, da kann man hinkommen, wo man will«, zündete sich eine Zigarette an und fuhr fort: »Kinder, ihr wißt ja nicht, wie gut ihr es habt. Wie ich das satt habe, diese Herumreiserei. Früher habe ich es mal ganz nett gefunden. Aber jetzt kotzt es mich an. Verzeihung! Aber das Leben in den Hotels, und jetzt haben wir so einen blöden Bungalow gemietet, und ewig schwirren fremde Leute da 'rum, nie hat man Ruhe, ewig Partys und Geschwätz. Und dazu der nervöse Gregor mit seinen Launen – Verzeihung, Elisabeth, aber Sie wissen ja, wie er ist –, manchmal habe ich das Gefühl, ich kann es nicht mehr aushalten. Man wird eben älter. Und Duldsamkeit war noch nie meine starke Seite. Wirklich, ich beneide Sie, Elisabeth. Sie müssen doch ein herrliches Leben haben da draußen am Tegernsee.«

»Doch«, antwortete sie, »natürlich.«

Es hatte etwas gequält geklungen. Lydia schoß einen scharfen, prüfenden Blick zu ihr hinüber. »Kommen Sie bloß nicht auf den Einfall, jetzt die unverstandene und vernachlässigte Frau zu mimen. Glauben Sie mir, ich weiß, was ich sage. Sie *haben* ein schönes Leben. Gut, er ist meist nicht da. Na und? Wenn er immer da wäre, würden Sie wahnsinnig. Gerade Sie. Sie haben bestimmt nicht die Nerven, das zu ertragen. Habe ich recht, Tim?«

Tim erlaubte sich ein kleines, zustimmendes Grinsen, und Elisabeth mußte unwillkürlich lachen. »Vielleicht haben Sie recht, Lydia. Aber manchmal kommt man eben auf dumme Gedanken, wenn man viel allein ist.«

»Was heißt allein? Sie können Ihren Vater bei sich haben, soviel Sie wollen. Sie haben den Hund. Sie können sich ein paar nette Bekannte da draußen anlachen, es wohnen doch recht respektierliche Leute dort. Und im übrigen können Sie tun, was Sie wollen. Wenn es Ihnen zu langweilig ist, machen Sie eben eine kleine Reise. Ich bin der Meinung, daß Sie ein beneidenswertes Leben führen.«

Elisabeth schwieg. Was sollte sie darauf sagen? Vermutlich hatte Lydia recht. Und von ihren Befürchtungen und Ängsten zu erzählen, das brachte sie nicht über sich.

»Und warum sind Sie eigentlich jetzt herübergekommen?« fragte sie ablenkend.

»Ich kann doch Elke nicht allein lassen zu Weihnachten«, antwortete Lydia. »Das wäre das erstemal, daß ich mich um das Kind nicht kümmere.« Sie brach jäh ab. Es kam ihr wohl zum Bewußtsein, daß sie die falsche Antwort gegeben hatte. Sie konnte ihre Tochter nicht allein lassen. Aber Gregor seine Frau.

Lydia lachte ein wenig unsicher. »Ich habe eben so Muttergefühle, wissen Sie. Wenn das Kind jetzt auch erwachsen ist, man gewöhnt sich das nicht ab. Sie ist doch meine Einzige. Vielleicht hätte sie mich gar nicht gebraucht. Sie hat nämlich seit neuestem einen Freund. Hat sie mir alles geschrieben. Und den Knaben muß ich mir doch auch mal ansehen, damit die Kleine nichts Dummes macht. Obwohl ich das bei Elke eigentlich nicht befürchte. Sie ist schrecklich gescheit und sehr vernünftig. Aber man weiß ja nie. Soviel ich weiß, ist das ihre erste richtige Liebe. Von einigen kleinen Flirts abgesehen, die sie im Laufe der Zeit absolviert hat.«

»Und wie lange werden Sie hierbleiben?« fragte Elisabeth, nur um etwas zu sagen.

»Nur ein paar Tage. Gleich nach den Feiertagen geht es zurück. Natürlich bin ich nicht nur zu meinem Vergnügen hier. Ich hab' auch allerhand zu tun. Es war schon dringend nötig, daß ich herüberkam.«

»Und wann, denken Sie, wird der Film fertig sein?«

»Wenn es so flott vorwärtsgeht wie bisher, dürften wir Anfang Februar, vielleicht auch Mitte, abgedreht haben. Und dann ist für Gregor Pause bis Juni. Da hat er Vertrag für einen französischen Film und gleich danach vermutlich wieder einen deutschen. Und dann muß er unbedingt mal ein halbes Jahr pausieren. Sonst klappt er uns zusammen. Er ist ziemlich fertig mit seinen Nerven. Und seine Augen machen mir Sorgen. Die sind furchtbar überanstrengt.«

»Wäre es nicht besser, er würde nach dem amerikanischen Film eine längere Pause einlegen?« fragte Elisabeth.

»Na, die hat er ja. Drei Monate. Ich hoffe, daß er sich am Tegernsee richtig erholt. Sie müssen ihn dann draußen festnageln, Elisabeth. Er darf nichts unternehmen während dieser Zeit.«

Drei Monate also. März, April und Mai. Drei Monate würde sie einen Mann haben. Wenn er bis dahin noch ihr Mann war.

»Werden die Damen hier essen?« fragte Tim in die Pause hinein, die entstanden war. »Soll ich etwas kochen?«

»Für mich nicht«, sagte Lydia. »Ich muß in die Stadt. Ich hab' verschiedenes einzukaufen. Und ich muß zum Verleih. Und noch verschiedenes anderes, von dem ich noch gar nicht weiß, wie ich es placieren soll.«

»Ich werde dann heute nach Hause fahren«, meinte Elisabeth. »Mit meinen Weihnachtseinkäufen bin ich fertig. Und draußen habe ich auch noch ein paar Vorbereitungen.«

»Fahren Sie morgen«, sagte Lydia. »Sie haben heute noch etwas zu tun.«

Elisabeth blickte sie fragend an. Lydia gab aber zunächst keine Antwort, stand auf und holte ihre Tasche. Tim begann den Frühstückstisch abzuräumen.

»Hier ist erst einmal der Weihnachtsbrief von Ihrem Mann, Elisabeth«, sagte Lydia, als Tim das Zimmer verlassen hatte. »Und ich bitte Sie herzlich, nehmen Sie es nicht schwer, daß er nicht gekommen ist. Es wäre wirklich keine reine Freude für Sie. Außerdem macht er sich sowieso nichts aus Familienfesten. Weihnachten und so, da hat er wenig Sinn dafür, das weiß ich von früher. Und Sie wissen ja auch, daß er ungern fliegt. Ein Flug her und hin über den Atlantik nur wegen ein paar Tagen, das wäre für ihn eine Zumutung, und er würde erst recht unausstehlich sein.«

»Ja, natürlich«, sagte Elisabeth, ohne Lydia anzusehen.

»Herrgott, Elisabeth«, sagte Lydia, und in ihrer Stimme klang Ärger, »tun Sie mir den Gefallen und seien Sie vernünftig. Spielen Sie nicht die Tragische. Sie wissen schließlich, wen Sie geheiratet haben. Es ist kein Vergnügen, mit einem Mann wie Gregor verheiratet zu sein. Sie werden immer die Vernünftige und Großzügige sein müssen. Anders geht es nicht.«

»Ich weiß«, sagte Elisabeth kalt. »Und ich fürchte, es geht gar nicht.«

Lydia schwieg eine Weile. Dann zündete sie sich eine neue Zigarette an, setzte sich und schlug sorgfältig ihre schlanken Beine übereinander.

»Hören Sie, Elisabeth, wenn Sie meinen, es geht nicht, dann werden Sie eines Tages die Konsequenzen daraus ziehen müssen. Es hat natürlich keinen Zweck, daß Sie sich seelisch aufreiben dabei. Es geht wirklich nur, wenn Sie mit Gelassenheit und Überlegenheit die Dinge betrachten und ihn so nehmen, wie er ist. Soweit ich die Lage übersehe, hat er Ihnen bisher keinen Anlaß gegeben, sich zu verhärten.«

»Nein?« fragte Elisabeth ironisch.

»Nein. Sie müssen nicht alles glauben, was in den Zeitungen steht. Und daß man immer ein wenig Theater macht um seine jeweilige Partnerin, daß dies und das erzählt wird, das gehört einfach zum Geschäft.«

»Ich weiß, Lydia«, sagte Elisabeth, und ihre Stimme war kühl und ganz gelassen. »Ich mache mir keine Illusionen. Ich habe mir nie viele gemacht und jetzt gar keine mehr. Ich weiß, daß es eines Tages genauso schnell zu Ende sein wird, wie es angefangen hat, und daß es töricht wäre, ihm oder irgend jemand sonst einen Vorwurf zu machen. Das ist nun mal, wie es ist, und ich habe es eigentlich von Anfang an gewußt. Wir führen keine Ehe, haben nie eine Ehe geführt, und ob es Liebe war, weiß ich auch nicht. Wir kommen eben aus verschiedenen Welten, er und ich.

In seinem Leben gab es immer Frauen, gab es immer Liebe. Oder jedenfalls das, was man in diesen Kreisen darunter versteht. In meinem Leben – nun, sehr wenig dagegen. Natürlich habe ich eine andere Vorstellung von Liebe. Aber danach ist nicht gefragt, das weiß ich wohl. Aber Sie können ganz beruhigt sein: ich bin durchaus imstande, meinen Verstand zu gebrauchen, was auch kommen mag. Daß ich im Moment etwas sentimental bin ... na ja, es ist eben Weihnachten, nicht?«

»Schön. Das hört sich ganz vernünftig an. Und mit dieser Einstellung kommen Sie am weitesten. Auch ihm gegenüber. Es hat keinen Zweck, ihm irgendein Theater vorzumachen. Außerdem sehe ich die Dinge durchaus nicht so schwarz wie Sie. Ich habe das Gefühl, er mag Sie wirklich. Wenn ihr mal länger zusammen seid, werden Sie das schon merken.«

»Wenn – – – ja.«

»Also, nun nehmen Sie's nicht schwer, daß er nicht gekommen ist. Hier haben Sie seinen Brief. Und nun müssen wir über das Weihnachtsgeschenk sprechen. Ich bin beauftragt, es zu überreichen, aber ich bin dafür, Sie kaufen es sich selber. Sie bekommen einen Nerz.«

Elisabeth blickte Lydia staunend an. »Einen Nerz?«

»Ja. Und ich finde, das ist ein hübsches Geschenk. Er wollte ihn drüben kaufen, aber ich fand das unnötig. Erstens hätte ich vielleicht Zoll bezahlen müssen, und zweitens ist er unnötig teuer. Sie werden ihn hier kaufen und so, wie er Ihnen gefällt.«

»Einen Nerz?« Elisabeth lachte kurz auf. »Du lieber Himmel, was soll ich mit einem Nerz?«

»Nun seien Sie nicht albern. Warum sollen Sie keinen Nerz tragen? Drüben ist das gar nichts Besonderes. Er kam von selbst darauf, und ich fand, daß es eine gute Idee ist.«

»Ich brauche keinen Nerz«, sagte Elisabeth.

»Sie sind wirklich eigensinnig. Und töricht dazu. Solche Geschenke weist man nicht zurück, schon gar nicht, wenn sie vom eigenen Mann kommen. Wie gesagt, es ist meine Schuld, daß ich nicht mit dem Nerz überm Arm heute hier ankam. Haben Sie einen Pelz?«

»Nein. Ich habe keinen Pelz.«

»Also. Und kaufen werde ich ihn, darauf können Sie sich verlassen. Von mir aus können Sie ihn dann in den Tegernsee schmeißen. Aber wie gesagt, ich fände es albern. Und jetzt ziehen Sie sich an, wir gehen zusammen zur Körper, die hat wunderbare Stücke, und dort kaufen wir den schönsten Nerz, den wir finden können. Und wenn Sie sich nicht darüber freuen, kann ich Ihnen auch nicht helfen. Ich würde mich freuen, wenn ein Mann mir so etwas schenken würde.«

Elisabeth starrte vor sich hin und nagte an ihrer Unterlippe. Lydia betrachtete sie eine Weile schweigend und leicht amüsiert. Dann sagte sie kopfschüttelnd: »Wirklich, Elisabeth, jetzt merke ich, wie jung Sie noch sind.«

Elisabeth wußte, daß es kindisch war, aber sie fragte doch: »Ist er darauf gekommen, weil Patrice Stuart einen Nerz trägt?«

»Natürlich trägt Patrice einen und all die anderen Mädchen, die dort herumschwirren, auch. Hierzulande ist es jedenfalls noch weitaus attraktiver, einen zu haben.«

Einen Moment lang war Lydia versucht, ihr zu sagen, daß Sonja vergangene Weihnachten auch einen Nerz bekommen hatte. Allerdings hatte sie ihn sich gewünscht und hatte nicht eher Ruhe gegeben, bis sie ihn hatte. Aber in der Stimmung, in der Elisabeth sich jetzt befand, war es wohl besser, das zu verschweigen.

»Also los, ziehen Sie sich an. Wir erledigen das am besten gleich. Und wenn Sie sich weiter wie ein bockiges Kind benehmen wollen, kaufe ich ihn allein. Dann müssen Sie ihn eben tauschen, wenn er Ihnen nicht gefällt.«

Elisabeth blickte auf, und einen Augenblick lang sahen sich die beiden Frauen schweigend an. Dann lächelte Elisabeth. »Entschuldigen Sie, Lydia. Ich glaube, ich benehme mich wirklich kindisch. Aber ganz so leicht ... ganz so leicht ist die Rolle nicht, die ich hier spiele.«

»Vielleicht,« sagte Lydia gelassen, »vielleicht sollten Sie es einmal mit ein wenig Humor versuchen.«

Es ging alles viel leichter vorüber, als sie gedacht hatte. Nachdem die Ungewißheit von ihr genommen war und sie wußte, daß er nicht kommen würde, und nachdem sie einmal ihren zwiespältigen Gefühlen Ausdruck gegeben hatte, war es besser. Sie vermißte Gregor nicht. Es machte Spaß, alle zu beschenken. Tobias, der sich freute wie ein Kind, die Familie Bach, der das noch nicht passiert war, – bis jetzt hatten sie immer nur Geld bekommen –, auch Tim hatte sich gefreut. Sie hatte ihm, ehe sie abreiste, alles schön aufgebaut, auch einen kleinen Leuchter mit Tannengrün dazugestellt und angezündet.

Tim war so überrascht, daß es ihm die Sprache verschlug. Er setzte mehrmals zum Sprechen an, dann sah sie, daß er Tränen in den Augen hatte. Schließlich beugte er sich herab zu ihrer Hand und küßte sie.

Das machte Elisabeth verlegen. Sie tranken ein Glas Wein zusammen, und Elisabeth dachte darüber nach, wie schön es war, anderen Freude zu bereiten. Natürlich Geld gehörte dazu. Aber Geld allein genügte auch nicht.

Später kam Lydia, die sie angerufen hatten. Sie bekam ihr Geschenk, und Elisabeth bekam von ihr auch etwas. Sie saßen zu dritt zusammen, tranken den Wein und unterhielten sich sehr gut. Damit entstand bei Elisabeth eine echte weihnachtliche Stimmung.

Als sie am nächsten Vormittag mit Tobias zum Tegernsee hinausfuhr, war sie bester Laune, sang vor sich hin und unterhielt sich lebhaft mit Tobias, der auch eine Menge Päckchen im Auto verstaut hatte, die er sorglich von ihren Sachen getrennt hatte. Ehe sie abfuhren, hatten sie noch Herrn Mackensen und Frau Berger besucht und ihre Geschenke dagelassen.

»Ich freue mich, daß wir Weihnachten draußen sind. Du auch?« sagte Tobias.

Elisabeth nickte. »Ich auch. Weihnachten im Gebirge ist etwas Besonderes. Ob Schnee kommt?«

Tobias musterte sorgfältig den Himmel, der mit tiefen grauen Wolken verhangen war.

»Sieht so aus. Aber seien wir froh, daß noch keiner da ist. Wäre schlecht zum Fahren, nicht?«

Elisabeth mußte ihm zustimmen. Sie war bei Schnee und Glätte noch nicht gefahren und hatte die Absicht, es zu vermeiden. Sie fuhr jetzt schon ganz nett, ließ sich Zeit, steigerte auch auf der Autobahn das Tempo nicht sonderlich.

Und draußen verlief dann alles zur vollsten Zufriedenheit. Am Heiligen Abend kochte Frau Bach ihnen ein gutes Essen, am ersten Feiertag würde Elisabeth die Gans braten, denn die Familie Bach würde ihre Tochter in Schliersee besuchen. Elisabeth stellte ihnen dazu den Wagen zur Verfügung. Am drolligsten war es, Harro zu bescheren. Er bekam einen großen Teller mit Würsten, Kuchen und Plätzchen und schien genau zu begreifen, worum es sich handelte. Er naschte nur ganz behutsam davon, nachdem ihm Elisabeth klargemacht hatte, daß zwar alles ihm gehöre, aber nicht auf einmal gegessen werden dürfe. Er lag vor dem Teller, beide Vorderpfoten wachsam darumgelegt, und teilte seine Aufmerksamkeit zwischen seiner Bescherung und dem brennenden Christbaum.

Jedesmal, wenn Elisabeth ihn ansah, mußte sie lachen.

Am Vormittag des ersten Feiertages kam Tobias' neuer Freund, Alexander Berg, der reiche Herr, der in Rottach lebte, mit seiner Limousine vorgefahren. Er brachte einen großen Blumenstrauß für Elisabeth und wollte Tobias abholen zu einem kleinen, wirklich nur ganz kleinen Frühschoppen, wie er betonte. Aber man mußte die guten Freunde doch heute wenigstens kurz begrüßen.

Sie tranken einen Sherry, unterhielten sich ein wenig, und dann blickte Elisabeth von der Haustür aus zu, wie Tobias mit aller Selbstverständlichkeit in den großen Wagen kletterte, dessen Tür der vornehme Chauffeur für ihn aufhielt.

Es blieb keine Zeit, sich unnütze Gedanken zu machen. Die Gans mußte gebraten werden, zwischenhinein wurde ein kleiner Spaziergang mit Harro eingelegt. Gegen Mittag fing es wirklich an zu schneien.

Am Nachmittag kam überraschend Fräulein Eva mit ihrem Verlobten vorbei.

Elisabeth hatte das Geschenk für sie ins Sanatorium schicken lassen und nun kam sie, um sich zu bedanken. Lebhaft, vergnügt und gesprächig wie immer. Sie verbrachten einen n ten Nachmittag.

Und am 2. Feiertag kam Dr. Andorf. Elisabeth hatte ihn angerufen und gefragt, ob er Lust habe, mit ihnen Kaffee zu trinken. Er blieb diesmal lange, bis spät in den Abend hinein. Und als er ging, hatte Elisabeth mehrere Stunden lang überhaupt nicht an ihren Mann gedacht.

Übrigens hatte Dr. Andorf sie gefragt, ob sie Ski laufe.

Elisabeth hatte verneint.

»Dann sollten Sie es lernen,« meinte er. »Es ist ein schöner Sport, und ein bißchen körperliche Bewegung tut jedem gut.«

»Aber mein Bein?« wandte Elisabeth ein.

»Was ist mit Ihrem Bein? Es ist doch tadellos geheilt. Oder spüren Sie noch etwas?«

»Nein, das nicht. Aber . . .«

»Kein Aber. Besorgen Sie sich eine Ausrüstung, und dann werde ich Ihr Lehrer sein. Ich erwarte ja nicht, daß Sie die Wallberg-Abfahrt machen. Aber ein bißchen herumrutschen, Sie werden sehen, das macht Ihnen Spaß. Ich freue mich schon den ganzen Tag darauf, sehen Sie nur, den herrlichen Schnee. Morgen geht es los.«

Es lag wirklich viel Schnee draußen, es hatte seit dem vorigen Tag ununterbrochen geschneit, die Landschaft war verzaubert, weiß und verschwiegen, der See lag still und unbeweglich, wie schlafend, zwischen den Bergen.

In den folgenden Wochen beschäftigte sich Elisabeth damit, die schwere Kunst des Skilaufens zu erlernen. Die ersten paar Male zog sie zusammen mit Dr. Andorf aus, der ihr geduldig alles erklärte und vormachte, sie auslachte, wenn sie zu oft in den Schnee fiel und mutlos werden wollte.

Dann bekam sie Spaß an der Sache. Täglich marschierte sie nun mit ihren Skiern auf den Übungshang, ein ganz neuer Ehrgeiz packte sie. Sport hatte sie nie getrieben, ihr Körper war untrainiert. Aber da sie schlank und gewandt war, fiel es ihr leichter, als sie selbst gedacht hatte. Harro begleitete sie meist, sah ihr kritisch zu und bellte ärgerlich, wenn sie – wie es anfänglich häufig geschah – in den Schnee purzelte.

Als Ende Januar Föhn kam, und der ganze Schnee taute, war sie betrübt und wartete ungeduldig auf neuen Schneefall.

Mitte Februar sagte Dr. Andorf: »Bravo, Elisabeth. Sie machen gute Fortschritte. Eines Tages machen wir doch noch gemeinsam die Wallberg-Abfahrt.«

Er war ein guter Skiläufer, hatte nur zuwenig Zeit. Wenn er sich aber einmal ein paar Stunden frei machen konnte, zog er zu größeren Touren los. Einige Male nahm er sie im Wagen mit ins Spitzinggebiet, wo die Schneeverhältnisse besser waren als im Tegernseer Tal. Und einmal fuhren sie hinauf zum Sudelfeld.

Ganz von selbst kam es, daß sie gute Freunde wurden. Längst wußten sie viel voneinander, sprachen über vertraute Dinge, waren ernst oder heiter und immer öfter kam es vor, daß auch er unbeschwert lachte, was ihn jung und anziehend machte.

Einmal, als sie an einem Sonntagabend auf der Heimfahrt von Bayrischzell waren, sagte Elisabeth: »Es ist doch seltsam, wie sich so plötzlich das ganze Leben verändern kann. Ich meine, man kommt um eine Kurve und denkt erst, es ist eine Unglückskurve, und dahinter ist plötzlich alles ganz anders.«

»Wie anders?« fragte er.

»Schöner,« sagte sie einfach. »Es ist jetzt über ein Jahr her, daß ich damals den Unfall hatte. Eigentlich war es doch ein Unglück, nicht? Und doch hat sich dadurch mein ganzes Leben zum Guten verändert.«

»Ja, der Regenbogen, würde jetzt Ihr Vater sagen,« meinte Andorf, denn er kannte inzwischen die Geschichte von dem Kleid.

»Ja, es war wirklich ein Schicksalskleid. Komisch, was so nebensächliche Dinge ausmachen, nicht wahr?«

»Es war eben kein nebensächliches Ding. Ihr Vater hat den Einkauf damals sehr ernst genommen. Er hat sich viel dabei gedacht, und es ist viel dabei herausgekommen, wenn auch auf Umwegen. Sie sind glücklich verheiratet mit einem berühmten Mann und ...« er schwieg und sprach nicht weiter, als warte er, was sie dazu zu sagen habe.

»Ja,« sagte Elisabeth nach einer Weile. »Ich bin verheiratet mit einem berühmten Mann. Ob ich glücklich verheiratet bin, kann ich im Moment nicht sagen. Das wird man erst sehen. Aber eins kann ich heute schon mit Bestimmtheit sagen: ich bin sehr glücklich, daß ich Sie kennengelernt habe. Einen guten Freund. So etwas habe ich nie gehabt.«

Darauf sagte er eine lange Weile nichts. Und auch Elisabeth schwieg, selbst erschrocken über das, was sie gesagt hatte. Denn es war die Wahrheit. Michael Andorf bedeutete ihr viel. Sie freute sich auf jedes Zusammensein mit ihm, sie telefonierten fast täglich, und wenn sie zusammen waren, fühlte sie sich geborgen, behütet und ... glücklich. Ja, glücklich.

Sie blickte hinaus in die verschneite nächtliche Landschaft, die hell und fast leuchtend unter einem silberklaren Mond lag.

Geborgen, behütet und glücklich. Gab es noch etwas, was eine Frau sich wünschen konnte?

Natürlich müßte sie dieses Gefühl gegenüber dem Mann, der sie geheiratet hatte, haben. Sie aber hatte es einem anderen gegenüber. Einem – Freund, wie sie eben gesagt hatte.

Sie schluckte. Beklemmend und erschreckend wußte sie auf einmal, daß Michael Andorf ihr mehr bedeutete als ein guter Freund. Warum dachte sie so viel an ihn? Warum bemühte sie sich, eine gute Skiläuferin zu werden, damit sie ihn auf seinen Touren begleiten konnte? Warum lag ihr viel daran, sich mit ihm zu unterhalten, seine Meinung kennenzulernen, seine Ansichten zu hören und auch daran, daß er ihre Ansichten kannte? Über alle möglichen und unmöglichen Dinge. Über Musik, Bücher, über die politische Lage, über die Vergangenheit und die Zukunft, über die Menschen und das Leben. Wann hatte sie sich je einem Menschen so gern mitgeteilt, und wann hatte sie überhaupt je solche weitschweifigen, umfassenden Gespräche geführt? Stundenlang hätte sie mit ihm diese Gespräche führen mögen.

Und schließlich, warum machte es sie so glücklich, wenn er froh war, wenn er lachte, wenn der schwermütige Ausdruck aus seinen Augen, der zurückhaltende Ernst von seiner Stirn verschwunden war? Sie wollte, daß auch er glücklich war.

Und wenn man das wollte, dann ...

Sie verbot sich jeden weiteren Gedanken. Mein Gott, wohin geriet sie? Was war plötzlich in ihr und um sie entstanden, und sie hatte es nicht bemerkt?

Er sprach erst wieder, als sie durch Gmund fuhren. »Es war sehr schön, was Sie vorhin gesagt haben, Elisabeth. Das von dem guten Freund. Ich bin Ihr Freund, ja. Aber ich wünschte, Sie hätten Veit Gregor nicht geheiratet.«

Ihr Herz klopfte. Nein, man durfte nicht weiter darüber nachdenken.

Sie rettete sich in ein kleines unnatürliches Lachen und sagte: »Aber dann hätten wir uns nicht kennengelernt, wir wären nie Freunde geworden, nicht?«

»Das ist wahr«, gab er zu. »Obwohl ich hätte versuchen müssen, Sie wiederzusehen, nachdem wir damals über Paul gesprochen haben. Aber ich hätte es nicht getan. Ich habe ...« Er blickte geradeaus vor sich auf die Straße, die im Mondlicht schimmerte. Links von ihnen glänzte der See. Gleich würden sie in Wiessee sein.

»Sie hätten es nicht versucht?« fragte sie leise.

»Nein. Ich habe es verlernt, mich einer Frau zu nähern. Oder besser gesagt, ich hatte nie mehr den Wunsch. Und ich hatte kein Vertrauen.«

»Kein Vertrauen?«

»Daß es gut gehen könnte. Daß ich noch einmal ...« Er sprach wieder nicht weiter. Er war kein Mann, der gern von sich selber sprach, der leicht ein Bekenntnis ablegen würde. Aber dann, sie hielten schon vor ihrem Haus, sprach er doch. Sprach, als wäre er allein, als führe er ein Selbstgespräch.

»Ich war verheiratet,« sagte er und sah sie nicht an dabei. »Als ich zurückkam, es war 1947, ich war nicht lange in Gefangenschaft, lebte meine Frau mit einem anderen Mann zusammen. Obwohl ich weder als tot noch als vermißt galt. Sie wußte, daß ich gefangen war, und ich hatte schreiben können, wir hatten also Verbindung. Der Mann war ein ehemaliger Studienkollege von mir, wir kannten ihn schon vor dem Krieg. Und meine Frau hatte nicht nur sich selbst, sondern auch die ganze Praxis an ihn ausgeliefert. Ich hatte eine Praxis als Internist, sie war noch nicht alt, aber sie war gut eingeführt und hatte auch den Krieg unzerstört überdauert. Meine Frau hatte alles, wie es ging und stand, diesem anderen Mann ausgeliefert. Alles, was ich mühselig aufgebaut hatte. Mein Schild an der Tür war entfernt, seines war statt dessen dort. Er saß in meinem Sprechzimmer, und sie half in der Praxis. Obwohl, ich sage es noch einmal, sie wußte, daß ich zurückkommen würde. Er war übrigens nie an der Front gewesen und hatte alles sehr gut überstanden.«

»Und dann? Als Sie kamen?« fragte Elisabeth.

»Sie bat mich, zu gehen. Ihr den Mann zu lassen und die Praxis. Man würde mich auszahlen. Es war vor der Währungsreform, es gehörte nicht viel dazu.«

»Und Sie?«

»Wenn man aus dem Krieg kommt«, sagte er langsam, »und aus der Gefangenschaft, aus allem eben, was dazu angetan war, einen zu zerstören, jeden Halt zu nehmen, ist man nicht sehr widerstandsfähig. Man hat sich nach der Zeit gesehnt, wieder ein freier Mann zu sein, und hat alles von dieser Zeit erhofft. Und wenn es dann so anders kommt, ist man natürlich verbittert. Man ist kein Kämpfer, man resigniert. Außerdem hatte ich diese Frau sehr geliebt. Und ihr vertraut. Blindlings.«

Er lachte kurz auf. »Ich bin so ein Narr. Und darum sagte ich auch vorhin, ich habe kein Vertrauen mehr. Ich wollte kein Vertrauen mehr haben. In nichts und niemand. Und ganz bestimmt nicht in eine Frau.«

»Und Sie sind wirklich gegangen und haben ihnen alles gelassen?«

»Ja. Als sie mir dann noch sagte, daß sie ein Kind erwarte, ging ich.«

Elisabeth blickte ihn an. Sie sah nur sein Profil. Ein hartes, verschlossenes Profil, seine Augen waren starr hinausgerichtet in die helle Nacht.

Sie spürte das heftige Verlangen, seinen Kopf an sich zu ziehen, ihn zu streicheln, ihm etwas Gutes zu sagen. Aber das durfte sie nicht. Sie konnte ihn nicht um Vertrauen bitten.

Nicht darum, ihr zu vertrauen.

Plötzlich wandte er sich zu ihr und sah sie an. »Jetzt wissen Sie es. Eine ganz alltägliche Geschichte in jener Zeit.«

»Ja«, sagte sie, »es war damals wohl wirklich eine alltägliche Geschichte. Und jetzt ist es lange her. Sie müßten längst darüber hinweg sein. Sie haben hier ein neues Leben, eine schöne Aufgabe. Warum können Sie nicht vergessen?«

»Oh, ich habe es vergessen. Ich leide nicht mehr darunter, das dürfen Sie nicht denken. Es ist wirklich vorbei.«

Es lag ihr auf der Zunge zu fragen: und keine Frau mehr, die Sie geliebt haben? Kein Vertrauen mehr zu einem neuen Beginn? Doch sie stellte die Frage nicht. Sie wußte die Antwort. Er war keiner, der diese Enttäuschung vergaß. Keiner, der etwas von sich abschüttelte und neu begann. Und dann die nächste Frage: Aber jetzt, jetzt würde er neu beginnen, mit ihr. Wenn sie nicht ... sie blickte hinüber zu dem Haus. Veit Gregors Haus. Und sie die Frau Veit Gregors.

Sie zwang sich, ihrer Stimme einen leichten Ton zu geben, dem Gespräch das Ausweglose, Dramatische zu nehmen: »Es ist wirklich lange her, Michael.« Sie nannte ihn zum ersten Mal bei seinem Namen. »Und es ist nicht das Schlimmste, was Ihnen passieren konnte. Sie sind heil aus dem Krieg wiedergekommen. Sie konnten arbeiten, Sie waren jung genug. Denken Sie an Paul.«

Immer noch lag sein ernster Blick auf ihr. »Sie haben recht, Elisabeth. Und ich wollte mich auch nicht beklagen. Es gibt nichts, worüber ich mich beklagen könnte.«

»Jetzt erzählen Sie mir nur noch eins. Wie kamen Sie hier zu dem Sanatorium?«

»Ich ging in den Westen ... Habe ich eigentlich gesagt, daß sich das alles in der Ostzone abspielte? Also, ich kam in den Westen und arbeitete dann in Berlin in einer Klinik. Der Chefarzt war früher mein Lehrer gewesen. Ich kam blendend mit ihm aus. Er war schon ziemlich alt und übernahm nach einigen Jahren die Leitung des See-Sanatoriums, das einer norddeutschen Gesellschaft gehörte. Ich besuchte ihn einmal im Urlaub, und er meinte damals, ich solle, wenn er sich zur Ruhe setzt, sein Nachfolger werden. Ich lehnte das ab. Es erschien mir wenig erstrebenswert, Sanatoriumsarzt zu werden. Eine eigene Praxis konnte ich mir allerdings auch nicht einrichten, dazu fehlte mir das Geld. Er hatte aber offensichtlich der Gesellschaft von mir gesprochen und mich empfohlen, denn als er vor fünf Jahren starb, trat man an mich heran und bot mir die Leitung hier an. Nun ... ich nahm an. Und seitdem bin ich hier.«

»Ich finde es sehr richtig, daß Sie das getan haben. Es ist doch eine sehr schöne Aufgabe. Und es ist doch überhaupt schön hier. Oder nicht?«

»Ja. Und das hat mich auch letzten Endes dazu bewogen. In Berlin war man so eingesperrt. Und ich wollte immer gern auf dem Lande leben. Ich hasse die Großstadt.«

Vor dem Hause ging das Licht an, und dann steckte Tobias seinen Kopf zur Tür heraus.

»Es ist mein Vater,« sagte Elisabeth. »Er hat sicher das Auto gehört und wundert sich jetzt, was wir so lange hier draußen machen.« Sie kurbelte das Fenster herunter und rief: »Ich komme gleich.«

Dann wandte sie sich wieder zu Dr. Andorf. »Kommen Sie noch mit hinein? Auf ein Glas Wein?«

»Nein, danke, Elisabeth. Heute nicht.«

»Aber es wäre vielleicht besser? Nicht daß Sie jetzt nach Hause fahren und den ganzen Abend traurig sind. Wo es so ein hübscher Tag war.«

Er nahm behutsam ihre Hand und hielt sie einen Augenblick in seiner. »Ich bin nicht traurig. Nicht soweit es die Vergangenheit betrifft.«

Verwirrt blickte sie ihn an, wartete, ob er noch etwas sagte, ob er vielleicht sagte, was sie gern hören würde und doch fürchtete zu hören.

Aber er ließ ihre Hand los, stieg aus und begann ihre Skier vom Dach zu schnallen.

Er würde nichts sagen. Zwar hatte ihn ein andrer Mann seine

Frau weggenommen, aber er war nicht der Mann, das gleiche zu tun. Er nicht.

Elisabeth stieg auch aus. Er trug ihr die Skier zum Haus, begrüßte Tobias, lehnte es nochmals ab, mit hineinzukommen, streichelte Harro, der sich auch zum Empfang eingefunden hatte, sagte dann »Auf Wiedersehen!«, sie schüttelten sich die Hand, wie es alte Freunde tun, und dann ging er.

Elisabeth blickte ihm nach, bis das Auto ihren Blicken entschwunden war.

»Was habt ihr denn so lange da draußen im Wagen gemacht?« fragte Tobias neugierig.

»O nichts weiter. Geredet.«

»So, geredet. Da hättet ihr doch hereinkommen können.«

»Ja. Das hätten wir. Aber er hatte keine Zeit mehr.«

»Es ist ein Telegramm gekommen«, erzählte Tobias mit wichtiger Miene. »Von Frau von Wengen.«

»So. Was will sie denn?«

»Sie kommen nächste Woche. Sie hat telegraphiert, wann der Clipper in Frankfurt landet. Du könntest hinfahren.«

»Ich? Wohin?«

»Na, nach Frankfurt natürlich.«

Elisabeth blickte ihren Vater an, als spräche er chinesisch.

»Nach Frankfurt? Ich denke nicht daran.«

»Aber Elisabeth«, sagte Tobias vorwurfsvoll, »sei doch nicht so komisch. Gregor würde sich bestimmt freuen.«

»Weißt du das bestimmt?«

»Das weiß ich. Komisch, du hast ihm nie vertraut. Und ich habe dir immer gesagt, er ist gar nicht so.«

Vertrauen. Da war das Wort schon wieder. Wie wichtig es war. Wichtiger als alles andere zwischen zwei Menschen, die sich lieben sollten.

»Nein, ich habe ihm nie vertraut.«

»Alles bloß wegen so ein bißchen Zeitungsgewäsch. Du weißt doch, wie das ist. Immer schreiben sie solches Zeug. Daß er ein paarmal mit der Amerikanerin ausgegangen ist, das bedeutet doch gar nichts. Warum soll er das nicht tun. Wo sie doch zusammen den Film gedreht haben. Und alles andere ist Reklame.«

»Vielleicht. Wir wissen es nicht. Aber falls er nun die Absicht hat, die Amerikanerin als nächste zu heiraten, kann er mir das auch hier mitteilen, nicht? Dazu brauche ich nicht nach Frankfurt zu fahren.«

Tobias war sprachlos. »Wie du das sagst! Als ob es dir ganz gleichgültig wäre.«

Elisabeth lächelte ein wenig. Es war ihr im Moment gleichgültig. – Was Michael Andorf ihr erzählt hatte, interessierte sie viel mehr.

Lydia rief von Frankfurt aus an. »Ich dachte, Sie würden hier sein, Elisabeth. Sie waren doch immer eine vernünftige Frau. Erwarten Sie uns dann wenigstens in Riem?«

»Nein«, erwiderte Elisabeth kurz.

Drüben blieb es eine Weile still. »Wer hätte das gedacht«, sagte Lydia schließlich und das Staunen in ihrer Stimme war deutlich hörbar. »Elisabeth entpuppt sich als kleiner Eigensinn. Na schön, wie Sie wollen. Aber ich verstehe Sie nicht.«

»Bitte, Lydia, daran ist nichts zu verstehen, und es hat auch gar nichts zu bedeuten. Und ich bin nicht eigensinnig. Es ist nur ... ich komme mir so blöd dabei vor. Bei der Abreise war ich da, bei der Ankunft soll ich wieder dasein, wir strahlen alle vereint in die Kameras der Reporter, und die grinsen sich eins dabei und denken sich ihr Teil.«

»Sie haben anscheinend zuviel die Zeitungen gelesen?«

»Ich habe immer viel Zeitung gelesen«, sagte Elisabeth kühl, »und natürlich interessiert es mich, was über meinen Mann geschrieben wird.«

»Hm. Zufällig haben Sie keinen Beamten geheiratet, sondern Veit Gregor. Ein kleiner Unterschied ist das wohl.«

»Sicher.«

Wieder eine Pause. »Gut«, beschloß Lydia das Gespräch, und es war deutlich Ärger in ihrer Stimme zu hören. »Dann erwarten Sie ihn eben am Tegernsee. Irgendwann wird er wohl dort aufkreuzen.«

»Irgendwann. Es wird mich freuen.«

Elisabeth legte den Hörer auf und war unzufrieden mit sich selbst. Benahm sie sich albern? Lydia schien der Meinung zu sein. Tobias auch. Er hatte das Gespräch mit angehört.

»Wirklich, Elisabeth«, sagte er, »manchmal bist du komisch.«

Warum hatte er nicht selbst mit ihr telefoniert? Warum immer nur Lydia? Er hätte anrufen können und sagen, daß sie kommen sollte.

Er ließ auch nichts hören, nachdem er in München war. Und Lydia auch nicht wieder. Elisabeth war völlig im ungewissen, wann er kommen würde. Das hatte sie sich selbst zuzuschreiben. Sie hätte vernünftig sein müssen. Trotzig sagte sie sich – und Trotz war etwas ganz Neues in ihrem Wesen – : ich bin die Frau, er ist der Mann. Wenn er sich freuen würde, mich wiederzusehen, dann könnte er mir das mitteilen.

Die Ankunft in Riem sahen sie in der Abendschau im Fernsehen. Gregors Lächeln, seine lässige Haltung, ein kurzes Interview, die üblichen Fragen und Antworten.

Die nächsten beiden Tage verbrachte Elisabeth in steigender Nervosität. Er kam nicht, er rief nicht an. Sie wußte nun, daß sie es falsch gemacht hatte.

Und dann am Nachmittag des dritten Tages war er plötzlich da. Sie war allein. Tobias war trotz ihres Protestes nach München gefahren. Und sie war vom Warten und der Ungewißheit ganz zermürbt. Er kam ins Zimmer, blieb an der Tür stehen, sah sie an, lächelte ein wenig.

»Hallo!« sagte er. »Ich wollte nur mal nachschauen, ob ich noch eine Frau habe.«

Sie stand auf, lächelte auch und sagte in gleichmütigem Ton, obwohl ihr das Herz schlug: »Es ist nett, daß du dich noch an mich erinnerst.«

Er zog die Brauen hoch, dann lachte er, kam rasch auf sie zu, legte beide Hände um ihre Arme und sah sie aufmerksam an, liebevollen Spott in den Augen.

»Ich habe mich sogar auf dich gefreut. Und ich freue mich jetzt auch. Und wenn ich richtig sehe, sitzt in deinen Augen ein bißchen Zorn und Angst. Warum?«

Seine Hände glitten zu ihren Schultern, er zog sie fest an sich und legte den Mund in ihr Haar.

»Als ich ankam, war ich auch zornig. Und gestern und vorgestern ebenfalls. Aber Lydia meint, einer in der Familie müsse vernünftig sein. Und einer Frau müsse man manches nachsehen. Und schließlich sei es kein reines Vergnügen, mit mir verheiratet zu sein. Ich weiß zwar nicht warum, aber wenn Lydia es sagt, wird es wohl stimmen. Lydia hat immer recht.«

Sein Gesicht so nahe. Sein Lächeln, der zärtliche, spöttische Mund. Aller Trotz und Zorn verschwand, Elisabeth schämte sich plötzlich.

Er beobachtete sehr genau die Wandlung in ihrem Gesicht. Es hatte ihn immer entzückt, wie sprechend ihr Ausdruck war, wie man alles von ihrer Miene ablesen konnte. Er wußte genau, was sie empfand, und in diesem Augenblick liebte er sie zärtlich.

Er legte behutsam die Hände um ihr Gesicht, eine ihm wohlvertraute Geste, er benutzte sie oft in seinen Filmen, weil sie ihm immer gut gelang, und küßte sie.

»Meine kleine Elisabeth, meine sanfte Taube, die an mir den Schnabel wetzt.« Das war Kitsch, wie fiel ihm so etwas nur ein, er räusperte sich, er hatte irgendeine vage Erinnerung an einen Film, in dem diese Worte vorgekommen waren. Oder war es ein Theaterstück gewesen? Auf jeden Fall war es lange her. Was die Leute doch manchmal zusammenschrieben. Na egal, wie weiter?

Er küßte sie noch einmal, ganz überlegen, ganz Held der Situation, ganz sicher seiner Wirkung. »Aber nun ist alles wieder gut. Sag mir bloß eins: warum hast du so eine schlechte Meinung von mir?«

Elisabeth senkte die Augen, sie kam sich dumm und unbeholfen vor, hilflos und ganz mißverstanden. »Ich dachte, Patrice Stuart...« murmelte sie.

Gregor reckte sich selbstzufrieden in den Schultern, ließ sie los und lächelte überheblich. »Patrice, dieses furchtbare carreer-girl. Das wäre das letzte, worein ich mich verlieben würde. Ich bin froh, wenn ich sie nicht mehr sehen muß. Sie hat mich bei den Aufnahmen Nerven genug gekostet.«

»Aber in der Zeitung stand immer...«, murmelte Elisabeth, »und dann die Bilder...«

»Wirklich, Elisabeth, ich hätte dich für klüger gehalten. Ich kann doch nun mal keinen Film ohne Partnerin drehen. Und ein bißchen pipapo gehört dazu. Ich dachte, du wüßtest das.«

Jeder wußte es. Tobias hatte es ihr gesagt, Lydia auch, nur sie hatte das alles viel zu ernst genommen.

Mit einem scheuen Lächeln sah sie zu ihm auf. »Verzeih mir.«

»Das weiß ich noch nicht«, sagte er lächelnd, leichter, charmanter Komödienton. Er genoß die Situation ungeheuer. Ganz ahnungslos hatte Elisabeth das Richtige getan. Er war eher etwas gelangweilt gewesen bei dem Gedanken an die Frau, die in Deutschland auf ihn wartete. Aber jetzt konnte er wieder auftreten, wie er es liebte. In Glanz und Gloria, als segenspendende Gottheit. Der verkannte Held, und die Frau, die ihm unrecht getan hatte und nun vor Reue in seinen Armen zerschmolz. Was für eine wunderbare Rolle!

»Du wirst dir große Mühe geben müssen, um mich zu versöhnen.« Sein Lächeln, seine Hände, die sie locker hielten.

»Ach!« seufzte Elisabeth überwältigt und restlos besiegt. Sie barg ihr Gesicht an seiner Schulter und war eine wunderbare Partnerin für das hübsche Spiel.

»Und weißt du was«, sprach er über ihren Kopf hinweg, »das nächste Mal kommst du mit. Dann kannst du den ganzen Zirkus aus nächster Nähe miterleben, den ganzen Ärger und alle Schwierigkeiten, dann ist es aus mit deinem schönen faulen Leben hier, und dann wirst du vielleicht besser begreifen, daß ich anderes im Kopf habe als Frauen.«

»Ich bin dumm«, flüsterte Elisabeth an seiner Schulter.

»Sehr dumm. Es trifft mich hart, daß ich eine dumme Frau geheiratet habe. Wenn ich das vorher gewußt hätte, hätte ich mir das besser überlegt.«

Sie sagte noch einmal »Ach!«, bog den Kopf zurück und lächelte. Lächelte froh und glücklich und verliebt.

»So ist es besser«, meinte er befriedigt. »Ich würde gern einen richtigen Kuß von dir haben, und dann vielleicht eine Tasse Kaffee.«

»Aber ja, natürlich«, rief sie eifrig. »Und ich habe Kuchen gebacken. Warte einen Moment.«

Er hielt sie fest. »Erst den Kuß. Und dann Kuchen und Kaffee.«

Während Elisabeth Kaffee kochte, leuchteten ihre Augen. Alles war ganz anders gekommen, als sie gedacht hatte. Und er war ganz anders, nicht so wie bei seiner letzten Rückkehr. Er wirkte weder nervös noch überarbeitet, noch hatte er sie angesehen, als könne er sich nicht erinnern, wer sie sei. Allerdings erkannte sie nicht, wie klug es gewesen war, ihn nicht abzuholen. Sie hatte es nicht gewußt und nicht mit Absicht getan. Aber es war das Richtige gewesen.

Gregor ging pfeifend im Zimmer herum. Hübsch war es hier. Warm und gemütlich, gepflegt und heimelig sah es aus. Genau so, wie er sich das Nachhausekommen immer gedacht hatte. Und Elisabeth hatte er mit wenigen Worten wieder zurechtgerückt. Was sie sich eigentlich dachte!

Natürlich hatte er mit Patrice Stuart geschlafen. Es war nötig gewesen, sie war kalt und widerspenstig und erschwerte ihm das Arbeiten. Er hatte ihr zeigen wollen, wie er mit einer Frau fertig wurde und wie sich bei den Dreharbeiten alles nach ihm richten mußte. Jede Partnerin mußte eben anders behandelt werden. Und bei Patrice war dies der richtige Weg gewesen. Nachher war das Filmen ein Kinderspiel gewesen. Sehr angenehm mit ihr zu arbeiten. Eine erstklassige Atmosphäre im Atelier.

Übrigens hatte sie ihn nicht mit Scheidung und Heirat belästigt, was die Amerikanerinnen immer schnell taten. Sie war ehrgeizig und geldgierig. Sie würde Sammy Goldstone, den steinreichen Producer, heiraten. Vielfacher Millionär und sehr einflußreich im Filmgeschäft. Er würde einen großen, einen ganz großen Star aus ihr machen. Und das war es, was Patrice hauptsächlich wollte. Patrice mit den großen unschuldigen Kinderaugen und dem reinen Gesicht eines Engels. Sie war eben eine gute Schauspielerin, das konnte man ihr nicht absprechen. Nicht nur vor der Kamera.

Gregor lächelte vor sich hin. Alles in allem war es ganz nett gewesen, was er mit ihr erlebt hatte. Und wenn man wieder einmal zusammen drehte, was gut möglich war, falls der Film ein Erfolg würde, dann konnte man weitersehen.

»So ist das, verstehst du?« sagte er zu dem Hund, der neben der Tür saß und offensichtlich auf Elisabeths Wiedererscheinen wartete. »Die Frauen muß man nur zu behandeln verstehen. Jede auf ihre Art. Ist gar nicht schwer. Und nun wollen wir mal schaun, wo der Kaffee bleibt.«

Zusammen mit Harro langte er in der Küche an, wo Elisabeth gerade den Kaffee aufgoß.

Befriedigt betrachtete er das Bild von der Tür her. So war es richtig. Die treue Ehefrau und brave Hausfrau, die ihn erwartet hatte. Kaffee und selbstgebackener Kuchen. Paßte alles wunderbar zusammen.

»Wo ist denn Tobias?«

»In der Stadt.«

»Morgen werden wir ihn besuchen. Und eine gute Flasche Wein mit ihm trinken. Nicht?«

Elisabeth blickte ihn glücklich lächelnd an. »Ja, wenn du willst.«
»Natürlich. Auch darauf habe ich mich die ganze Zeit gefreut. Ach, Elisabeth, du weißt ja nicht, wie anstrengend mein Leben ist. Wirst du mich jetzt wenigstens ein bißchen verwöhnen?«

Sie nahm das Tablett und lächelte ihn an, als sie an ihm vorbeiging. »Ja.«

»Und du freust dich eventuell doch ein bißchen, daß ich wieder da bin?«

»Ich freue mich.«

»Okay. Dann laß uns zunächst einmal Kaffee trinken.«

Das war ein guter Beginn gewesen. Aber natürlich blieb es nicht so. Selbstverständlich war er abgearbeitet und nervös, und wenn er keine Rolle spielte wie am Nachmittag seiner Rückkehr, konnte er unausstehlich sein.

Die nächsten Wochen waren ein ewiges Auf und Ab der Stimmung. Der große Star war ganz einfach launisch und ließ jeden, der mit ihm zusammen war, diese Launen spüren. Elisabeth in erster Linie. Sie wußte nie, wie sie mit ihm dran war. Zärtlichkeit, liebevolle Fürsorge an einem Tage, Gereiztheit, Empfindlichkeit am nächsten. Manche Tage waren Gäste im Hause, es wurde getrunken und geredet bis spät in die Nacht. Elisabeth fühlte sich bei solchen Gelegenheiten immer als Außenseiter. Sie mußte mit anhören, wie man ihn mit Patrice aufzog, wie man von ihm wissen wollte, wie er es angefangen hatte, die unzugängliche Schönheit so gut zu zähmen, und er lachend darauf sagte: »War gar nicht schwer. Man muß Frauen nur zu behandeln verstehen. Das Rezept ist immer das gleiche, es kommt auf die Dosierung an.«

Sie merkte dann, wie ihr Gesicht gefror, wie sich alles in ihr versteifte. Dann haßte sie ihn.

Und sie mußte mit ansehen, wie die Mädchen und Frauen, die dabei waren, meist junge, rollenhungrige Dinger, sich im anboten, alles taten, um ihm zu gefallen. Manchmal war er gelangweilt, manchmal zeigte er amüsiertes Interesse, manchmal auch schien ein ernster Unterton darin zu schwingen. Von ihr nahm man kaum Notiz. So als sei sie schon gar nicht mehr da.

Sie besuchten einige Bälle, er war gerade noch zurechtgekommen, ehe die Saison zu Ende ging. Hier war es das gleiche. Er konnte ein- oder zweimal mit ihr tanzen, zärtlich, die Lippen an ihrer Schläfe, er konnte aber auch vollständig vergessen, daß sie dabei war.

An einem Abend, bei einem Ball im Deutschen Theater, war Sonja Markov da. Sie kam zu ihnen in die Loge, umarmte Gregor mit viel Aufwand, sprühte ein Feuerwerk von Charme über die kleine Runde und entführte ihn dann. Sie war inzwischen verheiratet, hatte ihre zweite Hauptrolle gespielt und schien immer mehr ins Geschäft zu kommen.

Milena, die Elisabeth eine Weile betrachtet hatte, sagte dann: »Mein Gott, Elisabeth, machen Sie nicht so ein unglückliches Gesicht. Was sollen die Leute davon denken?«

Sie waren einen Augenblick allein. Milenas Mann unterhielt sich in der Nebenloge mit einem Drehbuchautor, der auch schon für seinen Verlag geschrieben hatte.

»Die Leute?« fragte Elisabeth müde. »Es gibt hier keinen Menschen, der auch nur einen Blick an mich verschwendet. Es ist genauso, als wenn ich nicht da wäre.«

»Da irren Sie sich, meine Liebe. Sie sind da und Sie sehen sehr gut aus. Ihr Kleid ist zauberhaft. Und wenn Sie nicht so trübselig dreinblicken würden, hätten Sie weit mehr Chancen.«

»Chancen?«

»Nun ja. Wer oder was hindert Sie daran, auch ein wenig zu flirten? Männer sind genug da. Der kleine Schauspieler, der vorhin hier war, hat Sie beinahe mit den Augen aufgefressen. Ich glaube, Sie haben es gar nicht bemerkt.«

»Nein. Ich habe es wirklich nicht bemerkt.«

»Das ist ein Fehler. Aber das kommt daher, weil Sie pausenlos schauen, wo Gregor ist, was er tut, mit wem er redet, mit wem er flirtet. Lassen Sie ihn doch. Flirten Sie auch.«

Elisabeth hob hilflos die Schultern. »Ich kann das nicht. Ich habe das nie verstanden. Im Gegenteil, es macht mich verlegen, wenn jemand mich ansieht. Wenn ich allein bin, meine ich. Wenn er bei mir ist, dann fühle ich mich sicherer. Wenn er richtig bei mir ist, meine ich.«

»Er ist ja bei Ihnen, was wollen Sie denn? Und meiner Meinung nach geht er nur auf diese Feste, um Ihnen eine Freude zu machen. Ihm selber liegt nämlich nichts daran, das weiß ich. Haben Sie denn Grund, sich über ihn zu beklagen?«

Elisabeth blickte an Milena vorbei in den Saal. Die Frage hatte ein wenig neugierig geklungen. Aber sie würde zu niemanden, auch nicht zu Milena davon sprechen, was sie bedrückte.

»Nein«, sagte sie gleichmütig, »eigentlich nicht.«

»Nun sehen Sie, das ist nun mal nicht anders bei Männern seiner Art. Schauen Sie, ich war schließlich mit ihm verheiratet. Er hat mir allerhand zugemutet. Und ich war nicht gewillt, es zu schlucken. Und dabei hatte ich ihn sehr gern.

Ich sage Ihnen das nur, damit Sie sehen, daß ich, gerade ich, Sie vielleicht am besten verstehen kann. Aber meine Position war sehr ungünstig. Eine Frau kann gegen viel ankämpfen, gegen Untreue, gegen Rivalinnen, gegen ihre eigene Eifersucht. Aber nicht gegen ihr Alter. Da ist man einfach machtlos. Und es kam bei mir der Moment, wo ich mir sagte: warum soll ich mir eigentlich das Leben schwer machen, wenn ich es leichter haben kann? Ist verständlich, nicht? Aber schauen S', Elisabeth, Sie sind jung. Ihre Chancen sind besser.«

»Das weiß ich nicht«, erwiderte Elisabeth. »Es kommt wohl auch auf den Menschen an. Mir fehlt vielleicht . . .« Sie stockte, suchte nach dem richtigen Wort, »ja, ich weiß auch nicht, die Leichtigkeit. Ich hab' immer gedacht, wenn man einen Mann hat . . .«

Sie sprach nicht weiter. Es hatte keinen Zweck, darüber zu reden. Aber Milena hatte sie ganz gut verstanden. »Ich weiß, was Sie meinen. Darum eben habe ich meinen Mann geheiratet. Behütetsein und Aufgehobensein ist unendlich viel wert. Mehr als alles andere. Aber dann hätten S' den Veit nicht heiraten dürfen, Kind, das wußten S' doch vorher.«

Karl Vogel kam zurück. »Na, ihr beiden. Ihr schaut ja so ernst in die Gegend.«

»Wir kamen uns verlassen vor«, sagte Milena lächelnd. »Unsere Männer durchgegangen und wir schutzlos der weiten Welt ausgeliefert, das ist ein ekliges Gefühl.«

Karl Vogel lachte. »Ausgerechnet du. Ich bin der Meinung, du nimmst es noch mit ganz anderen Dingen auf als mit der weiten Welt.«

»Stimmt«, antwortete Milena. »Ich hab' mich auch falsch ausgedrückt. Mit der weiten Welt – ja. Aber mit der kleinen Umwelt von hier und heute und morgen, das ist schwer. Dazu ist ein Mann außerordentlich brauchbar.«

»Beruhigend für mich zu hören«, brummte der Verleger. »Da weiß man doch wenigstens, wie man dran ist.«

Sanders, der Reporter des Abendblattes, kam wie zufällig vorbeigeschlendert.

»Hallo! Würde ich hinausfliegen, wenn ich guten Abend sage?«

»Geben Sie nicht so an, Sanders«, sagte Milena, »Sie wissen ganz genau, daß wir alle bemüht sind, uns mit der Presse gutzustellen. Nicht weil wir wollen, sondern weil wir müssen.«

»Also doch«, meinte Sanders und lümmelte sich auf die Logenbrüstung. »Stimmt das Gerücht demnach.«

»Welches Gerücht?« fragte Milena scheinheilig.

»Daß Sie in der nächsten Einstudierung der ›Kleinen Komödie‹ spielen werden.«

»Wer sagt das?«

»Man.«

»Aha. ›Man‹ ist immer gut orientiert.«

»Eine tolle Rolle, wie ich höre.«

»Ein tolles Stück. Ich konnte nicht widerstehen.«

Sanders blinzelte zu Vogel hin. »Und der Herr Gemahl ist einverstanden?«

»Was bleibt mir anderes übrig«, sagte Karl Vogel. »Ich kann nur hoffen, daß es ein Erfolg wird.«

»Oh!« rief Milena beschwörend und klopfte vernehmlich auf den Tisch. »Das darfst du nicht sagen.«

»Es wird ein Ereignis sein«, sagte Sanders. »Es ist lange her, daß Sie in München gespielt haben, gnädige Frau.«

»Es ist überhaupt lange her, daß ich gespielt habe«, seufzte Milena. »Hoffentlich kann ich es noch.«

»Woran niemand zweifelt.« Sanders' Augen ruhten nun auf Elisabeth. »Sie sehen wundervoll aus, gnädige Frau. Wie wär's mit einem kleinen Blitz heut abend? Man hat lange kein Bild mehr von Ihnen gesehen.«

»Bitte nicht«, wehrte Elisabeth ab. »Ich bin ganz uninteressant.«

»Das denn doch nicht«, widersprach Sanders. »Veit Gregors große Liebe beschäftigt alle Welt.«

Elisabeth warf ihm einen unsicheren Blick zu. Hatte nicht deutlicher Spott in seiner Stimme geklungen? Veit Gregors große Liebe? Es war zum Lachen. Alles andere als das.

»Wo ist denn unser internationaler Star?«

»Ausgeflogen«, sagte Milena leichthin. »Sonja Markov hat ihn entführt.«

»Kann ich Ihnen auch genau sagen, warum«, sagte Sanders grinsend. »Sie möchte wieder mit ihm filmen. Wie ich gehört habe, wird ›Torheit des Klugen‹ verfilmt.« Mit einem Seitenblick auf Vogel setzte er hinzu: »Der bekannte Bestseller, verehrter Meister, der bei Ihrer Konkurrenz erschienen ist, nachdem Sie ihn abgelehnt haben.«

»Ich weiß«, knurrte der Verleger.

»Ja, man sollte die Manuskripte eben sorgfältiger lesen. Man weiß nie, was drinsteckt. Ja, was ich sagen wollte, wird also verfilmt. Classen macht es, die männliche Hauptrolle natürlich Gregor, ist ihm auf den Leib geschrieben, finde ich. Und unser Sonjakind ist scharf auf das Mädchen. Classen hat bis jetzt sauer reagiert. Ihr letzter Film war eine Pleite. In der ›Verlorenen Stunde‹ dagegen ging sie. Zwar hat sie damals lauthals verkündet, jedem, der es hören wollte oder nicht, sie würde nie mehr, nicht für eine Million, mit Gregor filmen. Aber die Zeit vergeht, die Wunden heilen, und jetzt will sie ihn becircen, daß er ein warmes Wort für sie einlegt.«

Und diesmal mit einem Blick auf Elisabeth. »Das ist heute der Anfang. Sie dürfen sich noch auf einiges gefaßt machen, gnädige Frau.«

Elisabeth lächelte etwas unsicher. Milena Gulda nahm ihr die Antwort ab.

»Sie sind wie immer gut informiert, Sanders. Man muß sagen, Sie verdienen Ihre Honorare mit Recht.«

»Sagen Sie das meinem Redakteur.« Er löste sich von der Brüstung, grinste Elisabeth fröhlich an. »Würden Sie es als Sakrileg auffassen, gnädige Frau, wenn ich Sie zu einem Tanz auffordere? Das ist ein english waltz, das kann ich gerade noch.«

Elisabeth warf einen hilfesuchenden Blick zu Milena. Die nickte ihr zu und sagte zu Sanders: »Sie dürfen. Aber benehmen Sie sich manierlich. Und, Elisabeth, lassen Sie sich nicht von ihm ausfragen. Er möchte gern ein paar Einzelheiten über die Intimsphäre des großen Stars. Schweigen Sie, Elisabeth, und blicken Sie mit dem Lächeln einer Sphinx an ihm vorbei.«

»Ich werd's versuchen«, sagte sie und stand auf.

»Das ist eine Gemeinheit«, murrte Sanders. »Schade, daß ich

keine Theaterkritiken schreibe, Milena Gulda, dann könnten Sie sich freuen.«

Milena lächelte strahlend. »War mir ein Vergnügen, Herr Sanders. Und lassen Sie die Finger vom Theater. Soviel süße Starlets sind heute da. Jede eine story wert. Kostet Sie gar keine Mühe.«

»Das ist eine Frau«, sagte Sanders begeistert, als er auf der Tanzfläche den Arm um Elisabeth legte. »Einige von der Sorte und natürlich zwanzig Jahr jünger, dann gäbe es keine Filmkrise.«

Nach dem Tanz wollte Sanders sie zur Loge zurückbegleiten. »Danke«, sagte Elisabeth, »ich suche einen Spiegel.«

Sanders begleitete sie bis zur Tür, die in den Vorraum führte, und verabschiedete sich formell mit einem Handkuß. Er hatte einige vage Fragen beim Tanzen gestellt, und Elisabeth hatte ebenso vage geantwortet. Sie seufzte erleichtert auf. Das war einigermaßen gut gegangen. Sie hatte jedesmal eine geradezu kindische Angst, wenn sie einem Journalisten in die Hände fiel. Man wußte nie, was sie aus dem, was man so nebenhin sagte, machen würden.

Sie ging zu einem Spiegel, puderte ihre Nase, zog ihre Lippen nach und kämmte das Haar. Sie tat es mehr, um ein wenig Zeit damit zu vertreiben.

Hier fiel sie Classen in die Hände, der gerade erst kam. Er begrüßte sie mit großem Aufwand. »Das wird ein hübscher Abend werden, wenn mir die schönste Frau gleich beim Eintritt begegnet. Haben Sie sich gut amüsiert, Gnädigste? Sind nette Leute da?«

»So das Übliche«, erwiderte Elisabeth.

Classen verzog gequält das Gesicht. »Was für ein Krach! Am liebsten würde ich umkehren. Wie bringen Sie es eigentlich fertig, Gregor hierherzuschleppen? Früher mochte er nie auf Bälle gehen.«

»Ich habe ihn nicht hergeschleppt. Es war seine Idee. Oder eigentlich mehr ein Vorschlag von Frau Gulda.«

»Ah ja, Milena. Sie ist also auch da. Sie spielt wieder Theater, habe ich gehört. Könnte ich gleich mal mit ihr reden. Ich hätte eine prima Rolle für sie, 'ne Mütterrolle natürlich. Ob sie so was spielt?«

Elisabeth lachte – »Keine Ahnung. Da müssen Sie sie schon selber fragen.«

»Werd' ich tun. Und Greg? Wo steckt der?«

Im leichtesten Konversationston konnte Elisabeth nun ihr neues Wissen anbringen. »In den Fängen von Sonja Markov.«

Auch Classen schien Bescheid zu wissen. »Hätt' ich mir denken können. Aber da irrt das gute Kind. Ich habe schon eine für die ›Torheit‹. Süßer Fratz. Entdeckung von mir. Und dreimal so begabt wie Sonja.«

Elisabeth seufzte unhörbar. So würde es immer sein. Von allen Seiten her strömten schöne, bezaubernde, begabte Mädchen und Frauen. Partnerinnen für Veit Gregor. Eine entzückender als die andere. Und jede eine neue Gefahr. Und Elisabeth dachte: es ist mir egal. Ich will nichts mehr hören und sehen. Es ist mir egal. Das gehört nun mal zu seinem Leben.

Classen begleitete sie zu ihrer Loge, begrüßte Milena und Karl Vogel, und während sie noch miteinander plauderten, kam Gregor mit Sonja. An Gregors Wange und am Kragen seines Frackhemdes war Lippenrot verschmiert. Sonjas glitzernder Blick, der erst über Elisabeth und dann zu Milena glitt, bewies: sie hatte es absichtlich getan.

Elisabeth fing Milenas spöttischen Blick auf, während Sonja überschwenglich Classen umarmte. Sie brachte es fertig zu lächeln. Und dachte wieder: es ist mir egal. Ganz und gar gleichgültig. Ich liebe ihn nicht. Ich habe ihn nie geliebt. Er ist ein Fremder.

Und dann plötzlich ein anderes Gesicht. Ruhige blaue Augen, die sie ernst betrachteten.

Michael!

Sie hatte ihn selten gesehen in letzter Zeit. Sie war kaum mit ihm zusammengetroffen, die erste Zeit nach Gregors Rückkehr hatte sie ihn kaum vermißt. Gregor war zärtlich, suchte ihre Nähe, war ständig um sie. Bis seine Stimmung wechselte, bis sie allein blieb, bis sie zurückgestoßen wurde durch seine Launen. Doch sie hatte trotzdem kaum Gelegenheit gehabt, Michael Andorf zu treffen. Gregor hatte kein Verständnis für ihre Freude am Skilaufen.

»Was für ein Unsinn!« hatte er gesagt. »Willst du dir wieder ein Bein brechen?«

Er selbst war kaum zu bewegen, das Haus zu verlassen, solange Schnee lag, es kalt und unwirtlich war.

Nur einige Male war sie noch mit ihren Skiern losgezogen.

Immer in Eile, immer bewußt, daß er finster blicken würde, wenn sie wiederkam.

Einmal ein kurzer Ausflug mit Michael Andorf. Keine Fahrten

mehr am Wochenende, kein langes schweigendes Wandern auf Skiern durch den weißen Wald.

Aber jetzt dachte sie an Michael Andorf. Und sie verspürte heftige, fast schmerzende Sehnsucht nach seiner Nähe. Sie gehörte nicht hierher. Nicht in diesen Saal, nicht unter diese Menschen. Auf einmal wußte sie es. Es gab ein anderes Leben, das für sie bestimmt war. Ein Leben, das sie glücklich machen würde. Ganz klar sah sie das Bild vor sich. Michael Andorf und sie. Die beiden Hunde. Spazierengehen im herbstlichen Wald. Skilauf über weiße Hänge. Ein friedliches beglückendes Miteinander, ein Verstehen und ein Füreinanderdasein, ohne Zweifel, ohne Schmerz.

»Schon gut, Kindchen, schon gut«, murmelte Classen und tätschelte Sonja auf den Rücken. »Du siehst bezaubernd aus. Wirst immer hübscher. Wir müssen mal wieder ernsthaft miteinander reden.«

»Ich weiß auch schon worüber«, quietschte Sonja. »Ich hab' mich mit Greg schon ausgesprochen.«

»Hast du? Ist ja wunderbar. Aber jetzt muß ich gehen. Ich hab' da drüben . . .« Classen deutete vage in die Gegend und bereitete seinen Rückzug vor.

»Was machst du für ein Gesicht?« sagte Gregor. »Elisabeth! Du bist ja gar nicht da!«

Elisabeth sah ihn an wie erwachend. »Doch«, sagte sie. »Wisch dir das Gesicht ab. Du bist voller Lippenstift.«

Sie lächelte dabei.

Classen kam allein nicht weg. Sonja schob ihren Arm unter seinen und steuerte mit ihm in den Gang hinaus.

Milena lächelte. »Armer Veit! Hat sie dich fertiggemacht?«

»Sie will die Rolle«, sagte Gregor und stöhnte ein bißchen, fuhr sich dabei mit dem Taschentuch über die Wange und den Mund. »Dabei hat sie sich doch so großartig verheiratet. Kannst du mir sagen, Milena, warum ihr der Kerl nicht wenigstens ein Kind macht? Sind denn Ehemänner zu gar nichts nutze?«

»Er wird's versuchen. Aber ob sie mitmacht, das ist die Frage.«

Er setzte sich auf den Stuhl neben Elisabeth, wandte sich zu ihr und sah sie mit ernster Miene an. »Hast du mich getadelt, Elisabeth, meine sanfte Taube?«

Sie lächelte. »Nein. Außerdem hat Herr Classen schon eine Partnerin für dich. Ein süßer Fratz. Und sehr begabt.«

»Freut mich für ihn. Er hat gern was Begabtes im Bett. Aber bis jetzt hat er mich noch nicht für den Film.«

Er wandte sich zu Milena. »Ich hab' ein neues Angebot für Amerika. 200 000 Dollar. Was sagst du dazu?«

»Beachtlich. Und ehe die Premiere war?«

»Ehe die Premiere war. Keiner zweifelt am Erfolg. Toi-toi-toi.« Genau wie vorhin Milena klopfte er auf den Tisch.

»Das habe ich Pat zu verdanken. Sie will wieder mit mir filmen.«

»Das Mädchen hat Mut.« Milena lächelte spöttisch.

»Sie weiß, was ihr guttut.« Gregor lächelte selbstzufrieden.

»Und du? Was wirst du tun?«

»Mich rar machen. Und 300 000 Dollar bekommen.«

Er blickte an ihnen vorbei in den Saal, in dem es tobte und wogte und lärmte. Er stöhnte, legte die Hand über die Augen.

»Was hast du?« fragte Elisabeth leise.

»Kopfschmerzen.« Er nahm die Hand herunter, sah ihr in die Augen, ganz aus der Nähe, das Gesicht auf einmal müde und zerquält. »Gehen wir nach Hause?«

Als sie auf der Straße standen, sagte er: »Ich habe es satt. So satt. Ich kann sie alle nicht mehr sehen. Hast du gesehen, wie Classen sich benommen hat? Er denkt, er hat mich sicher. Er kriegt mich nicht. Ich filme überhaupt nicht mehr.«

»Komm nach Hause«, sagte Elisabeth begütigend. »Es ist so spät.«

Im Auto zog er sie plötzlich in die Arme, barg den Kopf an ihrer Brust. »Ach Elisabeth! Ich bin so froh, daß ich dich habe. Laß uns hinausfahren.«

»Wohin?«

»Hinaus. Ich will hier nicht bleiben.«

»Heute nicht. Wir fahren in die Wohnung, und du gehst gleich ins Bett. Tim wird noch warten, du trinkst einen Baldriantee und schläfst gleich.«

»Nein«, sagte er wie ein eigensinniges Kind. »Ich will hinaus. Ich kann die Stadt nicht mehr sehen. Und Sonja will morgen kommen. Ich kann sie nicht ertragen. Wir fahren hinaus.«

Er startete und fuhr an. Viel zu rasch, in waghalsigem Tempo durch die nächtlich leere Stadt. Die Straßen waren feucht, es hatte wieder ein wenig geschneit.

Wie damals, dachte Elisabeth.

Kurz ehe sie die Autobahn erreichten, sagte sie: »Laß mich fahren. Ich habe nicht viel getrunken.«

Er hielt sofort an, und sie wechselten die Plätze.

Sie fuhr langsam, sehr sorgfältig. Nachts war sie noch nie gefahren. Die Autobahn hatte eine leichte Schneedecke, doch der schwere Wagen lag sicher auf der Straße. Die Wiesen rechts und links waren weiß. Als sie durch den Hofoldinger Forst fuhren, fing es wieder an zu schneien. Silbern tanzten die Schneeflocken im Licht der Scheinwerfer.

Elisabeth saß angespannt. Aber sie fuhr ruhig und sicher. Der große Wagen war wie ein gehorsames Tier unter ihren Händen.

»Du fährst sehr gut«, murmelte Gregor neben ihr, nachdem er lange geschwiegen hatte. »Und es ist schön, daß wir nach Hause fahren. Ich möchte immer mit dir da draußen sein. Und dein Hund wird sich freuen, wenn wir kommen, nicht? Wie heißt er gleich?«

»Harro.«

»Und der komische Doktor da hat wirklich einen Bruder von ihm? Ist doch drollig. Den mußt du mir mal zeigen. Warum lädst du den Doktor nicht mal ein? Er muß ja nicht nur kommen, wenn ich nicht da bin.«

»Er hat sehr viel zu tun.«

»Das sagen die Ärzte immer. Das sind genau solche Angeber wie wir.«

Elisabeth schwieg. Sie steigerte das Tempo. Schön, diese leere Straße in der Nacht. Der Schnee war auch schön. Morgen konnte man skilaufen. Sie würde Michael Andorf anrufen und fragen, ob er eine kleine Tour mit ihr machen wollte. Eine ganz kleine, durch den Wald, die Hunde konnten mitkommen. So hoch war der Schnee nicht mehr, sie würden mühelos damit zurechtkommen. Wenn der Schnee tief war, hatte Harro es schwer, der Schnee setzte sich in seine Pfoten, klumpte sich zusammen und gefror. Alle paar Schritte mußte er sich niederlegen und den Schnee aus seinen Pfoten knabbern. Das sah drollig aus. In Gedanken daran mußte Elisabeth lächeln.

»Warum lächelst du?« fragte Gregor.

Sie war überrascht. »Hast du mich angesehen?«

»Ja. Ich sehe dich gern an. Du bist so konzentriert, wenn du fährst. Aber jetzt mußt du an irgend etwas gedacht haben. Woran?«

»Ach, weiter nichts.«

»Woran hast du gedacht?«

»An Harro.«

»An Harro.« Eine Weile blieb es still. Dann sagte er: »Ob du mich jemals so lieben wirst wie Harro?«

»Red nicht solchen Unsinn.«

Als sie durch Bad Wiessee fuhren, blickte sie rasch hinauf zum Hang, wo das See-Sanatorium lag. Alles war finster. Nein, ein Fenster war hell. Ob das seines war? Sie wußte nicht einmal, wie er dort wohnte. Wie und wo. Und was er dachte und tat. Ob er an sie dachte? Ob er sie vermißte?

»Da oben wohnt dein Doktor«, sagte Gregor plötzlich. »Bist du in ihn verliebt?«

Und Elisabeth, zu ihrer eigenen Überraschung, antwortete: »Ja.«

»Hab' ich mir gedacht. Alle Frauen sind in Ärzte verliebt, die sie behandeln. Das ist nichts Neues. Ärzte und Schauspieler, das sind die meistgeliebten Männer. Und du hast beides auf einmal. Ich werde ihn umbringen.«

»Das tust du. Aber heute nicht mehr.«

»Nicht mehr heute«, wiederholte er befriedigt. »Wenn ich mal Zeit und Lust habe.«

Das Haus wartete auf sie. Es war warm und ruhig. Harro kam ihnen entgegen und freute sich.

»Wenn ich mit dir komme, ist er sogar bereit, mich zu akzeptieren«, meinte Gregor. »Sonst macht er sich einen Dreck aus mir.«

Und als sie oben waren: »Wenn ich die 300 000 Dollar kriege, bekommt er ein Halsband mit Brillanten. Und du noch einen Nerz.«

Elisabeth ließ den Nerz lässig von ihren Schultern gleiten.

»Das brauchen wir beide nicht.«

»Was braucht ihr denn?«

»Liebe.«

Gregor breitete beide Arme weit aus. »Aber das kriegt ihr doch. Du von mir und er von dir.«

Elisabeth betrachtete die Rougeflecken auf seinem Kragen.

»Sonja wird enttäuscht gewesen sein, daß du so plötzlich verschwunden warst.«

»Bestimmt. Sie wollte heute nacht mit mir schlafen.«

»Oh! Wirklich?«

»Ja. Sie hat gesagt: schick sie nach Hause.«

»Mich?«

»Ja.«

»Und du?«

»Was und du?«

»Was du gesagt hast?«

»Ich hab' gesagt, ohne mich kann sie nicht einschlafen, und darum muß ich mitgehen. Und dann hat sie mir den ganzen Lippenstift im Gesicht verschmiert. Sie wollte dich ärgern, weißt du.«

»Ziemlich primitiv, nicht?«

»Das ist sie nun mal. War sie immer.«

»Immerhin hast du sie mal geliebt.«

»Ich?« Er riß erstaunt die Augen auf und betrachtete Elisabeth vorwurfsvoll. »Wer sagt denn das?«

»Ich dachte.«

»Denke lieber nicht. Laß uns schlafen gehen.«

Er wollte nicht allein schlafen. Sie mußte den Arm um ihn legen, er hatte das Gesicht auf ihrer Brust. Lag ruhig und glücklich wie ein Kind.

Elisabeth dachte, er sei schon eingeschlafen. Doch plötzlich fragte er: »Liebst du mich?«

Sie zögerte einen Augenblick, dann sagte sie: »Ja.«

»Nein. Das ist nicht wahr. Du liebst den Hund. Und den Doktor. Mich liebst du nicht. Mich liebt keiner.«

Es klang tragisch und ganz verlassen.

Sie lachte leise. Und die Zärtlichkeit war wieder da. Eine schützende, mütterliche Zärtlichkeit. Ihr Arm, der ihn hielt, drückte ihn ein wenig an sich. »Du Armer! Keiner liebt dich.«

»Keiner liebt mich«, wiederholte er ernst. »Das war immer so.«

Es war gut, seinen Körper zu spüren, ihn im Arm zu halten. Jetzt gehörte er ihr allein. Hatte sie wirklich gedacht, alles war gleichgültig? Was bedeutete Sonja und das bißchen Lippenstift? All die fremden Menschen – – – ihre Gedanken schwammen davon. Sie war nachts bei Schnee auf der Autobahn gefahren. Das war eine Leistung. Und sie waren gut gelandet. Im Sanatorium war noch in einem Fenster Licht gewesen. Aber jetzt waren sie hier zu Hause, sicher und geborgen. Das geliebte Haus.

Ja, sie liebte das Haus. Und Harro war hier. Und jetzt auch ein Mann in ihrem Arm, von dem sie sagen konnte: mein Mann. Gerade jetzt in dieser Stunde. Morgen sicher nicht mehr. Aber jetzt:

mein Mann. So als ob der Regenbogen eine feste Brücke wäre, verankert im sicheren Grund. Gut darauf zu gehen und gut darauf zu stehen.

Sie nahm das Bild mit in ihren Traum. Doch da schwebte der Regenbogen schon wieder vielfarbig zwischen den Wolken, und sie tanzte mit gleitendem Fuß darüber hin, rutschend, angstvoll, unsicher. Und immer wartend auf den Moment, in dem sie stürzen würde.

Über das schlechte Wetter und die Kälte hatte er die ganze Zeit geschimpft. In Kalifornien sei es warm gewesen, warm und sonnig. Dort hätte er sich wohl gefühlt. Der graue Himmel hier dagegen nicht zu ertragen.

Und dann plötzlich an einem Tag Mitte März kam er aus der Stadt zurück mit der überraschenden Mitteilung, daß er ein Haus im Tessin gekauft habe.

Elisabeth blickte ihn fassungslos an. »Ein Haus im Tessin?«

»Ja. In Ascona. Oder genauer gesagt zwischen Ascona und Ronco. Es soll sehr hübsch liegen, am Hang, mit Blick über den See.«

»Und du hast es einfach gekauft? Ohne es zu sehen? Man kann doch nicht einfach...«

Er lachte leichtsinnig. »Das hat Lydia auch gesagt. Komisch, wie schwerfällig ihr Frauen seid. Wenn ich nicht gleich zugegriffen hätte, wäre es weg. Was glaubst du, wie viele Leute ins Tessin wollen. Dort ist es warm, dort scheint die Sonne, und sicher blüht jetzt schon alles. Morgen fahren wir hin.«

»Morgen?« fragte Elisabeth entsetzt.

»Oder übermorgen. Ich kann diese graue Gegend hier nicht länger ertragen. Immer noch Schnee. Der Schnee tut mir weh, er ist so weiß und so grell. Paß mal auf, es wird dir gefallen.«

»Und du hast das schon bezahlt, ehe du es gesehen hast? Wenn es nun eine verwahrloste alte Bude ist?«

»Es ist keine verwahrloste alte Bude. Bollmann ist ein reicher Mann und sehr verwöhnt. Er hat mit Titine dort gewohnt. Mein liebes Kind, das ist eine Luxusprinzessin ersten Ranges, die hätte nicht in einer verwahrlosten Bude gewohnt. Titine stellt Ansprüche. Und bezahlt habe ich noch nicht alles. Ich habe ihm einen Scheck als Anzahlung gegeben, damit er das Haus keinem anderen anbietet. Den Rest will er dann sowieso auf seine Schweizer Bank haben.«

Bollmann war ein erfolgreicher Schlagerkomponist. Ein kleiner, rundlicher, sehr lebhafter Mann. Elisabeth hatte ihn einmal flüchtig kennengelernt. Sie wußte, daß er viel Geld verdiente und ein luxuriöses Leben liebte. Nein, primitiv würde das Haus nicht sein, wenn Bollmann darin gewohnt hatte.

»Warum verkauft er denn?«

Gregor hob die Schultern. »Weiß ich, mehr oder weniger aus Sentimentalität. Titine hat ihn verlassen. Mit einem italienischen Fürsten. Und er kann nicht mehr dort bleiben, wo er mit Titine glücklich war. Sagt er jedenfalls. Er kauft sich was in Spanien. Dort seien die Frauen noch treu, und als nächstes würde er eine Spanierin heiraten.«

Sie trennte sich ungern vom Tegernsee. Sie fühlte sich hier zu Hause. Und sie trennte sich ungern von Harro, von der Familie Bach, von der vertraut gewordenen Umwelt. Sie hatte gemeint, man könne Harro mitnehmen.

»Nein«, erwiderte Gregor sehr entschieden. »Er macht mich nervös. Wir müssen auch erst mal sehen, wie es dort ist. Wir können ihn später holen.«

Wenigstens gelang es ihr, den Verkauf des Hauses am Tegernsee zu verhindern.

»Aber wir brauchen es doch nicht mehr«, wandte Gregor ein.

»Das weißt du doch nicht«, sagte sie, diesmal auch sehr entschieden. »Es ist schön hier. Und vielleicht bist du froh, wenn wir wieder hierher zurückkehren können.«

»Das glaube ich nicht. Ich habe mir nie viel daraus gemacht. Früher war ich kaum da. Aber bitte, wenn du willst, behalten wir es eben noch. Eines Tages wirst du es gern verkaufen. Dort unten ist der Himmel blau und das Wasser warm. Alle Leute reißen sich darum, im Tessin zu leben, und du stellst dich an, als wenn man dir sonst etwas zumutet.«

Sie wiederholte diese Sätze, als es ihr am Abend vor der Abreise gelungen war, sich für eine halbe Stunde frei zu machen, um Dr. Andorf zu besuchen. Sie mußte ihm doch wenigstens Adieu sagen.

»Ich glaube, ich bin undankbar«, fügte sie traurig hinzu.

»Nein, Elisabeth. Sie sind treu. Eine wunderbare Eigenschaft in meinen Augen. Sie sind hier heimisch geworden und fühlen sich verantwortlich für das, was Ihnen anvertraut wurde. Das Haus, der Garten, der Hund, alles gehört in ihr Leben. Und nun sind Sie unglücklich, weil Sie es verlassen sollen. Ich kann es verstehen. Ich bin auch so.«

Sie saßen in seinem Sprechzimmer. Er sah, daß sie Tränen in den Augen hatte.

»Ja«, sagte sie leise, »ich war eigentlich glücklich hier. Und was dort nun wieder sein wird ... Eines Tages geht er fort zu einem neuen Film, und ich sitze dann allein dort, kenne keinen Menschen.«

»Bis dahin werden Sie Menschen kennen. Soviel ich weiß, lebt dort ein recht exklusiver Kreis.«

»Aber ich pfeife auf diesen exklusiven Kreis«, rief Elisabeth mit unerwartetem Temperament. »Ich will hierbleiben. Hier sind Menschen, die ich gern habe. Ich brauche diese ganze verrückte Blase nicht.«

Ein kleines Lächeln erschien in seinen Augen. »Menschen, die Sie gern haben? Ich wußte gar nicht, daß Sie sich so viele Freunde hier angeschafft haben, Elisabeth.«

»Ich habe nur einen Freund. Und das sind Sie. Und wenn ich sage, Menschen, die ich gern habe, dann meine ich Sie. Und ...« Sie brach ab.

Er sagte nichts. Eine Weile betrachteten sie sich schweigend. Elisabeth wischte ärgerlich die Träne fort, die über ihre Wange rollte. Sie benahm sich wirklich albern.

Jede andere Frau würde sie beneiden. Sie bekam ein Haus in einer der schönsten Gegenden Europas, zog mit ihrem Mann, der lieb und zärtlich zu ihr war, dorthin, und sie saß hier und heulte, tat, als würde ihr sonst etwas angetan.

»Sie werden mir viel mehr fehlen, Elisabeth, als Sie ahnen«, sagte Andorf leise. »Ich will es Ihnen nicht sagen, wie ich Sie vermissen werde. Aber Sie sollen wissen, daß ich immer für Sie da bin. Es kann ja sein, Sie brauchen wirklich einmal einen Freund.«

Elisabeth senkte den Kopf. »Ja. Das kann sein. Danke, Michael. Ich werde daran denken.«

Ehe sie ging, sagte sie noch: »Und Sie werden sich um Harro kümmern? Ihn manchmal abholen zu einem Spaziergang? Und ihn auch einmal mit Otto spielen lassen?«

»Natürlich.« Er hielt ihre Hand in seinen beiden Händen. Er war so nah, das ernste hagere Gesicht mit den ruhigen blauen Augen. Und wie er sie ansah!

Tränen verdunkelten ihren Blick, ein Schluchzen stieg in ihrer Kehle hoch.

Mein Gott, was war das bloß? Sie zog ihre Hand aus seiner, wandte sich hastig ab und lief, als werde sie verfolgt, den Weg vom Sanatorium hinab durch den Garten zum Tor, wo sie den Wagen gelassen hatte.

Sie stieg ein, startete und fuhr los. Aber als sie an der Post vorbei war, mußte sie halten. Sie konnte vor Tränen nicht mehr sehen. Sie legte den Kopf auf das Steuerrad und weinte. Weinte herzzerreißend, als habe ein furchtbares Unglück sie betroffen.

Das Haus »Titine« war wirklich hübsch und komfortabel, auch behaglich eingerichtet. Dagegen ließ sich nichts sagen. Es lag am Hang, genau wie angekündigt, und der Blick auf See und Berge war schön.

Am schönsten war die Terrasse vor dem Haus. Auf der man allerdings zur Zeit nicht sitzen konnte, denn entgegen aller Erwartung war es auch hier nicht warm. Die Sonne schien während der ersten Tage kaum, und da im Hause keine Heizung war, nur elektrische Öfen, war es auch drinnen nicht sehr gemütlich.

Elisabeth konstatierte es mit einer kleinen boshaften Freude. Gregor war zweifellos enttäuscht. Aber er war mit der Absicht hergekommen, alles herrlich zu finden, und darum fand er es auch herrlich.

»Es war aber schon warm, siehst du«, sagte er. »Die Mandelbäumchen blühen und die Magnolien.«

Ohne Zweifel, doch jetzt ließen die Blüten die Köpfe hängen und hatten braune Ränder.

Elisabeth hatte die ersten Tage viel zu tun mit Einkäufen. Geschirr war kaum im Hause. Titine hatte offenbar vom Kochen nicht viel gehalten. Die Vorhänge mußten gewaschen werden, die Teppiche geklopft und auch sonst alles in Ordnung gebracht werden.

Mit Hilfe ihrer Nachbarin, der Frau eines Schriftstellers, fand Elisabeth ein junges Mädchen, das ihr zur Hand ging. Da Angelina nur italienisch sprach, war die Verständigung etwas schwierig. Sie hielt vom Arbeiten nicht allzuviel, war zwar vergnügt und willig, aber alles ging bei ihr sehr langsam. Die meiste Arbeit blieb Elisabeth.

Am dritten Tage, als Gregor herunterkam – er schlief jeden Tag sehr lange, und seine Laune war nicht die beste – und er Elisabeth auf der Terrasse fand, wie sie dabei war, die Polstermöbel auszubürsten, fragte er mürrisch: »Wie lange geht das denn noch, um Himmels willen? Das ist ja greulich. Das ganze Zimmer ist ausgeräumt.«

Er blickte sie vorwurfsvoll an, als täte sie das alles nur, um ihn zu ärgern.

»Es tut mir leid«, erwiderte Elisabeth ruhig. »Aber das Haus war ein halbes Jahr lang unbewohnt, ich muß doch Ordnung machen. Schließlich kannst du nicht in diesem Dreck hausen.«

»Ich habe nicht gefunden, daß es dreckig war.«

»Aber ich.«

Er betrachtete sie mit offener Abneigung. Sie trug eine große Kittelschürze und hatte sich ein Tuch ums Haar gebunden.

»Wie du aussiehst! Wie eine Putzfrau.«

»Das bin ich auch zur Zeit«, sagte Elisabeth und lächelte ihn freundlich an. »Nun komm, sei nicht so grantig. Das muß eben sein. Männer mögen so etwas nie gern, ich weiß. Aber dann hätte ich eben erst allein herfahren müssen.«

»Ich will nicht, daß du so etwas tust«, sagte er eigensinnig.

»Ich reiße mich auch nicht darum. Aber es geht nicht anders. Nimm deinen Wagen und mach' eine hübsche Spazierfahrt.«

»Ich will nicht spazierenfahren.«

»Schön«, schlug sie geduldig vor. »Dann geh hinein nach Ascona und trinke bei Luigi einen Aperitif. Und am besten ißt du gleich irgendwo, denn heute komme ich nicht zum Kochen. Damit wir endlich fertig werden.«

»Ich will keinen Aperitif. Und wenn wir essen gehen, gehen wir zusammen.«

Elisabeth lachte. »Du benimmst dich wie ein unartiger Junge. Es muß doch nun mal gemacht werden. Morgen ist alles einigermaßen in Ordnung.«

»Ich lege mich wieder ins Bett.«

»Nein, das geht auch nicht. Gleich fangen wir oben mit den Zimmern an. Die Betten müssen auch geklopft werden.«

»Die Betten sind miserabel«, knurrte er. »Ich kann verstehen, daß Titine abgehauen ist. Wieso hat Bollmann keine besseren Betten gekauft, kannst du mir das erklären?«

»Vielleicht schläft er gern hart. Übrigens, nach allem, was ich gehört habe, ist er sehr selten hier gewesen. Er hat das Haus vor anderthalb Jahren gekauft und war im ganzen etwa vier Monate hier.«

»Woher weißt du das?«

»Von Frau Barkenau.«

Gregor betrachtete sie mit offener Mißbilligung. »Wie spießig du bist! Stellst dich hin und palaverst mit der Nachbarin. Hätte ich nie gedacht, daß du so etwas tust.«

Elisabeth lachte wieder. Sie war entschlossen, sich nicht zu ärgern und seine schlechte Laune mit Gleichmut zu tragen.

»Frau Barkenau wohnt nun mal nebenan und kennt sich hier aus. Ich kenne keinen Menschen, weiß nicht, wo ich einkaufen muß, und italienisch kann ich auch nicht. Und sie hat Zeit und ist ganz froh, wenn sie herüberkommen kann.«

»Ein schreckliches Weib! Ich hab' euch gestern reden gehört. Eine richtige Spießerin. Ich kann verstehen, daß er sie hier abgestellt hat.«

»Pst«, machte Elisabeth, »nicht so laut. Wenn sie im Garten ist, kann sie dich hören.«

»Na, wenn schon. Wo ist er denn?«

»Er ist in Ägypten und macht Recherchen für einen neuen Roman. Er schreibt Fortsetzungsromane für Illustrierte.«

»Ja, ich weiß. So ein richtiger Schnulzenschreiber. Classen hat mal einen Roman von ihm verfilmt. Ich sollte damals spielen, habe mich aber geweigert. Aber Ägypten ist gut, da wird es wenigstens warm sein. Der weiß schon, warum er ausgerechnet dahin fährt. Wären wir lieber nach Ägypten gefahren.«

»Das fehlte mir gerade noch. Mir langt es hier schon. Und jetzt sei lieb und verroll' dich ein bißchen, damit wir weiterkommen.«

Denn Angelina hatte natürlich auch zu arbeiten aufgehört und blickte, die Bürste in der Hand, verklärt zu Gregor auf.

»Man soll eben nicht heiraten«, nörgelte Gregor weiter, »nur eine Ehefrau führt sich so auf. Wenn ich mit Sonja hergefahren wäre, glaubst du, die hätte sich so zugerichtet wie du und die ganze Wohnung auf den Kopf gestellt?«

»Wahrscheinlich nicht«, antwortete Elisabeth. »Aber ich wohne nun mal nicht in einem schmutzigen und unordentlichen Haus. Aber weißt du was, wenn alles sauber ist, reise ich nach Hause, und du läßt Sonja herkommen.«

Er war nicht zu Scherzen aufgelegt. Er betrachtete sie mit zusammengezogenen Brauen und sagte schließlich bissig: »Wäre vielleicht nicht das Schlechteste.«

»Eben«, erwiderte Elisabeth ruhig.

»Du machst dir sowieso nichts aus mir, und vermutlich bist du froh, wenn du wieder bei deinem Hund und bei dem Doktor bist.«

Elisabeth ging nicht näher darauf ein. Dafür hatte sie eine gute Idee. »Wenn dir die Betten zu hart sind, nimmst du eben doch den Wagen und fährst mal nach Ascona und nach Locarno und schaust dich um, wo man neue Betten kaufen kann.«

»Ich?«

»Ja, du. Wir brauchen auch keine neuen Betten, sondern nur Matratzen. Irgendwo wird es ja so was geben.«

Gregor überlegte ihren Vorschlag eine Weile. »Mal sehen«, sagte er dann gnädig. Und verließ die ungastliche Stätte. Elisabeth sah ihm mit einem kleinen Seufzer nach.

»Avanti, avanti«, sagte sie dann zu Angelina. »Wir müssen heute fertig werden.«

Angelina grinste sie freundlich an. »Si, signora.« Langsam hob sie die Hand und begann sanft und behutsam mit der Bürste auf den Polstern herumzurutschen.

Elisabeth wandte sich nervös ab. Angelina beim Arbeiten zuzusehen, machte sie kribbelig. Aber es hatte wenig Zweck, sich dagegen aufzulehnen. Reden konnte sie nicht mit ihr, und wenn sie ihr zeigte, wie die Arbeit getan werden sollte, schaute Angelina mit freundlichem Lächeln zu, um danach auf ihre Weise fortzufahren.

Eine Etage tiefer lenkte Gregor vorsichtig den Wagen aus der Felsengarage und manövrierte umständlich den kleinen Weg zur Straße hinunter. Das war nicht so einfach. Elisabeth bezweifelte, daß es ihr je gelingen würde, den großen Wagen in oder aus der Garage zu bringen.

»Hallo, guten Morgen!« rief es hinter ihr. Sie wandte sich um. Die Nachbarin war an dem kleinen Steinmäuerchen aufgetaucht, das die beiden Grundstücke trennte.

»Na, wie weit sind Sie? Soll ich ein bißchen helfen?«

Elisabeth lächelte ihr zu. »Das ist sehr nett, danke. Aber wir können das schon selber.«

»Oh, ich komme gern. Ich habe ja Zeit. Und ich habe das Gefühl, Ihrem Mann behagt es nicht sehr, was hier vorgeht. Ich sah ihn eben, wie er fortfuhr. Er machte ein ganz mißmutiges Gesicht.«

Elisabeth seufzte. »Ja, das stimmt.«

»Machen Sie sich nichts daraus. Männer mögen die Putzerei nun mal nicht. Ich mach' das auch immer, wenn meiner nicht da ist. He, Angelina, steh nicht herum und gaff! Dazu bist du nicht da.«

Denn Angelina hatte erneut dankbar die Unterbrechung dazu benutzt, ihre Arbeit ruhen zu lassen.

Doch Frau Barkenau deckte sie mit einem italienischen Wortschwall zu, der recht energisch klang. Daraufhin faßte Angelina endlich die Bürste fester und begann mit Eifer zu arbeiten.

»Wie gut Sie italienisch können! Wann haben Sie das bloß gelernt?«

»Gott, wir sind nun schon zwei Jahre hier. Da lernt man das eben. Warten Sie einen Moment, ich komme hinüber und helfe Ihnen. Ich muß nur schnell bei mir die Fenster zumachen. Es ist immer noch eklig kalt, finden Sie nicht? Vom warmen Süden keine Spur.«

Elisabeth mochte Annemarie Barkenau recht gern, auch wenn sie sie erst seit drei Tagen kannte. Sie fand auch nicht, daß sie eine Spießerin sei, wie Gregor gesagt hatte. Eine Frau in ihrem Alter etwa, ein wenig mollig vielleicht, aber frisch und appetitlich anzusehen. Ein rundes, fröhliches Gesicht mit einem aparten Grübchen am Kinn, volles dunkles, lockiges Haar und große braune Augen. Sie schien warmherzig und temperamentvoll zu sein, im Grunde von heiterer Natur, wenn auch etwas bekümmert über ihre Ehe mit Herrn Barkenau. Das erfuhr Elisabeth an diesem Tage, an dem sie, takräftig von Annemarie unterstützt, wirklich mit der Reinigung des Hauses fertig wurden.

Annemarie Barkenau war keine verschlossene Natur. Manchmal fühlte sie sich recht vereinsamt, wenn ihr Mann sie lange allein ließ. Darum war sie über die neue Nachbarin erfreut. Sie hatte sehr jung geheiratet, noch im Krieg. Und nach dem Krieg und noch einige Jahre lang ging es ihnen sehr schlecht. Oskar Barkenau, oder Ossy, wie seine Frau ihn nannte, arbeitete zunächst in einer Redaktion, verlor die Stellung wieder, brachte sich mit gelegentlicher freier Mitarbeit bei Zeitungen und Rundfunk durch, und Annemarie mußte ihrerseits arbeiten.

Bis er endlich den ersten Roman bei einer Illustrierten verkaufte. Der schlug gleich ein, und von da an ging es aufwärts.

»Seitdem hat er viel verdient«, erzählte Annemarie, »wirklich, die zahlen nicht schlecht, aber er selber hat sich sehr zu seinem Nachteil verändert. Er trinkt furchtbar viel und dann – na ja, die Frauen, Sie wissen ja, wie das ist. Wenn ein Mann erst mal Geld verdient, behält man ihn nicht mehr allein. Dann sind andere da, und er hat natürlich Interesse dafür. Glauben Sie etwa, er ist allein in Ägypten? Keine Rede davon. Er denkt, ich weiß es nicht. Aber ich weiß es.«

Elisabeth war es peinlich, diese Bekenntnisse über eine fremde Ehe anzuhören. Aber Annemarie schien erleichtert, einmal darüber sprechen zu können, also hörte sie schweigend zu.

»Zur Zeit hat er ein Mannequin. Schicke Person natürlich. Und fünfzehn Jahre jünger als ich. Bisher hat er noch nicht gesagt, daß er sich scheiden lassen will. Aber ich bin immer darauf gefaßt.«

»Und – was würden Sie dann tun?«

»Den Teufel werde ich tun. Ich lasse mich nicht scheiden. Ich habe die ganzen schlechten Jahre mitgemacht, und wenn er denkt, er kann jetzt mit einer anderen abhauen, dann täuscht er sich. Wenn ich nicht gewesen wäre, hätte er nicht durchgehalten. Er war nach dem Kriege ziemlich runter. Ich habe gearbeitet, habe ihn gefüttert und gepflegt wie ein kleines Kind. Und außerdem habe ich noch seinen ganzen Quatsch auf der Maschine geschrieben, halbe Nächte lang. Und jetzt, wo er Geld verdient, sollte ich meiner Wege gehen? Ich denke nicht daran. Von mir aus soll er jede Nacht mit einer anderen schlafen. Aber scheiden lasse ich mich nicht.«

Sie waren im ersten Stock gelandet. Annemarie saß auf dem Fensterbrett und rauchte eine Zigarette. Elisabeth begann die Unordnung aufzuräumen, die Gregor hinterlassen hatte. Das Frühstücksgeschirr stand noch neben dem Bett, Zigarettenasche war auf dem Teppich verstreut, seine Sachen lagen im ganzen Zimmer herum.

Überraschenderweise hörte sie sich sagen: »Ach, ich weiß nicht. Eigentlich lebt eine Frau ohne Mann doch viel angenehmer. Sie kann tun, was sie will, hat weniger Arbeit und keinen Ärger.«

Annemarie lachte. »Das müssen Sie gerade sagen. Sie haben den

Mann geheiratet, von dem alle Frauen träumen. Wissen Sie, das müssen Sie mir alles genau erzählen. Ich hab' das natürlich damals gelesen in den Zeitungen, aber was da so steht, kann man ja nie glauben. Hat er Sie wirklich überfahren und sich dabei in Sie verliebt?«

Elisabeth seufzte ein wenig. Nun war sie dran. Zweifellos war sie für Frau Barkenau eine hochinteressante Person. Nur aus einem einzigen Grund: weil Veit Gregor sie geheiratet hatte. Aber für heute blieb es ihr erspart darüber zu reden.

Von unten tönte lautes Geklirr. Irgendwo hatte Angelina nun offenbar doch zu rasch zugefaßt, und es hatte Scherben gegeben. Annemarie sprang vom Fensterbrett. »Dieser Trampel! Nein, lassen Sie nur, ich rede mit ihr. Ich kann das besser.« Und damit sauste sie die Treppe hinab, und gleich darauf hörte Elisabeth einen heftigen Dialog.

Es interessierte sie nicht im geringsten, was kaputtgegangen war. Vielleicht eine von den Vasen oder Schalen, die freigebig herumstanden. Na, wenn schon. Sie richtete sich auf und legte die Hand ins Kreuz. Sie war Hausarbeit nicht mehr gewohnt. Seit gestern hatte sie einen richtigen Muskelkater. Bei einem Blick durchs Fenster sah sie die Sonne über dem See glitzern. Also kam sie jetzt endlich doch. Hoffentlich wurde es wärmer. Wenn man schon einmal hier war, dann sollte gefälligst schönes Wetter sein. Ob Tobias wieder am Tegernsee war? Sicher. Dann fühlte sich Harro nicht ganz verlassen. Aber schlimm genug war es doch für ihn. Sie wußte von der Familie Bach, daß der Hund immer ganz trübsinnig war, wenn sie nicht da war. Er fraß nicht und wollte nicht spazierengehen. Warum komplizierte sich eigentlich das Leben, wenn man jemanden liebte! Man war nicht frei, wenn man liebte oder geliebt wurde.

Durch Annemarie Barkenau wußte Elisabeth bald Bescheid über die Bewohner von Ascona und Umgebung. Erstaunlich viele Deutsche waren hier. Auch einige Amerikaner und Engländer, reiche Schweizer aus der deutschen Schweiz. Aber besonders stark war die deutsche Kolonie.

Schauspieler, Schriftsteller, Schlagersänger, Fabrikanten und Industrielle, die allerdings nur selten da waren, Verleger und

Zeitungsherausgeber. Elisabeth wußte über ihr Privatleben, ihre Ehen und Affären bestens Bescheid, ehe sie die meisten kennenlernte. Übrigens machten sie nicht allzuviele Bekanntschaften. Zwar war Veit Gregor eine interessante Neuerscheinung, und man bemühte sich, zu ihm Kontakt aufzunehmen.

Gregor hinwiederum, der das genau wußte, benahm sich so arrogant und unausstehlich wie möglich. Die meisten Leute, mit denen er zusammentraf, stieß er vor den Kopf. Nur einige wenige durften sich der Gunst rühmen, gelegentlich seine Gesellschaft zu genießen.

»Man bedauert Sie allgemein«, vertraute Annemarie Barkenau Elisabeth eines Tages an.

»So? Warum denn?«

»Alle Leute sind sich darüber einig, daß der Gregor ein ekelhafter Kerl ist. ›Die arme Frau‹, sagte Mimi Greiling gestern zu mir – wissen Sie, von der Greiling AG. in Düsseldorf – ›die arme Frau kann einem leid tun. Die wird sich auch was anderes gedacht haben, als sie ihn geheiratet hat. So ein eingebildeter Pinsel! Ein Gesicht macht er immer! Denken Sie, er grüßt mich? Dabei hat er mich neulich bei Deckers kennengelernt. Er läuft über die Piazza und schaut nicht nach rechts und links. Und die arme Frau läuft neben ihm her und sieht sooo unglücklich aus.‹«

Elisabeth mußte lachen. »Sooo unglücklich bin ich aber gar nicht, können Sie der guten Mimi sagen. Große Männer haben nun mal ihre Launen. Und kleine Männer haben sie sogar manchmal auch, habe ich mir sagen lassen.«

»Na ja, wir wissen ja, wie die Männer sind«, gab Annemarie zu. »Mit ihnen zu leben ist schwer, aber ohne sie ist es auch nichts. Mimi macht es natürlich ganz gescheit. Ihr Mann sitzt in Düsseldorf und verdient neue Millionen, und sie strawanzt hier mit ihrem Freund herum. Haben Sie den gesehen? Der ist gerade dreiundzwanzig Jahre alt. Ein bildhübscher Bengel. Und sie verwöhnt ihn, jeden Tag bekommt er etwas anderes geschenkt. Sie ist doch mindestens – na also mindestens fünfundvierzig, was meinen Sie?«

»Ich habe sie mir nicht so genau angeschaut«, sagte Elisabeth, »aber sie sieht doch recht gut aus.«

»Kunststück, bei dem Geld. Jeden Tag sitzt sie beim Friseur und bei der Kosmetikerin.«

Es war eine neue Welt für Elisabeth, und eine Zeitlang unterhielt sie sich ganz gut dabei. Sie amüsierte sich über die Leute, aber sie war weit davon entfernt, sich von ihnen imponieren zu lassen. Fast empfand sie ein wenig Verachtung. Da saßen sie nun alle in dieser herrlichen Landschaft, die wirklich nun zu blühen und zu leuchten begann, sie hatten Geld, sie hatten Zeit, und was taten sie? Sie tranken, stritten sich, saßen in den Kneipen, hatten ihre Affären, betrogen und ärgerten einander. Waren eigentlich auch glückliche Menschen hier?

Doch. Vielleicht. Von ihnen aber sprach man nicht. Einige Leute waren ihr allerdings auch sympathisch.

Da war der grauhaarige amerikanische Schriftsteller, der sein Haus unten am See hatte. Elisabeth begegnete ihm manchmal, wenn sie nach Ascona ging. Groß, schlank, ein wenig vornübergebeugt, kam er ihr entgegen, begleitet von einem Boxer. Und wenn er sie sah, grüßte er sie lächelnd. Sie sprachen nie ein Wort miteinander, aber sie mochte ihn.

Und noch ein anderer alter Herr hatte es ihr angetan. Er wohnte ziemlich weit oben am Hang, in einem ganz kleinen, für hiesige Verhältnisse altmodischen Häuschen. Wie Annemarie wußte, war er ein einstmals berühmter Opernsänger, der in sehr bescheidenen Verhältnissen lebte. Er war keiner der Neureichen, er hatte das kleine Haus schon vor dem Krieg gekauft.

»Nach dem Krieg war es aus mit seiner Stimme, und seitdem wohnt er hier«, berichtete Annemarie. »Zuerst lebte seine Frau noch. Ich habe sie nicht mehr kennengelernt, aber wie man mir sagte, soll sie eine reizende Frau gewesen sein. Seit sie tot ist, lebt er ganz allein. Ich glaube, er ist sehr einsam. Aber er will mit niemand zu tun haben. Er hat wunderschöne Blumen im Garten. Passen Sie mal auf, wie das in ein paar Wochen alles blüht. Und jedes Jahr kommt einmal seine Tochter zu Besuch. Eine sehr fesche Frau, die in Brüssel gut verheiratet ist. Dann strahlt er, und ich glaube, davon zehrt er das ganze Jahr. Aber nach Brüssel ziehen will er trotzdem nicht, er will hierbleiben.«

Elisabeth betrachtete den alten Herrn mit Sympathie und grüßte ihn immer besonders freundlich. Er erinnerte sie ein wenig an Tobias. Nicht äußerlich. Er war größer, hatte eine dichte weiße Künstlermähne und ein ausdrucksvolles Adlerprofil. Aber trotzdem erinnerte irgend etwas in der Art, in der Haltung sie an ihren Vater. Nur daß Tobias kein Eigenbrötler war. Er würde nie so zurückgezogen leben, und er verstand es, sich schnell einen Freundeskreis zu schaffen. Das hatte er am Tegernsee wieder bewiesen.

Und dann natürlich Valentin Knott. Der listenreiche, blitzgescheite, hinterhältige Valentin mit seinen roten Haaren, der zarten Mädchenhaut und den vielen Sommersprossen. Nachdem Elisabeth ihn kennengelernt hatte, besaß sie Ersatz für Harro. Nämlich einen treuen, sie bewundernden und ergebenen Freund und Begleiter. Und einen scharfzüngigen Kommentator des Milieus und aller hier stattfindenden Ereignisse, der Annemaries verhältnismäßig harmlose Klatschereien weit in den Schatten stellte.

Gregors schlechte Laune hielt lange vor. Auch als das Wetter sich gebessert hatte, als wirklich die Sonne schien und die Luft mild und weich war, als alles ringsherum verschwenderisch blühte, blickte er immer noch unzufrieden in die Welt. Jetzt auf einmal war ihm das Licht zu grell, die Sonne zu gleißend, auf das Wasser mochte er überhaupt nicht blicken. Er hatte ständig Kopfschmerzen, die Augen taten ihm weh. Er setzte die dunkle Sonnenbrille überhaupt nicht mehr ab.

Außerdem wurde ihm das Leben schnell zu eintönig. Er vermißte den Betrieb, über den er sich immer beklagt hatte. Das war die Zeit, wo er auf einmal Einladungen annahm und wo sie selbst Gäste hatten. Lydia, die einmal für einige Tage auf Besuch kam, sagte zu Elisabeth: »Das ist ein Rummel bei euch. Ich dachte, er würde sich ein bißchen ausruhen. Die saufen ja hier noch mehr als bei uns. Auf diese Weise wird er sich nicht erholen.«

Es hatte vorwurfsvoll geklungen, und Elisabeth verteidigte sich auch gleich.

»Was soll ich machen? Erst wollte er keinen Menschen sehen und hat die Leute nicht mal gegrüßt, die er kannte, und jetzt sitzt er jeden Tag bei anderen Menschen 'rum. Wenn er zu Hause ist, ärgert ihn die Fliege an der Wand.«

»Mit einem Wort: nachgerade erwarten Sie mit Sehnsucht den nächsten Film?«

»Ja«, sagte Elisabeth, »so kann man es nennen.«

Sein Verhalten zu ihr war wechselhaft. Er konnte lieb und zärtlich sein, er konnte aber auch glatt über sie hinwegsehen, konnte sie deutlich merken lassen, daß sie ihn langweilte.

Als Elisabeth ihm einmal riet, einen Augenarzt zu konsultieren, weil er ständig über Druck in den Augen klagte, fuhr er sie an: »Mir fehlt nichts. Ich bin überarbeitet. Das könnte dir so passen, daß ich als Invalide herumlaufe, damit du mich restlos einpacken kannst. Du gehst mir auf die Nerven mit deinen ewigen Ratschlägen. Laß mich bloß in Ruhe.«

Er war ungerecht, sie wußte es, und er wußte es auch. Schließlich war er es, der sich über Schmerzen beklagte, über Schwindel und Unbehagen. Irgend etwas mußte sie dazu sagen.

Elisabeth verließ, ohne ein Wort zu sagen, das Zimmer und verbrachte den Abend bei Annemarie. Als sie später kam, lag er schon im Bett.

Er rief nach ihr, nahm ihre Hand und legte sie auf seine Stirn.

»Kopfschmerzen«, murmelte er.

Sie schwieg.

»Warum sagst du nichts?« fragte er nach einer Weile.

»Ich habe Angst, daß ich dir wieder auf die Nerven falle.«

»Red doch keinen Unsinn. Mach mir eine Kompresse.«

Sie legte ihm also ein feuchtes Tuch auf die Stirn.

»Komm zu mir ins Bett«, sagte er.

Sie zögerte. Das hatte er lange nicht mehr gesagt. Und nach allem, was er heute zu ihr gesagt hatte, war sie geneigt, diesmal nein zu sagen. Aber dann legte sie sich zu ihm. Wie er es gern tat, legte er den Kopf auf ihre Schulter. Aber sie schliefen beide nicht. Das Bett war nicht sehr breit, und sie hatte das Gefühl, daß sie ihn störte.

»Ich gehe jetzt«, flüsterte sie nach einer Weile.

»Nein. Bleib da.«

Schließlich wollte er Schlaftabletten. Sie holte sie, und als er endlich eingeschlafen war, verließ sie ihn. Doch dann konnte sie nicht schlafen. Sie lag reglos, blickte durch das offene Fenster in den hellen Nachthimmel und fühlte sich verloren und einsam. Ein Gefühl, das sie oft in letzter Zeit erfüllte. Und wie immer in dieser Stimmung landeten ihre Gedanken bei Michael Andorf.

Sie hatte ihm einige Male geschrieben, auch Antwort bekommen. Nur kurz und nichtssagend. Harro gehe es gut, er sei mit ihm spazierengegangen, das Sanatorium sei voll belegt. Und er habe wenig Zeit.

Es erfaßte sie dann Heimweh, ein Gefühl, das sie nie gekannt hatte. Und es schloß alles ein, was sie verlassen hatte. Tobias, Michael, den Hund, das Haus, den See, die Berge und sogar die Stadt München.

Dann kamen Titine und Valentin Knott ins Haus. Beide lenkten sie ein wenig von den trüben Gedanken ab. Valentin Knott hatte sie auf einer großen Party kennengelernt, die ein bekannter Drehbuchautor aus Anlaß seines Geburtstages gab. Es war ein großes, lautes und alkoholreiches Fest. Fast die ganze deutsche Kolonie und noch viele andere hatten sich eingefunden und feierten vom Nachmittag bis in die späte Nacht. Es waren viele entzückende Frauen und schöne Mädchen da, und Gregor wurde sehr umschwärmt. Er war ausnahmsweise an diesem Tag sehr huldvoll, guter Stimmung und zeigte sich von seiner charmantesten Seite.

Besonders ein Mädchen, ein blutjunges graziles Ding mit silberblondem Haar, bildhübsch und mit einem extravaganten Dekolleté, das ihre halben Brüste sehen ließ, belegte ihn mit Beschlag. Sie war natürlich Schauspielerin oder behauptete wenigstens, eine zu sein, und war auf Rollenjagd. Sie war in Begleitung eines reichen, jungen Fabrikantensohns aus Deutschland hier, sie wohnten unten in Ascona im Hotel. Elisabeth hatte die beiden schon einige Male gesehen.

Heute war der Freund der jungen Dame abgemeldet, er tröstete sich mit Alkohol und war bereits abends um neun restlos betrunken. Man trug ihn ins Schlafzimmer des Hausherrn, wo er alsbald fest eingeschlafen war.

Sylvia, so hieß das Mädchen, setzte indessen ihre Bemühungen um Gregor fort, hart bedrängt von einigen anderen jungen Damen. Gregor sonnte sich wieder einmal in der Rolle des Paschas.

Elisabeth ertrug es mit Fassung. Sie plauderte mit diesen und jenen Leuten, trank wie immer sehr wenig und langweilte sich im Grunde. Gerade, als sie überlegte, ob es wohl möglich sei, sich heimlich zu verdrücken, es war so gegen elf Uhr abends, und das Fest dauerte nun schon an die sechs Stunden, gesellte sich der junge rothaarige Mann zu ihr, den sie bisher kaum beachtet hatte.

Er saß seit Stunden auf einem Fleck, nämlich in einer Ecke des großen Terrassenzimmers auf dem Boden, hatte eine Flasche Wein neben sich stehen, aus der er gelegentlich genußvoll einen Schluck nahm, redete nichts und ließ nur seine wasserhellen, aufmerksamen Augen im Kreise wandern.

Er tauchte plötzlich neben Elisabeth auf, die nicht weit von der offenen Terrassentür in einem Sessel saß, setzte sich neben sie, wieder auf den Boden, und fragte ohne weitere Einleitung: »Wie fühlt man sich eigentlich als die Frau eines Stars?«

Elisabeth warf ihm einen ablehnenden Blick zu und gab keine Antwort. Sie fand die Frage ungezogen, und außerdem kannte sie diesen jungen Mann nicht.

»Sie brauchen nichts zu sagen«, fuhr er fort. »Ich kann es mir nämlich genau denken. Ich könnte ein Essay darüber schreiben und wette, daß ich Ihre Gedanken und Gefühle lebensecht ausdrücken würde.«

»Das beruhigt mich aber sehr«, erwiderte Elisabeth spöttisch. »Es hat mich schon immer interessiert, meine Gedanken und Gefühle gedruckt zu lesen.«

Er nickte, als fände er das ganz plausibel. »Ich könnte es besser darstellen als Sie selbst.« Mit seinen unwahrscheinlich hellen Augen blickte er nachdenklich zu ihr auf. »Ich werde es auch eines Tages tun. Das sind so Impressionen, die ich sammle, wissen Sie.«

»Aha,« sagte Elisabeth und war noch immer nicht gewillt, sich in ein Gespräch einzulassen.

»Ich bin Schriftsteller«, fuhr er ungeniert fort. »Das heißt, ich will einer werden. Jetzt sammle ich erst mal Menschen, nichts als Menschen. Was glauben Sie, was ich hier schon für eine Beute gemacht habe. Skurrile Typen, was?«

Wieder waren die hellen Augen fragend auf sie gerichtet. Sie gab keine Antwort.

»Sie sehen ganz so aus, als ob Sie imstande wären, das zu erkennen. Was hier so für ein Tiergarten zusammen ist, meine ich. Hier spinnen sie alle. Haben Sie schon mal einen normalen Menschen gesehen? Ich nicht. Übrigens, Sie gefallen mir. Sie gefallen mir von allen Frauen, die heute abend hier sind, am besten. Sicher, es sind hübschere und jüngere und raffiniertere da. Aber Sie gefallen mir. Sie sind nämlich ein Mensch. Das ist etwas Seltenes. Sie hätten wirklich einen besseren Mann verdient.«

»Finden Sie nicht, daß Sie ein bißchen unverschämt sind?« fragte Elisabeth ruhig.

Er war erstaunt. »Ist das Ihre Meinung? Ich bin nur ehrlich. Und ich kenne Ihre Gedanken und Gefühle. Und darum wissen Sie, daß ich recht habe. Übrigens habe ich vor kurzem gar nicht gewußt, daß Sie mit dem Gregor verheiratet sind. Irgend jemand hat es mir vorhin gesagt, als ich ihn fragte, wer Sie eigentlich seien. Sie sind also demnach die sagenhafte Frau, die er überfahren hat.«

Elisabeth gab es auf. Gegen diese unbefangene Offenheit war sie machtlos. »Ja«, sagte sie.

»Sie hätten besser aufpassen sollen im Straßenverkehr«, sagte er liebenswürdig. »Sie sehen, es ist nichts Gescheites dabei herausgekommen.«

Elisabeth stand auf. »Sie entschuldigen mich«, sagte sie kühl. Sie verschwand seitwärts durch die Terrassentür, ging hinab in den Garten, und als es schien, daß niemand ihr Weggehen bemerkt hatte, verließ sie den Garten und ging nach Hause. Sie hatte es satt. Gregor knutschte sich mit fremden Mädchen herum, und sie mußte sich von einem jungen Kerl Unverschämtheiten sagen lassen.

Sie traf ihn zwei Tage später in Ascona, als sie in einem Laden Einkäufe machte. Er begrüßte sie strahlend wie eine alte Bekannte. »Das ist fein, daß ich Sie treffe. Muß ich mich entschuldigen wegen neulich? Ich glaube, ich bin manchmal ein bißchen zu offenherzig.«

»Das scheint mir auch so«, erwiderte sie. Aber sie war ihm nicht wirklich böse. Das strahlende Lächeln des Sommersprossengesichts steckte an. Sie lächelte schließlich auch. Er erbot sich, ihre Päckchen zu tragen, und begleitete sie den ganzen Weg nach Hause.

»Sie gefallen mir immer noch«, erklärte er dabei. »Das ist selten bei mir. Ich meine, daß mir eine Frau gefällt, wenn ich sie das zweitemal sehe.«

»Ich fühle mich hochgeehrt.«

»Falls Sie wissen wollen, wie ich heiße: Valentin Knott. Es spielt zwar keine Rolle, aber es ist üblich, das zu sagen.«

»Sehr erfreut, Herr Knott«, erwiderte sie ein wenig spöttisch.

»Sagen Sie einfach Valentin zu mir. Das erleichtert die Konversation.«

Er machte keine Miene, sich vor der Gartentür zu verabschieden, kam mit hinein und ließ sich ohne Aufforderung auf der Terrasse nieder.

»Hübscher Blick«, meinte er, »aber das gibt es hier überall. Ich möchte hier trotzdem nicht für immer wohnen. Ich liebe die Heide, wissen Sie. Wenn ich mal Geld habe, kaufe ich mir ein Haus in der Heide. In der Lüneburger Heide.«

»Und warum sind Sie dann hier?«

»Studien. Ich erzählte es Ihnen schon, glaube ich. Man muß die Typen studieren, wo sie sich ansammeln. In der Beziehung ist das hier ein reiches Jagdgebiet.«

»Für Ihre späteren Bücher?«

»Sehr richtig. Nächstes Jahr fange ich an. Übernächstes können Sie dann das erste Buch von mir lesen.«

»Haben Sie denn schon einen Verleger?«

Er winkte ab. »Den finde ich, da habe ich keine Bange. Die werden sich um mich reißen.«

Elisabeth lächelte amüsiert, und er sagte: »Sie lachen mich aus, das macht nichts. Ich weiß, was ich rede. Sie denken wahrscheinlich, ich leide an Selbstüberschätzung. Aber ich weiß Bescheid, ich kenne den Markt. So was wie ich ist noch nicht da.«

»Ihr Selbstvertrauen ist wirklich überwältigend. Hoffentlich werden Sie nicht enttäuscht.«

Doch das befürchtete Valentin in keiner Weise. Er kannte seinen Wert und sein Talent. Das sollte Elisabeth im Laufe der nächsten Zeit erfahren.

Denn von nun an wurde er ihr treuer Begleiter. Er kam jeden Tag, begleitete sie bei den Einkäufen, blieb oft zum Essen, half ihr beim Kochen und im Haus, neckte sich mit Angelina und behandelte Gregor wie ein seltenes Tier, das im Zoo ausgestellt war.

Gregor seinerseits war zunächst amüsiert, dann verärgert.

»Da hast du dir aber einen komischen Verehrer zugelegt«, sagte er zu Elisabeth. »Was will der Bursche eigentlich von dir?«

»Das weiß ich auch nicht. Aber wenn er dir nicht paßt, kannst du ihn ja hinauswerfen.«

Valentin störte sich an Gregors Unmut nicht im geringsten. Er gab deutlich zu verstehen, daß er wegen Elisabeth kam und ihre Gesellschaft suchte.

Mit der Zeit erfuhr Elisabeth seine ganze Lebensgeschichte. Er war jetzt achtundzwanzig Jahre alt, bei seiner Mutter aufgewachsen. Der Vater war im Krieg gefallen. Er hatte seine Mutter sehr geliebt und sprach gern von ihr. Vor zwei Jahren war sie gestorben. Seitdem war er allein und trieb sich in der Welt herum. Er hatte verschiedene Studien angefangen, im ganzen waren es acht Semester, in denen er sich offenbar in den verschiedensten Fakultäten versucht hatte. Bis er zu dem Entschluß kam, Schriftsteller zu werden. Seitdem studierte er Menschen. Er besaß sehr wenig Geld. Hier wohnte er bei einem Schlagersänger, für den er mal einen Text geschrieben hatte, der zwar nie vertont worden war, was ihn aber nicht störte. Er kannte so ziemlich alle Leute hier, wurde ständig eingeladen und verbrauchte auf diese Weise kein Geld für seinen Lebensunterhalt. Sonst machte er sich keine Sorgen.

Er war es schließlich auch, der Titine das Leben rettete, wodurch er sich Elisabeth wirklich zur Freundin machte.

An einem Vormittag, es war schon Anfang Mai und strahlend schönes Wetter, waren sie wieder einmal im Ort zum Einkaufen. Sie nahmen einen kleinen Aperitif vor dem Hotel Schiff und gingen dann noch in die engen Gassen hinter der Kirche, weil Elisabeth beim Schuster ihre Schuhe abholen wollte.

Dort wurden sie Zeuge, wie ein großer Hund ein kleines, gestreiftes Kätzchen jagte. Die kleine Katze rannte wild die Gasse entlang, ihnen entgegen, der riesige Köter in großen Sprüngen hinterher. Als er sie fast erreicht hatte, sprang die Katze in Todesangst an einer Mauer empor, verlor aber an den glatten Steinen den Halt und stürzte wieder herab, dem Hund direkt vor die Nase, der sofort über sie herfiel.

Elisabeth schrie auf, und Valentin stürzte sich mutig auf den Hund, ergriff ihn am Fell und zerrte ihn zurück. Der Hund fuhr herum, schnappte nach Valentin, erwischte auch seine Hände, aber da hatte Elisabeth ebenfalls schon zugegriffen und das Kätzchen aufgehoben.

Die Schlacht hatte nur kurz gedauert. Aber sie waren alle vier aufgeregt und zum Teil blutbedeckt. Valentins Hände bluteten, und das Kätzchen blutete auch, und gleich darauf zeigten sich auf Elisabeths hellem Kleid ebenfalls Blutflecken.

Sie betrachtete besorgt das kleine schweratmende Tier, das heftig zitterte. Und dann Valentin, der schon wieder sein übliches vergnügtes Gesicht machte, als sei nichts geschehen. Dem Hund hatte er einen Tritt versetzt, und der trollte sich um die nächste Ecke.

»Mein Gott«, rief Elisabeth, »sind Sie schlimm verletzt?«

»Nicht der Rede wert.« Er streckte seine Hände von sich, und Elisabeth betrachtete die Wunden.

»Sie müssen auf jeden Fall zum Arzt.«

»Wozu denn das?«

»Doch. Sie müssen eine Tetanusspritze haben.« Dann sah sie auf das Kätzchen, das sie im Arm hielt und das leise vor sich hin wimmerte.

»Hat er sie schwer gebissen?« fragte Valentin besorgt und beugte sich auch über das Tier.

»Ich weiß nicht. Sie blutet am Bein und am Rücken. Sie muß auch zum Arzt.«

Valentin, der sich in Ascona blendend auskannte, wußte, wo einer wohnte. Dort trafen sie zu dritt ein, unterwegs von allen Leuten staunend betrachtet, denn sie boten mit all dem Blut ein wildes Bild.

Der Arzt handelte rasch und umsichtig. Valentin bekam einen Verband und eine Spritze, und dann wurde die Katze auch behandelt. »Nicht weiter schlimm«, lautete die Diagnose. »Das sind nur Fleischwunden.«

Die verbundene Katze im Einkaufskorb, landeten sie wieder in der Gasse, wo alles passiert war. Sie fragten in einigen Läden, sprachen auch ein paar Leute an, aber keiner wußte, wo die Katze hingehörte. Niemand kannte sie.

Also nahm Elisabeth sie mit nach Hause. Sie lag einige Tage in einer Pappschachtel, die mit einem Kissen ausgepolstert war, und schien recht matt und krank zu sein. Immerhin nahm sie am zweiten Tage schon etwas Milch.

Gregor betrachtete sie mißtrauisch. »Soll die vielleicht hierbleiben?«

»Ich kann sie jetzt nicht hinaussetzen«, sagte Elisabeth. »Sie ist doch krank.«

Am vierten Tage erhob sich die Katze, machte einen Rundgang durchs Zimmer, schnüffelte ein wenig auf der Terrasse herum, schleckte ein ganzes Schälchen Milch leer, und als Elisabeth ihr Leber mitbrachte, fraß sie die auch mit gutem Appetit. Und dann war sie wieder gesund, machte aber keine Anstalten, das Hospital zu verlassen. Sie lag im Garten auf dem Mäuerchen in der Sonne, schnurrte behaglich, wenn man sie streichelte, und als sie entdeckt hatte, wo Elisabeth schlief, bestand sie darauf, im gleichen Zimmer ihr Nachtlager aufzuschlagen. Sie hatte sich entschlossen, bei ihrer Retterin zu bleiben. Dagegen konnte auch Gregor nichts ausrichten.

Elisabeth erkundigte sich noch einige Male in der Gegend, wo die erste Begegnung stattgefunden hatte, ob eine kleine Katze vermißt wurde. Aber keiner meldete sich.

Also mußte sie bleiben, wo sie war. Elisabeth taufte sie Titine.

Titine gewöhnte sich an das Haus, an den neuen Namen, natürlich an Elisabeth, die sie liebte, und sogar an Gregor, der mit der Zeit auch Gefallen an ihr fand. Sie sprang auf seinen Schoß, streckte die kleinen Pfoten an seiner Brust hoch und mauzte. Dann mußte sie gestreichelt werden, keiner konnte widerstehen. Sie rollte sich behaglich zusammen und schlief.

Am Morgen, wenn Elisabeth Gregor das Frühstück ans Bett brachte, kam Titine mit, sprang auf die Bettdecke und nahm am Frühstück teil. Kam sie nicht, fragte er: »Wo ist Titine?«

»Ich weiß nicht. Streunen gegangen.«

»Laß sie bloß nicht aus dem Haus. Dann fällt wieder ein Hund über sie her.«

Elisabeth lächelte. »Nein, die Lektion hat sie gelernt. Sie geht aus dem Garten nicht hinaus.«

Das tat Titine wirklich nicht. Höchstens, daß sie nebenan Frau Annemarie besuchte, wo sie auch immer einen Leckerbissen bekam. Alles in allem war Titine mit ihrem Leben sehr zufrieden. Valentin, der sich nicht nur in den Gedanken und Gefühlen seiner Mitmenschen, sondern offenbar auch in einer Katzenseele gut auskannte, faßte es in Worte.

»Titine ist bestimmt der Meinung, daß so ein kleiner Verkehrsunfall sehr segensreich sein kann. Was wäre aus ihr geworden ohne das gräßliche Hundevieh? Jetzt ist sie Hauskätzchen bei Deutschlands berühmtestem Filmstar und bei der liebenswertesten Frau der Welt.«

Elisabeth lächelte in das spitzbübische Sommersprossengesicht hinein, das ihr in kurzer Zeit lieb und vertraut geworden war. Gregor, der im Liegestuhl lag, grunzte etwas Unverständliches vor sich hin und warf Valentin einen schrägen Blick zu.

Titine, die auf seinem Bauch lag, schnurrte behaglich. Sie war durchaus Valentins Meinung.

Von Ruhe konnte wenig die Rede sein. Außer Valentin kam auch Sylvia Berg, das blonde Starlet von der Geburtstagsparty, häufig ins Haus. Sie hatte sich inzwischen mit ihrem Freund verkracht, nachdem sie gar zu offensichtlich mit anderen Männern geflirtet hatte. Er war abgereist, sie geblieben. Da sie kein Geld hatte, im Hotel wohnen zu bleiben, erwartete sie in aller Naivität, daß irgend jemand sie aufnehmen würde. Gregor, den sie ständig zu becircen suchte, in der Hoffnung auf Protektion und vielleicht nicht nur deswegen, hatte den Vorschlag gemacht, daß sie bei ihnen wohnen könnte. Doch Elisabeth hatte das entschieden abgelehnt. Sie hätten zuwenig Platz, was auch stimmte, und im übrigen wolle sie nicht.

Gregor zog indigniert die Brauen hoch. »Du bist doch nicht etwa eifersüchtig?«

»Lächerlich«, entgegnete Elisabeth scharf. »Sie hat es auf dich abgesehen, und du weißt genau warum. Sie denkt, sie kann durch dich eine Rolle bekommen.«

»Das kann sie auch.«

»Sicher. Und wenn du anderweitig Verwendung für sie hast, bitte sehr. Dann reise ich ab, und du kannst hier tun, was du willst. Aber nicht, solange ich da bin.«

»Sieh mal an«, meinte Gregor spöttisch. »Du hast dich ganz schön entwickelt. Elisabeth, meine sanfte Taube. Sie fängt an, mir Vorschriften zu machen. Und sie glaubt, daß ich mir das gefallen lasse.« Er zog arrogant die Mundwinkel herunter. »Was wärst du eigentlich ohne mich? Du gingst noch in dein popeliges Büro und könntest dir vom Buchhalter den Hof machen lassen. Mir scheint, du hättest doch wohl besser getan, diesen Herrn Lenz zu heiraten statt mich.«

»Das scheint mir auch so«, gab sie zur Antwort. Sie wendete sich ab, ging hinunter in den Garten, um das Gespräch abzubrechen. Denn Valentin saß mit einer Zeitung auf den Terrassenstufen, und es war nicht nötig, daß er mehr hörte, als er schon gehört hatte.

Gregor verließ das Haus kurz darauf. Er holte den Wagen aus der Garage und fuhr in Richtung Ascona. Zweifellos, um die blonde Sylvia in ihrer Verlassenheit zu trösten. Sofern dies vonnöten war.

Nach einer Weile kam Valentin in den Garten geschlendert. Titine saß auf seiner Schulter und blickte unbekümmert um sich. Er blieb neben Elisabeth stehen, die sich an den Sträuchern zu schaffen machte, mit zusammengepreßten Lippen, den Blick von Tränen verdunkelt.

»Machen Sie nicht so ein Gesicht, Elisabeth, meine sanfte Taube«, sagte er. »Es steht Ihnen nicht.«

»Reden Sie mich nicht auch noch so schwach an«, fuhr ihn Elisabeth ärgerlich an.

»Sie sollen sich nicht ärgern«, sagte Valentin freundlich. »Das ist er gar nicht wert. Wissen Sie, was ich mir überlegt habe, Sie sollten wirklich abreisen. Je früher, desto besser.«

Elisabeth richtete sich auf und betrachtete den jungen Mann ernsthaft. Sie kannte ihn inzwischen gut genug, um zu wissen, wann er scherzte und wann er meinte, was er sagte.

»Meinen Sie das im Ernst?«

»Hm.« Er nickte. »Sie sind zu schade für ihn. Eine Frau wie Sie ist wie selten eine dazu geeignet, einen Mann glücklich zu machen. Richtig rundherum glücklich, mit allem, was dazugehört. Sagen Sie, Elisabeth, Sie könnten sich nicht dazu entschließen, mich zu heiraten?«

Trotz ihres Kummers mußte sie lachen. »Mein Gott, Valentin. Ich bin bald zehn Jahre älter als Sie.«

»Na und? Was hat das zu sagen. Es kommt auf den Menschen an. Sie sind die Frau, von der ich immer geträumt habe. Denken Sie, so ein Pflänzchen wie Ihre Nebenbuhlerin, diese Sylvia, könnte mich nur eine Stunde interessieren? Nicht mal ins Bett gehen möchte ich mit der. Ich wüßte vorher genau, was sie sagt, was sie tut, wie sie sein wird. Ich könnte ein ganzes Buch über sie schreiben. Es ist nicht der Mühe wert, und ich täte es nicht. Aber glauben Sie mir, ich könnte es, ohne mich näher mit ihr zu beschäftigen, ohne sie besser zu kennen. Sie dagegen, Elisabeth – das ist etwas anderes. In Ihnen ist Geheimnis, ist Erfüllung und ja – Überraschung. Ich würde immer neugierig sein, was Sie tun und was Sie sagen.«

»Ich glaube, Sie überschätzen mich.«

»O nein. Sie unterschätzen sich selbst.«

»Ich bin eine Durchschnittsfrau. An mir ist gar nichts Besonderes.«

»Also, wenn ich unserem verehrten Meister hier ausnahmsweise mal etwas zugute halten soll: wenn Sie das wären, hätte er Sie nicht geheiratet. Trotz seiner ganzen widerlichen Einbildung ist er gar nicht so dumm. Irgendwo hat er gespürt, was Sie für ihn sein könnten. Aber er denkt es nicht zu Ende. Weil er einfach zum echten Fühlen und zum vernünftigen Denken verdorben ist. Und ich fürchte, das wird sich nicht mehr reparieren lassen. Darum sollen Sie auch nicht bei ihm bleiben. Er zerstört zuviel in Ihnen. Ein Pfau und eine Taube, glauben Sie, daß das gut gehen kann? Daß die glückliche Gefährten werden können?«

»Und Sie denken, wir beide könnten glückliche Gefährten sein?«

»Genau. Ich bin ein emsiger Nestbauer. In ein paar Jahren wird man mich kennen. Es wird kein Filmstarruhm sein. Vielleicht überhaupt kein Ruhm. Aber eine gutfundierte, wohlverdiente Anerkennung, mit der sich leben läßt. Sie werden keine Luftvilla im Tessin haben, die so unsicher am Hang klebt. Sondern ein ordentliches, auf dem Boden stehendes Haus in der Heide. Der Himmel ist dort hoch und weit, der Wind singt sein Lied um unser Haus. Sie können dort mit Ihrem Hund spazierengehen und in Ruhe Ihre Kinder aufziehen.«

»Meine Kinder?«

»Ja. Sie wollen doch Kinder haben, Elisabeth?«

Sie blickte an ihm vorbei auf den See hinaus. »Ich wollte es einmal. Aber das habe ich längst aufgegeben.«

»Warum denn? Es ist Ihr gutes Recht.« Und mit schöner Selbstverständlichkeit fügte er hinzu: »Von mir werden Sie die Kinder bekommen.«

Elisabeth mußte wieder lachen. »Sie reden allerhand Unsinn, Valentin. Kommen Sie, wir wollen lieber Kaffee trinken.«

Auf der Terrasse blieb sie noch einmal stehen. »Ist sie wirklich meine Nebenbuhlerin?«

»Die kleine Hexe? Aber ich bitte Sie. Nicht mal Ihrem Pfau wird sie gefährlich. Nicht mal ein großes Rad würde er für sie schlagen. Höchstens ein halbes. Es gefällt ihm, daß sie ihm um den Bart geht. Er wird langsam alt, der Gute.«

»Sie sind ungezogen, Valentin«, sagte Elisabeth. Aber sie verspürte eine kleine Genugtuung über diese Worte.

Sylvia kam bei dem Drehbuchautor unter. Eine Weile später liierte sie sich mit einem Amerikaner, dem sie auf der Nase herumtanzte. Sie kam nach wie vor oft ins Haus und bemühte sich um Gregor. Immer war sie äußerst raffiniert und sehr ausgezogen angezogen und tadellos zurechtgemacht.

Classen, der eines Tages auftauchte, bekundete sofort ein lebhaftes Interesse an ihr.

Jedoch war Classen nicht allein gekommen. Er kam, um nun endlich einmal mit Gregor ernsthaft über die Verfilmung der »Torheit des Klugen« zu reden, und er hatte die vorgesehene Partnerin gleich mitgebracht. Der süße Fratz, von dem er Elisabeth schon vor Monaten erzählt hatte. Der süße Fratz war ein anderes Kaliber als Sylvia. Auf den ersten Blick auch nur eines von den rollenhungrigen, ehrgeizigen Starlets, die für eine Karriere zu allem fähig waren. Sah man dieses Mädchen jedoch, das ganz schlicht und einfach Anita Müller hieß, näher an, entdeckte man wache Intelligenz in den dunklen Augen und einen festen, entschiedenen Zug um den jungen, weichen Mund. Sie hatte, wie sich herausstellte, an verschiedenen Provinzbühnen Theater gespielt und war entschlossen, wie sie gleich erklärte, weiterhin Theater zu spielen, und wenn ihr der Film keine anständigen Rollen bieten würde, sich nicht um mittelmäßige zu bemühen.

»Immerhin«, erklärte Valentin Elisabeth am nächsten Morgen, »hat sie sich jetzt mit dem ollen Classen eingelassen. Sie kennt die Preise und will sie auch bezahlen. Aber sie will etwas dafür haben.«

»Ich bin nicht so sicher, ob sie sich wirklich mit Classen eingelassen hat«, meinte Elisabeth. »Es sieht vielleicht nur so aus.«

»Es ist so, seien Sie beruhigt. Aber das will bei der nicht viel heißen. Sie läßt ihn fallen wie eine heiße Kartoffel, wenn sie ihn nicht mehr gebrauchen kann. Und sie macht mir ganz den Eindruck, als könnte sie eine gute Schauspielerin sein.«

Elisabeth betrachtete ihren jungen Verehrer amüsiert. »Sie werden mir doch nicht etwa untreu, Valentin?«

»Was sollte ich mit so einem Grünschnabel anfangen? Aber sie ist nicht ohne. Und die Trixi in der ›Torheit‹ wäre die richtige Rolle für sie.«

Das mußte Elisabeth zugeben. Sie hatte das Buch kürzlich gelesen, nachdem immer wieder die Rede von der Verfilmung war, und konnte sich sowohl Gregor wie auch dieses Fräulein Müller in den Hauptrollen vorstellen.

»Es wird ein großer Film«, gab sie zu bedenken. »Und Ihre neue Freundin hat erst eine kleine Nebenrolle gespielt. Wenn Classen ihr die Rolle gibt, wäre es eine große Chance für sie.«

»Aus der sie etwas machen wird, darauf können Sie sich verlassen.«

Gregor konnte sich zu einem Vertrag noch nicht entschließen. Er wartete auf die endgültigen Verhandlungen mit Amerika. Sein letzter amerikanischer Film hatte inzwischen Premiere gehabt und war ein ganz großer Erfolg geworden. Das 300 000-Dollar-Angebot würde kommen. In nächster Zeit erwartete er seinen amerikanischen Agenten mit dem endgültigen Angebot. Immerhin konnte Classen mit einem Vorvertrag abreisen. Veit Gregor würde in der »Torheit des Klugen« spielen, nur der Termin lag noch nicht fest.

Und schließlich kam der Besuch, der alles veränderte. Konyan, der amerikanische Agent, war in München eingetroffen, aber nicht allein.

Als der Anruf von Lydia kam, war Elisabeth allein im Hause.

»Ihr bekommt hohen Besuch«, verkündete Lydia. »Richten Sie Ihren Gemahl auf Hochglanz her.«

»Konyan?« fragte Elisabeth, die von der bevorstehenden Ankunft des Agenten unterrichtet war.

»Der auch. In seiner Begleitung befindet sich Patrice Stuart.«

»Patrice Stuart?«

»Eben diese. Sie hat nächsten Monat Außenaufnahmen in Italien und hat den Wunsch geäußert, zuvor ihren lieben Partner, mit dem sie soviel Erfolg errungen hat, wiederzusehen.«

»Ach du lieber Gott!« sagte Elisabeth, nicht eben begeistert. »Wie ist sie denn?«

»Hinreißend. Ein bildschönes Frauenzimmer. Maßlos eingebildet. Du sollst keine anderen Götter haben neben mir, so der Typ. Mein Beileid, Elisabeth. Tragen Sie's mit Fassung.«

»Ich weiß nicht, ob ich noch soviel Fassung aufbringe«, antwortete Elisabeth ziemlich kläglich. »Hier wimmelt es ununterbrochen von bildschönen Frauenzimmern. Gerade eben erst ist Classen abgereist. Gott sei Dank hat er uns von einer befreit. Er hat sie mitgenommen.«

»Wen denn?«

»Ein Mädchen namens Sylvia Berg. Mit einer ist er hergekommen, mit zweien ist er abgefahren. Wenn sie sich unterwegs nicht die Augen auskratzen, werden Sie sie schon zu sehen bekommen.«

»Anita kenne ich schon. Die ist in Ordnung. Bei der kann

Classen nicht viel ausrichten. Sie soll in der ›Torheit‹ spielen. Und wer ist die andere, sagen Sie?«

»Sylvia Berg.«

»Die kenne ich auch. Eine Rothaarige, war früher Mannequin.«

»Nicht rot, silberblond.«

»Na schön, dann eben jetzt silberblond. Aber strohdumm. Die servieren wir ab. Hat es Ärger gegeben mit Gregor?«

»Nur so das übliche. Und was passiert jetzt mit dieser Stuart?«

»Schwer zu sagen. Mich übersieht sie. Na, jedenfalls Hals- und Beinbruch. Halten Sie die Ohren steif, und lassen Sie sich nichts gefallen, Elisabeth.«

Das war gut gemeint von Lydia, aber es nützte nicht viel.

Patrice Stuart kam, sah und siegte. Sie war binnen weniger Stunden die Sensation von Ascona und Umgebung. Sie war wirklich bildschön, sanft und königlich zugleich, mit dem Gesicht eines Engels und der Entschlossenheit eines eiskalten Business-Mannes. Nur daß diese Entschlossenheit diesmal nicht ihrer Karriere galt. Zum ersten Male in ihrem Leben nicht. Sie galt Veit Gregor.

Und nun schlug der Pfau auch sein ganzes Rad. Schlug es nach einem Jahr fast bürgerlicher Ehe, nach der Gemeinschaft mit einer im Grunde so wenig aufregenden Frau und nach Wochen verhältnismäßig zurückgezogenen Lebens mit großer Prachtentfaltung und mit sichtlichem Vergnügen.

Elisabeth mußte immer wieder an das plastische Gleichnis ihres jungen Freundes Valentin denken während dieser Tage, in denen Patrice Stuart sie mit ihrer Gegenwart beglückte. Ziemlich rasch und für jeden sichtbar verschoben sich die Figuren im Spiel.

Von der zeitweisen Hauptrolle in Veit Gregors Leben rutschte Elisabeth in eine bescheidene Charge ab, und binnen kurzem war sie nur noch Zuschauer.

Zwei große Schauspieler, zwei geborene Komödianten spielten sich und der Umwelt ein gekonntes Stück vor: die große Liebe, die jähe Leidenschaft.

Elisabeth begriff ziemlich bald nach dem Erscheinen Pat Stuarts, daß zwischen ihr und Gregor mehr bestanden hatte als die Partnerschaft vor der Kamera. Es hätte Valentins nicht bedurft, der, ehrlich wie immer, dies bereits am zweiten Tage aussprach.

Pat Stuart selbst machte kein Hehl daraus. Sie hatte gern mit Gregor gefilmt, der Film war ein Erfolg geworden, im nächsten sollte er wieder ihr Partner sein. Und außerdem dachte sie offensichtlich an eine Heirat. Ihre Verlobung zu Sammy Goldstone hatte sie gelöst, im guten, wie von Konyan zu erfahren war, denn sie hatte selbstherrlich dem verlassenen Verlobten versprochen, auch Veit Gregor zu einem langfristigen Vertrag mit seiner Produktion zu veranlassen. Sie selbst hatte diesen Vertrag bereits unterschrieben, drehte momentan einen neuen Film.

Gregor, eitel wie immer, fühlte sich geschmeichelt, daß diese schöne, begabte, junge Frau, immerhin zwanzig Jahre jünger als er, so offensichtlich zu erkennen gab, wieviel ihr an ihm lag. Sie war seinetwegen gekommen, und es war nicht zu übersehen und zu überhören, daß sie nicht ohne ihn abreisen wollte. Elisabeth verfolgte diese rapide Entwicklung zunächst mit Staunen, dann mit hilflosem Ärger und schließlich mit Resignation. Eine Weile hoffte sie noch, daß er zu ihr halten würde, daß die Bindung zu ihr mehr sein könnte, als was alle immer darin gesehen hatten. Aber schließlich hatte sie selbst nie mehr darin gesehen, als sich nun erwies.

Faszinierend war es, Gregors Wandlung mitzuerleben. Die mürrische Lässigkeit, die übellaunige Gelangweiltheit, die er in letzter Zeit ungeniert gezeigt hatte, waren wie weggeblasen. Elastisch, um Jahre jünger, von geradezu überwältigendem Charme, bewegte er sich um und vor seinem amerikanischen Gast. Er spielte nicht etwa den Verliebten oder den erinnerungssüchtigen Liebhaber vergangener Tage, o nein. Er war der Siegespreis, den es zu erobern galt, der Mann, von dem die Frauen träumten und den zu erobern auch für so ein kostbares Geschöpf, wie Patrice Stuart es darstellte, durchaus keine alltägliche oder gar mühelose Sache war.

Er zeigte bestenfalls Interesse, Geneigtheit, manchmal eine wie unbeabsichtigte Aufwallung von unterdrückter Leidenschaft, war jedoch stets der Mann, der sich vorbildlich in der Gewalt hatte. Keine Frucht, die leicht zu pflücken war.

Und Patrice spielte das Spiel mit.

Kühl und fern, dann wie von geheimer Glut erfüllt, lockend und voller Versprechen, und doch bereit, sich Zeit zu lassen, das herrliche Spiel voll auszukosten. Keinen Zweifel jedoch ließ sie daran, daß sie ihn haben wollte. Ganz eindeutig und ohne Umwege: diesen Mann.

Und kein Zweifel auch daran, daß sie immer bekam, was sie wollte. Elisabeth? Eine Ehefrau? Das war für sie kein Hindernis. Nicht einmal der Mühe wert, einen Gedanken daran zu verschwenden.

Elisabeth bekam dieses Weltwunder aus Hollywood nur zweimal aus der Nähe zu sehen. Das erstemal am Tage nach ihrer Ankunft, als sie nur für eine kurze Zeit Konyan bei einem Besuch begleitete. Sie wohnte in Locarno. Am Abend zuvor war Gregor bereits zur Audienz vorgelassen worden, allein natürlich, und Elisabeth hatte keine Ahnung, was an diesem Abend gesagt und getan worden war. Er hüllte sich darüber in Stillschweigen.

Am nächsten Tag also kam sie. Elisabeth wurde von ihr nahezu übersehen. Ein paar sehr freundliche Worte bei der Begrüßung, zwei- oder dreimal eine flüchtige Anrede, immer mit großem Charme, aber mit sorgsam dosierter Gleichgültigkeit vorgebracht, das war alles. Elisabeth hätte genausogut die Haushälterin sein können. Das Gespräch wurde nur amerikanisch geführt, und obwohl Elisabeth englisch leidlich verstand, blieb ihr das meiste unverständlich.

Gewogen und zu leicht befunden, dachte sie mit bitterer Ironie. Ich bin keine Rivalin für sie. Das läßt sie mich deutlich spüren. Am Tag darauf hielt Pat Stuart in einem der Vorgärten auf der Piazza hof. Alles, was in Ascona, Locarno und Umgebung irgendwie dazugehörte, hatte sich eingefunden. Gregor saß an ihrer Seite.

Keine Kopfschmerzen, kein Augenflimmern mehr, blendend und brillant wie eh und je. Elisabeth hatte er nicht aufgefordert, mitzukommen. Sie erfuhr alles Nähere von Valentin, der sich das Schauspiel nicht entgehen ließ. Die übrigen Nachrichten kamen von Frau Barkenau, die zwar selbst auch nicht zugelassen war, aber durch ihren Mann unterrichtet wurde. Ossy Barkenau war nämlich seit einiger Zeit zurück, schrieb fleißig an seinem Roman, hatte nun allerdings die Arbeit unterbrochen und sich in das Gefolge des Stars eingereiht.

Das zweitemal erlebte Elisabeth den illustren Gast auf der großen Party, die ein berühmter amerikanischer Schriftsteller, der weit und breit das schönste Haus am See besaß, zu Ehren der schönen Landsmännin gab. Man hatte Elisabeth eingeladen, ein Akt der Höflichkeit, wohl nicht mehr. Sie bereute bald, daß sie gegangen war. Gregor sah sie an diesem Abend nur aus der Ferne, und meist an der Seite von Patrice. Ohne Valentin wäre sich Elisabeth mehr als verlassen vorgekommen. Es war auch so schon schlimm genug. Sie war sich der boshaften, neugierigen, teils auch mitleidigen Blicke bewußt, die sie streiften. Sie wußte, was geredet und getuschelt wurde. Und sie haßte Gregor aus tiefstem Herzen dafür, daß er sie dieser Situation aussetzte, so brutal und rücksichtslos aussetzte, wie es nur möglich war. Er hätte wenigstens den Schein wahren können. Sich wenigstens gelegentlich daran erinnern können, daß sie auf der Welt war. Es war eine tiefe Demütigung für Elisabeth, die lange schmerzen würde. Und die sie ihm nie verzeihen konnte, das war ihr klar. Valentin war nur ein bedingter Trost. Seine Kommentare entbehrten auch bei dieser Gelegenheit nicht der rückhaltlosen Offenheit.

»Sie mag ja ein Aas sein«, sagte er beispielsweise, »aber sie ist schlechthin vollkommen. Sie ist von Kopf bis Fuß das wunderbarste Frauenwesen, das ich je gesehen habe. Zu schön, um wahr zu sein. Irgendwo muß der Wurm drin sein. Aber man sieht ihn nicht.«

Elisabeth gab keine Antwort, blickte wie er zu Patrice hin, die im Kreis ihrer Bewunderer strahlte, wie eine Sonne, um die sich, von Planeten angefangen bis zum letzten Sternlein, alles sammelte. Auch sie konnte sehen, wie schön diese Frau war.

Patrice trug ein weißes, silberdurchwirktes Kleid, ganz eng, sehr kurz, die Schultern nackt. Alles an ihr war makellos: die langen schlanken Beine, die seidenglatten Schultern, breit und wohlproportioniert; das Dekolleté war nicht herausfordernd, aber vollkommen. Der Hals lang und grazil, und das Gesicht von edler gleichmäßiger Schönheit, immer beherrscht, immer wohlausgewogen in jedem Ausdruck, sehr sprechend, sehr lebendig. Groß und strahlend die dunkelblauen Augen von tiefschwarzen Wimpern eingerahmt. Und voll, duftig und schimmernd das goldblonde Haar. Valentin hatte es ganz gut getroffen. Konnte eine Frau so schön sein?

»Ihr verehrter Herr Gemahl kann sich allerhand einbilden«, fuhr Valentin fort, »schließlich ist er nicht mehr der Jüngste. Und in Amerika hat er ein paar ganz beachtliche Kollegen, die ich an

Stelle der Dame vorziehen würde. Womit mag er sich bei ihr so beliebt gemacht haben? Was meinen Sie, Elisabeth?«

Sie hob die Schultern. »Das weiß ich doch nicht.«

»Wenn es jemand wissen müßte, dann Sie«, meinte er in der schonungslosen Ungeniertheit seiner jungen Jahre. »Sie müssen doch seine Talente auf gewissen Gebieten kennen? Was anderes kann es kaum sein.«

Elisabeth blickte den jungen Mann gequält an. »Sie wirken außerordentlich wohltuend auf mich heute abend«, sagte sie mit einer leichten Schärfe. »Könnten Sie nicht Ihre Mutmaßungen für sich behalten?«

Valentin blickte sie erschrocken an. »Oh, habe ich Sie gekränkt, Elisabeth? Das wollte ich nicht. Ich habe nur laut gedacht.«

»Sie haben mich gefragt. Und ich verbitte mir solche Fragen. Und wenn Sie denken müssen, denken Sie bitte leise.«

»Es sind reine Theorien«, sagte er ein wenig lahm. »Außerdem kann es nicht schaden, wenn Sie sich seelisch ein bißchen auf das vorbereiten, was kommt.«

»Danke. Ich bin vorbereitet.«

»Und werden Sie mich dann heiraten?«

»Den Teufel werde ich tun«, sagte Elisabeth mit unterdrücktem Zorn. »Verschonen Sie mich mit Ihren lächerlichen Heiratsanträgen. Außerdem wirken sie nicht sehr überzeugend, nachdem Sie soeben eine andere Dame als das wunderbarste Frauenwesen bezeichnet haben, das Ihnen je begegnet ist.«

»Das war auch Theorie. Sie wissen doch: die Sterne, die begehrt man nicht, man freut sich ihres Glanzes. Das wäre auch keine Frau für mich.«

»Ich nehme an, Miß Stuart wird darüber sehr betrübt sein. Und jetzt entschuldigen Sie mich wohl. Ich gehe nach Hause.«

Valentin legte ihr mit energischem Druck die Hand auf den Arm.

»Das werden Sie nicht tun. Sie werden bleiben. Sie haben doch Haltung, Elisabeth. Und die werden Sie heute beweisen.«

»Wer sagt Ihnen, daß ich *soviel* Haltung habe?«

»Ich weiß es. Und jetzt tanzen wir zusammen.«

Also tanzte sie. Und sie trank mehr als sonst. Ab und zu sprach sie mit diesen oder jenen Leuten. Bekannte und Unbekannte. Sie plauderte und lachte, und sie tat, als geschähe nichts Besonderes.

Haltung, o ja. Heute noch. Aber keinen Tag länger. In verschiedenen Gewichtsklassen konnte man nicht antreten, das war kein fairer Kampf. Sie war wieder Annas Tochter. Langweilig, unschön, fad und alltäglich. Kein Friseur, keine Kosmetik, kein elegantes Kleid konnten darüber hinwegtäuschen, daß sie neben dieser Frau, die ihr den Mann wegnehmen wollte, die ihn schon genommen hatte, hausbacken und uninteressant wirkte. Auch das war noch viel zuwenig. Sie war gar nicht da neben ihr. Gregors Verhalten bewies es.

Sie hatte die Krümmung des Regenbogens überschritten. Die Brücke führte abwärts, steil in einen finsteren Abgrund. Und sie stemmte sich nicht einmal dagegen. Sie ließ sich gleiten und fallen, bereitwillig und mit geschlossenen Augen. Je eher es vorbei war, um so besser.

Es kam nicht einmal zu einem richtigen Streit zwischen Gregor und ihr. Nicht einmal so viel war sie ihm wert. Als sie einmal versuchte, das Thema zur Sprache zu bringen, winkte er ungeduldig ab. »Tu mir den Gefallen und laß mich mit deinen spießigen Ansichten in Ruhe. In meiner Position hat man schließlich Verpflichtungen. Wenn es dir nicht paßt, würde ich dir empfehlen, nach Deutschland zurückzukehren. Dir hat es hier ja sowieso nicht gefallen.«

Das war deutlich. Und Elisabeth war wirklich nahe daran, abzureisen, von heute auf morgen, alles hinter sich zu lassen und aus seinem Leben zu verschwinden, so plötzlich, wie sie darin aufgetaucht war.

Sie sah ihn ohnedies kaum. Er war ständig unterwegs. Ins Haus kam Patrice nicht mehr. Er traf sie in Locarno, in Ascona, sie fuhren nach Lugano, nach Mailand. Manchmal mit Konyan, meist allein.

Eine kleine zusätzliche Sensation gab es noch, als Maurice Pelou auftauchte. Maurice, einer der jungen, rasch weltberühmt gewordenen französischen Schauspieler, auch er gut aussehend, charmant und ein Liebling der Frauen. Und fünfzehn Jahre jünger als Gregor.

Patrice hatte ihn in Paris kennengelernt, das sie besucht hatte, ehe sie nach Deutschland kam. Es war ihre erste Europareise, wie sie bereitwilligst erzählte. Wie sie schilderte, war es in Paris zauberhaft und himmlisch gewesen, und Maurice war während dieser Zeit ihr Begleiter. Auch auf ihn hatte die wunderschöne Frau offenbar Eindruck gemacht. Und darum tauchte er jetzt überraschend hier auf. Mit diesem Veit Gregor würde er schon fertig werden.

Was für eine herrliche Situation für Pat Stuart! Sie genoß in vollen Zügen, was ihr geboten wurde. Die Umwelt sah amüsiert, interessiert und voll erwartungsvoller Schadenfreude zu. Welcher der beiden Männer würde Sieger sein? Der eine, der sich mit der unnachahmlichen Galanterie des Franzosen um sie bewarb? Der andere, der seine scheinbare Überlegenheit allzu nachdrücklich zur Schau trug?

Eine Zeitlang stand die Schlacht unentschieden. Es lag nicht in der Hand der beiden Männer. Es lag bei ihr, bei Patrice allein. Und sie hatte von Anfang an gewußt, was sie wollte. Sie wollte Veit Gregor. Wollte ihn jetzt und ganz. Für wie lange, war nicht gesagt. Aber jetzt im Moment wollte sie ihn.

Elisabeth hatte eine kleine törichte Hoffnung verspürt, nachdem Maurice der Dritte im Spiel war. Keine Hoffnung für ihre Liebe, für ihre Ehe. Das war vorbei.

Hoffnung nur darauf, das Gesicht zu wahren, sich mit Anstand aus der Affäre ziehen zu können, und schließlich auch Hoffnung darauf, ihn blamiert zu sehen. So weit waren ihre Gefühle mittlerweile gediehen.

Gregor blieb nicht mehr viel Zeit. In vierzehn Tagen schon begannen die Aufnahmen für seinen neuen Film in Frankreich. Und um die gleiche Zeit etwa mußte Patrice zu ihren Außenaufnahmen in Italien sein. Dann würden sie getrennt sein, es würden neue Eindrücke, neue Partner, neue verführerische Frauen und begehrenswerte Männer in beider Leben treten. Dann konnte alles von vorn beginnen.

Zu allem Überfluß traf auch noch Lydia ein. Sie übersah mit einem Blick die ganze Lage.

»Ich hab' mir so was gedacht, als sie aufkreuzte«, sagte sie zu Elisabeth. »War nicht mehr aufzuhalten. Es hat in Amerika schon angefangen.«

»Sie haben mir kein Wort davon gesagt«, sagte Elisabeth in gleichgültigem, müdem Ton. Sie konnte sich nicht mehr empören. Sie war leer jeden Gefühls.

»Mein liebes Kind«, sagte Lydia, »warum sollte ich Ihnen unnötig das Herz schwer machen? Das ist bei ihm nun mal so und hat meist nicht viel zu bedeuten. Und ich hielt sie für ein ganz kaltes Biest, das die Männer nur nach ihrer Brauchbarkeit aussucht. Möglicherweise hat sie's diesmal wirklich erwischt. Er wirkt komischerweise nun mal faszinierend auf Frauen, jedenfalls für gewisse Zeit. Ich hab' mich auch immer gewundert. Irgendwie hat er Eindruck bei ihr gemacht. Und sie ist noch nicht fertig mit ihm. Darum will sie ihn sich jetzt holen.«

»Meinen Segen haben sie«, erwiderte Elisabeth. »Ich werde Ihnen etwas sagen, Lydia, es ist mir total gleichgültig.«

Lydia musterte sie eine Weile aufmerksam. »Das glaube ich Ihnen nicht, Elisabeth. Dazu sehen Sie zu vergrämt und unglücklich aus. Sie sollten sich Ihren Kummer nicht so anmerken lassen. Schon gut, ich weiß, Ratschläge gibt man leicht in so einem Fall.«

»Ich habe keinen Kummer«, sagte Elisabeth verbissen. »Ich werde mich scheiden lassen und damit basta.«

»Sie wollen sich scheiden lassen? Warum denn?«

»Mein Gott, Lydia, fragen Sie nicht so dumm. Weil ich dieses Leben nicht mitmache, weil ich einfach dazu nicht geeignet bin. Ich gehe, und damit ist der Fall für mich zu Ende.«

»Das würde ich mir doch sehr gut überlegen. Was wollen Sie denn tun? Wieder so leben wie früher?«

Elisabeth blickte sie feindselig an. »Ich habe früher auch nicht in der Unterwelt gelebt. Abgesehen davon, gibt es zwei Männer, die mich heiraten wollen.« Es war kindisch und albern, daß sie das sagte, sie wußte es selbst. Es war nichts als blinde, hilflose Verteidigung.

»Zwei?« fragte Lydia mit hochgezogenen Brauen. »Doch nicht etwa der ulkige kleine Rotkopf, den Sie sich als Verehrer zugelegt haben?«

Elisabeth gab keine Antwort, und Lydia fragte weiter: »Und wer ist der andere?«

»Das geht Sie nichts an«, antwortete Elisabeth unhöflich.

»Da haben Sie recht«, sagte Lydia ungekränkt. »Ich würde es mir trotzdem überlegen mit der Scheidung. Das kann so schnell zu Ende sein, wie es angefangen hat.«

»Möglich. Aber ohne Heirat wird es wohl kaum abgehen. Ich denke, die Amerikanerinnen tun es nicht unter einer Ehe.«

Der zweite Freier beschäftigte Lydia immer noch. »Haben Sie hier noch einen Anbeter gefunden?«

Elisabeth lachte spöttisch. Und schwieg. Einen Anbeter? Nein. Einen Freund. Michael Andorf. Sie hatte viel an ihn gedacht, all die vergangenen Wochen und Monate hatten sein Bild nicht verblassen lassen. Und daß sie nicht ganz verzagte, nicht restlos verzweifelte, das machte der Gedanke an ihn.

Ob er sie heiraten würde? Das war gleichgültig. Er würde für sie da sein. Und was zwischen ihnen war, was zwischen ihnen werden konnte, das kam der Vorstellung einer Liebe, von der sie geträumt hatte, schon viel näher.

Und dann kam es binnen weniger Tage zum letzten Akt, beschleunigt zweifellos durch Maurice' Gegenwart und durch die herannahenden Filmtermine.

Patrice äußerte eines Abends den Wunsch, nach Rom zu fahren. Sie hatte genug vom Tessin. Sie wollte nach Rom, und dann bis zum Beginn der Dreharbeiten für einen kurzen Urlaub nach Capri.

Sie saßen in der kleinen Kneipe in Ascona, bei Luigi, wo sich meist abends die illustren Bewohner des Seengebiets versammelten. Patrice zwischen Gregor und Maurice.

»Eine gute Idee«, sagte Maurice in seinem holprigen Englisch, »ich werde dich begleiten, Pat. Ich kenne Rom gut und Capri noch besser. Ich weiß ein wunderbares Haus, das wir dort mieten können. Direkt über dem Meer. Wir können vom Felsen aus ins Wasser springen.«

»Is that so?« fragte Patrice gedehnt. Sie wandte langsam den Kopf und blickte Gregor an. Er sagte nichts. Sah sie nur an mit diesem dunklen, zwingenden Blick, dem auch Maurice nichts entgegenzusetzen hatte. Ein kleines Lächeln im Mundwinkel. Und dann ging sein Blick zu Maurice. »Geben Sie uns die Adresse, Maurice?« fragte er.

Maurice hob die Schultern. Er hatte verloren. Er wußte es.

»Soll ich sie ihm geben?« fragte er Patrice.

Sie lächelte ihn bezaubernd an. »Ja. Bitte.«

Sie fuhren bereits am nächsten Tag. Elisabeth hatte es noch in der Nacht erfahren.

Sie sagte nicht viel dazu. Sie sah ihn schweigend an. Ein wenig schien er nun doch schuldbewußt zu sein, und daher wurde er trotzig und abweisend.

»Das ist dann also das Ende zwischen uns«, sagte sie schließlich tonlos.

»Wenn du willst«, erwiderte er kalt. »Ich möchte bloß festhalten: dieser Vorschlag kommt von dir. Nicht von mir.«

»Natürlich«, sagte sie ruhig. »Eins würde mich allerdings interessieren: was hattest du gedacht, wie ich reagieren würde?«

»Nun . . . vielleicht ein wenig vernünftiger. Großzügig.«

»Auch Großzügigkeit hat ihre Grenzen. Was du mir zugemutet hast, seit Miß Stuart hier ist, hat bereits genügt, um alles zu beenden. Deine Abreise ändert nicht mehr sehr viel. Immerhin haben wir es auf eine Ehe von elf Monaten gebracht. Ich würde sagen, das ist ein ganz gutes Ergebnis, von dir aus betrachtet.« Sie sprach ganz ruhig, bezwang sich eisern, um die Tränen zurückzuhalten, die ihr in der Kehle saßen.

»Ich hoffe, du wirst es bei der nächsten Ehe auch so lange aushalten. So eine Heirat bedeutet ja nicht sehr viel.«

»Bitte«, sagte er nervös, »bloß keine dramatischen Töne. Danach steht mir nicht der Sinn.«

»Ich bin keineswegs dramatisch. Ich finde, leichter kann ich es dir nicht machen. Und was die Formalitäten betrifft . . . ich habe darin keine Erfahrung. Ich nehme an, Lydia wird mich beraten.«

»Lydia hat keine Zeit«, sagte er schroff. »Ich brauche sie in Paris. Tu mir den Gefallen und warte, bis ich mit dem Film fertig bin. Wir werden dann alles in Ruhe besprechen. Ich kann mir keinen Skandal leisten.«

»Nein?« fragte sie spöttisch. »Ich dachte immer, Skandale sind für euch die beste Reklame. Aber keine Angst. Ich mache keinen Skandal. Nichts liegt mir ferner als das. Ich richte mich ganz nach euren Spielregeln. Ich nehme an, das ist man einem berühmten Mann schuldig.«

Zum erstenmal kam Unsicherheit in seinen Blick, die Kälte schwand aus seinen Augen.

»Elisabeth«, begann er, seine Stimme war auf einmal weich und bittend.

»Nein«, erwiderte sie kurz. »Spar du dir bitte auch dramatische Töne. Und sentimentale dazu.« Und sie wiederholte einen beliebten Ausspruch von ihm: »Wir sprechen hier keinen Drehbuchdialog. Wir haben es mit der Wirklichkeit zu tun. Da ist das alles nicht nötig. Ich wünsche dir eine gute Reise.«

Sie ließ ihn stehen und ging hinauf in ihr Zimmer, schloß die Tür hinter sich ab.

Doch er kam ihr nicht nach. Vermutlich war er froh, daß er so leicht davongekommen war.

Sie stand eine Weile am Fenster und blickte hinaus auf den See. Es war eine milde, warme, von Düften erfüllte Nacht. Aber der Gedanke, daß sie nun bald von hier abreisen würde, bereitete ihr keinen Kummer. Ganz im Gegenteil. Sie würde froh sein, wenn sie fortkonnte. Sie war nicht glücklich hier gewesen. Nicht eine Stunde.

War sie überhaupt je glücklich mit ihm gewesen? Sie konnte sich nicht daran erinnern. Sie wollte es auch nicht. Jetzt noch nicht. Vielleicht später.

Schwer würde es sein, in den nächsten Tagen allen diesen Leuten hier zu begegnen, die sie kannte. Aber mußte sie das? Was hinderte sie daran, ebenfalls morgen schon zu reisen? Dieses Haus und dieser Haushalt gingen sie nichts mehr an. Sie konnte alles stehen und liegen lassen, wie es war. Mochte Lydia sich darum kümmern. Oder ihre Nachfolgerin, wer immer das sein würde.

Ja. Sie würde morgen reisen.

Sie zog sich aus, ganz ruhig und beherrscht. Sie lag im Bett, Titine, auf der Decke zusammengerollt, schnurrte leise vor sich hin unter ihrer streichelnden Hand.

»Ich nehme dich mit«, sagte sie leise. »Du brauchst keine Angst zu haben, daß ich dich im Stich lasse. Ich nehme dich mit, und du kommst mit zu Harro. Paß mal auf, mit ihm wirst du dich vertragen, er wird dir nichts tun. Er ist ein kluger und braver Hund, und wenn ich ihm sage, daß du zu uns gehörst, wird er auf dich aufpassen und dich beschützen.«

Jetzt waren es schon zwei Tiere. Wohin sollte sie mit ihnen eigentlich? Wieder in Tobias' kleine Wohnung? Denn sie hatte in dem Haus am Tegernsee jetzt auch nichts mehr verloren. Wie aber würde Harro sich in der Großstadt zurechtfinden? Egal. Sie würde ihn mitnehmen. Tobias und sie, Harro und Titine, das war eine richtige kleine Familie.

Sie lag ganz ruhig, sie weinte nicht. Irgendwie war es geradezu eine Erleichterung, daß alles nun entschieden war. Sie kam wieder auf festen Grund. Und es waren ja nicht nur Tobias und Harro und Titine, die sie dort erwarteten.

Noch jemand wartete auf sie. Sie hatte ihn viele Wochen nicht gesehen. Aber wenn sie zurückkam, würde alles sein, wie es vorher war. Er würde sie ansehen mit seinen blauen Augen, die so ruhig und sicher und vertrauend waren. Und alles würde gut sein. Besser, als es je gewesen war.

Es war nicht schwer, von Veit Gregor verlassen zu werden. Die Unruhe und Unsicherheit verschwand dann aus ihrem Leben. Ruhe und Sicherheit und Liebe warteten auf sie.

Mit einem Lächeln schlief sie ein.

Es ging alles viel zu glatt. Es verlief alles so, wie sie erwartet hatte. Nur daß das Leben diese glatten Wege nicht mochte. Daß es immer für Hindernisse sorgen mußte. Das hatte sie vergessen.

Auch die Abreise gestaltete sich verhältnismäßig einfach. Sie fuhr mit Lydia zurück, die noch einmal nach München wollte, ehe sie nach Paris fuhr, um dort alles vorzubereiten. Sie nahmen Valentin mit.

Dank dieser beiden blieb Elisabeth bis zur Abfahrt, die erst am übernächsten Tag stattfand, von ihrer Umwelt gut abgeschirmt. Sie verabschiedete sich nur von Annemarie Barkenau, die ihrerseits genug mit ihrem eigenen Kummer zu tun hatte. Denn Ossy war nun glücklich mit dem Wunsch an sie herangetreten, sich scheiden zu lassen.

»Diese Drecksmänner!« sagte Annemarie aus vollstem Herzen. »Der Teufel soll sie alle holen. Na, wem erzähle ich das, Sie wissen ja Bescheid.«

Elisabeth nickte. »Ich weiß Bescheid.«

»Aber der wird sich wundern. Und wenn, dann wird das teuer. Oh, der wird staunen, wie teuer das wird. Ich werde mir nichts abgehen lassen«, erklärte Annemarie kampflustig.

»Viel Glück«, sagte Elisabeth.

»Wenn ich nach München komme, besuche ich Sie am Tegernsee.«

»Ich werde dann kaum am Tegernsee sein. Das heißt«, Elisabeth lächelte, »vielleicht doch.«

»Ich werde Sie schon finden.«

Während der Rückfahrt taten ihre beiden Begleiter alles, um Elisabeth zu unterhalten.

Lydia fuhr über den Gotthard. Es war eine schöne Fahrt. Oben auf dem Berg stiegen sie aus, der Wind blies heftig, und die Sonne war so rein und hell wie nirgends.

Elisabeth lachte plötzlich. »Schön«, sagte sie. »Ich freue mich, daß wir hier heraufgekommen sind.«

Lydia und Valentin, die sich in den wenigen Tagen gut angefreundet hatten, was, da sie beide kritischer Natur waren, für beider Charakter sprach, tauschten einen überraschten Blick. Veit Gregors verlassene Frau gab ihnen einige Rätsel auf. Doch um so besser, wenn sie es so leicht nahm.

Lydia fiel ein, was Elisabeth von den beiden Männern gesagt hatte, die sie heiraten wollten. Es wäre zum Lachen, wenn das wirklich stimmte. Sie würde es Gregor gönnen. Wie sie ihn kannte, würde ihn das trotz allem verstimmen.

Und da Elisabeth so ausgeglichen schien, wagte es Lydia, über die nächste Zukunft zu sprechen.

Sie saßen in Andermatt beim Kaffee, auch hier schien die Sonne weit ins Land hinein, auch auf dieser Seite des Berges.

»Er hat gesagt«, begann sie, »es soll alles zunächst ruhen, bis der Film fertig ist.«

»Bitte sehr«, sagte Elisabeth. »Mir eilt es nicht. Und soviel ich von diesen Dingen weiß, werde ich hoffentlich nicht weiter damit behelligt werden. In prominenten Fällen erledigen ja sowieso die Rechtsanwälte alles aufs schnellste und beste. Ist es nicht so, Lydia?«

»Sicher.« Lydia nickte, und es fiel ihr schwer, ihr Erstaunen über Elisabeths Gelassenheit zu verbergen. »Und haben Sie schon Pläne für die Zukunft?«

»Nein. Ich werde zunächst wieder nach München ziehen. In die Wohnung meines Vaters.«

»Das«, widersprach Lydia energisch, »werden Sie nicht tun, auf keinen Fall.«

Elisabeth sah sie erstaunt an. »Warum nicht?«

»Sie bleiben zunächst am Tegernsee. Und ich würde sagen, daß Ihnen das Haus dort zugesprochen wird.«

»Mir?« Jetzt geriet sie doch außer Fassung.

»Natürlich. Sie sind doch gern dort gewesen, nicht? Und kommen Sie mir bloß nicht mit der sentimentalen Tour. Sie können dort nicht mehr leben oder sowas.«

»Nein, das nicht«, sagte Elisabeth zögernd. »Nicht aus Sentimentalität. Aber ich will nichts geschenkt haben.«

»Hören Sie, Elisabeth, seien Sie nicht albern. Ich wiederhole Ihre Formulierung, die Sie eben gebraucht haben. In prominenten Fällen ist es üblich, daß man abgefunden wird, und nicht zu schäbig. Das Haus kann er Ihnen ruhig überlassen. Und er wird es auch tun. Er hat sich nie viel daraus gemacht. Sie wissen, daß er es immer schon verkaufen wollte. Wenn Sie das Haus bekommen, ist allen geholfen. Für ihn ist das ein Pappenstiel.«

»Nein«, sagte Elisabeth wieder.

»Ich finde, Frau von Wengen hat recht«, mischte sich Valentin ein, der bis jetzt geschwiegen hatte. »Spielen Sie bloß nicht die Edelmütige. Edelmut ist bestimmt eine feine Eigenschaft, aber immer da, wo er hinpaßt. Nehmen Sie das Haus ruhig. Es steht Ihnen zu. Obwohl«, er wandte sich an Lydia, »sie braucht es nicht.«

»Nein?«

»Später jedenfalls nicht mehr. Dann kriegt sie ein Haus in der Lüneburger Heide.«

»Ach nee. Woher denn?«

»Von mir. Wir werden heiraten, und wenn ich genug verdient habe, kaufen wir ein Haus in der Heide. Das weiß sie schon.«

»So, so. Freut mich zu hören. Ich hoffe, ich werde zur Hochzeit eingeladen. Aber da sich das mit dem Haus nicht so bald realisieren lassen wird, mit dem in der Heide, meine ich, sollte sie ruhig inzwischen das andere behalten.«

»Sag ich ja. Ich kann dort auch schreiben.«

»Ich glaube, wir fahren weiter«, meinte Elisabeth. »Es muß so eine Art Höhenkrankheit bei ihm sein. Besser, wir kommen bald ins Tal.«

Valentin war nicht im geringsten beleidigt. »Sie werden es ja sehen, Elisabeth. Jetzt sofort fange ich an zu schreiben. Ich bleibe in München, miete mir ein Zimmer, und im nächsten Herbst erscheint mein erstes Buch.«

»Und wird ein Bestseller«, nickte Lydia. »Mein lieber Freund, Sie haben allerhand Rosinen im Kopf.«

»Das werden wir sehen«, sagte Valentin friedlich. »Wir werden uns wiedersprechen.«

Die Abreise vom Tessin war eine Flucht gewesen. Aber nun am Tegernsee, trotz allem, was geschehen war, würde es eine Heimkehr sein. Sie war dort heimisch geworden. Der Gedanke, dies alles bald verlassen zu müssen, betrübte sie. Mehr, als die Trennung von Gregor sie betrübte.

Ja, es war merkwürdig. Sie war nicht eigentlich unglücklich. Fast erleichtert, daß die Entscheidung nun gefallen war und daß das Warten und Bangen und Fragen vorüber war.

Während der Reise war Elisabeth lange Strecken schweigsam geblieben, obwohl die beiden anderen immer wieder versuchten, sie ins Gespräch zu ziehen und sie aufzuheitern.

Beide, Lydia und Valentin, hatten jedoch bald gemerkt, daß sie gar nicht so sehr des Trostes und Zuspruchs bedurfte.

Lydia machte sich einige Gedanken darüber. Sie hatte nun schon eine Anzahl von Trennungen miterlebt und alle Formen des Abschieds kennengelernt, vom rasenden Temperamentsausbruch bis zu abgrundtiefer Verzweiflung. Wie weit das immer echt gewesen war, ließ sich schwer beurteilen. Jedenfalls hatten alle Damen die Trennung von Gregor überlebt, auch wenn es einige Male dramatisch zugegangen war. Sonja war nicht die einzige gewesen, die mit Tabletten hantierte.

Elisabeth gab ihr einige Rätsel auf. Sie schien verhältnismäßig wohltemperiert, ein wenig nachdenklich vielleicht, möglicherweise etwas deprimiert, aber keineswegs verzweifelt. Sie konnte lachen über Valentins bissige Bemerkungen, konnte sich im Vorüberfahren an einer schönen Landschaft, einem hübschen alten Ort erfreuen, und wenn sie irgendwo einkehrten, aß sie mit gutem Appetit.

Es sieht fast so aus, dachte Lydia heimlich amüsiert, als sei sie froh, ihn los zu sein. Schade, daß er das nicht miterlebt. Aber irgendwann wird sich schon eine Gelegenheit bieten, wo ich ihm das verpassen kann. Das wird mir so was wie eine kleine Genugtuung sein. Darauf freue ich mich!

Man wußte ja nicht, vielleicht gab es doch noch einen Mann im Hintergrund. Meist war es so, wenn eine Frau leicht von einer Liebe Abschied nahm. Wer mochte es sein? Sie hatte keine Ahnung. Tatsache war immerhin, daß Elisabeth viel und lange allein gewesen war. Zeit und Gelegenheit also waren vorhanden gewesen.

Welche Wonne, den eingebildeten Gregor so ganz nebenbei auf diese Möglichkeit hinzuweisen.

Nach der Scheidung natürlich.

Die Depression kam, als Elisabeth zu Hause war. Alle begrüßten sie erfreut, Tobias, die Bäche und natürlich Harro. Keiner fand es merkwürdig, daß sie zurückkam. Man wußte ja, daß die Dreharbeiten in Paris um diese Zeit begannen. Und Elisabeth brachte es nicht übers Herz, Tobias sofort von den veränderten Umständen zu berichten. Wahrscheinlich würde ihm die Trennung von seinem berühmten und bewunderten Freund schwerer fallen als ihr.

Sie war nur noch halb da. Sie ging durch das Haus, im Herzen das Gefühl des Abschieds. Fast scheute sie sich, den Garten zu betreten, in dem es blühender, herrlicher Frühling war. Sie konnte nicht auf den See blicken und nicht auf die Berge, ohne daß ihr das Herz weh tat.

Trotzdem erwog sie nicht eine Minute ernsthaft Lydias Anregung, sich das Haus bei der Scheidung zusprechen zu lassen. Welches Recht hatte sie darauf? Sie war nicht einmal ein Jahr mit Gregor verheiratet gewesen. Mochten andere Frauen bei einer Scheidung um Besitz und materielle Werte kämpfen, sie würde es nicht tun. Sie käme sich deklassiert dabei vor. Und sie würde sich nicht so weit erniedrigen, um eine Abfindung zu feilschen. Wenn er ihr von selbst etwas anbot, würde sie ablehnen. Mochte Lydia es töricht nennen, aber ihr erleichterte es das Ende.

Um ihre Zukunft hatte sie keine Angst. Sie würde wieder arbeiten, es mußte ja nicht gerade bei der Firma Bossert sein. Daß sie eine gute Position finden würde, daran zweifelte sie nicht.

Aber wenn sie sich das auch immer wieder vorsagte, so wußte sie genau, daß sie sich im Grunde selbst belog. Sie hatte eine Hoffnung für die Zukunft, eine ganz bestimmte Hoffnung. Die war mit Michael Andorf verknüpft. Zwischen ihnen war nie von Liebe die Rede gewesen. Aber sie *wußte*, daß er sie liebte. Und sie liebte ihn auch. Warum hätte sie sonst so viel und so oft an ihn gedacht?

Trotzdem zögerte sie, ihn anzurufen. Tobias wunderte sich darüber.

Am vierten Tag nach ihrer Ankunft, sie saßen nachmittags im Garten, fragte er: »Hast du deinen Doktor noch nicht angerufen?«

Sie schüttelte den Kopf.

»Warum denn nicht? Ich hab' ihn erst kürzlich mal getroffen, und da hat er mich gefragt, wann du denn wiederkämst. Er mag dich gern, weißt du.«

»Ich weiß.«

Es hatte ruhig und bestimmt geklungen, und Tobias musterte sie ein wenig verblüfft von der Seite.

»Er gefällt dir auch, nicht wahr?«

»Ja. Er gefällt mir.«

»Weißt du«, sinnierte Tobias, »ich hab' manchmal schon gedacht, er wäre eigentlich auch ein Mann für dich gewesen. Er ist ein netter Mensch. Obwohl man etwas schwer mit ihm warm wird. Aber ich glaube, er hat einen guten Charakter.«

Und als Elisabeth nichts sagte, fuhr er fort: »Komisch ist das im Leben. Jahrelang trifft man keinen Menschen, der passen würde. Ich meine als Mann für dich. Und dann sind gleich zwei da.«

Jetzt wäre der richtige Moment, es Tobias zu sagen. Einmal mußte er es doch erfahren. Doch irgendwie kam es ihr albern vor, es ihm gerade an dieser Stelle des Gesprächs zu sagen. Doch schließlich brauchte sie vor Tobias keine Scheu zu haben. Er hatte sie immer verstanden, hatte mit ihr gedacht und gefühlt wie sonst kein Mensch.

Eine Weile betrachtete sie die beiden Tiere. Harro lag nicht weit von ihr entfernt im Gras, er sah zufrieden und glücklich aus. Er hatte sich unbeschreiblich gefreut, als sie kam. Nur ein wenig schien er gekränkt, daß sie Titine mitbrachte. Er war eifersüchtig. Elisabeth hatte ihm alles erklärt. Wie sie Titine kennengelernt hatte, was geschehen war und daß sie sie doch nicht allein hätte zurücklassen können.

Harro hatte ihr aufmerksam zugehört. Schließlich fand er sich bereit, die neue Hausgenossin mit freundlicher Duldung aufzunehmen. Wenn Frauchen es eben partout wollte, konnte man nichts machen. Hauptsache, sie war selbst wieder da.

Erstaunlicherweise hatte Titine trotz ihrer schlechten Erfahrung mit einem Hund keine große Furcht vor Harro gezeigt. Sie betrachtete ihn mit sichtlichem Respekt aus einiger Entfernung, machte meist einen vorsichtigen Bogen um ihn, aber von wirklicher Angst war ihr nichts anzumerken.

An diesem Nachmittag nun versuchte sie die erste Annäherung. Sie beobachtete Harro von den verschiedensten Standplätzen aus.

Mal von hinten, mal von der Seite, und dabei kam sie ihm immer näher. Schließlich war sie nur noch etwa einen Meter von ihm entfernt.

Er lag reglos, den Kopf auf den Pfoten, den Blick scheinbar gleichgültig an Titine vorbeigerichtet. Auch Tobias war aufmerksam geworden und betrachtete das drollige Tête-à-tête. Titine hob die Pfötchen übertrieben hoch, machte noch einen kleinen Schritt und blieb dann wieder stehen, starr auf den Hund blickend.

Als er sich nicht rührte, wagte sie sich weiter. Bis sie dicht vor ihm stand. Dann streckte sie zaghaft die Pfote aus, zog sie noch mal zurück, doch dann tappte ihre kleine Pfote behutsam auf seine große.

Harro hob den Kopf. Titine zog sich wieder einige Schritte zurück. Als weiter nichts erfolgte, kam sie wieder näher. Und das gleiche Spiel wiederholte sich.

Harro zog würdevoll seine Pfote zurück. Titine schien beleidigt. Sie setzte sich und begann sich emsig zu putzen. Sie schien ganz vertieft in ihr Tun. Doch als Harro seine Pfote wieder vorstreckte, hielt sie inne, legte den Kopf ein wenig schief und betrachtete ihn zweifelnd. Was war zu tun? Ob sie noch einmal...? Sie versuchte es diesmal bei der anderen Pfote, und Harro blieb reglos.

Elisabeth konnte ein Lachen nicht unterdrücken. Harro blickte zu ihr, stand auf und kam, setzte sich dicht vor sie und legte den Kopf auf ihren Schoß.

»Braver Harro«, sagte sie und streichelte ihn. »Siehst du, Titine will sich mit dir anfreunden. Du gefällst ihr.«

»Es wird nicht lange dauern«, meinte Tobias, »dann sind sie die besten Freunde.«

»Es scheint so. Und weißt du«, Elisabeth nahm einen Anlauf, »ich möchte sie beide mitnehmen. Irgendwie wird es schon gehen.«

»Mitnehmen? Wohin? Wenn du in die Stadt fährst?«

»Wenn ich hier ausziehe.«

»Wenn du hier ausziehst? Will er denn das Haus doch verkaufen?« Aber er wußte schon, daß Elisabeth etwas anderes meinte. Er sah es ihr an. »Was ist geschehen?«

»Wir lassen uns scheiden.«

Danach blieb es eine Weile still. Tobias sah sie an, dann blickte er auf den See hinaus.

»So«, sagte er. »Das ist aber schnell gegangen.«

»Damit war zu rechnen.«

Tobias schüttelte bekümmert den Kopf. »Ach, ich weiß nicht. Ich habe eigentlich gedacht ...« Er verstummte, er sah betrübt aus. »Was war denn los?«

Elisabeth erzählte es ihm mit wenigen Worten.

Tobias war nicht sehr beeindruckt. »Na und? Ist das so schlimm?«

»Vater, ich bitte dich«, sagte Elisabeth weniger ruhig als vorher. »Erst hat er mich dort vor allen Leuten bloßgestellt, und dann ist er mit ihr fortgefahren. Offensichtlich in eine Art Flitterwochen.«

»Dazu hat er ja keine Zeit«, warf Tobias ein.

»Na schön, dann ist es eben nur eine Woche, das ändert ja nichts an den Tatsachen. Und nach allem, wie sie dort auftrat, ist es ziemlich sicher, daß schon in Amerika zwischen beiden etwas gewesen ist. Kann sein, daß das eben so üblich ist in diesen Kreisen. Also ich mache das nicht mit. Ich will nicht.«

»Hm. Das mußt du wissen.« Er blickte sich um. »Schade, es war sehr hübsch hier.«

»Tut mir leid, aber nicht einmal dir zuliebe kann ich warten, bis er mich vor die Tür setzt.«

»Vielleicht will er sich gar nicht scheiden lassen. Nach allem, was du erzählt hast, habt ihr ja gar nicht vernünftig miteinander geredet. Vielleicht tut es ihm jetzt schon leid. Man muß einem Mann auch einmal etwas verzeihen können.«

»Natürlich«, erwiderte Elisabeth ruhig, »das weiß ich auch. Aber hier liegen die Dinge noch etwas anders. Miß Stuart will ihn heiraten. Sie hat ihre Verlobung in Amerika gelöst. Amerikanerinnen heiraten immer gleich, das weißt du doch. Und auch wenn er nicht will, es würde doch immer so weitergehen. Wenn es Patrice nicht ist, dann eine andere. Ich kann so nicht leben. Dann will ich lieber gar keinen Mann haben.«

»Und wir bleiben hier, bis er wiederkommt?«

»Wir bleiben hier, bis der Film abgedreht ist. Kurz vorher ziehe ich aus. Ich werde nicht mehr hier sein, wenn er kommt. Falls er überhaupt kommt.«

»Und wo willst du hin?«

»Das weiß ich noch nicht.«

Einmal war sie mit Harro hinauf zu der Lichtung gegangen in der stillen Hoffnung, Dr. Andorf dort zu treffen. Aber das war natürlich Unsinn. Sie wußte ja, daß er wenig Zeit zum Spazierengehen hatte, und warum sollte er gerade da oben sein, wenn sie dort war.

Eines Tages entschloß sie sich dann, ihn anzurufen.

Er freute sich und fragte, wann er sie sehen würde.

»Es ist ein herrlicher Tag«, sagte sie. »Harro und ich, wir gehen heute nachmittag spazieren. Aber Sie haben ja keine Zeit.«

»Die nehme ich mir. Oben auf der Wiese?«

»Ja.«

»Geht es schon um zwei? Da kann ich am besten weg.«

Sie war zuerst da und ließ den Waldrand nicht aus den Augen. Als Otto auf die Wiese getrabt kam, stand sie auf. Ihr Herz klopfte, ihre Augen leuchteten. Was würde geschehen? Gregor hatte sie ganz vergessen.

Es geschah alles mit größter Selbstverständlichkeit. Sie gingen aufeinander zu, gaben sich die Hand, sahen sich an. Er hielt ihre Hand fest und sagte: »Endlich!«

Elisabeth lächelte glücklich. »Ja«, sagte sie, »endlich!«

Er las in ihrem Gesicht, was sie empfand. Und das besiegte seine Scheu, sein Mißtrauen. Er nahm sie in die Arme und zog sie an sich. Elisabeth schmiegte ihre Wange an seine, beide sprachen nicht, fühlten nur einander und erkannten, wie groß die Sehnsucht gewesen war.

Dann legte er die Hände um ihre Arme und schob sie ein wenig von sich fort, blickte ihr ernst ins Gesicht.

»Ist es wahr, Elisabeth? Du kommst zu mir?«

»Wenn du willst«, sagte sie leise.

»Und er?«

»Es ist zu Ende.«

Er lächelte jungenhaft, wie sie es noch nie an ihm gesehen hatte.

»Gott sei Dank. Jetzt kann ich es dir ja sagen, ich habe immer darauf gehofft.«

»Immer?«

»Schon eine ganze Weile. Du bist nicht ganz schuldlos daran. Du hast dich stets skeptisch über deine Ehe geäußert.«

»Wirklich?«

»Ja. Vielleicht hast du es selbst gar nicht so gemerkt. Aber ich hatte von Anfang an das Gefühl, du wartest nur darauf, daß etwas geschieht. Du hast nie daran geglaubt, daß es gutgehen könnte.«

Elisabeth überlegte das einen Moment, dann nickte sie. »Du hast recht. Ich habe nie dran geglaubt. Und vermutlich bin ich deswegen genauso schuldig wie er. Ja, so wird es sein. Ich hatte kein Vertrauen. Und du hast einmal gesagt, ohne Vertrauen gibt es keine Liebe. Also war es gar nicht Liebe. Es war ...« Sie legte den Kopf in den Nacken und blickte in den blauen Sommerhimmel. »Es war ... ein Spiel. So hat er es gesehen, und das hat er auch einmal gesagt. Und unwillkürlich habe ich dieses Gefühl von ihm übernommen. Ein verrücktes, ein törichtes Spiel. Ein süßes Spiel. Doch, das auch. Am Anfang. Aber es war nie Ernst. Es war nie Liebe.«

Wie damals, bei ihrem ersten Treffen hier oben, saßen sie auf dem Baumstamm, und Elisabeth erzählte, was alles geschehen war, in der Zeit, in der sie sich nicht gesehen hatten.

»Gelobt sei der Umzug ins Tessin«, bemerkte der Doktor heiter, als sie fertig war, »er hat alles beschleunigt. Und ein Extralob für Miß Patrice Stuart aus den USA. Das hat sie fein gemacht.«

Elisabeth mußte lachen, ob sie wollte oder nicht. Sie schämte sich gleichzeitig, daß sie es so leicht nahm, daß sie bereits alles hinter sich ließ, schon mit Riesenschritten auf ein neues Leben zuging.

»Du hast eine leichtfertige Art und Weise, die Dinge zu sehen«, sagte sie. »Das hätte ich gar nicht von dir gedacht. Schließlich ist eine Ehe eine Ehe, nicht?«

»Natürlich. Ich nehme diese Dinge gewiß nicht leicht. Aber hier in diesem Fall – – – und bei solchen Leuten, ich glaube, da muß man andere Maßstäbe anlegen. Ich denke, wir sollten die Dinge nicht schwerer nehmen, als er sie nimmt. Und in dieser Ehe nichts anderes sehen, als er darin gesehen hat. Und du? Du nimmst es doch auch nicht sehr schwer?«

»Das ist ja das Schreckliche«, sagte sie. »Ich kann mich selbst nicht verstehen. Ich war eigentlich immer ein schwerfälliger Mensch. Wenn ich denke, damals mit Paul – – – ich bin jahrelang nicht darüber hinweggekommen. Eigentlich nie. Und jetzt – – – ich müßte eigentlich unglücklich sein.«

»Aber du bist es nicht?«

»Nein. Ich schäme mich. Ich habe doch mit ihm – – – nun ja, irgendwann hat er mich doch fasziniert. Ich war auch verliebt. Oder so etwas Ähnliches. In meinem Innern ist so eine Unordnung, ich weiß selber nicht genau, was ich denken und fühlen soll. Wie kommt das bloß?« Unsicher blickte sie ihn an.

Michael nahm ihr Gesicht in beide Hände und küßte sie.

»Vielleicht ... Denk einmal darüber nach, woher das kommt.«

Sie lächelte. »Ich weiß es doch. Du bist daran schuld. Ich habe schon lange das Gefühl, ganz unbewußt, daß du es eigentlich warst, den ich treffen sollte. Das andere war nur – – – ein Umweg. Denn ohne ihn hätte ich dich ja nie kennengelernt.«

Es war bewegend, zu sehen, wie sein Gesicht sich veränderte. Wie es weich wurde, liebend und zärtlich, wie das Glück in seinen Augen leuchtete. Wie das ganze ernste, verschlossene Männergesicht sich wandelte.

»Elisabeth«, sagte er leise. »Meine geliebte, meine schöne, meine wunderbare Elisabeth!«

Ihm wäre es lieber gewesen, wenn sie noch am gleichen Tage aus Veit Gregors Haus ausgezogen wäre.

»Jetzt kommt er ja doch nicht«, sagte sie, »erst wenn der Film zu Ende ist. Und dann wollte ich sowieso nicht mehr da sein.«

»Und wo willst du hin?«

»Ich weiß noch nicht. Ich nehme an, daß die Scheidung dann gleich eingeleitet wird. Ich habe keine Ahnung, wie so etwas vor sich geht, aber aus der Zeitung weiß ich, daß Filmstarehen leicht geschieden werden und daß es kaum Schwierigkeiten geben wird. Ich jedenfalls werde keine machen. Ich fordere nichts, ich bin mit allem einverstanden. Lydia meinte zwar, er solle mir das Haus hier überlassen.«

Dr. Andorf machte eine ungeduldige Handbewegung. »Du brauchst nichts von ihm. In dem Anbau im Sanatorium, wo ich wohne, ist Platz genug. Es sind fünf Zimmer, ich bewohne sowieso nur zwei. Und ein Garten ist auch da.«

»Harro bringe ich mit.«

»Damit bin ich sehr einverstanden.«

»Und Titine.«

»Wer ist das?«

Sie erzählte es ihm, und er meinte: »Titine ist auch akzeptiert. Hoffentlich verträgt sich Otto so gut mit ihr wie Harro. Er ist an sich kein Katzenfreund, aber vielleicht können wir ihn überreden.«

Michael hatte auch einen Vorschlag, wo sie bleiben sollte, bis sie geschieden war. Denn sie hatte eine verständliche Scheu davor, in die alte Wohnung in München zurückzukehren. Sicher würde ja die Scheidung Aufsehen erregen und in den Zeitungen entsprechend breitgetreten werden.

Aber da gab es einen großen Bauernhof in der Richtung auf Bad Tölz zu. Er gehörte der Familie von Oberschwester Sophie, die Elisabeth während ihrer Behandlung im Sanatorium kennengelernt hatte. Michael kannte die Familie. Es seien großartige Menschen, sagte er. Und das Leben und Treiben der Filmstars interessiere sie nicht im geringsten. Vermutlich wußten sie gar nicht, wer Veit Gregor war.

»Ich bin selber schon öfter auf dem Hof gewesen. Das Sanatorium bezieht Eier und Butter und oft auch Fleisch von dort. Da könntest du wohnen, ganz ruhig und ungestört. Kein Reporter wird wissen, wo du bist. Und du bist wenigstens nicht so weit weg. Ich kann dich sehen. Und sobald der Rummel vorbei ist, heiraten wir.«

Es ging alles so glatt, es war so selbstverständlich. Sie waren so glücklich, denn sie hatten beide auf einmal die Liebe entdeckt. Darüber vergaßen sie alles andere, vergaßen die ganze Welt um sich. Und darüber vergaßen sie auch, daß es niemals im Leben glatt und einfach ging. Daß nichts weniger selbstverständlich ist als die Erfüllung einer Liebe.

Sanders vom »Abendblatt« meldete sich übrigens schon am nächsten Tag per Telefon. Offenbar hatte er erfahren, daß Gregors Frau wieder am Tegernsee sei. Und über die Geschehnisse im Tessin wie auch über die Hochzeitsreise nach Capri war er sicherlich ebenfalls unterrichtet. Bilder und Berichte hatten in allen Zeitungen gestanden.

Er fragte, ob er nächste Woche mal zu einem kurzen Plausch vorbeikommen dürfe.

Elisabeth hatte sich mit Widerstand gewappnet. »Tut mir leid, Herr Sanders. Ich habe im Moment viel zu tun, da ich demnächst verreise.«

»Oh! Darf man fragen, wohin?«

Sie schwieg.

»Darf man fragen ...«

Sie unterbrach ihn ziemlich energisch. »Wirklich, Herr Sanders, ich habe Ihnen nichts Neues zu berichten. Herr Gregor ist in Paris, wie Sie wissen, fahren Sie hin, Sie werden sicher dort alles Nötige erfahren.«

»Also gibt es doch einige Neuigkeiten.«

»Nicht, daß ich wüßte«, sagte sie kühl. Und hängte ein.

Aber das war nur der Anfang. Nicht, daß es ihr viel ausmachte, wenn die ganze Geschichte nun an die Öffentlichkeit kam. Mit Michael Andorf im Hintergrund ließ sich alles verhältnismäßig leicht ertragen. Doch es war lästig.

Als nächstes berichteten die Zeitungen, daß Patrice Stuart überraschend in Paris aufgetaucht sei. Zum Ärger ihres Regisseurs hatte sie zwei drehfreie Tage benutzt, um von Rom nach Paris zu fliegen.

Es gab Berichte, Vermutungen und natürlich Bilder. Gregor und Patrice Arm in Arm, wie sie durch Paris schlenderten. Sich verliebt in die Augen blickend in einem Nachtlokal. Patrice als Zaungast bei den Dreharbeiten. Ziemlich unverblümt sprachen die Zeitungen jetzt schon von einer zukünftigen Heirat der beiden.

Tobias, nachdem er einige Blätter aufmerksam studiert hatte, gab zu: »Ich sehe, daß du recht hast. Das ist nichts für dich. Schade, wirklich schade.«

Er betrachtete eine Weile ihr unbewegtes, durchaus nicht bekümmertes Gesicht. »Ich staune nur, wie leicht du es nimmst.«

»Ich will dir etwas verraten, Vater. Ein Geheimnis. Es ist mir alles ganz recht, so wie es gekommen ist. Sobald ich geschieden bin, werde ich Dr. Andorf heiraten.«

Tobias wiegte anerkennend den Kopf. »Du legst ein Tempo vor, das ist erstaunlich. Jahrelang siehst du überhaupt keinen Mann an, und dann heiratest du einen nach dem anderen. Ist er denn nun der Richtige?«

Elisabeth nickte entschieden. »Ja. Er ist ganz bestimmt und ganz gewiß der Richtige.«

»Ja, dann ist wohl nicht viel dagegen zu sagen.«

Ganz glücklich war Tobias jedoch nicht. Er mochte Gregor nun mal. Es schien ihm schwerzufallen, sich an den Gedanken der Scheidung zu gewöhnen.

Elisabeth ließ sich bei sämtlichen Anrufen und vor jedem

Besucher verleugnen. Sie verließ kaum mehr das Haus. Nur in zwei Fällen machte sie eine Ausnahme. Zunächst kam Milena. Mütterlich-besorgt und, wie es schien, bereit, eine verzweifelte Frau zu trösten.

Die lächelnde, gleichmütige Elisabeth setzte sie in Erstaunen. Und beruhigte sie. »Na, Gott sei Dank. Endlich mal ein vernünftiger Mensch. Herrgott, ist der Bub ein Depp. Ich könnt' ihm eigenhändig eine Watschn geben.«

»Ich fürchte, das wird nicht viel nützen«, sagte Elisabeth lächelnd. »Er ist nun mal, wie er ist, man muß sich damit abfinden. Ich glaube, das haben Sie mir einmal gesagt. Und Sie können ganz beruhigt sein: es macht mir nichts aus. Gerad', daß es halt unangenehm ist, bis alles vorbei ist. Ich bleibe auch nicht länger hier, weil ich den Reportern ausweichen will.«

Der zweite Besucher war Valentin Knott. Ihn interessierte Gregor, seine neue Liebe und die bevorstehende Scheidung nicht im geringsten. Er interessierte sich nur für sich selbst, ein wenig vielleicht für Elisabeth.

Nach einem forschenden Blick in ihr Gesicht meinte er: »Na, wunderbar. Madame blicken ausgeschlafen und fröhlich in die Lande. Offenbar habe ich Sie davon überzeugt, daß dieser Mann nichts für Sie ist und daß Sie ohne ihn viel besser leben werden.«

»So ungefähr.«

»Das freut mich.« Und damit war das Thema Gregor für ihn erledigt. Er erzählte, wie er sich in München eingerichtet hatte. Vorerst lebte er bei einem ehemaligen Studienfreund, kostenlos natürlich, aber er hatte bereits erste Verbindungen zu Verlagen, Redaktionen und zum Funk aufgenommen. Und das erste Buch stand fertig in seinem Kopf. Morgen, spätestens übermorgen würde er mit der Niederschrift beginnen.

»Deswegen bin ich heute nochmals zu Ihnen herausgekommen, Elisabeth. Denn jetzt gehe ich in Klausur. Kein langes Herumgezerre, es wird hintereinander geschrieben. Es geht ganz gut, Max, das ist mein Freund, ist tagsüber im Institut, er ist Assistent bei einem Uniprofessor, und ich habe das Appartement für mich allein. Sehr nette Wohnung in Schwabing, im sechsten Stock. Herrlicher Blick über die Dächer, fast wie in Paris. Abends kann ich mal einen Schwabingbummel machen oder zu Hause einen verlöten.

Max ist glücklicherweise allein, er war verlobt und hat sich mit dem Mädchen gestritten, und dann haben sie sich getrennt, und er will vorderhand von Frauen nichts wissen. Trifft sich günstig. Eine Frau würde nur stören. Dann könnte ich nicht bei ihm wohnen. Wir kochen uns selbst und gehen uns kaum auf die Nerven.«

»Und er läßt Sie ganz gratis bei sich wohnen?«

Valentin nickte stolz. »Gratis. Er weiß, daß ich es schaffen werde und daß er dann sein Geld bekommt. Tja, Freunde muß man haben. Sagen Sie einmal, Elisabeth, Sie kennen doch Herrn Vogel, den Verleger? Den Mann von der Gulda. Haben Sie mir doch mal erzählt.«

»Ich kenne ihn.«

»So ganz gelegentlich könnten Sie mal ein Wort für mich einlegen. Es eilt noch nicht. Erst muß wenigstens ein Teil von dem Manuskript vorliegen. Aber vielleicht erzählen Sie mal, daß ich Talent habe und ein großartiges Buch schreibe. Der Vogel-Verlag würde mir zusagen.«

Elisabeth versprach es und labte dann den Dichter reichlich mit Kaffee und Kuchen. Danach spielte Valentin ausdauernd im Gras mit Harro und Titine, was ihm Appetit auf ein ausführliches Abendbrot machte.

Tobias, der schon von ihm gehört hatte, fand ihn ganz ulkig.

Nur als Valentin einmal in aller Selbstverständlichkeit seine zukünftige Heirat mit Elisabeth erwähnte, schüttelte er indigniert den Kopf.

»Das glauben Sie doch nicht im Ernst, daß Elisabeth Sie heiraten würde?«

»Warum nicht?« fragte Valentin erstaunt.

»Weil Sie kein Mann für sie sind. Elisabeth braucht einen richtigen, erwachsenen Mann, der es zu etwas gebracht hat.«

O ja, Tobias' Ansprüche waren gewachsen.

»Verehrter Herr«, meinte Valentin ungekränkt, »so erwachsen wie der Gregor bin ich allemal. Bin ich schon im kleinen Finger. Mit mir hätte sie weniger Ärger. Und ich bringe es zu etwas, da brauchen Sie keine Angst zu haben. Ich habe ja nicht gesagt, daß sie mich vorher heiraten soll.«

»Trotzdem«, beharrte Tobias. »Daraus wird nichts.«

Er lächelte verschmitzt zu Elisabeth hinüber, die leicht den Kopf schüttelte. Bis jetzt wußte keiner außer Tobias von Michael. Es brauchte auch keiner zu wissen.

Dann war Patrice mit den Außenaufnahmen in Italien fertig und siedelte umgehend nach Paris über. Offenbar sprach sie in aller Offenheit von ihrer kommenden Verbindung mit Veit Gregor. Die Zeitungen jedenfalls berichteten in dieser Weise. Diesmal kam Sanders selbst.

Elisabeth empfing ihn nicht, überließ es Tobias, mit ihm zu sprechen. Doch sie wußte, nun war es Zeit, hier zu verschwinden. Es würde immer unerträglicher werden.

Michael hatte bereits zwei Zimmer auf dem Plettingerhof für sie gemietet. Das war alles in größter Heimlichkeit geschehen. Niemand außer Tobias wußte davon. Sie konnte jeden Tag dort einziehen.

Von hier hatte sie nicht viel mitzunehmen. Gerade ihre persönlichen Sachen. Sie fuhr einmal am Abend in die Stadt und brachte zusammen mit Tobias einige Koffer mit Kleidern und anderen Habseligkeiten in seine Wohnung. Es geschah zu später Stunde, denn sie wollte von niemand gesehen werden.

Eine Weile hatte sie überlegend vor dem Nerz gestanden. Sollte sie ihn mitnehmen? Schließlich – – – warum nicht? Es war ein Geschenk. Tiefbetrübt waren die »Bäche«. Sie hatten Elisabeth ins Herz geschlossen. Und sie wußten, was bevorstand, obwohl Elisabeth mit ihnen nicht darüber gesprochen hatte. Aber schließlich lasen auch sie die Zeitung.

Elisabeth gab jedem ein Abschiedsgeschenk, bedankte sich für ihre Hilfe und Mühe, Frau Bach vergoß ein paar Tränen, und dann verließ sie endgültig das Haus, in dem sie sich wohl gefühlt hatte. Doch sie verließ es ohne Bedauern. Einmal mußte es sein. Und sie würde ja am Tegernsee bleiben. Das See-Sanatorium würde ein ebenso feudaler wie bequemer Wohnsitz sein, so viel stand fest.

Aber darauf kam es ja nicht an. Sie würde dort einen Mann haben, mit dem sie zusammen lebte. Einen Mann, den sie liebte und mit dem sie wirklich eine Ehe führen würde.

Frau Bach blickte dem Wagen kopfschüttelnd nach. »Direkt traurig hat sie nicht ausgesehen«, sagte sie zu ihrem Mann.

»Nein, kann man nicht sagen.« Und tiefsinnig fügte er hinzu: »Sie wird wissen, warum.«

Und Frau Bach nickte sehr bedächtig mit dem Kopf. Denn ganz so geheim, wie sie dachte, war Elisabeths Geheimnis nicht geblieben. Erstens war Dr. Andorf in letzter Zeit oft ins Haus gekommen, und zweitens hatte Herr Bach die beiden zufällig mal am Ortsrand von Wiessee gesehen, wie sie Hand in Hand und mit glücklichen Gesichtern einen Weg entlangkamen. Das hatte er seiner Frau erzählt.

Und die Skitouren vom vergangenen Winter waren auch nicht vergessen.

»Recht geschieht es dem Herrn Gregor«, meinte Frau Bach abschließend. »So eine nette Frau. Wer weiß, wen er jetzt anbringt. Ob er wirklich die Amerikanerin heiratet?«

»Weiß ich es?« sagte ihr Mann. »Aber dann wird er das Haus doch sicher verkaufen.«

Das befürchteten die beiden insgeheim. Nicht, daß sie keine Arbeitsmöglichkeit finden würden, tüchtig und erfahren wie sie waren. Jedes Hotel, jede Pension, jeder große Privathaushalt nahm sie mit Kußhand. Aber auch sie hingen an dem Haus, in dem sie nun schon so lange lebten. Auch die Trennung von Harro war ihnen schwergefallen. Er war zusammen mit seinem Frauchen und Titine fortgefahren.

Sie fuhren zum Plettingerhof. Tobias saß neben Elisabeth, Titine auf dem Schoß. Harro saß hinten.

Zunächst hatte Elisabeth gezögert, den Wagen mitzunehmen. Aber er würde ihr ganz nützlich sein, solange sie auf dem Plettingerhof wohnte. Zwar besaß man dort auch ein Auto, aber mit einem eigenen Wagen war sie unabhängiger. Später konnte sie ihn zurückgeben.

Tobias wollte einige Tage bei ihr bleiben und dann nach München fahren. Auch er blickte einigermaßen hoffnungsfroh in die Zukunft. Die Wohnung in München blieb ihm immer, ebenso Herr Mackensen, der in diesen Teil seines Lebens gehörte. Sein Freund Andlinger aus Tegernsee hatte ihm zugesichert, daß in seinem Haus jederzeit ein Zimmer für ihn bereitstände. Denn schließlich könne Tobias den Stammtisch nicht ganz vernachlässigen. Außerdem lag eine Dauereinladung von Alexander Berg aus Rottach-Egern vor. Und schließlich und endlich, wenn Elisabeth erst einmal geheiratet haben würde, gab es im Sanatorium immer ein Zimmer, wo er bleiben konnte.

Alles in allem versprach das Leben in Zukunft recht abwechslungsreich und unterhaltend zu werden. Gerade so, wie Tobias es liebte. Kein Grund, den Kopf hängen zu lassen. Nur eben gerade, daß Gregor nicht mehr da sein würde. Und das fand Tobias, mochte er es betrachten, wie er wollte, tief bedauerlich.

Elisabeth blieb nicht lange auf dem Plettingerhof. Sie war knapp eine Woche da, und es war ihr gerade mit Mühe und Not gelungen, einigermaßen friedliche Verhältnisse zwischen Harro, Titine und dem Hofhund herzustellen, da rief eines Abends Tobias an, der inzwischen in München war.

Die Bäuerin holte sie selbst an den Apparat.

»Der Herr Vatter«, sagte sie. »Es ist ganz dringend, sagt er.«

»Hoffentlich ist ihm nichts passiert«, meinte Elisabeth besorgt. Sie hatte immer Angst um Tobias, wenn er allein war. Ob er auch das Gas richtig zudrehte und nicht zu eilig die Treppe hinauf- und hinunterlief und dabei stürzte.

Doch Tobias ging es gut. Passiert war trotzdem etwas.

»Du hast ja dort das ›Abendblatt‹ nicht«, begann er.

»Nein«, sagte Elisabeth, schon beruhigt. Der Himmel mochte wissen, was heute wieder in der Zeitung stand. Sie war froh, wenn sie nichts davon erfuhr.

»Gregor ist krank, schreiben sie.«

»Gregor?«

»Ja. Es steht ganz groß auf der ersten Seite. Er ist mit einem Nervenzusammenbruch in die Klinik gekommen. Sie mußten die Aufnahmen abbrechen.«

»Fängt er jetzt auch damit an«, sagte Elisabeth, nicht sehr beeindruckt. »Ich dachte, das täten nur die Damen aus der Branche.«

»Es ist was mit seinen Augen. Er kann nicht mehr sehen.«

Nun erschrak Elisabeth doch. Seine Augen! Er hatte immer darüber geklagt.

Als sie nichts sagte, fragte Tobias angstvoll: »Hörst du, Elisabeth! Er kann nicht mehr sehen.«

»Ja, ich höre. Aber so schlimm wird es ja nicht sein. Er hatte immer Kopfschmerzen und Augenflimmern, das weißt du doch.«

»Ja, ich weiß. Ob er wirklich blind ist?« Tobias' Stimme klang ganz verzweifelt. »Elisabeth, was sollen wir tun?« Ganz selbstverständlich bezog er sich mit ein.

»Mein Gott, das weiß ich auch nicht.«

»Du mußt hinfahren, Elisabeth.«

»Ich?«

»Ja, du. Er ist dein Mann. Du gehörst zu ihm.«

Sie gehörte zu ihm. Wieso auf einmal?

»Wir wollen erst einmal abwarten, Vater. Vielleicht ist es nicht so schlimm. Eine Überreizung. Er wird wieder überarbeitet sein. Du kennst das ja. Wenn etwas Ernstliches ist und wenn er mich braucht, wird Lydia sich schon melden.«

»Er ist dein Mann«, sagte Tobias noch einmal, diesmal sehr ernst.

Elisabeth schwieg.

»Außerdem weiß Lydia gar nicht, wo du bist.«

»Sie hat ja deine Adresse. Ich kann doch nicht einfach hinfahren. Ich weiß ja gar nicht, ob er mich sehen will.« Sie hielt erschrocken inne. Sehen will, hatte sie gesagt. Ob er wirklich nicht sehen konnte? Ach, sicher hatten die Zeitungen wieder übertrieben.

»Ich komme morgen zu dir«, sagte sie.

Dann rief sie Michael an. Er kam am Abend, und sie besprachen den Fall. Er brachte das Abendblatt mit.

»Es ist die einzige Zeitung, die bisher die Meldung gebracht hat«, sagte Michael. »Und die übertreiben ja immer gern ein bißchen. Können wir diese Lydia nicht anrufen?«

»Ich weiß gar nicht, wo sie wohnen in Paris.«

Sie fuhr mit ihm nach Wiessee und ging noch einmal in das Haus, das sie nie mehr hatte betreten wollen. Vielleicht war eine Nachricht gekommen.

Frau Bach berichtete, daß Frau von Wengen am Nachmittag angerufen habe.

»Was hat sie gesagt?«

»Weiter nichts. Sie wollte die gnädige Frau sprechen.«

»Und was haben Sie gesagt?«

»Daß die gnädige Frau ausgezogen ist. Und wir wissen nicht, wohin.«

Elisabeth blickte schweigend vor sich hin. Michael, der neben ihr stand, betrachtete sie besorgt von der Seite. Sie war sehr blaß geworden, tief erschreckt.

»Und sonst? Was hat Frau von Wengen noch gesagt?«

»Nur, daß Herr Gregor krank sei. Und sie komme nächster Tage nach München. Und wir sollten Sie verständigen, wenn wir könnten.«

»Ich bin bei meinem Vater in der Stadt. Sagen Sie das bitte Frau von Wengen, wenn sie wieder anruft. Warten Sie, ich schreibe Ihnen die Telefonnummer von meinem Vater auf.«

»Aber die haben wir ja. Die steht in dem Verzeichnis beim Telefon.«

»Ah so, ja natürlich.«

»Was soll ich denn nur tun?« fragte Elisabeth, als sie wieder mit Michael im Wagen saß.

»Du kannst im Moment gar nichts tun, Elisabeth, du mußt abwarten, bis Frau von Wengen kommt.«

»Ich fahre am besten heute noch zu Tobias.«

»Heute nicht mehr. Es ist zu spät. Und du bist zu aufgeregt. Bitte, mach' dich nicht nervös. Es ist sicher nicht so schlimm. Diese Filmleute übertreiben immer.«

»Gut. Dann fahre ich morgen früh. Aber was mache ich mit Harro und Titine?«

»Du bringst sie am besten wieder hierher.«

Elisabeth nickte. Natürlich. Sie konnten nicht allein auf dem Plettingerhof bleiben. Und sie mit in die Stadt zu nehmen war Unsinn.

»Mein Gott, Michael!« Sie lehnte sich an ihn. »Was geschieht nun?«

Michael Andorf blickte mit zusammengezogenen Brauen auf die dunkle Straße. Er wußte es auch nicht. Man mußte abwarten, was wirklich geschehen war.

Und so landeten Harro und Titine am nächsten Morgen wieder in ihrer Heimat, nachdem sie kaum eine Woche fort gewesen waren. Elisabeth fuhr nach München, um auf Lydia zu warten.

Der Winter war lang, kalt und schneereich gewesen. Noch jetzt, Ende März, lag der Schnee bis ins Tal hinab. Elisabeth mußte die Skier erst abschnallen, als sie zur Straße kam. Sie bückte sich, löste die Bindung und nahm die Bretter auf die Schulter. Sie war müde und fühlte sich doch wunderbar lebendig. Das war ein schöner langer Ausflug heute gewesen. Sie freute sich auf die warme Wohnung und eine Tasse Kaffee. Auch Harro hatte für heute genug. Er strebte eilig dem Haus zu.

Sie blickte ein wenig schuldbewußt auf die Uhr. Gleich fünf.

Sie war über drei Stunden unterwegs gewesen. Gregor würde schlechter Laune sein. Er haßte ihre Skiausflüge. Aber sie hatte sich daran gewöhnt, seine Nörgeleien zu überhören. Sie brauchte alle Nervenkraft, um das Leben mit ihm zu ertragen, seine Launen, seine Schwermut, seine Verzweiflungsausbrüche und das tagelange verbissene Schweigen, das darauf folgte.

Wenn sie nicht zum Ausgleich ins Freie kam, Bewegung in frischer Luft hatte, Freude an der Natur, würde sie es kaum durchhalten können, gleichmäßig freundlich, geduldig und ausgeglichen zu sein.

Vor dem Haus stand ein kleiner hellblauer Fiat. Dann war also Valentin wieder einmal zu Besuch gekommen. Hoffentlich wartete er nicht schon gar zu lange auf sie. Gregor würde sich, wie immer, geweigert haben, ihn zu empfangen. Er sprach mit niemandem, keiner bekam ihn zu sehen, außer Milena oder Lydia, die gelegentlich kamen. Aber selbst diese beiden waren ihm keine willkommenen Gäste. Er war menschenscheu geworden, verbittert und ganz in sich verkrochen.

Elisabeth seufzte ein wenig, dann straffte sie die Schultern. Es hatte keinen Zweck, daß sie sich auch von trüben Gedanken überwältigen ließ.

Zu ihrer Überraschung fand sie Gregor zusammen mit Valentin Knott in dem großen Wohnraum. Gregor saß, wie immer, in dem tiefen Sessel mit dem Rücken zum Kamin. Valentin lümmelte sich auf dem Sofa herum und sprang auf, als sie hereinkam.

»Frau meiner Träume«, begrüßte er sie. »Ich habe Sie vier Wochen nicht gesehen, und es ist mir vorgekommen wie vier Jahre. Haben Sie mich auch garantiert während dieser Zeit in Ihr Nachtgebet eingeschlossen?«

»Ich habe es höchstens ein- oder zweimal vergessen«, erwiderte Elisabeth, auf seinen leichten Ton eingehend. »Hoffentlich hat es was genützt.«

»Es hat. Darf ich mich präsentieren?« Er machte eine tiefe Verbeugung. »Valentin Knott, der neueste Autor des hochangesehenen und weithin bekannten Verlages Karl Vogel München.«

»Nein? Wirklich?« rief Elisabeth erfreut. »Es hat geklappt?«

»Wir haben heute Vertrag gemacht. Und ich bin gleich herausgebraust, um es Ihnen mitzuteilen.«

»Und das Buch?«

»Fertig.«

Sie nahm seine Hand. »Herzlichen Glückwunsch, Valentin. Und toi-toi-toi.«

»Danke, meine Gnädigste. Sie sehen großartig aus, Madame, frisch und blühend wie der Frühling, der auf sich warten läßt. Haben Sie eine schöne Tour gemacht?«

»Eine reichlich lange Tour«, ließ sich Gregor vernehmen. »Sie ist den halben Tag unterwegs gewesen. Ich wundere mich, daß du überhaupt noch wiederkommst. Vermutlich hat er dich nicht weggelassen, wie?«

Elisabeth warf einen raschen Blick zu ihm hinüber. Sein blasses, schmal gewordenes Gesicht war starr und reglos, wie jetzt meist. Die Mundwinkel bitter herabgezogen, die Augen hinter der großen dunklen Brille verborgen.

»Ich war allein«, sagte sie ruhig. »Aber es war herrlich draußen, gar nicht mehr sehr kalt und wunderbare Sonne. Ich hätte stundenlang so weiterlaufen können. Wenn die Sonne noch ein paar Tage bleibt, ist der Schnee sowieso bald weg.«

»Gott sei Dank«, sagte Gregor. »Ich hasse diesen verdammten Schnee.«

»Ich hatte dir vorgeschlagen, ein bißchen mit mir spazierenzugehen, es hätte dir bestimmt gut getan, an die Luft zu kommen.«

»Du weißt genau, daß ich nicht spazierengehe. Glaubst du, ich lasse mich von den Gaffern anstarren? Außerdem liegt dir nicht das geringste daran, mit mir spazierenzugehen. Du willst ja lieber mit deinem Doktor auf den Brettern herumrutschen. Falls du nicht überhaupt auf diese Umwege verzichtest und dich gleich mit ihm zurückziehst.«

Elisabeth gab keine Antwort. Sie kannte diese Vorwürfe, es hatte wenig Zweck, sich dagegen zu verteidigen.

Sie wandte sich wieder an Valentin. »Haben Sie mir das Manuskript mitgebracht?«

»Habe ich, Teuerste. Und ich bin sehr gespannt auf Ihre möglichst strenge Kritik. Ich habe Herrn Gregor soeben einige Passagen vorgelesen, und er meint, es sei ein furchtbarer Käse. Kein Mensch könne so etwas spielen, fand er. Ich versuchte Ihrem Herrn Gemahl zu erklären, daß es sich ja um kein dramatisches, sondern um ein episches Werk handelt, aber ich fürchte, ich habe ihn nicht überzeugt.«

»Das stimmt«, knurrte Gregor. »Ein furchtbares Zeug, was er da zusammengeschmiert hat. Er hat so eine Art eigene Sprache erfunden, die kein Mensch verstehen kann. Einfach greulich.«

»Das ist moderne Literatur«, erklärte Valentin geduldig. »Wir können heute nicht mehr schreiben wie zu Großvaters Zeiten. Jede Zeit hat ihren eigenen Stil.«

»Deutsch ist deutsch«, beharrte Gregor. »Man kann die Sprache nicht einfach auf den Kopf stellen. Ich kenne solche Versuche vom Theater her, so was ist noch nie ein Erfolg geworden.«

Elisabeth wunderte sich im stillen, daß Gregor sich überhaupt herabließ, mit Valentin zu diskutieren. Das war erstaunlich. Seit Monaten war es so gut wie unmöglich gewesen, mit ihm ein Gespräch zu führen.

»Ich werde es lesen«, sagte sie begütigend, »und Sie können sicher sein, mein lieber Valentin, daß ich Ihnen ehrlich meine Meinung sagen werde.«

»Darum möchte ich höflichst gebeten haben. Übrigens kann es so mies nicht sein, sonst hätte es Vogel nicht genommen. Oder?«

»Das ist ein überzeugendes Argument«, gab Elisabeth zu.

»Im übrigen habe ich mir erlaubt, das Buch Ihnen zu widmen, Elisabeth. Ich hoffe, Sie haben nichts dagegen.«

Valentin nahm das Manuskript vom Sofa auf, schlug die erste Seite auf und las mit einer gewissen Feierlichkeit: »Elisabeth Gregor, der Freundin und Helferin, in herzlicher Verbundenheit und tiefer Dankbarkeit zugeeignet.«

»Freundin!« sagte Gregor zwischen den Zähnen. »Was soll der Unsinn?«

Auch Elisabeth lächelte ein wenig verlegen. »Freundin könnte man leicht mißverstehen«, gab sie zu bedenken.

»Nur ein Spießer«, sagte Valentin bestimmt, »denkt bei dem Wort ›Freundin‹ immer gleich an unmanierliche Dinge. Da ich ja gerade dafür bin, die deutsche Sprache nicht zu mißhandeln, bin ich dafür, die Worte so zu verwenden, wie sie gemeint sind.«

»Ich verbiete das«, sagte Gregor heftig.

»Nun komm«, sagte Elisabeth, trat zu ihm und legte ihm die Hand auf die Schulter. »Wir werden darüber sprechen.« Sie würde Karl Vogel fragen, was er zu dieser Widmung meinte.

Gregor schüttelte ihre Hand ärgerlich ab. »Darüber gibt es nichts zu sprechen.«

Sie sah, daß Valentin etwas sagen wollte, und schüttelte leicht den Kopf. Es hatte wenig Sinn, mit Gregor zu streiten. Besser, man wechselte das Thema. Sie sah an der Whiskyflasche, die neben ihm stand, daß er schon wieder viel getrunken hatte. Gestern war die Flasche voll gewesen, jetzt war sie fast leer. Er trank immer mehr, fast jeden Tag eine Flasche. Wenn sie nur wüßte, was sie dagegen tun könnte.

»Auf jeden Fall danke ich Ihnen, Valentin. Ich weiß gar nicht, wie ich zu der Ehre komme.«

»Das kann ich Ihnen genau sagen, Elisabeth. Die Begegnung mit Ihnen war ein entscheidender Wendepunkt in meinem Leben. Zuvor habe ich immer nur davon geredet, was ich alles tun werde. Aber genaugenommen nur herumgebummelt. Nachdem ich Sie kennengelernt habe, bin ich ein anderer geworden. Ich habe wirklich gearbeitet. Und nicht zu knapp.« Er blickte liebevoll auf sein Manuskript, das er in der Hand hielt. »450 Seiten, und dies ist die dritte Fassung. Voriges Jahr im Juni habe ich angefangen. Ich glaube, das ist keine schlechte Leistung.«

»Ich wüßte nicht, wieso ich Ihnen geholfen hätte. Wir haben uns kaum gesehen in der Zeit, in der Sie gearbeitet haben.«

»Ich habe Ernst gemacht mit der Arbeit, weil ich plötzlich wußte, wofür ich arbeite«, sagte Valentin mit ganz ungewohntem Ernst in seiner Stimme. »Ich wollte etwas werden, etwas erreichen. Für Sie, Elisabeth. Um eines Tages . . .«

Er verstummte und blickte geradezu gramvoll vor sich hin. Gregor lachte spöttisch auf. »Na, dann haben Sie sich allerhand Schwachheiten eingebildet, mein Lieber. Elisabeth macht sich aus Ihnen genausowenig wie aus mir. Und wissen Sie, warum? Sie hat schon einen Liebhaber.«

»Bitte, Veit.« sagte Elisabeth scharf. »Was soll denn das? Du weißt genau, daß ich keinen Liebhaber habe. Und was Sie betrifft, Valentin«, sie schenkte ihm ihr warmes, weiches Lächeln, »ich denke, wir waren uns einig darüber geworden, daß wir gute Freunde sein wollen, nicht?«

»Ich habe mich damit abgefunden, wie Sie aus meiner Widmung ersehen.«

»Dann ist es gut, und wir wollen sie dann lassen, wie sie ist. Und nun etwas anderes: Wie wär's mit einer Tasse Kaffee? Oder haben Sie schon welchen bekommen?«

»Ich wurde zu einem Whisky eingeladen. Gegen Kaffee hätte ich nichts einzuwenden.«

»Du auch, Veit? Oder möchtest du lieber Tee?«

»Weder noch.« Er tastete nach der Flasche, schenkte sich ein wenig unsicher ein. Aber es ging. Er hielt das Glas gerade in der Hand und schüttete nichts daneben.

Elisabeth sah, daß auch Valentin das Manöver gespannt beobachtete. Dann trafen sich ihre Blicke. Ja, es war viel besser geworden. Als Valentin das letztemal hier war, konnte Gregor sich noch nicht selbst einschenken.

»Eine Tasse kannst du ruhig trinken«, sagte sie. »Nicht immer dieses schreckliche Zeug.« Sie wandte sich zur Tür.

»Ich bin gleich wieder da, ich will mich bloß schnell umziehen.« Gregor trank einen großen Schluck, mehr aus Trotz, als daß er viel Appetit darauf hatte. Dann stellte er das Glas zurück auf das Tischchen, auch das ganz sicher, ohne zu zögern, ohne die Entfernung falsch einzuschätzen. Seine Hand kehrte zurück zu Titine, die in seinem Schoß lag und leise schnurrte, als er sie streichelte.

Es ist viel besser geworden mit seinen Augen, dachte Valentin, Man merkt ihm kaum mehr eine Behinderung an. Herrgott, wenn er bloß wieder gesund würde, damit diese Quälerei für Elisabeth aufhörte. Und daß sie endlich frei sein würde, zu gehen, wohin sie wollte, wohin ihr Herz sie zog.

Er selbst hatte sich wirklich damit abgefunden, daß er keine Chancen bei ihr hatte. Es war ihm gar nicht leichtgefallen. Denn trotz aller Schnoddrigkeit war es ihm ernst gewesen mit seiner Werbung um Elisabeth. Sie war die erste Frau, die ihn wirklich tief beeindruckt hatte, wenn ihm das auch nicht anzumerken war. Aber er wußte längst um ihre Liebe zu Michael Andorf. Genau wie Gregor es wußte.

Wenn Gregor gesund sein würde, wenn er wieder arbeiten konnte, dann war der Weg für Elisabeth frei. Bei dem kranken Mann war sie geblieben, sie hatte alles ertragen, was die vergangenen Monate ihr aufgebürdet hatten, und es war nicht leicht gewesen. Denn war Veit Gregor als Gesunder kein leichter Umgang gewesen, als Kranker war er vollends unausstehlich geworden.

Doch würde er wieder so gesund werden, daß er arbeiten konnte? Im stillen bezweifelte es Valentin. Mit den Augen war es wohl wirklich besser jetzt. Die Entzündung war abgeheilt, die Gefahr der Erblindung bestand nicht mehr. Empfindlich würden die Augen wohl immer bleiben, und ob er je wieder das grelle Licht der Scheinwerfer ertragen konnte, war sehr fraglich.

Aber auch sonst, wie hatte der große Gregor sich verändert! Hager und alt war er geworden, von tiefen Furchen das einst so schöne, gleichmäßige Gesicht gezeichnet. Das dunkle Haar von Grau durchzogen. Und wie er da im Sessel saß, gebeugt, vergrämt, mißgestimmt, glich er kaum dem Veit Gregor, den die Welt gekannt und geliebt hatte.

In so kurzer Zeit, dachte Valentin. Es war wohl nicht die Krankheit allein, es war die Nervenanspannung, der brennende Ehrgeiz, die Jagd nach dem Erfolg und Ruhm, die ihre Zeichen zurückgelassen hatten und die nun sichtbar wurden, sobald die Spannung gerissen war. Ein Mann, der über seine Jahre hinaus gealtert war. Nur noch Asche, wo ein starkes Feuer gebrannt hatte. Kein Weg zurück mehr für Veit Gregor.

Valentin seufzte unwillkürlich. Welch eine Tragik! Und was für ein Stoff, um ihn zu gestalten. Ein Stoff für mich. Für mein nächstes Buch. Oder für ein späteres.

Natürlich trank er auch zuviel. Elisabeth hat es bitter beklagt, als er sie vor einigen Wochen in München getroffen hatte. Sie hatten zusammen gegessen, auch Lydia befand sich in ihrer Gesellschaft. Und wie immer bei solchen Zusammenkünften sprachen sie die ganze Zeit nur über Gregor.

Lydia arbeitete seit neuestem beim Iris-Verleih. Der Leiter der Presseabteilung hatte einen schweren Autounfall gehabt, und Classen hatte Lydia mit Begeisterung eingestellt. So eine tüchtige Frau fand man selten. Sie leitete jetzt die Presseabteilung mit gewohnter Umsicht und Tatkraft.

Daneben kümmerte sie sich noch um Gregors Angelegenheiten, seine Finanzsituation, Verpflichtungen, Schulden und eventuelle noch zu erwartende Eingänge. Sie beriet Elisabeth in all diesen Fragen, für die es natürlich schwer gewesen wäre, sich zurechtzufinden. Es war keineswegs ein besonders großes Vermögen vorhanden. Gregor hatte zwar viel verdient in seinen großen Jahren, aber auch viel ausgegeben. Es kamen hohe Steuernachzahlungen, es gab ungeheure Schulden. Das Haus im Tessin hatte man günstig verkaufen können, den zweiten Wagen natürlich auch. Aber auch das genügte nicht, um allen Verpflichtungen nachzukommen.

Und was würde später sein? Das bereitete ihnen allen Kopfzerbrechen.

»Ein Glück, daß ich damals die hohe Lebensversicherung abgeschlossen habe«, meinte Lydia. »Er wollte es partout nicht, fand es überflüssig. Aber ich habe es einfach getan, ob er wollte oder nicht. Und Sie müssen die Prämien weiterzahlen, Elisabeth, solange es irgend geht. Seine Krankheit hat schließlich auch ein Vermögen verschlungen und kostet immer noch.«

Auch Lydia glaubte nicht daran, daß Gregor je wieder filmen würde. Sie wußte, wie hart es in diesem Geschäft zuging.

Kein Produzent, kein Verleiher würde Millionen investieren, wenn die Gefahr bestand, daß der Star krank werden konnte, zusammenbrach, aufgeben mußte.

Classen hatte es Lydia gegenüber bereits offen ausgesprochen.

»Sehen Sie, Lydia, das ist ein ganz einfaches Rechenexempel. Wenn alles weiter gut geht, hat der Arzt gesagt, könnte er ... könnte er!! in ein bis zwei Jahren wieder ganz in Ordnung sein. Na schön. Aber jünger ist er bis dahin auch nicht geworden. Und das Publikum hat ihn dann längst vergessen.

Was kriegt er heute noch für Post? Mal ehrlich. Es ist kaum der Rede wert. Die ganze Krankheitsgeschichte ist viel zu sehr breitgetreten worden. Der arme kranke Gregor, schreckliches Schicksal, sagen die Leute. Und dann jubeln sie einem anderen zu. So ist das Leben nun mal. Und einen kleinen billigen Film mit ihm machen? Das geht nicht. Wenn, dann muß er ganz groß wieder herauskommen. Und kann man das riskieren? Das kann man nicht. Ich jedenfalls tu's nicht.«

So sah die Wahrheit aus. Lydia wußte es.

Sie hatte es Elisabeth auch ganz ehrlich gesagt. Es hatte keinen Zweck, sie im unklaren zu lassen. Schließlich war es Elisabeths Aufgabe, die vorhandenen Geldmittel möglichst wirtschaftlich einzuteilen. Und das auch noch so, daß Gregor es nicht merkte. Denn er kam gar nicht auf die Idee, er könne eines Tages kein Geld mehr haben.

»Es ist noch nicht die Zeit, mit ihm darüber zu reden«, sagte Lydia. »Das ist der Moment, wo er restlos durchdrehen würde. Er hat immer mit Geld um sich geworfen. Gott sei Dank kann er jetzt nicht viel Geld ausgeben. Wenn er denken müßte, daß einmal kein Geld mehr da wäre, dann weiß ich nicht, was geschieht.«

Elisabeth wußte es auch nicht. Keiner als sie wußte besser, wie dünn das Eis war, auf dem er lebte. Alle Rollen, die er in den vergangenen Jahren gespielt hatte, waren ihm genommen. Geblieben war die einzige Rolle: Veit Gregor, der Kranke, der Verlassene und Verlorene. Und diese Rolle konnte er nicht spielen, sie lag ihm nicht. Sie war zu sehr Wirklichkeit. Eine Wirklichkeit, mit der er nicht fertig wurde. Sie hatte versucht, ihm zu helfen, und sie versuchte es immer wieder. Aber vielleicht versagte sie, weil ihr Herz nicht mehr bei ihm war. Weil es nie bei ihm gewesen war.

Es war noch gar nicht lange her, vielleicht zwei Monate etwa, da hatte es das erste ernsthafte Gespräch zwischen ihnen gegeben.

Sie hatte ihm, wie immer jetzt, aus der Zeitung vorgelesen. Patrice Stuarts neuer Film war in Deutschland angelaufen, die Kritiken waren ausgezeichnet.

Er hatte schweigsam zugehört.

»Und was schreibt man sonst noch über sie?« fragte er.

»Sie hat geheiratet«, sagte Elisabeth. Sie schämte sich, aber es bereitete ihr doch eine geheime Genugtuung, es ihm zu sagen. Er nahm es vollkommen unbeeindruckt zur Kenntnis. »Das war zu erwarten. Warum sollte sie auch nicht? Sicherlich wird sie noch oft heiraten.«

Er schwieg eine Weile, trank, rauchte und fragte dann plötzlich in die Stille des Zimmers hinein: »Sag mal, Elisabeth, glaubst du etwa, daß ich sie geliebt habe?«

»Das mußte ich glauben, nicht wahr?«

»Nein. Sie ist keine Frau, die man wirklich lieben kann.«

»Das weiß ich nicht. Vielleicht gibt es jemanden, der sie lieben kann. Aber du ...«

»Was ist mit mir?«

»Du bist es, der nicht lieben kann. Niemanden. Sie nicht und keine andere. Du hast immer nur dich geliebt. Und die Frauen waren ein Spiegel, in dem du immer nur dich selber sahst. Für das, was du gerade im Moment empfandest, für die Rolle, die du gerade spielen wolltest, mußten sie die Partnerin sein. Das war bei mir so, das war bei Patrice so, sicher auch bei jeder anderen. Vielleicht ist Milena die einzige Ausnahme. Ich weiß es nicht.«

»Du kennst mich gut, nicht?«

»Ein wenig. Ich habe gelernt.«

Wieder sagte er lange nichts. Dann: »Ich habe dich damals sehr gekränkt.«

»Ja. Aber nicht so sehr, wie du vielleicht denkst. Es war anders.«

Zu ihrer Überraschung sagte er: »Ich weiß genau, wie es war. Du hast immer darauf gewartet, daß so etwas geschieht. Du hast dich nie wirklich gefreut, wenn ich bei dir war. Du warst immer fern von mir.«

»Ist das nur meine Schuld?«

»Sicher meine auch. Als ich dich heiratete, spielte ich auch eine Rolle, das ist wahr. Aber ich suchte etwas ganz Bestimmtes. Und du hast mir die Suche nicht leicht gemacht, Elisabeth. Du hast gewartet, daß etwas geschieht, was alles beendet.«

Diesmal war es Elisabeth, die lange nichts sagte. Doch schließlich gab sie es zu: »Ja. Ich habe dir nie vertraut.«

»Und jetzt?«

»Jetzt?« Sie verstummte.

Es war ein Winterabend. Sie saßen allein in dem großen Wohnraum, sie die Zeitung im Schoß, er in seinem gewohnten Sessel. Sein Gesicht war ihr zugekehrt, aber sie wußte nicht, ob er sie sah hinter seinen dunklen Gläsern. Er sprach nicht davon, ob er sah oder wieviel er sah.

»Du bist grausam, Elisabeth. Und ich weiß auch warum. Weil du einen anderen liebst.«

Und als sie keine Antwort gab: »Ich weiß auch wen. Den Doktor.«

»Warum denkst du das?« fragte sie tonlos.

»Ich höre es an seiner Stimme, und ich höre es an deiner Stimme. Du liebst ihn, und er liebt dich.«

Dr. Andorf kam oft ins Haus. Er behandelte Gregor, machte ihm Spritzen, überprüfte ständig seinen Gesundheitszustand.

»Du gibst keine Antwort, Elisabeth. Aber gibst du wenigstens zu, daß ich recht habe?«

Sie blickte stumm vor sich nieder und sah dann auf das schöne, lächelnde Gesicht von Patrice Stuart, das ihr aus der Zeitung entgegenstrahlte.

»Ja«, sagte sie.

»Und darum hätte dir auch die Scheidung von mir nicht viel ausgemacht, nicht wahr?«

»Veit«, begann sie, »es ist doch unsinnig, davon zu reden.«

»Es ist nicht unsinnig. Du hast mich schon zuvor mit ihm betrogen, und du tust es auch heute. Du bleibst aus Mitleid bei mir. Aber das ist nicht nötig. Du bist frei, Elisabeth. Du kannst zu ihm gehen.«

»Ich habe dich nicht betrogen. Michael ist nicht so ein Mann. Er wollte mich heiraten, ja. Aber er will kein Verhältnis mit mir.«

»Du kannst ihn heiraten.«

»Hör auf davon. Du . . .« Du mußt erst gesund sein, hatte sie sagen wollen, aber sie hatte es dann doch nicht ausgesprochen. Du bist grausam, hatte er gesagt. Und vielleicht war es wirklich grausam, dem kranken Mann so etwas zu sagen.

Später, ehe sie zu Bett ging, kam sie noch einmal in sein Zimmer, wie jeden Abend. Ob er alles bequem hatte und in Reichweite, was er brauchte.

Im Zimmer war es dunkel, nur vom Gang her fiel ein Streifen Licht.

Er lag im Bett, die dunkle Brille hatte er endlich abgenommen, doch die Augen waren geschlossen.

»Hast du alles?«

»Ja, danke.«

»Gute Nacht. Schlaf gut.«

Und als sie schon an der Tür war, kam seine Stimme: »Elisabeth?«

»Ja?«

»Möchtest du nicht zu mir kommen?«

Sie stand erstarrt. Seit sie wieder zusammen lebten, war es das erstemal, daß er das sagte. Und ausgerechnet heute, nach allem, was zwischen ihnen gesprochen worden war an diesem Tag.

»Ist es eine Zumutung?« fragte er, als sie schwieg.

»Aber, Veit . . .«

»Komisch, früher hast du mich nie Veit genannt. Wie hast du eigentlich früher zu mir gesagt?«

»Gar nichts.«

»Du hast mich nie mit einem Namen angesprochen?«

»Nein.«

»Wie dumm ich war. Wie kann man etwas lieben, für das man keinen Namen hat. Einen zärtlichen Namen, den man gern ausspricht. Ich habe deinen Namen immer gern ausgesprochen. Elisabeth! Habe ich nicht immer so zu dir gesagt?«

»Doch«, gab sie zu.

»Und du hast mich nie angesprochen? Nein, du hast recht. Ich kann mich nicht daran erinnern. Ich hätte es merken müssen.«

»Schlaf jetzt«, sagte sie. »Willst du eine Tablette?«

»Sie wirken ja doch nicht. Und es ist auch egal, ob ich schlafe. Übrigens, Elisabeth, ich habe zur Kenntnis genommen, daß du in einen anderen Mann verliebt bist. Ich wollte nichts von dir. Gute Nacht.«

Sie war gegangen. Tief verwirrt und schuldbewußt und ganz verzweifelt. Grausam war sie und herzlos. Sie sehnte sich danach, in Michaels Arm zu liegen. Und Gregor . . .

Nun nannte sie ihn in Gedanken wieder Gregor. Wie ihn alle immer genannt hatten. Erst in letzter Zeit hatte sie sich angewöhnt, seinen Vornamen zu gebrauchen, der ihr ganz ungewohnt war. Nur von Milena hatte sie ihn gehört. Aber irgendwie mußte sie ihn schließlich anreden.

Michael! Wie leicht und zärtlich war ihr dieser Name von Anfang an über die Lippen gegangen. Paul! Wie oft hatte sie das gesagt und gedacht.

Doch Veit? Es war ein fremder, unvertrauter Name, an den sie sich nur schwer gewöhnte.

Als sie im Bett lag, weinte sie. Sie wußte selbst nicht genau warum. Vielleicht hauptsächlich deswegen, weil sie so verwirrt und unsicher war. Sie hatte ihn allein gelassen. In all seiner Verzweiflung und Not.

Und nun konnte sie auch nicht schlafen. Eine halbe Stunde später stand sie auf, ging leise hinüber in sein Zimmer, lauschte auf seine Atemzüge. Ob er schlief?

Es war ganz still im Zimmer, still und dunkel. Nur in schwachen Umrissen sah sie das breite Bett, in dem der einsame kranke Mann lag. In diesem Augenblick spürte sie tiefes Erbarmen. Und Zärtlichkeit. Ja, auch Liebe. Er war so allein. Alle hatten ihn allein gelassen, auch sie.

»Elisabeth?« fragte er plötzlich leise aus dem Dunkel.

»Schläfst du nicht?«

»Nein.«

Sie ging zu ihm, ohne ein weiteres Wort, legte sich zu ihm, und er, er schickte sie nicht fort, er bettete den Kopf auf ihre Brust, wie er es früher manchmal getan hatte. Es war eine so erschütternde

Hilflosigkeit um ihn, so eine wehrlose Verlorenheit, daß sie fest den Arm um ihn schloß und den Mund an seine Schläfe legte. Und so wartete sie, bis er eingeschlafen war.

Das war zwei Monate her. Es war das einzige Mal, seit dem vergangenen Sommer, daß sie so privat zusammen gesprochen hatten.

All die ganze Zeit stand nur seine Krankheit im Mittelpunkt ihrer beiden Leben.

Es begann mit einem absoluten Tiefpunkt, als er aus der Klinik kam, wie es schien am Ende aller Kraft. Dann die langsame Besserung, Rückschläge und in letzter Zeit wirklich die Hoffnung, daß er gesund werden würde.

Von Anfang an hatte er sie um sich haben wollen. Niemand sonst. Und sie war eine geduldige, unermüdliche Krankenpflegerin. Es schien ihr Schicksal zu sein. Ihre Mutter war auch eine schwierige Kranke gewesen, da hatte sie es gelernt, wie man eigene Wünsche zurückstellte, das Recht auf eigenes Leben vergaß. Aber es ließ sich diesmal doch leichter ertragen. Sie hatte Hilfskräfte, sie lebte in besseren Verhältnissen und vor allen Dingen ... sie hatte Michael.

Er verstand, daß sie zunächst bei Gregor blieb. Sie konnte mit ihm sprechen, sie traf ihn, meist nur kurz, aber es genügte doch, daß es ihr Kraft gab. Er nahm sie in die Arme und sprach ihr Mut zu. Später, als Gregor keine Spezialbehandlung mehr brauchte, übernahm er die Behandlung. Zeitweise kam er täglich ins Haus. In all den Monaten hatte Gregor nie davon gesprochen, wie sie damals auseinandergegangen waren. Patrice Stuart erwähnte er nicht.

Und nun also: Ich habe sie nicht geliebt.

Seltsam, sie glaubte es ihm. Liebe, nein, Liebe war das im vergangenen Frühling nicht gewesen. Wohl auch wieder nur ein Spiel. Ein Spiel, in dem eben eine andere die Hauptrolle hatte. Jetzt war es zu Ende mit dem Spielen, es war Ernst geworden, und ihre Rolle war auf einmal wieder wichtig. Wichtiger als jemals die einer anderen Frau zuvor. Das wußte sie. Jedoch von Liebe war wohl auch diesmal keine Rede.

Und dann war die Winternacht gekommen, in der sie ihn im Arm gehabt hatte. Nichts weiter. Er war eingeschlafen in ihrem

Arm. Es war das einzige Mal gewesen. Er sprach nicht mehr davon. Wartete er, daß sie wiederkam? Nachdem er nun wußte, daß sie einen anderen Mann liebte?

Er brauchte sie. Und er haßte es, wenn sie das Haus verließ. Sie wußte es wohl. Er wollte wissen, wo sie gewesen war, was sie getan hatte. Jedesmal, wenn sie fortging zu einem Spaziergang mit Harro, oder dann im Winter zum Skilaufen, hatte sie ein schlechtes Gewissen.

Niemals sprach er von Dr. Andorf. Erst heute, als Valentin da war, fiel das Wort von ihrem »Liebhaber«. Daß er es Valentin gegenüber aussprach, so unverblümt, zeigte ihr, wie sehr es ihn beschäftigte, daß es ihn quälte.

Michael war nicht ihr Liebhaber. Ein Kuß, ein paar gute Worte, das war alles. Auch er wartete, daß Gregor gesund sein würde. Sein Urteil war in letzter Zeit sehr optimistisch.

Im Frühjahr brachte Michael einen berühmten Spezialisten aus Wien ins Haus, der seine Diagnose bestätigte.

Und es schien, als sollten die Ärzte recht behalten. Als es Sommer wurde, ein warmer, strahlender Sommer nach dem langen Winter, ging es Gregor wirklich wesentlich besser. Er bewegte sich ohne Schwierigkeiten im Haus und nach einigem Zögern auch im Garten und konnte weitgehend auf fremde Hilfe verzichten. Er wurde gesprächiger, und manchmal zeigte sich auch wieder sein früherer bezaubernder Charme. Besonders wenn er mit Tobias zusammen war.

Tobias war in dieser Zeit seine liebste Gesellschaft. Zu Anfang, als er so menschenscheu war und niemanden sehen wollte, hatte er auch von Tobias nichts wissen wollen.

Aber nun wohnte Tobias wieder seit einiger Zeit im Haus, und er eignete sich großartig zum Gesellschafter für den langsam Genesenden. Tobias wußte immer etwas zu erzählen. Was er mit seinen Freunden erlebte, was er auf dem Schiff, in den Orten, in der Bahn, auf Spaziergängen gesehen, gehört und gedacht hatte. Er las aus der Zeitung vor und gab gleich die passenden Kommentare dazu. Er erzählte wie früher ausführlich über Fernsehspiele und Filme, die er gesehen hatte. Und er nahm verhältnismäßig wenig Rücksicht auf Gregors Empfindlichkeiten. Was sich als ganz heilsam erwies.

Elisabeth hatte immer Bedenken gehabt, Film- und Theaterkritiken, Filmprojekte oder Meldungen aus der Branche vorzulesen. Nur wenn er sie danach fragte, was am Anfang nie und später sehr selten geschah.

Tobias las alles vor, was ihm wichtig erschien auf diesem Gebiet, und plauderte unbefangen darüber.

»Torheit des Klugen« war inzwischen verfilmt worden, jener Roman, der ein großer Erfolg gewesen war und in dessen Verfilmung Gregor die Hauptrolle hätte spielen sollen. Eine Rolle, die ihm gelegen hätte.

Ein Schauspieler namens Matthias Graf hatte die Hauptrolle gespielt, Norman Regie geführt. Die Besprechungen waren recht gut, wenn auch nicht gerade enthusiastisch. Einer schrieb ganz deutlich: die Verfilmung sei dem Buch nicht gerecht geworden. Am meisten wurde die junge Hauptdarstellerin gelobt. Graf war ein guter Schauspieler, einige Jahre jünger als Gregor, und obwohl durchaus bekannt und angesehen, hatte er stets in Gregors Schatten gestanden. Nun war er an die allererste Stelle gerückt.

Als Tobias merkte, daß sich Gregor ausgerechnet für diesen Film interessierte, war er kurz entschlossen nach München gefahren und hatte sich den Film angesehen.

Er kam am nächsten Tage um die Mittagszeit zurück. Elisabeth war gerade im Begriff, in die Stadt zu fahren, um einige dringende Besorgungen zu machen und Lydia zu einer geschäftlichen Besprechung am Abend zu treffen. Sie hatte extra gewartet, bis ihr Vater wieder da war, damit Gregor nicht allein blieb.

»Na?« fragte sie. »Hast du den Film gesehen?«

»Ja. Ganz gut, nichts gegen zu sagen. Aber kein Vergleich, wie es geworden wäre, wenn er gespielt hätte.«

»Ich weiß nicht, ob du mit ihm darüber sprechen sollst. Es regt ihn sicher auf.«

»Laß mich nur machen. Wo ist er denn?«

»Im Garten. Ich habe ihm den Liegestuhl unter die Linde gestellt. Ich glaube, er schläft. Und du ißt erst mal was. Frau Bach wird dir das Essen warm machen. Ich fahre jetzt.«

»Kommst du heut wieder?«

»Natürlich.«

»Wenn es zu spät wird, übernachte lieber in der Stadt.«

Elisabeth machte ein zweifelndes Gesicht. Sie war nie, seit Gregor krank war, eine Nacht außer Haus gewesen. Sie wußte, er wollte es nicht haben, es würde ihn ärgern oder zumindest beunruhigen.

»Mal sehen«, sagte sie.

Eine halbe Stunde später schlich Tobias auf Zehenspitzen in den Garten. Dort bekam er ein rührendes Bild zu sehen. Gregor lang ausgestreckt im Liegestuhl, die Katze auf seiner Brust behaglich zusammengerollt, und Harro neben dem Liegestuhl hatte den Kopf auf Gregors Oberschenkel gelegt und ließ sich streicheln.

»Mir scheint, du willst eines Tages den heiligen Franziskus spielen«, meinte Tobias mit einem kleinen Lachen.

»Er mag mich jetzt endlich«, sagte Gregor und ließ seine Hand auf dem Kopf des Hundes liegen. Seine Stimme klang geradezu glücklich. »Nie hat er sich was aus mir gemacht. Er wollte nicht mal von mir angefaßt werden. Aber ich glaube, jetzt mag er mich.«

Harro wedelte zu Tobias' Begrüßung ein wenig mit dem Schwanz, verließ aber seinen Platz nicht.

»Er hat dich kaum gekannt. Du warst ja nie da.«

»Ja, das war immer mein Fehler. Da, wo ich hätte sein sollen, war ich nicht. Aber Harro hat es mir anscheinend verziehen. Schade, daß es bei deiner Tochter nicht so leicht geht.«

»Elisabeth ist doch nicht böse auf dich«, sagte Tobias.

»Nein. Wenn sie es wenigstens wäre, dann wäre es noch eine Art von Gefühlsregung. Ich bin ihr nur gleichgültig. Sie wartet auf den Tag, wo sie endlich ihrer Wege gehen kann.«

»Das mußt du nicht sagen.«

»Komm, Tobias, mach mir nichts vor. Ich weiß genau, daß es so ist. Mich hat sie nie geliebt. Und jetzt ist sie verrückt nach dem Doktor. Ich weiß das genau. Aber sie kann gehen, das kannst du ihr sagen.« Er richtete sich auf, seine Stimme wurde lauter, hart. »Ich will nicht, daß sie aus Mitleid bei mir bleibt.«

»Pst«, machte Tobias, »reg dich bloß nicht auf. Sieh mal, jetzt hast du deinen Tierpark durcheinandergebracht.«

Harro hatte sich beleidigt zurückgesetzt, und Titine war erschrocken hochgefahren und nach abwärts gerutscht. Sie machte einen Buckel, streckte sich dann und sprang in hohem Bogen ins Gras.

»Ich will ihr Mitleid nicht«, beharrte Gregor trotzig.

»Wer redet denn von Mitleid? Dir geht es doch schon wieder ganz gut. Mit dir braucht keiner mehr Mitleid zu haben. Und Elisabeth ist deine Frau.«

»Bist du so sicher?« fragte Gregor spöttisch.

»Sie mag Dr. Andorf sehr gern, das gebe ich zu. Und warum soll sie auch nicht, er ist ein netter Mann. Als sie im vorigen Sommer hier wieder ankam, hieß es, ihr laßt euch scheiden. Na schön, und glücklich war sie auch nicht gerade, als sie aus dem Tessin kam. Schließlich bist du ja mit der Amerikanerin zusammen gewesen, nicht wahr?«

»Ach das«, Gregor winkte ungeduldig mit der Hand ab. »Das zählt nicht.«

»Das sagst du. Für Elisabeth hat es eben doch gezählt.«

»Sie hat mich schon vorher mit dem Doktor betrogen.«

»Nein«, sagte Tobias mit größter Bestimmtheit. »Das hat sie nicht getan. Und sie betrügt dich auch jetzt nicht. So etwas tut Elisabeth nicht. Und Dr. Andorf übrigens auch nicht. Er wollte sie heiraten nach der Scheidung, und da konnte ja niemand etwas dagegen sagen, nicht?«

»Das ist reichlich schnell gegangen. Wer will denn von heute auf morgen heiraten? Natürlich hat es da schon vorher etwas gegeben.«

»Ich darf dich daran erinnern, daß es bei euch auch ziemlich schnell gegangen ist. Falls du es noch nicht vergessen hast.« Gregor schwieg eine Weile. Tobias konnte seine Augen hinter der dunklen Brille nicht sehen, aber er hörte den veränderten Ton seiner Stimme. Dunkel, ernst und verloren. »Ich habe es nicht vergessen, Tobias, nichts habe ich vergessen. Und wenn Elisabeth auch immer gedacht hat, ich sei oberflächlich, dann hat sie sich getäuscht. Ich habe es nicht so leicht genommen, wie sie immer dachte.«

»Ich habe nie gedacht, daß du oberflächlich bist. Und ich habe es ihr auch immer gesagt. Und sicher hätte sie es eines Tages selber gemerkt.«

»Daran liegt ihr nichts mehr. Soll sie also endlich ihren Doktor heiraten, damit sie bekommt, was sie haben will. Sag ihr das.«

»Gut«, sagte Tobias ruhig, »wenn du willst, kann ich es ihr ja sagen.«

Aber natürlich dachte er nicht daran. Das würde er ihr bestimmt nicht sagen.

Eine Weile schwiegen sie. Tobias blickte friedlich, nicht im mindesten in seinem Gleichgewicht gestört, auf den See hinaus. Er fand es auf alle Fälle gut, wenn Gregor aussprach, was er auf dem Herzen hatte. Er, Tobias, würde die Dinge schon richtig behandeln, mit allen beiden, mit ihm und mit ihr. Und nach wie vor hatte er sowieso den kindlichen Glauben, daß alles gut werden würde. Irgendwie und irgendwann. »Vorigen Sommer«, sagte Gregor auf einmal, »als sie hier ankam, was hat sie da getan? Und was hat sie gesagt?«

»Erst hat sie gar nichts gesagt«, antwortete Tobias geduldig. »und dann hat sie mir erzählt, daß sie sich scheiden lassen wird und den Doktor heiraten. Und dann ist sie ausgezogen.«

»Sie ist ausgezogen?«

»Ja. Wußtest du das nicht?«

»Das erste, was ich höre. Wohin? Zu ihm?«

»Ach wo.« Tobias berichtete von dem Aufenthalt auf dem Plettingerhof, der alles in allem kaum mehr als eine Woche gedauert hatte.

»Das wußte ich nicht«, sagte Gregor leise. »Sie war also fort. Und dann ist sie wiedergekommen, als ich ... Wenn sie rachsüchtig gewesen wäre, wäre sie nicht gekommen. Dann hätte sie gesagt: recht geschieht es ihm.«

»Rachsüchtig ist Elisabeth nicht. Und ›recht geschieht ihm‹ würde sie bestimmt nie sagen. Nicht in so einem Fall. Soweit solltest du sie kennen.«

»Ja. Soweit kenne ich sie. Nein, sie hat es nicht gesagt. Sie ist zurückgekommen. Aber nun kann sie gehen. Endgültig. Du wirst ihr das sagen.«

»Ich werde ihr das sagen«, versprach Tobias freundlich.

»Tim kann herauskommen und für mich sorgen. Oder ich ziehe zu ihm in die Stadt.«

»Nein, du mußt hierbleiben. Die Luft hier draußen ist viel besser für dich.«

»Ich werde das Haus verkaufen. Denkst du, ich wohne hier, wenn meine Frau dann die Frau des Doktors im Sanatorium ist?«

»Ich wußte gar nicht, daß du so kleinlich bist«, wunderte sich Tobias. »Eigentlich seid ihr Filmleute doch immer recht großzügig mit euren Ehen und Scheidungen und bleibt trotz allem gute Freunde.«

»Ich bin nicht großzügig. Nicht in diesem Falle. Und ich bleibe nicht Elisabeths Freund. Das kannst du ihr auch sagen.« Tobias hob die Schultern. »Na schön. Aber richtig finde ich das nicht. Bleibst du wenigstens mein Freund?«

Gregor nickte. »Du bist überhaupt der einzige Freund, den ich habe.«

Diesmal widersprach Tobias nicht. »Freunde«, sagte er, »richtige Freunde sind immer eine Rarität. Davon findet man nicht viel in seinem Leben. Mein bester Freund war Erwin. Das war der Vetter meiner Frau, weißt du, mit dem ich das Geschäft in Danzig hatte.«

»Und ich?« fragte Gregor eifersüchtig. »Bin ich nicht dein Freund?«

»Heute bist du mein bester Freund«, sagte Tobias.

Gregor legte sich zurück in seinen Stuhl. »Erzähl mir von Danzig und von diesem Erwin.«

Tobias erzählte gern und ausführlich. Er betrachtete es als einen Fortschritt, daß Gregor sich mit ihm unterhielt, daß er für etwas Interesse zeigte, und wenn es auch der nun schon lange verstorbene Erwin war. Er fand es auch nicht übel, daß Gregor mit ihm über Elisabeth sprach. Hauptsache, er kam aus seiner Verschlossenheit heraus. Und Tobias war es wirklich gelungen, ihn aus dieser Isolation zu lösen. Das war sein Verdienst.

Eine Stunde später, als Toibas mit Danzig und Erwin fertig war, meinte Gregor: »Wir könnten einen Whisky trinken.«

»Ach du mit deinem schrecklichen Whisky. Wir haben doch noch diesen schönen Schweizer Rosé, trinken wir doch lieber davon ein Glas.«

»Gut«, sagte Gregor bereitwillig, »trinken wir den.«

Auch das war Tobias' Verdienst, daß er den starken Whisky-Konsum unterbunden hatte. Mal schlug er ein Bier vor, mal ein Glas Wein. Tobias mochte keinen Whisky, und Gregor ließ sich dann auch leicht zu etwas anderem überreden.

Als er mit der Flasche und den Gläsern zurückkam, sagte er: »Ich habe den Film gesehen.«

»Die Torheit?«

»Ja.«

»Und?«

»Na ja, nicht schlecht. Aber man darf nicht daran denken, was aus dem Film geworden wäre, wenn du die Rolle gespielt hättest. Dieser Graf – viel ist mit dem nicht los. Er überzeugt mich nicht.

Er trifft den richtigen Ton nicht. Zum Beispiel diese große Szene am Hafen ... du erinnerst dich an die Szene?«

»Natürlich.«

»Also das fängt er ganz falsch an. Aber auch schon ganz falsch. Meiner Meinung nach ...« Und Tobias begann ein längeres Referat über den Film, das Buch, die Schauspieler, die Regie.

Ein sachkundiger, überzeugender Bericht. Gregor bekam einen genauen Eindruck von dem Film. Er hörte aufmerksam zu. »Die Kleine ist gut, diese Anita Müller. Sie macht ihre Sache weitaus besser als Graf. Elisabeth sagt, ihr habt sie damals im Tessin kennengelernt.«

»Ja, ich glaube, Classen hatte sie dabei. So eine kleine dunkle Person. Ich hatte nicht den Eindruck, daß viel mit ihr los sei. Und sie ist wirklich gut?«

»Ausgezeichnet. Für meine Begriffe spielt sie alle an die Wand.«

»Mit mir hätte sie das nicht gemacht.«

»Nein. Mit dir nicht. Aber dieser Graf ... der ist ihr nicht gewachsen. Übrigens habe ich gelesen, daß sie im Herbst in München Theater spielen wird. Einen neuen Film hat sie noch nicht abgeschlossen, obwohl sie viele Angebote bekommen hat nach ihrem Erfolg. Sanders schreibt, sie hat gesagt: Ich filme nur, wenn es sich lohnt. In erster Linie will ich Theater spielen.«

»Es scheint, die Kleine weiß, was sie will. Wieso schreibt Sanders das? Hast du mir gar nicht vorgelesen.«

»Steht heute im Abendblatt. Ich habe es mitgebracht.«

»Hol es.«

»Ich hab's schon hier.« Tobias zog die Zeitung aus der Tasche, schlug die gefragte Seite auf und begann zu lesen. Gregor hörte ihm interessiert zu. Dazwischen nahm er ab und zu einen Schluck aus seinem Glas, streichelte Titine, die zurückgekehrt war, und fühlte sich entspannt und fast glücklich.

Ein trügerischer Friede, der jederzeit wieder gebrochen werden konnte. Aber daß er überhaupt zeitweise in seinem Herzen einkehrte, das hatte Tobias fertiggebracht.

Elisabeth rief gegen neun Uhr an, daß sie an diesem Abend nicht mehr hinauskommen, sondern in der Stadt übernachten würde. Sie sei bei Lydia, und man habe etwas getrunken und würde wohl noch mehr trinken, denn Elke, Lydias Tochter, feiere Verlobung. Valentin sei übrigens auch da.

Tobias, der mit ihr sprach, sagte: »Nein, da bleib man lieber in der Stadt. Wenn du getrunken hast, darfst du nicht fahren. Ja, ich sag es ihm. Keine Angst, ich kümmere mich schon um alles. Und schöne Grüße an alle und herzlichen Glückwunsch für das Brautpaar.«

»Was für ein Brautpaar?« fragte Gregor, der das Gespräch mit angehört hatte.

Tobias berichtete ihm. Aber Elke und ihr Bräutigam interessierten Gregor nicht. Er hörte nur eins: Elisabeth würde nicht nach Hause kommen.

»Sie will in der Stadt übernachten?« fragte er ungläubig, Mißtrauen in der Stimme.

»Warum denn nicht? Wenn sie da einen heben, kann sie doch nicht mehr Auto fahren.«

»Tim kann sie herausbringen.«

»Wozu denn? Wir werden auch mal eine Nacht ohne sie auskommen. Ich möchte bloß wissen, warum du dann eigentlich die Wohnung in der Stadt behalten hast, wenn nie einer dort wohnen soll.«

Darauf hatte Gregor nämlich bestanden. Die Wohnung in München sollte bleiben, wie sie war. Elisabeth hatte bereits zweimal vorgeschlagen, sie aufzugeben. Tim wohnte praktisch allein dort. Und sie war ziemlich teuer. Ein elegantes, geräumiges Vierzimmerappartement in einem feudalen Neubau am Englischen Garten. Elisabeth, die darauf bedacht war, sparsam zu wirtschaften in Anbetracht der ungeklärten zukünftigen Verhältnisse, war der Meinung, man könne leicht auf die Wohnung verzichten. Tim, den man ja nicht entlassen wollte, konnte ebensogut mit ihnen am Tegernsee wohnen.

Aber da war Gregor hartnäckig gewesen. Die Wohnung mußte bereitstehen. Er konnte keinen plausiblen Grund dafür angeben, doch Elisabeth verstand ihn: es gab ihm das Gefühl, nicht ganz ausgeschaltet zu sein, nicht für immer von der Welt zurückgezogen leben zu müssen.

Daß Elisabeth an diesem Abend nicht nach Hause kommen würde, paßte ihm nicht. Ohne sie war das Haus leer. Er war gewöhnt an ihr Kommen und Gehen, ihre kleinen Handgriffe, ihre kleinen Fragen, ihre Sorge um seine Bequemlichkeit. Jedesmal wenn sie fort war, wartete er auf ihre Rückkehr. Plötzlich, während er reglos in seinem Sessel saß und gar nicht mehr auf Tobias' Stimme hörte, der ihm vorlas, überfiel es ihn wie ein jäher Schmerz. Eines Tages würde sie überhaupt nicht mehr wiederkommen. Sie würde gehen für immer. Er hatte es selbst heute nachmittag gesagt. Es war ja nicht sein Ernst gewesen. Sie sollte bleiben. Sollte für immer bei ihm bleiben. Er empfand es nun ganz klar und eindeutig: sie sollte bei ihm bleiben. Er brauchte sie. Sie gehörte in sein Leben.

... Elisabeth! Ich liebe sie, dachte er. Sie liebt einen anderen. Aber ich liebe sie und ich brauche sie.

Diese plötzliche Erkenntnis erschreckte ihn tief. Jetzt, da es zu spät war, wußte er, daß er sie liebte. Das Leben ohne sie würde unerträglich sein. Auch wenn er wieder gesund würde, wenn er arbeiten konnte, sollte sie bei ihm sein.

Und wer sagte ihm, daß sie wirklich bei Lydia war? Vielleicht hatte sie aus dem Sanatorium angerufen, sie war bei ihrem Doktor und würde bei ihm die Nacht verbringen. Vielleicht war sie auch woanders. In einem Hotel? In Tobias' Wohnung? Eben jetzt, wo er entdeckt hatte, daß er sie liebte, hielt vielleicht der fremde Mann sie im Arm?

Unwillkürlich kam ein leises Stöhnen über seine Lippen.

Tobias blickte auf von seinem Buch. »Was ist? Hast du was?«

»Nein.«

Tobias blickte forschend über seine Brille in das gramzerfurchte Gesicht seines Freundes.

»Hast du Schmerzen?«

»Nein.«

»Soll ich weiterlesen?«

»Nein. Hör auf. Du wirst auch kranke Augen bekommen.«

»Och, mir macht das Lesen nichts. Seit ich die neue Brille habe, geht es wunderbar. Aber wir können auch ein bißchen Musik hören. Ich glaube, heute ist Symphoniekonzert, warte mal.«

Tobias schaltete das Radio ein.

»Beethoven«, sagte er nach einer Weile. »Die fünfte, die Schicksalssymphonie. Schön, nicht?«

Sie lauschten eine Weile schweigend.

Schicksalssymphonie, dachte Gregor. Er bekam tiefes Mitleid

mit sich selbst. Beethoven . . . auch so einer wie ich. Einsam, krank und ungeliebt.

Auf einmal spielte er wieder eine Rolle. Das hatte er lange nicht mehr getan. Der kranke, verlassene Mann, den die geliebte Frau betrog. Das einsame Genie, unverstanden, ganz allein unter den erbarmungslosen Sternen.

Keiner wußte, wie es in ihm aussah. Keiner konnte ihm helfen. Und sie war nicht bei Lydia. Sie hatte gelogen.

»Gib mir das Telefon«, sagte er plötzlich rauh.

Tobias blickte ihn aufgestört an. »Das Telefon?«

»Ja.«

»Wen willst du denn anrufen?«

»Lydia«, sagte Gregor ungeduldig.

»Ach, du willst gratulieren?«

»Gratulieren? Wieso?«

»Na, zur Verlobung.«

»Was geht mich die Verlobung an«, antwortete Gregor unwirsch »Ich will mit Elisabeth sprechen.«

Tobias stellte ihm das Telefon neben den Sessel.

Erst war Lydia am Apparat. Sie schien heiter und animiert. »Elisabeth? Ja, die ist noch da.«

Und dann ihre Stimme. Weich und warm und vertraut.

»Warum kommst du nicht nach Hause?«

»Oh, ich dachte . . .«

»Tim kann dich herausfahren.«

»Ich will ihn so spät nicht mehr stören.«

»Was heißt stören?« sagte Gregor ungeduldig. »Er hat sowieso den ganzen Tag nichts zu tun.«

»Und ich wollte morgen noch Verschiedenes besorgen. Ich bin heute nicht mehr dazu gekommen. Ich komme morgen mittag.«

Gregor preßte die Lippen zusammen. Er hörte vergnügte Stimmen, Gelächter, leise Musik im Hintergrund. Sie waren offenbar bester Stimmung, auch Elisabeth. Daß er allein und krank zu Hause war, kümmerte sie nicht im geringsten. Keinen kümmerte es.

»Schön, wie du willst.« Er hängte ab.

Sie war also wirklich bei Lydia. Gut. Aber wer sagte ihm, wo sie nachher hinging. Vielleicht war der Doktor auch in München? Er wählte die Nummer seiner Münchner Wohnung. Tobias sah ihm erstaunt zu.

Tim meldete sich sofort.

»Tim, die gnädige Frau kommt nachher. Sie übernachtet in der Stadt.«

»Ich weiß schon«, gab Tim zur Antwort. »Ich wart' eh' auf sie.«

»Ruf mich an, wenn sie da ist. Ich muß sie noch sprechen.«

»Sie ist bei Frau von Wengen. Sie können s' dort erreichen.«

»Das weiß ich. Aber ich will sie sprechen, wenn sie nach Hause kommt.«

»Ist recht«, meinte Tim. »Ich sag's ihr.«

Tobias konnte sich keinen Reim auf die seltsamen Gespräche machen.

»Aber ...« begann er.

»Ich muß ihr noch etwas sagen«, schnitt Gregor die drohende Frage an. »Allein.«

»Hm«, Tobias machte ein nachdenkliches Gesicht. Es schien Gregor gar nicht zu passen, daß Elisabeth die Nacht über in der Stadt blieb. Auch er mußte jetzt an das Gespräch vom Nachmittag denken. »Sag ihr, daß sie gehen kann. Sag es ihr.«

Das paßte alles nicht recht zusammen.

Gregor vertiefte sich weiter in seine Rolle. Einsam, krank und verlassen. Der ungeliebte Mann, den man loswerden wollte. Dahin war es mit ihm gekommen. Besser, er wäre gleich gestorben. Dann konnten sie alle tun, was sie wollten. Und Elisabeth hätte längst ihren Doktor geheiratet. Und ihn vergessen. Was war das Leben wert? Was war eine große Liebe wert, was bedeutete sie? Nichts. Verschwendetes Gefühl, ins leere Nichts zerstreut, ohne Widerhall, ohne Antwort.

Und dazu die fünfte Symphonie. Bis das Konzert zu Ende ging, war Gregor in tiefe Schwermut versunken. Es war ein schreckliches und herrliches Gefühl zugleich. Er genoß es aus tiefstem Herzen. Und dann, als die Musik verstummt war, begann er plötzlich zu sprechen.

»Sein oder Nichtsein, das ist hier die Frage ...«

Der Hamlet-Monolog.

Er sprach ihn gut, so wie in seiner besten Zeit. Leider verließ ihn aber mittendrin das Gedächtnis. »Verschmähter Liebe Pein ...«, so weit kam er noch, dann wußte er nicht weiter. Er mußte ein paar Zeilen überspringen, der Schluß war dann wieder da.

Tobias hatte andächtig zugehört.

»Schön«, sagte er. »So habe ich ihn noch nie gehört.«

»Schlecht«, sagte Gregor. »Ich hab' soviel vergessen. Es ist eine Schande. Gib mir mal den Hamlet herunter.«

Tobias begab sich zum Regal und begann zu suchen.

»Er ist nicht da«, verkündete er.

»Wir müssen doch einen Shakespeare haben«, meinte Gregor. Er stand auf und begann selber zu suchen. Es ging bereits mühelos, er konnte auch die Buchtitel in den oberen Reihen gut erkennen. Shakespeare war nicht dabei.

»Aber das ist ja unerhört«, empörte er sich. »Der ganze Shakespeare muß dasein. Ich muß unbedingt die fehlenden Zeilen ergänzen.«

»Vielleicht sind die Bände drin in der Wohnung«, meinte Tobias.

Also wurde Tim noch einmal angerufen und beauftragt, nach den Bänden zu suchen. Alles war da. Und der Hamlet fand sich auch.

»Schlag den Monolog auf«, befahl Gregor durchs Telefon. Tim hatte einige Schwierigkeiten.

»Der dritte Aufzug«, rief Gregor, »stell dich nicht so deppert an! Gleich am Anfang.«

Endlich hatte Tim die Stelle gefunden und mußte durchs Telefon den Monolog hersagen.

Gregor verzog schmerzlich das Gesicht, aber er lauschte aufmerksam, sprach leise die Worte mit.

»Jetzt hab' ich's. Danke, Tim. Gib der gnädigen Frau morgen die Bücher mit. Daß du es aber nicht vergißt. Leg sie gleich parat. Gute Nacht.«

»Was wollte er denn?« fragte Lydia, nachdem Elisabeth den Hörer hingelegt hatte.

»Ich weiß auch nicht. Es paßt ihm offenbar nicht, daß ich in der Stadt übernachten will.«

Lydia zog die Brauen hoch. »Mir scheint, er tyrannisiert Sie nicht schlecht. Haben Sie denn nie in letzter Zeit in der Stadt übernachtet?«

»Nicht ein einziges Mal, seit er krank ist.«

»Er tyrannisiert sie, das ist der richtige Ausdruck«, meinte Valentin. »Sie kommt nirgends hin, in kein Theater, kein Konzert, sie lebt nur für den finsteren Despoten. Du sollst keine anderen Götter haben neben mir.«

»Reden Sie nicht so einen Unsinn, Valentin, es wird auch wieder besser werden.«

Valentin machte ein skeptisches Gesicht. »Das menschliche Herz ist ein unberechenbares Ding. Das, was ihm sicher scheint, verachtet es. Und das Verlorene will es mit Gewalt zurückhaben.«

Elisabeth warf ihm einen raschen Blick zu. Sie hatte nie zu Valentin über Michael gesprochen. Was er wußte oder vermutete, hatte er aus Gregors Bemerkungen erfahren.

Und Lydia? Was wußte sie? Lydia war eine kluge Beobachterin. Aber selbst für den klügsten Beobachter wäre es eine schwere Aufgabe, diese verworrene Gefühlswelt zu verstehen, in der Elisabeth sich bewegte.

Konnte man zwei Männer lieben? Konnte man einen Mann zeitweilig hassen und sich doch für sein Leben, für sein ganzes tägliches Dasein verantwortlich fühlen? Konnte man Sehnsucht haben nach einem Mann und trotzdem den einen entscheidenden Schritt nicht tun, der einen endgültig zu ihm brachte?

Tausend Fragen und keine Antworten.

Elisabeth blickte auf das Brautpaar, das ihnen nicht zugehört hatte, ganz selbstvergessen in ein Gespräch vertieft war, sich zärtlich in die Augen blickte. Wie hübsch die etwas kühle, sehr beherrschte Elke aussah in ihrer Verliebtheit! Elisabeth hatte immer den Eindruck gehabt, sie sei ihrer Mutter sehr ähnlich. Klug, besonnen, kritisch und leicht zu Spott neigend. Nichts mehr davon war in diesem Mädchengesicht zu finden. Nur Liebe stand darin.

So fing es an. Aber wer wußte, was daraus wurde? Es kam immer ganz anders, als man erwartete.

Elisabeth nahm ihr Glas und trank es aus mit einem Zug.

Was sollte sie bloß tun?

Als sie in die Wohnung kam, überraschte Tim sie mit der Meldung, daß Gregor ihren Anruf erwarte.

»Jetzt?« fragte sie erstaunt. »Aber es ist schon zwölf durch. Er wird schlafen.«

»Er hat extra gesagt, die gnädige Frau soll ihn anrufen. Das heißt, eigentlich hat er gesagt, ich soll anrufen, wenn die gnädige Frau da ist.«

»So.«

Das sah nach Kontrolle aus. Instinktiv begriff sie, was in Gregors Kopf vorging. Er traute ihr nicht, er glaubte anscheinend – was? Daß sie nicht in der Wohnung, sondern woanders übernachten würde? Er konnte doch nicht eifersüchtig sein, nach allem, was geschehen war und so wie sie jetzt zusammen lebten.

Flüchtig kam ihr der Gedanke, daß es eine kleine, eine winzigkleine Rache sein würde, nicht anzurufen, ihn im ungewissen zu lassen. Eine Rache wofür? Für längst vergessenen Gram. Und Rache an dem kranken Mann? Wie lächerlich.

Außerdem drehte Tim schon pflichtbewußt am Telefon.

»Was für ein Unsinn«, sagte sie ärgerlich. »Sie werden längst schlafen.«

Sie schliefen nicht. Gregor meldete sich sofort. Demnach hatte er neben dem Telefon gewartet.

»Warum seid ihr denn nicht im Bett?« fragte sie. »Ist Tobias auch noch auf?«

»Ja. Wir sitzen hier und warten auf dich.«

»Das ist doch kindisch. Du solltest längst schlafen. Morgen wirst du dich nicht wohl fühlen.«

»Du weißt, daß ich sowieso nicht schlafen kann«, sagte er. »Und wenn du nicht hier bist, zweimal nicht.«

Elisabeth schluckte. Daß er das sagte!

»War es hübsch bei Lydia?«

»Ja, ganz nett. Ich erzähl es dir morgen genau. Und nun geht bitte sofort ins Bett. Tobias wird dir helfen.«

»Ich kann alles allein. Gute Nacht, Elisabeth. Schlaf gut.«

»Gute Nacht.«

Wie er gesprochen hatte! Weich und zärtlich. Gute Nacht, Elisabeth. Schlaf gut.

Sie stand mit verlorenem Ausdruck neben dem Telefon. Es hatte so merkwürdig geklungen. So wie früher manchmal.

»Brauchen Sie noch etwas, gnädige Frau?« fragte Tim.

»Nein, danke. Sie hätten längst auch schlafen gehen können, Tim. Was ist bloß mit euch allen los?«

»Ich warte doch immer, wenn noch einer nach Hause kommt«, sagte Tim beleidigt. »Das hab ich früher bei dem gnädigen Herrn auch gemacht.« Und nach einer kleinen Weile fügte er hinzu: »Es ist sowieso immer so einsam hier. Ich hoffe, die gnädige Frau wird jetzt öfter herinn' übernachten.«

»Ja, vielleicht«, sagte Elisabeth zerstreut. »Übrigens, Tim, Sie könnten auch wieder mal für ein paar Tage herauskommen. Das Wetter ist so schön zur Zeit. Sie werden mir noch trübsinnig, wenn Sie immer allein sind. Haben Sie denn eigentlich keine Freundin?«

Tim machte ein erstauntes Gesicht. So vertrauliche Fragen war er nicht gewohnt.

Mit einer wegwerfenden Geste sagte er: »Ja, schon. Aber das ist es nicht.«

»Haben Sie denn nie daran gedacht, zu heiraten?«

»Naa«, sagte er entschieden. »Der gnädige Herr braucht mich doch, net wahr? Und wenn er wieder das Filmen anfängt, und es geht hier wieder los, also was tät' ich dann mit einer Frau? Die ging' mir bloß im Weg um.«

Elisabeth lächelte. »Na ja, so kann man es auch sehen.«

Tim hielt eisern daran fest, daß Gregor wieder gesund wurde und daß alles so weiterging wie früher. Etwas anderes nahm er nicht zur Kenntnis.

»Also dann geh ich schlafen«, sagte Elisabeth. Und mehr um Tim einen Gefallen zu tun, als weil sie es wirklich wollte, fügte sie hinzu: »Würden Sie mir noch eine Flasche Wasser bringen, Tim?«

»Gleich, gnädige Frau. Kommt sofort.« Erfreut begab sich Tim in die Küche, endlich ein Auftrag, und eine Minute später stand die Flasche auf dem Nachttisch.

»Danke, Tim. Gute Nacht.«

»Gute Nacht, gnädige Frau.«

Elisabeth blieb eine Weile reglos stehen und sah sich im Zimmer um. Wie lange hatte sie hier nicht mehr geschlafen? Und sie hätte nicht gedacht, daß es noch einmal geschehen würde. Alles war wie früher, das breite Bett, frisch bezogen, gefällig aufgedeckt, sogar ein Nachthemd hatte Tim bereitgelegt. Wo kam das eigentlich her? Gehörte es ihr? Sie kannte es nicht. Möglicherweise von einer der früheren Damen zurückgeblieben. Ach nein, das würde Tim nicht tun. Vielleicht lag es schon lange hier bereit für einen unvermuteten Gast.

Der weiße Teppich war weich. Sie schlüpfte aus den Schuhen und bewegte spielerisch die Zehen. Alles tadellos gepflegt in dieser Wohnung. Auch das Badezimmer sah aus, als wäre es noch nie benutzt worden. Aber es war alles da, Mundwasser, Zahnbürste, sogar ihre gewohnten Cremes.

Anscheinend war es Tims einziger Lebensinhalt, die Wohnung ständig auf Hochglanz zu halten. Armer Tim, er litt offenbar sehr unter seinem nutzlosen Leben. Elisabeth wußte, daß Milena ihn gelegentlich besuchte, wenn sie in der Stadt war. Das waren vermutlich die einzigen Lichtblicke seines einsamen Daseins. Und dann diese Freundin, aus der er sich offensichtlich nicht besonders viel machte.

Sie zog sich das Kleid über den Kopf, band die Haare mit einem Tuch hoch und verrieb sacht die Fettcreme im Gesicht. Hoffentlich waren die beiden jetzt zu Bett gegangen. Was hatten sie nur getrieben den ganzen Abend? Sie mußte Tobias morgen fragen. Und was sollte diese dumme Anruferei?

Und plötzlich dachte auch sie: was soll bloß werden, wenn ich eines Tages gehe? Ich kann gar nicht fort. Mein Gott, Michael, ich kann nicht fort.

Mit einemmal verspürte sie heftige Sehnsucht nach Michael. Sie mußte das alles mit ihm besprechen, er mußte ihr sagen, was sie tun sollte. Sie wußte es nicht.

Am liebsten hätte sie ihn noch angerufen. Aber es war zu spät. Er brauchte seinen Schlaf, denn er stand sehr früh auf. Einsam war auch er. Allein. Und so geduldig. Und sie – – –

Elisabeth hob die Hände, legte sie vor die Augen. Wie sollte sie bloß aus diesem Dilemma herausfinden. Da war Michael, den sie liebte. Und da war Gregor, der ihr Mann war und der in den vergangenen Monaten ganz auf sie angewiesen gewesen war. Ein Jahr war es jetzt her, seit er krank geworden war. Ein ganzes Jahr. In all der Zeit war er mehr ihr Kind gewesen als ihr Mann. Ihr Gefühl zu ihm hatte sich verändert. Im Anfang Verliebtheit, Leidenschaft, nicht mehr. Liebe war es nie gewesen, das wußte sie nun. Aber nun war etwas anderes dazugekommen. Ein fast mütterliches Empfinden, die Sorge um ihn, die Angst, das ständige Beobachten und schließlich – Mitleid. Verantwortungsgefühl. Und noch etwas anderes, das sich kaum in Worte fassen ließ.

Aber es band sie an ihn, es machte es so schwierig, den Weg in die Freiheit zu finden.

Eines Tages würde er gesund sein. Dann würde es leicht sein. Der Weg war dann frei, und es begann ein neues Leben.

Ein langes Jahr, das sagte auch Michael Andorf, den sie einige Tage darauf sprach.

Er war geduldig gewesen, aber nun war seine Geduld zu Ende.

»Ich sehe nicht ein, warum du immer noch bei ihm bleiben willst, es geht ihm wirklich verhältnismäßig gut, das sage ich als sein Arzt, und ich bin kein Optimist. Wenn er ein bißchen was dazu tut, ist er in einem halben Jahr wieder ganz in Ordnung. Und schließlich ist er nicht allein. Da sind doch diese Leute, die ihn versorgen, und sein Diener, der ja vermutlich sehr gern für immer herauskommen würde.«

»Ja, schon – – –«, meinte Elisabeth zögernd.

Dr. Andorf betrachtete sie prüfend. »Du willst noch immer bei ihm bleiben?«

»Es ist doch meine Pflicht, nicht?«

»Deine Pflicht hast du getan. Mehr als das. Ich finde, es ist an der Zeit, daß du auch einmal an dich denkst.« Und nach einer kleinen Pause fügte er hinzu: »Und an mich.«

»Michael, bitte...«

»Vorausgesetzt, du hast deine Meinung nicht geändert.«

Elisabeth sah ihn gequält an. »Ich habe meine Meinung nicht geändert. Und wenn das alles nicht gekommen wäre, dann – – –«, sie verstummte, blickte an ihm vorbei, zum Fenster hinaus, in den blühenden Garten des Sanatoriums. Es war am späten Vormittag. Dr. Andorf war mit seiner Morgenarbeit fertig, sie kannte diese Stunde und benutzte sie manchmal, um ihn rasch zu besuchen. Niemand konnte etwas dabei finden. Veit Gregor war sein Patient. Sie kam, um sich einen Rat oder ein Rezept zu holen.

Michael betrachtete sie ernst. Sie spürte seinen Blick, wußte, was er dachte, und wieder litt sie unter dem Zwiespalt ihrer Gefühle. Was, um Himmels willen, wollte sie eigentlich? Den einen nicht verlassen und den anderen trotzdem haben. Wenn ihr früher jemand gesagt hätte, daß sie in eine solche Situation kommen würde, hätte sie ihn ausgelacht. Sie, die nie einen Mann gehabt hatte, und nun waren es zwei, die beide einen Platz in ihrem Leben beanspruchten.

Sie sah ihn an. Sein ernstes hageres Gesicht, in dem Kummer, Arbeit und schlaflose Nächte standen. Sein Haar war grauer geworden, auch er war gealtert in diesem Jahr. Er trug noch den weißen Mantel, er war fremd und ein bißchen einschüchternd.

»Ich weiß nicht, was ich tun soll«, sagte sie. »Es ist so schwer, Michael, versteh es doch. Damals wollte ich fortgehen, und dann bin ich geblieben, was hätte ich tun sollen. Und du hast es ja auch für richtig gehalten. Und jetzt – – – er ist so an mich gewöhnt. Wenn ich nicht da bin, wird er nervös und unruhig. Als ich neulich in München übernachtete, hat er immerzu angerufen.«

»Ja, ich weiß, du hast es mir erzählt. Aber merkst du nicht, daß das reiner Egoismus bei ihm ist? Er betrachtet dich als eine Art Sklavin, die nur für ihn dasein soll. Und dir gefällt dieser Zustand offenbar sehr gut.«

»Nein. Aber was soll ich tun?«

»Du bist doch kein kleines Kind, Elisabeth. Damals war beabsichtigt, daß ihr euch scheiden laßt. Er ist krank geworden. Jetzt ist er annähernd wieder gesund. Eines Tages wird er wieder arbeiten.«

»Kann er wieder filmen?«

Dr. Andorf hob die Schultern. »Ich weiß es nicht. Aber es ist möglich. Nicht gleich, vielleicht in einem Jahr.«

»Lydia meint, es wird schwierig sein, daß er wieder hineinkommt.«

»Nun, ich würde sagen, er hat Verbindungen genug. Und ich finde, das ist seine Sache. Du kannst ihm schließlich dabei nicht helfen.«

»Nein. Dabei nicht.«

Michael legte die Hände auf den Rücken und trat zum Fenster. Jetzt blickte er auch hinaus in den Garten.

»Ich dränge dich nicht, Elisabeth. Du mußt wissen, was du tust. Ich habe ein Jahr lang gewartet. Ich warte auch noch länger. An – meiner Einstellung hat sich nichts geändert.«

Ein kleines Lächeln erschien um ihren Mund. Wie spröde er war, wie schwerfällig. An meiner Einstellung hat sich nichts geändert. Warum sagte er nicht: an meiner Liebe hat sich nichts geändert? Sie trat neben ihn, schob ihre Hand unter seinen Arm und lehnte sich leicht an ihn.

»An meiner auch nicht, Michael. Du bist der Mann, mit dem ich leben möchte. Du bist der Mann, zu dem ich gehöre.«

Er wandte sich ihr rasch zu, zog sie mit einer ganz ungewohnten Bewegung heftig in die Arme. »Elisabeth! Ist das wahr?«

»Ja. Paul hat uns zusammengebracht, und er wußte genau,

warum er das tat. Als ich damals zum erstenmal mit dir gesprochen hatte, richtig gesprochen, meine ich, als wir über Paul sprachen, da war ich seit vielen Jahren auch das estemal wieder glücklich, da wollte ich leben und freute mich, daß ich lebte. Ich wußte damals nicht, warum ich so empfand. Aber heute weiß ich es. Es war eben...«, sie hob die Schultern, suchte nach Worten, »ich weiß auch nicht, vielleicht das unbewußte Gefühl, irgendein Instinkt, der mir sagte, daß ich dem Menschen begegnet bin, bei dem ich bleiben möchte. Daß dann alles anders kam, mein Gott – man weiß auch nicht immer, warum etwas geschieht und warum nicht etwas anderes, was viel besser wäre. Du fuhrst nach Amerika, ich ging nach München zurück, wir sahen uns nicht wieder, erst dann, als es schon zu spät war. Und dann, als wir endlich beieinander waren, kam Gregors Krankheit.«

Sie blickte ihn beschwörend an. »Aber es ist doch manchmal so im Leben, daß man nur auf Umwegen zum Ziel kommt. Das ist banal, ich weiß, ein Gemeinplatz, aber es ist wirklich so. Du siehst es doch an uns.«

Er küßte sie sacht auf die Schläfe. »Es ist schon gut, Elisabeth, wenn du es so siehst, dann will ich dich nicht drängen. Wenn du mich liebst, Elisabeth. Und wenn du eines Tages bei mir sein wirst.«

»Ich liebe dich. Und ich wünsche mir nichts mehr, als mit dir zu leben. Und wenn der richtige Zeitpunkt gekommen ist, dann werde ich es ihm sagen. Eines Tages wird er mich nicht mehr brauchen. Vielleicht, wenn er wirklich wieder arbeitet –«

»Ich werde dich nicht mehr quälen. Ich warte – wenn ich nur weiß, daß ich auf dich warten kann, Elisabeth...«

Als sie nach Hause ging, hörte sie immer: wenn ich nur weiß, daß ich auf dich warten kann, Elisabeth. Sie sah sein ernstes Gesicht vor sich und wußte, daß sie ihn liebte. Wie sehr sie ihn liebte.

Im Laufe des Sommers besserte sich Gregors Zustand von Tag zu Tag. Er war viel an der Luft, endlich hatte ihn Elisabeth auch dazu überreden können, gelegentlich spazierenzugehen. Manchmal gingen sie zusammen, oft marschierte er auch allein mit Harro los. Es machte Spaß, mit Harro in die Gegend zu laufen, Gregor gab es offen zu. Und Harro war jetzt so an ihn gewöhnt, daß er nicht nur bereitwillig mitging, sondern auch seine Freude an den Spaziergängen deutlich zum Ausdruck brachte.

Elisabeth empfand fast etwas wie Eifersucht dabei. So lange war Harro allein ihr Hund gewesen. Jetzt hatte er Gregor als Herrn akzeptiert und schloß sich ihm immer mehr an. Gregor selbst formulierte es einmal so. »Es scheint, ich bin ein besserer Mensch geworden. Wirklich. Und weißt du, warum? Dein Hund nimmt mich jetzt ernst, Elisabeth.«

Wenn es das Wetter erlaubte, hielten sie sich viel im Garten auf, auch die Mahlzeiten wurden im Freien eingenommen. Und da der Sommer warm war, wärmte er auch den See zu einer angenehmen Temperatur, so daß man täglich schwimmen konnte. Nachdem Gregor einmal damit angefangen hatte, fand er Gefallen daran. Früher war ihm der Tegernsee immer zu kalt gewesen, jetzt fand er ihn herrlich.

Seine Haut bräunte sich, er wurde kräftiger, sah nicht mehr so alt und müde aus. Er schlief besser, und, etwas ganz Neues bei ihm, er hatte Spaß am Essen.

Elisabeth hatte immer gern und gut gekocht. Sie führte eine abwechslungsreiche, phantasievolle Küche. Tobias hatte das stets zu schätzen gewußt. Nun also Gregor auch. Immer öfter kam es vor, daß er sie vormittags fragte: »Was kochst du heute?« Ganz wie ein normaler Ehemann, der mit den Kochkünsten seiner Frau einverstanden ist.

Elisabeth kannte inzwischen seine Leibgerichte, von Milena hatte sie sich zusätzlich über einige österreichische Spezialitäten belehren lassen.

Einmal gab es zum Nachtisch Marillenknödel, und sie sah mit Staunen zu, wieviel Gregor davon verdrückte.

»Sie schmecken wie bei meiner Mutter«, sagte er, »das hast du großartig gemacht. Gibt es bald wieder mal, ja?«

Sie nickte.

Als sie vom Tisch aufstanden, nahm er ihre Hand und küßte sie. »Du bist wirklich eine perfekte Hausfrau. Wenn wir nicht schon verheiratet wären, würde ich dir glatt einen Heiratsantrag machen.«

Sie lächelte ein wenig hilflos und doch im Grunde ihres Herzens erfreut.

»Das will ich meinen«, rief Tobias vergnügt. »Ich habe immer gesagt, der Mann, der Elisabeth einmal bekommt, kann sich alle zehn Finger abschlecken.«

»Recht hast du, Tobias«, meinte Gregor gutgelaunt. »Wie immer.«

Tobias blickte Elisabeth triumphierend an. Siehst du, stand in seinem Gesicht, alles wird gut, ich hab's ja immer gesagt.

Elisabeth zog ein wenig skeptisch die Mundwinkel hoch. »Ich glaube, das ist das erstemal, daß du eine Frau um solcher Vorzüge willen beachtest«, sagte sie ein wenig gespreizt zu Gregor.

Er lachte. »Kann sein. Aber der Mensch wird ja nicht nur älter, um dümmer zu werden. Mancher lernt auch etwas dazu.«

Milena, die sie während dieser Zeit besuchte, sie tat das gelegentlich, seit es Gregor besser ging, fand das richtige Wort.

Sie hatten alle im See gebadet, saßen dann im Garten unter der Linde und tranken Kaffee, es gab selbstgebackenen Kuchen. Harro, der gern Kuchen aß, saß mit gespitzten Ohren und erwartungsvollem Gesicht im Gras, Titine hatte sich auf Gregors Sessellehne niedergelassen und beobachtete ebenfalls das Geschehen um und auf dem Tisch mit Aufmerksamkeit, ihr Interesse mehr auf die Schüssel mit Schlagsahne gerichtet. Sie plauderten und waren ganz vergnügt, und auf einmal sagte Milena: »Also, wenn ich mir das alles hier so betrachte, dann muß ich sagen, das ist ein richtiges Familienidyll. Eine Rolle, Veit, die du noch nie gespielt hast. Als Familienoberhaupt an einem Kaffeetisch im Garten mit Hausfrau, Schwiegervater, Besuch, mit Hund und Katze und selbstgebackenem Kuchen. Eigentlich fehlen jetzt nur noch zwei Kinder, dann wäre alles vollkommen.«

Und Gregor, ohne zu zögern, mit größter Selbstverständlichkeit, erwiderte darauf: »Du hast recht. Was mich betrifft, so hätte ich nichts gegen Kinder einzuwenden.«

Eine Weile blieb es totenstill. Milena war so überrascht, daß sie sekundenlang die Kuchengabel freischwebend in der Luft hielt.

»Na so was«, sagte sie dann. Sie sah Elisabeth an und fragte: »Was sagst du dazu, Elisabeth?«

Elisabeth war rot geworden, und als alle sie wie auf Kommando anblickten, errötete sie noch mehr. Was für eine absurde Situation! Sie rettete sich in ein verlegenes Lachen und meinte: »Dazu ist es wohl ein bißchen zu spät. Ich denke, wir sind beide zu alt für so etwas.«

»Das möchte ich für meine Person ganz entschieden abstreiten«, protestierte Gregor. »Ich fühle mich keineswegs zu alt, um Vater zu werden. Und Elisabeth wäre genau die richtige Frau, die ich mir für dieses Experiment wünschen würde. Also, was mich betrifft, bitte sehr. Es liegt in diesem Falle nur an Elisabeth, ihre Zustimmung zu geben.«

Elisabeth blickte ihn entgeistert an. Sie war immer noch rot im Gesicht, verlegen wie ein junges Mädchen, das zum erstenmal im Leben von solchen Dingen hört.

Und wie er sie ansah! Wie früher. Lächelnd, überlegen, ganz Herr der Situation, ein klein wenig Spott um den Mund und viel Zärtlichkeit in den dunklen Augen.

Mein Gott, wie er mich ansieht!

Sie senkte den Blick, brach verwirrt ein Stück von ihrem Kuchen ab und reichte es Harro.

Milena hatte mit amüsiertem Staunen den stummen Blickwechsel, Gregors Siegermiene und Elisabeths Verlegenheit, beobachtet. Sie war sich seit langem nicht klar darüber, wie eigentlich die Dinge standen in dieser Ehe. Mit Lydia hatte sie mehrmals darüber diskutiert. Schließlich wußte sie, was geschehen war, wußte, wenn auch nichts Näheres, von Lydia über das Vorhandensein eines Dritten. Und schließlich hatte sie in den vergangenen Monaten erlebt, wie unpersönlich die Stimmung zwischen diesen beiden hier war.

Das aber heute sah anders aus.

»Nun, Elisabeth, du bist dran«, sagte sie, nicht gewillt, die gute Gelegenheit, noch ein wenig auf den Busch zu klopfen, vorübergehen zu lassen. »Es liegt an dir, du hast es gehört. Ich könnte mir vorstellen, daß du eine gute Mutter abgeben würdest.«

»Ich fände es herrlich«, platzte Tobias heraus. »Das habe ich mir immer gewünscht.«

»Jetzt hört bloß mit dem Unsinn auf«, sagte Elisabeth ärgerlich. »Davon kann keine Rede sein.«

Nein, davon konnte keine Rede sein. Sie lebten nicht mehr wie Mann und Frau, seit ewigen Zeiten nicht mehr, seit – sie wußte es selbst nicht. Waren sie im Tessin eigentlich noch zusammen gewesen? Einmal oder zweimal vielleicht. Und seitdem – Und überhaupt –

Als sie bemerkte, daß Tobias sich offensichtlich weiter über das

Thema verbreiten wollte, fuhr sie ihn ziemlich scharf an: »Es ist gut, Vater.« Und zu Milena: »Noch eine Tasse Kaffee?«

»Bitte, gern«, sagte Milena und lächelte süffisant. Das machte ihr Spaß. Und *sie* war keineswegs bereit, sich von Elisabeth das Weiterreden verbieten zu lassen.

»Wär' wirklich mal eine neue Rolle für dich, Veit. Hast das noch nie gespielt. Ich hätt' mir's, ehrlich gestanden, früher auch nie vorstellen können. Aber wenn ich dich heut nachmittag hier so betracht', also dann muß ich sagen, du tätst dich gar nicht so schlecht ausnehmen in der Vaterrolle.«

»Warum hättest du dir das nicht vorstellen können?« fragte er. »Du weißt doch, im Grunde bin ich ein bürgerlicher Mensch. Ich war nie ein Bohemien. Ich habe mir immer ein normales Leben gewünscht. Auch ein normales Familienleben. Ich meine es wirklich so. Mit allem, was dazugehört.«

Milena legte den Kopf ein wenig schief und betrachtete ihn genau. Er trug keine Brille heute, und so konnte sie sehr gut den Ausdruck seines Gesichts studieren. Er schien ganz überzeugt zu sein von dem, was er sagte. Er machte ein würdiges Familienvatergesicht.

Er spielt wieder seine Rollen, dachte Milena. Genau wie früher auch. Lieber Gott, ich danke dir, aber jetzt wird er wirklich gesund. Auch innerlich. »Ich bin im Grunde ein bürgerlicher Mensch«, wie lange habe ich das nicht mehr gehört. Auf einmal ist es wieder da, mit demselben Brustton der Überzeugung gesagt wie früher auch. Er fängt wieder an, an das zu glauben, was er sagt und was er spielt. So langsam wird er wieder ganz der alte. Oder vielleicht nicht ganz. Vielleicht. – Nun, es war auf jeden Fall zu früh, ernsthafte Prognosen über sein Wesen zu treffen. Ob er sich verändert hatte oder nicht. Tatsache war jedenfalls eins, das hatte sie an diesem Nachmittag erkannt: mit Elisabeth war er keineswegs fertig. Er begann in seiner altbewährten Manier, mit seinem unwiderstehlichen Charme – ja was? Um sie zu werben? Konnte man es so nennen? Blieb' abzuwarten, was geschah, wenn er wirklich wieder zum Beruf zurückkehrte. Und dann kam natürlich hinzu, daß Elisabeth es war, die von ihm weg wollte. Das behauptete jedenfalls Lydia.

Hm. Milena zündete sich gedankenvoll eine Zigarette an. Sie mußte öfter mal herüberkommen, war ganz lustig, zu beobachten, wie sich das weiter entwickelte. Und was an ihr lag, sie wollte dem Buben gern helfen.

Elisabeth hatte inzwischen die Kaffeetassen wieder gefüllt und ziemlich sprunghaft ein neues Gespräch begonnen, an dem sich die anderen nicht recht beteiligen wollten. Tobias lächelte verklärt vor sich hin, und Elisabeth dachte zum erstenmal recht despektierlich von ihrem Vater: so langsam vertrottelt er nun doch ein bißchen.

Milena machte eine undurchsichtige Miene und schien mit ihren Gedanken ganz woanders zu sein.

Und Gregor schließlich saß bequem in seinem Sessel zurückgelehnt, die Beine von sich gestreckt, und sah sie immer noch mit diesem merkwürdigen Blick an. Es machte sie zusehends nervös. Sie redete und redete und wußte selbst nicht was. Endlich fiel ihr ein Thema ein, das geeignet schien, die Aufmerksamkeit von ihr abzulenken.

»Ist es wahr, Milena, was wir gelesen haben? Du wirst wieder spielen?«

»Ja.« Milena tauchte aus ihren Gedanken auf und lächelte. »Im Herbst, in den Kammerspielen. Diesmal eine ernste Rolle. Eine schöne Rolle.«

Ihr Gastspiel damals in der »Kleinen Komödie« war ein großer Erfolg gewesen, das Stück war vier Monate en suite gelaufen und brachte bis zuletzt ein ausverkauftes Haus. An Angeboten hatte es seither nicht gefehlt. Aber Milena wartete auf die richtige Rolle, die ihr zusagte. Das konnte sie sich erlauben. Jetzt schien sie gefunden zu sein.

Elisabeths Absicht hatte sich erfüllt. Man sprach von dem Stück, Milena von der Rolle, die sie spielen würde.

»Übrigens, Veit«, sagte sie plötzlich, »hast du nie daran gedacht, wieder Theater zu spielen?«

»Ich habe immer daran gedacht«, erwiderte Gregor feierlich.

»Ich denk' mir, daß dir das zunächst besser bekommen würde als das Filmen. Und du weißt, ich hab es immer bedauert, daß du gar kein Theater mehr gemacht hast. Filmen, gut und schön, man verdient viel Geld damit, und du hast es ja auch weit gebracht. Aber Theater ist doch ganz etwas anderes. Und um dich war es schad'. Du warst auf dem Wege, ein guter Schauspieler zu werden.«

»Wer würde mich denn heute noch engagieren?« sagte Gregor, und es klang auf einmal wieder ziemlich deprimiert.

»Na, ich weiß nicht. Soll ich mal Schweikart gegenüber eine Andeutung machen? So ganz nebenbei? Ich könnt' mir vorstellen, daß es eine Sensation würde, wenn du heute auf die Bühne kämst. In der richtigen Rolle natürlich.«

»Ich hab' in letzter Zeit mein Repertoire sehr vergrößert. Ich hab' ja Zeit, nicht? Tobias und ich, wir haben einen guten Teil von Shakespeare durchgenommen, und jetzt sind wir beim Faust.«

»Es muß ja nicht gerade der Faust sein«, meinte Milena. »Komm, du spinnst schon wieder. Ich würde sagen, zum Anfang wäre etwas Modernes besser.«

Es stimmte, Tobias und Gregor betrieben seit Wochen ein ernsthaftes Rollenstudium. Auch hierbei erwies sich Tobias als überaus brauchbar. Er war nicht nur ein guter Stichwortbringer, er übernahm ganze Rollen, und da er für sein Alter ein erstaunliches Gedächtnis besaß, konnte er bald genauso viel auswendig wie sein Schwiegersohn. Tobias als Gretchen oder Ophelia zu hören, entbehrte nicht eines gewissen Reizes. Elisabeth hatte sich oft in einer Ecke oder hinter der Tür im stillen darüber amüsiert.

»Ich wollte den Jupiter immer mal spielen, das weißt du ja«, spann Gregor den Faden weiter.

»Könnt' ich mir vorstellen«, meinte Milena. »Der tät' dir liegen. Und dann weißt du –«

Elisabeth atmete auf. Bis auf weiteres waren die beiden beschäftigt, sie gingen jetzt die ganze Theaterliteratur durch auf der Suche nach geeigneten Rollen für Gregor. Es schien, Tobias würde noch für längere Zeit als Korrepetitor benötigt.

Elisabeth blickte hinaus auf den See und beruhigte sich langsam. Das törichte Gespräch hatte sie erregt. Hatte sie hilflos und ratlos gemacht. Sie konnte sich selbst nichts vormachen, sie war fest verankert hier. In diesem Haus, in dieser Umwelt. Dieser Familie, wie Milena es genannt hatte. Sie war der Mittelpunkt dieser Familie, war fest in diese Rolle hineingewachsen, die so natürlich war und ihr so gut lag. Für sie gab es kein Suchen nach der richtigen Rolle. Und trotzdem – eigentlich war sie gar nicht mehr richtig da, lebte mit ihren Gedanken, ihren Wünschen schon in einer anderen Welt. Tat sie es wirklich? Oder bildete sie es sich nur ein?

Immer wenn sie Michael sah, wenn sie an ihn dachte, wußte sie genau, daß sie zu ihm gehörte. Daß Gregor sie beanspruchte, daß er manchmal tat, als sei nichts gewesen und als könne man anknüpfen an das Frühere, das war wohl klare Berechnung von ihm. Es erschien ihm unwahrscheinlich, daß eine Frau ihn, den Einmaligen, verlassen konnte.

Anknüpfen an das, was früher war? Es gab nichts anzuknüpfen, und früher war nichts gewesen. Nichts, gar nichts, das der Mühe wert war, es festzuhalten, es zurückzuholen.

Gar nichts? – Sie war ungerecht. Sie wußte es. Aber sie mußte es sein, wenn sie sich nicht rettungslos im Wirrwarr ihrer Gefühle verstricken wollte.

Michael war der Mann, den sie liebte und zu dem sie gehen wollte. Das war eine Tatsache, an der sie festhalten mußte. Irgendwo mußte ein fester Punkt sein, ein Ziel.

Kinder? Ja. Sie hatte sich früher immer Kinder gewünscht. Aber heute? Es war sinnlos, darüber noch zu sprechen. Sie war Mitte dreißig. Obwohl – es gab Frauen genug, die in diesem Alter ihr erstes Kind bekamen. Und bei ihr würde es ja nicht einmal das erste sein. Wie Michael wohl darüber dachte? Sie hatten nie davon gesprochen. Ob er Kinder haben wollte? Kinder mit ihr?

Sie konnte ihn nicht danach fragen. Aber wenn die Zeit gekommen war, dann. – Dann würde sich alles von selbst ergeben. Sie hatte ihre Fassung wiedergefunden. Gab Harro noch ein Stück Kuchen und räumte dann den Kaffeetisch ab. Ob Milena zum Abendessen blieb? Nun, es war auf jeden Fall genug da. Und morgen mußte sie zum Metzger, die bestellte Kalbshaxe für Sonntag abholen. Und sie würde bei der Gärtnerei Moser vorbeifahren, dort gab es den besten Salat.

Es war schön, eine Familie zu haben, für die man sorgen konnte. Es füllte ihr Leben aus und machte sie glücklich. Das dachte Elisabeth nicht. Sie erkannte im Zwiespalt ihres Herzens nicht einmal, daß es so war. Nur – sie lebte in dieser Erfüllung.

Im Herbst erschien Valentins Buch. Es wurde nicht gerade ein Bestseller, wie er immer prophezeit hatte, aber es fand Beachtung und Anerkennung, sein Name wurde in interessierten Kreisen schon durch dieses erste Buch mit einem Schlag bekannt.

Er selber trug es mit Fassung. Als er einmal zu einem Besuch am Tegernsee war, sagte er: »Ich hab's Ihnen doch gleich gesagt, Elisabeth, daß ich es schaffe. Das Haus in der Heide rückt näher, und es steht Ihnen nach wie vor zur Verfügung. Mit allem lebenden und toten Inventar. Das lebende bin ich.«

»Es täte mir leid, wenn Sie wirklich in die Heide gingen, Valentin«, sagte Elisabeth herzlich. »Sie wären dann so weit fort. Und es ist schön, einen Freund in der Nähe zu haben.«

»Danke, Elisabeth«, sagte er ernst. »Das ist, glaube ich, das Hübscheste, was Sie mir je gesagt haben. Und auf mehr habe ich wohl kaum zu hoffen.«

»Ich finde, es ist eine ganze Menge«, warf Gregor ein. »Weil ein paar komische Leute jetzt Ihr Buch lesen, brauchen Sie auch nicht gleich überzuschnappen.«

»Dazu, verehrter Meister, habe ich wenig Veranlagung. Ich bin von Natur aus ziemlich eingebildet und halte eine ganze Menge von mir. Das war schon immer so. Und das bißchen Blablabla um meine liebenswerte Person, das jetzt gemacht wird, stört mich wenig. Einen Preis soll ich kriegen. Na, auch nicht schlecht. Das bringt Peseten. Und mein Herr Verleger hat mich schon nach neuen Plänen gefragt. Das ist ein gutes Zeichen, nicht? Offensichtlich verdient er nicht schlecht mit mir.«

»Und was haben Sie für neue Pläne?« fragte Elisabeth.

»Verschiedene.« Valentin lehnte sich bequem zurück und richtete den Blick träumerisch zur Decke. »Dieses Buch war so eine Art gesellschaftskritische Studie, nicht wahr? Das nächste wird anders.«

»Wissen Sie schon, wie?«

»In etwa. Diesmal steht ein Mensch im Mittelpunkt, ein Mensch mit einem Schicksal, mit dem er nicht fertig wird. Ein Mensch mit einem Schuldkomplex, der ihn vernichtet.«

»Hört sich nicht sehr erfreulich an«, meinte Gregor.

»Das ist auch nicht die Absicht. Im großen und ganzen ist ja das Leben der Menschen nicht so sehr erfreulich, nicht? Und die Freuden des Daseins zu schildern, überlasse ich den Schnulzenschreibern. Gibt es ja genug.«

»Und was wird also sein mit Ihrem Menschen mit dem Schuldkomplex?«

»Ja – so ganz genau weiß ich es noch nicht. Ein Mann, der eine große Schuld auf sich geladen hat, die weder strafbar noch zu sühnen war. Ein berühmter, bedeutender Mann, der das Leben eines anderen vernichtet hat, ohne daß einer sagen könnte: das hast du getan, dafür mußt du bestraft werden. So etwa. Ich weiß auch noch nicht, ob es ein politischer Hintergrund wird, ob es in der Nazizeit oder bei den Kommunisten oder einfach in unsrer Wohlstandsgesellschaft spielen soll. Nur so viel weiß ich, daß der Mann an dem Bewußtsein seiner Schuld zugrunde geht. Und diese Auflösung eines klugen, angesehenen, hochentwickelten Menschen zu schildern, das ist das Thema des Buches.«

»Und wie soll das vor sich gehen?«

»Zwangsläufig, in unerbittlicher Steigerung. Der Mann zerstört sich selbst, wie er das Leben des anderen zerstört hat. Er kommt herunter, er trinkt, er verliert sich, er wird bösartig, er wird gemein, er wird verlassen. Seine Frau verläßt ihn, seine Freunde, die Gesellschaft, die ihn geachtet hat, schließlich sein gewohntes Milieu, aus dem er sich selbst vertreibt. Nur ein Mensch bleibt bei ihm.«

»Eine Frau?« warf Elisabeth ein.

»Ein Mädchen. Ein junges, gläubiges, ihn vorbehaltlos liebendes Mädchen. Sie hat ihn immer geliebt, früher schon, als er noch der große Mann war. Aus der Ferne, versteht sich. Denn er war ja mit einer schönen und vollendeten Frau verheiratet, er hatte gar keine Augen für die Kleine. Sie war seine Schülerin, nehmen wir mal an, eine Studentin. Sie hat ihn angeschwärmt. Und dann, als er so ganz allein und verlassen und heruntergekommen zurückbleibt, ist sie bei ihm. Sie versucht zu retten, was nicht zu retten ist. Sie versucht, ihm von ihrer jungen unverbrauchten Kraft zu geben. Sie sorgt für ihn. Er behandelt sie schlecht, er stößt sie zurück, er verspottet sie, er macht ihr das Leben zur Hölle, ist dabei, auch ihr Leben zu vernichten. Dann gibt es noch einen anständigen jungen Mann, der das Mädchen liebt. Der immer wieder versucht, sie von dem Verlorenen wegzureißen, er versucht es mit allen Mitteln. Es gelingt ihm nicht. Den Mann, der ihm sein geliebtes Mädchen geraubt hat, haßt er. Er beschimpft ihn und stellt ihn vor ihr bloß. Aber das Mädchen beharrt auf ihrer Liebe, und schließlich, um sie endgültig zu vertreiben, erzählt ihr der Mann seine ganze Schuld. Er macht sich schlechter, als er wirklich ist. Er stellt alles so entsetzlich hin, wie es gar nicht war. Aber das Mädchen ist nicht zu erschüttern. Sie liebt.

Durch ihn kommt ihr Leben auch aus dem Gleichgewicht. Sie beginnt ebenfalls zu trinken, sie verliert sich. Sie kann ihn nicht retten, sie wird selbst mit herabgezogen. Und als er sie schließlich ganz brutal wegschickt, als er ihr sagt, daß er sie verabscheut, sie verachtet, daß sie ihm widerlich sei, nimmt sie sich das Leben.

Und dann sitzt der Mann ganz allein in dem armseligen Zimmer und hält das tote Mädchen im Arm. Der junge Mann, der das Mädchen geliebt hat, kommt. Er findet die beiden, das tote Mädchen und den elenden Mann. Und er sagt: Sie haben sie umgebracht. Und der Mann sagt: Ja. Ich habe sie getötet. Zuerst will ihn der junge Mann töten, aber dann zieht er es doch vor, die Polizei zu holen. Er will den Mörder einschließen, doch der sagt: Das ist nicht nötig. Ich warte. Ich warte hier, bis sie kommen.

Nun endlich wird er seine Schuld sühnen können. Alles hat sie für ihn getan, nun auch dies noch. Sie hat ihm dazu verholfen, seine Schuld sühnen zu können. Er sitzt allein in dem dunklen Zimmer, das tote Mädchen im Arm, und jetzt sagt er ihr, wie sehr er sie liebt. Daß sie die einzige ist und die einzige war und die einzige bleiben wird, die er liebt.«

Valentin hatte mit steigender Erregung und voller Nachdruck gesprochen. Sie blieben alle still, als er geendet hatte, beklommen und ganz im Bann des jungen Dichters.

Tobias seufzte schließlich und sagte: »Das ist ein großer Stoff. Eine schwere Arbeit.«

»Ja«, sagte Valentin. »Ich weiß.«

Gregor richtete sich plötzlich auf. »Aber es ist kein Buch. Was Sie da schreiben wollen, ist kein Buch. Es ist ein Stück. Ein Theaterstück.«

Valentin lächelte auf einmal. »Ich freue mich, verehrter Meister, daß Sie es erkannt haben. Ja. Im tiefsten Grunde meines Herzens denke ich auch, daß es ein dramatischer und kein epischer Stoff ist. Ich wollte hören, was Sie dazu sagen. Ich habe noch nie ein Stück geschrieben. Und ich habe gehofft, ich könnte mir bei Ihnen Rat holen. Denn«, er blickte jetzt Gregor gerade in die Augen, der ihn erregt ansah, »denn Sie müssen wissen, Herr Gregor, ich schreibe dieses Stück für Sie. Es soll Ihre Rolle werden.«

Elisabeth hielt den Atem an, dann sah sie, wie Gregor ganz ruhig nickte. »Ja, das ist meine Rolle. Schreiben Sie das Stück, Valentin. Sie werden etwas daraus machen.«

Valentin stand auf, und dann stand Gregor auf, sie schüttelten sich feierlich die Hände, sie schlossen ein Bündnis, sie waren beide ganz bei der Sache und ganz erfüllt von dem, was sie tun wollten.

Elisabeth betrachtete ihren Mann gebannt. Er sah wieder aus wie früher. Straff und gerade stand er da, sein Gesicht war schön und gespannt und voller Leben, das Haar fiel ihm in die Stirn, seine Augen waren dunkel vor Erregung.

Nein, doch nicht ganz wie früher. Er war älter geworden, reifer, etwas Neues war in seinem Gesicht, das früher nicht darin gewesen war. Wie sollte man es nennen? War es – Seele? Geist? War es die Flamme der Kunst, die neu in ihm entzündet war?

Der Verleger Vogel war zunächst etwas enttäuscht, daß sein junger Autor, den er so vielversprechend gestartet hatte, dem ersten Bucherfolg nicht ein neues Buch folgen lassen wollte. Doch dann erwärmte er sich ebenfalls für die Idee, als nächstes ein Theaterstück von Valentin Knott herauszubringen. Warum nicht? Das Theater fragte nach Stücken junger deutscher Autoren, es war ein schwieriges Gebiet, doch wenn es gelang, anzukommen, waren Ruhm und Geld damit zu erringen. Valentin ging gleich an die Arbeit, und mit der ihm eigenen Unerschütterlichkeit, wenn ihn etwas packte, vollendete er die erste Fassung des Stückes bereits in drei Wochen. Dann tauchte er im Hause Gregors damit auf.

Nun folgten Wochen hitziger Spannung und intensiver Arbeit. Valentin schrieb das Stück mehrmals um. Gregor, den er um seine Meinung fragte, war durchaus nicht immer in Einzelheiten mit dem Autor einverstanden. Sie stritten sich oft heftig, beide mit roten Köpfen, dann aber wieder waren sie ein Herz und eine Seele, wenn sie den Eindruck hatten, eine Szene, ein Dialog sei gelungen. Auch Milena wurde als Schiedsrichter und Beurteiler angerufen.

Elisabeth bemühte sich, wenn man sie um ihre Meinung fragte, etwas Vernünftiges dazu zu sagen. Aber, wie früher schon, kam sie sich ausgeschaltet vor. Gregor war beschäftigt, erfüllt von Plänen und Träumen, und er wurde nun vollends gesund. Als der Winter kam, merkte man ihm von seiner Krankheit nicht mehr das geringste an.

Er brauchte sie nicht mehr. Elisabeth hatte das Gefühl, daß er sich weitgehend von ihr gelöst hatte. Es war einerseits eine Erleichterung, andrerseits empfand sie fast so etwas wie Enttäuschung.

Eines Tages sprach der Verleger ein Machtwort. Er entriß Valentin trotz dessen Widerspruch das Manuskript.

»Sonst wird es nie fertig. Man kann immer noch daran ändern, wenn es sein muß.«

Da die Saison schon begonnen hatte, die Theater ihre Spielpläne längst festgelegt hatten, war es zunächst gar nicht so einfach, eine Bühne für den Neuling zu interessieren. Die Münchner Bühnen, denen das Stück zuerst vorlag, fanden es recht interessant, doch, man könne es einmal erwägen, aber mehr kam dabei nicht heraus.

In Hamburg und in Düsseldorf scheiterten die Verhandlungen daran, daß der Autor die Bedingung stellte, Veit Gregor müsse bei der Uraufführung die Hauptrolle spielen. Veit Gregor auf den heiligen Brettern einer Bühne? Der Filmstar, der Schnulzenspieler? Die Herren Intendanten zogen indigniert die Brauen hoch.

Barlog in Berlin war nicht abgeneigt, aber nicht vor der nächsten Spielzeit. Eventuell sogar war er bereit, Veit Gregor zu akzeptieren.

Aber das dauerte ihnen zu lange. Inzwischen hatte es Valentin fertiggebracht, einen der bekanntesten Regisseure des deutschen Theaters für das Stück zu interessieren und gleichzeitig für die Idee, daß Veit Gregor darin spielen sollte. Dieser Regisseur, Wilhelm Lietz, besuchte sie am Tegernsee. Sie verbrachten einen lebhaften Nachmittag und Abend. Gregor spielte Szenen aus dem Stück, sie sprachen das Ganze durch, und als Herr Lietz wieder abreiste, hatte man die weitere Initiative in seine Hände gelegt.

Eines der rührigen Berliner Privattheater nahm das Stück schließlich zur Uraufführung an. Das war bereits im Dezember. Und schon im März sollte die Premiere sein.

Vorbei war es mit dem ruhigen, friedlichen Leben. Der hektische Betrieb begann aufs neue. Sie begannen im Februar mit den Proben. Elisabeth begleitete Gregor nach Berlin, er hatte es so gewünscht, aber schon nach wenigen Tagen dort stellte es sich heraus, daß ihre Gegenwart ziemlich überflüssig war.

Er hatte ein Appartement in einem Hotel gemietet, in einer Seitenstraße des Kurfürstendammes, und sich in wenigen Tagen dort häuslich eingerichtet, genau wie er es von früher gewohnt war.

Ihre Aufgabe war es, ihm die alltäglichen Schwierigkeiten aus dem Weg zu räumen, die Presse zu empfangen, all das, was früher Lydia getan hatte. Aber da es kein Film war, hielt sich ihre Tätigkeit in bescheidenem Rahmen. Die Öffentlichkeit nahm nicht allzuviel Notiz von dem bevorstehenden Ereignis. Man hatte registriert, daß Veit Gregor wieder da sei, daß er Theater spielen würde, man hatte ihn interviewt, fotografiert, auch hervorgehoben, daß der junge Autor bereits mit seinem ersten Buch beachtlichen Erfolg gehabt hatte, ein oder zwei Blitze von Valentin Knott, dann gab es noch ein bißchen Wind, als die Darstellerin für die Rolle des Mädchens gefunden war, Anita Müller, die sich mit der weiblichen Hauptrolle in dem Film »Torheit des Klugen« jungen Ruhm erworben hatte. Und dann trat Ruhe ein. Die Schauspieler, der Regisseur, der Autor und alle übrigen Beteiligten konnten arbeiten.

»Ich könnte eigentlich nach Hause fahren«, sagte Elisabeth eines Abends zu Gregor. »Ihr könnt mich hier ja doch nicht gebrauchen.«

Er blickte sie kurz an und sagte verhältnismäßig kühl: »Wie du willst. Ich kann mir vorstellen, daß du dich langweilst. Und im Moment habe ich wenig Zeit für dich, das siehst du ja.«

Das stimmte. Er hatte wenig Zeit und, wie es schien, auch kaum Interesse für sie. Sie durfte sich anhören, was er über die Arbeit berichtete, es waren mehr oder weniger Monologe, auf ihre Antworten und Ansichten legte er wenig Wert. Mit Valentin, mit seiner jungen Partnerin, mit der er sich erstaunlich gut verstand, mit allen anderen Kollegen besaß er weit mehr Kontakt als mit ihr.

Elisabeth hatte vor einigen Tagen gehört, wie Anita Müller ganz erstaunt zu Valentin sagte: »Aber er ist charmant. Mir hat man immer erzählt, er wäre ekelhaft und furchtbar eingebildet und arrogant. Ich finde ihn reizend. Es ist wunderbar, mit ihm zu arbeiten.

»Hm«, machte Valentin mit etwas undurchsichtiger Miene und sein Blick streifte Elisabeth. »Das kann er sein. Ich würde mich nur nicht so sehr darauf verlassen, Teuerste.«

Anita, die jetzt erst bemerkte, daß Elisabeth sie gehört hatte, blickte die Frau Veit Gregors etwas schuldbewußt an und errötete leicht. »Entschuldigen Sie, Frau Gregor, ich hab's nicht so gemeint. Sie wissen ja, es wird viel geredet in der Branche. Und ich habe mit Herrn Gregor noch nie gearbeitet. Wir sollten damals die ›Torheit‹ zusammen machen, und dann kam seine Krankheit dazwischen.«

Elisabeth lächelte der jungen Schauspielerin zu. »O bitte sehr. Ich habe schon ganz andere Sachen über ihn gehört, und ich nehme an, seine Kollegen und Kolleginnen haben oft genug Grund gehabt, sich zu beklagen. Es ist ja wohl wechselseitig in dieser – äh, Branche, wie Sie eben sagten. Einer schimpft immer auf den anderen.«

»Ja, das ist wahr«, gab Anita zu und lachte dabei, was ihr sehr ausdrucksvolles junges Gesicht kindlich erhellte. »Aber über Gregor kann man wirklich nicht schimpfen. Jedenfalls bis jetzt noch nicht –«, sie klopfte vorsorglich auf Holz –, »ich komme prima mit ihm zurecht. Und er arbeitet mit einer Intensität und Prägnanz, das ist einfach umwerfend. Wenn man denkt, daß er so lange nur gefilmt hat, ist es doppelt bewundernswert.«

Na also, dachte Elisabeth. Da hätten wir ja nun den nächsten Fall. Denn es war ihr natürlich nicht entgangen, daß auch Gregor Gefallen an seiner jungen Partnerin gefunden hatte und sich ihr gegenüber seiner gewinnendsten Manieren und seines Charmes bediente. Vor wenigen Tagen hatte er anerkennend einmal gesagt: »Ein begabtes kleines Ding. Aus der wird mal etwas werden. Da hat dieser dußlige Classen wirklich Nase bewiesen.«

Alles schien sich in gewohnten Bahnen abzuwickeln. Nur daß es diesmal eben nicht Film, sondern Theater war, daß der Betrieb nicht ganz so hektisch, die Launen nicht gar so sprunghaft waren. Aber sonst blieb alles beim alten. Die neue Aufgabe, die neue Partnerin, der neue Flirt.

Die vergangenen anderthalb Jahre, die Zeit, in der Gregor krank gewesen, in der er ausgeschaltet und seiner Welt verloren war, gerieten in Vergessenheit. Es war ein Zwischenspiel gewesen, und Elisabeth dachte einmal: Darin unterscheidet sich meine Verbindung zu ihm mit allen Bindungen, die er zu anderen Frauen besaß. Es war genaugenommen meine Ehe mit Veit Gregor das, wozu ich in seinem Leben gut war. Ihm die Zeit seiner Krankheit zu erleichtern. Um diese Zeit hat meine Ehe länger gedauert, aber nun ist sie vorbei.

Sie dachte es ohne Bitterkeit. Um so leichter würde es für sie sein, nun endlich zu gehen. Und wenn er also bis zur Premiere oder während der Laufzeit des Stückes seine Partnerin lieben würde, um so besser. Es war ihr gleichgültig. Es überraschte sie daher nicht, daß er ihrem Vorschlag, nach Hause zu fahren, ohne weiteres zustimmte. Allerdings hatte sie das Gefühl, daß es ihn ein wenig kränkte.

»Ich meine«, fügte sie etwas unsicher hinzu, »falls du mich hier wirklich nicht mehr nötig hast.«

»Ganz gewiß nicht. Du kannst beruhigt nach Hause fahren. Ich sehe ja, daß du dich nicht so interessierst für das, was wir hier machen.«

»Aber das darfst du doch nicht sagen«, protestierte Elisabeth. »Es interessiert mich sehr. Ich verstehe nur nicht sehr viel davon und kann nicht mitreden, wenn ihr über diese Dinge diskutiert. Und dann – ich habe den Eindruck, Herr Lietz hat es gar nicht gern, wenn ich bei den Proben dabei bin.«

»Ich weiß, er will überhaupt keinen Außenstehenden dabei haben. Also fahre nach Hause. Ich kann mir denken, daß dich die Sehnsucht heimwärts zieht.« Das hatte ausgesprochen ironisch geklungen, und Elisabeth blickte unsicher zu ihm hinüber.

Er saß in seinem Hotelzimmer im Sessel, im Morgenmantel, die Beine über der Lehne, das Whiskyglas in der Hand. Lydia hätte ihr sagen können, daß er meist so saß nach Proben, Aufführungen oder Aufnahmetagen. Für Elisabeth war das alles neu. Es beunruhigte sie auch, daß er wieder viel mehr trank als in der letzten Zeit zu Hause.

»Du solltest nicht soviel trinken«, sagte sie leise. »Und wenn ich weg sein werde...«

»Ich brauche keine Gouvernante«, erwiderte er unhöflich. »Die Zeit ist vorbei, in der du mich von früh bis abends bevormundet hast. Du wirst dich daran gewöhnen müssen, daß ich kein kranker Mann mehr bin.«

»Entschuldige«, sagte sie, und jetzt fiel ihr der Gedanke, ihn zu verlassen, viel leichter. »Ich habe es nicht böse gemeint. Ich dachte nur, es schadet dir vielleicht.«

Er schwang die Beine von der Lehne, setzte sich gerade hin, funkelte sie mit seinen dunklen Augen böse an, goß sich aus der Whiskyflasche neu ein, ein extra großes Glas, und sagte: »Natürlich schadet es mir. Ich lebe nun mal ein Leben, das den Menschen verbraucht. Aber ich kann nicht wie ein Spießer leben und abends auf der Bühne mein Publikum hinreißen und verzaubern. Das paßt nicht zusammen. Und wenn ich mich verbrauche, dann verbrauche ich mich eben. Tu nicht so, als ob dir das was ausmacht. Ich weiß, daß ich dir total gleichgültig bin, das hast du mir lange genug und deutlich zu verstehen gegeben.«

»Aber Veit«, murmelte Elisabeth, hilflos vor diesem Ausbruch.

»Du bist und bleibst eine Spießerin und hast nie begriffen, wer ich bin und was ich bin und was deine Aufgabe in meinem Leben sein sollte. Du möchtest Eheleben führen und einen Mann in Filzpantoffeln neben dir sitzen haben, der abends mit dir Tee trinkt und Kreuzworträtsel löst. Ich bin dieser Mann nicht. Ich war es nie. Aber jetzt wirst du ja bald einen anderen haben, und dann kannst du so leben, wie du willst. Wir werden beide froh sein, wenn wir es hinter uns haben.«

»Ja«, antwortete sie mit bebenden Lippen, »das glaube ich auch.« Sie blickte an ihm vorbei, kämpfte mit den Tränen und fühlte einen jähen wilden Zorn auf ihn.

Es war ungerecht, was er ihr vorwarf. Er wußte es selbst. Aber in seinem Blick stand offen Feindseligkeit und Abwehr.

»Sobald die Premiere vorbei ist, kannst du die Scheidung einreichen«, sagte er kalt und abschließend. »Dann ist dieses Kapitel erledigt.«

Er wollte ihr weh tun, und es gelang ihm. So wollte sie nicht mit ihm auseinandergehen, das hatte sie nicht verdient. Sie stand auf.

»Ich hatte nie den Eindruck, daß ich in deinem Leben eine Aufgabe zu erfüllen hatte. Und wenn es so gewesen wäre, dann hast du es mir sehr schwer gemacht. Aber du wirst zugeben, ich habe meine Pflicht getan und ich ...«

Er sprang auf, er schrie. »Hör auf! Pflicht! Wenn ich so etwas höre. Wer spricht von Pflicht! Du hattest keine Pflicht zu erfüllen. Von mir aus hättest du damals schon deiner Wege gehen können. Kein Mensch hat verlangt, daß du bei mir bleibst. Pflicht! Ich habe Liebe gebraucht. Eine Frau, die mich liebt. Nicht eine, die ihre Pflicht erfüllt.«

Elisabeth wandte sich wortlos um, verließ den Raum und ging hinüber in ihr eigenes Zimmer.

Dort weinte sie. Sie kam sich schlecht behandelt vor, ungerecht und unverstanden. Aber ganz tief in ihrem Herzen empfand sie auch so etwas wie schlechtes Gewissen. Hatte sie wirklich versagt? Hatte sie alles falsch gemacht? Und natürlich war es Unsinn gewesen, das von der Pflicht zu sagen. Das war wirklich dumm und spießig gewesen. Ich habe meine Pflicht getan ... So etwas sagt man nicht zu seinem Mann.

Er brachte sie nicht zum Flugplatz. Sie hatten sich am Morgen betont höflich voneinander verabschiedet, kein böses Wort war mehr gefallen.

»Lydia hat gesagt, sie würde herkommen, wenn du wolltest«, sagte sie.

»Ich brauche Lydia nicht. Sie hat ja nichts Eiligeres zu tun gehabt, als sich von dem blöden Classen anheuern zu lassen. Als wenn ich schon tot wäre.«

»Es war nur eine Vertretung, du weißt es doch. Und sie kann jederzeit wieder aufhören.«

»Ja, ich weiß. Aber ich will sie nicht. Ich habe Tim angerufen, er kann herkommen und sich um alles kümmern. Ich wünsche dir einen guten Flug. Und schöne Grüße an Tobias.«

Er küßte ihre Hand, er lächelte. Das war alles. Kein warmes Wort, keine Umarmung.

Elisabeth ging mit steifen Beinen von ihm fort. Nun war es also wirklich zu Ende. Das ist es ja, was ich will.

Immer wieder während des ganzen Fluges wiederholte sie sich diesen törichten Satz: Das ist es, was ich will. Einmal mußte es zu Ende sein, einmal mußte sie wieder zu sich selbst zurückfinden.

Ruhige, stille Wochen folgten. Es lag viel Schnee, sie hätte zum Skilaufen gehen können, aber sie hatte keine Lust. Das bedrückende Gefühl, etwas falsch gemacht zu haben, blieb.

Selbst Michael gelang es nicht, ihre trübe Stimmung zu zerreißen. Sie war zurückgekommen, sie war zu ihm gegangen, sie hatte gesagt: »Nach der Premiere lassen wir uns scheiden. Oh, Michael, ich bin so froh.«

Er nahm sie in die Arme, küßte sie, und sie hätte glücklich sein müssen. Aber sie war es nicht.

Er merkte es und fragte, was sie bedrückte.

»Ich weiß auch nicht. Es ist ein so merkwürdiges Gefühl, wenn ...«

»Wenn was?«

»Ich kann's nicht sagen. Er war so häßlich zu mir, und ich«, sie versuchte zu lachen, »wahrscheinlich kommt es daher, weil ich nicht daran gewöhnt bin. Man heiratet, man läßt sich scheiden. Ich kann das alles nicht so leicht, so oberflächlich erledigen.«

»Das sollst du auch nicht. Ich bin froh, daß du so bist und nicht anders. Aber in ein paar Monaten wirst du alles vergessen haben.«

»Ja. Ja, Michael.« Sie umarmte ihn, legte ihre Wange an seine, fühlte sich geborgen in seinem Arm. Eines Tages würde alles vorüber sein. Sie würde einen Mann haben, der keineswegs in Filzpantoffeln neben ihr saß, aber bei dem sie sich behütet fühlen würde, der sie liebte und der auch sie und ihre Liebe haben wollte, so wie beides eben beschaffen war. Sicherer Grund würde es sein, auf dem sie leben würde. Das war es, was sie immer ersehnt hatte.

Lydia, der es natürlich keine Ruhe ließ, flog ein paar Tage nach Berlin und kam mit der Meinung wieder: »Das wird nicht schlecht, was die da machen. Am liebsten wäre ich dageblieben. Sie werden es nicht für möglich halten, Elisabeth, ich hätte Lust, wieder in das alte Leben einzusteigen.«

»Das habe ich mir gedacht«, sagte Elisabeth.

Dann kam ein Anruf aus Berlin. Er war am Apparat, und ohne weitere Umschweife sagte er: »Ich möchte, daß du herkommst, Elisabeth.«

»Ich soll hinkommen?«

»Ja. Nächste Woche ist Premiere, und ich möchte, daß du dabei bist. Außerdem paßt es mir nicht, daß du böse auf mich bist.«

»Aber ... ich bin nicht böse auf dich.«

»O doch, das bist du. Du bist eiskalt von mir weggegangen. So eiskalte Augen habe ich bei dir noch nie gesehen. Ich kann das nicht vergessen.«

Sie blieb eine Weile still. Dann lachte sie unsicher. »So schlimm war es auch nicht. Du warst nicht sehr nett. Aber ich bin nicht böse. Und ich komme natürlich sehr gern zur Premiere. Und ich möchte auch nicht im Bösen mit dir auseinandergehen.«

»Sehr schön«, sagte er befriedigt. »Dann kommst du morgen.«

»Ich denke, die Premiere ist nächste Woche?«

»Du sollst morgen kommen. Ich bin schrecklich nervös und aufgeregt und habe Lampenfieber, und ich brauche jemanden, der mich beruhigt.«

Sie schluckte. »Wenn du meinst, daß ich das kann ...«

»Das kannst du.«

Diesmal war er am Flugplatz. Mit einem großen Rosenstrauß, er küßte sie auf beide Wangen, war lieb und herzlich und so bezaubernd, wie er nur sein konnte.

Sie waren sehr höflich, gingen behutsam miteinander um. Kein Streit mehr, kein Ärger, zwei Leute, die sich einmal gern hatten und die als gute Freunde auseinandergehen wollten.

Gut, dachte Elisabeth, es ist auch besser so.

Natürlich verlief die Woche bis zur Premiere noch recht turbulent. Es gelang ihm nicht immer, seine Nervosität zu unterdrücken, obwohl er sich Mühe gab. Auch Elisabeth tat ihr Bestes, um geduldig und verständnisvoll zu sein.

»Es wird ein wichtiger Tag für mich sein«, sagte er drei Tage vor der Premiere. »Mein Comeback gewissermaßen. Es hängt viel davon ab. Dazu noch ein neues Stück, ein neuer Autor, eine junge, unerfahrene Schauspielerin. Und ich habe seit einer Ewigkeit nicht mehr Theater gespielt. Jeder, der ins Theater kommt, jeder Kritiker, das ganze Publikum, alle werden mir mit Skepsis zusehen. Veit Gregor, der Filmstar? Bildet der sich vielleicht ein, er kann auf einer Bühne stehen? Ha!« Er warf dramatisch den Kopf zurück und blickte verzweifelt zur Decke. »Es wird der größte Reinfall des Jahrhunderts.«

Elisabeth lachte. »Nun mach' dich nicht ganz verrückt. So bösartig sind die Menschen nicht.«

»Nicht? Du hast eine Ahnung. Die werden mich mit Begeisterung in der Luft zerreißen. Du wirst es sehen.«

»Aber Veit, wenn du so weitermachst, bist du bis zur Premiere ein Nervenbündel.«

»Das bin ich jetzt schon. Ach, Elisabeth, ich habe Angst.«

Plötzlich war er aufgestanden, kniete vor ihr, vergrub den Kopf in ihrem Schoß. »Ich habe Angst.«

Elisabeth saß starr vor Staunen. Das war etwas Neues. Veit Gregor hatte Angst.

Sie strich leicht über sein Haar. »Du brauchst doch keine Angst zu haben. Du bist ein großer Schauspieler, und es ist eine wunderbare Rolle, alle sagen es. Und heute auf der Probe – also mich hat es richtig aufgewühlt. Ich habe geweint, ich kann es dir ja jetzt sagen. Du bist großartig. Wirklich. Ich kann es nicht mit den richtigen Fachausdrücken erklären. Aber du bist großartig.«

»Weiter«, sagte er, als sie aufhörte zu sprechen und auch aufhörte, ihn zu streicheln.

Also redete sie weiter, alles, was ihr einfiel über das Stück und über ihn, und dabei strich sie immer wieder über seinen Kopf und seinen Nacken.

»Danke«, sagte er schließlich, stand auf und küßte sie auf die Stirn.

Sie blickte verlegen zu ihm auf. »Geh jetzt schlafen. Es ist schon spät, und morgen mußt du wieder auf der Höhe sein.«

Er stand vor ihr, blickte auf sie herab, ernst, die Augen von einer Bitte erfüllt.

»Bleib bei mir.«

»Aber ...!« Sie sah hilflos zu ihm auf.

»Bleib bei mir, Elisabeth. Nur heute nacht. Wenn ich allein bin, werde ich wieder Angst haben. Ich tu dir nichts. Ich weiß, du schläfst jetzt mit dem Doktor. Aber bleib heute nacht ein einziges Mal bei mir.«

Und sie blieb. Wie hätte sie fortgehen können und ihn allein lassen in dieser Stimmung. Sie brachte es nicht übers Herz.

Als sie neben ihm lag, fiel ihr ein, daß es nun länger als ein Jahr her war, als er sie das letzte Mal darum gebeten hatte. Damals, als er noch so krank war. Und genau wie damals lag er reglos neben ihr, den Arm um sie gelegt, den Kopf auf ihrer Brust.

Sie dachte längst, er sei eingeschlafen, da sagte er plötzlich: »Es ist so schade, daß du mich nicht liebst, Elisabeth.«

Sie gab keine Antwort. Was sollte das Reden noch?

»Du hast mich nie geliebt, nicht wahr?« Er gab keine Ruhe.

»Doch«, sagte sie schließlich. »Natürlich habe ich dich geliebt. Aber wir passen eben nicht zusammen.«

Er stützte sich auf einen Arm, legte die andere Hand um ihre Schulter. Sie sah nur den Umriß seines Kopfes im Dunkel, konnte nicht sehen, was in seinen Augen stand.

Seine Stimme war weich, zärtlich. »Du irrst dich, Elisabeth. Wir passen sehr gut zusammen. Viel besser, als du denkst. Und bist du nicht einmal glücklich mit mir gewesen?«

»Doch«, sagte sie erstickt.

»Siehst du. Aber du hast dich von vornherein versteift. Du hast Gespenster gesehen, wo gar keine waren. Du konntest dich mit meinem Leben nicht abfinden. Weil du nicht wolltest. Und der erste beste Mann, der dir über den Weg lief, erschien dir als der geeignete Ausweg.«

»Michael ist nicht der erste beste Mann«, erwiderte sie abweisend.

»Michael!« sagte er zornig. Die Zärtlichkeit war aus seiner Stimme verschwunden. »Ich kenne keinen Michael. Wenn du deinen Doktor meinst, mit dem du mich betrogen hast...«

»Ich habe dich nicht betrogen.«

»Der kümmert mich nicht. Ob es der ist oder ein anderer. Du wolltest auf jeden Fall fort von mir. Du wolltest bei mir nicht bleiben.«

Ihr fiel ein, was Milena einmal erzählt hatte. »Natürlich ist er nicht schuld daran, daß wir uns getrennt haben, sondern ich«, hatte sie gesagt. »Ich habe ihn verlassen. Und daß er mich pausenlos betrogen hat, das zählt natürlich überhaupt nicht.«

»Dabei kann ich dich viel glücklicher machen als dein komischer Doktor. Und du wirst hingehen und ihn heiraten und wirst so leben, wie du dir denkst, daß das Leben sein muß. Doch du wirst mich nicht vergessen, Elisabeth«, er flüsterte plötzlich, sein Gesicht war jetzt ganz nah. »Du wirst mich nicht vergessen, Elisabeth.«

»Nein, natürlich nicht«, sagte sie, »ich...«

Aber weiter kam sie nicht. Sein Mund legte sich auf ihren, er küßte sie, wie er sie nie geküßt hatte, sie spürte das Gewicht seines Körpers auf ihrem, dann seine Hände.

Sie wollte sich wehren, wollte ihn wegstoßen, aber sie konnte es nicht. Es ging alles so schnell, denn plötzlich war ihre Abwehr sinnlos geworden, auch sie empfand Verlangen, alles war auf einmal vertraut, sein Mund, seine Arme, seine Nähe, sie stöhnte, bog den Kopf zurück in die Kissen, sie wußte, daß er jetzt triumphierend lächeln würde im Dunklen, weil er sie besiegt hatte, ganz ohne Kampf, weil es so leicht gewesen war, weil sie zu erkennen gegeben hatte, daß sie ihm nicht widerstehen konnte, wie keine Frau es konnte.

Er lächelte nicht. Er dachte an keine andere Frau. An keinen Triumph. Er dachte nur an diese eine Frau hier, die ein Spiel für ihn sein sollte und die so plötzlich zum Ernst geworden war. Und er hatte lange keine Frau umarmt. Es war sehr neu und sehr erregend, und ein bißchen hatte er auch *davor* Angst gehabt. Er dachte nur, als es vorbei war: jetzt haben wir ihn betrogen, ihren komischen Doktor. Ob sie es ihm gestehen wird?

Fast hätte er gelacht. Aber dann merkte er, daß sie sich löste von ihm, daß sie aufstehen wollte, da hielt er sie fest, ganz fest, zwang sie, bei ihm liegenzubleiben, bettete wieder den Kopf auf ihre Brust, und so schlief er ein.

Elisabeth lag lange wach, es war schon gegen Morgen, ehe sie einschlief. Als er aufstand, um zur Probe zu gehen, regte sie sich schlaftrunken, er küßte sie leicht, sagte: »Schlaf weiter.« Und sie schlief wirklich weiter und wachte erst zwei oder drei Stunden später ganz auf.

Dann lag sie lange, ohne sich zu rühren, und überdachte, was in der Nacht geschehen war. Warum hatte er das getan? Zweifellos war ein gutes Stück Bosheit dabeigewesen. Der Gedanke an den anderen Mann, der sie ihm weggenommen hatte, ließ ihm wohl keine Ruhe. Ihm nahm kein Mann eine Frau weg, und wenn er wollte, ging es immer nach seinem Wunsch.

Aber das war es nicht allein gewesen. Es war eine leidenschaftliche, hingebende Umarmung gewesen. Und plötzlich dachte sie: Wenn ich ein Kind bekomme! Er hatte keine Rücksicht genommen, und sie war einfach bei ihm liegengeblieben. War es das vielleicht, was er wollte? Das Gespräch vom letzten Sommer am Kaffeetisch fiel ihr ein. War das die hintergründige Absicht gewesen, wollte er ihr damit den Weg zu dem anderen Mann verbauen?

Und wenn es wirklich so war..., dann gab es keinen Michael mehr für sie. Ach Unsinn, was für Ideen sie hatte. Sie redete sich nur etwas ein. Warum sollte ausgerechnet diesmal etwas Derartiges geschehen sein?

Weil..., nein, es gab keinen plausiblen Grund dafür. Es waren nichts als dumme Gedanken. Ein merkwürdiges Gefühl.

Sie stand auf, reckte sich, ging zum Fenster und zog die Vorhänge zurück. Ein schöner Tag. Eine blasse Vorfrühlingssonne schien in die graue Straße, unten liefen Leute eilig vorbei. Sie würde klingeln und sich Frühstück bringen lassen. Hier in diesem Zimmer? Warum nicht. Schließlich war sie noch mit ihm verheiratet. Übermorgen war Premiere. Und dann kam die Scheidung. Und heute nacht...

Es war zum Lachen. Sie wandte sich wieder um, blickte auf das zerwühlte Bett. Ein heißes Gefühl stieg in ihre Kehle, ihre Knie wurden merkwürdig weich. Er hatte sie nie, nie so umarmt wie in dieser Nacht. Es war ... schön gewesen. Sie spürte auf einmal wieder heftiges Verlangen nach ihm. Wenn er jetzt hier wäre ... Mein Gott, was für Gedanken! Wo geriet sie hin? Michael! Hörst du mich? Denkst du an mich? Ich werde es dir nie sagen. Du darfst das nicht erfahren.

Sie mußte daran denken, daß auch Gregor lange nicht geliebt hatte. All die Monate seiner Krankheit und danach, keine Frau in seinem Leben. Wenn er nicht inzwischen mit Anita Müller ein Verhältnis gehabt hatte, dann war es auch für ihn wieder das erstemal gewesen. War er darum so stürmisch gewesen, so wild und leidenschaftlich, so überwältigend?

Elisabeth legte die Hände an ihre Wangen, die seltsam glühten, und schüttelte über sich selbst den Kopf. Übermorgen war Premiere. Am Tag darauf würde sie nach München zurückfliegen. Sie würde sich heute noch einen Platz in einer Maschine reservieren lassen. Sie durfte sich nicht täuschen lassen durch diese seltsame Nacht. Eine Laune auch das wieder nur, ein Spiel.

Daß er mit Anita Müller kein Verhältnis hatte, erfuhr sie am Tage der Generalprobe. Sie ertappte nämlich Valentin dabei, wie er die junge Schauspielerin in dem Gang, der zur Bühne führte, umarmte und küßte. Sie fuhren erschreckt auseinander, als Elisabeth kam, das junge Mädchen lief lachend zur Bühne.

»Nanu, Valentin«, sagte sie, »Sie sind mir jetzt wirklich untreu geworden?«

»Ich muß es zugeben«, grinste Valentin. »Aber Sie haben mich ja immer abblitzen lassen. Ewig kann ich ja auch nicht als Einsiedler leben.«

»Ist das nun Spaß oder Ernst?«

»Ernst«, erwiderte er überzeugt. »Wir heiraten, und sie kommt in das Haus in der Heide. Ihre Schuld, Madame. Sie haben nicht gewollt.«

»Ich hoffe, es wird die Richtige sein, Valentin.«

Er nickte voller Überzeugung. »Ich denke doch. Sie ist ein feiner Kerl. Nicht bloß so ein dummes Starlet mit Rosinen im Kopf. Und sie kann doch etwas. Oder nicht?«

»Doch. Ganz bestimmt. Gregor meint auch, sie wird Karriere machen.«

»Alsdann, gratulieren Sie mir, Madame. Nach der Premiere feiern wir Verlobung. Wenn es ein Durchfall wird, um uns zu trösten. Wenn es ein Erfolg werden sollte ... toi, toi, toi ...«, er klopfte an seine Stirn, »aus lauter Freude. Verlobt wird auf jeden Fall.«

Es wurde ein Erfolg. Es wurde ein großer Erfolg. Für den Regisseur, für den Autor, für Anita und vor allem für Gregor, der sich an diesem Abend selbst übertraf, der spielte, wie er noch nie gespielt hatte, der sein Publikum hinriß und erschütterte.

Ein großer Schauspieler, kein Filmstar. Darüber waren sich alle klar. Elisabeth hörte diese Meinung schon in der Pause, hörte sie betonter am Schluß der Vorstellung, sie wurden ihr als erste Verlautbarungen namhafter Kritiker zugeflüstert. Eine neue Karriere für Veit Gregor hatte an diesem Abend seinen Anfang genommen.

Als der Vorhang fiel über dem verlassenen, verlorenen Mann, der auf der Bühne saß, das tote Mädchen im Arm, zerstört, einsam und doch am Ende seltsam getröstet durch die Reinheit einer großen Liebe, da blieb es einige Zeit ganz still im Theater. Lydia, die neben Elisabeth saß, wischte sich eine Träne ab. Das war wohl der größte Erfolg, den Gregor je erringen würde. Lydia hatte geweint.

Dann brach der Beifall los, der die Künstler immer wieder vor den Vorhang rief. Lydia hörte nach einer Weile auf zu zählen, aber Milena, die einige Plätze entfernt von ihnen saß, hielt triumphierend alle zehn Finger hoch, und da war es noch lange nicht zu Ende.

Zuletzt kamen sie durch den eisernen Vorhang. Elisabeth sah jetzt, wie erschöpft Gregor war. Er sah aus, als hielte er sich nur noch mühsam aufrecht.

Auch Lydia schien es bemerkt zu haben. »Elisabeth, Sie müssen ihn bald von der Premierenfeier weglotsen. Denken Sie sich irgend etwas aus, fallen Sie meinetwegen in Ohnmacht, machen

Sie eine Szene, aber sorgen Sie dafür, daß er ins Bett kommt und nicht die ganze Nacht durchfeiert. Morgen muß er wieder spielen, morgen wird ein irrsinniger Presserummel losgehen, morgen werden sie sich alle wie die Wölfe auf ihn stürzen. Passen Sie auf, er kann sich vor Angeboten nicht retten. Theater, Film, was er haben will. Aber er ist nicht der starke Held, der er sein möchte. Wir müssen in Zukunft gut auf ihn aufpassen. Viel Schlaf, wenig Alkohol und die Arbeit ebenfalls wohldosiert. Die nächsten Wochen und Monate werden sowieso strapaziös. Eine En-suite-Aufführung von so einem Stück, dann noch eine so große Rolle, das kostet allerhand Nerven.«

»Wir« hatte Lydia gesagt. Sie würde zurückkehren, das war klar. Und ich? dachte Elisabeth. Mich bezieht sie ganz selbstverständlich mit ein.

»Ja«, erwiderte Elisabeth, »es wird hoch hergehen. Classen ist auch da, haben Sie gesehen? Und die halbe Münchner Presse. Und Valentin will außerdem heute abend noch seine Verlobung feiern. Mit Anita Müller.«

»Ach nee? Der ist gut. Der Junge hat keinen schlechten Geschmack, das muß man sagen. Und er weiß, was er will. Aus dem wird noch allerhand werden.«

Es war genau, wie Lydia prophezeit hatte. Der Rummel ging schon an diesem Abend los. Schon im Theater, schon in der Garderobe wurde Gregor bedrängt. Alle hatten Vorschläge, Pläne, Angebote. Später, sie saßen beim Essen, riß der Strom der Gratulanten nicht ab.

Elisabeth beobachtete Gregor besorgt über den Tisch hinweg. Er sah müde aus, und alle Brillanz, mit der er sich behauptete, konnte sie nicht darüber hinwegtäuschen, daß er am Rande seiner Kräfte war. Seine Augen waren gerötet, und mehrmals strich er sich über die Stirn. Hilfesuchend blickte sie zu Lydia, die ihr ermunternd zunickte. Man mußte ihn hier wegbringen. Gegessen hatte er kaum etwas, nur getrunken, geredet, gelacht, seinen Charme versprüht. Aber nun war es genug.

Der richtige Moment kam, als Valentin nach dem Essen seine Verlobung verkündete. Alles strudelte durcheinander, die Kellner kamen kaum nach mit dem Öffnen der Sektflaschen, für eine Weile stand das junge Paar im Mittelpunkt.

Elisabeth gelang es, an Gregors Seite zu kommen. »Wir sollten nach Hause gehen«, sagte sie, heimlich befürchtend, er würde sie anfahren, würde sie wieder eine Gouvernante nennen. Doch er erwiderte: »Ja, ich möchte auch gehen. Ich habe genug. Ich denke, wir können uns bald verdrücken.« Er sah sie an, lächelte auf einmal, ein müdes, glückliches Lächeln. »Du hast mir noch gar nichts gesagt, Elisabeth. War es gut?«

»Du warst wunderbar. Milena läßt dich grüßen und dir sagen: jetzt kommt deine ganz große Zeit.«

»Ach, Milena. Wo ist sie denn?«

»Sie ist schon gegangen. Sie fliegt morgen vormittag zurück, weil sie abends wieder auftreten muß.«

Lydia trat zu ihnen. »Ich würde sagen, es reicht für heute«, meinte sie.

»Das haben wir gerade auch festgestellt. Wir gehen gleich. Lydia, Sie haben morgen viel zu tun. Pressekonferenz. Neue Angebote müssen gesichtet werden. Es muß geschickt verhandelt werden.«

»Ich weiß, Chef. Sie können sich auf mich verlassen!«

Im Hotel angekommen, begleitete er Elisabeth auf ihr Zimmer, das ebenfalls voller Blumen war, man hatte ihr einen Teil der Pracht hereingestellt.

Gregor setzte sich mit einem Seufzer in einen Sessel, streckte die Beine von sich. Er schien nicht die Absicht zu haben, gleich schlafen zu gehen.

»Hier kannst du aber nicht schlafen, die Luft ist wie in einem Treibhaus«, sagte er.

»Bei dir wird es noch schlimmer sein.«

»Wir stellen sie in meinen sogenannten Salon. Ach!« Er legte den Kopf zurück, blickte zur Decke. »Bin ich froh, daß es vorbei ist. Ich habe so furchtbar Angst gehabt. Aber jetzt ...« er schloß die Augen, fragte: »Trinken wir noch was?«

»Ich würde sagen, du hast genug getrunken.«

»Du hast recht. Wir werden schlafen gehen. Darf ich bei dir schlafen?«

Und als sie schwieg, öffnete er die Augen, sah sie eine Weile sehr aufmerksam an.

Sie hatten beide von der Nacht, die sie zusammen verbracht hatten, nicht gesprochen. Sie waren seitdem kaum eine Minute allein gewesen. Aber jetzt dachten sie beide daran.

»Gut siehst du aus«, sagte er. »Sehr elegant, sehr attraktiv. Das ist ein hübsches Kleid. Neu?«

Sie lachte unsicher. »Ja. Extra für deine Premiere gekauft.«

»Ich weiß diese Aufmerksamkeit zu schätzen.« Das klang wieder spöttisch. Dann sah er die Flugkarte, die vor ihm auf dem Tisch lag. Er nahm sie aus der Hülle, studierte sie genau, als habe er noch nie eine Flugkarte gesehen.

»Du willst also morgen auch zurückfliegen?«

»Ich dachte, ich könnte mit Milena zusammen . . .«

»Hm«, er nickte.

Er legte die Karte wieder auf den Tisch zurück, blickte sie dann wieder an.

»Und du willst also wirklich von mir weggehen, Elisabeth?«

Sie hob die Schultern, legte nervös die Hände zusammen. »Aber Veit! Wir brauchen doch heute nacht nicht mehr davon zu sprechen. Du sollst jetzt schlafen gehen.«

»Ich will bei dir schlafen, ich habe es dir gesagt. Und ich habe es mir überlegt, ich will mich nicht scheiden lassen. Du hast nun auch keinen Scheidungsgrund mehr, das weißt du ja.« Er sprach ganz sachlich, ganz ruhig.

Elisabeth gab keine Antwort. Sie wußte einfach nicht, was sie sagen sollte.

Im gleichen ruhigen Ton sprach er weiter. »Ich möchte dich bitten, daß du bei mir bleibst.«

Es war totenstill im Zimmer.

»Warum?« flüsterte Elisabeth endlich.

»Weil ich dich liebe. Sieh mich nicht so ungläubig an. Es ist wahr. Aber es gibt noch einen Grund, warum du bei mir bleiben mußt. Ich brauche dich.«

Elisabeth stand regungslos, die Hände immer noch zusammengekrampft, ihr kam es vor, als träume sie.

Er wies mit dem Finger auf die Flugkarte. »Gib sie mir.«

Sie nahm zögernd das Kuvert in die Hand, hielt es einen Augenblick, konnte die Hand nicht rühren, als hinge ein Zentnergewicht daran.

Er streckte die Hand aus, und sie legte das Kuvert hinein. Wie vorher schon zog er die Karte aus der Umhüllung, studierte sie aufmerksam, dann sah er Elisabeth ernst an, die Augen fest auf sie gerichtet.

»Darf ich sie zerreißen, Elisabeth?«

Sie schluckte. Michael! dachte sie. So hilf mir doch. Ich kann dich doch nicht so im Stich lassen. Du hast mir vertraut, und du liebst mich. Und ich liebe dich.

Aber es war schon nicht mehr wahr. Michael war ferngerückt. Ein Traum, ein Spiel. Ja, das war das Spiel gewesen. Sie selbst war es, die nicht erkannt hatte, wo die Wirklichkeit lag.

»Darf ich sie zerreißen, Elisabeth?«

Sie nickte, sah stumm, mit bebenden Lippen, wie er langsam und sorgfältig das Ticket zerriß und die Fetzen auf den Boden fallen ließ.

Morgen würde Michael auf sie warten. Und sie kam nicht. Sie hatte ihn verraten, und sie verriet Paul, der ihn ihr geschickt hatte. Kein Vertrauen mehr zu einer Frau, und sie hatte gewollt, daß er ihr vertraute. Und nun verriet sie ihn also doch.

Es gab keinen Weg zurück. Kein Weg in ein glückliches, friedliches Leben. Sie hatte sich für den Regenbogen entschieden, für seinen bunten, unsicheren Schein, für den Glanz über dem Abgrund. Würden ihre Füße jetzt leicht genug sein, ihr Herz stark genug, so leben zu können auf dem schwebenden Bogen, der aus dem Nichts kam und in das Nichts führte? Oder war er eine feste Brücke geworden, würde er einen Halt haben zwischen Himmel und Erde, würde er dort nun verankert sein, an jenem unsichtbaren, so schwer zu findenden Ort zwischen Himmel und Erde, an dem die Liebe wohnte?

»Mach nicht so ein verzweifeltes Gesicht, Elisabeth«, sagte Gregor weich. »Komm her.«

Er streckte ihr die Hand entgegen, sie tat einen kleinen, zögernden Schritt, spürte seine Arme um sich, seinen Mund an ihrer Schläfe und hörte ihn leise sagen: »Ich liebe dich, Elisabeth. Ich liebe dich. Willst du es mir nicht endlich glauben? Oh, dein zaghaftes Herz, meine kleine Taube. Es war immer unser größtes Hindernis. Warum hast du soviel Angst vor dem Leben? Warum mußt du immer so gut auf Elisabeth aufpassen? Daß ja das Leben sie nicht durchschütteln kann, sie nicht ein wenig zerzausen darf. Laß es doch darauf ankommen. Hab doch Mut. Mut zum Leben, zur Liebe. Mut zu mir, Elisabeth!«

Sie bog den Kopf zurück und sah ihn an. In seinen Augen stand Liebe. Hier und heute. Ob es so bleiben würde? Das konnte ihr keiner sagen. Auch er nicht. Aber sie hatte nun schon erkannt, daß es keine Gewißheit gab. Und nie geben würde.

Ihr zaghaftes Herz mußte seine Angst besiegen. Sie durfte nicht immer gebannt in den Abgrund starren und auf den Sturz warten. Sie wußte plötzlich: Jede Liebe ist wie ein Regenbogen über dem Abgrund und kann so schnell verblassen, wie sie entstanden ist.

Sie würde morgen Michael anrufen und ihm das sagen.

»Ich will es versuchen«, flüsterte sie. »Wir wollen es beide versuchen. Vielleicht...«

Das war das letzte Wort, das sie sprechen konnte, ehe er sie küßte. Dieses Vielleicht.